Joanne Harris
Die blaue Muschel

Joanne Harris
Die blaue Muschel

Roman

Aus dem Englischen von
Charlotte Breuer

List

Die Originalausgabe erschien im Jahr 2002 unter dem Titel
Coastliners im Verlag Doubleday, London, einem Unternehmen
der The Random House Group Ltd.

2. Auflage 2002

List Verlag
List ist ein Verlag des Verlagshauses
Ullstein Heyne List GmbH & Co. KG
www.list-verlag.de

ISBN 3-471-79471-9

© Joanne Harris 2002
© der deutschen Ausgabe 2002
Ullstein Heyne List GmbH & Co. KG, München
Alle Rechte vorbehalten.
Lektorat: Angela Troni
Gesetzt aus der Berling und Cantoria bei
Franzis print & media, München
Druck und Bindung: GGP Media, Pößneck
Printed in Germany

*Für meine Mutter
Jeannette Payen Short*

Niemand ist eine Insel
JOHN DONE

Eine Welt in einem Sandkorn zu sehen ...
WILLIAM BLAKE

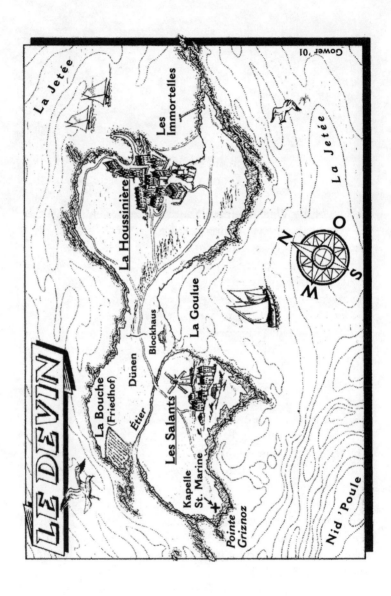

Prolog

Inseln sind anders. Je kleiner die Insel, umso mehr trifft das zu. Großbritannien zum Beispiel. Kaum vorstellbar, dass dieser schmale Streifen Land eine solche Vielfalt enthält. Kricket, Tee, Shakespeare, Sheffield, Fish 'n' Chips in essiggetränktes Zeitungspapier gewickelt, Soho, zwei Universitäten, der Strand in Southend, gestreifte Liegestühle im Green Park, *Coronation Street*, Oxford Street, verträumte Sonntagnachmittage. So viele Widersprüche. All diese Dinge marschieren gemeinsam drauflos wie betrunkene Demonstranten, die noch nicht erkannt haben, dass sie im Grunde gegen sich selbst protestieren. Inseln sind Pioniere, Splittergruppen, Unzufriedene, Außenseiter, Isolationisten. Wie gesagt, anders.

Diese Insel zum Beispiel. Von einem Ende bis zum anderen nicht mehr als ein Fahrradausflug. Wenn man über das Wasser laufen könnte, wäre man in der Lage, in einem Nachmittag die Festlandsküste zu erreichen. Le Devin, eine der vielen kleinen Inseln, die wie Krabben in den seichten Gewässern vor der Küste der Vendée festhängen. Von Norden her durch Noirmoutier verdeckt, von Süden her durch die Île d'Yeu, und an nebligen Tagen überhaupt nicht zu sehen. Auf Landkarten ist sie meistens gar nicht eingezeichnet. Tatsächlich verdient sie den Namen Insel nicht wirklich, handelt es sich doch um kaum mehr als eine Ansammlung vorwitziger Sandbänke, ein felsiges Rückgrat, mit dem sie sich aus dem Atlantik hebt, eine Hand voll Dörfer, eine kleine Fischkonservenfabrik, einen einzigen Strand. Am hinteren Ende liegt mein Zuhause, Les Salants; ein paar kleine Häuser – nicht genug, um den Namen Dorf zu verdienen – wanken zwischen Felsen und Dünen hinab auf das Meer zu, das sich mit jeder stürmischen Flut weiter ins Land frisst. Zuhause, der unentrinnbare Ort, nach dem sich der Kompass des Herzens ausrichtet.

Hätte ich die Wahl gehabt, hätte ich mich vielleicht für einen anderen Ort entschieden. Vielleicht einen Ort irgendwo in England, wo meine Mutter und ich fast ein Jahr lang glücklich waren, bis meine Rastlosigkeit uns weitertrieb. Oder Irland oder Jersey, Iona oder Skye. Sie sehen, ich fühle mich fast instinktiv zu Inseln hingezogen, als wäre ich stets auf der Suche nach *meiner* Insel, nach Le Devin, für die es keinen Ersatz geben kann.

Ihre Form gleicht der einer schlafenden Frau. Les Salants ist ihr Kopf, die Schultern hat sie der Wetterseite zugewandt. La Goulue ist ihr Bauch, La Houssinière liegt in ihren Kniekehlen. Und um sie herum La Jetée, eine Kette sandiger Inselchen, die sich mit Ebbe und Flut ausdehnen und zusammenziehen, langsam an der Küste entlangwandern, hier etwas wegknabbern, dort etwas ablagern und ihre Form kaum lange genug wahren, um Namen zu verdienen. Jenseits davon liegt das Unbekannte, dort, wo sich hinter den seichten Gewässern um La Jetée ein abgrundtiefer Graben auftut, den die Einheimischen Nid'Poule nennen. Eine Flaschenpost, an irgendeiner Stelle der Inselküste ins Meer geworfen, landet fast immer in der Bucht von La Goulue – der Gierigen. Dahinter ducken sich die Häuser von Les Salants und suchen Schutz vor dem heftigen Wind. Die Lage des Dorfs östlich der felsigen Landzunge Pointe Griznoz sorgt dafür, dass sich hier ständig Sand, Schlick und Treibgut sammeln. Die Flut und winterliche Stürme tragen dazu bei, dass sich an der Felsküste ganze Wälle aus Seetang bilden, die manchmal ein halbes oder gar ein ganzes Jahr überdauern, bis der nächste Sturm sie fortreißt.

Wie Sie sehen, ist Le Devin keine Schönheit. Ähnlich unserer Schutzheiligen Marine-de-la-Mer wirkt die gekrümmte Gestalt eher rau und primitiv. Nur wenige Touristen verirren sich hierher. Für sie bietet die Insel zu wenige Attraktionen. Wenn diese Inseln aus der Luft aussehen wie Tänzerinnen mit Tüllröckchen, dann ist Le Devin das Mädchen in der hintersten Reihe, ein unscheinbares Geschöpf, das seine Schritte vergessen hat. Wir sind aus dem Tritt gekommen, sie und ich. Der Tanz geht ohne uns weiter.

Aber die Insel hat ihre Identität bewahrt. Zwar ist sie nur ein wenige Kilometer langes Stück Land, dennoch besitzt sie einen ganz eigenen Charakter. Der Dialekt, die Küche, die Traditionen und der Kleidungsstil unterscheiden sich ebenso von denen der anderen Inseln wie von jenen auf dem Festland. Die Insulaner betrachten sich eher als Devinnois denn als Franzosen oder als Bewohner der Vendée. Sie kennen keine Loyalität gegenüber Politikern. Nur wenige ihrer Söhne kommen auf die Idee, ihren Wehrdienst abzuleisten. In der Abgeschiedenheit, in der sie leben, erscheint es ihnen absurd. Derart weit entfernt von Bürokratie und Gesetz lebt man auf Le Devin nach den eigenen Regeln.

Was nicht bedeutet, dass Fremde nicht willkommen wären. Im Gegenteil; wenn wir wüssten, wie wir den Tourismus auf unserer Insel fördern könnten, würden wir es tun. In Les Salants ist Tourismus ein Synonym für Wohlstand. Über das Wasser hinweg haben wir einen guten Blick auf Noirmoutier mit seinen Hotels und Pensionen, den Läden und der großen, eleganten Brücke, die es mit dem Festland verbindet. Dort sind die Straßen im Sommer voll gestopft mit Autos – Wagen mit ausländischen Nummernschildern und überladenen Dachgepäckträgern –, dort wimmelt es im Sommer an den Stränden von Menschen, und wir versuchen uns vorzustellen, wie es wäre, wenn unsere Strände ebenso übervölkert wären. Aber das meiste davon bleibt reines Wunschdenken. Die Touristen – die wenigen, die sich hierher verirren – bleiben stur in La Houssinière, auf der dem Festland zugewandten Seite der Insel. Les

Salants mit seiner felsigen, strandlosen Küste, den Gerölldünen und dem unablässigen Wind hat ihnen nur wenig zu bieten.

Die Einwohner von La Houssinière wissen das. Seit Menschengedenken befehden die Houssins und die Salannais einander. Anfangs ging es um religiöse Zwistigkeiten, dann um Fischereirechte, um Bau- und Handelsrechte und natürlich um Land. Dem Gesetz nach gehört urbar gemachtes Land demjenigen, der es urbar gemacht hat, und seinen Nachkommen. Dies ist der einzige Reichtum der Salannais. Aber La Houssinière kontrolliert den Transportweg vom Festland (die älteste Familie des Ortes betreibt die einzige Fähre) und legt die Preise fest. Wenn ein Houssin also einen Salannais übers Ohr hauen kann, dann tut er es. Und wenn es einem Salannais gelingt, einen Houssin auszutricksen, feiert das ganze Dorf seinen Triumph.

Außerdem verfügt La Houssinière über eine Geheimwaffe. Sie nennt sich Les Immortelles. Es handelt sich um einen kleinen Sandstrand, zwei Minuten entfernt vom Hafen und auf einer Seite durch eine uralte Mole geschützt. Hier, wo der Westwind ihnen nichts anhaben kann, gleiten Segelboote über das Wasser. Dies ist der einzige Ort, wo man, geschützt vor den starken Strömungen, gefahrlos baden und surfen kann. Dieser Strand – aus einer Laune der Natur entstanden – macht den großen Unterschied zwischen den beiden Gemeinden aus. Das Dorf hat sich zu einer Kleinstadt gemausert. Wegen des Strands ist La Houssinière für unsere Inselverhältnisse wohlhabend. Es gibt dort ein Restaurant, ein Hotel, ein Kino, eine Diskothek und einen Campingplatz. Im Sommer platzt der kleine Hafen fast vor Segelbooten. In La Houssinière wohnen der Bürgermeister der Insel, der Polizist, der einzige Priester. Außerdem befindet sich dort die Post. Selbst einige Familien vom Festland mieten sich im August in den Ferienhäusern ein und bringen Geld ins Städtchen.

Les Salants indes ist während der Sommermonate völlig ausgestorben, das Dorf ächzt im Wind und verdorrt in der

Hitze. Aber es ist mein Zuhause. Nicht der schönste Ort auf der Welt oder gar der einladendste. Aber hier gehöre ich hin.

Alles kehrt zurück. Das ist eine Maxime auf Le Devin. Hier am Rand des Golfstroms ist das ein Ausdruck der Hoffnung. Irgendwann kehrt alles zurück. Der Sog von La Goulue ist zu stark, als dass irgendetwas ihm widerstehen könnte. Allerdings kann es Jahre dauern. Das Festland ist verlockend mit seinem Geld, seinen Städten und seinem bunten Leben. Drei von vier Kindern verlassen die Insel, sobald sie achtzehn sind, träumen von einem Leben jenseits von La Jetée. Aber die Gierige ist geduldig. Und für solche wie mich, die sonst nichts hält, scheint die Rückkehr unausweichlich.

Ich hatte eine Geschichte, irgendwann einmal. Nicht, dass das jetzt noch eine Rolle spielte. Auf Le Devin interessiert sich niemand für etwas anderes als die Geschichte der Insel. Alles Mögliche wird an die Küste gespült – Bootswracks, Flaschenpost, Rettungsbojen, tote Vögel, leere Brieftaschen, teure Sportschuhe, Plastikbesteck, sogar Menschen – und niemand fragt nach der Herkunft des Treibguts. Was nicht aufgesammelt wird, verschlingt die See. Auch Meereslebewesen kommen gelegentlich an unserer Küste vorbei, portugiesische Fregattvögel, Grönlandhaie, Seepferdchen, stachlige Seesterne und hin und wieder ein Wal. Sie bleiben oder sie verschwinden bald wieder, Kuriositäten, die begafft und gleich anschließend vergessen werden, sobald sie unsere Gewässer verlassen. Für die Insulaner existiert nichts jenseits von La Jetée. Von dort aus trübt nichts den Horizont, bis man Amerika erreicht. Niemand wagt sich über La Jetée hinaus. Niemand beobachtet die Gezeiten und das, was sie mitbringen. Niemand außer mir. Da ich selbst zum Strandgut gehöre, fühle ich mich dazu berechtigt.

Dieser Strand hier zum Beispiel. Sehr bemerkenswert. Die Seite der Insel ist ein einziger Strand; ein glücklicher Zufall, der den Gezeiten und der Strömung zu verdanken ist, hunderttausend Tonnen uralter Sand, stur wie ein Fels, von unzähligen neidischen Blicken zu etwas verklärt, das wertvoller ist als Goldstaub. Natürlich hat er die Houssins reich gemacht, obwohl wir alle wissen, die Houssins ebenso wie die Salannais, wie leicht, wie zufällig alles hätte anders sein können.

Eine andere Strömung, die ein paar hundert Meter weiter links oder rechts an der Küste vorbeidriftet. Eine winzige Änderung der Windrichtung. Ein wandernder Meeresboden. Ein heftiger Sturm. Jeder einzelne dieser Faktoren könnte jederzeit eine Umkehrung bewirken. Das Glück ist wie ein Pendel, das über die Jahrzehnte hin und her schwingt und in seinem Schatten das Unausweichliche beschert.

Les Salants wartet geduldig und hoffnungsvoll darauf, dass das Pendel zurückschwingt.

Teil eins

Strandgut

1

Nach zehn Jahren Abwesenheit, an einem heißen Tag im späten August, kurz vor den ersten Sommerstürmen, kehrte ich zurück. Während ich an Deck der *Brismand 1*, der alten Fähre nach La Houssière, die Insel näher kommen sah, war mir, als wäre ich nie fort gewesen. Nichts hatte sich verändert – der scharfe Meeresgeruch in der Luft, das Deck unter meinen Füßen, das Kreischen der Möwen am heißen, blauen Himmel. Zehn Jahre, fast mein halbes Leben, mit einem Schlag ausradiert wie Schriftzeichen im Sand. Beinahe jedenfalls.

Ich hatte kaum Gepäck bei mir, was die Illusion noch verstärkte. Aber ich war schon immer so gereist. Darin waren wir uns ähnlich, meine Mutter und ich; wir hatten nie viel besessen, was uns hätte belasten können. Und am Ende hatte dann ich die Miete für die Wohnung in Paris bezahlt. Ich arbeitete in einem schäbigen Nachtcafé, um meine Einnahmen aus dem Verkauf der Bilder aufzubessern, die meine Mutter so sehr verabscheute, während sie mit ihrem Lungenkrebs kämpfte und so tat, als wüsste sie nicht, dass sie bald sterben würde.

Dennoch hätte es mir gefallen, als wohlhabende, erfolgreiche Frau zurückzukehren. Um meinem Vater zu zeigen, wie gut wir unser Leben in den Griff bekommen hatten, auch ohne seine Hilfe. Aber die geringen Ersparnisse meiner Mutter waren längst aufgebraucht, und meine eigenen – ein paar tausend Francs auf einem Sparbuch des Crédit Maritime, eine Mappe mit unverkauften Bildern – beliefen sich auf kaum mehr, als wir damals mitgenommen hatten. Nicht, dass es eine Rolle spielte. Ich hatte nicht vor zu bleiben. So stark die Illusion auch sein mochte, dass die Zeit stehen geblieben war, ich führte jetzt ein anderes Leben. Ich hatte mich verändert. Ich war längst keine Insel mehr.

Niemand schenkte mir Beachtung, als ich etwas abseits von den anderen auf dem Deck der *Brismand 1* stand. Es war Hochsaison, und an Bord drängten sich bereits die Touristen. Einige waren sogar ähnlich gekleidet wie ich, in Segeltuchhosen und Seemansjoppe, einem formlosen Kleidungsstück, das weder Jacke noch Hemd ist – alles Städter, die sich deutlich zu viel Mühe gaben, nicht als solche erkannt zu werden. Touristen mit Rucksäcken, Koffern, Hunden und Kindern standen dicht an dicht an Deck zwischen Kisten mit Obst und anderen Lebensmitteln, Käfigen mit Hühnern, Postsäcken und Containern. Der Lärm war unerträglich. Dazu das Rauschen des Kielwassers und das Kreischen der Möwen. Mein Herz pochte im Rhythmus der Brandung.

Während die *Brismand 1* sich dem Hafen näherte, ließ ich meinen Blick über das Wasser zur Promenade schweifen. Als Kind hatte ich mich hier wohl gefühlt; ich hatte im Sand gespielt, mich in den niedrigen Strandhütten versteckt, während mein Vater irgendwelchen Geschäften im Hafen nachging. Auf der Terrasse des kleinen Cafés erkannte ich die ausgebleichten *Choky*-Sonnenschirme, unter denen meine Schwester immer gern gesessen hatte, daneben die Würstchenbude, den Souvenirladen. Vielleicht herrschte mehr Trubel, als ich in Erinnerung hatte. Am Kai standen Fischer mit ihren Hummerkörben und boten ihren Fang feil. Von der Promenade wurde Musik zu mir herübergeweht, und weiter unten, am Strand, der selbst bei Flut glatter und größer wirkte, als ich ihn in Erinnerung hatte, spielten Kinder. La Houssinière war offensichtlich vom Erfolg verwöhnt.

Ich ließ meinen Blick über die Rue des Immortelles wandern, die Hauptstraße, die entlang der Uferpromenade verläuft. An meinem früheren Lieblingsplatz, auf der Mauer unterhalb der Promenade, von wo aus man einen guten Blick auf die Bucht hat, entdeckte ich drei Leute, die nebeneinander saßen. Ich musste daran denken, wie ich als Kind dort gehockt, zur Festlandküste hinübergeschaut und mich gefragt hatte, was wohl hinter dieser dunklen Linie liegen mochte. Ich kniff die Augen zusammen, um alles besser zu erkennen; obwohl wir erst die Hälfte der Bucht überquert hatten, konnte ich sehen, dass zwei der Gestalten Nonnen waren.

Als die Fähre sich dem Ufer näherte, erkannte ich sie schließlich: Sœur Extase und Sœur Thérèse, zwei Karmeliterinnen aus dem Pflegeheim in der Rue des Immortelles, die schon alt gewesen waren, als ich noch nicht geboren war. Zu wissen, dass sie noch lebten, hatte etwas seltsam Beruhigendes. Beide Nonnen hatten ihre Tracht bis zu den Knien hochgeschoben und ließen die Beine über die Mauer baumeln. Der Mann neben ihnen, dessen Gesicht von einem breitkrempigen Hut verdeckt wurde, konnte irgendjemand sein.

Die *Brismand 1* legte am Steg an. Eine Landebrücke wurde ausgefahren, und ich ließ die Touristen von Bord gehen. Der Steg war ebenso überfüllt wie die Fähre; Straßenhändler verkauften Getränke und Gebäck; ein Taxifahrer warb um Kundschaft; Kinder mit Handkarren wetteiferten um die Aufmerksamkeit der Touristen. Selbst für August herrschte viel Betrieb.

»Soll ich Ihnen das Gepäck abnehmen, Mademoiselle?« Ein etwa vierzehnjähriger pausbäckiger Junge in einem ausgeblichenen roten T-Shirt zupfte mich am Ärmel. »Soll ich Ihr Gepäck ins Hotel bringen?«

»Ich schaffe das schon, danke.« Ich zeigte ihm meine kleine Reisetasche.

Der Junge sah mich verdutzt an, als überlegte er, ob er mich schon einmal gesehen hätte. Dann zuckte er die Achseln und sah sich nach fetterer Beute um.

Auf der Promenade wimmelte es von Menschen. Von eintreffenden und abreisenden Touristen ebenso wie von Einheimischen. Ich schüttelte den Kopf, als ein älterer Mann mir einen geknüpften Schlüsselring verkaufen wollte; es war Jojo-le-Goëland, der uns früher im Sommer zu Bootsausflügen mitgenommen hatte, und obwohl er zu unseren Freunden gezählt hatte – schließlich war er ein Houssin –, versetzte es mir einen Stich, dass er mich nicht erkannte.

»Bleiben Sie länger hier? Sind Sie Touristin?« Es war wieder der Bursche mit dem runden Gesicht, jetzt in Begleitung eines Kumpels, eines dunkeläugigen Jungen in einer Lederjacke, der mit mehr Großspurigkeit als Genuss eine Zigarette rauchte. Beide Jungen trugen Koffer.

»Ich bin keine Touristin. Ich bin in Les Salants geboren.«

»In Les Salants?«

»Ja. Mein Vater ist Jean Prasteau. Er ist Schiffsbauer. Er war es jedenfalls.«

»GrosJean Prasteau!« Die Jungen sahen mich mit unverhohlener Neugier an. Vielleicht hätten sie noch etwas gesagt, doch in dem Augenblick gesellten sich drei weitere Teenager zu uns. Der Älteste sprach den Jungen mit dem runden Gesicht in herrischem Tonfall an.

»Was habt ihr Salannais schon wieder hier zu suchen, hä?«, fragte er. »Die Promenade gehört den Houssins, das wisst ihr ganz genau. Ihr habt kein Recht, Koffer in die Hotels zu tragen!«

»Wer sagt das?«, konterte der Knabe mit dem runden Gesicht. »Das ist nicht *deine* Promenade! Und das sind auch nicht *deine* Touristen!«

»Lolo hat Recht«, sagte der Junge mit den dunklen Augen. »Wir waren zuerst da.«

Die beiden Salannais rückten ein bisschen näher zusammen. Die Houssins waren in der Überzahl, aber ich hatte das Gefühl, dass die beiden Jungs sich eher auf eine Prügelei einlassen als ihre Koffer herausrücken würden. Einen Augenblick lang dachte ich daran, wie ich selbst in ihrem Alter gewesen war und auf meinen Vater gewartet hatte, immerzu bemüht, das Lachen der hübschen Mädchen aus La Houssinière zu ignorieren, die auf der Café-Terrasse saßen, bis ich es nicht mehr aushielt und in mein Versteck in den Strandhütten flüchtete.

»Die beiden waren zuerst da«, sagte ich. »Und jetzt verzieht euch.«

Die Houssins warfen mir böse Blicke zu, dann trotteten sie murrend zurück zum Landesteg. Lolo sah mich dankbar an. Sein Freund zuckte nur mit den Schultern.

»Ich komme mit euch«, sagte ich. »Les Immortelles, stimmt's?« Das große, weiße Haus stand nur ein paar hundert Meter weiter unten an der Promenade. Früher war es ein Pflegeheim gewesen.

»Es ist jetzt ein Hotel«, erklärte Lolo. »Es gehört Monsieur Brismand.«

»Ja, ich kenne ihn.«

Claude Brismand, ein untersetzter Houssin mit einem riesigen Schnurrbart, der nach Eau de Cologne stank, Leinenschuhe trug wie ein Bauer und dessen Stimme so voll und kostbar klang wie guter Wein. Schlaufuchs Brismand wurde er im Dorf genannt. Glückspilz Brismand. Jahrelang hatte ich geglaubt, er sei Witwer, obwohl es Gerüchte gab, er habe Frau und Kinder auf dem Festland. Ich hatte ihn immer gemocht, auch wenn er ein Houssin war; er war freundlich und gesprächig, und er hatte stets die Taschen voller Süßigkeiten. Mein Vater hatte ihn gehasst. Wie zum Trotz hatte meine Schwester Adrienne seinen Neffen geheiratet.

»So, das dürfte reichen.« Wir hatten das Ende der Promenade erreicht. Durch eine verglaste Doppeltür konnte ich in die Eingangshalle des Hotels Les Immortelles sehen – ein Schreibtisch, eine Blumenvase, ein beleibter Mann, der an einem offenen Fenster saß und eine Zigarre rauchte. Einen Augenblick lang war ich versucht hineinzugehen, entschied mich jedoch dagegen. »Ich glaube, jetzt kommt ihr allein zurecht. Geht nur rein.«

Der dunkeläugige Junge drehte sich wortlos um und

betrat das Hotel, während Lolo mich verlegen ansah. »Nehmen Sie's Damien nicht übel«, sagte er leise. »Er will sich immer prügeln.«

Ich lächelte. Ich war genauso gewesen. Meine vier Jahre ältere Schwester mit ihren hübschen Kleidern und schicken Frisuren hatte nie Probleme gehabt, Anschluss zu finden; auf der Café-Terrasse war ihr Lachen immer am lautesten zu hören gewesen.

Ich schob mich durch die Menschenmenge bis zu der Stelle, wo die zwei Karmeliterinnen saßen. Ich war mir nicht sicher, ob sie mich wieder erkennen würden, eine junge Frau aus Les Salants, die sie zuletzt gesehen hatten, als sie fünfzehn war, aber früher hatte ich die beiden immer sehr gemocht. Als ich näher kam, stellte ich ohne Verwunderung fest, dass sie sich fast überhaupt nicht verändert hatten: sie hatten immer noch dieselben leuchtenden Augen und dasselbe braune, wettergegerbte Gesicht. Sœur Thérèse trug ein dunkles Kopftuch anstelle der weißen Haube, die auf den Inseln üblich war; andernfalls hätte ich die beiden wahrscheinlich nicht auseinander halten können. Den Mann neben ihnen, der eine Korallenhalskette und einen Schlapphut trug, kannte ich nicht. Er war Ende zwanzig, Anfang dreißig und hatte ein ebenmäßiges Gesicht, ohne dass er auffallend gut ausgesehen hätte. Ich hätte ihn für einen Touristen gehalten, wenn er mich nicht auf so vertraute Weise gegrüßt hätte, mit dem wortlosen Kopfnicken, das typisch ist für die Inseln.

Sœur Extase und Sœur Thérèse, jede ein Eis am Stiel in der Hand, musterten mich einen Augenblick lang fragend, dann breitete sich ein strahlendes Lächeln auf ihren Gesichtern aus. »Ach, das ist ja die Kleine von GrosJean!«

Im Laufe ihrer langen Freundschaft, weit weg von ihrem Kloster, hatten sie die gleichen Angewohnheiten entwickelt. Selbst ihre Stimmen klangen ähnlich, laut und krächzend wie die von Elstern. Wie Zwillinge waren sie einander auf tiefe Weise verbunden, neigten dazu, die Sätze der anderen zu Ende zu sprechen und das, was die andere erzählte, mit begleitenden Gesten zu untermalen. Sie nannten einander nie beim Namen, sondern stets »*ma sœur*«, obwohl sie meines Wissens nicht miteinander verwandt waren.

»Schau mal, *ma sœur*, das ist Mado, die kleine Madeleine Prasteau. Wie groß sie geworden ist! Gott, wie die Zeit vergeht ...«

»Vor allem hier auf den Inseln. Es kommt einem so vor, als wären wir ...«

»Erst vor ein paar Jahren hierher gekommen, und jetzt sind wir ...«

»Alt und kauzig, *ma sœur*, alt und kauzig. Wie schön, dich wieder zu sehen, Mado. Du warst immer so anders. So ganz anders ...«

»Als deine Schwester.« Das letzte Wort sagten sie im Chor. Ihre schwarzen Augen funkelten.

»Es tut gut, wieder hier zu sein.« Erst als ich die Worte aussprach, wurde mir klar, wie gut es wirklich tat.

»Hier hat sich nicht viel verändert, stimmt's, *ma sœur*?«

»Nein, hier verändert sich nichts. Alles ...«

»Wird älter, das ist alles. Wie wir.« Die beiden schüttelten seufzend den Kopf und wandten sich wieder ihrem Eis zu.

»Sie haben Les Immortelles zu einem Hotel umgebaut«, sagte ich.

»Stimmt«, erwiderte Sœur Extase und nickte. »Den größten Teil jedenfalls. Aber im obersten Stock sind noch ein paar von uns übrig.«

»Brismand nennt uns Dauergäste.«

»Aber nicht viele. Georgette Loyon, Raoul Lacroix und Bette Plancpain. Er hat ihnen ihre Häuser abgekauft, als sie zu alt wurden, um für sich selbst zu sorgen.«

»Hat sie billig erstanden und für Urlauber umgebaut.«

Die Nonnen tauschten viel sagende Blicke. »Brismand lässt sie nur da wohnen, weil er dafür vom Kloster Geld bekommt. Er stellt sich gern gut mit der Kirche. Er weiß wirklich aus allem seinen Vorteil zu schlagen.«

Die beiden verfielen in nachdenkliches Schweigen.

»Das ist übrigens Rouget«, stellte mir Sœur Thérèse den

Fremden vor, der ihren Ausführungen mit einem Grinsen gelauscht hatte.

»Rouget, der Engländer …«

»Spendiert uns ein Eis und verführt uns dazu, faul in der Sonne herumzusitzen. Und das in unserem Alter.«

Der Engländer schüttelte den Kopf. »Hören Sie einfach nicht hin«, meinte er. »Ich verwöhne die beiden nur, weil sie sonst alle meine Geheimnisse ausplaudern würden.« Er sprach mit einem starken, aber charmanten Akzent.

Die Schwestern kicherten. »Geheimnisse, ha! Es gibt nicht viel, was wir nicht wissen, stimmt's, *ma sœur*? Wir sind vielleicht …«

»Vielleicht alt, aber unsere Ohren funktionieren immer noch einwandfrei.«

»Die Leute vergessen uns …«

»Weil wir …«

»Nonnen sind.«

Der Mann, den sie Rouget genannt hatten, schaute mich grinsend an. Er hatte ein kluges, markantes Gesicht, das regelrecht strahlte, wenn er lächelte. Ich spürte, wie seine Augen jede Einzelheit an mir registrierten, wie er mich mit erwartungsvoller Neugier musterte.

»Rouget?« Die meisten Menschen auf Le Devin haben Spitznamen. Nur Ausländer und Leute vom Festland benutzen die Rufnamen.

Mit einer eleganten Bewegung zog er seinen Hut. »Richard Flynn, Philosoph, Handwerker, Bildhauer, Schweißer, Fischer, Gelegenheitsarbeiter, Meteorologe …« Er deutete auf den Strand vor Les Immortelles. »Vor allem aber Student und Strandgutsammler.«

Sœur Extase musste lachen, woraus ich schloss, dass es sich um einen alten Scherz handelte. »Er macht nichts als Ärger«, erklärte sie.

Flynn grinste. Sein Haar hatte ungefähr die gleiche Farbe wie die Korallenkette um seinen Hals. Rote Haare, schlechtes Blut, pflegte meine Mutter zu sagen. Auf den Inseln allerdings sind rote Haare nur selten anzutreffen und werden allgemein als gutes Zeichen betrachtet. Daher also der Spitzname. Aber ein Spitzname verleiht auf Le Devin einen gewissen Status, was bei einem Ausländer eher ungewöhnlich ist. Um sich einen Inselnamen zu verdienen, braucht es Zeit.

»Leben Sie hier?« Irgendwie kam mir das unwahrscheinlich vor. Er hat etwas Rastloses an sich, dachte ich; einen verborgenen Wesenszug, der jederzeit zum Vorschein kommen konnte.

Er zuckte die Achseln. »Hier lebt es sich genauso gut wie anderswo.«

Die Antwort verblüffte mich. Als wäre es ihm gleich, wo er lebte. Ich versuchte mir vorzustellen, wie es sein mochte, wenn es mir gleichgültig wäre, ob ich ein Zuhause hätte, wenn ich die ständige Sehnsucht nicht mehr in meinem Herzen spürte. Versuchte, mir seine schreckliche Freiheit vorzustellen. Aber ihm hatten sie einen Spitznamen gegeben. Ich hingegen war mein Leben lang bloß *la fille à Gros-Jean* gewesen. Wie meine Schwester.

»Und?«, fragte er. »Was machen Sie?«

»Ich bin Malerin. Also, ich verkaufe meine Bilder.«

»Was malen Sie denn?«

Ich musste an die kleine Wohnung in Paris denken und an das Zimmer, das ich als Atelier benutzt hatte. Eine winzige Kammer, zu klein, um als Gästezimmer zu dienen – und selbst dieses Zugeständnis hatte meine Mutter sich nur widerwillig abringen lassen –, meine Staffelei und meine Bilder gegen eine Wand gelehnt. Ich hätte alles malen können, hatte meine Mutter immer gesagt. Ich hatte Talent. Warum also musste ich immer wieder dasselbe malen? Fehlte es mir an Fantasie? Oder tat ich es, um sie zu quälen?

»Die Inseln, meistens.«

Flynn schaute mich an, sagte jedoch nichts. Seine Augen strahlten in dem gleichen schieferfarbenen Grau wie die Wolken am Horizont. Seltsamerweise fiel es mir schwer, diesen Blick zu erwidern, als könnten seine Augen meine Gedanken lesen.

Sœur Extase hatte ihr Eis aufgegessen. »Wie geht es deiner Mutter, Mado? Ist sie heute mit dir hierher gekommen?«, fragte sie.

Ich zögerte. Flynn schaute mich immer noch an. »Sie ist gestorben«, sagte ich schließlich. »In Paris. Meine Schwester war nicht da.« Ein gehässiger Unterton klang in meiner Stimme mit, als ich an Adrienne dachte.

Die Nonnen bekreuzigten sich. »Das ist traurig, Mado. Sehr, sehr traurig.« Sœur Thérèse nahm meine Hand zwischen ihre welken Finger. Sœur Extase tätschelte mein Knie.

»Wirst du in Les Salants eine Messe für sie lesen lassen?«, fragte Sœur Thérèse. »Deinem Vater zuliebe?«

»Nein.« Meine Stimme klang immer noch schroff. »Das ist vorbei. Außerdem hat sie immer gesagt, sie würde niemals zurückkommen. Nicht mal in einer Urne.«

»Wie schade. Es wäre für alle besser gewesen.«

Sœur Extase warf mir unter ihrer *quichenotte* einen kurzen Blick zu. »Es muss schwer für sie gewesen sein, hier zu leben. Die Inseln ...«

»Ja, ich weiß.«

Die *Brismand 1* legte gerade wieder ab. Einen Augenblick lang kam ich mir schrecklich verloren vor, als wäre meine einzige Verbindung zum Leben gekappt worden. Bei dem Gedanken lief es mir kalt über den Rücken. »Mein Vater hat es ihr auch nicht leichter gemacht«, sagte ich, während ich der Fähre nachschaute. »Aber jetzt ist er frei. Das wollte er ja immer. Dass man ihn in Ruhe ließ.«

2

»Prasteau. Das ist ein Inselname.«
Der Taxifahrer – ein Houssin, den ich nicht kannte – sagte das mit einem vorwurfsvollen Unterton, als hätte ich den Namen unrechtmäßig gebraucht.
»Ja, das ist richtig. Ich bin hier geboren.«
»Ach so.« Der Taxifahrer schaute sich nach mir um, als versuchte er sich zu erinnern, ob er mich schon einmal gesehen hatte. »Haben Sie noch Familie auf der Insel?«
Ich nickte. »Mein Vater lebt hier. In Les Salants.«
»Oh.« Der Mann zuckte die Achseln, offenbar war seine Neugier bei der Erwähnung des Ortsnamens erloschen. Vor meinem geistigen Auge sah ich GrosJean in seiner Bootswerkstatt stehen und mich selbst, wie ich ihn beobachtete. Der Gedanke daran, wie stolz ich immer auf das handwerkliche Geschick meines Vaters gewesen war, verursachte mir Gewissensbisse. Ich zwang mich, den Hinterkopf des Fahrers anzustarren, bis das Gefühl vorüber war.
»Also dann. Les Salants.«
Das Taxi roch muffig, und die Federung ließ zu wünschen übrig. Während wir die vertraute Straße entlangfuhren, die aus La Houssinière hinausführt, kribbelte es in meinem Magen. Ich erinnerte mich zu gut an alles beim Anblick eines Tamariskenbuschs, eines Felsens, eines rostigen Wellblechdachs hinter einer Düne zog sich mein Herz zusammen.

»Sie wissen, wo Sie hin wollen, ja?« Die Straße war in einem schlechten Zustand; als wir um eine Kurve fuhren, gerieten die Hinterräder des Taxis in ein Schlagloch und begannen, im Sand durchzudrehen. Fluchend ließ der Fahrer den Motor aufheulen und gab Gas, bis die Räder wieder freikamen.

»Ja. Rue de l'Océan. Ganz am Ende.«

»Sind Sie sicher? Hier gibt es nichts als Dünen.«

»Ja, ich bin mir sicher.«

Irgendein Instinkt veranlasste mich dazu, kurz vor dem Dorf auszusteigen; ich wollte zu Fuß ankommen, wie eine echte Salannaise. Der Fahrer nahm sein Geld entgegen, wendete, ohne mich eines weiteren Blickes zu würdigen, und raste mit quietschenden Reifen und röhrendem Auspuff davon. Nachdem wieder Stille eingekehrt war, überfiel mich ein beunruhigendes Gefühl, und erneut bekam ich schreckliche Gewissensbisse, als mir bewusst wurde, dass ich tatsächlich Freude empfand.

Ich hatte meiner Mutter versprochen, nie wieder hierher zurückzukehren.

Deswegen meldete sich mein schlechtes Gewissen. Einen Augenblick war es, als würden meine Schuldgefühle mich erdrücken, ich kam mir vor wie ein winziges Staubkorn unter dem weiten Himmel. Allein meine Anwesenheit hier war ein Verrat an meiner Mutter, an den schönen Jahren, die wir miteinander verbracht hatten, an dem Leben, das wir uns weit fort von Le Devin aufgebaut hatten.

Niemand hatte uns je geschrieben, seit wir der Insel den Rücken gekehrt hatten. Nachdem wir La Jetée hinter uns gelassen hatten, waren wir nur noch Strandgut, das von niemandem beachtet wurde und schnell in Vergessenheit geriet. Meine Mutter hatte es mir oft genug erzählt in den kalten Nächten in unserer kleinen Pariser Wohnung, während von draußen die ungewohnten Geräusche des Straßenverkehrs hereindrangen und die rot und blau flackernde Leuchtreklame der Brasserie von gegenüber durch die maroden Fensterläden schien. Wir waren Le Devin nichts schuldig. Adrienne hatte es richtig gemacht: Sie hatte einen wohlhabenden Mann geheiratet, Kinder bekommen und war mit ihrem Mann, einem Antiquitätenhändler, nach Tanger gezogen. Sie hatte zwei kleine Söhne, die wir nur von Fotos kannten, und sie meldete sich äußerst selten bei uns. Meine Mutter betrachtete dies als Anzeichen dafür, wie sehr Adrienne in ihrer neuen Familie aufging, und hielt mir meine Schwester immer als leuchtendes Beispiel vor. Meine Schwester hatte es richtig gemacht; ich sollte stolz auf sie sein, anstatt sie zu beneiden.

Aber ich war stur; obwohl mir die Flucht gelungen war, vermochte ich die Möglichkeiten, die sich mir in der Welt jenseits der Inseln boten, nicht zu nutzen. Ich hätte alles haben können, was ich wollte: einen guten Job, einen reichen Mann, Sicherheit. Stattdessen hatte ich vier Semester Kunst studiert, war anschließend zwei Jahre lang ziellos umhergereist und hatte mich dann mit Kneipenjobs, Putzstellen und dem Verkauf meiner Bilder durchgeschlagen, die ich auf der Straße feilbot, um die Galeriegebühren zu sparen. Und die ganze Zeit über hatte ich Le Devin in mir getragen wie die Erinnerung an ein Verbrechen, hatte meine Schuldgefühle mit guten Vorsätzen besänftigt und doch immer gewusst, dass mein Leben eine Lüge war.

»Alles kehrt zurück.«

Das ist die Maxime der Strandgutsammler. Ich sagte die Worte laut vor mich hin, wie eine Antwort auf einen unausgesprochenen Vorwurf. Schließlich hatte ich nicht vor zu bleiben. Ich hatte die Miete für meine Wohnung einen Monat im Voraus bezahlt; meine wenigen Habseligkeiten warteten auf meine Rückkehr. Aber jetzt war die Vorstellung allzu verführerisch: Les Salants, noch genauso wie damals, mein Zuhause, und mein Vater ...

Ich begann zu laufen, stolperte über die holprige Straße auf das Dorf zu, eilte nach Hause.

3

Das Dorf war menschenleer. Die meisten Fensterläden waren geschlossen – zum Schutz gegen die Hitze –, die Häuser wirkten behelfsmäßig und verlassen, wie die Strandhütten außerhalb der Saison. Einige sahen aus, als wären sie seit meiner Abreise nicht mehr gestrichen worden; von Wänden, die einst in jedem Frühjahr frisch gekalkt wurden, hatte der Sand die Farbe abgesprengt. In einem ausgetrockneten Blumenkasten blühte eine einzelne Geranie. Einige Häuser waren kaum mehr als Holzhütten mit rostigen Wellblechdächern. Mit einem Mal erinnerte ich mich wieder an sie, obwohl sie nirgendwo auf meinen Bildern auftauchten. Ein paar flache Boote, *platts*, waren den *étier* – ein Salzwasserbach, der von La Goulue bis ins Dorf verlief – hinaufgezogen worden und lagen im braunen Schlick. Im tieferen Wasser waren zwei Fischerboote verankert. Ich erkannte sie sofort: die *Eleanore* der Fischerfamilie Guénolé, die mein Vater und sein Bruder lange vor meiner Geburt gebaut hatten, dahinter die *Cécilia*, die ihren Kontrahenten, den Bastonnets gehörte. Hoch oben am Mast eines der Boote klapperte etwas monoton im Wind.

Kaum eine Menschenseele war unterwegs. Einmal sah ich ein Gesicht hinter einem Fensterladen hervorlugen, hörte eine Tür schlagen und gedämpfte Stimmen. Vor Angélos Bar saß ein alter Mann unter einem Sonnenschirm und trank *devinnoise*, den typischen Kräuterlikör der Insel. Ich erkannte ihn sofort – es war Matthias Guénolé mit seinen scharfen, blauen Augen und dem verwitterten Gesicht, das mich an Treibholz erinnerte –, aber ich sah keine Neugier in seinem Blick, als ich ihn grüßte. Nur ein kurzes Aufflackern, sobald er mich erkannte, das stumme Nicken, das in Les Salants als Höflichkeit gilt, dann wieder Gleichgültigkeit.

Ich hatte Sand in den Schuhen. Auch vor den Häusern hatte sich Sand angesammelt, als hätten die Dünen das Dorf angegriffen. Offenbar hatten die Sommerstürme ihren Tribut gefordert. Neben Jean Grossels altem Haus war eine Mauer zusammengebrochen, an einigen Dächern fehlten Dachpfannen, und hinter der Rue de l'Océan, wo Omer Prossage und seine Frau Charlotte ihren kleinen Hof und ihren Laden hatten, war das Land überflutet; in riesigen Pfützen spiegelte sich der blaue Himmel. Aus mehreren Rohren am Straßenrand schoss Wasser in den Straßengraben, von wo aus es in den Bach floss. Neben einem Haus bemerkte ich eine Art Pumpe, und von drinnen war das Dröhnen eines Generators zu hören. Hinter dem Hof drehten sich emsig die Flügel einer alten Windmühle.

Am Ende der Hauptstraße blieb ich an dem Brunnen neben der winzigen Kapelle von Marine-de-la-Mer stehen. Ich betätigte die verrostete, aber noch funktionierende Handpumpe, um mir mit ein bisschen Wasser das Gesicht zu waschen. Dann, einem Ritual folgend, das ich beinahe vergessen hatte, schöpfte ich Wasser in das steinerne Becken neben der Kapelle. Mir fiel auf, dass die Nische, in der die Heilige stand, frisch gestrichen und mit Kerzen, Schleifen, Perlen und Blumen geschmückt war. Inmitten der Opfergaben stand die Heilige, ebenso ernst wie unergründlich.

»Es heißt, wenn man ihre Füße küsst und dann dreimal ausspuckt, kehrt etwas zu dir zurück, was du vor langer Zeit verloren hast.«

Ich fuhr so plötzlich herum, dass ich beinahe das Gleichgewicht verlor. Eine dicke, rosige, freundliche Frau stand hinter mir, die Hände in die Hüften gestützt, den Kopf leicht

zur Seite geneigt. An ihren Ohren baumelten goldene Kreolen, und ihr blondes Haar leuchtete in der Sonne.
»Capucine!« Sie war ein bisschen älter geworden (sie war fast vierzig gewesen, als ich die Insel verließ), aber ich erkannte sie auf der Stelle; ihr Spitzname war La Puce, und sie hauste zusammen mit ihren Kindern in einem zerbeulten rosafarbenen Wohnwagen am Dorfrand. Sie hatte nie geheiratet – Männer sind einfach lästig, pflegte sie zu sagen –, aber ich erinnerte mich noch an laue Nächte in den Dünen, an Musik aus Kofferradios und an Männer, die angestrengt bemüht waren, den kleinen Wohnwagen mit seinen Rüschengardinchen und dem verlockenden Licht an der Tür zu ignorieren. Meine Mutter konnte sie nicht ausstehen, doch zu mir war Capucine immer sehr nett gewesen, hatte mir Süßigkeiten spendiert und alle möglichen skandalösen Geschichten erzählt. Sie hatte die ordinärste Lache auf der ganzen Insel; aber eigentlich war sie die einzige erwachsene Insulanerin, die je laut lachte.

»Mein Lolo hat dich in La Houssinière getroffen. Er hat mir erzählt, dass du herkommst!« Sie grinste. »Wenn es wirklich stimmt, was man sich erzählt, sollte ich die Heilige viel öfter küssen!«

»Wie schön, Sie zu sehen, Capucine«, sagte ich. »Ich hatte schon befürchtet, das Dorf wäre ausgestorben.«

»Ach ja.« Sie zuckte die Achseln. »Wir haben eine schlechte Saison. Nicht, dass wir in den letzten Jahren eine gute gehabt hätten.« Einen Augenblick lang verfinsterte sich ihre Miene. »Tut mir Leid, das von deiner Mutter zu hören.«

»Wo haben Sie denn davon gehört?«

»Ich bitte dich – Le Devin ist eine Insel. Hier spricht sich doch alles in Windeseile herum.«

Ich zögerte, spürte, wie mein Herz klopfte. »Und – und mein Vater?«

Einen Augenblick lang verrutschte ihr Lächeln. »Dem geht's wie immer«, sagte sie leichthin. Dann strahlte sie wieder und legte mir einen Arm um die Schultern. »Komm mit, ich lade dich auf einen *devinnoise* ein, Mado. Du kannst bei mir wohnen. Ich hab ein Bett frei, seit der Engländer ausgezogen ist.«

Ich muss sie ziemlich verblüfft angesehen haben, denn Capucine brach in schallendes Gelächter aus.

»Keine Sorge. Ich bin jetzt eine anständige Frau – na ja, mehr oder weniger.« Ihre dunklen Augen funkelten. »Aber Rouget wird dir gefallen. Er ist im Mai hergekommen und hat gleich einen Riesenaufruhr verursacht. So was haben wir hier nicht mehr erlebt, seit Aristide Bastonnet einen Fisch mit zwei Köpfen gefangen hat. Dieser Engländer!« Sie lachte kopfschüttelnd in sich hinein.

»Letzten Mai?« Das bedeutete, er war erst seit drei Monaten auf der Insel. Und hatte schon einen Spitznamen.

»Genau.« Capucine zündete sich eine Gitane an und sog den Rauch genüsslich ein. »Ist eines Tages hier aufgetaucht, völlig pleite, aber sofort dabei, Geschäfte zu machen. Hat Omer und Charlotte überredet, ihm einen Job zu geben, bis ihre Tochter anfing, ihm schöne Augen zu machen. Ich hab ihm dann ein Bett in meinem Wohnwagen angeboten, bis er seine eigene Bleibe gefunden hat. Sieht so aus, als hätte er unter anderem mit dem alten Brismand drüben in La Houssinière Krach gehabt.« Sie sah mich forschend an. »Adrienne hat seinen Neffen geheiratet, stimmt's? Wie geht's den beiden denn so?«

»Sie wohnen in Tanger. Ich höre nur selten von ihnen.«

»Tanger, soso. Tja, sie hat immer gesagt –«

»Sie erzählten gerade von Ihrem Freund«, unterbrach ich sie. Beim Gedanken an meine Schwester wurde meine Stimme rau und harsch. »Was ist er denn von Beruf?«

»Er hat Ideen. Baut Sachen.« Capucine deutete über ihre Schulter hinweg auf die Rue de l'Océan. »Omers Windmühle zum Beispiel. Die hat er repariert.«

Wir waren um die Düne herumgegangen, und ich konnte jetzt den rosafarbenen Wohnwagen erkennen. Er sah immer noch so aus, wie ich ihn in Erinnerung hatte, nur ein bisschen älter und vielleicht ein bisschen tiefer im Sand versunken. Dahinter stand das Haus meines Vaters, aber eine dichte Tamariskenhecke versperrte die Sicht. Capucine folgte meinem Blick in die Richtung.

»O nein, noch nicht«, sagte sie bestimmt, fasste mich am Arm und führte mich auf ihren Wohnwagen zu. »Es gibt eine Menge Klatsch auszutauschen. Lass deinem Vater noch ein bisschen Zeit. Der erfährt auch so, dass du wieder da bist.«

Auf Le Devin ist Klatsch eine Art Währung. Die Insel lebt davon – Fehden zwischen rivalisierenden Fischern, uneheliche Kinder, Skandale, Gerüchte, Enthüllungen. In Capucines Augen musste ich einigen Wert haben; ich war für sie ein richtig guter Fang.

»Aber wieso?« Ich starrte noch immer auf die Tamariskenhecke. »Warum soll ich denn nicht jetzt zu ihm gehen?«

»Ihr habt euch lange nicht gesehen, stimmt's?«, erwiderte Capucine ausweichend. »Er hat sich daran gewöhnt, allein zu sein.« Sie öffnete die Tür des Wohnwagens, die nicht verriegelt war. »Komm rein, Kleines, ich werde dir alles erzählen.«

Voll gestopft, wie er war, hatte ihr Wohnwagen etwas Anheimelndes – die rosafarbene Einrichtung, die Kleider, die überall herumlagen, der Geruch nach Rauch und billigem Parfüm. Trotz der Unordnung strahlte er etwas Vertrauenerweckendes aus.

Die Leute vertrauen sich Capucine bereitwilliger an als Père Alban, dem einzigen Priester der Insel. Ein Boudoir, selbst so ein verlottertes, ist eben einladender als ein Beichtstuhl. Das Alter hat Capucine nicht zu einer ehrbaren Frau gemacht, aber sie genießt im Dorf einen beachtlichen Respekt. Wie die Nonnen kennt sie zu viele Geheimnisse.

Wir plauderten bei Kaffee und Kuchen. Capucine vertilgte Unmengen von den kleinen Butterkuchen, den *devinnoiseries*. Dazu trank sie jede Menge Kaffee, rauchte ihre Gitanes und naschte zwischendurch Kirschpralinen aus einer großen, herzförmigen Schachtel.

»Ich gehe ihn ein paar Mal die Woche besuchen«, sagte sie, während sie die winzigen Tassen erneut mit Kaffee füllte. »Manchmal bringe ich ihm Kuchen oder wasche ihm die Wäsche.«

Sie beobachtete meine Reaktion und wirkte erfreut, als ich mich bedankte. »Die Leute reden, weißt du«, sagte sie. »Aber das ist auch schon alles. Das ist lange vorbei.«

»Es geht ihm doch gut, oder?«

»Du weißt ja, wie er ist. Er gibt nichts von sich preis.«

»Das hat er noch nie getan.«

»Stimmt. Wer ihn kennt, versteht ihn. Doch mit Fremden tut er sich schwer. Nicht, dass *du* ...«, verbesserte sie sich hastig. »Er mag einfach keine Veränderungen, das ist alles. Er hat seine Gewohnheiten. Kommt jeden Freitagabend in Angélos Bar und trinkt regelmäßig mit Omer seinen *devinnoise*. Er redet nicht viel, aber zu behaupten, er sei nicht ganz richtig im Kopf, ist purer Unsinn.«

Die Angst vor dem Wahnsinn ist durchaus berechtigt auf den Inseln. Manche Familien tragen ihn in sich wie ein defektes Gen, ebenso wie die Polydaktylie und die Bluterkrankheit hier in diesen aussterbenden Dörfern häufiger vorkommen. Zu viele Vetternehen, sagen die Houssins. Meine Mutter behauptete immer, deswegen habe GrosJean sich eine Frau vom Festland genommen.

Capucine schüttelte den Kopf. »Um diese Jahreszeit hat er es besonders schwer. Sei ein bisschen gnädig mit ihm.«

Natürlich. Der Tag der Heiligen. Als ich noch klein war, hatten mein Vater und ich oft geholfen, die Nische der Heiligen frisch zu streichen – korallenrot, mit den traditionellen Sternen –, um sie auf die jährlichen Feierlichkeiten vorzubereiten. Die Salannais sind ein abergläubisches Völkchen, das gehört dazu, aber in La Houssinière werden solche Traditionen eher belächelt. Andererseits gibt es dort eine Kirche. Der Ort liegt im Schutz von La Jetée. La Houssinière ist den Gezeiten nicht schutzlos ausgeliefert. Hier in Les Salants ist die See gefährlicher und muss beschwichtigt werden.

»Natürlich«, sagte Capucine und unterbrach meine Gedanken, »hat GrosJean mehr als alle anderen an das Meer verloren. Und am Tag der Heiligen, so kurz vor dem Tag, an dem alles passiert ist – na ja. Sei ein bisschen rücksichtsvoll mit ihm, Mado.«

Ich nickte. Ich kannte die Geschichte, obwohl sie schon sehr alt war. Sie hatte sich ereignet, noch bevor meine Eltern verheiratet waren. Zwei Brüder, so eng verbunden wie Zwillinge. Wie es auf der Insel Brauch war, hatten sie sogar denselben Namen. Aber P'titJean hatte sich im Alter von dreiundzwanzig Jahren wegen eines Mädchens ertränkt, obwohl die Familie Père Alban offenbar davon überzeugt hatte, er sei beim Fischen verunglückt. Noch dreißig Jahre später gab GrosJean sich die Schuld daran.

»Das hat sich also nicht geändert.«

»Liebes. Das wird sich nie ändern.«

Ich kannte den Grabstein, ein massiver Block aus Inselgranit. Er stand in La Bouche, auf dem Friedhof der Salannais hinter La Goulue.

Jean-Marin Prasteau
1949–1972
Geliebter Bruder

Mein Vater hatte die Inschrift eigenhändig fingertief in den Stein gemeißelt. Er hatte ein halbes Jahr dafür gebraucht.

»Auf jeden Fall«, sagte Capucine und biss in einen Butterkuchen, »bleibst du jetzt erst mal bei mir, Mado. Zumindest bis die Feiertage vorüber sind. Du musst ja nicht sofort zurück. Ein oder zwei Tage kannst du dir doch sicher noch Zeit lassen, oder?«

Ich nickte nur, hatte keine Lust, ihr noch etwas zu erzählen.

»Hier drin ist mehr Platz, als du glaubst«, fuhr Capucine optimistisch fort und deutete auf einen Vorhang, der den Wohn- vom Schlafraum trennte. »Da kannst du es dir gemütlich machen, und mein Lolo ist ein guter Junge, er wird schon nicht alle paar Minuten durch den Vorhang lugen.« Capucine nahm noch eine Praline von ihrem endlos scheinenden Vorrat. »Er müsste eigentlich schon zurück sein. Ich wüsste mal gern, was er den lieben langen Tag so treibt. Dauernd hängt er mit dem jungen Guénolé rum.« Lolo war Capucines Enkel; ihre Tochter Clothilde hatte den Knaben in ihrer Obhut gelassen und war aufs Festland gegangen, um Arbeit zu suchen.

»Alles kehrt zurück, heißt es. Aber meine Clo hat es damit wohl nicht besonders eilig. Die scheint sich auf dem Festland gut zu amüsieren.« Capucines Blick verfinsterte sich ein wenig. »Nein, *ihret*wegen brauche ich die Heilige nicht zu küssen. Sie verspricht mir immer wieder, mich über die Feiertage zu besuchen, aber jedes Mal kommt ihr was anderes dazwischen. Vielleicht in zehn Jahren ...« Sie brach ab, als sie meinen Gesichtsausdruck bemerkte. »Tut mir Leid, Mado, ich hab nicht von dir gesprochen.«

»Ist schon gut.« Ich trank meinen Kaffee aus und stand auf. »Danke für Ihr Angebot.«

»Du willst doch nicht jetzt rübergehen? Doch nicht heute?«

»Warum nicht?«

»Es wird dir nicht gefallen«, sagte sie. »Das Haus ist in keinem besonders aufgeräumten Zustand.«

»Damit werde ich schon zurechtkommen.«

»Dann lass mich dich wenigstens begleiten. Oder ich hole Rouget.«

»Warum?« Ich fing an, mich zu ärgern. »Was hat der denn damit zu tun?«

Capucine wich meinem Blick aus. »Er ist ein Freund, das ist alles. Dein Vater hat sich daran gewöhnt, ihn um sich zu haben.«

»Nein, danke. Ich gehe lieber allein.«

Meine Gastgeberin sah mich stirnrunzelnd an, die Hände in die Hüften gestützt. Ihr rosafarbenes Tuch rutschte ihr von den Schultern. »Versprich dir nicht zu viel«, warnte sie mich. »Die Dinge ändern sich. Du hast dir auf dem Festland ein Heim geschaffen.«

»Keine Sorge. Ich bekomme das schon hin.«

»Ich meine es ernst.« Sie sah mich durchdringend an.

»Mach dir keine falschen Vorstellungen, Mädel. Glaub ja nicht, du könntest alles hinter dir lassen, indem du dich hier versteckst.«

»Sie reden ja schon wie meine Mutter.«

Capucine verzog das Gesicht. »Da komm ich mir ja richtig alt vor.«

Ich wusste, was sie dachte. Dass ich Sicherheit wollte. Dass ich mich irgendwie vor dem Leben auf dem Festland fürchtete. Aber das stimmte nicht. Das Leben auf einer Insel kann keine Sicherheit bieten. Alles ist in Bewegung. Nichts ist verankert. Aber all das spielte im Augenblick keine Rolle. Fürs Erste war ich nach Hause gekommen. Zu meinem Zuhause, dem Ort, an den alles zurückkehrt. Alles wird irgendwann zurück an diese bleiche, unversöhnliche Küste gespült, aufgeweicht, unter den Wanderdünen begraben, vergessen.

Bis heute.

4

Meine Mutter stammte vom Festland. Ich bin also nur eine halbe Insulanerin. Sie war aus Nantes, eine Romantikerin, die sich fast ebenso spontan in Le Devin verliebte wie in meinen blassen, gut aussehenden Vater.

Allerdings war sie schlecht ausgerüstet für das Leben in Les Salants. Sie war redselig, sang gern; sie war eine Frau, die weinte, tobte, lachte, die ihre Stimmungen immer auslebte. Mein Vater hatte wenig zu sagen, selbst am Anfang. Es lag ihm nicht, über belanglose Dinge zu plaudern. Wenn er überhaupt den Mund aufmachte, war er einsilbig; wenn er jemanden grüßte, dann nur mit einem stummen Nicken. Gefühle zeigte er einzig gegenüber den Fischerbooten, die er in dem kleinen Schuppen hinter unserem Haus baute und verkaufte. Im Sommer arbeitete er unter freiem Himmel, im Winter brachte er das Werkzeug in den Schuppen. Ich liebte es, in seiner Nähe zu sein, zuzusehen, wie er das Holz bearbeitete, die Klinker einweichte, um sie elastisch zu machen, die eleganten Bögen von Bug und Kiel formte und die Segel nähte. Die Segel waren immer entweder rot oder weiß, wie die Farben der Insel. Den Bug zierte eine Korallenperle. Jedes Boot wurde poliert und lackiert, Farbe wurde nur benutzt, um den Namen schwungvoll in Schwarz oder Weiß auf den Bug zu malen. Mein Vater hatte ein Faible für romantische Namen wie *Belle Ysolde*, *Sage Héloïse* oder *Blanche de Coëtquen*, Namen aus alten Büchern, obwohl er meines Wissens nie las. Seine Arbeit war sein Leben – er verbrachte mehr Zeit mit seinen »Damen« als mit sonst jemandem, streichelte ihre glatten Bäuche wie ein erfahrener Liebhaber, aber nie hat er ein Boot nach einer Frau aus unserer Familie benannt, nicht einmal nach meiner Mutter, obwohl sie sich das immer gewünscht hat. Wenn er es getan hätte, wäre sie vielleicht geblieben.

Als ich um die Düne bog, fiel mir sofort auf, dass die Werkstatt leer war. Das Schuppentor war geschlossen, und nach dem Gras zu urteilen, das davor in die Höhe geschossen war, war es seit Monaten nicht geöffnet worden. Hinter dem Zaun lagen ein paar Bootsrümpfe, halb im Sand versunken. Unter einem Wellblechdach stand ein Traktor mit Anhänger, der offenbar noch in Gebrauch war, aber der Kran, mit dem mein Vater früher die Boote auf den Anhänger gehievt hatte, war völlig verrostet.

Das Haus war in keinem besseren Zustand. Schon in früheren Zeiten hatte ein ziemliches Chaos geherrscht, überall im Innern und um das Haus herum hatten die Überreste von irgendwelchen hoffnungsvollen Projekten herumgelegen, die mein Vater angefangen und wieder aufgegeben hatte. Aber jetzt wirkte alles heruntergekommen. Die weiße Farbe an den Hauswänden war schmutzig grau, ein Fenster war mit Brettern zugenagelt, die Farbe an den Türen und den Fensterrahmen abgeblättert. Ich bemerkte ein Kabel, das vom Haus zum Nebengebäude führte, in dem ein Generator dröhnte; das Geräusch war das einzige Anzeichen von Leben.

Der Briefkasten war offensichtlich seit langem nicht geleert worden. Ich nahm einen dicken Stapel Briefe und Reklamesendungen aus dem überquellenden Kasten und brachte alles in die leere Küche. Die Haustür war nicht verriegelt. Neben der Spüle stapelte sich schmutziges Geschirr. Auf dem Ofen stand eine Kanne mit kaltem Kaffee. Es roch wie in einem Krankenzimmer. Die Sachen meiner Mutter – eine Kommode, eine Truhe und ein Wandteppich – waren noch da, aber alles war von einer dicken Staubschicht bedeckt, und auf dem Boden hatte sich Sand in den Ecken gesammelt.

Dennoch gab es Anzeichen dafür, dass jemand hier herumgewerkelt hatte. In einer Ecke des Zimmers stand eine Werkzeugkiste, daneben lagen Rohre, Draht und Holzstücke. Der Boiler, den GrosJean immer hatte reparieren wollen, war durch irgendeine kupferummantelte Vorrichtung ersetzt worden, die durch einen Schlauch mit einer Propangasflasche verbunden war. Ein paar lose Kabel waren sauber hinter der Holzverkleidung an der Wand befestigt worden; am Herd und am Kamin, der früher immer gequalmt hatte, wurde offensichtlich gearbeitet. Diese Anzeichen von Aktivität standen in Kontrast zu dem verfallenen Zustand des Hauses, als wäre GrosJean so sehr von seinen Arbeiten in Anspruch genommen, dass ihm keine Zeit blieb zum Staubwischen und Waschen. Typisch für ihn, dachte ich. Mich überraschte allerdings, dass er es zum ersten Mal fertig zu bringen schien, Dinge, die er anfing, auch zu beenden.

Ich legte die Post auf den Küchentisch. Zu meinem Ärger stellte ich fest, dass ich zitterte. Zu viele aufgestaute Gefühle. Ich zwang mich, ruhig zu bleiben. Als ich die Post durchging – die Sendungen waren teilweise mehr als ein halbes Jahr alt –, fand ich auch meinen letzten Brief an meinen Vater darunter, ungeöffnet. Ich betrachtete ihn gedankenverloren, las den Absender mit meiner Pariser Adresse. Ich musste daran denken, wie ich den Brief wochenlang mit mir herumgetragen hatte, bis ich mich endlich dazu entschloss, ihn einzuwerfen, und daran, wie benommen und gleichzeitig befreit ich mich in diesem Augenblick gefühlt hatte. Mein Freund Luc aus dem Café hatte mich immer wieder gefragt: »Worauf wartest du noch? Du willst ihn doch sehen, oder? Willst du ihm helfen?«

So einfach war das nicht. Ich hatte meine Hoffnung geformt wie eine Auster eine Perle, Schicht um Schicht, bis das kleine Sandkorn sich zu einem schönen Traum entwickelt hatte. In zehn Jahren hatte GrosJean mir nicht ein einziges Mal geschrieben. Ich hatte ihm Zeichnungen geschickt, Fotos, Zeugnisse, Briefe, ohne je eine Antwort zu erhalten. Und dennoch hatte ich ihm immer wieder geschrieben, wie jemand, der unermüdlich eine Flaschenpost nach der anderen ins Meer wirft. Meiner Mutter hatte ich natürlich nie etwas davon erzählt. Ich weiß genau, was sie dazu gesagt hätte.

Mit zitternder Hand legte ich den Brief wieder auf den Tisch. Dann steckte ich ihn in meine Tasche. Vielleicht war es besser so. Auf diese Weise konnte ich Zeit gewinnen, um nachzudenken und meine Möglichkeiten abzuwägen.

Wie ich von Anfang an vermutet hatte, war niemand im Haus. Ich bemühte mich, mir nicht wie ein Eindringling vorzukommen, als ich erst die Tür zu meinem alten Zimmer öffnete, dann die zu Adriennes. Es fehlte kaum etwas. Unsere Sachen waren alle noch da: meine Modellschiffe, die Filmposter meiner Schwester und ihre Kosmetikutensilien. Adriennes Zimmer war das größte und hellste. Meins lag nach Norden, und an einer Wand bildete sich im Winter immer ein Feuchtigkeitsfleck. Dahinter befand sich das Schlafzimmer meiner Eltern.

Ich drückte die Tür zu dem halbdunklen Zimmer auf; die Fensterläden waren geschlossen. Ein muffiger Geruch schlug mir entgegen. Das Bett war ungemacht, das Laken so zerwühlt, dass die gestreifte Matratze zu sehen war. Neben dem Bett ein von Kippen überquellender Aschenbecher, der Boden übersät mit schmutzigen Kleidungsstücken, in einer Nische neben der Tür eine kleine Gipsstatue von Sainte Marine, ein Karton mit Kleinkram. Darin entdeckte ich ein Foto – ich erkannte es sofort, obwohl es keinen Rahmen mehr hatte. Meine Mutter hatte es an meinem siebten Geburtstag gemacht, und es zeigte GrosJean, Adrienne und mich lachend vor einem großen Kuchen in Form eines Fischs.

Mein Gesicht war aus dem Foto herausgeschnitten – ungeschickt, mit einer groben Schere – so dass nur noch GrosJean und Adrienne übrig waren, ihre Hand auf seinem Arm. Über das Loch hinweg, lächelte mein Vater meine Schwester an.

Plötzlich hörte ich ein Geräusch vor dem Haus. Hastig steckte ich das Foto in meine Hosentasche und lauschte mit angehaltenem Atem. Jemand ging unter dem Schlafzimmerfenster vorbei, so leise, dass mein Herzschlag die Schritte beinahe übertönte; jemand, der barfuß war oder leichte Sandalen trug.

Ich rannte in die Küche. Hektisch glättete ich mein Haar, fragte mich, was er wohl sagen würde – was ich sagen sollte –, ob er mich überhaupt erkennen würde. Ich hatte mich verändert in den zehn Jahren, hatte meinen Babyspeck verloren, mein damals kurzes Haar war jetzt schulterlang. Ich bin nicht so eine Schönheit wie einst meine Mutter, obwohl einige Leute behauptet hatten, wir sähen uns ähnlich. Ich bin zu groß, mir fehlt die Eleganz ihrer Bewegungen, und meine Haare haben eine unauffällige, mittelbraune Farbe. Aber die Augen habe ich von ihr, mit kräftigen Brauen und von einer merkwürdig kühlen, graugrünen Farbe, die manche hässlich finden. Plötzlich wünschte ich, ich hätte mich ein bisschen zurechtgemacht. Ich hätte wenigstens ein Kleid anziehen können.

Die Tür ging auf. Jemand in einer schweren Seemannsjoppe und mit einer prall gefüllten Papiertüte unter dem Arm stand auf der Schwelle. Ich erkannte ihn sofort, obwohl seine Haare unter einer Strickmütze verborgen waren; seine schnellen, präzisen Bewegungen hatten nichts gemein mit der Behäbigkeit meines Vaters. Bevor ich wusste, wie mir geschah, war er hereingekommen und hatte die Tür hinter sich geschlossen.

Der Engländer. Rouget. Flynn.

»Ich dachte mir, Sie könnten die eine oder andere Kleinigkeit gebrauchen«, sagte er und stellte die Papiertüte auf dem Küchentisch ab. Dann, als er meinen Gesichtsausdruck bemerkte, fragte er: »Stimmt irgendwas nicht?«

»Ich hatte Sie nicht erwartet«, brachte ich schließlich hervor. »Sie haben mich überrascht.« Ich hatte immer noch Herzklopfen. Angespannt umklammerte ich das Foto in meiner Hosentasche, während mir abwechselnd heiß und kalt wurde und ich mich fragte, wie viel er an meinem Gesicht ablesen konnte.

»Nervös?« Flynn öffnete die Papiertüte und begann, sie zu leeren. »Brot, Milch, Käse, Eier, Kaffee, Cornflakes. Sie brauchen mir nichts zu bezahlen, das geht alles auf seine Rechnung.« Er steckte das Brot in den dafür vorgesehenen Leinenbeutel, der hinter der Tür hing.

»Danke.« Mir fiel auf, wie selbstverständlich er sich im Haus meines Vaters bewegte, Schränke öffnete, die Lebensmittel verstaute. »Ich hoffe, es war nicht zu viel Mühe.«

»Nein, nein, keine Sorge.« Er grinste. »Ich wohne nur zwei Minuten von hier entfernt, im alten *Blockhaus*. Ich schaue ab und zu hier vorbei.«

Das *Blockhaus* befand sich in den Dünen oberhalb von La Goulue. Ebenso wie das Stückchen Land, auf dem es stand, gehörte es offiziell meinem Vater. Ich konnte mich noch gut daran erinnern: Es war ein deutscher Bunker, der noch vom Krieg übrig war, ein hässlicher Betonklotz, mittlerweile halb im Sand versunken. Als Kind hatte ich immer geglaubt, es würde darin spuken.

»Ich hätte nicht gedacht, dass man in so einem Bunker wohnen kann«, sagte ich.

»Ich hab ihn mir hergerichtet«, erwiderte Flynn heiter, während er die Milch in den Kühlschrank stellte. »Die meiste Arbeit war, den ganzen Sand rauszukriegen. Ich bin natürlich noch nicht fertig; ich muss noch einen Brunnen graben und Wasserleitungen verlegen, aber es ist gemütlich, die Wände sind stabil, und es hat mich nichts gekostet, bis auf meine Arbeitszeit und das Geld für ein paar Dinge, die ich nicht selbst machen konnte.«

Ich musste an GrosJean denken, der immer irgendetwas in Arbeit hatte. Kein Wunder, dass dieser Mann ihm sympathisch war. Ein Handwerker, hatte Capucine gesagt. Einer, der kaputte Sachen reparierte. Jetzt wusste ich, wer all die Reparaturen im Haus meines Vaters durchführte. Irgendwie versetzte der Gedanke mir einen Stich.

»Wahrscheinlich werden Sie ihn heute Abend nicht mehr

treffen«, sagte Flynn. »Er ist seit ein paar Tagen ziemlich rastlos. Kaum jemand kriegt ihn zu sehen.«

»Danke.« Ich wandte mich ab, um seinem Blick nicht zu begegnen. »Ich kenne meinen Vater.«

Das stimmte. Nach der Prozession am Abend vor dem Fest von Sainte-Marine verschwand GrosJean regelmäßig in Richtung La Bouche und zündete auf dem Grab von P'tit-Jean Kerzen an. Das jährliche Ritual war hochheilig. Nichts konnte ihn davon abhalten.

»Ich nehme an, er weiß noch gar nicht, dass Sie auf die Insel zurückgekehrt sind«, fuhr Flynn fort. »Wenn er es erfährt, wird er annehmen, die Heilige hätte alle seine Gebete erhört.«

»Sie brauchen mir nichts vorzumachen«, erwiderte ich. »GrosJean hat noch nie die Heilige geküsst.«

Ein langes, verlegenes Schweigen entstand. Ich fragte mich, wie viel der Engländer über meinen Vater wusste, wie viel GrosJean ihm erzählt hatte, und ich spürte, wie meine Augen brannten. Typisch GrosJean, dachte ich, sich mit diesem Fremden anzufreunden und …

»Hören Sie, ich weiß, das geht mich nichts an«, sagte Flynn schließlich. »Aber wenn ich Sie wäre, würde ich heute Abend nicht auf das Fest gehen. Es liegen zu viele Spannungen in der Luft.« Er lächelte, und einen Augenblick lang beneidete ich ihn um seinen unbefangenen Charme. »Sie sehen aus, als könnten Sie ein bisschen Ruhe gebrauchen. Machen Sie es sich doch erst mal hier gemütlich, schlafen Sie sich aus, und morgen früh sehen Sie dann weiter.«

Er meinte es ehrlich. Das wusste ich. Einen Augenblick lang war ich sogar versucht, mich ihm anzuvertrauen. Aber das fällt mir schwer; ich sei ungesellig, sagte meine Mutter immer, wie mein Vater, und nicht besonders gesprächig. Zum ersten Mal fragte ich mich, ob es womöglich ein großer Fehler gewesen war zurückzukommen. Ich befühlte das Foto in meiner Tasche, als wäre es ein Talisman.

»Ich komme schon zurecht«, sagte ich.

5

Das Fest von Sainte-Marine-de-la-Mer findet einmal im Jahr statt, nachts bei Vollmond im August. An dem Abend wird die Heilige von ihrem Platz im Dorf zu den Ruinen ihrer Kirche an der Pointe Griznoz getragen. Das ist kein leichtes Unterfangen – die Heiligenstatue misst fast einen Meter und ist schwer, denn sie besteht aus purem Basaltstein. Vier Männer sind nötig, um sie auf ihrem Sockel ans Meer zu tragen. Wenn sie dort angekommen ist, gehen die Dörfler einer nach dem anderen an ihr vorbei; manche bleiben kurz stehen und küssen sie nach altem Brauch auf den Kopf, in der Hoffnung, dass etwas, das sie verloren haben – oder wahrscheinlicher noch, jemand, den sie verloren haben –, zu ihnen zurückkehrt. Kinder schmücken die Heilige mit Blumen. Kleine Opfergaben – Lebensmittel, Blumen, mit bunten Bändern verschnürte Päckchen Steinsalz, sogar Geld – werden in die aufkommende Flut geworfen. Dazu werden Zedern- und Kiefernholzspäne auf beiden Seiten der Statue in Kohlenbecken verbrannt. Manchmal gibt es auch ein Feuerwerk, das trotzig über der gleichgültigen See am Himmel explodiert.

Erst als es dunkel war, verließ ich das Haus. Der Wind, der auf diesem Teil der Insel immer am heftigsten weht, hatte nach Süden gedreht und ließ Fenster und Türen gespenstisch klappern. Es sah fast so aus, als würde es Sturm geben. Südwind ist schlecht, sagen die Insulaner. Am Abend des Festes von Sainte-Marine ist das kein gutes Zeichen.

Ich machte mich auf den Weg, die Jacke fest um mich gezogen, und konnte die Glut in den Kohlenbecken an der Spitze der Landzunge bald sehen. Früher hatte dort einmal eine Kirche gestanden. Seit fast hundert Jahren ist es nur noch eine Ruine; die See hat das Gemäuer Stück für Stück verschlungen, und jetzt ist nur ein kleiner Teil übrig – ein Teil der Nordwand, in der die Nische noch zu sehen ist, wo die Heilige einst ihren Platz hatte. In dem kleinen Turm über der Nische hat einmal eine Glocke gehangen – La Marinette –, aber die ist längst verschwunden. Einer Legende zufolge ist sie ins Meer gefallen; nach einer anderen wurde La Marinette von einem skrupellosen Houssin, der von der Heiligen verflucht und vom unheimlichen Geläut der Glocke in den Wahnsinn getrieben worden war, gestohlen und eingeschmolzen. Manchmal läutet sie immer noch, und zwar immer in stürmischen Nächten, und es ist jedes Mal ein Vorzeichen für irgendein Unheil. Zyniker behaupten, das Geräusch würde vom Wind verursacht, der durch die Felsen und Ritzen der Pointe Griznoz fährt, aber die Salannais wissen es besser; es ist La Marinette, die nach wie vor vom Meeresgrund aus über Les Salants wacht und ihr Warngeläut ertönen lässt.

Als ich mich der Landzunge näherte, bemerkte ich Gestalten vor der vom Feuer erleuchteten Mauer der alten Kirche. Es waren viele, mindestens dreißig, fast das halbe Dorf. Père Alban, der Inselpriester, stand direkt am Wasser, Kelch und Stab in den Händen. Im Licht des Feuers wirkte er bleich und verhärmt. Er grüßte mich kurz und ohne Erstaunen, als ich an ihm vorbeiging. Mir fiel auf, dass er nach Fisch roch, die Soutane hatte er sorgfältig in seine Anglerstiefel gesteckt.

Die alte Zeremonie ist seltsam anrührend, auch wenn den Dörflern nicht bewusst ist, dass sie einen malerischen Anblick bieten. Sie gehören einem anderen Menschenschlag an als meine Mutter und ich; die meisten sind von kleiner, gedrungener Statur, mit fein geschnittenen Gesichtszügen: keltische Typen eben. Mit schwarzen Haaren und blauen Augen. Ihr auffällig gutes Aussehen ist jedoch nur von kurzer Dauer, im Alter, wenn sie das Schwarz ihrer Vorfahren und die Frauen die weiße Haube, die *quichenotte*, tragen, sehen sie aus wie die Wasserspeier an gotischen Kirchen. Stets hat man den Eindruck, als seien drei Viertel der Bevölkerung über fünfundsechzig.

Hoffnungsvoll ließ ich meinen Blick über die Gesichter wandern. Alte Frauen in ewiger Trauerkleidung, langhaarige alte Männer in hohen Anglerstiefeln und schwarzen Jacken oder in Fischerjoppen und Lederstiefeln, ein paar junge Männer, die Fischerkluft durch ein grellbuntes T-Shirt aufgepeppt. Mein Vater war nicht unter ihnen.

Ich vermisste die feierliche Atmosphäre, die ich aus meiner Kindheit in Erinnerung hatte; es lagen nur wenige Blumen an der Nische, und von den üblichen Opfergaben war kaum etwas zu sehen. Stattdessen war es mir, als blickten die Dörfler überaus grimmig drein, wie Menschen im Zustand der Belagerung. Angespannte Erwartung lag in der Luft.

Endlich war es so weit, von den Dünen jenseits der Pointe Griznoz näherte sich die Sainte-Marine-Prozession mit ihren Laternen, und gleich darauf ertönten die klagenden Melodien der *binioux*, der traditionellen bretonischen Dudelsäcke. Ihr durchdringendes Kreischen, das sogar den pfeifenden Wind übertönte, klang diesmal eher wie Katzengejammer.

Ich erblickte den Sockel mit der Heiligen; vier Männer, jeder an einer Ecke, mühten sich ab, die Statue durch das unebene Gelände zu tragen. Als die Prozession näher kam, konnte ich Einzelheiten erkennen: die roten und weißen Blumen, die zu Füßen der für die Zeremonie festlich gekleideten Heiligen lagen, die Papierlaternen, die frische goldene Farbe auf der alten steinernen Statue. Auch die Kinder aus dem Dorf waren dabei, die Wangen vom Wind gerötet, die Stimmen schrill vor Aufregung. Ich entdeckte Capucines Enkel, den rundgesichtigen Lolo, und seinen Freund

Damien, die beide leichtfüßig und mit Laternen in der Hand – eine grün, eine rot – über den Sand liefen.

Während die Prozession die letzte Düne umrundete, erfasste der Wind eine der Laternen, und sie ging in Flammen auf; im gleichen Augenblick bemerkte ich meinen Vater.

Er war einer der Träger, und einen Moment lang konnte ich ihn betrachten, ohne von ihm gesehen zu werden. Das sanfte Licht des Feuers ließ sein Gesicht unverändert erscheinen und gab seinen Zügen einen untypischen, lebhaften Ausdruck. Er war korpulenter, als ich ihn in Erinnerung hatte, und die Muskeln seiner kräftigen Arme spannten sich vor Anstrengung unter dem Gewicht der Statue. In seinem Gesicht lag eine fürchterliche Konzentration. Die anderen drei Träger waren jüngere Männer. Ich erkannte Alain Guénolé und seinen Sohn Ghislain, beide Fischer, die an schwere Arbeit gewöhnt waren. Als die Prozession vor den erwartungsvollen Dörflern zum Stehen kam, sah ich zu meiner Überraschung, dass der vierte Träger Flynn war.

»Santa Marina.« Aus der vor mir stehenden Menschenmenge löste sich eine Frau und küsste die Füße der Heiligen. Ich erkannte sie; es war Charlotte Prossage, die Betreiberin des Lebensmittelladens, eine kleine, rundliche Frau, die aussah wie eine Wachtel und immerzu ängstlich dreinschaute. Die anderen blieben respektvoll auf Distanz, einige mit Amuletten oder Fotos in der Hand.

»Santa Marina. Hilf uns in unserer Not. Im Winter werden unsere Felder immer überflutet. Letztes Mal habe ich drei Monate gebraucht, um sie wieder in Ordnung zu bringen. Du bist unsere Schutzheilige. Beschütze uns.« Ihre Stimme klang demütig und vorwurfsvoll zugleich. Ihre Augen blickten unruhig hin und her.

Nachdem Charlotte ihr Gebet gesprochen hatte, traten nach und nach andere vor: Omer, ihr Mann – den sie wegen seines unförmigen Gesichts *La Patate*, die Kartoffel, nannten –, Hilaire, der Tierarzt mit seiner Glatze und der runden Brille; Fischer, Witwen, ein junges Mädchen mit scheuem Blick. Alle sprachen ihre Gebete atemlos und vorwurfsvoll. Da ich mich nicht rücksichtslos in die vorderste Reihe vordrängen wollte, wurde mir der Blick auf meinen Vater durch die Köpfe der Leute verstellt.

»Marine-de-la-Mer, schütze mein Haus vor dem Meer. Treibe die Makrelen in meine Netze, und halte den Dieb Guénolé von meinen Austern fern.«

»Sainte-Marine, ich möchte einen roten Bikini und eine Ray-Ban-Sonnenbrille. Ich möchte an einem Swimmingpool in einem Liegestuhl liegen. Ich möchte an die Côte d'Azur und an den Strand von Cannes. Ich möchte Margaritas trinken und Eis und amerikanische Pommes frites essen. Alles, bloß keinen Fisch. Bitte. Ich möchte überall sein, nur nicht hier.«

Das Mädchen, das um eine Ray-Ban-Sonnenbrille gebeten hatte, schaute mich kurz an, als es sich von der Heiligen abwandte. Ich erkannte die Kleine; es war Mercédès, die Tochter von Charlotte und Omer, die sieben oder acht Jahre alt gewesen war, als ich die Insel verlassen hatte. Jetzt war sie groß und langbeinig, mit langen Haaren und einem hübschen Schmollmund. Unsere Blicke begegneten sich; ich lächelte, doch sie warf mir nur einen verächtlichen Blick zu und schob sich an mir vorbei in die Menge. Jemand anders trat vor, eine alte Frau mit einem Kopftuch, das Gesicht demütig über ein Foto gebeugt.

Dann setzte die Prozession sich wieder in Bewegung, hinunter zum Wasser, wo die Füße der Heiligen in die Wellen getaucht werden sollten, um das Meer zu segnen. Die Menge vor mir löste sich auf, als GrosJean sich gerade abwandte. Ich sah sein Profil, inzwischen mit Schweißperlen bedeckt, bemerkte das Medaillon an seinem Hals, doch es gelang mir nicht, seinen Blick zu erhaschen. Dann war es zu spät; die Träger stolperten über den felsigen Abhang auf das Meer zu, während Père Alban die Heilige mit einer Hand stützte, damit sie nicht vom Sockel fiel. Die Dudelsäcke klagten jämmerlich; eine zweite Laterne fing Feuer, dann eine dritte, und glimmende Papierfetzen tanzten im Wind.

Schließlich erreichte die Prozession das Meer. Père Alban trat zur Seite, und die vier Männer trugen Sainte-Marine ins Wasser. An der Landzunge gibt es keinen Sand, hier besteht der Grund nur aus schlüpfrigen Felsen, und das auf den Wellen tanzende Licht erschwerte das Gehen zusätzlich. Die Flut war schon ziemlich hoch. Durch das Jaulen der *binioux* hindurch meinte ich schon das Heulen des Winds in den Felsen zu hören, das tiefe Raunen des Südwinds, das schon bald so durchdringend klingen würde wie das Dröhnen der ertrunkenen Glocke ...

»La Marinette!« Das war die alte Frau mit dem Kopftuch, Désirée Batonnet, die Augen vor Schreck weit aufgerissen. Ihre knochigen, nervösen Hände befingerten noch immer das Foto, auf dem das lächelnde Gesicht eines Jungen zu sehen war.

»Ach was.« Das war Aristide, ihr Mann, Kopf des Fischerklans gleichen Namens, ein alter Mann von siebzig Jahren oder mehr, mit einem mächtigen Schnurrbart und langem, grauem Haar unter dem für die Insel typischen flachen Hut. Jahre bevor ich geboren wurde, hatte er ein Bein verloren bei demselben Unglück auf See, bei dem sein ältester Sohn ums Leben gekommen war. Er starrte mich durchdringend an, als ich an ihm vorbeiging. »Ich will nichts mehr hören von diesem abergläubischen Gerede, Désirée«, raunte er seiner Frau zu. »Und steck das da weg.«

Désirée senkte den Blick und bedeckte das Foto mit ihrer Hand. Hinter ihnen stand ein junger Mann von neunzehn oder zwanzig Jahren mit einer Nickelbrille, der mich schüchtern und zugleich neugierig musterte. Er schien etwas sagen zu wollen, doch da drehte Aristide sich um, und der junge Mann beeilte sich, ihm zu folgen. Seine nackten Füße machten kein Geräusch auf den Felsen.

Die Träger standen mittlerweile bis zur Brust im Wasser, das Gesicht der Küste zugewandt, und hielten die Füße der Heiligen ins Meer. Die Wellen spülten die Blumen vom Sockel. Alain und Ghislain Guénolé hatten sich vorne postiert, Flynn und mein Vater standen hinten und stemmten sich gegen die Wellen. Obwohl August war, musste es im Wasser ziemlich kalt sein; meine Wangen waren ganz taub von der Gischt, die mir ins Gesicht spritzte, und der Wind fuhr so scharf durch meine wollene Jacke, dass ich zitterte. Aber ich stand zumindest im Trockenen.

Als alle Dörfler sich aufgestellt hatten, hob Père Alban seinen Stab, um den Segen auszusprechen. Just in dem Augenblick hob GrosJean den Kopf, und unsere Blicke begegneten sich.

Einen Moment lang war mir, als stünde die Welt still. Mein Vater starrte mich an, die Heilige auf den Schultern, den Mund leicht geöffnet, die Stirn gerunzelt. Das Medaillon an seinem Hals leuchtete rot.

Irgendetwas steckte in meinem Hals, was mir das Atmen erschwerte. Meine Hände fühlten sich an, als gehörten sie jemand anderem. Ich machte einen Schritt auf ihn zu.

»Vater? Ich bin's. Mado.«

Schweigen legte sich wie Asche über alles.

Ich meinte zu sehen, wie Flynn ihm mit den Augen etwas zu verstehen gab. Dann brach sich eine Welle hinter ihnen, und GrosJean, der mich immer noch anstarrte, verlor den Boden unter den Füßen, streckte eine Hand aus, um das Gleichgewicht zu halten ... und Sainte-Marine fiel vom Sockel in das tiefe Wasser von Pointe Griznoz.

Einen Augenblick lang schien sie auf wundersame Weise im vom Feuer erleuchteten Wasser zu schweben, der seidene Mantel bauschte sich über ihr. Dann war sie verschwunden.

GrosJean stand hilflos da und blickte ins Leere. Père Alban unternahm einen sinnlosen Versuch, die Heilige zu ergreifen. Aristide brach in schallendes Gelächter aus. Der junge Mann hinter ihm mit der Brille ging einen Schritt auf das Wasser zu, dann hielt er inne. Einen Moment lang wagte niemand, sich zu rühren. Dann ging ein Stöhnen durch die Menge, das sich in das Stöhnen des Winds mischte. Mein Vater blieb noch eine oder zwei Sekunden lang wie erstarrt stehen. Aus seinem Gesicht, das die Laternen in ein absurd festliches Licht tauchten, war jeder Ausdruck gewichen. Dann ergriff er die Flucht, schleppte sich aus dem Wasser, rutschte auf den schlüpfrigen Felsen aus, richtete sich schwerfällig auf, mühte sich ab in seinen schweren, klatschnassen Kleidern. Niemand machte Anstalten, ihm zu Hilfe zu eilen. Niemand sagte ein Wort. Die Leute wichen ihm aus, den Blick abgewandt, um ihm Platz zu machen.

»Vater!«, rief ich, sobald er an mir vorbeikam, doch er lief weiter, ohne sich auch nur einmal umzudrehen. Als er die Spitze von Pointe Griznoz erreichte, meinte ich, einen Schrei zu hören, einen langen, klagenden Schrei; aber vielleicht war es auch nur der Wind.

6

Gemäß einer alten Tradition begeben sich nach der Zeremonie an dem Felsen alle zu Angélo, um auf die Heilige anzustoßen. Diesmal waren es weniger als die Hälfte der Gläubigen. Père Alban nahm sich nicht einmal die Zeit, den Wein zu segnen, und fuhr sofort zurück nach La Houssinière; die Kinder – und die meisten Mütter – gingen zu Bett, und von der sonst üblichen feierlichen Stimmung war nichts zu bemerken.

Der Hauptgrund dafür war natürlich der Verlust der Heiligenstatue. Ohne sie würden die Gebete nicht erhört werden, ohne sie würde die Insel den Gezeiten schutzlos ausgeliefert sein. Omer La Patate hatte vorgeschlagen, sich sofort auf die Suche zu machen, aber die Felsen waren wegen der Flut in der Dunkelheit zu gefährlich, und man hatte die Aktion auf den kommenden Morgen verschoben.

Ich kehrte auf direktem Weg ins Haus zurück und wartete auf GrosJean. Er kam nicht. Schließlich, gegen Mitternacht, ging ich zu Angélos Bar, wo ich Capucine vorfand, die versuchte, mit Kaffee und *devinnoiseries* ihre Nerven zu beruhigen.

Als sie mich sah, stand sie mit besorgter Miene auf.

»Er ist nicht da«, sagte ich und setzte mich zu ihr. »Er ist nicht nach Hause gekommen.«

»Das wird er auch nicht. Nicht heute Nacht«, erwiderte

Capucine. »Nach allem, was passiert ist – nachdem er dich ausgerechnet heute Abend wieder gesehen hat ...« Sie brach ab und schüttelte den Kopf. »Ich hatte dich gewarnt, Mado. Einen schlechteren Zeitpunkt hättest du dir nicht aussuchen können.«

Die Leute starrten mich an; ich spürte ihre Neugier, aber auch eine Kälte, die mir Unbehagen bereitete. »Ich dachte, jeder sei willkommen an Sainte-Marine. Darum geht es doch wohl bei der Feier, oder?«

Capucine musterte mich. »Erzähl mir keinen Blödsinn, Mädel«, sagte sie streng. »Ich weiß genau, warum du diesen Tag gewählt hast.« Sie zündete sich eine Zigarette an und blies den Rauch durch die Nase. »Du bist schon immer stur gewesen. Du hast nichts übrig für die sanfte Tour, stimmt's? Immer mit dem Kopf durch die Wand, immer alles auf einmal ändern.« Sie lächelte gequält. »Gib deinem Vater eine Chance, Mado.«

»Eine Chance?« Das war Aristide Bastonnet. »Nach allem, was heute Abend passiert ist, welche Chance haben wir dann noch?«

Ich schaute auf. Auf seinen Stock gestützt, Désirée am Arm, stand der alte Mann hinter uns, seine Augen funkelten wie glühende Kohlen. Der junge Mann mit der Brille verharrte neben den beiden, die Haare fielen ihm ins Gesicht, und er wirkte ziemlich verlegen. Jetzt erkannte ich ihn: Es war Xavier, Aristides Enkel. Er war früher ein ziemlich eigenbrötlerisches Kind gewesen, ein Bücherwurm. Obwohl er nur wenig jünger war als ich, hatten wir kaum je ein Wort miteinander gewechselt.

Aristide starrte mich immer noch wütend an. »Wieso bist du überhaupt zurückgekommen, hä?«, fragte er. »Hier gibt's nichts mehr. Bist du gekommen, um GrosJean ins Grab zu bringen? Hast du es auf sein Haus abgesehen? Oder auf sein Geld?«

»Gib ihm keine Antwort«, sagte Capucine. »Er ist betrunken.«

Aristide tat so, als hätte er das nicht gehört. »Ihr seid doch alle gleich!«, fauchte er. »Ihr kommt nur her, wenn ihr was braucht.«

»Großvater«, protestierte Xavier und legte dem alten Mann eine Hand auf die Schulter. Aber Aristide schüttelte sie ab. Obwohl er einen Kopf kleiner war als Xavier, ließ sein Zorn ihn wie einen Riesen erscheinen. Seine Augen funkelten wie die eines Propheten.

Seine Frau schaute mich ängstlich an. »Tut mir Leid«, sagte sie leise. »Sainte Marine – unser Sohn …«

»Halt den Mund!«, brüllte Aristide und fuhr so heftig herum, dass er womöglich gestürzt wäre, hätte Désirée nicht neben ihm gestanden. »Glaubst du etwa, dass *sie* das interessiert? Glaubst du, das interessiert hier irgendeinen?«

Ohne sich noch einmal umzudrehen, ging er hinaus, wobei sein Holzbein über den Betonboden schleifte, gefolgt von seiner Frau und seinem Enkel. Nachdem die Tür sich hinter ihm geschlossen hatte, herrschte einen Augenblick lang Schweigen im Raum.

Capucine zuckte die Achseln. »Mach dir nichts draus, Mado. Er hat ein paar Schnäpse zu viel getrunken. Erst die Flut – dann das Debakel mit der Statue –, und jetzt kommst auch noch du auf die Insel zurück.«

»Ich verstehe nicht, was Sie meinen.«

»Da gibt's nichts zu verstehen«, sagte Matthias Guénolé. »Er ist eben ein Bastonnet. Ein alter Dickschädel.« Das war weniger ermutigend, als es klingen sollte, denn die Guénolés befehden sich seit Generationen mit den Bastonnets.

»Der arme Aristide. Immer wittert er irgendeine Verschwörung gegen sich.« Als ich mich umdrehte, erblickte ich eine kleine alte Frau in schwarzer Witwenkleidung auf einem Barhocker hinter mir. Toinette Prossage, Omers Mutter und die älteste Bürgerin von Les Salants. »Wenn man Aristide glaubt, gibt es immer irgendeinen, der gerade versucht, ihn unter die Erde zu bringen, der sich seine Ersparnisse unter den Nagel reißen will.« Sie stieß ein krächzendes Lachen aus. »Als wüsste nicht jeder, dass er sein ganzes Geld für Reparaturen an seinem Haus ausgegeben hat! *Bon-*

ne Marine, selbst wenn sein Junge nach all den Jahren wieder zurückkäme, würde er nichts mehr vorfinden außer einem alten Kahn und einem Stück Sumpfland, das ihm nicht mal Brismand abkaufen würde.«

Matthias schnalzte mit der Zunge. »Dieser alte Aasgeier.« Ich befühlte den Brief, den ich immer noch in der Tasche hatte. »Brismand?«

»Na klar«, sagte Toinette. »Wer sonst könnte es sich leisten, dieses Dorf auf Vordermann zu bringen?«

Toinette behauptete, Brismand habe bereits Pläne für Les Salants. Pläne, die ebenso dunkel wie undurchschaubar seien. Aus ihren Worten sprach die typische Abneigung der Salannais gegen einen erfolgreichen Houssin.

»Er könnte Les Salants ruck, zuck in ein blühendes Dorf verwandeln«, sagte die Alte mit einer ausladenden Geste. »Er hat das Geld und die Maschinen. Die Sümpfe trockenlegen, vor La Goulue einen Damm bauen – das hätte er in einem halben Jahr erledigt. Dann würde hier nichts mehr überflutet. Aber das hätte natürlich seinen Preis, versteht sich. Er ist schließlich nicht reich geworden, indem er allen Leuten einen Gefallen getan hat.«

»Vielleicht sollte man sich mal anhören, was für Vorschläge er hat.«

Matthias warf mir einen missbilligenden Blick zu. »Wie bitte? An einen Houssin verkaufen?«

»Lass sie in Ruhe«, sagte Capucine. »Sie meint es nur gut.«

»Ja, aber wenn er dafür sorgen könnte, dass das Land nicht mehr überflutet wird ...«

Matthias schüttelte nachdrücklich den Kopf. »Das Meer lässt sich nicht unter Kontrolle bringen«, sagte er. »Es tut, was es will. Wenn die Heilige uns ersäufen will, dann wird sie es auch tun.«

Es hatte nacheinander mehrere schlechte Jahre gegeben, erfuhr ich. Obwohl das Dorf unter dem Schutz von Sainte-Marine stand, war die Flut jeden Winter höher gestiegen. In diesem Jahr hatte sogar die Rue de l'Océan unter Wasser gestanden, zum ersten Mal seit dem Krieg. Auch im

Sommer hatten sie keine Ruhe gehabt. Der Bach war über die Ufer getreten, hatte das halbe Dorf überschwemmt und Schäden verursacht, die bis jetzt noch nicht behoben waren.

»Wenn das so weitergeht, enden wir noch wie das alte Dorf«, sagte Matthias Guénolé. »Alles ist im Wasser versunken, sogar die Kirche.« Er füllte seine Pfeife und drückte den Tabak mit seinem schmuddeligen Daumen fest. »Das muss man sich mal vorstellen – eine Kirche. Wenn die Heilige nicht helfen kann, wer dann?«

»Das war wirklich ein schlimmes Jahr!«, rief Toinette Prossage aus. »Neunzehnhundertacht. Meine Schwester Marie-Laure ist damals an Lungenentzündung gestorben, in dem Winter, als ich geboren wurde.« Sie fuchtelte mit ihrem krummen Zeigefinger in der Luft herum. »Ich war das Kind, das in dem schwarzen Jahr geboren wurde; kein Mensch hat geglaubt, dass ich eine Chance hätte. Aber ich habe überlebt! Und wenn wir auch dieses Jahr überleben wollen, dann sollten wir etwas mehr unternehmen, als uns gegenseitig die Hölle heiß zu machen.« Sie sah Matthias durchdringend an.

»Leicht gesagt, Toinette, wenn unsere Schutzpatronin jedoch nicht hinter uns steht ...«

»Das hab ich nicht gemeint, Matthias Guénolé, und das weißt du ganz genau.«

Matthias zuckte mit den Schultern. »Ich hab nicht angefangen mit dem Theater«, sagte er. »Wenn Aristide Bastonnet ausnahmsweise mal zugeben würde, dass er im Unrecht ist ...«

Toinette sah mich mit funkelnden Augen an. »Siehst du, wie es hier zugeht? Erwachsene Männer – *alte* Männer – führen sich auf wie kleine Kinder. Kein Wunder, dass die Heilige sich abwendet.«

»*Meine* Jungs haben die Heilige jedenfalls nicht ins Wasser fallen lassen«, fuhr Matthias auf. Als Capucine ihm einen durchdringenden Blick zuwarf, schaute er beschämt zu Boden. »Tut mir Leid«, sagte er zu mir. »Niemand macht GrosJean für das Unglück verantwortlich. Wenn überhaupt, dann ist Aristide schuld. Er wollte nicht zulassen, dass sein

Enkel die Statue trägt, damit nur ja nicht zwei Guénolés und nur ein Bastonnet beteiligt waren. Natürlich konnte er nicht selbst einspringen. Nicht mit seinem Holzbein.« Er seufzte. »Ich hab's euch ja gesagt. Das wird ein Unglücksjahr. Ihr habt doch auch La Marinette läuten hören, oder?«

»Das war nicht La Marinette«, sagte Capucine. Automatisch hob sie Zeige- und Mittelfinger der linken Hand, das Zeichen, um Unglück abzuwehren. Ich sah, wie Matthias das Gleiche tat.

»Ich sage euch, es kommen schlimme Zeiten auf uns zu. Vor dreißig Jahren ...«

Wieder machte Matthias das Zeichen. »Zweiundsiebzig, das war ein furchtbares Jahr.«

Das stimmte; damals waren drei Dörfler ums Leben gekommen, darunter der Bruder meines Vaters.

Matthias trank einen Schluck *devinnoise*. »Einmal glaubte Aristide, er hätte La Marinette gefunden. Das war im Frühling, in dem Jahr, als er sein Bein verloren hat. Aber dann stellte sich heraus, dass es eine alte Mine war, die noch vom Krieg übrig war. Wirklich witzig, meint ihr nicht auch?«

Ich nickte zustimmend. Aus Höflichkeit hörte ich ihm zu, obwohl ich die Geschichte als Kind schon oft gehört hatte. Nichts hat sich verändert, dachte ich verzweifelt. Die Geschichten waren ebenso alt und erschöpft wie die Dorfbewohner, immer wieder hervorgekramt und befingert wie die Perlen an einem Rosenkranz. Ich empfand Mitleid und Unwillen zugleich und stieß einen tiefen Seufzer aus. Matthias fuhr unbeirrt fort, als hätte der Vorfall sich erst gestern zugetragen.

»Das Ding war halb im Sand vergraben. Es dröhnte, wenn man mit einem Stein dagegen schlug. Alle Kinder kamen herbeigelaufen und klopften mit Stöcken und Steinen auf dem Ding herum, um ihm einen Ton zu entlocken. Stunden später, als die Flut sie mit hinausgetragen hat, ist die Mine ganz von allein explodiert, ungefähr hundert Meter vor der Stelle, wo sich jetzt La Jetée befindet. So ziemlich alle Fische von da bis vor Les Salants waren hinüber.« Matthias sog genüsslich an seiner Pfeife. »Désirée hat einen Riesentopf Bouillabaisse gekocht, weil sie nicht mit ansehen konnte, dass all die Fische verschwendet wurden. Hat das halbe Dorf damit vergiftet.« Er sah mich mit geröteten Augen an. »Ich hab nie rausbekommen, ob ein Wunder dahinter gesteckt hat oder nicht.«

Toinette nickte zustimmend. »Was auch immer es war, es hat uns Unglück gebracht. Aristides Sohn Olivier ist in dem Jahr gestorben und – na ja – ihr wisst schon.« Bei diesen Worten sah sie mich an.

»P'titJean.«

Toinette nickte wieder. »Das waren vielleicht zwei Brüder! Du hättest sie mal erleben sollen«, sagte sie. »Geschwätzig wie zwei Elstern, alle beide.«

Matthias nippte an seinem Schnaps. »Das Schwarze Jahr hat GrosJean das Herz gebrochen, genauso wie es die Häuser von La Goulue verschluckt hat. Die Gezeiten waren vielleicht schlimmer damals, aber nicht viel.« Er seufzte theatralisch und deutete mit seiner Pfeife auf mich. »Ich warne dich, Mädel. Richte dich hier nicht zu gemütlich ein. Denn wenn wir noch mal so ein schlimmes Jahr bekommen …«

Toinette stand auf und schaute durch das Fenster in den Himmel. Am Horizont schimmerte er orangerot, und in der Ferne zuckten Blitze.

»Schlimme Zeiten kommen auf uns zu«, sagte sie ruhig. »Genau wie zweiundsiebzig.«

7

Ich schlief in meinem alten Zimmer, wo ich die ganze Nacht das Meeresrauschen in den Ohren hatte. Als ich aufwachte, war es taghell, und es gab immer noch kein Anzeichen von meinem Vater. Ich kochte Kaffee, und während ich ihn langsam trank, fühlte ich mich seltsam niedergeschlagen. Was hatte ich erwartet? Dass mein Vater mich mit offenen Armen empfangen würde wie eine verlorene Tochter? Die Missstimmung des vergangenen Abends lag mir nach wie vor auf der Seele, und der Zustand des Hauses machte alles noch schlimmer. Ich beschloss, ein bisschen an die frische Luft zu gehen.
 Der Himmel war verhangen, und ich konnte das Kreischen der Möwen über La Goulue hören. Wahrscheinlich hatte die Ebbe eingesetzt.
 Man kann die Bucht von La Goulue riechen, bevor man sie sieht. Bei Ebbe ist er sogar besonders intensiv, dieser Geruch nach Tang und Fisch, der einem Fremden vielleicht unangenehm ist, bei mir jedoch widersprüchliche, romantische Assoziationen auslöst. Im silbrigen Licht sah ich die leer stehenden Häuser schimmern. Der alte deutsche Bunker, halb versunken in der Düne, ragte wie ein riesiger, verlassener Bauklotz in den Himmel. Aus der dünnen Rauchfahne, die aus seinem Kamin aufstieg, schloss ich, dass Flynn gerade dabei war, sich sein Frühstück zuzubereiten.

La Goulue war der Teil von Les Salants, der über die Jahre am meisten gelitten hatte. Der Bauch der Insel wies starke Erosionsschäden auf, und wo zu meiner Kindheit noch ein Weg zum Watt hinuntergeführt hatte, war nur noch Geröll übrig. Die Strandhütten, in denen ich mich als Kind versteckt hatte, waren bis auf eine einzige vom Meer fortgespült worden. Die Bachmündung hatte sich verbreitert, allerdings hatte man offenbar Versuche unternommen, sie zu befestigen – an der westlichen Seite stand eine notdürftig aus Felsbrocken errichtete Mauer, die das Wasser jedoch mit der Zeit ebenfalls unterhöhlt hatte und die den Bach daher kaum vor den Gezeiten schützte. Ich begann zu verstehen, warum Matthias Guénolé so pessimistisch war; eine Sturmflut würde den Bach anschwellen, über den Deich schwappen und die ganze Straße überfluten lassen. Aber mir fiel eine weitere Veränderung auf, die wesentlich mehr aussagte. Die Wälle aus Seetang, die sich selbst im Sommer am Ufer aufgetürmt hatten, waren spurlos verschwunden. Nur blanke Felsen waren übrig geblieben, die nicht einmal mit einer dünnen Schicht Schlamm bedeckt waren. Das verwirrte mich. Hatte die Windrichtung sich geändert? Früher war immer alles nach La Goulue zurückgekehrt. Aber jetzt war nichts zu sehen an der Küste, kein Seetang, kein Treibgut, nicht das kleinste Stück Treibholz. Auch die Möwen schienen es begriffen zu haben; sie verfolgten einander wütend kreischend in der Luft, ließen sich aber nie lange genug auf dem Boden nieder, um nach Futter zu suchen. In der Ferne zeichneten sich die Inselchen von La Jetée wie blasse Rüschen auf dem dunklen Wasser ab. Von meinem Vater war weit und breit keine Spur zu entdecken. Vielleicht ist er nach La Bouche gegangen, sagte ich mir. Der Friedhof lag in einiger Entfernung vom Dorf, und ich war ein paar Mal dort gewesen, aber nicht oft; auf Le Devin sind die Toten Männersache.

Irgendetwas sagte mir, dass jemand in meiner Nähe war. Vielleicht war es die Art, wie die Möwen reagierten; aber ein Geräusch war nicht zu hören. Als ich mich umdrehte, bemerkte ich Flynn, der wenige Meter von mir entfernt stand und auf das Meer hinausschaute. Er hatte zwei Hummerkörbe bei sich, über der Schulter trug er einen Beutel. Die Körbe waren voll, und beide waren mit dem roten B der Familie Bastonnet gekennzeichnet.

Wilderei ist das einzige Verbrechen, das auf Le Devin ernst genommen wird. Die Hummerkörbe eines Fischers zu plündern ist genauso schlimm, wie mit dessen Frau ins Bett zu gehen.

Flynn lächelte mich ohne Anzeichen von Reue an. »Erstaunlich, was das Meer so alles anspült«, bemerkte er gut gelaunt und deutete mit einem der Körbe in Richtung Pointe Griznoz. »Ich hab mir gesagt, ich mach mich mal frühzeitig auf und sehe mich ein bisschen um, bevor das halbe Dorf hier erscheint, um nach der Statue zu suchen.«

»Die Statue?«

Er schüttelte den Kopf. »Ich fürchte, bisher haben sie noch keine Spur von ihr entdeckt. Sie muss mit der Ebbe weggerollt sein. Die Strömung ist hier so stark, dass sie womöglich längst auf dem halben Weg nach La Goulue angekommen ist.«

Ich sagte nichts. Es braucht mehr als eine starke Flut, um einen Hummerkorb an die Küste zu spülen. Als ich noch klein war, lauerten die Guénolés und die Bastonnets sich gegenseitig in den Dünen auf, beide in der Hoffnung, die jeweils anderen auf frischer Tat zu ertappen. Dabei hatten sie sich mit Schrotflinten bewaffnet, in deren Läufe sie Steinsalz gestopft hatten.

»Sie haben offenbar mehr Glück«, sagte ich.

Er sah mich mit leuchtenden Augen an. »Ich komme zurecht.«

Dann war er auch schon wieder mit etwas anderem beschäftigt. Mit seinen nackten Füßen grub er kleine Knollen von wildem Knoblauch aus, der hier im Sand wuchs. Sobald er genügend zusammen hatte, bückte er sich und steckte sie in seine Hosentasche. Einen Moment lang stieg mir der stechende Geruch in die Nase. Als Kind hatte ich den wilden Knoblauch für meine Mutter gesammelt, die damit ihre Fischsuppe würzte.

»Hier war früher mal ein Weg«, sagte ich, den Blick auf die Bucht gerichtet. »Da bin ich als Kind immer langgegangen, wenn ich zum Watt runterwollte, und jetzt ist er weg.«

Flynn nickte. »Toinette Prossage kann sich noch erinnern, wie hier eine ganze Straße war, mit Häusern und einem Bootssteg und einem kleinen Strand. Aber das ist alles schon vor Jahren der See zum Opfer gefallen.«

»Ein Strand?« Gut möglich. Früher konnte man bei Ebbe von La Goulue aus bis zu den Sandbänken von La Jetée laufen, aber über die Jahre waren sie wie gelbe Wale mit der Strömung weitergewandert. Ich schaute zu der einzigen übrig gebliebenen Strandhütte hinüber, die nutzlos oben auf den Felsen thronte.

»Auf einer Insel ist nichts von Dauer.«

Erneut betrachtete ich die beiden Hummerkörbe. Flynn hatte den Hummern die Scheren zusammengebunden, damit sie sich nicht gegenseitig verletzten.

»Die *Eleanore* der Familie Guénolé ist letzte Nacht aus ihrer Verankerung gerissen worden«, sagte er. »Die Guénolés haben die Bastonnets im Verdacht, aber es wird wohl der Wind gewesen sein.«

Anscheinend waren Alain Guénolé, sein Sohn Ghislain und sein Vater Matthias seit dem Morgengrauen unterwegs, um nach der *Eleanore* zu suchen. Das solide Fischerboot mit dem flachen Kiel war vielleicht von der Strömung weggetrieben worden und lag womöglich unbeschädigt irgendwo im seichten Wasser. Das war zwar sehr optimistisch gedacht, aber einen Versuch war es wert.

»Weiß mein Vater davon?«, fragte ich.

Flynn zuckte die Achseln. Sein Gesichtsausdruck sagte mir, dass er die *Eleanore* bereits aufgegeben hatte. »Vielleicht hat er noch nicht davon gehört. Er ist letzte Nacht nicht nach Hause gekommen, stimmt's?« Er musste mir meine Verblüffung angesehen haben, denn er grinste. »Ich habe einen sehr leichten Schlaf«, sagte er. »Ich habe ihn zum Friedhof gehen hören.«

Der Friedhof. La Bouche. Ich hatte also richtig vermutet. Schweigend schauten wir auf das Meer hinaus, während über uns die Möwen kreischten. Ich spürte, wie Flynn darauf wartete, dass ich irgendetwas sagte, fragte mich erneut, wie viel GrosJean ihm erzählt hatte. Ich dachte an den überquellenden Briefkasten, an das zerschnittene Geburtstagsfoto.

»Er ist ein schwieriger Mann«, sagte ich schließlich. »Man muss lernen, die Dinge so zu sehen wie er. Das ist gar nicht so einfach.«

»Sie sind lange fort gewesen.«

»Ich kenne meinen Vater.«

Flynn spielte mit der Korallenkette, die er um den Hals trug. »Sie sind noch nicht dort gewesen, nicht wahr?«

»Nein. Ich gehe nicht gern hin. Warum?«

»Kommen Sie«, sagte er, stellte die Hummerkörbe ab und streckte seine Hand nach mir aus. »Ich will Ihnen etwas zeigen.«

Jeder, der zum ersten Mal nach La Bouche kommt, ist zunächst verblüfft. Vielleicht liegt es an der Größe des Friedhofs, an den langen Reihen von Grabsteinen mit den Familiennamen aus Les Salants. Hunderte, vielleicht tausende von Bastonnets, Guénolés, Prossages und auch von uns Prasteaus liegen dort Seite an Seite wie müde Sonnenanbeter, deren Streitigkeiten längst vergessen sind.

Ebenfalls verblüffend ist die Größe der Grabsteine; wie Monolithe stehen die riesigen, vom Wind verwitterten Steine aus Inselgranit in Reih und Glied, allein durch ihr Gewicht in dem alles andere als festen Boden verankert. Im Gegensatz zu den lebenden sind die toten Salannais verträgliche Leute; sie besuchen einander von Zeit zu Zeit, wenn der Sand wandert, ungeachtet der Zwistigkeiten unter den Familien. Um sie unter der Erde zu halten, benutzen wir die schwersten Steine, die wir haben. P'titJeans ist ein massiver Brocken aus grau-rosa marmoriertem Inselgranit, der seine Ruhestätte vollständig bedeckt, als könnte man P'titJean gar nicht tief genug begraben.

Flynn weigerte sich, meine Fragen zu beantworten, während wir zu dem alten Friedhof hinaufgingen. Ich folgte ihm widerwillig über den steinigen Boden. Nach einer Weile konnte ich die ersten alten Grabsteine ausmachen, die die Düne vor dem Friedhof überragten. La Bouche war für meinen Vater immer ein Zufluchtsort gewesen, und auch jetzt hatte ich fast ein schlechtes Gewissen, kam mir vor wie ein Eindringling.

»Folgen Sie mir bis auf die Düne«, sagte Flynn, der mein Zögern bemerkt hatte. »Von dort oben aus können Sie alles überblicken.«

Eine ganze Weile stand ich einfach nur auf der Düne und schaute auf den Friedhof hinunter. »Seit wann ist das schon so?«, fragte ich.

»Seit den Frühjahrsstürmen.«

Man hatte versucht, die Gräber zu schützen. Wo der Weg nahe an der Bachmündung entlangführte, hatten die Insulaner Sandsäcke aufgeschichtet, und um einige Grabsteine herum hatten sie die fortgespülte Erde wieder zurückgeschaufelt, aber es war nicht zu übersehen, dass diese provisorischen Schutzmaßnahmen bei dem Ausmaß der Schäden nicht ausreichten. Wie kranke Zähne standen die Grabsteine auf ihren freigespülten Sockeln, einige immer noch aufrecht, andere neigten sich bereits gefährlich schief ins flache Wasser, wo der Bach über die Ufer getreten war. Hier und da schwammen ein paar verwelkte Blumen auf dem Wasser, ansonsten war auf einem etwa fünfzig Meter langen Streifen nichts zu sehen als die Grabsteine, und im Wasser das bleiche Spiegelbild des Himmels.

Lange stand ich schweigend da, völlig versunken in den Anblick.

»Seit einer Woche kommt er jeden Tag hierher«, berichtete Flynn. »Ich habe ihm gesagt, es ist zwecklos, aber er glaubt mir nicht.«

Inzwischen hatte ich P'titJeans Grab entdeckt, ganz in der Nähe des überfluteten Wegs. Mein Vater hatte es zu Ehren von Sainte-Marine mit roten Blumen und Korallenperlen geschmückt. Die kleinen Opfergaben wirkten seltsam jämmerlich auf ihrer kleinen, steinernen Insel.

Meinen Vater musste das alles schrecklich mitgenommen haben. Abergläubisch, wie er war, konnte selbst das Läuten von La Marinette nicht eine solche Bedeutung für ihn haben wie das hier.

Ich machte einen Schritt auf den Weg zu.

»Nicht«, sagte Flynn.

Ich beachtete ihn nicht. Mein Vater hatte mir den Rücken zugekehrt. Er war so sehr in seine Arbeit vertieft, dass er mich erst hörte, als ich so dicht hinter ihm stand, dass ich ihn hätte berühren können. Flynn hatte sich nicht von der Stelle gerührt, und in den grasbewachsenen Dünen wäre er kaum zu sehen gewesen, hätte nicht sein rotes Haar in der Sonne geleuchtet.

»Vater?«, sagte ich. Er drehte sich um.

Jetzt, bei Tageslicht, merkte ich erst, wie sehr GrosJean gealtert war. Er wirkte kleiner, als ich ihn in Erinnerung hatte, wie in seinen Kleidern geschrumpft, sein breites Gesicht war mit grauen Bartstoppeln übersät. Seine Ärmel waren verschmutzt, als hätte er irgendetwas umgegraben, und seine hohen Anglerstiefel waren bis zum Schaft schlammverschmiert. Eine Gitane fiel ihm von der Unterlippe.

Ich tat einen Schritt auf ihn zu. Mein Vater sah mich schweigend an, seine blauen Augen funkelten in seinem wettergegerbten Gesicht. Er reagierte nicht auf mich; genauso gut hätte er einen Schwimmer beobachten können, den er mit der Angel ausgeworfen hatte, oder die Entfernung zwischen einem Boot und dem Anlegesteg abschätzen.

»Vater«, sagte ich noch einmal, doch mein Lächeln fühlte sich seltsam fremd und steif an. Ich schob mein Haar aus der Stirn, um ihm mein Gesicht zu zeigen. »Ich bin's.«

GrosJean gab immer noch nicht zu erkennen, ob er mich gehört hatte. Ich sah, wie seine Hand nach dem Anhänger griff, den er am Hals trug. Nein, es war kein Anhänger, es war ein Medaillon. Eines, in dem man ein Andenken aufbewahrt.

»Ich habe dir geschrieben. Ich dachte, du könntest – du bräuchtest vielleicht ...« Auch meine Stimme schien nicht meine eigene zu sein. GrosJean starrte mich mit leerem Blick an. Schweigen legte sich über alles wie schwarze Schmetterlinge.

»Du könntest wenigstens etwas sagen«, versuchte ich es noch einmal.

Schweigen. Ein Flügelschlag.

»Nun?«

Schweigen. Flynn stand reglos auf der Düne und beobachtete uns.

»Nun?«, wiederholte ich. Die Schmetterlinge waren jetzt in meiner Stimme, ließen sie zittern. Ich konnte kaum noch atmen. »Ich bin zurückgekommen. Willst du denn gar nichts sagen?«

Einen Augenblick lang meinte ich ein Flackern in seinen Augen zu entdecken. Aber vielleicht bildete ich mir das auch nur ein. Dann, bevor ich wusste, wie mir geschah, hatte mein Vater sich umgedreht und ging wortlos auf die Dünen zu.

8

Ich hätte damit rechnen müssen. In gewisser Weise hatte ich auch damit gerechnet, denn ich hatte diese Ablehnung vor Jahren schon einmal erlebt. Dennoch fühlte ich mich zutiefst verletzt. Jetzt, wo Mutter tot war und Adrienne fort, hatte ich doch sicherlich ein Recht auf irgendeine Reaktion.

Vielleicht wäre alles anders gekommen, wenn ich ein Junge gewesen wäre. Wie die meisten Männer auf den Inseln hatte GrosJean sich Söhne gewünscht, Söhne, die mit ihm hätten Boote bauen können, die das Familiengrab hätten pflegen können. Töchter, mit all den Kosten, die sie verursachten, interessierten GrosJean nicht. Dass das erstgeborene Kind eine Tochter war, war schon schlimm genug gewesen, aber die Geburt der zweiten, vier Jahre später, hatte die Beziehung zwischen meinen Eltern endgültig zerstört. Während meiner Kindheit und Jugend hatte ich mich ständig bemüht, die Enttäuschung, die ich meinem Vater bereitet hatte, wieder gutzumachen; ich trug mein Haar kurz, um ihm zu gefallen, mied die Gesellschaft anderer Mädchen, um seine Liebe für mich zu gewinnen. Bis zu einem gewissen Punkt hatte es funktioniert. Manchmal nahm er mich mit zum Fischen oder, mit Mistgabel und Korb bewaffnet, zu den Austernbänken. Das waren kostbare Stunden, die ich immer dann ergatterte, wenn Adrienne und meine Mutter zusammen zum Einkaufen nach La Houssinière fuhren, Stunden, von denen ich heimlich zehrte.

Damals sprach er mit mir, auch zu Zeiten, in denen er kein Wort mit meiner Mutter redete. Er zeigte mir die Möwennester und die Sandbänke vor La Jetée, wo sich Jahr für Jahr die Seehunde einfanden. Manchmal brachte er Sachen mit nach Hause, die an den Strand gespült worden waren. Hin und wieder erzählte er mir Geschichten und alte Legenden von den Inseln. *Alles kehrt zurück.* Das war seine Lieblingsgeschichte.

»Tut mir Leid.« Das war Flynn. Er musste sich mir auf leisen Sohlen genähert haben, als ich an P'titJeans Grab stand.

Ich nickte. Meine Kehle war so rau, als hätte ich geschrien.

»Er spricht eigentlich kaum noch«, sagte Flynn. »Meistens verständigt er sich durch Zeichensprache. Seit ich hier bin, habe ich ihn höchstens ein dutzend Mal den Mund aufmachen hören, und auch dann hat er selten mehr verlauten lassen als ›hä?‹ oder ›hm‹.«

Neben dem Weg schwamm eine rote Blume im Wasser. Irgendwie war mir übel. »Mit Ihnen spricht er also«, sagte ich.

»Gelegentlich.«

Ich spürte ihn neben mir, spürte sein Mitgefühl, seinen Wunsch, mich zu trösten, und einen Augenblick lang hätte ich das Angebot am liebsten angenommen. Ich wusste, ich hätte mich an ihn wenden können – er war groß genug, dass ich meinen Kopf an seine Schulter hätte lehnen können –, er würde sicher nach Meer und nach der Wolle seines Pullovers duften. Und darunter würde er sich warm anfühlen.

»Mado, es tut mir Leid ...«

Ich starrte mit leerem Blick an ihm vorbei, verwünschte sein Mitleid und mehr noch meine eigene Schwäche. »Der alte Mistkerl«, sagte ich. »Spielt immer noch seine blöden Spielchen.« Ich holte tief Luft. »Nichts ändert sich.«

Flynn sah mich argwöhnisch an. »Alles in Ordnung?«

»Alles in Ordnung.«

Er begleitete mich zurück nach Hause. Unterwegs sammelte er seine Hummerkörbe und seinen Beutel ein. Ich sagte wenig, während er pausenlos redete. Zwar hörte ich kaum etwas von dem, was er sagte, war jedoch irgendwie dankbar für sein Geplapper. Hin und wieder fühlte ich nach dem Brief in meiner Hosentasche.

»Wohin werden Sie jetzt gehen?«, fragte Flynn, als wir den Pfad nach Les Salants erreichten.

Ich erzählte ihm von der kleinen Wohnung in Paris. Von der Kneipe gegenüber. Von dem Café, wo wir an Sommerabenden so gern gesessen hatten. Von den Lindenalleen.

»Klingt gut. Vielleicht ziehe ich auch eines Tages nach Paris.«

Ich sah ihn an. »Ich dachte, Ihnen gefällt es hier.«

»Sicher, aber ich habe nicht vor zu bleiben. Es ist noch niemand davon reich geworden, dass er sich im Sand vergraben hat.«

»Reich werden? Darauf sind Sie also aus?«

»Klar. Das ist doch jeder, oder?«

Schweigend gingen wir weiter. Unter unseren Füßen knirschten die Splitter der Muscheln, die überall im Sand verstreut lagen.

»Vermissen Sie eigentlich nie Ihr Zuhause?«, fragte ich schließlich.

»Um Himmels willen, nein!« Er verzog das Gesicht. »Das war eine Sackgasse, Mado. Ein totes Kaff. Und alles, was wir je hatten, ging an meinen Bruder. Ich hab mich so früh wie möglich aus dem Staub gemacht.«

»Ihr Bruder?«

»Ja. John. Der Goldjunge.« Sein Lächeln wirkte verbittert, wahrscheinlich wie meins, wenn ich an Adrienne dachte. »Familie. Wer braucht schon eine Familie?«

Ich fragte mich, ob GrosJean genauso dachte; ob er mich deswegen aus seinem Leben ausschloss. »Ich kann ihn einfach nicht allein lassen«, sagte ich.

»Natürlich können Sie das. Es ist doch sonnenklar, dass er Sie nicht ...«

»Was spielt das schon für eine Rolle? Sie haben doch die Bootswerkstatt gesehen, oder? Und das Haus. Woher kriegt er sein Geld? Und was passiert mit ihm, wenn es ihm eines Tages ausgeht?«

In Les Salants gibt es keine Bank. Eine Bank, so lautet eine Redensart auf der Insel, leiht dir einen Schirm, wenn die Sonne scheint, und nimmt ihn dir wieder weg, wenn es anfängt zu regnen. Auf der Insel wird das Geld in Schuhkartons und unter der Küchenspüle gehortet. Kredite werden meistens auf privater Ebene vergeben. Ich konnte mir nicht vorstellen, dass GrosJean sich Geld leihen würde; ebenso wenig wie die Tatsache, dass er irgendwelche Reichtümer unter den Fußbodendielen versteckt hatte.

»Er wird schon zurechtkommen«, meine Flynn. »Er hat doch Freunde hier. Die werden sich um ihn kümmern.«

Ich versuchte mir vorzustellen, wie Omer La Patate oder Matthias sich um meinen Vater kümmerten, oder Aristide. Stattdessen sah ich GrosJeans Gesicht vor mir, an dem Tag, als wir die Insel verlassen hatten, diesen leeren Blick, der ebenso gut Verzweiflung wie Gleichgültigkeit ausdrücken könnte, oder auch etwas ganz anderes, das fast unmerkliche Nicken, als er sich abgewandt hatte. Er musste seine Boote bauen. Hatte keine Zeit für einen langen Abschied. Aus dem Taxifenster hatte ich gerufen: »Ich schreibe dir. Ich verspreche es.« Währenddessen hatte meine Mutter sich immer noch mit unserem Gepäck abgemüht, ihre Miene wirkte gequält unter der Last der unausgesprochenen Worte.

Wir näherten uns dem Haus. Ich konnte das mit roten Ziegeln gedeckte Dach schon über den Dünen sehen. Eine dünne Rauchfahne stieg aus dem Kamin auf. Flynn ging schweigend neben mir her, den Kopf gesenkt, die Augen unter den Haaren verborgen, die ihm ins Gesicht fielen.

Plötzlich blieb er stehen. Jemand war im Haus, stand am Küchenfenster. Ich konnte sein Gesicht nicht erkennen, aber die massige Gestalt war unverkennbar: groß, bärenartig, das Gesicht gegen die Fensterscheibe gedrückt.

»GrosJean?«, flüsterte ich.
Flynn schüttelte den Kopf, in seinen Augen lag Argwohn.
»Brismand.«

9

Er hatte sich nicht verändert. Er war älter geworden, grauer, etwas breiter um die Hüften, aber er trug immer noch die Fischermütze und die Leinenschuhe, die ich aus meiner Kindheit in Erinnerung hatte. An seinen dicken Fingern glänzten schwere Ringe, unter seinen Achseln hatten sich große Schweißränder gebildet, obwohl es draußen kühl war. Er stand am Fenster, als ich das Haus betrat, eine Tasse mit dampfendem Kaffee in der Hand. In der ganzen Küche duftete es intensiv nach Armagnac, den er sich in den Kaffee geschüttet hatte.

»Ah, die kleine Mado«, dröhnte er mit seiner vollen Stimme. Sein Lächeln war offen und ansteckend. Sein Schnurrbart, inzwischen grau, wirkte pompöser denn je, wie der eines Vaudeville-Komödianten oder eines kommunistischen Diktators. Er trat beherzt auf mich zu und legte mir seine sommersprossigen Arme um die Schultern. »Mado, wie *schön*, dich wieder zu sehen!« Seine Umarmung war, wie alles an ihm, überwältigend. »Ich hab Kaffee gekocht. Ich hoffe, das stört dich nicht. Schließlich sind wir doch verwandt, oder?« Ich nickte, konnte mich in seiner Umarmung kaum rühren. »Wie geht's Adrienne? Und den Kindern? Mein Neffe schreibt so selten.«

»Meine Schwester schreibt mir auch nicht.«

Darüber musste er lachen. »Die jungen Leute! Aber du –

du! Lass mich dich ansehen. Du bist ganz schön erwachsen geworden. Da komm ich mir regelrecht uralt vor, aber das ist es wert, dein hübsches Gesicht zu sehen, Mado.«

Ich hatte fast vergessen, was für einen Charme er manchmal versprühte. Er konnte einen damit verblüffen und völlig entwaffnen. Auch seine Intelligenz blieb unter seinem großspurigen Auftreten nicht verborgen; seine fast schwarzen Augen musterten mich verständnisvoll. Ja, als Kind hatte ich ihn gemocht. Ich mochte ihn nach wie vor.

»Das Dorf steht immer noch unter Wasser, was? Schlimme Sache.« Er seufzte theatralisch. »Dir muss hier alles jetzt ganz anders vorkommen. Aber das gilt nicht für jeden, stimmt's? Inselleben. Die jungen Leute wollen mehr erleben, als diese alte Insel ihnen bieten kann.«

Flynn stand immer noch mit seinen Hummerkörben vor der Tür. Er schien nicht recht zu wissen, ob er hereinkommen sollte, aber ich spürte seine Neugier und ebenso seinen Widerwillen, mich mit Brismand allein zu lassen.

»Kommen Sie rein«, forderte ich ihn auf. »Trinken Sie eine Tasse Kaffee.«

Flynn schüttelte den Kopf. »Wir sehen uns später.«

»Kümmer dich nicht um ihn«, sagte Brismand, der Flynn kaum eines Blickes gewürdigt hatte, und legte mir erneut einen Arm um die Schulter. »Der ist nicht wichtig. Erzähl mir lieber von dir.«

»Monsieur Brismand ...«

»Claude, Mado, bitte.« Mit seiner übertriebenen Freundlichkeit wirkte er fast einschüchternd, wie ein riesiger Nikolaus. »Warum hast du mir nicht Bescheid gesagt, dass du herkommen würdest? Ich hatte die Hoffnung schon fast aufgegeben.«

»Ich konnte nicht eher kommen. Meine Mutter war krank.«

Einen Moment war mir alles wieder ganz präsent: der Geruch in ihrem Zimmer, das Zischen ihres Atemgeräts, der Unterton in ihrer Stimme, wenn ich ihr gegenüber erwähnte, dass ich auf die Insel zurückfahren wollte, und sei es nur für einen Besuch.

»Ich weiß.« Er schenkte mir Kaffee ein. »Tut mir Leid. Und jetzt die Sache mit GrosJean.« Er setzte sich auf einen Stuhl, der unter seinem Gewicht quietschte, und klopfte mit der flachen Hand auf den Stuhl neben ihm. »Ich bin froh, dass du zurückgekommen bist, kleine Mado«, sagte er. »Und ich bin froh, dass du mir vertraust.«

Die ersten Jahre weit weg von Le Devin waren die schwersten. Zum Glück waren wir Insulaner hart im Nehmen. Doch die romantische Veranlagung meiner Mutter war einem verbissenen Pragmatismus gewichen, der uns sehr nützlich war. Da sie keine Ausbildung hatte, verdiente sie ihr Geld als Putzfrau. Dennoch waren wir sehr arm.

GrosJean schickte kein Geld, was meine Mutter mit bitterer Genugtuung hinnahm. Sie fühlte sich dadurch gerechtfertigt. In der Schule, einem großen Pariser *lycée*, machten meine abgetragenen Kleider mich noch mehr zur Außenseiterin.

Aber Brismand hatte uns auf seine Weise unterstützt. Schließlich gehörten wir zur Familie, wenn wir auch nicht denselben Namen trugen. Er schickte zwar kein Geld, doch zu Weihnachten kamen Pakete mit Kleidern und Büchern, und als er von meinem neuen Hobby erfuhr, versorgte er mich immer wieder mit Farben. In der Schule war der Kunstsaal für mich zu einem Zufluchtsort geworden; die Geräusche dort und der Duft nach frischem Sägemehl erinnerten mich ein wenig an die Bootswerkstatt meines Vaters. Ich freute mich immer auf die Unterrichtsstunden. Ich hatte Talent. Meist malte ich Bilder von Stränden und Fischerkähnen oder niedrigen, weiß gekalkten Häusern unter einem düsteren Himmel. Meiner Mutter waren die Bilder natürlich ein Dorn im Auge. Später wurden sie zu unserer Haupteinnahmequelle, doch das machte ihr die Motive nicht sympathischer. Zwar sprach sie es nie aus, aber sie argwöhnte, dass die Bilder einen Bruch unserer Abmachung darstellten.

Auch während meines Studiums schrieb Brismand

weiterhin Briefe. Nicht an meine Mutter – sie liebte Paris mit all seinem Glanz und Gloria und legte keinen Wert darauf, an Le Devin erinnert zu werden –, sondern an mich. Es waren keine langen Briefe, aber sie waren alles, was ich hatte, und ich verschlang jede noch so kleine Information, die sie enthielten. Manchmal wünschte ich im Stillen, nicht GrosJean, sondern er wäre mein Vater.

Dann, vor einem Jahr, erhielt ich die erste Andeutung, dass in Les Salants nicht alles zum Besten stand. Anfangs war es nur eine beiläufige Bemerkung – er hatte GrosJean seit einer Weile nicht gesehen –, dann wurde er ausführlicher. Mein Vater, der schon immer ein Eigenbrötler gewesen war, wurde zunehmend exzentrischer. Es gab Gerüchte, er sei sehr krank gewesen, habe sich jedoch geweigert, einen Arzt aufzusuchen. Brismand war sehr besorgt.

Ich beantwortete diese Briefe nicht, da meine Mutter zu der Zeit bereits all meine Aufmerksamkeit in Anspruch nahm. Ihr Emphysem hatte sich durch die schlechte Stadtluft verschlimmert, und der Arzt riet ihr zu einem Klimawechsel. Er legte ihr nahe, ans Meer zu ziehen, die Luft werde ihr gut tun. Aber meine Mutter wollte nicht auf ihn hören. Sie liebte Paris. Sie liebte die Läden, die Kinos, die Cafés. Anstatt die reichen Frauen, deren Wohnungen sie putzte, zu beneiden, ergötzte sie sich an deren Kleidern, an den Möbeln, am luxuriösen Leben, das sie führten. Ich spürte, dass sie sich im Grunde genau das für mich erträumte.

Auch weiterhin kamen Briefe von Brismand. Er machte sich immer noch Sorgen. Er hatte an Adrienne geschrieben, jedoch keine Antwort erhalten. Das konnte ich verstehen; ich hatte bei ihr angerufen, als meine Mutter ins Krankenhaus kam, und von Marin erfahren, dass meine Schwester schon wieder schwanger war und unmöglich eine lange Reise machen konnte. Als meine Mutter vier Tage später starb, erklärte Adrienne mir am Telefon unter Tränen, der Arzt habe ihr jede Anstrengung verboten. Nach zwei Söhnen sehnte sie sich nach einer Tochter, und sie hoffte, dass Mutter sie verstanden hätte.

Gedankenversunken trank ich meinen Kaffee. Brismand wartete geduldig ab, seinen schweren Arm noch immer um meine Schulter gelegt. »Ich weiß, Mado, du hast es nicht leicht.«

Ich wischte mir die Augen. »Ich hätte damit rechnen müssen.«

»Du hättest zu mir kommen sollen.« Er sah sich um. Ich bemerkte, wie er den schmutzigen Fußboden betrachtete, das Geschirr, das sich in der Spüle stapelte, die ungeöffnete Post, die Verwahrlosung.

»Ich wollte es mit eigenen Augen sehen.«

»Das verstehe ich.« Brismand nickte. »Er ist dein Vater. Die Familie ist das Allerwichtigste.«

Er stand auf und vergrub die Hände in den Hosentaschen. »Ich hatte einen Sohn, weißt du. Meine Frau hat ihn mir weggenommen, als er drei Monate alt war. Seit dreißig Jahren warte ich und hoffe immer noch, dass er eines Tages zurückkommt.«

Ich nickte. Ich kannte die Geschichte. In Les Salants gingen die Leute natürlich davon aus, dass Brismand selbst schuld war.

Er schüttelte den Kopf. Plötzlich, so ohne jede Theatralik, wirkte er alt. »Ziemlich dumm, nicht wahr? Was man sich so alles vormacht. Und welche Wunden man sich gegenseitig zufügt.« Er sah mich an. »GrosJean liebt dich, Mado. Auf seine Weise liebt er dich.«

Ich dachte an das Foto von meinem Geburtstag und an die Art und Weise, wie der Arm meines Vaters auf Adriennes Schulter lag. Brismand nahm meine Hand. »Ich möchte dich nicht unter Druck setzen«, sagte er.

»Ich weiß. Ist schon in Ordnung.«

»Les Immortelles ist ein herrliches Haus, Mado. Es gibt eine Krankenstation, einen Arzt vom Festland, die Räume sind schön groß. Und seine Freunde könnten ihn jederzeit besuchen. Ich könnte das alles arrangieren.«

Ich zögerte. Sœur Thérèse und Sœur Extase hatten mir schon von Brismands Plänen, ein Seniorenheim einzurichten, erzählt. Es klang nach einer teuren Angelegenheit, und das sagte ich ihm auch.

Er schüttelte abwehrend den Kopf. »Darum würde ich mich kümmern. Der Verkauf seines Grundstücks bringt mal genug ein, um alle Kosten zu decken. Vielleicht sogar mehr. Ich verstehe deine Gefühle, Mado. Aber irgendeiner muss eine vernünftige Entscheidung treffen.«

Ich versprach ihm, darüber nachzudenken. Auf die Idee hatte Brismand bereits in seinen Briefen angespielt, jedoch nie so offen und deutlich wie jetzt. Sein Vorschlag klang sinnvoll. Im Gegensatz zu meiner Mutter hatte GrosJean sich nie für eine Krankenversicherung interessiert, und ich konnte es mir nicht leisten, mir zusätzlich zu meinen eigenen auch noch seine finanziellen Probleme aufzuhalsen. Er brauchte jemanden, der sich um ihn kümmerte, das stand außer Frage. Und ich hatte vor, nach Paris zurückzukehren. Was auch immer ich mir in meinen Träumen von Les Salants ausgemalt hatte, nun hatte die Wirklichkeit mich eingeholt. Zu vieles hatte sich verändert.

10

Als ich das Haus verließ, begegnete ich Alain Guénolé und seinem Sohn Ghislain, die gerade aus dem Dorf kamen. Beide waren außer Atem und wirkten trotz ihrer für die Insulaner typischen Zurückhaltung erregt. Ghislain war seinem Vater wie aus dem Gesicht geschnitten, aber im Gegensatz zu Alain mit seiner traditionellen Fischerjoppe trug er ein knallgelbes T-Shirt, das im Kontrast zu seiner braunen Haut aus der Ferne wie Neonlicht leuchtete. Als er mich sah, grinste er und kam die Düne heraufgelaufen.

»Madame GrosJean«, keuchte er und rang nach Luft. »Wir brauchen den Traktor mit dem Bootsanhänger von Ihrem Vater. Es ist ganz dringend.«

Einen Augenblick lang war ich mir nicht sicher, ob er mich erkannt hatte. Vor mir stand Ghislain Guénolé, zwei Jahre älter als ich, mit dem ich als Kind gespielt hatte. Hatte er mich tatsächlich Madame GrosJean genannt?

Alain nickte zum Gruß. Auch er war aufgeregt, aber eines war klar: Nichts konnte so dringend sein, dass er deswegen laufen würde. »Es geht um die *Eleanore*!«, rief er mir zu. »Sie ist in La Houssinière entdeckt worden, auf der Höhe des Hotels Les Immortelles. Wir wollen hinfahren und sie reinholen, aber dafür brauchen wir den Anhänger. Ist Ihr Vater da?«

Ich schüttelte den Kopf. »Ich weiß nicht, wo er steckt.«

Ghislain sah mich eindringlich an. »Wir können nicht warten«, sagte er. »Wir brauchen den Anhänger jetzt gleich. Vielleicht – vielleicht, wenn Sie ihm sagen, um was es geht ...«
»Sie können ihn nehmen«, sagte ich. »Ich komme mit.«
Alain, der inzwischen zu seinem Sohn aufgeschlossen hatte, sah mich zweifelnd an. »Ich weiß nicht ...«
»Mein Vater hat das Boot gebaut«, sagte ich bestimmt. »Vor Jahren, noch bevor ich geboren war. Er würde mir nie verzeihen, wenn ich Ihnen nicht helfen würde. Sie wissen doch, wie sehr ihm die *Eleanore* am Herzen liegt.«
GrosJean liebte dieses Boot, daran konnte ich mich noch genau erinnern. Die *Eleanore* war die erste seiner »Damen« gewesen; nicht das schönste Objekt, das er je gebaut hatte, aber vielleicht dasjenige, an dem er am meisten hing. Der Gedanke, dass sie womöglich nicht zu retten war, machte mich traurig.
Alain zuckte die Achseln. Das Boot war seine Existenzgrundlage, nur das zählte. Wenn es um Geld ging, hatten Gefühle keinen Platz. Während Ghislain losrannte, um den Traktor zu holen, spürte ich, wie eine Welle der Erleichterung mich durchflutete, so als bedeutete diese Rettungsaktion eine Art Gnadenfrist.
»Sind Sie sicher, dass Ihnen das nicht zu viel wird?«, fragte Alain, als Ghislain den Anhänger an den alten Traktor koppelte. »Das ist nicht gerade ein Vergnügen.«
Seine Unterstellung verletzte mich. »Ich möchte einfach nur helfen.«
»Wenn Sie wollen.«

Die *Eleanore* war etwa fünfhundert Meter von La Houssinière entfernt nicht weit vom Ufer zwischen ein paar Felsen stecken geblieben. In der steigenden Flut hatte sich das Boot verkeilt. Das Meer war zwar ziemlich ruhig, aber es wehte ein scharfer Wind, der den beschädigten Rumpf mit jeder Welle gegen die Felsen drückte. Ein paar Leute aus Les Salants, darunter Aristide, sein Enkel Xavier, Matthias, Capucine und Lolo standen am Strand und beobachteten das Schauspiel. Ich suchte die Gesichter ab, aber mein Vater befand sich nicht unter ihnen. Doch ich entdeckte Flynn in Anglerstiefeln und Pullover, seinen Beutel über die Schulter geworfen. Lolos Freund Damien kam auf uns zu, und jetzt, wo ich ihn neben Alain und Ghislain sah, erkannte ich die typischen Gesichtszüge der Guénolés.

»Bleib zurück, Damien«, sagte Alain. »Ich will nicht, dass du uns im Weg stehst.«

Schmollend setzte der Junge sich auf einen Felsen. Als ich mich einen Augenblick später umdrehte, sah ich, dass er sich eine Zigarette angezündet hatte und dem Geschehen trotzig den Rücken zuwandte. Alain, der nur Augen für die *Eleanore* hatte, bemerkte nichts davon.

Ich setzte mich neben Damien. Zuerst ignorierte er mich. Dann siegte die Neugier, und er schaute mich an. »Ich hab gehört, Sie haben ein paar Jahre in Paris gelebt«, sagte er. »Wie ist es denn da?«

»Wie in jeder Großstadt«, erwiderte ich. »Laut, voll und dreckig.«

Einen Augenblick lang wirkte er enttäuscht. Dann heiterte sich seine Miene auf. »Europäische Großstädte sind vielleicht so. Aber in Amerika sind die Städte anders. Mein Bruder hat ein amerikanisches T-Shirt, und heute hat er es an.«

Ich lächelte und wandte meinen Blick von Ghislains grell leuchtendem Oberkörper ab.

»In Amerika essen sie nichts anderes als Hamburger«, sagte Alain, ohne die *Eleanore* aus den Augen zu lassen, »und alle Mädchen sind fett.«

Der Junge sah ihn empört an. »Woher willst du das denn wissen? Du bist doch noch nie da gewesen.«

»Du auch nicht.«

Auf der nahe gelegenen Mole, die den kleinen Hafen schützt, standen ein paar Houssains, die ebenfalls das havarierte Boot betrachteten. Jojo-le-Goëland, ein alter Fischer mit tränenden Augen, winkte uns zu. »Seid ihr auch gekommen, um euch das anzusehen?« Er grinste.

»Machen Sie, dass Sie wegkommen, Jojo«, fauchte Alain. »Hier wird gearbeitet.«

Der alte Mann lachte. »Ihr werdet alle Hände voll zu tun haben, wenn ihr die *Eleanore* reinholen wollt«, sagte er. »Die Flut steigt, und vom Meer her kommt Wind auf. Würde mich nicht wundern, wenn ihr Ärger bekämt.«

»Kümmert euch nicht um den«, sagte Capucine. »Der redet schon so, seit wir hier sind.«

Jojo sah sie beleidigt an. »Ich könnte sie für euch an den Strand schleppen«, schlug er vor. »Sie mit meiner *Marie Joseph* von dem Felsen ziehen. Dann könntet ihr mit dem Traktor leicht runterfahren und sie auf den Hänger laden.«

»Wie viel?«, fragte Alain misstrauisch.

»Na ja, also da ist erst mal das Boot, dann die Arbeitszeit und die Kosten für das Wegerecht. Sagen wir einen glatten Tausender.«

»*Wegerecht?*«, fragte Alain empört. »Was für ein Wegerecht?«

Jojo grinste. »Zum Strand vor Les Immortelles, das ist Privatgelände. Anweisung von Monsieur Brismand.«

»Privatgelände!« Wütend schaute Alain zur *Eleanore* hinüber. »Seit wann?«

Jojo zündete sich in aller Ruhe eine Gitane an. »Dort haben nur Hotelgäste Zutritt«, sagte er. »Da soll sich schließlich kein Gesindel rumtreiben.«

Das war eine Lüge, und alle wussten es. Ich konnte sehen, wie Alain in Gedanken die Möglichkeit durchspielte, die *Eleanore* von Hand freizubekommen.

Ich warf Jojo einen wütenden Blick zu. »Ich kenne Monsieur Brismand«, sagte ich, »und ich glaube nicht, dass er Geld für das Wegerecht zu seinem Strand verlangt.«

Der alte Mann grinste selbstgefällig. »Fragen Sie ihn doch selbst«, meinte er. »Dann sehen Sie ja, was er Ihnen sagt. Lassen Sie sich ruhig Zeit, die *Eleanore* wird schon nicht verschwinden.«

Alain schaute wieder zu seinem Boot hinüber. »Können wir es schaffen?«, fragte er Ghislain.

Ghislain hob die Schultern. »Was meinst du, Rouget?«

Flynn, der vor einer Weile mit seinem Beutel in Richtung Steg verschwunden war, kam gerade ohne ihn zurück. Er warf einen Blick zum Boot hinüber und schüttelte den Kopf. »Ich glaube nicht«, sagte er. »Nicht ohne die *Marie Joseph*. Am besten, Sie lassen sich auf seinen Vorschlag ein, bevor die Flut noch weiter steigt.«

Die *Eleanore* war schwer, eben ein für die Insel typisches Boot, das für die Ausfahrt zu den Austernbänken ausgelegt war, mit flachem Kiel und bleiverstärktem Boden. Je höher die Flut stieg, umso geringer wurde die Chance, das Boot von den Felsen zu lösen. Und auf die Ebbe zu warten, was mindestens zehn Stunden dauern würde, bedeutete zu riskieren, dass es noch größeren Schaden nahm. Jojos Grinsen wurde immer breiter.

»Ich glaube, wir können es schaffen«, sagte ich. »Wir müssen das Boot mit dem Bug in den Wind manövrieren, und sobald wir es ins seichte Wasser gezogen haben, hieven wir es auf den Anhänger.«

Alain musterte erst mich, dann die anderen Salannais. Ich konnte sehen, wie er versuchte, unsere Kräfte abzuschätzen, wie er überlegte, wie viele von uns mit anpacken müssten. Ich schaute mich um in der Hoffnung, GrosJean unter den anderen auszumachen, doch es war keine Spur von ihm zu entdecken.

»Ich bin dabei«, sagte Capucine.

»Ich auch«, sagte Damien.

Alain runzelte die Stirn. »Ihr Jungs haltet euch da raus«, sagte er. »Ich will nicht, dass ihr euch verletzt.«

Noch einmal schaute er mich an, dann die anderen. Matthias war zu alt, um bei dem gefährlichen Manöver mitzumachen, aber wenn Flynn, Ghislain, Capucine und ich mit anpackten, konnten wir es vielleicht schaffen. Aristide beobachtete das Ganze mit verächtlichem Blick, doch mir entging nicht, dass Xavier wehmütig dreinblickte.

Jojo stand abwartend da und grinste. »Also, was meinen Sie?« Der alte Fischer amüsierte sich offenbar darüber, dass

Alain meine Meinung hören wollte. Wertlos wie Frauengeschwätz. So lautete eine alte Redensart auf der Insel.

»Versuchen Sie's«, sagte ich. »Was haben Sie zu verlieren?«

Alain zögerte immer noch.

»Sie hat Recht«, sagte Ghislain ungeduldig. »Was ist los? Wirst du alt, oder was? Mado hat mehr Mumm in den Knochen als du.«

»Also gut«, meinte Alain schließlich. »Versuchen wir's.«

Flynn schaute mich an. »Ich schätze, Sie haben einen Verehrer«, raunte er und sprang lächelnd auf den nassen Sand.

Ich warf ihm einen tadelnden Blick zu. »Sie haben Ihren Fang also verkauft?«, fragte ich.

»Ach, kommen Sie«, erwiderte er. »Sagen Sie bloß, Sie hätten nicht dasselbe getan, wenn Sie an meiner Stelle gewesen wären.«

»Garantiert nicht. Das ist Wilderei.«

»Ja, genau.« Sein Lächeln war ansteckend.

»Genau«, wiederholte ich bestimmt. Dann machten wir uns schweigend über die schlüpfrigen Felsen auf den Weg in Richtung der *Eleanore*.

Es war schon fast Abend, und die Flut hatte beinahe ihren Höchststand erreicht, als wir schließlich aufgeben mussten. Inzwischen hatte Jojos Preis sich verdoppelt. Flynn hatte seine gute Laune verloren, und ich wäre bei dem Versuch, die *Eleanore* zu befreien, um ein Haar zwischen dem Boot und einem Felsen zerquetscht worden. Eine unerwartete Welle und ein Windstoß hatten den Bug herumgerissen, der Rumpf der *Eleanore* war gegen meine Schulter gekracht und hatte mich aus dem Gleichgewicht gebracht. Ein Schwall Wasser schlug mir ins Gesicht, ich spürte den Felsen hinter mir, und einen Augenblick lang geriet ich in Panik bei dem Gedanken, eingeklemmt oder zerquetscht zu werden. Doch die Angst – und die Erleichterung, noch einmal davongekommen zu sein – machten mich streitlustig. Ich fuhr zu Flynn herum, der direkt hinter mir war.

»Sie sollten den Bug festhalten! Was zum Teufel ist denn passiert?«

Flynn hatte die Seile losgelassen, mit denen wir das Boot hielten. Im schwindenden Licht konnte ich seine Miene nur undeutlich erkennen. Er hatte das Gesicht halb abgewandt, und ich konnte ihn fluchen hören, ziemlich fließend für einen Ausländer.

Mit einem lang gezogenen Quietschen schrammte der Rumpf der *Eleanore* erneut über die Felsen und verkeilte sich abermals mit einem Ruck. Die Houssins auf dem Steg johlten spöttisch.

Grimmig rief Alain Jojo zu: »Also gut, Sie haben gewonnen! Holen Sie die *Marie Joseph*.« Er schaute ihn an und wandte sich kopfschüttelnd an mich. »Es hat keinen Zweck. Das schaffen wir nie. Am besten bringen wir es einfach hinter uns.«

Jojo grinste. Er hatte die ganze Zeit wortlos rauchend zugesehen. Angewidert watete ich zurück an den Strand. Die anderen folgten mir in ihren nassen Kleidern. Flynn ging hinter mir, den Kopf gesenkt, die Hände unter den Achseln vergraben.

»Wir hatten sie fast so weit«, sagte ich zu ihm. »Wir hätten es schaffen können. Wenn es uns bloß gelungen wäre, den verdammten Bug in Position zu halten.«

Flynn grummelte etwas vor sich hin.

»Was haben Sie gesagt?«

Er seufzte. »Wenn Sie damit fertig sind, mich zu beschimpfen, könnten Sie vielleicht den Traktor holen. Die werden ihn brauchen.«

»Ich glaube kaum, dass sich vorerst irgendwas tut.«

»Lassen Sie Ihre Wut gefälligst nicht an mir aus. Ich hab von Anfang an gesagt ...«

»Allerdings. Sie haben mir echt eine Chance gegeben, nicht wahr?«

Die Enttäuschung machte mich ungnädig. Alain schaute kurz auf, wandte sich dann jedoch ab. Offensichtlich schämte er sich dafür, dass er auf mich gehört hatte. Die Gaffer auf dem Steg applaudierten hämisch. Die Leute aus Les Salants blickten grimmig drein. Aristide, der ebenfalls vom Steg aus zugeschaut hatte, warf mir einen missbilligenden Blick zu. Xavier, der während des Rettungsversuchs bei seinem Großvater geblieben war, lächelte mich verlegen an.

»Ich hoffe, Sie sind der Meinung, dass es den Versuch wert war«, raunzte Aristide.

»Es hätte klappen können«, erwiderte ich.

»Bloß weil Sie unbedingt beweisen wollten, wie zäh Sie sind, hätte Guénolé beinahe sein Boot verloren.«

»Ich hab's zumindest versucht«, sagte ich verärgert.

Der alte Mann zuckte die Achseln. »Warum sollten wir einem Guénolé helfen?« Schwer auf seinen Stock gestützt, ging er fort, und Xavier folgte ihm schweigend.

Es dauerte zwei Stunden, bis die *Eleanore* an den Strand gezogen war, und wir brauchten eine weitere halbe Stunde, um sie von dem nassen Sand auf den Anhänger zu hieven. Inzwischen hatte die Flut ihren höchsten Stand erreicht, und die Nacht brach herein. Jojo rauchte eine Zigarette nach der anderen, kaute die Tabakreste von den Stummeln und spuckte hin und wieder braunes Zeug in den Sand. Auf Alains Drängen hin beobachtete ich die Bergungsarbeiten vom trockenen Ufer aus und wartete darauf, dass in meine geschundenen Arme wieder Gefühl zurückkehrte.

Endlich war es geschafft, und alle atmeten auf. Flynn setzte sich in den Sand und lehnte sich mit dem Rücken gegen ein Rad des Traktors. Capucine und Alain zündeten sich eine Gitane an. Von diesem Ende der Insel aus war das Festland gut zu sehen, und über der Stadt lag ein orangefarbener Schimmer. In regelmäßigen Abständen blinkte ein Leuchtfeuer auf. Der kalte Himmel war dunkelviolett, und zwischen den Wolken zeigten sich die ersten Sterne. Der Wind fuhr mir in die nassen Kleider, und ich zitterte vor Kälte. Flynns Hände bluteten. Selbst im Halbdunkel konnte ich erkennen, wo ihm die nassen Seile in die Handflächen geschnitten hatten. Plötzlich tat es mir ein bisschen Leid, dass ich ihn angeschnauzt hatte. Ich hatte vergessen, dass er keine Handschuhe trug.

Ghislain stellte sich neben mich. Ich hörte seinen Atem. »Alles in Ordnung? Das Boot hat Sie da draußen ordentlich erwischt.«

»Es war nicht so schlimm.«

»Sie zittern ja vor Kälte. Soll ich ...«

»Lassen Sie mich. Es geht schon.«

Ich hätte ihn nicht anfahren sollen. Er hatte es gut gemeint. Aber sein Ton hatte mich irritiert – er hatte so verdammt fürsorglich geklungen. Manche Männer reagieren so auf mich. Dann meinte ich, Flynn, der immer noch an den Traktor gelehnt dasaß, spöttisch auflachen zu hören. Mir fiel auf, dass sich niemand nach ihm erkundigte.

Ich war mir absolut sicher gewesen, dass GrosJean irgendwann auftauchen würde. Jetzt, wo alles so gut wie vorbei war, fragte ich mich, warum er nicht gekommen war. Sicherlich hatte er von dem Unglück der *Eleanore* gehört. Ich wischte mir die Augen. Ich fühlte mich elend.

Ghislain, eine Zigarette im Mundwinkel, beobachtete mich immer noch. Sein grellgelbes T-Shirt schimmerte gespenstisch im Halbdunkel. »Wirklich alles in Ordnung?«

Ich lächelte schwach. »Tut mir Leid. Wir hätten die *Eleanore* retten können. Wenn wir nur mehr Leute gehabt hätten.« Ich rieb mir die kalten Arme. »Ich glaube, Xavier hätte bestimmt geholfen, wenn Aristide nicht da gewesen wäre. Ich habe es ihm angemerkt.«

Ghislain seufzte. »Xavier und ich sind immer gut miteinander ausgekommen«, sagte er. »Er ist eben ein Bastonnet, da kann man nichts machen. Damals hat das irgendwie keine so große Rolle gespielt. Aber Aristide lässt ihn nicht aus den Augen und ...«

»Dieser schreckliche alte Mann. Was hat der für ein Problem?«

»Ich glaube, er hat Angst«, meinte Ghislain. »Xavier ist der Einzige, der ihm geblieben ist. Er möchte, dass sein Enkel die Insel nie verlässt und Mercédès Prossage heiratet.«

»Mercédès? Ein hübsches Mädchen.«

»Sie ist ganz nett.« Im Dunkeln konnte ich es zwar nicht erkennen, aber der Ton seiner Stimme ließ mich vermuten, dass er errötete.

Mittlerweile war der Himmel tiefschwarz geworden. Ghislain rauchte seine Zigarette zu Ende, während Alain und Matthias den Schaden an der *Eleanore* begutachteten. Er war größer als befürchtet. Die Felsen hatten den Rumpf aufgerissen. Das Ruder war zerbrochen, und der Motor fehlte. Die rote Korallenperle, die mein Vater als Glücksbringer an jedem Boot anbrachte, baumelte von den Überresten des Mastes. Erschöpft und durchfroren, ging ich hinter dem Traktor her, während das Boot auf die Straße geschleppt wurde. Als ich mich noch einmal umdrehte, fiel mir auf, dass der alte Wellenbrecher am anderen Ende des Strands mit Felsbrocken verstärkt worden war und jetzt einen mächtigen Damm bildete.

»Das ist neu, nicht wahr?«, sagte ich.

Ghislain nickte. »Das hat Brismand machen lassen. In den letzten Jahren hat es immer wieder heftige Fluten gegeben, die den ganzen Sand weggespült haben. Dieser Damm bietet wenigstens ein bisschen Schutz.«

»So was bräuchten wir auch in Les Salants«, sagte ich und dachte an die Schäden vor La Goulue.

Jojo grinste. »Sprechen Sie doch mit Brismand darüber. Er wüsste bestimmt, was zu tun ist.«

»Als wenn wir uns ausgerechnet an *den* wenden würden«, knurrte Ghislain.

»Ihr Salannais seid doch ein stures Volk«, sagte Jojo. »Ihr würdet eher das ganze Dorf absaufen lassen, als einen fairen Preis für Schutzmaßnahmen zu bezahlen.«

Alain sah ihn an. Der alte Mann grinste noch breiter und entblößte seine Zahnstummel. »Ich hab Ihrem Vater schon immer gesagt, er soll sein Boot versichern«, sagte Jojo zu Ghislain. »Aber er wollte ja nicht auf mich hören.« Er warf einen Blick auf die *Eleanore*. »Der Kahn ist sowieso reif für den Schrottplatz. Besorgen Sie sich was Neues. Was Modernes.«

»Die *Eleanore* ist gut genug für uns«, sagte Alain, ohne auf die Sticheleien einzugehen. »Diese alten Boote sind geradezu unverwüstlich. Das sieht alles schlimmer aus, als es ist. Ein paar Reparaturen, ein neuer Motor ...«

Jojo lachte und schüttelte den Kopf. »Typisch Salannais«, sagte er. »Ein unverbesserlicher Dickschädel. Reparieren Sie den Kahn nur. Aber das wird Sie zehnmal so viel kosten wie das Boot wert ist. Und dann? Soll ich Ihnen mal erzählen, was ich während der Saison an einem einzigen Tag mit Bootsausflügen verdiene?«

Ghislain warf ihm einen hasserfüllten Blick zu. »Wer weiß, vielleicht haben Sie sich ja unseren Motor unter den Nagel gerissen«, sagte er, »und auf dem Festland verhökert. Sie handeln doch mit allem möglichen Kram. Und keiner stellt Ihnen Fragen.«

Jojo bleckte die Zähne. »Ihr Guénolés habt schon immer eine große Klappe gehabt«, sagte er. »Ihr Großvater war auch nicht besser. Sagen Sie mal, was ist eigentlich bei dem Prozess gegen die Bastonnets rausgekommen? Wie viel haben Sie da eingestrichen, hä? Was hat der Prozess Sie gekostet? Und Ihren Vater? Und erst Ihren Bruder?«

Ghislain schaute beschämt zu Boden. In Les Salants weiß jeder, dass der Prozess Guénolé gegen Bastonnet sich über zwanzig Jahre hingezogen und beide Familien ruiniert hat. Seine Ursache – ein fast vergessener Streit um die Austernbänke bei La Jetée – war lange vor dem Ende des Prozesses gegenstandslos geworden, weil die wandernden Sandbänke das Gebiet unter sich begraben hatten, aber die Feindseligkeiten hörten nie auf und wurden von Generation zu Generation weiter geschürt, wie um sich für das vergeudete Erbe schadlos zu halten.

»Ihr Motor ist wahrscheinlich in die Bucht rausgespült worden«, meinte Jojo und machte eine lässige Geste in Richtung La Jetée. »Oder Sie finden ihn unten vor La Goulue wieder, wenn Sie tief genug graben.« Er spuckte ein Stückchen nassen Tabak vor sich in den Sand. »Ich hab gehört, Ihre Heiligenstatue ist gestern Nacht auch im Meer versunken. Ihr Salannais seid doch wirklich ein vertrottelter Haufen.«

Alain hatte Mühe, seine Fassung zu wahren. »Sie haben leicht lachen, Jojo«, sagte er. »Aber wie heißt es so schön: Das Glück ist mit den Dummen. Auch hier auf der Insel. Wenn Sie nicht diesen Strand hätten ...«

Matthias nickte. »Ganz genau«, knurrte er. Der alte Mann sprach einen so starken Dialekt, dass selbst ich Mühe hatte, seinen Worten zu folgen. »Dieser Strand ist Ihr Glück. Vergessen Sie das nicht. Er hätte genauso gut unserer sein können.«

Jojo brach in schallendes Gelächter aus. »Ha!«, höhnte er. »Wenn das euer Strand wäre, hättet ihr ihn längst versaut, so wie ihr alles andere versaut.«

Matthias trat einen Schritt vor, seine alten Hände zitterten. Alain legte beschwichtigend eine Hand auf den Arm seines Vaters. »Es reicht. Ich bin müde. Und morgen haben wir viel zu tun.«

Aber was Matthias gesagt hatte, ging mir nicht mehr aus dem Kopf. Es hat etwas mit La Goulue zu tun, dachte ich, mit La Bouche und mit dem Duft nach wildem Knoblauch in den Dünen. *Er hätte auch unserer sein können.* Ich versuchte herauszufinden, um was es hier ging, aber ich war zu erschöpft und zu durchgefroren, um klar zu denken. Alain hatte Recht; das änderte ohnehin nichts. Auch ich hatte am nächsten Tag viel zu tun.

11

Als ich zu Hause ankam, fand ich meinen Vater im Bett vor. Irgendwie war ich erleichtert, denn ich war nicht in der Stimmung, eine Diskussion vom Zaun zu brechen, die wahrscheinlich in einen Streit münden würde. Ich hängte meine nassen Sachen zum Trocknen an den Kamin und ging in mein Zimmer. Ich wollte gerade die Nachttischlampe ausschalten, da entdeckte ich auf meinem Nachttisch eine kleine Vase mit wilden Blumen – Dünennelken und blaue Disteln und Hasenschwanzgras. Es war eine ungewohnt rührende Geste meines unnahbaren Vaters, und ich lag noch eine ganze Weile wach und versuchte, mir einen Reim darauf zu machen, bis ich schließlich in tiefen Schlaf fiel.

Am nächsten Morgen stellte ich fest, dass GrosJean gegangen war. Er war schon immer ein Frühaufsteher gewesen, und in den Sommermonaten kroch er um vier Uhr morgens aus den Federn, um einen ausgedehnten Spaziergang an der Küste zu machen. Ich zog mich an, frühstückte und folgte seinem Beispiel.

Als ich gegen neun Uhr bei La Goulue eintraf, hatten sich dort bereits eine Menge Leute aus Les Salants eingefunden. Einen Augenblick lang fragte ich mich, warum. Dann fiel mir die vermisste Heiligenstatue ein, die am Tag zuvor über das Theater mit der *Eleanore* in Vergessenheit geraten war. An diesem Morgen war die Suche, als die Ebbe eingesetzt hatte, wieder aufgenommen worden, war jedoch bisher erfolglos geblieben.

Das halbe Dorf schien sich an der Aktion zu beteiligen. Alle vier Guénolés waren da und durchkämmten den durch die Ebbe freigelegten Strand. Auf dem Kiesstreifen unterhalb des Wegs hatte sich eine kleine Gruppe Gaffer versammelt. Mein Vater war weit ins Meer hinausgewatet; mit einer langen hölzernen Stange suchte er langsam und systematisch den Meeresboden ab. Hin und wieder blieb er stehen, um einen Stein genauer zu betrachten oder in einem Klumpen Seetang herumzustochern.

In einiger Entfernung sah ich Aristide und Xavier stehen, die das Geschehen beobachteten, sich jedoch nicht an der Aktion beteiligten. Hinter ihnen hatte Mercédès sich in die Sonne gelegt und las in einer Zeitschrift, während Charlotte das Treiben am Wasser mit ihrer üblichen ängstlichen Miene verfolgte. Mir fiel auf, dass Xavier die meisten Leute und insbesondere Mercédès demonstrativ ignorierte. In Aristides Blick lag eine grimmige Schadenfreude.

»Pech mit der *Eleanore*, wie? Alain sagt, sie rechnen damit, dass es sechstausend Francs kosten wird, wenn sie das Boot in La Houssinière reparieren lassen.«

»Sechstausend?« Das war mehr, als das Boot wert war, und mit Sicherheit mehr, als Guénolé sich leisten konnte.

»Tja.« Aristide lächelte gequält. »Selbst Rouget sagt, es lohnt sich nicht, sie zu reparieren.«

Ich schaute an ihm vorbei zum Horizont. Ein gelber Streifen zwischen den Wolken tauchte den feuchten Strand in ein seltsam fahles Licht. An der Mündung des von den Gezeiten gespeisten Bachs hatten ein paar Fischer ihre Netze ausgebreitet und waren dabei, sie von Seetangresten zu säubern. Die *Eleanore* hatte man ans Ufer gezogen, wo sie wie ein verendeter Wal im Schlamm auf der Seite lag.

Hinter mir drehte Mercédès sich graziös auf die Seite. »Nach allem was ich gehört hab«, verkündete sie vernehmlich, »wäre es besser gewesen, wenn *Sie* sich da rausgehalten hätte.«

»*Mercédès!*«, stöhnte ihre Mutter. »Wie kannst du so was sagen!«

Das Mädchen zuckte die Achseln. »Es stimmt doch, oder? Wenn sie nicht so viel Zeit vergeudet hätten ...«

»Halt den Mund!« Charlotte wandte sich aufgebracht an mich. »Es tut mir Leid. Sie ist ein bisschen überdreht.«

Xavier warf mir einen verlegenen Blick zu. »Pech«, sagte er leise zu mir. »Die *Eleanore* war ein gutes Boot.«

»Das stimmt. Mein Vater hat sie gebaut.« Ich schaute zu GrosJean hinüber, der immer noch mit der Stange im Wasser herumstocherte. Er musste fast einen Kilometer weit draußen sein. Seine kleine, gebeugte Gestalt war im Dunst über dem Meer kaum noch auszumachen. »Wann haben sie mit der Suche angefangen?«

»Vor etwa zwei Stunden. Seit die Flut zurückgegangen ist.« Xavier hob die Schultern und vermied es, mich anzusehen. »Sie kann inzwischen Gott weiß wo sein.«

Die Guénolés fühlten sich offenbar verantwortlich. Das Missgeschick mit ihrer *Eleanore* hatte die Suchaktion verzögert, und die Gegenströmungen vor La Jetée hatten den Rest besorgt. Alain war der Meinung, die Heiligenstatue sei irgendwo in der Bucht im Sand versunken, und nur ein Wunder könne sie wieder zurückbringen.

»Erst La Bouche, dann die *Eleanore*, und jetzt das.« Aristide beobachtete mich immer noch voller Schadenfreude. »Sagen Sie mal, haben Sie Ihrem Vater schon von Brismand erzählt? Oder soll das eine weitere Überraschung werden?«

Ich sah ihn verblüfft an. »Brismand?«

Der alte Mann bleckte die Zähne. »Ich hab mich schon gefragt, wie lange es dauern würde, bis er anfängt, bei ihm rumzuschnüffeln. Ein Zimmer in Les Immortelles für das Grundstück? Ist es das, was er Ihnen angeboten hat?«

Xavier sah erst mich, dann Mercédès und schließlich Charlotte an. Die beiden Frauen waren dem Gespräch aufmerksam gefolgt. Mercédès tat nicht länger so, als läse sie, sondern schaute mich über ihre Zeitschrift hinweg an, den Mund leicht geöffnet.

Ich hielt dem Blick des Alten stand, wollte mich nicht zu einer Lüge zwingen lassen. »Was auch immer ich mit Brismand zu besprechen habe, ist meine Sache. Das geht Sie überhaupt nichts an.«

Aristide zuckte die Achseln. »Also habe ich Recht«, sagte er mit bitterer Genugtuung. »Sie schlagen sich auf die Seite der Houssins.«

»Das hat nichts mit den Houssins und den Salannais zu tun«, erwiderte ich.

»Nein, natürlich nicht, es geht nur darum, was das Beste für GrosJean ist. So heißt es doch immer, oder? Dass alle nur das Beste wollen.«

Es ist zwar nicht leicht, mich aus der Fassung zu bringen, aber wenn man mich zur Weißglut treibt, dann gibt es kein Halten mehr. Ich spürte, wie die Wut in mir aufstieg. »Was wissen Sie denn schon?«, fauchte ich. »Zu Ihnen ist jedenfalls niemand zurückgekehrt, um nach Ihnen zu sehen, stimmt's?«

Aristide erstarrte. »Das hat nichts damit zu tun«, sagte er.

Jetzt geriet ich erst richtig in Fahrt. »Seit ich hier angekommen bin, hacken Sie auf mir herum«, schrie ich. »Was Sie nicht begreifen können, ist, dass ich meinen Vater liebe. Aber Sie, Sie lieben niemanden!«

Aristide zuckte zusammen, als hätte ich ihn geschlagen, und in diesem Augenblick sah ich ihn, wie er war. Ich sah nicht länger einen boshaften Zwerg vor mir, sondern einen erschöpften alten Mann, der verbittert und verängstigt war. Plötzlich empfand ich nur noch Mitleid – für ihn und für mich selbst. Ich bin voller guter Vorsätze zurückgekommen, dachte ich verzweifelt. Warum haben sie sich nur so schnell in Luft aufgelöst?

Doch Aristide hatte immer noch Kampfgeist. Er blickte mich herausfordernd an, obwohl er wusste, dass ich gewonnen hatte. »Warum sollten Sie sonst zurückgekommen sein?«, fragte er leise. »Warum kommt man schon zurück, es sei denn, man verspricht sich etwas davon?«

»Schäm dich, Aristide, du alter Tölpel.« Das war Toinette, die sich zu uns gesellt hatte. Ihr Gesicht verschwand fast unter ihrer *quichenotte*, aber ich konnte ihre leuchtenden Augen sehen. »Dass du in deinem Alter noch auf so albernes Gerede hörst. Du müsstest es eigentlich besser wissen.«

Aristide drehte sich verdattert um. Im Vergleich zu Toinette, die nach eigenen Angaben fast hundert Jahre zählte, war er mit seinen siebzig Lenzen ein Jüngling. Ich bemerkte einen Anflug von Respekt in seinem zerknirschten Gesichtsausdruck. »Toinette«, sagte er verlegen, »Brismand ist in GrosJeans Haus gewesen und ...«

»Was ist dagegen einzuwenden?« Die alte Frau trat einen Schritt vor. »Er gehört schließlich zur Familie. Erwartest du etwa von *ihr*, dass sie sich um alte Familienfehden schert? Um alte Zwistigkeiten, die Les Salants seit hundert Jahren entzweien?«

»Ich sage nur ...«

»Du sagst überhaupt nichts.« Toinettes Augen funkelten wie glühende Kohlen. »Und wenn ich rauskriege, dass du weiterhin solche Gemeinheiten verbreitest, dann ...«

Aristide machte ein verdrossenes Gesicht. »Wir leben hier auf einer Insel, Toinette. Da kann man nicht verhindern, dass einem Dinge zu Ohren kommen. Von mir wird GrosJean schon nichts erfahren.«

Toinette schaute erst aufs Meer hinaus, dann sah sie mich an. Als ich die Besorgnis in ihrem Blick bemerkte, wusste ich, dass es zu spät war. Aristide hatte sein Gift bereits versprüht. Ich fragte mich, wer ihm von Brismands Besuch erzählt haben mochte und wie er so viel hatte erraten können.

»Keine Sorge. Ich werde mit ihm reden. Auf mich wird er hören.« Toinette nahm meine Hand mit beiden Händen; sie waren so braun und vertrocknet wie altes Treibholz. »Komm«, sagte sie und zog mich mit sich. »Es bringt nichts, wenn du hier bleibst. Komm mit zu mir.«

Toinette lebte in einem einfachen kleinen Haus am Dorfrand. Mit seinen Bruchsteinwänden und dem niedrigen, moosbewachsenen Dach, das von rußgeschwärzten Balken getragen wurde, war es selbst für Inselverhältnisse primitiv. Fenster und Türen waren winzig, fast wie in einem Puppenhaus, und die Toilette befand sich in einem windschiefen, hinter einem Holzstapel versteckten Verschlag. Als wir uns dem Haus näherten, sah ich eine Ziege auf dem Dach herumklettern und das Gras fressen, das dort in Büscheln wuchs.

»Du hast es also getan«, sagte Toinette und stieß die Haustür auf.

Ich musste den Kopf einziehen, um mich nicht am Türrahmen zu stoßen. »Ich hab überhaupt nichts getan.«

Toinette nahm die *quichenotte* ab und musterte mich streng. »Versuch nicht, mich für dumm zu verkaufen, Mädel«, sagte sie. »Ich weiß alles über Brismand und seine Machenschaften. Bei mir hat er es auch schon versucht: ein Zimmer in Les Immortelles gegen mein Haus. Er hat mir sogar angeboten, für meine Beerdigung zu sorgen. Beerdigung!« Sie lachte in sich hinein. »Ich hab ihm gesagt, ich hätte vor, ewig zu leben.« Dann blickte sie mich ernst an. »Ich weiß, wie er ist. Er würde sogar einer Nonne die Unterhose abschwatzen, wenn er dafür einen Käufer hätte. Und er hat große Pläne mit Les Salants. Pläne, in denen wir nicht vorgesehen sind.«

Das hatte ich in Angélos Bar schon einmal gehört. »Wenn das stimmt, dann kann ich mir nicht vorstellen, wie diese Pläne aussehen«, sagte ich. »Er ist immer gut zu mir gewesen, Toinette. Jedenfalls besser als die meisten aus Les Salants.«

»Aristide.« Die Alte zog die Stirn kraus. »Du solltest nicht zu hart mit ihm ins Gericht gehen, Mado.«

»Warum nicht?«

Sie stieß mich mit ihrem knochigen Finger an. »Dein Vater ist nicht der Einzige, der hier schwere Schicksalsschläge erlitten hat«, sagte sie streng. »Aristide hat zwei Söhne verloren, einen auf See, den anderen durch seine eigene Sturheit. Das hat ihn verbittert werden lassen.«

Aristides ältester Sohn Olivier war 1972 bei einem Bootsunglück ums Leben gekommen. Philippe, sein jüngster Sohn, hatte die nächsten zehn Jahre in einem Haus verbracht, das sein Vater zu einem Olivier geweihten Heiligtum verwandelt hatte. »Natürlich ist er irgendwann durchgedreht.« Toinette schüttelte den Kopf. »Dann hat er sich mit einem Mädchen aus La Houssinière eingelassen – du kannst dir ja vorstellen, was Aristide davon gehalten hat.«

Seine Freundin war sechzehn gewesen. Als sie feststellte, dass sie schwanger war, war Philippe in Panik geraten, zusammen mit ihr aufs Festland durchgebrannt und hatte es Aristide und Désirée überlassen, sich mit den wütenden Eltern des Mädchens auseinander zu setzen. Seitdem war es im Haus der Bastonnets verboten, den Namen Philippe zu erwähnen. Einige Jahre später war Oliviers Witwe an Meninghitis gestorben, und Xavier, ihr einziger Sohn, wuchs seitdem bei seinen Großeltern auf.

»Jetzt ist Xavier ihre einzige Hoffnung«, erklärte Toinette und bestätigte, was Ghislain mir gesagt hatte. »Der Junge bekommt alles, was er will. Alles, Hauptsache, er bleibt hier.«

Ich dachte an sein blasses, ausdrucksloses Gesicht, an die unruhigen Augen hinter seinen Brillengläsern. Wenn Xavier heiratete, hatte Ghislain gemeint, würde er mit Sicherheit auf der Insel bleiben. Toinette las meine Gedanken. »Ja, ja, er ist Mercédès sozusagen versprochen, seit die beiden Kinder waren«, sagte sie. »Aber meine Enkelin ist ein eigenwilliges Geschöpf. Sie hat ihren eigenen Kopf.«

Ich dachte an Mercédès, an ihren mürrischen Gesichtsausdruck, den Unterton in Ghislains Stimme, als er über sie gesprochen hatte.

»Und sie würde nie einen armen Mann heiraten«, sagte Toinette. »In dem Moment, als klar war, dass das Boot der Guénolés nicht zu retten ist, hat der Junge seine Chance verloren.«

Ich überlegte. »Wollen Sie damit sagen, dass die Bastonnets das Boot mit Absicht ruiniert haben?«

»Ich sage überhaupt nichts. Ich verbreite keine Gerüchte. Was auch immer mit der *Eleanore* passiert ist – du solltest dich tunlichst da raushalten.«

Ich musste wieder an meinen Vater denken. »Er liebt dieses Boot«, entgegnete ich trotzig.

Toinette sah mich an. »Kann sein. Aber es war die *Eleanore*, mit der P'titJean damals rausgefahren ist, es war die *Eleanore*, die in der Bucht trieb, nachdem er ertrunken war, und jedes Mal, wenn dein Vater dieses Boot zu Gesicht bekommt, sieht er wahrscheinlich seinen Bruder darauf stehen und ihn rufen. Glaub mir, für ihn ist es besser, wenn es sie nicht mehr gibt.« Toinette lächelte und nahm meine Hand. Ihre Finger fühlten sich so leicht und trocken an wie dürres Laub.

»Mach dir keine Sorgen um deinen Vater, Mado«, sagte sie. »Er wird sich wieder berappeln. Ich rede mit ihm.«

12

Als ich eine halbe Stunde später nach Hause kam, deutete alles darauf hin, dass GrosJean vor mir dort gewesen war. Die Haustür stand offen, und beim Näherkommen spürte ich, dass etwas nicht stimmte. Aus der Küche drang ein penetranter Alkoholgeruch, und als ich das Haus betrat, knirschten unter meinen Füßen die Scherben einer zerbrochenen Schnapsflasche.

Das war erst der Anfang.

Er hatte alles Glas und Porzellan zerschmettert, das er hatte finden können – Tassen, Teller, Flaschen, Gläser. Das Jean de Bretagne-Porzellan meiner Mutter, das Teeservice, die kleinen Schnapsgläser aus dem Vitrinenschränkchen. Die Tür zu meinem Zimmer stand ebenfalls offen, meine Kleider und Bücher waren auf dem Boden verstreut. Die Vase, die auf meinem Nachttisch gestanden hatte, lag in Scherben, die Blumen waren zertrampelt. Es herrschte eine unheimliche Stille, in der seine Wut immer noch nachzuhallen schien.

Das alles war mir nicht ganz neu. Die Tobsuchtsanfälle meines Vaters waren zwar selten, aber schrecklich gewesen, stets gefolgt von einer tödlichen Stille, die Tage, manchmal Wochen, anhielt. Meine Mutter hatte immer gesagt, dass diese Zeiten der Stille am meisten an ihr gezehrt hatten; die langen Zeiten, in denen er völlig abwesend war, in denen er nichts zu registrieren schien und sich nur für seine eigenen Rituale interessierte – seine Besuche auf dem Friedhof, seine Besäufnisse in Angélos Bar, seine einsamen Spaziergänge an der Küste.

Plötzlich bekam ich weiche Knie, und ich setzte mich aufs Bett. Was hatte diesen Wutanfall ausgelöst? Der Verlust der Heiligenstatue? Der Verlust der *Eleanore*? Irgendetwas anderes?

Ich dachte an das, was Toinette mir über P'titJean und die *Eleanore* erzählt hatte. Das war mir völlig neu gewesen. Dann versuchte ich mir vorzustellen, was mein Vater empfunden haben mochte, als er die Nachricht erhielt. Trauer vielleicht, über den Verlust seines ältesten Boots? Erleichterung darüber, dass P'titJean endlich seinen Frieden gefunden hatte? Ich begann zu begreifen, warum er bei dem Bergungsversuch nicht dabei gewesen war. Er hatte *gewollt*, dass das Boot zerstört wurde. Und ich Närrin hatte versucht, es zu retten.

Ich hob ein Buch auf – eins von denen, die ich zurückgelassen hatte – und glättete den Umschlag. Offensichtlich hatte er seine Wut in erster Linie an den Büchern ausgelassen; aus einigen hatte er Seiten herausgerissen, andere mit Füßen getreten. Ich war die Einzige in der Familie gewesen, die Bücher geliebt hatte; meine Mutter und Adrienne hatten sich nur für Zeitschriften und für das Fernsehen interessiert. Unwillkürlich sagte ich mir, dass diese Zerstörungswut mir gegolten haben musste.

Erst eine Weile später kam ich auf die Idee, einen Blick in Adriennes Zimmer zu werfen. Natürlich hatte er es nicht angerührt. Es wirkte, als hätte GrosJean nicht einmal einen Fuß hineingesetzt. Ich tastete nach dem Geburtstagsfoto in meiner Hosentasche. Es war noch da. Adrienne lächelte das Loch an, wo sich mein Gesicht befunden hatte, ihr Gesicht halb von ihren Haaren verdeckt. Ich erinnerte mich daran, dass sie an meinem Geburtstag immer ein Geschenk erhalten hatte. In jenem Jahr war es das Kleid gewesen, das sie auf dem Foto trug – ein weißes Hängerchen mit roter Stickerei. Ich hatte meine erste Angel bekommen. Sie hatte mir natürlich gefallen, aber manchmal fragte ich mich, warum nie jemand auf die Idee gekommen war, *mir* ein Kleid zu schenken.

Eine ganze Zeit lang lag ich auf Adriennes Bett. Schnapsgeruch stieg mir in die Nase, und an meiner Wange spürte ich die ausgebleichte, rosafarbene Bettdecke. Schließlich stand ich auf. Ich betrachtete mich im Spiegel von Adriennes Kleiderschrank: Mein Gesicht war blass, meine Augen waren verquollen, meine Haare strähnig. Ich sah genauer hin. Dann, vorsichtig darauf bedacht, nicht auf die Scherben zu treten, verließ ich das Haus. Was auch immer GrosJeans Problem war – was auch immer in Les Salants im Argen lag –, es war nicht an mir, es in Ordnung zu bringen. Das hatte er mir allzu deutlich zu verstehen gegeben. Das alles ging mich nichts an.

Erleichterter, als ich mir eingestehen konnte, machte ich mich auf den Weg nach La Houssinière. Ich habe es wenigstens versucht, sagte ich mir immer wieder. Das hatte ich wirklich. Wenn ich irgendeine Art von Unterstützung bekommen hätte – aber das Schweigen meines Vaters, Aristides unverhohlene Feindseligkeit, auch Toinettes zweideutige Freundlichkeit, zeigten mir, dass ich ganz auf mich gestellt war. Selbst Capucine würde sich wahrscheinlich auf die Seite meines Vaters schlagen, sobald sie meine Absichten durchschaute. Sie hatte GrosJean immer gemocht. Nein, Brismand hatte Recht. Irgendjemand musste vernünftig sein. Und die Salannais, die sich stur an ihren Aberglauben und an ihre alten Gewohnheiten klammerten, während das Meer ihnen von Jahr zu Jahr mehr Land raubte, würden mich auch nicht verstehen. Mir blieb nichts anderes übrig, als mich an Brismand zu wenden. Wenn ich es schon nicht schaffte, GrosJean zur Vernunft zu bringen, dann würde es vielleicht Brismands Ärzten gelingen.

Ich nahm einen Umweg nach Les Immortelles, vorbei am Friedhof, wo die Flut sich bereits mit einem dumpfen Grollen ankündigte. Dahinter, an der schmalsten Stelle der Insel, kann man die Flut von beiden Seiten gleichzeitig steigen sehen. Eines Tages wird die schmale Landbrücke, die die beiden Teile von Le Devin miteinander verbindet, überflutet sein und Les Salants und La Houssinière endgültig voneinander trennen. Wenn das passiert, dachte ich, wird es um Les Salants geschehen sein.

Ich war so sehr in Gedanken versunken, dass ich Damien Guénolé, der ruhig an einen Felsen gelehnt saß und rauchte, beinahe übersehen hätte. Der Junge trug eine Lederjacke, deren Reißverschluss er bis zum Hals zugezogen hatte, und Anglerstiefel. Seine Ausrüstung und die Angel lagen neben ihm.

»Tut mir Leid«, sagte er, als er merkte, wie ich zusammenzuckte, »ich wollte Sie nicht erschrecken.«

»Schon gut. Ich hatte einfach nicht damit gerechnet, hier jemandem zu begegnen.«

»Mir gefällt's hier«, sagte Damien. »Hier ist es still. Hier lassen die Leute mich in Ruhe.« Er schaute aufs Meer hinaus, dessen weißlicher Schimmer sich in seinen Augen spiegelte. »Ich beobachte gern, wie die Flut steigt. Es sieht aus, als würde eine Armee anmarschieren.« Er tat einen tiefen Zug an seiner Zigarette, die er in der hohlen Hand hielt, um sie vor dem Wind zu schützen. Er sah mich nicht an, sondern ließ seinen Blick an mir vorbei zu den von weißem Schaum umgebenen Sandbänken von La Jetée und weiter über das graue Wasser bis zum Festland hinüberwandern. In seinem Gesichtsausdruck lag etwas Kindliches zugleich und überraschend Hartes.

»Bald wird es uns alle nicht mehr geben, stimmt's?«, sagte er leise. »Alle Salannais werden verschwinden, und dann kann die Welt froh sein, dass sie uns los ist.« Er zog erneut an seiner Zigarette. »Was die Houssins vorhaben, ist genau das Richtige«, fügte er bestimmt hinzu. »Alles zubetonieren und was Neues darauf bauen. Wenn Sie mich fragen, ich kann es kaum erwarten.«

Auf halbem Weg zu Les Immortelles kam mir Flynn entgegen. Ich hatte nicht damit gerechnet, noch jemandem zu begegnen – der Pfad an der Küste entlang war schmal und wurde selten benutzt –, doch Flynn schien sich nicht zu wundern, als er mich erblickte. Er wirkte ganz anders als am Morgen, seine heitere Sorglosigkeit war einer verhaltenen Neutralität gewichen, das Leuchten aus seinen Augen verschwunden. Ich fragte mich, ob es mit den Ereignissen des vergangenen Abends zu tun hatte, und ich spürte, wie sich mir die Kehle zusammenschnürte.

»Keine Spur von der Heiligen?« Selbst in meinen eigenen Ohren klang meine Freundlichkeit falsch.

»Sie sind also unterwegs nach La Houssinière.« Es war keine Frage, obwohl ich ihm ansah, dass er eine Antwort erwartete. »Um mit Brismand zu sprechen«, fuhr er in demselben neutralen Ton fort.

»Jeder hier scheint sich dafür zu interessieren, was ich tue«, sagte ich.

»Zu Recht.«

»Was soll das heißen?« Ich hörte den scharfen Unterton in meiner Stimme.

»Nichts.« Er trat zur Seite, um mich vorbeizulassen, den Blick bereits von mir abgewandt. Plötzlich war es mir wichtig, ihn aufzuhalten. Zumindest er müsste meinen Standpunkt verstehen können.

»Bitte. Sie sind sein Freund«, setzte ich an. Ich war mir sicher, dass er wusste, wen ich meinte.

Er drehte sich um. »Na und?«

»Vielleicht könnten Sie mit ihm reden. Ihn irgendwie überzeugen.«

»Wie bitte?«, sagte er. »Ihn dazu überreden, Haus und Hof zu verlassen?«

»Er braucht jemanden, der sich um ihn kümmert. Das muss ich ihm klarmachen. Irgendjemand muss die Verantwortung für ihn übernehmen.« Ich dachte an das Haus – an die Scherben – an die zerfledderten Bücher. »Er könnte sich etwas antun«, sagte ich schließlich.

Als Flynn mich ansah, war ich überrascht über die Härte in seinem Blick. »Das klingt zumindest vernünftig«, sagte er leise. »Aber Sie und ich wissen es besser, stimmt's?« Er lächelte kühl. »Es geht um *Sie*. Dieses Gerede von Verantwortung – letztlich läuft es doch darauf hinaus, was *Ihnen* genehm ist.«

Ich versuchte ihm zu sagen, dass es nicht so war. Aber Worte, die aus Brismands Mund so selbstverständlich geklungen hatten, wirkten aus meinem Mund falsch und hilflos. Mir war klar, dass Flynn dachte, ich tue das alles nur aus eigenem Interesse, um die Verantwortung von mir abzuwälzen, oder vielleicht sogar aus Rache für all die Jahre des Schweigens. Aber so war es nicht, versuchte ich ihm zu erklären. Ich war mir ganz sicher, dass es nicht so war.

Flynn hörte jedoch überhaupt nicht mehr richtig zu. Ein Achselzucken, ein Nicken, dann machte er sich davon, ging so lautlos wie ein Wilderer den Pfad entlang und ließ mich einfach stehen. Verwirrt und voller Zorn starrte ich ihm nach. Für wen hielt er sich überhaupt, verdammt? Was gab ihm das Recht, über mich zu urteilen?

Als ich bei Les Immortelles eintraf, war meine Wut noch größer geworden, anstatt zu verfliegen. In diesem Zustand wollte ich nicht mit Brismand reden, denn ich fürchtete, das erste freundliche Wort aus seinem Mund könnte die Tränenflut auslösen, die sich seit dem Tag meiner Ankunft auf der Insel in mir angestaut hatte. Stattdessen ging ich auf den Bootssteg, lauschte dem Plätschern der Wellen und beobachtete die Ausflugsboote, die auf der Bucht kreuzten. Die Saison hatte eigentlich noch nicht begonnen; nur einige wenige Urlauber lagen unterhalb der Promenade am Strand und sonnten sich zwischen den frisch gestrichenen Strandhütten, die auf dem weißen Sand kauerten.

Auf der gegenüberliegenden Straßenseite erblickte ich einen jungen Mann auf einem chromglänzenden japanischen Motorrad, der mich beobachtete. Langes Haar, das ihm ins Gesicht fiel, eine Zigarette locker zwischen den Fingern, enge Jeans, Lederjacke und Motorradstiefel. Es dauerte einen Augenblick, bis ich ihn erkannte. Es war Joël Lacroix, der hübsche und begehrte Sohn des einzigen Polizisten auf der Insel. Er stieg ab, bockte sein Motorrad auf und kam auf mich zu.

»Sie sind nicht von hier, stimmt's?«, sagte er und zog an seiner Zigarette. Offenbar erkannte er mich nicht. Warum sollte er sich auch an mich erinnern? Als wir das letzte Mal miteinander gesprochen hatten, ging ich noch zur Schule, und er war ein paar Jahre älter als ich.

Er musterte mich grinsend. »Ich könnte Ihnen die Insel zeigen, wenn Sie wollen«, sagte er. »Sie ein bisschen rumfahren, auch wenn's nicht allzu viel zu sehen gibt.«

»Vielleicht ein andermal, danke.«

Joël warf seine Zigarettenkippe weg. »Wo wohnen Sie denn? Im Les Immortelles? Oder haben Sie hier Verwandte?«

Aus irgendeinem Grund – vielleicht wegen seines forschenden Blicks – widerstrebte es mir preiszugeben, wer ich war. Ich nickte. »Ja, in Les Salants.«

»Sie mögen's wohl gern ein bisschen primitiv, was? Da draußen zwischen Ziegen und dem salzverseuchten Sumpf. Die Hälfte von denen da drüben hat an jeder Hand sechs Finger, wissen Sie. *Sehr enge* Familienbande.« Er verdrehte die Augen, dann schien ihm plötzlich ein Licht aufzugehen, und er betrachtete mich genauer. »Ich kenne dich doch«, sagte er schließlich. »Du bist die Tochter von Prasteau. Monique – Marie ...«

»Mado«, sagte ich.

»Ich hab gehört, dass du zurückgekommen bist. Ich hab dich erst gar nicht erkannt.«

»Wieso auch. Wir waren doch nie Freunde, oder?«

Joël strich sich die Haare aus dem Gesicht. »Du bist also nach Les Salants zurückgekommen. Tja, es gibt schon Verrückte.« Meine Gleichgültigkeit hatte sein Interesse gedämpft. Mit einem silbernen Harley-Davidson-Feuerzeug von der Größe einer Zigarettenschachtel zündete er sich noch eine Gitane an. »Ich persönlich würde viel lieber in einer Großstadt leben. Eines Tages setze ich mich einfach auf mein Motorrad und haue ab. Überall ist es besser als hier. Ich jedenfalls werde nicht bis ans Ende meiner Tage auf Le Devin rumhängen.« Er steckte sein Feuerzeug in die Hosentasche, ging zu seiner Honda zurück und ließ mich vor den Strandhütten stehen.

Ich hatte meine Schuhe ausgezogen, und unter meinen Füßen war der Sand schon warm geworden. Einmal mehr bemerkte ich, wie dick die Sandschicht war. Die Traktorspuren vom Vorabend ließen das an einer Stelle deutlich erkennen. Ich erinnerte mich, wie tief die Reifen des Anhängers eingesunken waren, als wir mit gemeinsamer Anstrengung die schwer beschädigte *Eleanore* auf die Straße geschoben hatten, wie der Sand unter all dem Gewicht nachgegeben hatte. Und ich erinnerte mich an den Duft von wildem Knoblauch, der aus den Dünen herüberwehte ...

Ich hielt inne. Dieser Duft. Auch am vergangenen Abend hatte er mich nachdenklich gestimmt. Irgendwie hatte er mich an Flynn erinnert und an etwas, was Matthias Guénolé mit vor Wut zitternden Händen auf einen Kommentar von Jojo-le-Goëland erwidert hatte – etwas, das mit dem Strand zu tun hatte.

Das war es. *Es hätte auch unserer sein können.*

Warum? Das Glück sei unbeständig, hatte er gemeint. Aber warum hatte er den Strand erwähnt? Ich erkannte immer noch keinen Zusammenhang; der Duft von Thymian und wildem Knoblauch, dazu der salzige Duft in den Dünen. Egal, es war nicht wichtig. Ich ging bis ans Wasser. Die Flut hatte zu steigen begonnen, ließ sich jedoch Zeit, kam in kleinen Rinnsalen, begann, die Hohlräume zwischen den Felsen zu füllen. Zu meiner Linken, nicht weit vom Steg entfernt, lag der Deich, der vor nicht allzu langer Zeit mit großen Felsbrocken verstärkt worden war und jetzt einen etwa hundert Meter langen Wellenbrecher bildete. Zwei Kinder kletterten darauf herum. Ich konnte ihre Stimmen hören, sie klangen so ähnlich wie das Kreischen der Möwen, die am Himmel kreisten. Ich versuchte mir vorzustellen, was ein Strand für Les Salants bedeutet hätte, welchen wirtschaftlichen Erfolg und wie viel Leben er in das Dorf gebracht hätte. Der Strand ist euer Glück, hatte Matthias gesagt. Schlaufuchs Brismand wurde seinem Namen wieder einmal gerecht.

Die Felsbrocken, die den Wellenbrecher bildeten, waren glatt und noch nicht mit Seetangknäueln behaftet. Auf der der Küste zugewandten Seite war er fast zwei Meter hoch, auf der anderen Seite wesentlich niedriger. Dort hatte sich Sand angesammelt, den die Strömung dort anspülte. Die Kinder, die dort spielten, bewarfen einander ausgelassen mit Seetang. Ich schaute mich nach den Strandhütten um. Die einzige noch übrig gebliebene Hütte von La Goulue hatte auf hohen Stelzen gestanden, während die Hütten von Les Immortelles so dicht über dem Boden standen, dass man nicht mehr darunter kriechen konnte.

Am Strand hat sich viel mehr Sand abgelagert, sagte ich mir.

Plötzlich ging mir ein Licht auf. Der Duft nach wildem Knoblauch war intensiver geworden, und jetzt fiel mir wieder ein, wie Flynn mir erzählt hatte, Toinette erinnere sich noch an »einen Steg und einen Strand mit allem Drum und Dran« in La Goulue. Ich hatte damals dagestanden, die Strandhütte betrachtet und mich gefragt, wo all der Sand geblieben war.

Die Kinder bewarfen sich immer noch mit Seetang. Auf der dem Wasser zugewandten Seite des Damms gab es eine Menge Seetang; nicht so viel wie früher in La Goulue, aber in Les Immortelles ging wahrscheinlich täglich jemand hinaus, um ihn einzusammeln. Als ich näher kam, sah ich etwas Dunkelrotes zwischem dem Braun und Grün hervorschimmern – ein Rot, das mich an irgendetwas erinnerte. Mit dem Fuß schob ich ein Bündel Seetang beiseite, der das Rot verdeckte.

Da erkannte ich, was es war. Es hatte sehr gelitten im Wasser, die Seide war zerrissen und die Stickerei beschä-

digt, und alles war voll Sand. Aber ich hatte keinen Zweifel, um was es sich handelte. Vor mir lag der festliche Umhang von Sainte-Marine, der bei dem abendlichen Fest verloren gegangen war und nicht, wie wir alle erwartet hatten, bei La Goulue, sondern hier, vor Les Immortelles, dem Glück von La Houssinière, von der Flut angespült worden war.
Die Flut.
Plötzlich merkte ich, dass ich zitterte, allerdings nicht vor Kälte. Wir hatten immer den Südwind für unser Unglück verantwortlich gemacht, aber in Wirklichkeit hatten die *Gezeiten* sich verändert; die Gezeiten, die einst die Fische nach La Goulue gebracht hatten und jetzt nur noch Unheil anrichteten, die Gezeiten, die den kleinen Bach ins Dorf hinauftrieben, wo seinerzeit die Pointe Griznoz uns Schutz geboten hatte.

Eine ganze Weile starrte ich das Stück Seide an und wagte kaum zu atmen. So viele Assoziationen, so viele Bilder. Ich dachte an die Strandhütten, an den Sand, an den alten Wellenbrecher. Wann war er gebaut worden? Wann waren der Strand und der Bootssteg vor La Goulue fortgespült worden? Jetzt gab es diesen neuen Damm, der erst vor so kurzer Zeit auf dem alten errichtet worden war, dass noch nicht einmal die Entenmuscheln Zeit gehabt hatten, sich daran festzuheften.

Eins kommt zum anderen; kleine Bindeglieder, kleine Veränderungen. Gezeiten und Strömungen können vor einer Insel, die so klein ist wie Le Devin, schnell wechseln, und die Auswirkungen dieser Veränderungen können verheerend sein. Heftige Fluten haben den Sand fortgespült, hatte Ghislain an dem Abend gesagt, als wir versucht hatten, die *Eleanore* zu retten. Brismand war bemüht, seine Kapitalanlagen zu schützen.

Brismand war nett zu mir gewesen, hatte sich besorgt gezeigt wegen der Überschwemmung. Und er hatte sein Interesse an GrosJeans Grundstück zum Ausdruck gebracht. Auch Toinette hatte er angeboten, ihr Haus zu kaufen. An wie viele andere war er noch mit diesem Ansinnen herangetreten?

Die Gezeiten ändern sich, ohne uns um Erlaubnis zu fragen. Das ist ebenfalls eine Inselweisheit. Aber die See ist nicht völlig unberechenbar. Manchmal lässt sich ihr Verhalten vorhersehen – und manchmal lässt sie sich sogar beherrschen. Aber die Salannais sind erstaunlich desinteressiert an den Ursachen für die Veränderungen ihrer Umgebung. Die Gezeiten zu beobachten erscheint ihnen als reine Zeitverschwendung. Vielleicht hatten sie deswegen bisher nichts mitbekommen. Noch einmal betrachtete ich das Stück zerrissene Seide, das einmal ein Teil von Sainte-Marines Festumhang gewesen war. Es war nur ein winziger Hinweis, aber er brachte mich zu einer fundamentalen Einsicht. Jetzt, wo ich den Zusammenhang begriffen hatte, vermochte ich den Gedanken nicht mehr beiseite zu schieben. Konnte es sein, dass Brismands Schutzmaßnahmen die Ursache für die Pechsträhne von Les Salants waren? Und falls ja, war er sich dessen bewusst?

13

Am liebsten wäre ich schnurstracks zu Brismand gegangen, um ihn zur Rede zu stellen. Doch dann überlegte ich es mir anders. Ich konnte mir sein verblüfftes Gesicht, sein belustigtes Schmunzeln lebhaft vorstellen; ich konnte mir ausmalen, wie er in lautes Gelächter ausbrach, wenn ich versuchte, ihm meinen Verdacht darzulegen. Außerdem hatte er mich wie gesagt immer gut behandelt, fast wie ein Vater. Ihn überhaupt zu verdächtigen, kam mir unverschämt vor.

Aber die Überzeugung, dass die Schutzmaßnahmen in La Houssinière für die Katastrophe von Les Salants verantwortlich waren, ließ mich nicht mehr los. Bei Licht besehen, war es eine simple Gleichung und völlig offensichtlich, wenn man erst einmal ihre Auswirkungen betrachtete.

Capucine und Toinette schienen kein Interesse an meiner Erkenntnis zu haben. Während der Nacht war das Dorf erneut überflutet worden, und in Angélos Bar, wo die Salannais ihren Kummer ertränkten, war die Stimmung noch gedrückter als sonst.

»Also, wenn du die Heilige selbst gefunden hättest...« Toinette grinste und zeigte ihre schiefen Zähne. »*Sie* bringt Les Salants Glück, nicht irgendein Strand, den es vielleicht vor dreißig Jahren mal gegeben hat. Und du willst doch nicht behaupten, dass die Heilige es bis nach Les Immortelles geschafft hat, oder? Also, *das* würde ich ein Wunder nennen.«

Natürlich hatte man weder an der Pointe Griznoz noch vor La Goulue eine Spur von der vermissten Heiligen entdeckt. Wahrscheinlich war sie längst im Schlick vor der Pointe Griznoz versunken, meinte Toinette, wo sie vielleicht – wenn überhaupt – in zwanzig Jahren von irgendwelchen Kindern entdeckt würde, die nach Muscheln gruben.

Die vorherrschende Meinung im Dorf war, dass die Heilige Les Salants im Stich gelassen hatte. Die besonders Abergläubischen sagten bereits ein finsteres Jahr voraus; selbst die jüngeren Dörfler waren deprimiert. »Das Fest von Sainte-Marine war das einzige Gemeinsame, was wir hatten«, erklärte Capucine, während sie sich einen ordentlichen Schuss Schnaps in ihren Kaffee goss. »Es war das Einzige, woran wir uns alle beteiligten. Jetzt geht alles zum Teufel. Und es gibt nichts, was wir dagegen unternehmen können.«

Sie deutete auf das Fenster, doch ich brauchte nicht nach draußen zu schauen, um zu verstehen, was sie meinte. Weder das Wetter noch der Fischfang hatten sich gebessert. Das Augusthochwasser würde bald vorüber sein, aber der September würde noch Schlimmeres mit sich bringen, und im Oktober würden Stürme aufkommen, die vom Atlantik her über die Insel hinwegfegten. Die Rue de l'Océan hatte sich in eine Schlammpiste verwandelt. Ebenso wie die *Eleanore* waren mehrere flache Austernboote aus ihrer Verankerung gerissen und aufs Meer hinausgetrieben worden, obwohl man sie weit oberhalb der Flutgrenze vertäut hatte. Aber das Schlimmste war, dass die Makrelen verschwunden zu sein schienen und der Fischfang zum Erliegen gekommen war. Im Gegensatz dazu machten die Fischer in La Houssinière zurzeit die besten Geschäfte.

»Es ist ein Fluch«, erklärte Aristide am Nebentisch. »Diese verdammten Houssins. Sie haben alles an sich gerissen. Den Hafen, die Stadt und jetzt auch noch die Fische. Demnächst werden für uns nur noch die nackten Felsen übrig sein.« Er brachte sein Holzbein in eine bequemere Position und trank einen großen Schluck Schnaps.

»In La Houssinière gehen die Geschäfte gut«, sagte Omer. »Meine Mercédès hat mir erzählt, sie karren die Fische lastwagenweise weg. Manche Leute haben einfach Glück.«

»Glück?« Das war Matthias Guénolé, der mit düsterer Miene allein an der Theke saß. »Mit Glück hat das nichts zu tun. Nur mit Geld. Geld und stabile Schutzvorrichtungen. Wir könnten von beidem eine Menge gebrauchen.«

»Geht das jetzt wieder los«, sagte Aristide verächtlich. »Du redest schon wie ein altes Weib.« Er warf mir einen finsteren Blick zu, Aristide machte kein Geheimnis aus seiner Meinung, dass Frauen in Angélos Bar nichts zu suchen hatten. »Was willst du überhaupt mit Glück? Wenn du Geld brauchst, kannst du jederzeit deine Freunde in La Houssinière anpumpen.«

Das war ein alter Zankapfel zwischen den beiden, die sich gegenseitig fälschlicherweise beschuldigten, mit dem Feind im Bunde zu stehen.

Matthias stand auf. Sein langer Schnurrbart zitterte. »Glaubst du etwa, ich würde von Brismand Geld annehmen? Mich an ihn verkaufen?«

»Du hast die Schutzvorrichtungen zur Sprache gebracht, nicht ich.«

Die alten Männer, die inzwischen beide aufgestanden waren, beäugten einander wie rivalisierende Propheten. Omer, der das Ganze verfolgt hatte, mischte sich ein. »Es reicht, ihr zwei.« Sein gutmütiges Gesicht wirkte ungewöhnlich angespannt. »Ihr seid nicht die Einzigen, die Probleme haben.«

Aristide schaute betreten zu Boden. Obwohl Omer versucht hatte, sein Haus mit Sandsäcken zu schützen, war es von der Flut am schlimmsten in Mitleidenschaft gezogen worden.

»Das stimmt«, sagte Toinette. »Ihr beiden alten Trottel würdet Les Salants eher untergehen lassen, als auch nur eine Minute lang von euren Streitereien abzusehen.«

Aristide setzte sich mit gespielter Gleichgültigkeit hin. »Das kannst du Guénolé erzählen«, sagte er trocken. »*Er* quasselt davon zu verkaufen, nicht ich.«

Ich hätte wissen müssen, dass ich mich besser nicht einmischte. Aber ich konnte nicht an mich halten. Die Entdeckung, die ich in Les Immortelles gemacht hatte, war mir immer noch deutlich vor Augen, und ich wollte, dass alle es begriffen. Es ist ein Hoffnungsschimmer, dachte ich, der klare Beweis, dass wir unser Schicksal selbst in die Hand nehmen können.

»Ich verstehe nicht, was der Vorschlag, Les Salants zu schützen, damit zu tun haben soll, dass er aufgeben will«, sagte ich so freundlich wie möglich.

Aristide warf mir einen verächtlichen Blick zu. »Hört euch das an!«, rief er und klopfte mit seinem Stock gegen das Tischbein. »Sie kann es einfach nicht lassen, sich in unsere Angelegenheiten einzumischen.«

Ich war wild entschlossen, mich nicht aufzuregen. »Man sollte meinen, es ist Ihnen egal, was mit dem Dorf passiert«, sagte ich, »Hauptsache, die Houssins bleiben aus dem Spiel.«

Der alte Mann wandte sich angewidert ab. »Was geht dich das an? Du hast ja keine Sorgen, du hast schließlich deinen Brismand, der sich um dich kümmert.«

Dass er den Hotelier erwähnte, war mir unangenehm. Zwar war ich mir sicher, dass Brismand nicht wusste, welche Auswirkungen der Wellenbrecher vor Les Immortelles auf Les Salants hatte, dennoch zögerte ich, mit Aristide, der garantiert sofort das Schlimmste annehmen würde, über den Zusammenhang zu sprechen.

»Sie machen aus dem Mann einen Dämon«, sagte ich. »Vielleicht ist es an der Zeit, den Tatsachen endlich ins Auge zu sehen und seine Hilfe anzunehmen, anstatt ihn zu bekämpfen.«

»Der kann uns nicht helfen«, knurrte Aristide, ohne sich umzudrehen. »Das kann keiner.«

»Ich verstehe das einfach nicht!«, rief ich. »Was ist los mit Les Salants? Alles ist ein einziges Chaos, die Straße steht halb unter Wasser, Boote werden losgerissen, Häuser stürzen ein. Warum gibt es hier keinen, der irgendwas dagegen unternimmt? Warum sitzen alle nur untätig herum und sehen zu, wie die Flut nach und nach das ganze Dorf verwüstet?«

»Was sollen wir denn deiner Meinung nach tun?«, fragte Aristide über die Schulter hinweg. »Die Flut aufhalten wie King Canute?«

»Irgendeine Möglichkeit gibt es immer«, erwiderte ich. »Wie wäre es zum Beispiel mit Wellenbrechern wie in La Houssinière? Oder wenigstens ein paar Sandsäcken, um die Straße zu schützen?«

»Zwecklos«, raunzte Aristide ungehalten. »Das Meer lässt sich nicht beherrschen. Da könnten wir genauso gut in den Wind spucken.«

Der Wind in meinem Gesicht tat gut, als ich entmutigt über die Rue de l'Océan ging. Was hatte es für einen Sinn, helfen zu wollen? Was hatte überhaupt einen Sinn, wenn die Leute in Les Salants sich weigerten, irgendetwas zu ändern? Diese stoische Sturheit ist typisch für die Salannais, ein Charakterzug, der übrigens nicht auf Selbstbewusstsein zurückzuführen ist, sondern auf Fatalismus und Aberglauben. Was hatte Aristide gesagt? *Da könnten wir genauso gut in den Wind spucken.* Ich hob einen Stein von der Straße auf und warf ihn so weit ich konnte gegen den Wind. Er fiel in eine Pfütze. Einen Moment lang dachte ich an meine Mutter; wie all ihre Wärme und ihre guten Absichten ausgelaugt worden waren, bis sie völlig verknöchert und verbittert war. Auch sie hatte die Insel geliebt. Eine Zeit lang.

Aber ich habe die Sturheit meines Vaters geerbt. An den langen Abenden in unserer Pariser Wohnung hatte sich meine Mutter oft darüber ausgelassen. Adrienne sei ihr ähnlicher, behauptete sie; ein liebes, freundliches Mädchen. Wohingegen ich ein schwieriges Kind gewesen sei, verschlossen und missmutig. Wenn Adrienne bloß nicht gezwungen gewesen wäre, nach Tanger zu ziehen ...

Ich reagierte nicht auf diese Bemerkungen. Es hatte keinen Zweck, es auch nur zu versuchen. Ich hatte es längst aufgegeben, meine Mutter daran zu erinnern, dass Adrienne kaum jemals schrieb oder anrief, dass sie uns noch nicht ein einziges Mal zu sich eingeladen hatte. Niemand hatte meine Schwester gezwungen, irgendwohin zu ziehen – vielmehr schien es so, als wollten sie und Marin einfach so weit wie möglich von Le Devin fortgehen. Aber für meine Mutter war Adriennes Schweigen lediglich der Beweis dafür, wie sehr sie in ihrer neuen Familie aufging. Die wenigen Briefe, die wir erhielten, wurden sorgfältig aufbewahrt, ein Polaroidfoto von den Kindern hatte einen Ehrenplatz auf dem Kaminsims. Adriennes neues Leben in Tanger – von meiner Mutter romantisch verklärt in ein Märchen voller bunter Basare und Paläste – war das Nirwana, nach dem wir beide trachten sollten und wohin uns meine Schwester, davon war sie überzeugt, irgendwann holen würde.

Ich schüttelte meine unangenehmen Gedanken ab. Vorerst war ich allein mit meiner Entdeckung, und als Beweis existierte nichts als ein Fetzen roter Seide. Ich brauchte mehr davon – für mich selbst und auch für die anderen –, Beweise, mit denen ich Claude Brismand konfrontieren und, hoffentlich, seine Hilfe erwirken konnte. Wenn es mir gelang, ihm klarzumachen, was er unwissentlich angerichtet hatte, und ich ihm auf diese Weise seine Verantwortung vor Augen führen konnte, würde er sicherlich gezwungen sein zu handeln.

Zuerst ging ich zum Haus. Es war noch immer in demselben Zustand, und einen Augenblick lang verließ mich der Mut. In Les Immortelles sei immer Platz für mich, hatte Brismand gesagt. Ich brauchte mich nur an ihn zu wenden. Ich stellte mir ein sauberes Bett vor, weiße Laken, warmes Wasser. Ich dachte an meine kleine Wohnung in Paris, an den Parkettboden und den vertrauten Geruch nach Lack und Farbe. Und ich dachte an das Café gegenüber, an *moules-frites* am Freitagabend und einen anschließenden Kinobesuch. Was mache ich eigentlich noch hier?, fragte ich mich. Warum halse ich mir das alles auf?

Ich hob eins meiner Bücher auf und strich den Umschlag glatt. Es war ein aufwendig gestaltetes Bilderbuch, eine Geschichte von einer Prinzessin, die durch einen bösen Fluch in einen Vogel verwandelt wurde, und von einem Jäger ... Als Kind hatte ich eine blühende Fantasie gehabt und mich mit Hilfe meiner imaginären Welt über die Tristesse des Insellebens hinweggetröstet. Immer war ich davon ausgegangen, dass mein Vater genauso war. Jetzt erschien es mir nicht mehr so erstrebenswert, zu erfahren, was sich hinter seinem Schweigen verbarg.

Ich sammelte meine restlichen Bücher vom Boden auf, verärgert darüber, sie so zerfleddert auf den Scherben herumliegen zu sehen. Meine Kleider waren mir nicht so wichtig, ich hatte nur wenige mitgebracht und ohnehin vor, mir in La Houssinière ein paar neue zu kaufen. Dennoch hob ich sie auf und steckte sie in die Waschmaschine. Meine Papiere und das Malzeug aus meinen Kindertagen – ein paar vertrocknete Wasserfarben und einen Pinsel – legte ich zurück in den Karton neben meinem Bett. Da entdeckte ich etwas am Fußende des Betts, etwas Glänzendes, halb in den Teppich getreten, der den Steinfußboden bedeckte. Eine Glasscherbe konnte es nicht sein, doch es schimmerte in einem Streifen Sonnenlicht, der durch die Fensterläden fiel. Ich hob es auf.

Es war das Medaillon meines Vaters, das mir schon einmal aufgefallen war. Die Kette war gerissen, und das Medaillon war leicht zerbeult. Er muss es bei seinem Tobsuchtsanfall verloren haben, sagte ich mir; vielleicht hat er sich den Hemdkragen aufgerissen und nicht bemerkt, wie es heruntertfiel. Ich betrachtete es genauer. Es war versilbert, etwa so groß wie ein Fünf-Franc-Stück, und an einer Seite befand sich ein kleiner Verschluss. Eigentlich sieht es eher aus wie Damenschmuck, dachte ich, und es erinnerte mich aus irgendeinem Grund an Capucine. Ein Erinnerungsstück.

Als ich es öffnete, bekam ich seltsamerweise ein schlechtes Gewissen, fühlte mich, als schnüffelte ich in den Geheimnissen meines Vaters herum. Etwas Weiches fiel in meine Hand: eine Haarlocke, braun, so wie GrosJeans Haare früher gewesen waren, und mein erster Gedanke war, dass es sich um eine Locke seines Bruders handeln könnte. GrosJean waren romantische Gefühle fremd, und soweit ich mich erinnern konnte, hatte er nicht ein einziges Mal an den Geburtstag meiner Mutter oder an ihren Hochzeitstag gedacht. Dass er nun ausgerechnet eine Locke meiner Mutter mit sich herumtragen sollte, kam mir absurd vor. Als ich das Medaillon ein bisschen weiter öffnete, entdeckte ich das Foto.

Es war aus einem größeren Foto ausgeschnitten worden; ein junges Gesicht, das mich aus dem kleinen, goldenen Rahmen heraus anlächelte, kurze, zerzauste Haare, große runde Augen … Ungläubig starrte ich es an und betrachtete es eingehend, als könnte ich dadurch mein eigenes Bild in das von jemand Würdigerem verwandeln. Aber das war tatsächlich ich. Es war das Bild aus meinem Geburtstagsfoto. In einer Hand hielt ich das Kuchenmesser, die andere, die auf der Schulter meines Vaters lag, befand sich außerhalb des Rahmens. Ich nahm das Original aus meiner Hosentasche, das mittlerweile ziemlich verknittert war, und bemerkte erst jetzt den missmutigen, neidischen Ausdruck im Gesicht meiner Schwester. Sie hatte den Kopf beleidigt abgewandt wie ein Kind, das es nicht gewöhnt ist, keine Aufmerksamkeit zu bekommen …

Mir glühten die Wangen, und mein Herz klopfte wie wild. Er hatte mich ausgewählt, hatte tatsächlich mein Foto um den Hals getragen, zusammen mit einer Locke von mir. Es war nicht meine Mutter, nicht Adrienne. Das war ich. Ich hatte geglaubt, er hätte mich vergessen, dabei hatte er ausgerechnet mein Bild die ganze Zeit mit sich herumgetragen wie einen Glücksbringer. Was spielte es für eine Rolle, dass er meine Briefe nicht beantwortet hatte? Was spielte es für eine Rolle, dass er nicht mit mir redete?

Ich stand auf, das Medaillon in der Hand. Alle meine

Zweifel waren verflogen. Jetzt wusste ich genau, was ich zu tun hatte.

Ich wartete, bis es dunkel wurde. Die Flut hatte fast ihren Höchststand erreicht, ein guter Zeitpunkt für das, was ich vorhatte. Ich schlüpfte in meine Stiefel, zog meine Jacke über und machte mich auf den Weg über die windigen Dünen. Vor La Goulue sah ich den schwachen Schimmer des Festlands am Horizont und das Leuchtfeuer, das alle paar Sekunden aufflackerte. Über dem Meer lag das für die Küste typische trübe Licht, das hin und wieder heller wurde, wenn die Wolken vor dem Mond aufrissen.

Auf dem Dach des alten Bunkers entdeckte ich Flynn, der in die Bucht hinausschaute; seine Gestalt hob sich schwach gegen den Nachthimmel ab. Ich beobachtete ihn eine Weile, versuchte zu ergründen, was er dort tat, aber er war zu weit weg. Schließlich eilte ich weiter in Richtung La Goulue, wo bald die Ebbe einsetzen würde.

Der Beutel, den ich über der Schulter trug, enthielt lauter orangefarbene Schwimmer von der Sorte, wie die Inselfischer sie für ihre Makrelennetze benutzten. Als Kind hatte ich mit Hilfe eines aus diesen Dingern hergestellten Brustgürtels Schwimmen gelernt, außerdem hatten wir sie oft benutzt, um vor La Goulue Hummer- und Krabbenkörbe zu markieren. Bei Ebbe sammelten wir sie von den Felsen ein und banden sie zusammen wie riesige Perlen. Es war ein Spiel gewesen damals, aber ein ernstes Spiel. Die Fischer zahlten uns einen Franc für jeden, den wir ihnen brachten, und das war meistens das einzige Taschengeld, das wir je bekamen. Das Spiel und die Schwimmer würden mir heute Nacht von großem Nutzen sein.

Ich kletterte auf die Felsen unterhalb der Klippe und warf den Inhalt meines Beutels ins Meer, insgesamt dreißig Stück. Dabei achtete ich darauf, dass ich sie möglichst weit über die Brandung hinaus in die Strömung schleuderte. Früher, vor nicht allzu langer Zeit, wären die Schwimmer mit der nächsten Flut wieder in die Bucht zurückgespült worden. Wo sie jetzt landeten, würde mein Experiment zeigen.

Ich blieb noch einige Minuten lang dort stehen und schaute zu, wie die orangefarbenen Punkte auf den Wellen tanzten. Trotz der Brise, die vom Meer her wehte, war es warm. Es war einer der letzten Sommertage. Als die Wolken sich über mir auflösten, sah ich die Milchstraße, die sich wie ein breites Band über den Himmel erstreckte. Mit einem Mal empfand ich eine tiefe innere Ruhe, und unter dem weiten, mit Sternen übersäten Himmel wartete ich darauf, dass die Ebbe einsetzte.

14

Am erleuchteten Küchenfenster erkannte ich, dass Gros-Jean zurückgekommen war. Seine Umrisse waren zu sehen, er hatte eine Zigarette zwischen den Lippen. Mein Vater wirkte wie ein Monolith in dem gelben Licht. Beklommen fragte ich mich, was mich erwartete. Würde er mit mir reden? Würde er in Rage geraten?

Er drehte sich nicht um, als ich eintrat. Das hatte ich auch nicht erwartet. Inmitten der Verwüstung, die er angerichtet hatte, saß er reglos da, in der einen Hand eine Tasse Kaffee, zwischen den gelb verfärbten Fingern der anderen eine Gitane.

»Du hast dein Medaillon verloren«, sagte ich und legte es vor ihn auf den Tisch.

Ich meinte, eine leichte Veränderung in seiner Haltung zu bemerken, aber er würdigte mich keines Blickes. Teilnahmslos und schwer wie die steinerne Heiligenstatue, wirkte er unverrückbar.

»Ich fange morgen an aufzuräumen«, sagte ich. »Es ist ein bisschen Arbeit, aber ich bringe das Haus wieder in Ordnung für dich.«

Immer noch keine Antwort. Anstatt Zorn empfand ich plötzlich Mitleid mit ihm, mit seinem traurigen Schweigen, seinen müden Augen.

»Es wird alles gut«, fügte ich hinzu. Dann trat ich auf ihn

zu und legte ihm meine Arme um den Hals. Er roch nach Salz und Schweiß und Farbe, und wir verharrten eine Weile so, bis seine Zigarette heruntergebrannt war und ihm aus der Hand fiel. Als sie auf den Steinfußboden traf, sprühten Funken in alle Richtungen.

Am nächsten Tag stand ich früh auf und machte mich auf die Suche nach meinen Schwimmern. Weder vor La Goulue noch in der Bachmündung in Les Salants war auch nur die geringste Spur von ihnen zu entdecken. – Nicht, dass ich erwartet hätte, sie dort vorzufinden. Magere Zeiten für die Gierige.

Kurz vor sechs traf ich in La Houssinière ein. Der Himmel war klar und blass, und es waren nur wenige Leute auf den Beinen – hauptsächlich Fischer. Ich meinte Jojo-le-Goëland im seichten Wasser herumstochern zu sehen und weiter draußen ein paar Gestalten mit den großen, viereckigen Netzen, die die Houssins zum Krabbenfischen benutzen. Ansonsten war der Strand leer.

Meinen ersten orangefarbenen Schwimmer entdeckte ich unter dem Bootssteg. Ich hob ihn auf und ging in Richtung Wellenbrecher. Hin und wieder blieb ich stehen, um einen Stein oder einen Klumpen Seetang umzudrehen. Bis ich den Wellenbrecher erreichte, hatte ich etwa ein Dutzend weitere Schwimmer eingesammelt und drei weitere zwischen den Felsen entdeckt, wo ich sie nicht erreichen konnte.

Insgesamt sechzehn Stück. Guter Fang.

»Ist das ein Spiel?«

Ich fuhr so schnell herum, dass mein Beutel in den nassen Sand fiel und der Inhalt herauskullerte. Flynn beäugte ihn neugierig. Sein Haar wehte wie eine Signalflagge im Wind.

»Also?«

Ich erinnerte mich daran, wie unterkühlt er am Vortag gewesen war. Heute wirkte er entspannt und gut gelaunt, auch das zornige Funkeln war aus seinen Augen verschwunden.

Anstatt ihm zu antworten, bückte ich mich und steckte

die Schwimmer ganz langsam, einen nach dem anderen wieder in meinen Beutel. Sechzehn von dreißig. Etwas mehr als die Hälfte. Aber es reichte aus, um meine Vermutung zu bestätigen.

»Für eine Strandgutsammlerin hätte ich Sie nicht gerade gehalten«, sagte Flynn, der mich immer noch beobachtete. »Irgendwas Interessantes gefunden?«

Wofür mochte er mich dann gehalten haben?, überlegte ich. Eine Städterin auf Urlaub? Eine Unruhestifterin? Eine Bedrohung?

Ich hockte mich auf den Boden und erklärte mit Hilfe von Zeichnungen im Sand, was ich entdeckt hatte. Zwar zitterte ich in der kühlen Brise, aber mein Verstand war klar. Der Beweis war eindeutig und so einfach zu erkennen, wenn man nur genau hinschaute. Jetzt, wo ich ihn gefunden hatte, konnte Brismand die Augen nicht mehr vor der Wirklichkeit verschließen. Er würde mir zuhören müssen.

Flynn schien sich nicht im Geringsten über meine Entdeckung zu wundern. Sein Gleichmut brachte mich auf die Palme, und ich fragte mich, warum ich meine Neuigkeiten ausgerechnet einem Fremden anvertraut hatte. Ihn interessierte das natürlich alles nicht. Schließlich lag ihm kein Ort auf der Welt am Herzen. »Ist Ihnen das denn völlig gleichgültig?«, fragte ich ihn. »Ist Ihnen ganz egal, was hier passiert?«

Flynn sah mich neugierig an. »Sie haben offenbar eine Kehrtwende gemacht. Das Letzte, was ich von Ihnen gehört habe, war, dass Sie mit niemandem in Les Salants mehr was zu tun haben wollten. Ihren Vater eingeschlossen.«

Ich spürte, wie mir die Hitze ins Gesicht stieg. »Das stimmt nicht«, sagte ich. »Ich versuche nur zu helfen.«

»Das weiß ich. Aber Sie vergeuden Ihre Zeit.«

»Brismand wird mich unterstützen«, erwiderte ich störrisch. »Er wird es müssen.«

Flynn lächelte freudlos. »Und das glauben Sie tatsächlich?«

»Wenn er uns nicht hilft, werden wir uns selbst was überlegen müssen. Es gibt genug Leute im Dorf, die mitmachen werden. Jetzt habe ich schließlich den Beweis.«

Flynn seufzte. »Diesen Leuten können Sie überhaupt nichts beweisen«, sagte er geduldig. »Die können Ihrer Logik gar nicht folgen. Sie bleiben lieber in ihren Häusern hocken und beten, bis das ganze Dorf unter Wasser steht. Glauben Sie wirklich im Ernst, die werden von ihren Familienzwistigkeiten absehen, um sich für die Gemeinschaft einzusetzen? Glauben Sie, die würden auf Sie hören, wenn Sie ihnen so was vorschlagen?«

Ich starrte ihn wütend an. Natürlich hatte er Recht. So dumm war ich schließlich auch nicht. »Ich kann es wenigstens versuchen«, sagte ich. »Irgendjemand muss einen Versuch machen.«

Er grinste. »Wissen Sie eigentlich, wie man Sie im Dorf nennt? La Poule, das Huhn. Hat dauernd was zu gackern.«

La Poule. Einen Augenblick lang war ich zu wütend, um etwas zu entgegnen. Wütend auf mich selbst, dass ich mir so viele Gedanken machte. Wütend auf ihn, weil er so fatalistisch war. Wütend auf die Dörfler, weil sie so engstirnig und gleichgültig waren.

»Betrachten Sie es von der positiven Seite«, meinte Flynn augenzwinkernd. »Zumindest haben Sie jetzt einen Inselnamen.«

15

Ich hätte nie mit ihm reden sollen, sagte ich mir. Ich traute ihm nicht, und ich mochte ihn nicht. Wieso hatte ich Verständnis von ihm erwartet? Während ich über den menschenleeren Strand auf das große, weiße Hotel namens Les Immortelles zustapfte, liefen mir abwechselnd heiße und kalte Schauer über den Rücken. Weil er ein Fremder war, ein Mann vom Festland, der in der Lage war, technische Probleme zu lösen, hatte ich seine Bestätigung gesucht. Ich hatte ihn beeindrucken wollen mit meinen scharfsinnigen Schlussfolgerungen, hatte ihm beweisen wollen, dass ich nicht die Wichtigtuerin war, für die er mich hielt. Doch er hatte bloß gelacht. Sand knirschte unter meinen Füßen, als ich die Stufen zur Promenade hinaufstieg, und ich hatte sogar Sand unter den Fingernägeln. Ich hätte nie mit Flynn reden sollen, fluchte ich vor mich hin. Ich hätte Brismand vertrauen sollen.

Ich fand ihn in der Eingangshalle des Hotels, wo er einige Papiere durchsah. Er schien erfreut, mich zu sehen, und einen Augenblick lang war ich so erleichtert, dass mir fast die Tränen kamen. Er schloss mich in die Arme; sein Eau de Cologne stieg mir in die Nase, seine Stimme dröhnte mir in den Ohren. »Mado! Ich hab gerade an dich gedacht. Ich hab dir ein Geschenk gekauft.« Meinen Beutel mit den Schwimmern hatte ich auf dem Boden abgestellt. Brismand hielt mich mit seinen riesigen Armen so fest, dass ich kaum Luft bekam. »Einen Augenblick. Ich hole es schnell. Ich glaube, die Größe ist genau richtig.«

Ich stand allein in der Eingangshalle, während Brismand in einem der Hinterzimmer verschwand. Als er wieder auftauchte, hatte er ein in Seidenpapier gewickeltes Päckchen in der Hand. »Hier, *chérie*, mach's auf. Rot steht dir gut, das sehe ich schon.«

Meine Mutter hatte immer angenommen, dass ich mich im Gegensatz zu ihr und Adrienne nicht für hübsche Kleider interessierte. Mit meinen spöttischen Bemerkungen und meinem scheinbaren Desinteresse an meiner äußeren Erscheinung hatte ich sie zu der Annahme verleitet, aber in Wirklichkeit hatte ich meine Schwester, ihre Schminksachen und ihre kichernden Freundinnen nur deshalb mit Verachtung gestraft, weil ich es für zwecklos hielt, mir das alles für mich selbst zu wünschen. Lieber tat ich so, als hätte ich kein Interesse an diesen Dingen. Als ginge mich das alles nichts an.

Das Seidenpapier knisterte leise in meinen Händen. Einen Augenblick lang war ich sprachlos.

»Es gefällt dir nicht«, sagte Brismand enttäuscht. Mit seinem riesigen Schnurrbart sah er aus wie ein trauriger Hund.

»Doch, doch«, stammelte ich schließlich. »Es ist wunderschön.«

Er hatte meine Größe genau richtig eingeschätzt. Und das Kleid war wunderschön, aus flammend rotem Crêpe de Chine, der im kühlen Morgenlicht leuchtete. Ich stellte mir vor, wie ich in dem Kleid durch die Straßen von Paris schlenderte, vielleicht mit hochhackigen Sandalen dazu, das Haar offen ...

Brismand wirkte merkwürdig erfreut über sich selbst. »Ich dachte, das bringt dich vielleicht auf andere Gedanken, muntert dich ein bisschen auf.« Sein Blick wanderte zu dem Beutel mit den Schwimmern, der zu meinen Füßen stand. »Was ist das denn, meine Kleine? Bist du neuerdings unter die Strandgutsammler gegangen?«

Ich schüttelte den Kopf. »Nein, unter die Forscher.«

Es war mir leicht gefallen, Flynn von meinen Beobachtungen zu berichten. Mit Brismand darüber zu sprechen, fiel mir wesentlich schwerer, obwohl er mir ohne jede Spur von Belustigung zuhörte, nur hin und wieder interessiert nickte, während ich meine Schlussfolgerungen gestenreich darlegte.

»Hier ist Les Salants. Von da aus sieht man, wie die Strömung von La Jetée aus verläuft. Von hier kommt der Westwind. Das ist der Golfstrom. Wir wissen, dass die Insel im Osten durch La Jetée geschützt wird, aber diese Sandbank hier ...« Ich deutete mit dem Finger auf das imaginäre Hindernis. »Diese Sandbank lenkt die Strömung ab, die an der Pointe Griznoz vorbei verläuft und hier vor La Goulue endet.«

Brismand nickte stumm.

»So war es zumindest früher. Aber anstatt bei La Goulue zu enden, fließt die Strömung jetzt weiter und endet schließlich *hier*.«

»Vor Les Immortelles, ja.«

»Deswegen ist die *Eleanore* auch nicht in der Bucht gestrandet, sondern auf der anderen Seite der Insel. Und deswegen gibt es auch bei Les Salants keine Makrelen mehr!«

Wieder nickte er.

»Aber das war's noch nicht«, fuhr ich fort. »Warum verändert sich plötzlich alles? Und vor allem: *Was* hat sich verändert?« Darüber schien er tatsächlich einen Moment lang nachzudenken. Sein Blick wanderte zum Meer hinaus. »Sieh mal«, sagte ich und zeigte über den Strand hinweg auf die neuen Schutzanlagen. Von da, wo wir saßen, waren sie gut auszumachen, der Damm, dessen Ende nach Osten ins Wasser ragte, und die Wellenbrecher an beiden Seiten.

»Man kann genau erkennen, wie es funktioniert. Du hast den Damm gerade so weit verlängert, dass der Strand hier geschützt ist. Der Wellenbrecher verhindert, dass der Sand fortgespült wird. Der Deich schützt den Strand, leitet die

Strömung ein bisschen in diese Richtung und bringt den Sand von La Jetée – von *unserer* Seite der Insel – nach Les Immortelles.«

Brismand nickte einfach nur. Ich sagte mir, dass er die ganze Bedeutung dessen, was ich ihm gerade erklärt hatte, wahrscheinlich noch gar nicht richtig erfasst hatte.

»Siehst du denn nicht, was passiert ist?«, fragte ich. »Wir müssen etwas unternehmen. Wir müssen das Ganze aufhalten, bevor es noch mehr Schaden anrichtet.«

»Aufhalten?« Er hob die Brauen.

»Ja, natürlich. Die schrecklichen Überschwemmungen in Les Salants ...«

Brismand legte mir seine Hand väterlich auf die Schulter. »Kleine Mado. Ich weiß, du meinst es gut. Aber der Strand von Les Immortelles muss geschützt werden. Deswegen haben wir diesen Wellenbrecher angelegt. Ich kann ihn nicht entfernen lassen, bloß weil die Strömung sich geändert hat. Woher wollen wir überhaupt wissen, ob sie sich nicht auch ohne unser Zutun geändert hätte?« Er seufzte tief. »Du hast doch schon mal von siamesischen Zwillingen gehört«, sagte er. »Manchmal muss man sie trennen, damit einer von beiden überleben kann.« Er sah mich an, um sich zu vergewissern, dass ich ihn verstanden hatte. »Und dann muss man manchmal eine sehr schwere Entscheidung treffen.«

Ich starrte ihn wie benommen an. Was sagte er da? Dass Les Salants geopfert werden musste, damit La Houssinière überleben konnte? Dass das, was hier geschah, leider unvermeidlich war?

Ich dachte an all die Jahre, die er mit uns Kontakt gehalten hatte, an die freundlichen Briefe, die Bücherpakete, die gelegentlichen Geschenke. Er hatte sich lediglich seine Optionen offen gehalten, indem er Kontakt hielt. Seinen Besitz geschützt.

»Du hast es die ganze Zeit gewusst, stimmt's?«, sagte ich langsam. »Du wusstest, was passieren würde. Und du hast kein Wort gesagt.«

Seine Haltung, die Schultern gebeugt, die Hände tief in den Hosentaschen vergraben, brachte zum Ausdruck, wie sehr ihn diese schreckliche Beschuldigung getroffen hatte. »Meine kleine Mado. Wie kannst du nur so etwas sagen? Es ist ein Unglück, keine Frage. Aber solche Dinge passieren. Und wenn du erlaubst, dann möchte ich noch einmal betonen, dass das alles meine Sorge um deinen Vater bestätigt und mich in der Überzeugung bestärkt, dass er letztlich an einem anderen Ort besser aufgehoben wäre.«

Ich sah ihn an. »Du hast gesagt, mein Vater ist krank. Was genau fehlt ihm denn?« Einen ganz kurzen Augenblick lang spürte ich, dass er zögerte. »Ist es das Herz?«, beharrte ich. »Die Leber? Die Lunge?«

»Mado, ich kenne die Einzelheiten nicht, aber ehrlich gesagt ...«

»Hat er Krebs? Leberzirrhose?«

»Wie gesagt, Mado, ich weiß nichts Genaues.« Er war jetzt nicht mehr so jovial, und seine Kiefermuskeln spannten sich. »Ich kann jederzeit meinen Arzt anrufen, der kann dir seine fachkundige Meinung sagen.«

Meinen Arzt. Ich betrachtete Brismands Geschenk in dem Seidenpapier. Die rote Seide glänzte im Sonnenlicht. Er hat Recht, dachte ich. Rot war meine Farbe. Ich wusste, ich konnte alles ihm überlassen. Ich konnte nach Paris zurückgehen – die neue Saison in der Galerie hatte gerade begonnen – und an meinen neuen Bildern arbeiten. Diesmal würde ich vielleicht ein paar Stadtansichten malen, oder auch ein paar Porträts. Nach zehn Jahren war es womöglich an der Zeit, mich an ein neues Thema heranzuwagen.

Aber ich wusste, ich würde es nicht tun. Die Situation hatte sich verändert; die Insel hatte sich verändert. Und auch etwas in mir hatte sich geändert. Die romantische Sehnsucht nach Les Salants, die ich während meiner Abwesenheit stets verspürt hatte, war einem intensiveren, handfesteren Gefühl gewichen. Und meine Heimkehr – die Illusionen, die Rührung, die Enttäuschung, die Freude ...

Plötzlich wurde mir klar, dass ich bis zu diesem Augenblick nicht wirklich heimgekehrt war.

»Ich wusste, dass auf dich Verlass ist.« Er hatte mein Schweigen als Zustimmung gedeutet. »Du könntest hier im Hotel wohnen, bis wir alles geregelt haben. Nicht auszudenken, dass du es mit GrosJean in diesem Saustall aushalten sollst. Ich gebe dir die beste Suite. Auf meine Kosten.«

Selbst jetzt noch, obwohl ich mir sicher war, dass er mir die Wahrheit verschwieg, empfand ich absurderweise Dankbarkeit. Ich schüttelte das Gefühl ab. »Nein, danke«, hörte ich mich sagen. »Ich wohne lieber zu Hause.«

16

In der darauf folgenden Woche herrschte erneut schlechtes Wetter. Die Salztonebene hinter dem Dorf wurde überflutet, und damit waren zwei Jahre Arbeit der Landgewinnung zunichte gemacht. Wegen der hohen Flut war die Suche nach der Heiligen aufgeschoben worden, allerdings hegten nur noch einige wenige Optimisten die Hoffnung, dass man sie wiederfinden würde. Ein zweites Fischerboot ging verloren; Matthias Guénolés *Korrigane*, das älteste Boot der Insel, war vor der Pointe Griznoz bei einem Sturm auf Grund gelaufen, und Matthias und Alain hatten sie nicht retten können. Selbst Aristide erklärte, das sei eine Schande.

»Hundert Jahre war sie alt, die *Korrigane*«, sagte Capucine traurig. »Ich erinnere mich noch gut, wie sie mit ihren roten Segeln ausgelaufen ist, als ich noch klein war. Damals hatte Aristide natürlich noch seine *Péoch ha Labour*, und ich weiß noch, wie die beiden gleichzeitig rausfuhren und jeder versuchte, als Erster an den Wind zu kommen, um den anderen abzuhängen. Das war natürlich bevor Aristide erst seinen Olivier und dann sein Bein verloren hat. Danach ist die *Péoch* im Bach verrottet, bis sie schließlich in einem Winter von der Flut fortgerissen wurde. Aristide hat nicht mal den kleinen Finger gerührt, um sie zu retten.« Sie zuckte die Achseln. »Damals hättest du ihn nicht wiedererkannt,

Mado. Er war in den besten Jahren, aber er war nicht mehr derselbe. Über Oliviers Tod ist er nie weggekommen. Inzwischen spricht er überhaupt nicht mehr über ihn.«

Es war ein dummer Unfall gewesen. Wie immer. Olivier und Aristide waren bei Ebbe hinausgefahren, um auf La Jetée ein havariertes Boot zu untersuchen. Plötzlich war das Boot gekentert und hatte Olivier unterhalb der Wasserlinie eingeklemmt. Aristide hatte versucht, ihn von der *Péoch* aus zu erreichen, war jedoch dabei abgerutscht, zwischen sein Boot und das Wrack geraten und hatte sich das Bein zerquetscht. Niemand hörte seine Hilferufe. Drei Stunden später wurde Aristide von einem vorbeifahrenden Fischer gerettet, aber inzwischen hatte die Flut eingesetzt, und Olivier war ertrunken.

»Aristide hat alles gehört«, sagte Capucine und goss sich einen Schuss *Crème de cassis* in ihren Kaffee. »Er hat erzählt, er konnte Olivier um Hilfe rufen und schreien und weinen hören, während das Wasser immer höher stieg.«

Die Leiche wurde nie gefunden. Die Flut zog das Boot in den Nid'Poule, bevor sie die Suche aufnehmen konnten, und dann war es viel zu schnell gesunken. Hilaire, der ortsansässige Tierarzt, amputierte Aristides Bein (in Les Salants gibt es, wie schon erwähnt, keinen Arzt, und Aristide weigerte sich, sich von einem Houssin behandeln zu lassen), aber er behauptet, dass er es immer noch spürt und dass es nachts schmerzt und juckt. Er führt es darauf zurück, dass Olivier nie begraben wurde. Das Bein dagegen wurde beerdigt – Aristide bestand darauf –, und das Grab am hinteren Ende des Friedhofs ist immer noch zu sehen. Die Stelle wird von einem hölzernen Pfahl markiert, auf den jemand geschrieben hat: *Hier liegt das Bein des alten Bastonnet – und marschiert heldenhaft weiter!* Darunter hat jemand etwas eingepflanzt, das auf den ersten Blick aussieht wie Blumen, das sich jedoch bei näherer Betrachtung als eine Reihe Kartoffeln entpuppt. Capucine hat einen der Guénolés im Verdacht.

»Und Philippe, sein anderer Sohn, ist ihm weggelaufen«,

fuhr sie fort. »Aristide hat sich daraufhin in den Prozess gegen die Guénolés gestürzt, während Désirée, nachdem sie ihre eigenen Kinder verloren hatte, sich um Xavier gekümmert hat. Der arme alte Aristide ist seitdem einfach nicht mehr derselbe. Es hat auch nicht geholfen, dass ich ihm gesagt hab, es wäre nicht sein Holzbein, das mich interessiert.« Sie kicherte über ihre anzügliche Bemerkung. »Noch ein *café-cassis*?«

Ich schüttelte den Kopf. Lolo und Damien spielten in den Dünen vor dem Wohnwagen. Ich hörte, wie sie sich gegenseitig etwas zuriefen.

»Damals war er ein fescher Typ«, erinnerte sich Capucine. »Aber damals waren sie wohl alle fesch, nehme ich an, alle meine speziellen Jungs. Zigarette?« Sie zündete sich eine an und sog genüsslich den Rauch ein. »Nein? Solltest du ruhig mal probieren. Das beruhigt die Nerven.«

Ich lächelte. »Lieber nicht.«

»Wie du willst.« Sie hob ihre massigen Schultern. »Ich brauche meine kleinen Laster.« Mit einer Kopfbewegung deutete sie auf die Pralinenschachtel, die vor dem Fenster stand. »Reich mir die doch mal rüber, ja, Kleine?«

Die herzförmige Schachtel war neu und noch halb voll.

»Ein Verehrer«, sagte sie und steckte sich eine Praline in den Mund. »Ich habe immer noch, was eine Frau braucht, selbst in meinem Alter. Hier, nimm auch eine.«

»Danke, ich glaube, Sie genießen sie mehr als ich«, sagte ich.

»Herzchen, ich genieße *alles* mehr als du«, erwiderte Capucine und verdrehte die Augen.

Ich lachte. »Auf jeden Fall lassen Sie sich von den Überschwemmungen nicht die Laune verderben.«

»Tja.« Sie zuckte wieder mit den Schultern. »Ich kann jederzeit umziehen, wenn's sein muss«, sagte sie. »Es wäre zwar nicht leicht, diesen alten Kasten nach all den Jahren in Bewegung zu setzen, aber ich könnte es schaffen.« Sie schüttelte den Kopf. »Nein, ich brauche mir keine Sorgen zu machen. Was die anderen angeht ...«

»Ja, ich weiß.« Ich hatte ihr bereits von meinen Entdeckungen bei Les Immortelles erzählt.

»Aber es kommt mir so unbedeutend vor«, sagte sie. »Ich kann mir einfach nicht vorstellen, wie ein paar Meter Wellenbrecher solche Auswirkungen haben sollen.«

»Dazu braucht es nicht viel«, erwiderte ich. »Man muss eine Strömung nur um ein paar Meter ablenken. Man sieht es kaum. Und doch verursacht es Veränderungen auf der ganzen Insel. Es ist wie bei Dominosteinen, die alle nacheinander umfallen. Und Brismand weiß das. Womöglich hat er das alles sogar genauso geplant.«

Ich erzählte ihr von dem Beispiel mit den siamesischen Zwillingen, das Brismand vorgebracht hatte. Capucine nickte und stärkte sich mit weiteren Pralinen, während sie mir zuhörte. »Herzchen, diesen verdammten Houssins traue ich alles zu«, erklärte sie nachdrücklich. »Hm. Du solltest wirklich mal eine probieren. Ich bekomme immer wieder reichlich Nachschub.« Ich schüttelte ungehalten den Kopf. »Aber was will Brismand mit überschwemmtem Land?«, wollte Capucine wissen. »Er kann genauso wenig damit anfangen wie wir.«

Trotz Flynns Warnungen hatte ich die ganze Woche lang versucht, die Salannais zu informieren. Angélos Bar schien mir der beste Ort zu sein, um die Nachricht zu verbreiten, und so war ich jeden Abend dorthin gegangen, in der Hoffnung, bei den Fischern auf Interesse zu stoßen. Aber sie waren entweder in ihre Kartenspiele oder in ein Schachturnier vertieft oder wurden von einem Fußballspiel gefesselt, das gerade im Fernsehen übertragen wurde, und wenn ich versuchte, ihre Aufmerksamkeit zu gewinnen, nickten sie höflich und warfen mir amüsierte Blicke zu, bis meine guten Absichten sich in Luft auflösten und ich mir nur noch lächerlich vorkam. Sie wandten sich ab, steckten die Köpfe zusammen. Sie benahmen sich wie kleine Jungen, wenn die strenge Lehrerin ins Klassenzimmer kommt. Ich konnte beinahe hören, wie sie flüsterten: »Pass auf, da ist La Poule. Schnell, tu so, als ob du beschäftigt wärst.«

An Aristides Feindseligkeit mir gegenüber hatte sich nichts geändert. Er hatte auch den Spitznamen La Poule aufgebracht. Und meine Bemühungen, die Salannais über die Auswirkungen der Gezeiten aufzuklären, hatten ihn nur noch mehr gegen mich eingenommen. Inzwischen grüßte er mich jedes Mal voller Sarkasmus, wenn ich ihm über den Weg lief.

»Seht mal, wer hier kommt! La Poule! Hast du schon wieder eine neue Idee ausgebrütet, die uns alle retten wird? Wirst du uns ins gelobte Land führen? Oder uns alle zu Millionären machen?«

»Ach, da ist ja La Poule! Was hast du dir denn heute vorgenommen? Willst du die Flut umkehren? Den Regen aufhalten? Die Toten auferwecken?«

Seine Verbitterung, meinte Capucine, sei teilweise darauf zurückzuführen, dass sein Enkel keinen Erfolg bei Mercédès Prossage hatte, obwohl sein Rivale einen schweren Rückschlag hatte hinnehmen müssen. Xaviers schreckliche Schüchternheit gegenüber dem Mädchen war offenbar ein größeres Hindernis als der Verlust der Lebensgrundlage der Familie Guénolé, und Aristides Angewohnheit, Mercédès unablässig zu beobachten und ihr jedes Mal wütende Blicke zuzuwerfen, wenn sie auch nur ein einziges Wort mit einem anderen Mann als Xavier wechselte, machte die Situation auch nicht besser. Mercédès gab sich so missmutig und verächtlich wie immer, und obwohl ich sie oft am Bach sitzen sah, wenn die Boote hereinkamen, schien sie sich für keinen ihrer jungen Verehrer zu interessieren. Sexy angezogen hockte sie einfach nur da und lackierte sich die Fingernägel oder blätterte in einer Zeitschrift.

Xavier und Ghislain waren nicht die Einzigen, die Mercédès anhimmelten. Mir fiel auf, dass auch Damien viel Zeit am Bach verbrachte und, den Kragen gegen den Wind hochgeschlagen, eine Zigarette nach der anderen rauchte. Lolo trieb sich währenddessen allein in den Dünen herum und wirkte ziemlich frustriert. Mercédès nahm natürlich keinerlei Notiz davon, dass Damien in sie verknallt war, zumindest ließ sie es sich nicht anmerken. Wenn die Kinder in dem kleinen Schulbus aus La Houssinière kamen, sah ich Damien oft für sich allein im Bus sitzen, getrennt von den anderen. Mehrmals entdeckte ich blaue Flecken in seinem Gesicht.

»Ich glaube, die Kinder aus La Houssinière sind in der Schule ziemlich gemein zu denen aus Les Salants«, sagte ich eines Abends in Angélos Bar zu Alain. Aber Alain hatte kein Mitleid. Seit sein Vater die *Korrigane* verloren hatte, war er verdrießlich und wortkarg und fühlte sich durch die kleinste Bemerkung angegriffen.

»Der Junge muss eben lernen, sich durchzusetzen«, erwiderte er knapp. »Prügeleien auf dem Schulhof hat es schon immer gegeben, damit muss er leben, genau wie wir früher auch.«

Ich erklärte ihm, das sei von einem Dreizehnjährigen ziemlich viel verlangt.

»Er ist fast vierzehn«, sagte Alain. »So ist das nun mal zwischen den Salannais und den Houssins. Wie ein Korb voll Krabben. So war es schon immer. Mein Vater musste mich sogar in die Schule prügeln, weil ich so eine Angst hatte. Aber ich hab's überlebt, oder?«

»Vielleicht reicht es nicht, zu überleben«, erwiderte ich. »Vielleicht sollten wir anfangen, uns zu wehren.«

Alain grinste verächtlich. Aristide, der neben ihm saß, blickte auf und machte Flügelbewegungen mit den Ellbogen. Ich spürte, wie mir die Hitze in die Wangen stieg, doch ich sagte nichts.

»Wir wissen doch alle genau, was die Houssins treiben. Man braucht sich nur den Deich und den Wellenbrecher vor Les Immortelles anzusehen. Wenn es vor La Goulue auch solche Anlagen gäbe ...«

»Geht das schon wieder los!«, raunzte Aristide. »Selbst Rouget sagt, es kann nicht funktionieren.«

»Ja, es geht schon wieder los!« Inzwischen war ich richtig wütend, und mehrere Leute blickten auf, als ich laut wurde. »Wir hätten das alles verhindern können, wenn wir uns so verhalten hätten wie die Houssins. Wir können immer noch Schlimmeres verhindern, wenn wir handeln, bevor es zu spät ist.«

»Ach ja? Was sollen wir denn tun? Und wer soll das alles bezahlen?«

»Wir alle. Wir könnten zusammenlegen.«

»Blödsinn! Das ist nicht zu schaffen!« Aristide war aufgesprungen und funkelte mich über Alains Kopf hinweg wütend an.

»Brismand hat's geschafft«, erwiderte ich.

»Brismand, Brismand.« Er klopfte mit seinem Stock auf den Boden. »Der Kerl ist reich! Und er hat das Glück auf seiner Seite!« Er lachte verächtlich. »Das weiß doch jeder auf der Insel.«

»Der Mann nimmt sein Glück in die eigene Hand«, sagte ich ruhig. »Und das könnten wir auch tun. Sie wissen es ganz genau, Aristide. Dieser Strand – es hätte auch umgekehrt sein können, er hätte ebenso gut uns gehören können. Wenn wir nur eine Möglichkeit finden würden, alles rückgängig zu machen ...«

Einen Moment lang trafen sich unsere Blicke, und ich meinte zu spüren, dass sich etwas zwischen uns abspielte, das einem stummen Einvernehmen glich. Dann wandte er sich wieder ab.

»Flausen«, knurrte er. »Wir sind Salannais. Was zum Teufel sollen wir mit einem Strand?«

17

Entmutigt und verärgert stürzte ich mich verbissen in die Aufgabe, das Haus in Ordnung zu bringen. Ich hatte meine Vermieterin in Paris angerufen und sie darüber informiert, dass ich ein paar Wochen länger bleiben würde, hatte Geld von meinem Sparbuch abgehoben, um die Miete bezahlen zu können, und dann angefangen zu putzen, anzustreichen und zu reparieren. GrosJean war ein bisschen umgänglicher geworden, obwohl er immer noch kaum ein Wort sagte. Er schaute mir schweigend beim Arbeiten zu, half mir hin und wieder beim Geschirrspülen oder hielt die Leiter, wenn ich eine Dachschindel auswechselte. Dagegen, dass ich das Radio laufen ließ, hatte er meistens nichts einzuwenden, doch auf Gespräche ließ er sich nicht ein.

Erneut musste ich lernen, sein Schweigen zu interpretieren und seine Gesten zu deuten. Als Kind hatte ich diese Kunst beherrscht, und ich stellte fest, dass ich mich schnell wieder daran gewöhnte, wie an ein Musikinstrument, das einem einmal vertraut gewesen ist. Die kleinen, bedeutungsvollen Gesten, die einem Fremden gar nicht auffallen würden. Die kehligen Geräusche, die Freude oder Erschöpfung ausdrückten. Das seltene Lächeln.

Mir wurde klar, dass das, was ich für Missmut oder Ärger gehalten hatte, in Wirklichkeit Ausdruck tiefer Depressionen war. Als hätte mein Vater sich einfach aus dem Leben zurückgezogen, als wäre er in einem leckgeschlagenen Boot immer tiefer in einem Meer der Gleichgültigkeit versunken, bis er für niemanden mehr erreichbar war. Es gab nichts, womit ich diese Gleichgültigkeit durchdringen konnte, und seine Saufgelage in Angélos Bar machten alles nur noch schlimmer.

»Irgendwann geht das vorbei«, meinte Toinette, als ich ihr meine Sorgen anvertraute. »Manchmal zieht er sich einfach in sich zurück – für einen Monat, ein halbes Jahr, manchmal sogar länger. Ich wünschte, gewisse Leute würden sich daran ein Beispiel nehmen.«

Ich hatte sie in ihrem Garten angetroffen, wo sie gerade dabei war, von einem Holzstapel Schnecken in eine Kasserolle zu sammeln. Sie schien die Einzige in Les Salants zu sein, die das schlechte Wetter genoss.

»Das Gute am Regen ist«, verkündete sie, während sie sich bückte, »er treibt die Schnecken raus.« Sie streckte sich mühsam, klaubte eine Schnecke vom Boden hinter dem Holzstapel und warf sie in die Kasserolle. »Ha! Erwischt!« Sie zeigte mir ihre Beute. »Die geben ein köstliches Essen ab. Krabbeln einfach rum und warten darauf, dass man sie einsammelt. Ordentlich einsalzen, damit der Schleim rausgeht, dann mit ein paar Schalotten in Rotwein schmoren. Das hält gesund. – Weißt du was«, plötzlich leuchteten ihre Augen auf, und sie hielt mir die Kasserolle hin. »Nimm deinem Vater ein paar davon mit. Vielleicht kannst du ihn damit aus seinem Schneckenhaus rauslocken.« Sie lachte über ihren eigenen Scherz.

Ich wünschte nur, es wäre so einfach. Der Friedhof war das Problem, davon war ich überzeugt. GrosJean ging immer noch jeden Tag dorthin, obwohl das Wasser sich noch nicht ganz zurückgezogen hatte. Manchmal blieb er dort, bis es dunkel wurde, versuchte halbherzig, Drainagegräben um die aufgeweichten Gräber zu ziehen, oder stand einfach stundenlang am Bachufer und sah zu, wie das Wasser stieg und wieder fiel. La Bouche ist der Schlüssel, sagte ich mir immer wieder. Wenn ich an meinen Vater herankommen wollte, dann musste ich es über den Friedhof versuchen.

18

Der regnerische August ging in einen stürmischen September über, und obwohl der Wind nach Westen drehte, besserte sich die Lage in Les Salants kaum.

Aristide zog sich beim Muschelsammeln im seichten Wasser vor La Goulue eine schlimme Erkältung zu. Auch Toinette Prossage wurde krank, weigerte sich jedoch, Hilaire zu Rate zu ziehen.

»Ich lasse mir doch nicht von diesem Tierarzt sagen, was ich tun soll«, keuchte sie ungehalten. »Der soll sich um die Ziegen und Pferde kümmern. Noch brauche ich seine Hilfe nicht.«

Omer scherzte über die Sturheit seiner Mutter, doch ich spürte, dass er sich Sorgen machte. Bei einer Neunzigjährigen kann eine Bronchitis sehr gefährlich werden. Und die schlimmsten Unwetter standen uns noch bevor. Alle wussten das, und die Stimmung war gereizt.

La Bouche, da waren sich alle einig, war unser geringstes Problem.

»Den Friedhof hat es immer schon am schlimmsten getroffen«, sagte Angélo, der aus Fromentine stammte und keine Verwandten dort hatte. »Da kann man nichts machen.«

Nur die älteren Leute zeigten sich bekümmert darüber, dass der Friedhof unter Wasser stand, unter ihnen Désirée Bastonnet, Aristides Frau, die das Grab ihres Sohnes jeden

Sonntag nach der Messe besuchte. Obwohl alle ihr Mitgefühl für Désirée zum Ausdruck brachten, waren sie doch der Meinung, dass dem Wohl der Lebenden Vorrang gebührte vor dem der Toten.

Und dennoch gab ausgerechnet Désirée den ersten Anstoß für Veränderungen. Seit meiner Ankunft auf der Insel hatten wir uns nur hin und wieder gegrüßt, und sie hatte es stets sehr eilig gehabt, ihres Weges zu gehen. Allerdings hatte ich den Eindruck, dass sie aus Furcht, Aristides Unmut zu erregen, so extrem schüchtern war, und nicht, weil sie grundsätzlich nicht mit mir reden wollte. Diesmal war sie allein. Sie kam zu Fuß aus La Houssinière, wie üblich in Schwarz gekleidet. Ich lächelte sie an, als sie an mir vorbeiging, und sie grüßte mich mit einem verblüfftem Gesichtsausdruck. Dann, nachdem sie sich rasch umgesehen hatte, lächelte sie zurück. Ihr kleines Gesicht war halb versteckt unter ihrer schwarzen Haube. In einer Hand trug sie einen Strauß gelber Blumen.

»Mimosen«, sagte sie, als sie meinen neugierigen Blick bemerkte. »Das waren Oliviers Lieblingsblumen. An seinem Geburtstag haben wir immer welche auf den Tisch gestellt – so süße kleine Blümchen, und wie schön sie duften.« Sie lächelte verlegen. »Aristide sagt, das ist alles Blödsinn, und um diese Jahreszeit sind sie so teuer, aber ich dachte mir ...«

»Sie gehen zum Friedhof?«

Désirée nickte. »Er wäre in diesem Jahr sechsundfünfzig geworden.«

Sechsundfünfzig; vielleicht wäre er jetzt schon Großvater. Ich sah es in ihren Augen, etwas Leuchtendes und zugleich unsäglich Trauriges, der Gedanke an die Enkelkinder, die sie hätte haben können.

»Ich habe eine Gedenktafel bestellt«, fuhr sie fort. »Für die Kirche in La Houssinière. ›*Geliebter Sohn. Auf hoher See ertrunken.*‹ Ich kann die Blumen darunterstellen, sagt Père Alban, wenn ich in Les Immortelles wohne.« Sie lächelte mich voller Wehmut an. »Dein Vater hat Glück, Mado, egal, was Aristide sagt. Er hat Glück, dass du nach Hause gekommen bist.«

Das war die längste Rede, die ich je von Désirée Bastonnet gehört hatte. Ich war so verblüfft, dass ich kaum ein Wort herausbrachte. Und bis mir schließlich eine Antwort einfiel, war sie längst weitergegangen.

Ich fand Xavier am Bach, wo er gerade ein paar leere Hummerkörbe säuberte. Er wirkte noch blasser als üblich, und mit seiner Brille sah er aus wie ein verwirrter Professor. »Deiner Großmutter scheint es nicht besonders gut zu gehen«, sprach ich ihn an.

Xavier schaute mich verlegen an. »Sie ist ein bisschen erkältet, das ist alles«, sagte er. »Was muss sie auch dauernd auf den Friedhof rennen? Sie glaubt, wenn sie nur genug betet, wird irgendwann mal ein Wunder geschehen.« Er zuckte die Achseln. »Ich schätze, wenn die Heilige uns mit einem Wunder helfen wollte, dann hätte sie das längst getan.«

Auf der anderen Seite des Bachs sah ich Ghislain und seinen Bruder am Wrack der *Eleanore* hantieren. Natürlich hockte Mercédès ganz in der Nähe auf einem Felsen und feilte sich die Fingernägel. Sie trug ein hautenges, pinkfarbenes T-Shirt mit der Aufschrift MACH MICH AN. Xavier konnte den Blick nicht von ihr abwenden, während er mit mir redete.

»Ich hab in La Houssinière einen Job angeboten bekommen«, erzählte er mir. »Als Packer in der Fischfabrik. Gut bezahlt.«

»Ach ja?«

Er nickte. »Ich kann schließlich nicht ewig hier bleiben«, meinte er. »Hier kann ich kein Geld verdienen. Les Salants ist am Ende, das weiß doch jeder. Da muss man zugreifen, bevor einem ein anderer zuvorkommt.«

Ich hörte Ghislain lauter als nötig über etwas lachen, das Damien gesagt hatte. Am Bug der *Eleanore* hing eine lange Leine mit aufgereihten Meeräschen.

»Die Fische kauft er bei Jojo-le-Goëland«, bemerkte

Xavier leise. »Aber er tut so, als würde er sie in der Bucht vor La Goulue fischen. Als würde *sie* sich dafür interessieren, wie viele Fische er fängt.«

Als spürte sie, dass wir über sie sprachen, nahm Mercédès einen Taschenspiegel zur Hand und zog sich die Lippen frisch nach.

»Wenn mein Großvater doch nur zur Vernunft käme«, sagte Xavier. »Das Haus ist immer noch etwas wert. Und das Boot auch. Wenn er sich bloß nicht so stur weigern würde, an die Houssins zu vekaufen.« Er errötete, als er merkte, dass er sich verplappert hatte.

»Er ist ein alter Mann«, sagte ich. »Er kann sein Leben nicht mehr ändern.«

Xavier schüttelte den Kopf. »Er versucht, den Friedhof trockenzulegen«, raunte er. »Er glaubt, niemand wüsste davon.«

Dabei habe er sich die Erkältung zugezogen, erzählte mir Xavier, als er einen Graben um den Gedenkstein für seinen Sohn gezogen hatte. Offenbar hatte der alte Mann einen zehn Meter langen Graben entlang der Friedhofsgrenzen ausgehoben, bevor er zusammengebrochen war. GrosJean hatte ihn gefunden und seinen Enkel geholt. »Der alte Idiot«, knurrte Xavier, obwohl aus seiner Stimme Anteilnahme herauszuhören war, »glaubt tatsächlich, er könnte etwas ausrichten.«

Er musste mir meine Verblüffung angesehen haben, denn er fing an zu lachen. »Der alte Herr ist gar nicht so verbiestert, wie er immer tut«, sagte er. »Und außerdem weiß er ganz genau, wie wichtig der Friedhof für Désirée ist.«

Das überraschte mich. Ich hatte Aristide immer für einen Patriarchen gehalten, der sich für die Gefühle anderer Leute nicht interessierte.

»Wenn er allein gewesen wäre«, fuhr Xavier fort, »wäre er schon vor Jahren nach Les Immortelles gezogen, als er für das Haus noch einen guten Preis erzielt hätte. Aber das wollte er meiner Großmutter nicht antun. Schließlich ist er auch für sie verantwortlich.«

Auf dem Heimweg dachte ich über das nach, was Xavier mir erzählt hatte. Aristide ein fürsorglicher Ehemann? Aristide ein Romantiker? Ich fragte mich, ob mein Vater auch solche Seiten hatte, ob unter der mürrischen, passiven Oberfläche einmal ein temperamentvoller Mensch verborgen gewesen war.

19

Während der vergangenen Tage hatte ich Flynn als zugänglicher empfunden, so ähnlich wie am Tag meiner Ankunft, als ich ihm in Gesellschaft der beiden Nonnen in La Houssinière begegnet war. Vielleicht hatte das mit GrosJean zu tun. Seit ich Brismands Angebot, meinen Vater in Les Immortelles unterzubringen, abgelehnt hatte, brachten die Leute in Les Salants mir weniger Feindseligkeit entgegen, auch wenn Aristide seine Sticheleien nicht lassen konnte. Mir wurde klar, dass Flynn meinen Vater sehr mochte, und ich schämte mich ein bisschen dafür, dass ich ihn so falsch eingeschätzt hatte. Er hatte, als Gegenleistung für die Nutzung des Bunkers, zahlreiche Reparaturarbeiten an unserem Haus durchgeführt, und er kam alle paar Tage vorbei, brachte uns einen Fisch, den er gefangen (oder gewildert) hatte, einen Korb mit Gemüse, oder um etwas zu erledigen, was er GrosJean versprochen hatte. Ich begann mich zu fragen, wie mein Vater zurechtgekommen war, bevor Flynn auf der Insel aufgetaucht war.

»Ach, der weiß sich auch ohne mich zu helfen«, meinte Flynn. »GrosJean ist zäher, als Sie denken. Und stur.« Ich hatte ihn an dem Abend im *Blockhaus* besucht, wo er gerade an seiner Wasserversorgung arbeitete. »Der Sand unter dem Felsen filtert das Wasser«, erklärte er mir. »Kapillarer Druck presst es nach oben. Dann brauche ich es nur noch durch dieses Rohr heraufzupumpen.«

Es war einer von seinen typischen genialen Einfällen. Überall im Dorf waren mir Beispiele für sein handwerkliches Können aufgefallen: an der alten Windmühle, die wieder in Betrieb genommen worden war, um das Wasser von den Feldern zu pumpen, am Generator in GrosJeans Schuppen, an allen möglichen Geräten, die er mit etwas Geschick und mit Hilfe einiger Ersatzteile repariert, gereinigt, geölt, umgebaut und wieder funktionstüchtig gemacht hatte.

Ich berichtete ihm von meinem Gespräch mit Xavier und fragte ihn, ob man etwas Ähnliches wie seine Wasserpumpe konstruieren könne, um den Friedhof trockenzulegen.

»Es wäre sicherlich möglich, ihn trockenzulegen«, meinte Flynn, »aber das würde nichts nützen, denn bei jeder hohen Flut würde er von Neuem überschwemmt werden.«

Ich überlegte. Er hatte Recht. In La Bouche würde ein Drainagesystem nicht ausreichen. Wir brauchten so etwas wie den Wellenbrecher von La Houssinière, eine Barriere aus Felsbrocken, um die Bucht von La Goulue zu schützen, und die verhinderte, dass die Flut den Bach über die Ufer treten ließ. Das sagte ich Flynn.

»Wenn die Houssins einen Deich bauen können«, fuhr ich fort, »dann können wir das auch. Felsbrocken gibt es schließlich genug auf der Insel. Dann wäre die Bucht von La Goulue wieder geschützt.«

Flynn zuckte die Achseln. »Möglich. Angenommen, Sie wären in der Lage, das nötige Geld irgendwie aufzutreiben und genug Leute dazu zu überreden, mit anzupacken. Und ganz genau rauszufinden, wie der Deich verlaufen müsste. Ein paar Meter in die falsche Richtung gesetzt, und schon wäre das Unterfangen sinnlos. Sie können nicht einfach hundert Tonnen Felsbrocken vor der Pointe Griznoz auftürmen und hoffen, dass es schon funktionieren wird. Für so was bräuchten Sie einen Ingenieur.«

Ich ließ mich nicht entmutigen. »Aber es wäre möglich?«, beharrte ich.

»Wahrscheinlich nicht.« Er betrachtete seine Pumpe mit zusammengekniffenen Augen und stellte irgendetwas ein.

»Es würde Ihr Problem nur verlagern. Und die durch die Erosion bisher verursachten Schäden lassen sich sowieso nicht mehr rückgänig machen.«

»Nein, aber der Friedhof könnte gerettet werden.«

Flynn grinste. »Ein alter Friedhof? Wozu?«

Ich erinnerte ihn an GrosJean. »All das hat ihn schrecklich mitgenommen«, sagte ich. »Die Heilige, La Bouche, die *Eleanore* ...« Natürlich, sagte ich mir im Stillen, auch mein plötzliches Auftauchen und die Gefühle, die es bei ihm ausgelöst hatte.

»Er gibt mir die Schuld«, sagte ich schließlich.

»Nein, das tut er nicht.«

»Meinetwegen hat er die Heilige ins Wasser fallen lassen. Und was jetzt mit La Bouche passiert ...«

»Herrgott, Mado. Müssen Sie sich immer für alles verantwortlich fühlen? Können Sie die Dinge nicht einfach ihren Lauf nehmen lassen?« Er sah mich ernst an. »Er gibt Ihnen nicht die Schuld, Mado. Er gibt sich selbst die Schuld.«

20

Enttäuscht darüber, dass es mir nicht gelungen war, Flynn zu überzeugen, ging ich zum Friedhof. Obwohl Ebbe war und das Wasser seinen tiefsten Stand erreicht hatte, standen mehrere Gräber unter Wasser, und auf dem Weg hatten sich tiefe Pfützen gebildet. In der Nähe des Bachs waren die Schäden am schlimmsten. Seeschlick tropfte über den beschädigten Rand der erst jüngst verstärkten Uferbefestigung.

Mir war sofort klar, dass hier der Schwachpunkt lag. Ein Streifen von nicht mehr als zehn, fünfzehn Metern Länge. Wenn die Flut in dem Bachbett hochstieg, trat das Wasser über die Ufer, genau wie in Les Salants, ehe es in die tiefer gelegene Salztonebene auslaufen konnte. Wenn man die Uferbefestigungen nur ein bisschen erhöhen könnte, damit das Wasser Zeit hatte abzulaufen.

Jemand hatte es bereits versucht und am Ufer entlang Sandsäcke gestapelt. Wahrscheinlich mein Vater oder Aristide. Aber es war nicht zu übersehen, dass Sandsäcke allein nicht ausreichten. Für einen wirksamen Schutz bräuchte man Hunderte davon. Erneut überlegte ich, ob man nicht einen Wall aus Felsbrocken errichten könnte, nicht vor La Goulue, sondern hier. Das wäre möglicherweise eine vorläufige Maßnahme, aber sie würde zumindest Aufmerksamkeit erregen und den Salannais ihre Möglichkeiten vor Augen führen ...

Ich dachte an den Traktor meines Vaters und den dazugehörigen Anhänger in der ehemaligen Bootswerkstatt. Es gab auch einen Hebekran. Ich konnte nur hoffen, dass ich es schaffte, ihn zu bedienen. Dabei handelte es sich um eine Winde, die dazu diente, Boote hochzuhieven, damit man sie inspizieren oder reparieren konnte. Sie war schwerfällig, aber ich wusste, dass sie jedes Fischerboot heben konnte, sogar ein so großes wie Jojos *Marie Joseph*. Mit Hilfe der Winde, sagte ich mir, könnte ich vielleicht lose Felsbrocken bis zum Bach transportieren und eine Art Schutzwall errichten. Die Zwischenräume zwischen den Felsbrocken müsste man mit Lehm ausfüllen und das Ganze mit Hilfe von Planen und Steinen widerstandsfähig machen. Es könnte funktionieren, dachte ich. Auf jeden Fall war es einen Versuch wert.

Ich brauchte fast zwei Stunden, um den Traktor und den Kran zum Friedhof zu schaffen. Inzwischen war es Nachmittag, aber die Sonne war von einem dünnen Wolkenschleier verhüllt, der Wind hatte erneut gedreht und wehte jetzt von Süden. Ich trug Stiefel und eine warme Joppe, eine gestrickte Mütze und Wollhandschuhe, doch es wurde empfindlich kalt, und die Feuchtigkeit kroch mir in die Kleider. Für gewöhnlich bringt die hereinkommende Flut keinen Regen, sondern einen feinen Sprühnebel. Ich überprüfte den Stand der Sonne. Mir blieben noch schätzungsweise vier, fünf Stunden. Ziemlich wenig Zeit, um zu tun, was ich vorhatte.

Ich arbeitete so schnell ich konnte. Ein paar lose Felsbrocken hatte ich bereits entdeckt, doch sie waren nicht so locker, wie ich angenommen hatte, und ich musste sie erst aus dem Dünensand ausbuddeln. Wasser füllte die Hohlräume, sobald ich den Sand wegschaufelte. Mit dem Traktor schleppte ich die Felsbrocken einen nach dem anderen zum Bachufer. Die Winde mit ihrem kurzen Ausleger arbeitete entsetzlich langsam. Ich brauchte jeweils mehrere Anläufe, bis die Brocken in der richtigen Postition lagen.

Jedes Mal musste ich zuerst die schweren Ketten anbringen, dann wieder zurück an den Kran gehen und den Auslegearm der Winde herunterlassen, bis der Stein an der vorgesehenen Stelle des Bachufers den Boden berührte und ich die Ketten wieder lösen konnte. Trotz meiner wetterfesten Kleidung war ich schon bald bis auf die Haut durchnässt, doch das nahm ich kaum wahr. Ich merkte, wie das Wasser immer höher stieg. Der Wasserstand an der beschädigten Uferbefestigung hatte bereits eine gefährliche Höhe erreicht, und erste Windböen kräuselten die Wasseroberfläche. Aber die Felsbrocken waren jetzt an Ort und Stelle, ich hatte eine Plane darüber geworfen, und um das Ganze dicht und haltbar zu machen, brauchte ich sie nur noch mit Lehmbrocken und kleineren Steinen zu beschweren.

Doch dann gab die Winde den Geist auf. Ich weiß nicht, ob es daran lag, dass der Ausleger überlastet war, ob etwas mit dem Motor nicht stimmte, oder ob es ein Fehler gewesen war, mit dem Kran im flachen Wasser herumzufuhrwerken. Jedenfalls blockierte er plötzlich und ließ sich nicht mehr bewegen. Ich vergeudete wertvolle Zeit mit der Suche nach der Ursache, und als ich zu keinem Ergebnis kam, begann ich, die Felsbrocken mit den Händen zu schleppen. Ich wählte die größten aus, die ich gerade noch tragen konnte, und verkittete sie mit Erdklumpen. Die Flut stieg stetig an, und der Südwind blies unablässig. In der Ferne hörte ich die Wellen heranrollen. Unverdrossen hob ich Erde aus, die ich auf dem Traktoranhänger zum Bachufer transportierte. Zum Schluss deckte ich alles mit den Planen ab, die ich mitgebracht hatte, und beschwerte sie mit weiteren Steinen, damit die Erde nicht fortgespült wurde.

Ich hatte weniger als ein Viertel von dem geschafft, was ich mir vorgenommen hatte. Aber immerhin hielt mein behelfsmäßiger Wall. Wenn bloß die Winde nicht kaputtgegangen wäre.

Allmählich wurde es dunkel, obwohl die Wolken sich ein wenig gelichtet hatten. Über Les Salants war der Himmel rot und schwarz und schimmerte unheilschwanger. Als ich mich aufrichtete, um meinen schmerzenden Rücken zu strecken, sah ich jemanden oben auf den Dünen stehen. Die dunkle Gestalt hob sich gegen den Abendhimmel ab.

GrosJean. Ich konnte sein Gesicht nicht ausmachen, aber an seiner Haltung erkannte ich, dass er mich beobachtete. Eine Weile stand er reglos da, doch dann, als ich platschend durch das niedrige, lehmige Wasser auf ihn zuging, drehte er sich einfach um und verschwand in den Dünen. Ich lief weiter, aber ich war zu erschöpft und zu langsam, und ich wusste, dass er außer Sichtweite sein würde, wenn ich die Stelle erreichte.

Weiter unten beobachtete ich, wie das Wasser bachaufwärts strömte. Die Flut war noch nicht hoch, aber von meinem Aussichtspunkt aus konnte ich bereits die Schwachstellen an meinem Wall erkennen, konnte mir ausrechnen, wo das braune Wasser sich zwischen den Steinen und den losen Erdklumpen hindurcharbeiten würde. Der Traktor stand bereits so tief im Wasser, dass nicht mehr viel fehlte, bis der Motor überflutet war. Fluchend rannte ich zum Ufer hinunter und startete den Motor. Zweimal würgte ich ihn ab, dann sprang er endlich unter lautem Rattern an, und ich fuhr den Traktor zu einer sichereren Stelle, wobei ich eine Wolke öligen Rauchs hinter mir herzog.

Verdammte Flut. Verdammtes Pech. Frustriert warf ich einen Stein ins Wasser. Dann riss ich die Überreste einer verdorrten Azalee aus und schleuderte sie gleich hinterher. Plötzlich überkam mich eine unbändige Wut, und ich begann, mit allem um mich zu werfen, dessen ich habhaft werden konnte: Steine, Treibholzstücke, Müll. Der Spaten, den ich benutzt hatte, lag auf dem Anhänger; ich schnappte ihn mir und hackte wütend im Schlamm herum, wühlte jede Menge Dreck und Wasser auf. Meine Augen tränten, mein Hals schmerzte, einen Augenblick lang war ich regelrecht außer mir.

»Mado. Hören Sie auf damit. *Mado.*«

Ich musste ihn gehört haben, aber ich drehte mich erst um, als ich seine Hand auf meiner Schulter spürte. Plötzlich merkte ich, dass meine Hände unter den Handschuhen von Blasen übersät waren. Meine Lunge brannte. Mein Gesicht war schlammverschmiert. Er stand hinter mir, bis zu den Knöcheln im Wasser. Sein üblicher ironischer Gesichtsausdruck war verschwunden; stattdessen schaute er mich zornig und besorgt an.

»Herrgott, Mado, geben Sie denn niemals auf?«

»Flynn.« Ich starrte ihn ausdruckslos an. »Was machen Sie denn hier?«

»Ich suche nach GrosJean.« Er runzelte die Stirn. »Ich hab was gefunden, was vor La Goulue angespült worden ist, etwas, das GrosJean interessieren könnte.«

»Wahrscheinlich Hummer«, erwiderte ich schnippisch, denn ich musste daran denken, wie ich ihm mit den Hummerkörben begegnet war.

Flynn holte tief Luft. »Sie sind ja genauso verrückt wie GrosJean«, sagte er. »Sie holen sich noch den Tod hier draußen.«

»Irgendjemand muss schließlich etwas unternehmen«, erwiderte ich und hob den Spaten auf, der mir aus der Hand gefallen war, als er mich angesprochen hatte. »Irgendjemand muss es ihnen zeigen.«

»Zeigen? Wem denn? Und was?« Es kostete ihn Mühe, sich zu beherrschen, und seine Augen funkelten gefährlich.

»Man muss ihnen zeigen, wie man sich wehrt.« Ich sah ihn wütend an. »Wie man an einem Strang zieht.«

»An einem Strang ziehen?«, fragte er verächtlich. »Das haben Sie doch schon versucht, oder? Und was ist dabei rausgekommen?«

»Sie wissen genau, warum nichts dabei rausgekommen ist«, fauchte ich. »Wenn Sie sich bloß für meine Sache engagiert hätten – auf *Sie* hätten die Leute gehört.«

Er holte tief Luft. »Anscheinend haben Sie's noch immer nicht kapiert. Ich *will* mich nicht engagieren. Mein Leben lang habe ich mich wieder und wieder geärgert, weil ich mich irgendwo engagiert hatte. Man unternimmt etwas, das führt dann zu etwas anderem, und das hat wiederum neue Folgen.«

»Wenn Brismand Les Immortelles schützen kann«, beharrte ich störrisch, »dann können wir auch La Goulue schützen. Wir könnten den alten Deich wieder aufbauen, die Klippen befestigen ...«

»Klar«, sagte Flynn spöttisch. »Man braucht nichts weiter als jemanden wie Sie, zweihundert Tonnen Felsen, einen Bagger, einen Ingenieur für Küstenbefestigungen, ach ja, und etwa eine halbe Million Francs.«

Ich war erschüttert. »So viel?«, brachte ich schließlich heraus.

»Mindestens.«

»Sie scheinen sich ja mit solchen Dingen bestens auszukennen.«

»Nun ja. Ich beobachte. Ich hab gesehen, wie sie die Befestigungen vor Les Immortelles gebaut haben. Es war nicht leicht, das kann ich Ihnen sagen. Und Brismand hat auf Fundamenten gebaut, die vor über dreißig Jahren angelegt wurden. Sie hingegen wollen das alles einfach so aus dem Boden stampfen.«

»Ihnen würde bestimmt was einfallen, wenn Sie nur wollten«, sagte ich, vor Kälte zitternd. »Sie verstehen etwas von solchen Dingen. Sie könnten eine Möglichkeit finden.«

»Nein, das könnte ich nicht«, erwiderte Flynn. »Und selbst wenn ich es könnte, wozu würde das führen? La Houssinière braucht den Strand. Er ist die Grundlage für den Wohlstand der Stadt. Warum wollen Sie das Gleichgewicht durcheinander bringen?«

»Das hat Brismand schon besorgt«, fuhr ich ihn an. »Er hat von Anfang an genau *gewusst*, dass er uns unseren Sand stiehlt. Den Sand von La Jetée, der uns früher immer geschützt hat.«

Flynn schaute zum Horizont hinüber, als gäbe es dort etwas Interessantes zu entdecken. »Sie geben niemals auf, nicht wahr?«

»Nein.«

Er sah mich nicht an. Die Wolken hinter ihm waren fast genauso ockerfarben wie seine Haare. Die salzige Luft, welche die steigende Flut mitbrachte, brannte mir in den Augen.

»Und Sie werden keine Ruhe geben, bis Sie Ihr Ziel erreicht haben?«

»Nein.«

Er schwieg einen Augenblick lang. »Ist es den Aufwand wirklich wert?«, fragte Flynn schließlich.

»Mir ja.«

»Ich meine – noch eine Generation, dann wird niemand mehr übrig sein. Sehen Sie sich die Leute doch bloß an, Herrgott noch mal. Jeder, der noch einen Funken Verstand besaß, hat die Insel vor Jahren verlassen. Wäre es nicht besser, der Natur einfach ihren Lauf zu lassen?«

Ich sah ihn schweigend an.

»Alle möglichen Dörfer verschwinden von der Landkarte«, fuhr er ruhig fort. »Das wissen Sie auch. Das gehört zum Leben hier. Für manche Leute ist das noch nicht mal das Schlechteste. Das zwingt sie, aktiv zu werden, an sich selbst zu denken. Sich ein neues Leben aufzubauen. Sehen Sie sich doch an, wie sie Inzucht betreiben, bis sie alle verrückt werden. Sie brauchen frisches Blut. Stattdessen klammern sie sich an ein wertloses Fleckchen Insel.«

»Das stimmt nicht«, entgegnete ich. »Sie haben ein Recht auf dieses Fleckchen Insel. Und viele von ihnen sind zu alt, um an einem anderen Ort noch mal von vorne anzufangen. Matthias Guénolé, zum Beispiel, und Aristide Bastonnet oder Toinette Prossage. Die kennen nichts anderes als diese Insel. *Die* würden nie aufs Festland ziehen, selbst wenn ihre Kinder es täten.«

Er zuckte die Achseln. »Les Salants ist nicht der einzige Ort auf der Insel.«

»Wie bitte? Sollen sie vielleicht nach La Houssinière übersiedeln und sich als zweitklassige Bürger behandeln lassen? Ein Haus von Claude Brismand mieten? Und woher sollten sie das Geld dafür nehmen? Keins von diesen Häusern ist versichert, das wissen Sie ganz genau. Sie stehen zu dicht am Meer.«

»Es gibt immer noch Les Immortelles«, erwiderte er gelassen.

»Nein!« Wahrscheinlich dachte ich an meinen Vater. »Das ist völlig inakzeptabel. Hier ist ihr Zuhause. Es ist nicht perfekt, und das Leben hier ist nicht leicht, aber so ist es nun mal. Hier ist unser Zuhause«, wiederholte ich. »Und wir werden nicht von hier fortgehen.«

Ich wartete. Der Geruch der See war überwältigend. Ich hörte die Wellen wie ein Rauschen im Kopf, wie den Puls in meinen Adern. Mit einem Mal ganz ruhig, wartete ich darauf, dass er etwas sagen würde.

Schließlich sah er mich an und nickte. »Sie sind verdammt stur. Genau wie Ihr Vater.«

»Ich bin eine Salannaise«, erwiderte ich lächelnd. »Ein echter Dickschädel.«

Wieder entstand ein langes Schweigen. »Selbst wenn mir eine Möglichkeit einfiele, es würde nicht funktionieren. Eine Windmühle wieder zum Laufen zu bringen, ist eine Sache, aber das hier ist etwas anderes. Es gibt keinerlei Garantie. Wir müssten dafür sorgen, dass die Leute alle an einem Strang ziehen. Jeder Einzelne aus Les Salants müsste mit anpacken. Aber damit das passiert, muss erst ein Wunder geschehen.«

Wir. Er hatte *wir* gesagt. Das brachte meine Wangen zum Glühen und ließ mein Herz höher schlagen.

»Es wäre also möglich?«, fragte ich atemlos. »Sie wissen eine Möglichkeit, die Überschwemmungen zu verhindern?«

»Ich muss mir erst ein paar Gedanken darüber machen. Aber es gibt vielleicht eine Möglichkeit, die Leute dazu zu bringen, dass sie sich zusammentun.«

Er schaute mich wieder so seltsam an, als würde er sich über mich amüsieren. Aber jetzt lag noch etwas anderes in seinem Blick, etwas Nachdenkliches, als würde er mich zum ersten Mal sehen.

Ich war mir nicht sicher, ob mir das gefiel.

»Wissen Sie«, sagte er schließlich, »ich kann nicht einschätzen, ob alle Ihnen dankbar sein werden. Selbst wenn es funktioniert, kann es sein, dass die Leute es ablehnen. Sie haben jetzt schon einen gewissen Ruf.«

Das wusste ich. »Das ist mir egal.«

»Außerdem würden wir gegen das Gesetz verstoßen«, fuhr er fort. »Für so was muss man Anträge stellen, Dokumente und Pläne vorlegen. Das wäre wahrscheinlich unmöglich.«

»Ich habe Ihnen ja bereits gesagt, das ist mir alles egal.«

»Trotzdem, es müsste ein Wunder geschehen«, wiederholte er, aber ich merkte, dass er durz davor war loszulachen. Seine Augen, die eben noch so kühl gewesen waren, strahlten verschmitzt.

»Na und?«

Er brach in schallendes Gelächter aus, und da wurde mir klar, dass die Salannais, auch wenn sie häufig lächeln, kichern oder in sich hineinlachen, kaum jemals laut lachen. In meinen Ohren klang es richtig exotisch, wie Klänge von einem fremden Ort.

»Also gut«, sagte Flynn.

Teil zwei

Die Gezeiten umkehren

21

Über Nacht war Omers Haus überflutet worden. Der Regen hatte den Bach anschwellen lassen, der mit der einsetzenden Flut erneut über die Ufer getreten war, und da Omers Haus so nah am Bachufer stand, war es als Erstes in Mitleidenschaft gezogen worden.

»Inzwischen machen sie sich nicht mal mehr die Mühe, die Möbel wegzuräumen«, sagte Toinette. »Charlotte reißt einfach alle Türen auf und lässt das Wasser hinten rauslaufen. Ich würde sie ja bei mir aufnehmen, aber hier ist kein Platz. Außerdem raubt ihre Tochter mir den letzten Nerv. Ich bin zu alt für junge Mädchen.«

Mercédès war neuerdings besonders schwierig. Seit sie das Interesse an Ghislain und Xavier verloren hatte, trieb sie sich im Chat Noir in La Houssinière herum, wo sie eine Reihe von Verehrern nach ihrer Pfeife tanzen ließ. Xavier gab Aristide die Schuld. Charlotte, die die Unterstützung ihrer Tochter hätte gebrauchen können, war mit den Nerven am Ende. Toinette prophezeite eine Katastrophe.

»Mercédès spielt mit dem Feuer«, erklärte sie. »Xavier Bastonnet ist ein guter Junge, aber tief drinnen ist er genauso stur wie sein Großvater. Sie treibt es noch so weit, bis er sich nicht mehr für sie interessiert – und wie ich meine Enkelin kenne, wird sie genau in dem Augenblick feststellen, dass er derjenige war, den sie schon immer wollte.«

Falls Mercédès damit gerechnet hatte, dass ihre Abwesenheit irgendeine Reaktion auslösen würde, dann wurde sie enttäuscht. Ghislain und Xavier beäugten einander weiterhin über den Bach hinweg, als wären sie ihre Liebhaber. Kleine Gemeinheiten wurden verübt, die jeder dem anderen in die Schuhe schob – ein zerschnittenes Segel auf der *Cécilia*, ein Eimer Angelwürmer, die auf mysteriöse Weise in Ghislains Stiefeln gelandet waren –, auch wenn keiner dem anderen etwas beweisen konnte. Damien ließ sich überhaupt nicht mehr in Les Salants blicken, sondern verbrachte seine ganze Freizeit auf der Promenade und legte sich, wo er konnte, mit den Jungs aus La Houssinière an.

Auch mich zog es dorthin. Selbst außerhalb der Saison herrschte in dem Dorf reges Treiben, eine Atmosphäre von Geschäftigkeit. In Les Salants hingegen stagnierte das Leben. Es tat mir weh, das mit anzusehen. Lieber nahm ich meinen Zeichenblock und meine Stifte und ging nach Les Immortelles. Doch meine Finger waren so steif und ungeschickt, dass ich gar nicht zeichnen konnte. Stattdessen saß ich da und wartete. Auf was – auf *wen* –, wusste ich nicht.

Flynn hatte mich über seine Pläne im Unklaren gelassen. Er hatte gemeint, es sei besser, wenn ich nichts darüber wisse. Dann wären meine Reaktionen spontaner. Nach unserem Gespräch war er für mehrere Tage von der Bildfläche verschwunden. Ich wusste, dass er etwas ausbrütete, doch als ich ihn schließlich aufspürte, weigerte er sich, mir zu sagen, was er vorhatte.

»Sie würden sowieso nichts davon halten.« Er sprühte vor Energie, seine grauen Augen funkelten vor Entschlossenheit und Tatendrang. Die Tür des Bunkers hinter ihm stand einen Spalt weit offen, und ich konnte drinnen etwas stehen sehen, das mit einem Laken verdeckt war, etwas Großes. An der Wand lehnte ein Spaten, an dem schwarze Lehmreste klebten. Flynn bemerkte meinen neugierigen Blick und schloss die Tür. »Gott, sind Sie misstrauisch, Mado«, sagte er. »Ich hab Ihnen doch gesagt, ich arbeite an Ihrem Wunder.«

»Woran werde ich merken, dass es angefangen hat?«
»Sie werden es schon merken.«
Ich schaute noch einmal zur Bunkertür hinüber. »Sie haben doch nichts gestohlen, oder?«
»Selbstverständlich nicht. Da drinnen sind nur ein paar Sachen, die ich bei Ebbe am Strand gefunden habe.«
»Sie haben also wieder gewildert«, bemerkte ich tadelnd.
Er grinste. »Diese Hummer werden Sie mir wohl noch bis an mein Lebensende unter die Nase reiben. Was macht schon ein bisschen Wilderei unter Freunden?«
»Irgendwann wird Sie jemand dabei erwischen«, sagte ich und bemühte mich, nicht zu grinsen. »Und wenn derjenige Sie dann erschießt, geschieht es Ihnen gerade recht.«
Flynn lachte, aber am nächsten Morgen fand ich ein großes, in Geschenkpapier gewickeltes und mit einer roten Schleife geschmücktes Päckchen vor der Hintertür.
Es enthielt einen Hummer.

Kurz danach fing es an, in einer kalten, windigen Nacht. In solchen Nächten war GrosJean häufig rastlos. Er stand aus dem Bett auf, um die Fensterläden zu überprüfen, oder setzte sich in die Küche, trank Kaffee und hörte dem Meeresrauschen zu. Ich fragte mich, worauf er lauschte.
In jener Nacht vernahm ich ihn deutlicher als gewöhnlich, denn auch ich konnte nicht schlafen. Der Wind kam von Süden, und ich hörte es an den Türen kratzen und an den Fenstern quieken wie eine Meute Ratten. Gegen Mitternacht döste ich ein und träumte bruchstückhaft von meiner Mutter. An den Traum vermochte ich mich später nicht zu erinnern, nur dass es etwas damit zu tun hatte, wie ihr Atem sich anhörte, als wir in den üblichen billigen Hotels nebeneinander im Bett gelegen und geschlafen hatten, und wie sie manchmal einfach aufhörte zu atmen, um dann, eine halbe Minute später, wieder nach Luft zu schnappen ...
Um ein Uhr stand ich auf und kochte Kaffee. Durch die Fensterläden erspähte ich das rote Blinklicht des Leuchtturms jenseits von La Jetée und dahinter die düstere, von

einem orange-schwarzen Schimmer umhüllte Silhouette der Stadt, beleuchtet von einem Hitzegewitter. Die See war rau, der Wind nicht stürmisch, aber heftig genug, um die Trossen an den vertäuten Booten schwingen und singen zu lassen und feinen Sand gegen die Fenster zu schleudern. Während ich lauschte, meinte ich eine Glocke zu hören, einen einzigen klagenden Ton im heulenden Wind. Wahrscheinlich habe ich mir das nur eingebildet, sagte ich mir, doch dann hörte ich es wieder und schließlich noch einmal, klar und deutlich trotz Wind und Wellenrauschen.

Mich schauderte.

Es hatte angefangen.

Das Glockenläuten wurde lauter, vom Wind von der Pointe Griznoz herübergetragen. Es klang unheimlich und gespenstisch, als würde die Glocke der versunkenen Kirche Unheil verkünden. Ich schaute aus dem Fenster und meinte etwas zu sehen, ein bläulich zuckendes Leuchten über dem Meer. Es schoss wie ein fahler Blitz in den Himmel, einmal, zweimal.

Plötzlich merkte ich, dass GrosJean hinter mir stand. Er war komplett angezogen, hatte sogar seine Joppe und Stiefel an.

»Alles in Ordnung«, sagte ich. »Du brauchst dich nicht zu beunruhigen. Es ist nur ein Sturm.«

Mein Vater sagte nichts. Er verharrte reglos neben mir wie eine von den hölzernen Puppen, die er mir früher aus Abfällen in seiner Werkstatt gebastelt hatte. Nichts an seinem Verhalten ließ erkennen, ob er mich überhaupt gehört hatte. Aber ich spürte, dass ihn etwas tief bewegte. Seine Hände zitterten.

»Es ist alles in Ordnung«, wiederholte ich hilflos.

»La Marinette«, sagte mein Vater.

Seine Stimme klang rau und ungeübt. Im ersten Augenblick verstand ich nur Wortfetzen, die keinen Sinn ergaben.

»La Marinette«, wiederholte GrosJean, diesmal mit mehr Nachdruck, und legte eine Hand auf meinen Arm. Seine blauen Augen sahen mich flehend an.

»Das ist nur die Kirchenglocke«, versuchte ich ihn zu beruhigen. »Ich kann sie auch hören. Der Wind trägt das Läuten von La Houssinière herüber, das ist alles.«

GrosJean schüttelte ungehalten den Kopf. »Das ist – la Marinette.«

Flynn – denn ich war mir sicher, dass er dahintersteckte – hatte ein passendes Symbol und einen passenden Zeitpunkt gewählt. Aber die Reaktion meines Vaters auf das Glockenläuten ließ mich erschaudern. Er stand da wie ein Hund an der Leine, drückte meinen Arm so fest, dass es schmerzte. Sein Gesicht war kreideweiß.

»Was hast du denn?«, fragte ich und entwand mich vorsichtig seinem Griff. »Was ist los?«

Doch GrosJean fehlten die Worte. Nur seine Augen sprachen Bände, wie die Augen eines Heiligen, der zu lange in der Wildnis gelebt und schließlich den Verstand verloren hat.

»Ich werde mal rausgehen und nachsehen, was los ist«, sagte ich. »Ich bin bald wieder da.«

Ich ließ ihn am Fenster zurück, zog meine Jacke über und ging in die Nacht hinaus.

22

Das Rauschen der Wellen war ohrenbetäubend, doch das Läuten der Glocke war immer noch zu hören, ein tiefer, Unheil verkündender Klang, der sich wie ein Zittern durch den Boden zu verbreiten schien. Als ich näher kam, schoss erneut hinter den Dünen ein Lichtstrahl empor. Er kroch über den dunklen Himmel, tauchte alles in fahles Licht und erstarb wieder. Ich sah, wie in verschiedenen Häusern das Licht anging, wie Fensterläden geöffnet wurden, Gestalten – in ihren Mänteln und Wollmützen kaum zu erkennen – aus Türen traten und sich über Zäune beugten. Neben dem Straßenschild konnte ich Omer erkennen, daneben eine Frau in einem wehenden Nachthemd, die nur Charlotte sein konnte. Da waren Ghislain und Alain Guénolé, dicht gefolgt von Matthias. Eine ganze Schar Kinder – unter ihnen Lolo und Damien. Lolo trug eine rote Schirmmütze und hüpfte in dem schwachen Licht, das durch die offene Haustür fiel, aufgeregt auf und ab. Sein Schatten tanzte über den Boden, und ich hörte seine Stimme durch das Dröhnen der Glocke hindurch.

»Was zum Teufel ist hier los?« Das war Angélo, der den Kragen seiner Jacke hochgeschlagen und die Mütze tief ins Gesicht gezogen hatte. In einer Hand hielt er eine Taschenlampe, mit der er mir misstrauisch ins Gesicht leuchtete. Als er mich erkannte, schien er sich zu beruhigen.

»Ach, Sie sind's, Mado. Sind Sie schon an der Pointe gewesen? Was ist denn da los?«

»Keine Ahnung.« Bei dem heftigen Wind klang meine Stimme dünn und unsicher. »Ich hab die Lichtblitze bemerkt.«

»Na, die waren ja wohl nicht zu übersehen.« Die Guénolés waren inzwischen bei der Düne eingetroffen, beide mit Laternen und Schrotflinten bewaffnet. »Wenn da irgendwelche Idioten ihre blöden Späße treiben ...« Alain machte eine eindeutige Geste mit seiner Flinte. »Den Bastonnets würde ich so was glatt zutrauen. Ich gehe jetzt da runter und seh mal nach, was da los ist, den Jungen lasse ich hier, damit er auf das Haus aufpasst. Die müssen mich für ziemlich bescheuert halten, wenn sie glauben, ich würde auf so einen Trick reinfallen.«

»Wer auch immer das Theater da unten veranstaltet, die Bastonnets sind es jedenfalls nicht«, erklärte Angélo. »Da hinten läuft der alte Aristide, auf Xavier gestützt. Und er scheint es ziemlich eilig zu haben.«

Tatsächlich kam der alte Mann so schnell er konnte die Rue de l'Océan entlanggehumpelt, mit der einen Hand auf seinen Stock, mit der anderen auf seinen Enkel gestützt. Seine langen Haare wehten unter seiner Fischermütze.

»Guénolé!«, brüllte er, sobald er in Hörweite war. »Ich hätte mir denken können, dass ihr Mistkerle dahinter steckt! Was zum Teufel denkt ihr euch dabei, das ganze Dorf mitten in der Nacht aufzuwecken?«

Matthias lachte. »Glaub ja nicht, damit könntest du mich beeindrucken«, sagte er. »Wer im Glashaus sitzt, sollte nicht mit Steinen werfen. Willst du etwa behaupten, du hättest mit der Sache nichts zu tun? Warum kommst du denn dann so schnell hier angerannt?«

»Meine Frau ist weg«, sagte Aristide. »Ich hab die Tür schlagen hören. Sie ist raus auf die Klippe, bei diesem Wetter – noch dazu in ihrem Alter. Da holt sie sich den Tod!« Er hob drohend den Stock, seine Stimme überschlug sich vor Wut. »Kannst du sie nicht wenigstens da raushalten?«, schrie er heiser. »Reicht es nicht, dass dein Sohn – dein *Sohn* ...« Er schlug mit seinem Stock nach Matthias und wäre vornüber gefallen, wenn Xavier ihn nicht gehalten hätte. Ghislain hob seine Schrotflinte. Aristide lachte höhnisch auf. »Na los!«, schrie er. »Erschieß mich doch, du Feigling. Erschieß einen alten Mann mit einem Bein, mehr erwartet sowieso niemand von einem Guénolé. Los, mach schon, ich kann auch ein bisschen näher kommen, damit du garantiert nicht daneben triffst – Santa Marina, warum hört diese verdammte Glocke nicht endlich auf zu läuten?« Er machte einen Schritt vorwärts, doch Xavier hielt ihn zurück.

»Mein Vater behauptet, es ist La Marinette«, sagte ich.

Einen Moment lang starrten die Guénolés und die Bastonnets mich an. Dann schüttelte Aristide den Kopf. »Blödsinn«, sagte er. »Da hat sich irgendeiner einen blöden Streich ausgedacht. Niemand hat La Marinette läuten hören seit ...«

Instinktiv drehte ich mich um und schaute in Richtung Düne. Vor dem aufgewühlten Himmel zeichnete sich die Gestalt eines Mannes ab. Ich erkannte meinen Vater. Aristide entdeckte ihn auch und verschluckte den Rest von dem, was er hatte sagen wollen.

»Vater!«, rief ich. »Geh doch nach Hause.«

Aber GrosJean rührte sich nicht. Ich ging zu ihm hin und nahm ihn in die Arme. Er zitterte am ganzen Leib.

»Hört zu«, sagte Alain ruhig. »Wir sind alle müde. Ich schlage vor, wir gehen jetzt einfach da runter und sehen nach, was los ist. Ich muss morgen früh raus.« Dann fuhr er mit unerwarteter Heftigkeit zu seinem Sohn herum. »Und du – steck gefälligst deine verdammte Flinte weg! Was glaubst du eigentlich, wo du hier bist? Im Wilden Westen?«

»Ist doch nur Steinsalz«, erwiderte Ghislain.

»Ich hab gesagt, steck sie weg!«

Mit finsterer Miene ließ Ghislain die Flinte sinken. An der Pointe Griznoz schossen erneut zwei Leuchtraketen in die Luft und explodierten in blauen Blitzen vor dem dunklen Himmel. Ich spürte, wie GrosJean bei dem Geräusch zusammenzuckte.

»Elmsfeuer«, erklärte Angélo.

Aristide schien nicht überzeugt. Wir gingen in Richtung Pointe Griznoz. Omer und Charlotte Prossage schlossen sich uns an, auch Hilaire mit seinem Krückstock, Toinette und eine ganze Reihe anderer. *Dong-dong* dröhnte die ertrunkene Glocke, die blauen Raketenblitze knisterten, und in den Stimmen der Leute klang die Aufregung mit, die leicht in Wut, Angst oder Schlimmeres umkippen konnte. Ich versuchte, Flynn in der Menge auszumachen, aber er war wie vom Erdboden verschluckt. Mir war mulmig zumute. Ich konnte nur hoffen, dass er wusste, was er tat.

Ich half GrosJean die Düne hinauf, während Xavier mit der Laterne vorauslief. Aristide folgte uns. Er zog sein Holzbein nach und stützte sich schwer auf seinen Stock. Alle möglichen Leute überholten uns, stapften mit Riesenschritten durch den lockeren Sand. Ich erblickte Mercédès, das Haar offen, einen Mantel über das weiße Nachthemd geworfen, und jetzt verstand ich, warum Xavier es so eilig gehabt hatte.

»Désirée«, murmelte Aristide.

»Keine Sorge«, sagte ich. »Ihr wird nichts passieren.«

Aber der alte Mann hörte mir nicht zu. »Ich hab es selbst auch mal gehört«, murmelte er, eher zu sich selbst. »La Marinette. Damals in dem Sommer des Unglücksjahrs, an dem Tag, als Olivier ertrunken ist. Hab mir eingeredet, dass der Rumpf von dem Boot diese Geräusche machte, als die See es fortgerissen hat. Später war mir dann alles klar. Das war La Marinette, die ich an dem Tag gehört hab. Die verkündet immer Unheil. Und Alain Guénolé ...« Sein Ton veränderte sich abrupt. »Alain war sein Freund. Die beiden waren gleich alt. Sind manchmal zusammen zum Fischen rausgefahren, obwohl wir was dagegen hatten.«

Er begann zu ermüden und stützte sich schwer auf seinen Stock, als wir der Biegung der großen Düne folgten. Vor uns lagen die Felsen der Pointe Griznoz, die Ruine der Kapelle ragte wie ein Megalith in den dunklen Himmel.

»Er hätte dort sein müssen«, fuhr Aristide in einem tyrannischen Tonfall fort. »Sie hatten sich um zwölf verabredet, um alles Brauchbare aus dem Wrack rauszuholen. Wenn er gekommen wäre, hätte er meinen Sohn retten können. *Wenn er gekommen wäre.* Aber er war natürlich mit seinem Mädchen in den Dünen. Evelyn Gaillard, der Tochter von Georges Gaillard aus La Houssinière. Da hat er überhaupt nicht mehr auf die Zeit geachtet. Er hat überhaupt nicht auf die Zeit geachtet!«, wiederholte er beinahe schadenfroh. »Hat mit diesem Mädchen aus La Houssinière in den Dünen rumgevögelt, während sein Freund, mein Sohn ...«

Er keuchte, als wir die Kuppe der Düne erreichten. Die Gesichter der Salannais, die vor uns dort angekommen waren, leuchteten im Licht der Fackeln und Laternen. Das Elmsfeuer – wenn es das gewesen war – war verschwunden. Auch die Glocke hatte aufgehört zu läuten.

»Es ist ein Zeichen!«, rief jemand – ich glaube, es war Matthias Guénolé.

»Das ist ein Trick«, knurrte Aristide.

Immer mehr Leute strömten auf die Düne. Das halbe Dorf war bereits dort oben versammelt, und es kamen immer noch mehr.

Der Wind peitschte uns Salz und Sand in die Gesichter. Ein Kind begann zu weinen. Hinter mir hörte ich jemanden beten. Toinette schrie etwas über Sainte-Marine, ich weiß nicht, ob es ein Gebet war oder eine Warnung.

»Wo ist meine Frau?«, rief Aristide. »Was ist mit Désirée passiert?«

»Die Heilige«, stieß Toinette hervor. »Die Heilige!«

»*Seht mal!*«

Wir schauten. Und da war sie. Sie stand über uns in der kleinen Nische in der Kirchenwand. Eine primitive Statue, kaum sichtbar im Halbdunkel. Im flackernden Licht der Fackeln und Laternen schien sie sich auf ihrem Sims zu bewegen, so dass es den Anschein hatte, als wollte sie gleich die Flucht ergreifen. Ihr festliches Gewand blähte sich im Wind, und auf dem Kopf trug sie ihre vergoldete Krone. Zu ihren Füßen waren Sœur Thérèse und Sœur Extase, die beiden alten Nonnen, ehrfürchtig niedergekniet. Auf die Wand der Kirchenruine hatte jemand etwas geritzt oder gekritzelt; eine Art Graffito.

»Wie zum Teufel ist sie dahin gekommen?« Das war Alain, der die schwankende Heilige anstarrte, als könnte er seinen Augen nicht trauen.

»Und was haben diese beiden Elstern hier zu suchen?«, knurrte Aristide und warf den Nonnen böse Blicke zu. Doch dann verstummte er. Neben den beiden Frauen kniete eine mit einem Nachthemd bekleidete Gestalt im Gras, die Hände zum Gebet gefaltet. »Désirée!« So schnell er konnte, hinkte Aristide auf die kniende Frau zu, die ihn mit großen Augen ansah. Ihr blasses Gesicht glühte. »Oh Aristide, sie ist zurückgekommen!«, sagte sie. »Es ist ein Wunder.«

Der alte Mann zitterte. Sein Mund öffnete sich, aber sekundenlang kam kein Wort heraus. Dann streckte er seine Hand nach seiner Frau aus und sagte barsch: »Du frierst ja, du verrückte alte Forelle. Was denkst du dir nur dabei, ohne Mantel hier rauszukommen? Nimm meine Jacke.« Er zog sich die Jacke aus und legte sie seiner Frau um die Schultern.

Désirée nahm das kaum zur Kenntnis. »Ich hab die Heilige gehört«, sagte sie, immer noch lächelnd. »Sie hat gesprochen – oh Aristide, sie hat zu mir *gesprochen*.«

Einer nach dem anderen sammelten sich die Leute vor der Ruine.

»Mein Gott«, sagte Capucine und machte das Zeichen zur Abwehr von Unheil. »Ist das wirklich die Heilige da oben?«

Angélo nickte. »Aber der Himmel allein weiß, wie sie dahin gekommen ist.«

»Sainte-Marine!«, schrie jemand. Toinette fiel auf die Knie. Ein Seufzen ging durch die Menge. Der regelmäßige Aufprall der Brandung hörte sich an wie ein schlagendes Herz.

»Sie ist krank«, sagte Aristide und versuchte, Désirée auf die Füße zu ziehen. »Kann mir mal einer helfen?«

»Oh nein«, sagte Désirée. »Ich bin nicht krank. Jetzt nicht mehr.«

»He, Sie!«, fuhr Aristide die beiden Karmeliterinnen an, die immer noch unter der Nische standen. »Helfen Sie mir gefälligst!«

Die beiden Nonnen sahen ihn an und rührten sich nicht. »Wir haben eine Botschaft bekommen«, erklärte Sœur Thérèse.

»In der Kapelle. Wie Jeanne d'Arc.«

»Nein, nein, das war nicht wie bei Jeanne d'Arc, das waren Stimmen, *ma sœur*, keine Visionen, und denk daran, was es ihr am Ende gebracht hat.« Ich musste mich ziemlich anstrengen, um beim Heulen des Winds zu verstehen, was sie sagten.

»Marine-de-la-Mer, ganz in Weiß gekleidet mit …«

»Krone und Laterne und …«

»Und einem Schleier über dem Gesicht.«

»Ein Schleier?« Allmählich begann ich zu begreifen.

Die Nonnen nickten. »Sie hat zu uns gesprochen, kleine Mado.«

»Zu *uns* gesprochen.«

»Sind Sie auch ganz sicher, dass *sie* es war?« Ich konnte es mir nicht verkneifen, die Frage zu stellen.

Die Carmeliterinnen nickten, als wäre ich ein bisschen begriffsstutzig. »Natürlich war sie es, kleine Mado. Wer sonst …«

»Hätte es sein sollen? Sie sagte, sie würde heute Nacht zurückkommen und …«

»Und hier ist sie.«

»Da oben.«

Die letzten beiden Worte sprachen sie im Chor aus, ihre Augen leuchteten. Désirée Bastonnet hing verzückt an ihren Lippen. GrosJean, der die ganze Zeit wortlos zugehört hatte, hob den Kopf und schaute mit entrücktem Blick zu der Statue empor.

Aristide schüttelte unwirsch den Kopf. »Träume. Stimmen. Wegen so einem Blödsinn steht man nicht mitten in der Nacht aus seinem warmen Bett auf. Los, komm, Désirée.«

Aber Désirée schüttelte den Kopf. »Sie hat zu ihnen gesprochen, Aristide«, sagte sie bestimmt. »Sie hat sie hierher bestellt. Die beiden sind gekommen und haben an die Tür geklopft – du hast geschlafen –, und dann haben sie mich mitgenommen und mir die Zeichen an der Wand gezeigt ...«

»Ich wusste doch, dass sie dahinter stecken!«, schrie Aristide wütend. »Diese Elstern ...«

»Ich mag es nicht, wenn er uns Elstern nennt«, sagte Sœur Extase. »Das sind Unheil bringende Vögel.«

»Wir sind hierher gekommen«, verkündete Désirée, »und die Heilige hat zu uns gesprochen.«

Hinter uns wurden Hälse gereckt, Augen gegen den scharfen Wind zusammengekniffen. Einige der Anwesenden streckten zwei Finger aus, um Unheil abzuwehren. Alle schienen den Atem anzuhalten.

»Was hat sie denn gesagt?«, fragte Omer schließlich.

»Sie hat sich nicht gerade wie eine Heilige ausgedrückt«, antwortete Sœur Thérèse.

»Allerdings nicht«, pflichtete Sœur Extase ihr bei. »Ganz und gar nicht.«

»Sie ist eben eine echte Salannaise«, sagte Désirée. »Nicht so eine heuchlerische Houssine.« Lächelnd nahm sie die Hand ihres Mannes. »Ich wünschte, du wärst dabei gewesen, Aristide. Ich wünschte, du hättest sie sprechen hören. Es ist so lange her, dass unser Sohn ertrunken ist, dreißig lange Jahre. Seitdem haben wir nur Verbitterung und Zorn empfunden. Du konntest nicht weinen, du konntest nicht beten, mit deinem Zorn hast du unseren anderen Sohn aus dem Haus getrieben ...«

»Halt den Mund«, raunzte Aristide mit versteinerter Miene.

Désirée schüttelte den Kopf. »Diesmal nicht«, sagte sie. »Du suchst überall Streit. Du hackst sogar auf Mado rum, wenn sie uns beizubringen versucht, dass das Leben weitergeht. Im Grunde genommen willst du bloß, dass alles zusammen mit Olivier untergeht. Du, ich, Xavier. Das ganze Dorf.«

Aristide schaute sie an. »Désirée, bitte ...«

»Es ist ein Wunder, Aristide«, sagte sie. »Es ist, als hätte er selbst zu mir gesprochen. Wenn du es nur gesehen hättest.« Im rosigen Licht schaute sie zu der Heiligen hinauf, und in diesem Augenblick sah ich etwas aus der dunklen Nische fallen, etwas wie duftenden Schnee. Désirée Bastonnet kniete auf der Pointe Griznoz, umgeben von Mimosenblüten.

Alle Blicke richteten sich auf die Heilige. Einen Augenblick lang schien es, als würde sich etwas bewegen – vielleicht war es aber auch nur ein Schatten, verursacht vom Licht der vielen Laternen.

»Da oben ist jemand!«, rief Aristide, riss seinem Enkel die Flinte aus der Hand, zielte und schoss mit beiden Läufen auf die Heilige in der Nische. In der plötzlich eintretenden Stille ertönte ein lautes Krachen.

»Typisch Aristide, auf ein Wunder zu schießen«, sagte Toinette. »Du würdest noch auf die Jungfrau von Lourdes schießen, wenn du könntest, du alter Trottel.«

Aristide wirkte verlegen. »Ich war mir *sicher*, ich hätte da oben jemand gesehen.«

Désirée stand auf, die Hände voller Blüten. »Ich weiß, dass du jemand gesehen hast.«

Einige Minuten lang herrschte völlige Verwirrung. Xavier, Désirée, Aristide und die Nonnen wurden von den Leuten umringt und mit Fragen überhäuft. Alle wollten die Wunderblumen sehen, die Worte der Heiligen hören, die Schrift an der Kirchenwand betrachten. Als ich aufs Meer hinausschaute, meinte ich, etwas auf den Wellen schaukeln zu sehen, und vielleicht hörte ich sogar ein Plätschern, als würde etwas ins Wasser fallen. Ich weiß nicht, was es war, aber die Statue in der Nische – wenn sie überhaupt da gestanden hatte – war verschwunden.

23

Eine Runde Schnaps in Angélos Bar – die wegen des außergewöhnlichen Ereignisses wieder geöffnet hatte – trug maßgeblich dazu bei, dass wir uns wieder beruhigten. Angst und Argwohn waren verflogen, der Schnaps floss reichlich, und nach einer halben Stunde herrschte eine feuchtfröhliche Stimmung. Die Kinder, glücklich, um diese Stunde noch auf sein zu dürfen, spielten in der Ecke Flipper. Am nächsten Tag war schulfrei, und das allein war ein Grund zum Feiern. Xavier beäugte Mercédès schüchtern, und zum ersten Mal erwiderte sie seine Blicke. Toinette überhäufte wahllos fast jeden mit nicht ernst gemeinten Beschimpfungen. Die Nonnen hatten Désirée überredet, sich wieder ins Bett zu legen, aber Aristide war in der Bar; er wirkte allerdings seltsam niedergedrückt. Zum Schluss kam auch Flynn dazu, eine schwarze Wollmütze auf dem Kopf. Er zwinkerte mir kurz zu, dann nahm er unauffällig an einem Tisch hinter mir Platz. GrosJean saß neben mir mit seinem Schnaps, rauchte eine Gitane und konnte gar nicht mehr aufhören zu lächeln. Anfangs hatte ich schon befürchtet, die seltsame Zeremonie hätte meinem Vater zugesetzt, doch jetzt merkte ich, dass er zum ersten Mal seit meiner Ankunft auf der Insel wirklich glücklich war.

Über eine Stunde blieb er neben mir, dann verschwand er so still, dass ich es kaum bemerkte. Ich versuchte nicht, ihm zu folgen; ich wollte das empfindliche Gleichgewicht zwischen uns nicht stören. Aber vom Fenster aus blickte ich ihm nach, wie er nach Hause ging. Nur seine glühende Zigarette war in der Dunkelheit zu erkennen.

In der Bar wurde weiterhin lebhaft diskutiert. Matthias, der am größten Tisch der Bar die einflussreichsten Salannais um sich versammelt hatte, war absolut davon überzeugt, dass es sich bei der Erscheinung der Sainte-Marine um ein Wunder gehandelt hatte.

»Was sonst soll es gewesen sein?«, fragte er und trank seinen dritten Schnaps. »Überall auf der Welt hat es schon übernatürliche Ereignisse gegeben. Warum nicht auch hier bei uns?«

Schon jetzt existierten ebenso viele Varianten der Geschichte wie Augenzeugen. Einige behaupteten, sie hätten gesehen, wie die Heilige in ihre Nische in der Ruine *geschwebt* war. Andere hatten eine geisterhafte Musik gehört. Toinette, die einen Ehrenplatz zwischen Matthias und Aristide innehatte und die Aufmerksamkeit, die ihr zuteil wurde, sichtlich genoss, nippte an ihrem Schnaps und verkündete, sie habe die Zeichen an der Kirchenwand als Erste entdeckt. Es bestehe kein Zweifel daran, dass es sich um ein Wunder handelte, erklärte sie. Wer sollte die verloren gegangene Heilige denn auch gefunden haben? Wer hätte sie bis zur Pointe Griznoz geschleppt? Wer hätte sie in die Nische hinauf befördern können? Kein normaler Sterblicher jedenfalls. Das war einfach unmöglich.

»Außerdem war da noch die Glocke«, sagte Omer. »Wir haben sie alle gehört. Wenn das nicht La Marinette war, was dann? Und die Zeichen an der Kirchenwand …«

Alle waren sich einig, dass da etwas Übernatürliches geschehen war. Aber was hatte das zu bedeuten? Désirée hatte es als Botschaft von ihrem toten Sohn aufgefasst. Aristide sagte nichts dazu, sondern brütete ungewöhnlich schweigsam über seinem Schnaps. Toinette meinte, es bedeute, dass unsere Pechsträhne bald ein Ende haben würde. Matthias hoffte auf mehr Glück beim Fischfang. Capucine ging mit Lolo nach Hause, aber auch sie wirkte versonnen, und ich fragte mich, ob sie vielleicht an ihre Tochter dachte, die auf dem Festland lebte. Ich versuchte, Flynns Blick zu erhaschen, aber er schien es zufrieden zu sein, die Diskussion ihren Lauf nehmen zu lassen. Ich folgte seinem Beispiel und wartete.

»Was ist los mit dir, Rouget, du wirst wohl langsam alt«, sagte Alain zu ihm. »Ich dachte, wenigstens du könntest uns sagen, wie die Heilige nach Pointe Griznoz geflogen ist?«

Flynn zuckte die Achseln. »Da bin ich überfragt. Wenn ich Wunder wirken könnte, wäre ich längst von hier weg, würde in Paris sitzen und Champagner trinken.«

Die Flut war zurückgegangen, und der Wind hatte sich gelegt. Die Wolken begannen sich aufzulösen, und am Himmel zeigte sich die erste Morgenröte. Jemand schlug vor, zur Kirchenruine zurückzugehen, um die Sache bei Tageslicht in Augenschein zu nehmen. Ein paar von uns machten sich auf den Weg, während die anderen, ein bisschen wackelig auf den Beinen, nach Hause gingen.

Nachdem wir die Zeichen an der Mauer gründlich untersucht hatten, waren wir nicht schlauer als zuvor. Sie sahen irgendwie aus, als wären sie in den Stein gebrannt worden, aber es waren keine Buchstaben zu erkennen, sondern nur eine Art primitive Zeichnung und mehrere Zahlen.

»Es sieht aus – wie ein Bauplan«, sagte Omer La Patate. »Das da könnten Maßangaben sein.«

»Vielleicht hat es eine religiöse Bedeutung«, meinte Toinette. »Wir sollten die Nonnen um Rat fragen.« Aber die beiden hatten Désirée nach Hause begleitet, und aus Furcht, etwas zu verpassen, wollte niemand sich auf den Weg machen, um sie zu holen.

»Vielleicht kann Rouget uns weiterhelfen«, sagte Alain. »Der ist doch sonst auch immer so intelligent, oder?«

Alle nickten. »Ja, Rouget soll sich das mal ansehen. Los, lasst ihn mal durch.«

Flynn ließ sich Zeit. Er betrachtete die eingebrannten Zeichen aus allen Richtungen. Er kniff die Augen zusammen, blinzelte, überprüfte die Windrichtung, ging bis zum Rand der Klippe, um aufs Meer hinauszuschauen, kam zurück und befühlte die Zeichen erneut mit den Fingerspitzen. Wenn ich es nicht besser gewusst hätte, ich hätte glatt geglaubt, dass er das alles noch nie in seinem Leben gesehen hätte. Alle beobachteten ihn erwartungsvoll. Hinter ihm dämmerte der Morgen.

Schließlich blickte er auf.

»Und, weißt du, was das bedeutet?«, fragte Omer, der sich nicht länger beherrschen konnte. »Ist das eine Botschaft von der Heiligen?«

Flynn nickte, und obwohl er ernst dreinblickte, wusste ich, dass er innerlich grinste.

24

Aristide, Matthias, Alain, Omer, Toinette, Xavier und ich hörten schweigend zu, als Flynn uns die Zeichen erklärte. Dann platzte Aristide der Kragen.

»Eine Arche? Wollen Sie etwa behaupten, sie will, dass wir eine *Arche* bauen?«

Flynn zuckte mit den Schultern. »Nicht direkt. Es ist ein künstliches Riff, ein schwimmender Damm. Egal, wie man es nennt, es ist klar, wie es funktioniert. Der Sand hier«, er zeigte auf die Ausläufer von La Jetée, »wird nicht länger weggespült, sondern hier in La Goulue abgelagert. Man könnte es auch einen Stopfen nennen, der verhindert, dass Les Salants ins Meer gespült wird.«

Alle schwiegen verblüfft.

»Und Sie glauben, das hat die Heilige da hingeschrieben?«

»Wer sonst?«, fragte Flynn unschuldig.

Matthias pflichtete ihm bei. »Sie ist unsere Schutzheilige«, sagte er langsam. »Wir haben sie gebeten, uns zu helfen. Und sie hat uns auf ihre Weise geantwortet.«

Die anderen nickten. Das klang einleuchtend. Offenbar war das Verschwinden der Heiligen missverstanden worden; sie hatte Zeit gebraucht, um sich in dieser Sache kundig zu machen.

Omer schaute Flynn an. »Aber wir haben nichts, womit wir einen Damm bauen könnten«, sagte er. »Wenn ich nur dran denke, was ich dafür bezahlt habe, den Mühlstein hierher transportieren zu lassen. Hat mich ein Vermögen gekostet.«

Flynn schüttelte den Kopf. »Wir brauchen keine Steine«, erklärte er. »Wir müssen etwas konstruieren, das schwimmt. Das wird auch kein Damm. Ein Damm könnte den Erosionsprozess zwar eine Zeit lang aufhalten. Aber das hier ist viel besser. Ein künstliches Riff, an der richtigen Stelle angebracht, entwickelt sich mit der Zeit selbst zu einem Schutzwall.«

Aristide schüttelte den Kopf. »Das funktioniert nie. Nicht in zehn Jahren.«

Aber Matthias wirkte interessiert. »Ich glaube, es könnte doch funktionieren«, sagte er. »Aber woher kriegen wir das Material? Ein Riff kann man nicht aus Papier und Spucke bauen, Rouget. Nicht mal Sie können das.«

Flynn überlegte. »Reifen«, sagte er. »Autoreifen. Die schwimmen doch, oder? Die kriegt man in jeder Autowerkstatt umsonst. Manche Leute bezahlen einen sogar dafür, dass man sie entsorgt. Wir verschiffen sie vom Festland hierher, binden sie zusammen …«

»Verschiffen?«, fiel ihm Aristide ins Wort. »Womit denn? Wir bräuchten hunderte, vielleicht tausende von Reifen, um so ein Riff zu bauen. Womit …«

»Es gibt immer noch die *Brismand 1*«, sagte Omer La Patate. »Die könnten wir vielleicht mieten.«

»Und einem Houssin das Geld in den Rachen werfen?«, schrie Aristide wütend. »Das wäre ja ein schönes Wunder!«

Alain sah ihn schweigend an. »Désirée hat Recht«, sagte er schließlich. »Wir haben schon zu viel verloren.«

Aristide, auf seinen Stock gestützt, wandte sich ab, aber ich merkte ihm an, dass er immer noch zuhörte.

»Wir können nicht alles, was wir verloren haben, zurückbekommen«, fuhr Alain leise fort. »Aber wir können dafür sorgen, dass wir nicht noch mehr verlieren. Wir sollten versuchen, die vergeudete Zeit wieder wettzumachen.« Während er sprach, schaute er die ganze Zeit Xavier an. »Wir sollten gegen das Meer kämpfen, nicht gegeneinander. Und wir sollten an unsere Familien denken. Tot ist tot, aber *alles kehrt zurück*. Wenn man es zulässt.«

Aristide starrte ihn wortlos an. Omer, Xavier, Toinette und die anderen sahen gespannt zu. Wenn die Guénolés und die Bastonnets den Plan akzeptierten, würden alle anderen mitmachen. Matthias stand da mit seinem Häuptlingsschnurrbart, seine Miene war undurchdringlich. Flynn lächelte. Ich hielt den Atem an.

Schließlich beendete Aristide die Spannung mit dem kurzen Nicken, das auf der Insel als Einverständnis durchgeht. Matthias nickte zurück. Dann schüttelten sie sich die Hände.

Wir tranken auf ihre Entscheidung unter dem steinernen Blick von Marine-de-la-Mer, der Schutzheiligen von allem, was auf See verloren geht.

25

Als ich nach Hause kam, war es heller Morgen. GrosJean war nirgends zu sehen. Da die Fensterläden an seinem Zimmer geschlossen waren, nahm ich an, dass er sich wieder ins Bett gelegt hatte, und folgte seinem Beispiel. Um halb eins wurde ich durch ein Klopfen an der Tür geweckt und stolperte verschlafen in die Küche, um zu öffnen.

Es war Flynn.

»Raus aus den Federn!«, sagte er scherzhaft. »Jetzt geht's an die Arbeit. Sind Sie bereit?«

Ich schaute an mir hinunter. Ich war barfuß, trug immer noch die feuchten Kleider vom Vorabend, und meine vom Meerwasser verklebten Haare standen steif wie die Borsten eines Besens von meinem Kopf ab. Er dagegen wirkte so gut gelaunt wie immer, die Haare über dem Jackenkragen sauber zusammengebunden.

»Sie brauchen gar nicht so selbstzufrieden aus der Wäsche zu gucken«, sagte ich.

»Warum nicht?« Er grinste. »Es ist doch alles gut gelaufen. Ich habe Toinette losgeschickt, um Spenden zu sammeln, und in der Fischfabrik hab ich ein paar Holzkisten bestellt, um die Bauelemente für das Riff zu konstruieren. Alain setzt sich mit der Autowerkstatt in Verbindung. Ich dachte, Sie könnten vielleicht ein paar Taue und Ketten für die Verankerung beisteuern. Omer kümmert sich um den

Beton. Er hat noch Zement übrig vom Bau der Windmühle. Wenn das Wetter mitspielt, könnten wir bis Ende des Monats mit den Arbeiten fertig sein.« Er hielt inne, als er meinen Gesichtsausdruck bemerkte. »Also gut«, fuhr er vorsichtig fort, »ich habe den Eindruck, dass Sie vorhaben, mir den Kopf abzureißen. Was ist los? Brauchen Sie einen Kaffee?«

»Sie haben vielleicht Nerven«, sagte ich.

Seine Augen weiteten sich. »Was ist denn jetzt schon wieder los?«

»Sie hätten mich wenigstens warnen können. Sie und Ihre Wunder. Was hätten Sie gemacht, wenn alles schief gegangen wäre? Wenn GrosJean ...«

»Und ich dachte, Sie wären begeistert.«

»Das Ganze ist doch lächerlich. Ehe wir uns versehen, wird die Ruine zum Wallfahrtsort – und Leute von überallher kommen, um den Ort zu aufzusuchen, an dem das Wunder geschehen ist.«

»Das wäre doch nur gut fürs Geschäft«, meinte Flynn.

Ich ignorierte seine Bemerkung. »Es war gemein. Wie sie alle drauf reingefallen sind – die arme Désirée, Aristide, sogar mein Vater. Sie hatten wirklich leichtes Spiel mit ihnen. Verzweifelte, abergläubische Leute. Sie haben es tatsächlich geschafft, dass sie es alle geglaubt haben. Und Sie haben es *genossen*.«

»Na und? Es hat funktioniert, oder?« Er wirkte gekränkt.

»Genau das ist das Problem, stimmt's? Es hat nichts zu tun mit den Salannais und ihrer Würde. Das Problem ist, dass ich geschafft habe, was Ihnen nicht gelungen ist. Ich, ein Fremder. Und man hat auf mich gehört.«

Vielleicht hatte er Recht. Aber es gefiel mir nicht, dass er es mir unter die Nase rieb.

»Gestern Abend hatten Sie keine Einwände«, bemerkte Flynn.

»Da wusste ich ja auch noch nicht, was Sie vorhatten. Diese Glocke ...«

»La Marinette.« Er grinste. »Das Tüpfelchen auf dem i,

fand ich. Ein Endlosband und ein paar alte Lautsprecherboxen.«

»Und die Heilige?« Es widerstrebte mir, ihm noch mehr zu schmeicheln, aber ich war neugierig.

»Ich hab sie an dem Tag gefunden, als wir uns auf dem Friedhof begegnet sind. Ich war auf der Suche nach Gros-Jean, um es ihm zu sagen, erinnern Sie sich? Sie dachten wahrscheinlich, ich hätte mal wieder gewildert.«

Natürlich erinnerte ich mich. Er musste einen Heidenspaß an der Inszenierung gehabt haben. Das Fest der Heiligen, die Laternen, die Hymnen. Die Salannais lieben das Theatralische.

»Das Festgewand und die Krone habe ich mir aus der Sakristei in La Houssinière besorgt. Père Alban hätte mich beinahe erwischt, aber ich bin gerade noch rechtzeitig entkommen. Die Nonnen waren ein Kinderspiel.«

Das war mir klar. Auf so etwas hatten sie ihr Leben lang gewartet.

»Wie haben Sie denn eigentlich die Statue da raufgekriegt?«

Er zuckte die Achseln. »Ich hab den Hebekran repariert. Dann bin ich bei Ebbe rausgefahren und hab sie in die Nische gehievt. Kaum war die Flut da, sah es aus wie ein Ding der Unmöglichkeit. Ein Instant-Wunder. Wasser zufügen und umrühren.«

Eigentlich war alles ganz klar, als ich darüber nachdachte. Fehlten nur ein paar Blumen, ein paar Leuchtraketen, Klettereisen, in die Rückseite der Kirchenwand geschlagen, sein Kanu in der Nähe vertäut, um eine schnelle Flucht zu ermöglichen. Alles war so leicht, wenn man die Lösung kannte. So simpel, dass es fast schon eine Beleidigung war.

»Nur einmal wurde es heikel, als Aristide mich auf der Mauer entdeckt hat«, sagte er lächelnd. »Steinsalz richtet keinen Schaden an, aber es tut ziemlich weh. Zum Glück hat er mich kaum getroffen.

Ich erwiderte sein Lächeln nicht. Er wirkte schon viel zu selbstgefällig.

Zu dem, was bei der ganzen Aktion herauskommen würde, wollte er sich natürlich nicht festlegen. Das Unterfangen an sich war bereits schwierig genug. Eigentlich müssten Berechnungen angestellt werden, komplizierte mathematische Formeln, basierend auf der Fallgeschwindigkeit von Sandkörnern, dem Anstiegswinkel der Küste und der Phasengeschwindigkeit der Brecher. Er würde sich weitgehend auf Schätzungen verlassen müssen. Aber bei der wenigen Zeit, die uns zur Verfügung stand, war es alles, was wir tun konnten.

»Ich kann nichts versprechen«, sagte Flynn. »Es ist ein Notbehelf, keine Lösung auf Dauer.«

»Aber wenn es funktioniert?«

»Schlimmstenfalls würde es den Erosionsprozess eine Zeit lang aufhalten.«

»Und bestenfalls?«

»Brismand sackt seit Jahren den Sand von La Jetée ein, warum sollten wir das nicht auch tun?«

»Sand von La Jetée«, wiederholte ich.

»Genug für eine Burg oder zwei. Vielleicht aber auch mehr.«

»Mehr«, sagte ich gierig. »Mehr.«

26

Für jemanden vom Festland muss das schwer zu verstehen sein. Schließlich ist Sand nicht gerade eine Metapher für Dauerhaftigkeit. Zeichen im Sand werden fortgespült. Liebevoll gebaute Sandburgen werden dem Erdboden gleichgemacht. Sand ist störrisch und schwer greifbar. Er poliert Felsen und begräbt Mauern unter seinen Dünen. Auf Le Devin sind Sand und Salz alles. Unsere Nahrungsmittel wachsen fertig gesalzen auf einem Boden, der diesen Namen kaum verdient, vom Grasen auf den Dünen haben unsere Schafe und Ziegen ein zartes, salziges Fleisch. Aus Sand werden unsere Ziegel und unser Mörtel hergestellt, ebenso wie unsere Back- und Brennöfen. Diese Insel hat tausendmal ihre Form geändert. Sie balanciert am Rand des Nid'Poule, stößt Jahr für Jahr Teile ab. Sand, der von La Jetée angespült wird, setzt sich ab, kringelt sich wie der Schwanz einer Meerjungfrau um die Insel, wandert unmerklich in einem Schaumteppich hin und her und wälzt sich seufzend von einer auf die andere Seite der Insel. Alles andere mag sich ändern, aber Sand wird es immer geben.

Ich erzähle das, um all jenen, die auf dem Festland leben, die Aufregung begreiflich zu machen, die mich während jener Wochen und auch später noch erfasste. Die erste Woche verbrachten wir damit, alles zu planen. Dann begann die Arbeit, eine wahre Plackerei. Wir standen um fünf Uhr früh auf und rackerten uns bis zum späten Abend ab. Wenn das Wetter gut war, arbeiteten wir die Nacht durch; wenn der Wind zu heftig war oder wenn es regnete, machten wir drinnen weiter – im Bootsschuppen, in Omers Windmühle, in einem alten Kartoffelschuppen –, um keine Zeit zu vergeuden.

Omer fuhr mit Alain nach La Houssinière, um die *Brismand 1* zu mieten, unter dem Vorwand, sie müssten Baumaterial transportieren. Claude Brismand war einverstanden; die Saison war vorbei, und abgesehen von Notfällen, wurde die Fähre nur einmal pro Woche gebraucht, um Lebensmittel vom Festland zu holen und Ware aus der Fischfabrik aufs Festland zu bringen. Aristide kannte einen Reifenfriedhof auf dem Weg nach Pornic und beauftragte dasselbe Fuhrunternehmen, das normalerweise die Makrelenkonserven aus der Fischfabrik auslieferte, die benötigten Reifen auf die *Brismand 1* zu schaffen. Man kam überein, dass Père Alban die Rechnungen kontrollieren sollte – er war der Einzige, dem sowohl die Bastonnets als auch die Guénolés vertrauten. Außerdem, meinte Aristide, selbst jemand vom Festland würde keinen Priester betrügen.

Das Geld kam aus den unwahrscheinlichsten Quellen. Toinette brachte dreizehn Louis d'Ors zum Vorschein, die sie in einem Strumpf unter ihrer Matratze versteckt hatte – Geld, von dem selbst ihre Familie nichts geahnt hatte. Aristide Bastonnet spendete zweitausend Francs aus seinen Ersparnissen. Weit davon entfernt, sich übertrumpfen zu lassen, gab Matthias Guénolé zweieinhalbtausend Francs. Andere steuerten kleinere Summen bei: ein paar hundert Francs von Omer, der zusätzlich fünf Sack Zement stiftete, fünfhundert Francs von Hilaire und weitere fünfhundert von Capucine. Angélo rückte kein Geld heraus, versprach jedoch allen Helfern Freibier für die Dauer der Arbeiten. Daraufhin meldeten sich immer mehr Freiwillige für das Projekt, und Omer musste gerügt werden, weil er mehr Zeit in der Bar verbrachte als auf der Baustelle.

Ich rief meine Vermieterin in Paris an und teilte ihr mit, dass ich nicht zurückkommen würde. Sie erklärte sich bereit, meine Möbel zu lagern und die wenigen Dinge, die ich brauchte – Kleider, Bücher, Malutensilien – per Bahn nach Nantes zu schicken. Ich hob meine restlichen Ersparnisse ab und löste mein Sparkonto auf. In Les Salants kam ich gut ohne Konto aus.

Das Riff, erklärte Flynn, müsse in Abschnitten konstruiert werden. Jeder Abschnitt bestand aus einhundertfünfzig Reifen, die aufeinander gestapelt und mit Drahtseilen zusammengebunden wurden. Insgesamt wurden zwölf solcher Elemente benötigt, die an Land konstruiert und dann bei Ebbe vor La Jetée angebracht werden mussten. Betonblöcke, ähnlich denen, die als Anlegeplätze für die Fischerboote dienten, sollten als Anker im Meer versenkt werden, außerdem wurden weitere Drahtseile gebraucht, um die Elemente daran zu befestigen. Da uns nur der Kran aus der Bootswerkstatt zur Verfügung stand, um die schweren Materialien zu bewegen, war die Arbeit mühselig, und mehrmals musste das Projekt unterbrochen werden, weil das Material nicht rechtzeitig eintraf, aber alle taten, was sie konnten.

Toinette brachte Tee für die freiwilligen Helfer. Charlotte machte Sandwiches. Capucine zog sich Latzhose und Wollmütze über, um beim Betonmischen zu helfen, was einige Männer, die sich bisher zurückgehalten hatten, ebenfalls zum Anpacken anspornte. Mercédès saß stundenlang auf der Düne herum, angeblich um Botengänge zu erledigen, aber in Wirklichkeit war sie wohl in erster Linie daran interessiert, den Männern beim Arbeiten zuzusehen. Ich fuhr den Kran. Omer stapelte die Reifen, die Ghislain Guénolé zu einem kompakten Paket schnürte. Bei Ebbe gruben Kinder, Frauen und ältere Männer tiefe Löcher für die Betonklötze, die wir dann vor dem Einsetzen der Flut mit Hilfe des Anhängers hinausbrachten und anschließend mit Bojen markierten. Das Boot der Bastonnets – die *Cécilia* – fuhr bei Flut hinaus, um die Bewegung der Elemente zu überwachen. Und während der ganzen Zeit lief Flynn mit einem Klemmbrett herum, maß Entfernungen, berechnete Winkel und Windgeschwindigkeiten und machte sich

Gedanken über die Strömungen vor La Goulue. Die Heilige wachte über uns von ihrer Nische auf der Pointe Griznoz aus. Der Felsen zu ihren Füßen war mit Kerzenwachs besprenkelt, und daneben lagen lauter Opfergaben – Salz, Blumen, mit Wein gefüllte Gläser. Zwar akzeptierten Aristide und Matthias den Waffenstillstand zwischen ihren Familien, doch sie beäugten einander unentwegt und versuchten, sich gegenseitig mit ihrem Einsatz für die gute Sache zu übertrumpfen. Aristide, der sich wegen seines Holzbeins nicht an den Arbeiten beteiligen konnte, feuerte stattdessen seinen glücklosen Enkel – der sich zwei Guénolés gegenüber sah – zu immer größeren Leistungen an.

Meinem Vater ging es von Tag zu Tag besser. Er verbrachte nicht mehr so viel Zeit auf dem Friedhof, sondern verfolgte die fortschreitenden Aktivitäten in La Goulue, auch wenn es selten vorkam, dass er mit Hand anlegte. Ich sah ihn oft auf der Düne stehen, unverrückbar wie ein Felsbrocken. Zu Hause lächelte er wieder häufiger und wechselte sogar ab und zu ein paar Worte mit mir. Selbst sein Schweigen schien irgendwie verändert, und er hatte nicht länger diesen leeren Blick. Manchmal blieb er abends lange auf, hörte Radio oder sah mir zu, während ich kleine Skizzen in mein Notizbuch zeichnete. Ein- oder zweimal war mir, als hätte er in meiner Abwesenheit in meinem Heft geblättert. Seitdem ließ ich es offen herumliegen, damit er die Zeichnungen jederzeit betrachten konnte, was er jedoch in meinem Beisein nie tat. Es ist immerhin ein Anfang, sagte ich mir. Selbst bei GrosJean schien etwas wieder an die Oberfläche zu kommen.

Und Flynn war natürlich auch noch da. Es geschah fast unmerklich. Ganz allmählich waren meine Abwehrmechanismen zerbröckelt, wie ich irgendwann zu meiner eigenen großen Verblüffung feststellte. Ich begann, ihn zu beobachten, ohne zu wissen, warum, seine Gesichtszüge zu studieren, als wollte ich ihn porträtieren, und in der Menge nach ihm Ausschau zu halten. Seit dem Morgen nach dem Wunder waren nur wenige Worte zwischen uns gefallen, und doch schien sich zwischen uns etwas geändert zu haben. So kam es mir zumindest vor. Es war eine Reihe von Kleinigkeiten. Mir fielen Dinge auf, die ich zuvor gar nicht wahrgenommen hatte. Die gemeinsame Aufgabe brachte uns zusammen. Wir schwitzten Seite an Seite beim Reifenstapeln, wir standen nebeneinander in der steigenden Flut, wenn wir uns damit abmühten, die Bauelemente in Position zu bringen. Wir tranken zusammen in Angélos Bar. Und wir teilten ein Geheimnis. Das verband uns. Es machte uns zu Verschwörern, fast zu Freunden.

Flynn war ein guter Zuhörer, wenn es darauf ankam, und er selbst hatte eine Menge amüsanter Anekdoten und Geschichten auf Lager, Geschichten aus England, Indien und Marokko. Das meiste von dem, was er erzählte, war belanglos, aber er war viel gereist, hatte viele Länder und Menschen kennen gelernt, wusste über Essgewohnheiten und Bräuche Bescheid, kannte sich mit Flüssen und Vögeln aus. Durch ihn lernte auch ich einiges über die Welt. Dennoch hatte ich immer den Eindruck, als gäbe es einen verborgenen Kern in ihm, von dem ich ausgeschlossen war. Das hätte mir eigentlich nichts ausmachen sollen. Wenn er mich gefragt hätte, was ich von ihm wolle, wäre mir die Antwort schwer gefallen.

Die Unterkunft, die er sich in dem alten Bunker eingerichtet hatte, war gemütlich, aber behelfsmäßig. Ein großer Raum, geputzt und weiß gekalkt, ein Fenster, das aufs Meer hinausging, Stühle, Tisch und Bett, alles hatte er sich aus Treibholz zusammengezimmert. Von der Decke hing eine Hängematte, die er sich aus einem alten Fischernetz gebastelt hatte. Draußen brummte ein Generator.

»Unglaublich, was Sie aus diesem alten Bunker gemacht haben«, bemerkte ich, als ich zum ersten Mal dort war. »Früher war das nur ein mit Sand gefüllter Betonklotz.«

»Tja, ich konnte schließlich nicht ewig bei Capucine wohnen«, sagte er. »Die Leute fingen schon an zu reden.« Nachdenklich fuhr er mit dem Fuß über das Mosaik aus Muscheln, das er in den Betonboden eingelassen hatte. »Aber für einen Schiffbrüchigen geht's mir gar nicht schlecht«, meinte er. »Ich habe alles, was ich brauche.«

Ich meinte, einen wehmütigen Unterton in seiner Stimme zu hören. »Schiffbrüchiger? So sehen Sie sich selbst?«
Flynn lachte. »Vergessen Sie's.«
Ich vergaß es nicht; doch ich wusste, dass ich ihn unmöglich zum Reden bringen konnte, wenn er es nicht wollte. Aber sein Schweigen hielt mich nicht davon ab, mir meine eigenen Gedanken zu machen. War er nach Le Devin gekommen, weil er mit dem Gesetz in Konflikt geraten war? Gut möglich. Leute wie Flynn bewegten sich leicht am Rande der Legalität, und ich hatte mich schon oft gefragt, wie er ausgerechnet auf Le Devin gelandet war, einer Insel, die so klein ist, dass man sie auf kaum einer Landkarte findet.
»Flynn«, sagte ich schließlich.
»Ja?«
»Wo sind Sie geboren?«
»In einem Dorf wie Les Salants«, sagte er leichthin. »In einem kleinen Dorf an der Küste von Kerry. Es gibt dort einen Strand, und das ist auch schon alles.«
Er war also doch kein Engländer. Ich überlegte, was für falsche Schlüsse ich sonst noch über ihn gezogen hatte. »Werden Sie je zurückgehen?« Wahrscheinlich konnte ich mir nur schwer vorstellen, dass er keine Sehnsucht nach seinem Geburtsort hatte, so wie ich.
»Zurück? Um Gottes willen, bloß nicht! Was sollte mich dorthin ziehen?«
Ich sah ihn an. »Was hat Sie hierher gezogen?«
»Ich bin auf der Suche nach einem Piratenschatz«, raunte Flynn mir geheimnisvoll zu. »Millionen Francs – ein Vermögen – in Dublonen. Sobald ich ihn gefunden habe, mach ich die Fliege. Und dann geht's ab nach Las Vegas.« Er grinste breit. Wieder einmal hatte ich das Gefühl, als würde etwas Wehmütiges in seiner Stimme mitklingen.
Ich sah mich noch einmal um, und zum ersten Mal fiel mir auf, dass sich trotz aller Gemütlichkeit kein einziger persönlicher Gegenstand in dem Raum befand; kein Foto, kein Buch, kein Brief. Er kann morgen fortgehen, sagte ich mir, ohne eine Spur zu hinterlassen.

27

In den folgenden Wochen wurde das Wetter zusehends schlechter. Die Arbeit musste für drei Tage unterbrochen werden. Wir hatten inzwischen Halbmond. Der Vollmond zur Tagundnachtgleiche bringt die Stürme. Das wussten wir, doch keiner verlor ein Wort darüber, und wir legten uns doppelt ins Zeug, um den Wettlauf mit der Zeit zu gewinnen.

Seit ich Brismand in Les Immortelles besucht hatte, war er ungewöhnlich schweigsam. Aber ich spürte seine Neugier und seine Wachsamkeit. Eine Woche nach unserem Gespräch hatte er mir einen Blumenstrauß geschickt mit einer Karte, auf der er mir anbot, für unbefristete Zeit in seinem Hotel zu wohnen, falls die Situation in Les Salants zu schwierig werden sollte. Er schien nichts über unsere Pläne zu wissen und nahm an, dass ich damit beschäftigt war, das Haus für GrosJean in Ordnung zu bringen. Er lobte meine Loyalität meinem Vater gegenüber, ließ mich aber deutlich spüren, wie sehr ihn mein mangelndes Vertrauen in ihn kränkte. Er hoffe, dass ich Freude an dem roten Kleid hätte, schrieb er, und dass wir uns sicherlich bald noch einmal sehen würden. Aber das rote Kleid lag unausgepackt im untersten Fach meines Kleiderschranks. Ich hatte mich noch nicht ein einziges Mal getraut, es anzuziehen. Abgesehen davon hatte ich bei all der Arbeit an dem künstlichen Riff gar keine Gelegenheit, es zu tragen.

Flynn hatte sich mit ganzem Herzen in das Projekt gestürzt. Egal, wie hart wir anderen arbeiteten, Flynn legte immer noch eins drauf, schleppte Reifen, führte Tests durch, studierte seine Zeichnungen, trieb Saumselige zur Arbeit an. Nie zeigte er Ermüdungserscheinungen. Selbst als die Herbststürme einsetzten, fast eine Woche vor der Zeit, verlor er nicht den Mut. Als wäre er selbst ein Salannais, der um sein kleines Stückchen Land kämpfte.

»Warum machen Sie das eigentlich?«, fragte ich ihn eines Abends spät, als er wieder einmal in der Bootswerkstatt damit beschäftigt war, die fertigen Bauelemente zu überprüfen. »Ich weiß noch, wie Sie behauptet haben, das sei alles zwecklos.«

Wir waren allein in der Werkstatt. Das flackernde Licht von der einzelnen Neonröhre an der Decke reichte kaum aus, um arbeiten zu können. Der Gestank nach Fett und Gummi, den die Reifen verströmten, verschlug uns fast den Atem. Flynn war auf das Element geklettert, das er überprüfte, sah mich mit zusammengekniffenen Augen an. »Ist das eine Beschwerde?«

»Natürlich nicht. Ich frage mich nur, was den Gesinnungswandel bewirkt hat.«

Flynn zuckte die Achseln und schob sich ein paar Strähnen aus den Augen. Im kalten Neonlicht wirkten seine Haare noch roter und sein Gesicht noch blasser als gewöhnlich. »Sie haben mich auf die Idee gebracht, das ist alles.«

»Ich?«

Er nickte. Albernerweise machte mich der Gedanke, als Katalysator fungiert zu haben, richtig stolz. »Mir ist einfach klar geworden, dass GrosJean und die anderen, wenn man ihnen ein bisschen Hilfestellung leistet, noch ziemlich lange in Les Salants zurechtkommen können«, sagte er, während er die Befestigungsklemmen an einem Drahtseil mit einer schweren Zange zusammendrückte. »Und da habe ich mir gesagt, ich helfe ihnen einfach ein bisschen auf die Sprünge.«

Die anderen. Ihnen. Mir fiel auf, dass er niemals *wir* sagte, obwohl man ihn bereitwilliger als mich in die Dorfgemeinschaft aufgenommen hatte. »Und was ist mit Ihnen?«, fragte ich. »Werden Sie bleiben?«

»Vorerst.«

»Und dann?«

»Wer weiß?«

Ich sah ihn einen Moment lang an, versuchte, seine Gleichgültigkeit einzuschätzen. Orte, Menschen – nichts schien ihm etwas zu bedeuten, als könnte er sich durchs Leben bewegen wie ein Stein durch Wasser, rein und unberührt. Er kletterte von dem Element, säuberte die Zange und legte sie zurück in die Werkzeugkiste.

»Sie sehen müde aus.«

»Das ist das Licht.« Erneut schob er sich die Haare aus dem Gesicht und beschmierte sich dabei die Wange mit schwarzem Öl. Ich wischte es ab.

»Als ich Sie kennen lernte, habe ich Sie für einen arbeitsscheuen Nichtstuer gehalten. Aber ich habe mich offenbar geirrt.«

»Nett, dass Sie das sagen.«

»Ich habe mich auch noch nie bei Ihnen bedankt für alles, was Sie für meinen Vater getan haben.«

Allmählich wirkte er verlegen. »Nicht der Rede wert. Er hat mir das *Blockhaus* zur Verfügung gestellt. Ich war ihm was schuldig.« Sein Ton sagte mir, dass er keine weiteren Dankesbezeugungen mehr hören wollte. Aber aus irgendeinem Grund wollte ich ihn noch nicht gehen lassen.

»Sie reden nicht viel über Ihre Familie«, sagte ich, während ich die Plane wieder über das Bauelement zog.

»Das liegt daran, dass ich nicht oft an sie denke.«

Schweigen. Ich überlegte, ob seine Eltern vielleicht tot waren, ob er um sie trauerte, ob er überhaupt andere Verwandte hatte. Einmal hatte er von einem Bruder gesprochen, in einem abschätzigen Ton, der mich an Adrienne erinnerte. Es gab offenbar niemanden, dem er sich verbunden fühlte. Vielleicht gefällt es ihm besser so, dachte ich, ein Leben ohne Bindung, ohne Verantwortlichkeiten. Wie eine Insel. »Warum tun Sie es?«, fragte ich schließlich noch einmal. »Warum helfen Sie uns?«

Wieder zuckte er die Achseln. »Wer weiß?«, sagte er beinahe ungehalten. »Es ist eine notwendige Maßnahme. Wahrscheinlich mach ich's, weil es einfach nötig ist. Weil ich es kann.«

Weil ich es kann. Dieser Satz sollte mich noch lange verfolgen. In jenem Augenblick deutete ich die Worte als ein Zeichen seiner Verbundenheit mit Les Salants und plötzlich empfand ich tiefe Zuneigung für ihn, für seine scheinbare Gleichgültigkeit, für seine Gelassenheit, für die methodische Ruhe, mit der er das Werkzeug aufräumte, obwohl er halb tot vor Müdigkeit war. Rouget, der nie Partei ergriff, war auf unserer Seite.

28

Wir hatten die letzten Elemente im Bootsschuppen fertig gestellt und bereiteten uns darauf vor, sie an der vorgesehenen Stelle in Position zu bringen. Die Betonverankerungen und sechs fertige Elemente waren bereits vor La Jetée installiert, jetzt brauchten wir nur noch die restlichen Teile auf dem Anhänger ans Ufer zu bringen, sie dann mit dem Boot hinauszuschleppen und mit Drahtseilen an den Betonklötzen zu vertäuen. Wir würden noch ein bisschen experimentieren müssen, vielleicht ein paar Drahtseile verkürzen oder verlängern, die Elemente noch einmal ausrichten. Wahrscheinlich würde es eine Weile dauern, bis wir heraushatten, wie wir am besten vorgingen. Aber danach, meinte Flynn, würde das künstliche Riff mit Hilfe des Winds seine Position von allein finden, und dann konnten wir nur noch abwarten, was passierte.

Fast eine Woche lang herrschten zu hoher Seegang und zu starker Wind, als dass wir La Jetée hätten erreichen können. Der Sturm war so heftig, dass riesige Sandwolken von der Düne aufwirbelten. Er riss Fensterläden ab, trieb die Flut fast bis in die Straßen von Les Salants und peitschte die Wellen vor der Pointe Griznoz zu weißem Schaum. Selbst die *Brismand 1* lief nicht aus, und wir fragten uns besorgt, ob der Wind wohl rechtzeitig so weit nachlassen würde, dass wir die Arbeiten am Riff beenden konnten.

Alain war pessimistisch. »In acht Tagen ist Vollmond. Vorher ändert das Wetter sich nicht.«

Flynn schüttelte den Kopf. »Wir brauchen nur einen Tag, um es zu schaffen«, sagte er. »Bei Ebbe schleppen wir das Zeug raus. Es ist alles fertig und zum Abtransport bereit. Von da an müsste das Riff sich allein ausrichten.«

»Aber die Gezeiten sind nicht richtig«, protestierte Alain. »Um diese Jahreszeit geht das Wasser nicht weit genug zurück. Und der Wind, der vom Meer herkommt, macht die Sache nicht besser, oder? Er treibt die Flut glatt vorwärts.«

»Wir kriegen das schon hin«, erklärte Omer tapfer. »Wir geben doch jetzt nicht auf, wo wir unser Ziel beinahe erreicht haben.«

»Die Arbeit ist getan«, stimmte Xavier zu. »Das ist jetzt nur noch der letzte Schliff.«

Matthias warf ihm einen spöttischen Blick zu. »Eure *Cécilia* hält das nicht durch«, sagte er knapp. »Ihr habt ja gesehen, was mit der *Eleanore* und der *Korrigane* passiert ist. Diese Boote sind für so einen rauen Seegang einfach nicht gemacht. Wir sollten auf eine Windstille warten.«

Also gingen wir in Angélos Bar und warteten, trübsinnig wie Trauernde bei einer Totenwache. Einige der älteren Männer spielten Karten. Capucine saß mit Toinette in einer Ecke und tat so, als blätterte sie interessiert in einer Zeitschrift. Jemand warf einen Franc in die Musikbox. Angélo spendierte Freibier, aber kaum jemand trank. Stattdessen verfolgten wir mit grimmiger Miene den Wetterbericht; die gezeichneten Gewitterwolken jagten einander über die Karte von Frankreich, während eine gut gelaunte Ansagerin zur Vorsicht riet. Gar nicht weit entfernt, auf der Île de Sein, hatte die Flut bereits ganze Häuser fortgerissen. Draußen donnerte es, und Blitze zuckten über den dunklen Himmel. Es war Nacht, die Ebbe hatte ihren tiefsten Stand erreicht. Der Wind roch nach Pulverdampf.

Flynn trat vom Fenster weg, wo er eine ganze Weile gestanden hatte. »Es geht los«, sagte er. »Morgen ist es vielleicht zu spät.«

Alain musterte ihn. »Wollen Sie damit etwa sagen, dass wir es heute Abend noch riskieren sollen?«

Matthias griff nach seinem Glas und lachte spöttisch. »Sie haben doch gesehen, was da draußen los ist, oder, Rouget?«

Flynn zuckte die Achseln und sagte nichts.

»Also, mich kriegt heute keiner mehr da raus«, erklärte der alte Mann. »Im Dunkeln auf La Jetée, wenn ein Sturm sich zusammenbraut und die Flut bald kommt. Da muss man ja lebensmüde sein. Oder glauben Sie vielleicht, die Heilige wird Sie beschützen?«

»Ich glaube, die Heilige hat genug getan«, sagte Flynn. »Von jetzt an liegt alles in unserer Hand. Und ich schätze, wenn wir diese Sache überhaupt zu Ende bringen wollen, dann sollten wir es jetzt tun. Wenn wir die Bauelemente da draußen nicht bald sichern, ist alles verloren.«

Alain schüttelte den Kopf. »Nur ein Verrückter würde in so einer Nacht da rausfahren.«

Aristide lachte höhnisch auf. »Es ist wohl zu gemütlich hier drinnen, was? Ihr Guénolés seid doch alle gleich. Lieber in der Bar sitzen und Pläne schmieden, während das Leben sich draußen abspielt. Ich bin dabei«, sagte er und stand mühsam auf. »Und wenn ich nur die Lampe halte.«

Augenblicklich war Matthias auf den Beinen. »Du kommst mit mir«, raunzte er Alain an. »Ich lasse mir nicht von einem Bastonnet sagen, ein Guénolé fürchtet sich vor einem bisschen Wasser und einem bisschen Arbeit. Los, mach dich fertig! Wenn ich bloß noch meine *Korrigane* hätte, dann würden wir nur halb so lange brauchen, aber das lässt sich nun mal nicht ändern. Ich ...«

»Gegen meine *Péoch* hat deine *Korrigane* doch ausgesehen wie ein gestrandeter Wal«, eiferte sich Aristide. »Ich weiß noch, wie ...«

»Also, gehen wir jetzt oder nicht?«, fragte Capucine und stand auf. »Ich erinnere mich noch an Zeiten, da konntet ihr beide mehr, als euch nur die Köpfe heiß reden!«

Aristide sah sie aus den Augenwinkeln an und errötete unter seinem Schnurrbart.

»He, La Puce, das ist nichts für dich«, knurrte er. »Ich und mein Junge …«

»Da müssen wir alle mit anpacken«, erwiderte Capucine und zog ihre Jacke über.

Wir haben mit Sicherheit ein seltsames Bild abgegeben, als wir durch das seichte Wasser auf La Jetée zuwateten. Ich lenkte den Kran, dessen Scheinwerfer ein gespenstisches Licht verbreitete und die Schatten der Leute auf dem Wasser tanzen ließ, und zog den Anhänger mit der *Cécilia* hinter mir her. Ich fuhr bis ans Wasser. Das flache Austernboot schwamm problemlos im seichten Wasser und ließ sich gut vom Ufer aus beladen. Mit Hilfe des Krans hoben wir ein Element auf das Boot. Die *Cécilia* schwankte und wurde von dem Gewicht nach unten gedrückt, konnte die Last aber tragen. Zwei Männer hielten die Ladung im Gleichgewicht. Weitere Freiwillige halfen, die *Cécilia* ins tiefere Wasser zu ziehen und zu schieben. Ganz langsam, angetrieben von dem kleinen Motor und gesteuert mit Hilfe der langen Ruder, bewegte das Austernboot sich auf La Jetée zu. Viermal wiederholten wir die schwierige Prozedur, dann setzte die Flut ein.

Danach bekam ich nicht mehr viel von der Aktion mit. Meine Aufgabe hatte darin bestanden, die Elemente des Riffs bis zum Wasser zu transportieren und anschließend den Kran und den Anhänger zurück auf sicheres Terrain zu bringen. Von weitem sah ich die Lichter der Laternen und die Umrisse der *Cécilia* auf dem Wasser, doch nur hin und wieder, wenn der Wind abflaute, hörte ich erregte Stimmen.

Die Flut stieg jetzt immer rascher. Da ich ohne Boot nicht zu den anderen gelangen konnte, beobachtete ich das Geschehen mit einem Fernglas von der Düne aus. Ich wusste, dass die Zeit knapp wurde. Auf Le Devin kommt die Flut mit rasender Geschwindigkeit – vielleicht nicht so schnell wie am Mont Saint-Michel, wo die Wellen wie galoppierende Pferde auf die Küste zustürmen, aber auf jeden Fall schneller, als ein Mensch laufen kann. Da kann man leicht von der Flut überrollt werden, und zwischen der Pointe Griznoz und La Jetée sind die Strömungen sehr gefährlich.

Ich biss mir auf die Lippen. Es dauerte zu lange. Ich verfolgte die sechs Gestalten draußen auf La Jetée: die Bastonnets, die Guénolés und Flynn. Eigentlich zu viele für ein Boot von der Größe der *Cécilia*. Inzwischen mussten sie allmählich den Boden unter den Füßen verlieren. Ich sah sich bewegende Lichter auf den Sandbänken, gefährlich weit von der Küste entfernt. Ein verabredetes Zeichen. Alles lief nach Plan. Aber es dauerte zu lange.

Später berichtete Aristide mir, wie sich alles zugetragen hatte. Die Kette, die eins der Elemente in seiner Verankerung hielt, war in die Schraube des Bootsmotors geraten und hatte sie blockiert. Die Flut stieg. Ein Problem, das in seichtem Wasser leicht zu lösen gewesen wäre, erschien nun fast unüberwindlich. Alain und Flynn mühten sich im Wasser mit der verhakten Kette ab, und stützten sich dabei auf das unfertige Riff. Aristide hockte im Bug der *Cécilia* und sah ihnen zu.

»Rouget!«, rief er, als Flynn nach einem weiteren erfolglosen Versuch, die Kette zu lösen, aus dem Wasser auftauchte. Flynn sah ihn fragend an. Er hatte Jacke und Mütze abgelegt, um sich freier bewegen zu können. »Es hat keinen Zweck«, knurrte Aristide. »Nicht bei dem Wetter.«

Alain blickte auf und bekam eine Welle mitten ins Gesicht. Hustend und fluchend ging er unter Wasser.

»Am Ende werdet ihr noch da unten eingeklemmt«, beharrte Aristide. »Wenn der Wind die *Cécilia* auf das Riff drückt ...«

Flynn holte tief Luft und tauchte wieder. Alain hievte sich ins Boot.

»Wir müssen bald zurück, sonst müssen wir noch zwischen den Felsen anlegen!«, schrie Xavier.

»Wo ist Ghislain?«, fragte Alain, während er sich schüttelte wie ein Hund.

»Hier! Alle sind im Boot, bis auf Rouget.«

Die Wellen wurden immer höher. Jenseits von La Jetée

baute sich eine massive Dünung auf, und im Licht der Laternen konnten sie die Strömung sehen, die in Richtung Pointe Griznoz verlief und an Gewalt zunahm, je höher das Wasser stieg. Wo vorher noch seichte Stellen gewesen waren, erstreckte sich jetzt die offene See, und der Sturm kam immer näher. Selbst ich spürte es. Die Luft war erfüllt von statischer Elektrizität. Etwas versetzte der *Cécilia* einen Ruck – ein Teil des noch nicht befestigten Riffs –, und Matthias fiel fluchend auf den Hintern. Alain, der im dunklen Wasser nach Flynn Ausschau hielt, wäre beinahe über Bord gegangen.

»Das funktioniert so nicht«, sagte er. »Wenn wir die letzten Drahtseile nicht befestigen können, reißt das Riff sich selbst in Stücke.«

»Rouget!«, rief Aristide. »Rouget, alles in Ordnung?«

»Die Schraube ist frei!«, rief Ghislain vom Heck aus. »Rouget muss es geschafft haben.«

»Wo zum Teufel ist er hin?«, knurrte Aristide.

»Wir müssen bald zurück«, beharrte Xavier. »Es wird jetzt schon schwierig sein, an der Küste anzulegen. Pépé«, sagte er zu Aristide, »wir müssen wirklich auf der Stelle zurück!«

»Nein. Wir warten noch.«

»Aber Pépé …«

»Ich hab gesagt, wir warten!« Aristide schaute Alain an. »Keiner wird mir nachsagen, ein Bastonnet hätte einen Freund im Stich gelassen.«

Alain hielt seinem Blick stand, dann bückte er sich, um ein Seil aufzuwickeln, das zu seinen Füßen lag.

»Rouget!«, schrie Ghislain aus vollem Hals.

Eine Sekunde später tauchte Flynn auf, an der falschen Seite der *Cécilia*. Xavier sah ihn als Erster. »Da ist er!«, schrie er. »Zieht ihn rein!«

Er brauchte Hilfe. Es war ihm gelungen, die Kette unter dem Boot zu befreien, aber jetzt musste das Riff ausgerichtet werden. Jemand musste die Elemente lange genug zusammenhalten, damit er die Befestigungen einschnappen lassen konnte. Ein gefährliches Unterfangen: Man konnte leicht zwischen den einzelnen Teilen zerquetscht werden, falls ein Windstoß sie gegeneinander drückte. Außerdem war das Riff jetzt unter Wasser. In diesen fünf Fuß tiefen schwarzen Fluten war das Arbeiten eher einem lebensgefährlichen Glücksspiel gleichzusetzen.

Alain zog seine Jacke aus. »Ich mach das«, erklärte er. Ghislain wollte an seiner Stelle einspringen, aber sein Vater hielt ihn zurück. »Nein. Lass mich das machen«, sagte er und ließ sich mit den Füßen voraus ins Wasser gleiten. Die Männer im Boot reckten die Hälse, um zuzusehen, aber die *Cécilia*, von ihrem Hindernis befreit, trieb bereits vom Riff weg.

Die Flut stieg weiter an. Inzwischen war nur noch ein schmaler Streifen Schlamm übrig, auf dem das Boot anlegen konnte. Schon bald würden nur noch Felsen da sein, und mit dem Wind im Rücken würden die Männer zwischen den Felsen und dem aufkommenden Sturm festsitzen. Ich hörte einen unheimlichen Schrei von der *Cécilia*, die Laterne bewegte sich hektisch hin und her, und durch mein Fernglas beobachtete ich, wie zwei Männer an Bord gehievt wurden. Aus der Entfernung konnte ich nicht erkennen, ob alles in Ordnung war oder nicht. Kein Signal folgte dem Schrei.

Ungeduldig beobachtete ich von La Goulue aus, wie die *Cécilia* langsam auf die Küste zukam. Blitze durchzuckten den dunklen Himmel. Der Mond, schon fast voll, verschwand hinter einer Wolkenwand.

»Sie schaffen es nicht«, sagte Capucine mit einem Blick auf den immer schmaler werdenden Streifen Land.

»Sie versuchen gar nicht, die Pointe Griznoz zu erreichen«, sagte Omer. »Ich kenne Aristide. Er hat immer gesagt, wenn die Gefahr besteht, dass man strandet, soll man La Goulue ansteuern. Das ist zwar weiter, aber die Strömungen sind dort nicht so stark, und man findet einen sichereren Anlegeplatz an der dortigen Küste.«

Er hatte Recht. Eine halbe Stunde später umrundete die *Cécilia* die Pointe Griznoz. Sie schaukelte zwar ein bisschen, aber sie lag noch gut im Wasser und steuerte auf La Goulue zu. Wir rannten ihr entgegen, doch wir wussten immer noch nicht, ob es den Männern gelungen war, das Riff fertig zu stellen, oder ob sie es der Flut und dem wütenden Sturm hatten überlassen müssen.

»Schaut, da ist sie!«

Die *Cécilia* hatte die Bucht erreicht. Weiter draußen bildeten sich Schaumkronen auf den hohen Wellen, von dem Gewitterhimmel gespenstisch erleuchtet. Innerhalb der Bucht war die See ziemlich ruhig. Eine Bake flackerte kurz auf und tauchte die Männer in rotes Licht. Als der Wind für einen Moment abflaute, konnte ich sie singen hören.

Ihr Gesang hatte etwas seltsam Unheimliches, da draußen in der Kälte bei dem aufziehenden Sturm. Das Licht in Aristides Laterne brannte noch, und als sie näher kamen, konnte ich die Gesichter der sechs Männer erkennen. Alain und Ghislain in ihren langen Joppen und Xavier, der am Heck stand. Neben ihm saßen Aristide Bastonnet und Matthias Guénolé. Vor dem aufgewühlten Himmel erinnerte die Szene an ein Gemälde voller Dramatik, etwa im Stil von von John Martin: die beiden alten Männer mit ihren langen Haaren und ihren kriegerischen Schnurrbärten, in ihren Gesichtern ein Ausdruck grimmigen Triumphs. Erst später wurde mir bewusst, dass ich Matthias und Aristide tatsächlich zum ersten Mal so einträchtig nebeneinander sitzen sah oder gemeinsam singen hörte. Für ein oder zwei Stunden waren die beiden Feinde vielleicht nicht zu Freunden, aber immerhin zu Verbündeten geworden.

Ich watete der *Cécilia* entgegen. Mehrere Männer sprangen ins Wasser, um das Boot an Land zu ziehen. Flynn war unter ihnen. Er klopfte mir auf die Schulter, als ich am Bug der *Cécilia* zog. Trotz der Erschöpfung leuchteten seine Augen. Vor Kälte zitternd schlang ich die Arme um ihn.

Flynn lachte. »Was ist denn in Sie gefahren?«

»Sie haben's also geschafft?« Meine Stimme zitterte.

»Klar.«

Er fühlte sich eiskalt an, und er roch nach nasser Wolle.

Vor Erleichterung bekam ich weiche Knie, und ich klammerte mich so fest an ihn, dass wir beinahe ins Wasser gefallen wären. Seine Haare schlugen mir ins Gesicht. Sein Mund schmeckte nach Salz, und seine Lippen waren heiß.

Ghislain stand im Bug der *Cécilia* und berichtete, wie Alain und Rouget abwechselnd unter das Riff getaucht waren, um die letzten Drahtseile zu befestigen. Weiter oben hatten sich ein paar Dörfler versammelt – ich konnte Angélo, Charlotte, Toinette, Désirée und meinen Vater unter ihnen ausmachen. Ein paar Kinder mit Fackeln brachen in Jubelrufe aus. Jemand schoss eine Leuchtrakete ab, die über die Felsen auf das Wasser zuschlitterte. Angélo schrie: »Freibier für alle! Wir trinken auf Sainte-Marine!«

Alle stimmten ein. »Lang lebe Les Salants!«

»Nieder mit La Houssinière!«

»Ein Hoch auf Rouget!«

Das war Omer, der sich an mir vorbeischob, um den Bug des Boots zu erreichen. Er und Alain nahmen Flynn auf ihre Schultern. Ghislain und Xavier schlossen sich ihnen an. Flynn ritt grinsend auf ihren Schultern.

»Der Ingenieur!«, rief Aristide.

»Wir wissen doch noch gar nicht, ob das Riff funktioniert«, sagte der Gefeierte, immer noch lachend. Ein Donner übertönte ihn. Jemand rief etwas Trotziges in den Himmel. Als würde der Himmel antworten, fing es an zu regnen.

29

Es folgte eine Zeit der Unsicherheit, sowohl für mich als auch für die anderen. Erschöpft von der wochenlangen Schufterei, verfielen wir in eine seltsame Lethargie. Wie waren zu müde, um zu arbeiten, und zu nervös, um zu feiern. Mehrere Wochen vergingen in diesem Zustand der Unruhe. Wir harrten der Dinge wie Möwen, die auf die nächste Flut warten.

Alain redete davon, sich ein neues Boot anzuschaffen. Nach dem Verlust der *Korrigane* hatten die Guénolés den Fischfang eingestellt, und obwohl sie ihr Unglück mit Fassung trugen, wussten alle im Dorf, dass die Familie hoch verschuldet war. Nur Ghislain wirkte optimistisch; ich sah ihn mehrmals in La Houssinière, wo er sich in seinen grellbunten T-Shirts in der Nähe des Chat Noir herumtrieb. Falls Mercédès beeindruckt war, ließ sie es sich jedenfalls nicht anmerken.

Niemand verlor ein Wort über das Riff. Bisher hatte es gehalten, und, wie Flynn vorausgesagt hatte, seine Position von selbst gefunden, doch aus Angst, das Schicksal herauszufordern, wagte niemand, offen darüber zu sprechen. Die meisten machten sich keine allzu großen Hoffnungen. Doch auf dem Friedhof war das Wasser abgeflossen. Les Salants war bis auf das niedrig gelegene Marschland trocken, und den ganzen November über richtete die Flut weder in La Bouche noch in La Goulue weiteren Schaden an.

Niemand sprach seine Hoffnungen allzu laut aus. Einem Außenstehenden wäre Les Salants völlig unverändert erschienen. Aber Capucine erhielt eine Ansichtskarte von ihrer Tochter, die auf dem Festland lebte; Angélo begann, seine Bar zu renovieren; Omer und Charlotte bargen das Wintergemüse; und Désirée Bastonnet fuhr nach La Houssinière und telefonierte länger als eine Stunde mit ihrem Sohn Philippe in Marseille.

Keines dieser Ereignisse war von großer Bedeutung. Zumindest nicht so bedeutungsvoll, um daraus den Schluss zu ziehen, dass unser Glück sich gewendet hatte. Aber irgendetwas lag in der Luft; ein Gefühl des Aufbruchs, als wäre etwas in Bewegung geraten.

Auch GrosJean hatte sich verändert. Zum ersten Mal seit meiner Ankunft auf der Insel interessierte er sich wieder für seine alte Bootswerkstatt, und als ich eines Tages nach Hause kam, stand er in seiner Latzhose im Schuppen und sortierte seine rostigen Werkzeuge. An einem anderen Tag begann er, das Ersatzteillager aufzuräumen. Einmal besuchten wir gemeinsam P'titJeans Grab und verteilten frischen Kies um den Grabstein. Dann pflanzten wir noch ein paar Krokuszwiebeln, die er in der Hosentasche mitgebracht hatte. Eine Zeit lang war es fast wie früher, als ich meinem Vater in der Bootswerkstatt geholfen hatte, während Adrienne mit meiner Mutter in La Houssinière war. Das waren kostbare Stunden. Manchmal gingen wir auch nach La Goulue zum Fischen oder ließen kleine Bötchen auf dem Bach schwimmen, als wäre ich der Sohn, den er sich immer gewünscht hatte.

Nur Flynn wirkte völlig unverändert. Er führte sein gewohntes Leben, als hätte das Riff nichts mit ihm zu tun. Und dennoch, so sagte ich mir, hat er in jener Nacht draußen auf La Jetée sein Leben riskiert. Ich verstand ihn überhaupt nicht. Er hatte etwas Zwiespältiges an sich, trotz seiner lockeren Art, da war dieser Kern in seinem Inneren, zu dem er mir keinen Zugang gewährte. Es beunruhigte mich wie ein Schatten im tiefen Wasser. Aber wie alle Tiefen zog es mich an.

Unser Schicksal wendete sich am 21. Dezember um halb neun Uhr morgens. Ich hörte, wie der Wind plötzlich nachließ. Die letzte und höchste Flut des Monats gab endlich am Riff vor La Jetée auf. Wie jeden Tag war ich allein nach La Goulue hinausgegangen, um nach Anzeichen für Veränderungen Ausschau zu halten. Die grasgrünen Kieselsteine glänzten im Licht der fahlen Dämmerung, und als das Meer sich zurückzog, konnte man weiter draußen das Watt sehen. Ein paar *bouchots* – hölzerne Pfähle, mit denen die alten Austernbänke markiert werden –, die den Winter überstanden hatten, ragten aus dem Wasser. Als ich näher kam, bemerkte ich das Strandgut, das in der Nacht angespült worden war: ein Stück Seil, ein Hummerkorb und ein alter Turnschuh. In einer Pfütze zu meinen Füßen kroch eine grüne Napfschnecke.

Sie lebte. Das war ungewöhnlich. Die Gezeiten vor La Goulue sind so rau, dass sich hier kaum Seegetier ansiedelt. Manchmal werden Seeigel angespült oder Quallen, die wie liegen gebliebene Plastiktüten am Strand vertrocknen. Ich bückte mich, um die Steine zu meinen Füßen näher zu betrachten. Eingebettet in Schlamm, bildeten sie einen breiten, glitschigen Kiesstreifen, der das Gehen gefährlich machte. Aber heute entdeckte ich etwas Neues. Etwas, das gröber war als der übliche Schlick, etwas Helles, das wie Glimmerstaub auf den Kieseln schimmerte.

Sand.

Insgesamt war es natürlich kaum eine Hand voll. Dennoch war es Sand, der bleiche Sand von La Jetée. Ich würde ihn überall erkennen.

Ich sagte mir, es hätte nichts zu bedeuten. Ein dünner Film, von der Flut angespült, mehr nicht. Es hat wahrlich nichts zu bedeuten.

Aber es bedeutete alles.

So viel ich konnte, kratzte ich zusammen – ein kleines Häufchen in meiner Handfläche – und rannte den Pfad zum *Blockhaus* hinauf. Flynn war der Einzige, der begreifen würde, was diese wenigen Sandkörner aussagten. Flynn, der auf meiner Seite war. Ich fand ihn halb angezogen vor, eine Tasse Kaffee in der Hand. Der Beutel, den er zum Strandgutsammeln benutzte, lag neben der Tür bereit. Er wirkte müde und ungewohnt lustlos, als ich atemlos hereinstürmte.

»Wir haben es geschafft! Sehen Sie nur!« Ich streckte meine offene Hand aus.

Er betrachtete die Sandkörner eine ganze Weile, dann zuckte er die Achseln und begann, sich seine Stiefel anzuziehen.

»Eine Hand voll Sand«, sagte er tonlos. »Gerade genug, dass es stört, wenn man ihn ins Auge kriegt.«

Meine Begeisterung war auf der Stelle verflogen. »Aber er zeigt, dass es funktioniert«, sagte ich. »Ihr Wunder. Es hat angefangen.«

Er lächelte nicht. »Ich wirke keine Wunder.«

»Der Sand ist doch der Beweis«, beharrte ich. »Sie haben das Ruder herumgerissen. Sie haben Les Salants gerettet.«

Flynn lachte spöttisch. »Herrgott, Mado!«, rief er. »Können Sie denn an nichts anderes mehr denken? Ist das wirklich Ihr Herzenswunsch – in diesem Dorf dazuzugehören? Zu diesem Haufen von Verlierern und abgehalfterten Fischern, die kein Geld und keine Freude haben, die sich an diese Insel klammern, bis sie alt und grau sind, die das Meer anbeten und darauf warten, dass sie irgendwann aussterben? Wahrscheinlich denken Sie, ich sollte dankbar dafür sein, dass ich hier gelandet bin, dass ich es als eine Art Privileg betrachten sollte …« Er brach ab, sein Zorn war plötzlich wie weggeblasen. Schweigend starrte er an mir vorbei aus dem Fenster. Das zornige Funkeln war aus seinen Augen verschwunden, als wäre es nie da gewesen.

Ich fühlte mich wie benommen, als hätte er mich geschlagen. »Ich dachte, es gefiele Ihnen hier«, sagte ich. »Hier bei den Verlierern und abgehalfterten Fischern.«

Er zuckte die Achseln, wirkte mit einem Mal verlegen. »Es gefällt mir auch«, sagte er. »Vielleicht zu sehr.«

Erneut verfiel er in Schweigen und schaute aus dem Fenster. In seinen schiefergrauen Augen spiegelte sich das Dämmerlicht. Dann schaute er mich an, öffnete meine Finger und strich den Sand auf meiner Handfläche glatt.

»Die Körner sind klein«, sagte er schließlich. »Sie enthalten eine Menge Glimmer.«

»Und?«

»Deswegen ist der Sand leicht. Er wird nicht liegen bleiben. Ein Strand braucht einen sicheren Untergrund – Steine, Kiesel und so –, damit der Sand sich festsetzt. Sonst wird er wieder fortgespült. Und das wird mit diesem Sand passieren.«

»Verstehe.«

Er bemerkte meinen Gesichtsausdruck. »Es bedeutet Ihnen sehr viel, nicht wahr?«

Ich erwiderte nichts.

»Ein Strand macht noch kein La Houssinière aus diesem Dorf.«

»Das weiß ich.«

Er seufzte. »Also gut. Ich werd's versuchen.«

Er legte seine Hände auf meine Schultern. Einen Augenblick lang schien alles möglich, es kam mir vor, als wäre die Luft statisch aufgeladen. Ich schloss die Augen, genoss seinen Geruch nach Thymian und alter Wolle, den Duft der Dünen am frühen Morgen. Es war ein leicht modriger Geruch, wie unter den Strandhütten in La Houssinière, wo ich mich als Kind versteckt und auf meinen Vater gewartet hatte. Ich sah Adriennes Gesicht vor mir, sah, wie sie mich beobachtete und mit ihrem rot geschminkten Mund angrinste. Hastig öffnete ich die Augen. Doch Flynn hatte sich bereits abgewandt.

»Ich muss los.« Er nahm seinen Beutel und zog sich seine Jacke über.

»Warum? Haben Sie schon eine Idee?« Ich spürte noch immer den Druck seiner Hände auf meinen Schultern. Ein warmer, geisterhafter Druck, und etwas in meinem Bauch schien darauf zu reagieren wie Blumen auf das Sonnenlicht.

»Vielleicht. Ich muss nachdenken.« Er ging auf die Tür zu.

»Was ist? Warum haben Sie es so eilig?«
»Ich muss in die Stadt. Ich will etwas aus Pornic bestellen, bevor die Fähre ablegt.« Er überlegte, dann breitete sich unvermittelt ein strahlendes Lächeln auf seinem Gesicht aus. »Wir sehen uns, Mado. Ich muss mich beeilen.«

Verwirrt folgte ich ihm nach draußen. Die sprunghaften Stimmungsschwankungen, die so extrem waren wie wechselhaftes Herbstwetter, waren nichts Neues. Aber irgendetwas lag ihm auf dem Magen, etwas, das nichts mit meinem plötzlichen Auftauchen bei ihm zu tun hatte. Es bestand jedoch kaum Hoffnung, dass er mir erzählen würde, was es war.

Plötzlich, als Flynn die Tür schloss, sah ich, wie sich etwas bewegte, ein weißes Hemd, draußen in den Dünen. Eine Gestalt auf dem Weg. Dann wurde sie von Flynns Körper verdeckt, und als er einen Schritt zur Seite trat, war die Gestalt schon wieder verschwunden. Doch obwohl ich nur einen flüchtigen Blick auf ihn erhascht und ihn nur von hinten gesehen hatte, meinte ich dennoch, ihn an seinem Gang erkannt zu haben, an seinem massigen Oberkörper und an der Art und Weise, wie er seine Fischermütze schräg auf dem Kopf trug.

Es ergab keinen Sinn. Dieser Weg führte nirgendwo hin, außer in die Dünen. Aber später, als ich den Weg entlangging, entdeckte ich die Spuren seiner Leinenschuhe im Sand, und da war ich mir sicher, dass ich richtig gesehen hatte. Brismand war vor mir bei Flynn gewesen.

30

Kaum war ich im Dorf angekommen, wusste ich, dass irgendetwas vorgefallen war. Es lag in der Luft – ein kaum wahrnehmbares Knistern, ein Hauch von Fremde. Ich war mit meiner Hand voll Sand den ganzen Weg von La Goulue gelaufen, hatte die Faust so fest zusammengepresst, dass die Sandkörner ein Muster in meine Handfläche gedrückt hatten. Als ich mich GrosJeans Bootswerkstatt näherte, spürte ich etwas Kaltes in meinem Innern, das mein Herz auf die gleiche Weise zusammenpresste.

Vor dem Haus standen fünf Leute, drei Erwachsene und zwei Kinder. Alle waren dunkelhäutig, und der Mann trug ein langes, irgendwie arabisch wirkendes Gewand unter einem schweren Wintermantel. Die Kinder – beides Jungen mit goldbrauner Hautfarbe, aber mit blonden, von der Sonne fast weiß gebleichten Haaren – waren etwa acht und fünf Jahre alt. Der Mann öffnete das Tor zum Hof, und die Frauen folgten ihm.

Eine der Frauen war klein und unscheinbar, mit einem gelben Tuch über dem Kopf. Sie schob die Kinder vor sich her und redete in einer Sprache auf sie ein, die ich nicht verstand.

Die andere Frau war meine Schwester.

»*Adrienne?*«

Als ich sie das letzte Mal gesehen hatte, war sie neunzehn

gewesen, frisch verheiratet, schlank, hübsch und auf ähnlich missmutige Art attraktiv wie Mercédès Prossage. Sie hatte sich kaum verändert, obwohl ich den Eindruck hatte, dass die Jahre sie ein wenig härter gemacht hatten. Sie wirkte wachsam, ihr Gesicht war kantiger geworden. Ihr langes Haar war strähnig und mit Henna gefärbt. An ihren braunen Handgelenken klimperten goldene Armreifen. Sie drehte sich um, als sie meine Stimme hörte.

»Mado! Du bist ja erwachsen geworden. Woher wusstest du, dass wir hier sind?« Als sie mich kurz umarmte, stieg mir der Duft von Patchouli in die Nase. Auch Marin küsste mich auf beide Wangen. Er sieht aus wie eine jüngere Version seines Onkels, dachte ich, aber sein Kinn war von einem zarten Flaum bedeckt, und er war schmal und drahtig. Von Claudes großspurigem, gefährlichem Charme besaß er keine Spur.

»Ich wusste es nicht.«

»Na ja, du kennst ja unseren Vater. Der redet ja nie viel.« Sie hob ihren jüngsten Sohn hoch, um ihn mir stolz vorzuführen. Der Kleine wand sich in ihren Armen. »Du hast meine kleinen Soldaten noch nie gesehen, stimmt's, Mado? Das ist Franck. Und das – das ist Loïc. Sag deiner Tante guten Tag, Loïc.«

Die beiden Jungen starrten mich mit ihren braunen Augen an, gaben jedoch keinen Mucks von sich. Die kleine Frau mit dem Kopftuch, vermutlich die Kinderfrau, redete hektisch auf Arabisch auf die Kinder ein. Weder Marin noch Adrienne stellten sie mir vor, und als ich sie begrüßte, schaute sie mich verblüfft an.

»Du hast hier einiges in Ordnung gebracht«, sagte Adrienne mit einem Blick über die Schulter. »Als wir das letzte Mal hier waren, war das Haus der reinste Saustall. Alles war total heruntergekommen.«

»Das letzte Mal?« Soweit ich wusste, waren Adrienne und Marin nie hierher gekommen.

Aber meine Schwester war bereits im Haus verschwunden. GrosJean stand am Küchenfenster und schaute hinaus.

Hinter ihm standen die Reste des Frühstücks auf dem Tisch
– Brot, kalter Kaffee, ein offenes Marmeladenglas –, die mich
geradezu vorwurfsvoll erwarteten.

Die Kinder beäugten ihn neugierig. Franck flüsterte Loïc
etwas auf Arabisch zu, und beide Jungs begannen zu
kichern. Adrienne trat auf ihn zu. »Papa?«

GrosJean drehte sich langsam um und schaute sie unter
schweren Augenlidern hervor an.

»Adrienne«, sagte er. »Schön, dich zu sehen.«

Und dann nahm er lächelnd die Kanne mit dem kalten
Kaffee vom Tisch und schenkte sich eine Tasse ein. Natürlich zeigte sich meine Schwester in keiner Weise überrascht
darüber, dass er sie begrüßte. Warum auch? Sie und Marin
umarmten ihn pflichtschuldigst. Die beiden Jungen blieben
kichernd in der Tür stehen. Die Kinderfrau lächelte freundlich, den Blick respektvoll gesenkt. GrosJean bedeutete mir,
frischen Kaffee aufzusetzen, was ich bereitwillig tat, froh,
mich beschäftigen zu können. Ungeschickt hantierte ich mit
dem Wasser, dem Zucker. Die Tassen schienen meinen Händen entgleiten zu wollen wie Fische.

Hinter mir erzählte Adrienne mit hoher, mädchenhafter
Stimme von ihren Kindern. Die Jungen spielten auf dem
Teppich vor dem offenen Kamin.

»Wir haben sie nach dir benannt, Papa«, erklärte Adrienne. »Nach dir und P'titJean. Sie sind auf die Namen JeanFranck und Jean-Loïc getauft, aber solange sie noch so klein
sind, rufen wir sie nur mit einem Namen. Du siehst, wir
haben nie vergessen, dass wir Salannais sind.«

»Aha.«

Selbst dieses Halbwort war eine Art Wunder. Wie viele
Male seit meiner Rückkehr nach Le Devin hatte GrosJean
direkt mit mir gesprochen? Ich drehte mich um, die Kaffeekanne in der Hand, aber mein Vater schaute den Kindern, die sich auf dem Teppich rauften, wie gebannt zu.
Franck bemerkte seinen Blick und streckte ihm die Zunge
heraus. Adrienne kicherte. »Mein kleines Äffchen.«

Mein Vater lachte in sich hinein.

Ich schenkte allen Kaffee ein. Die Jungen aßen Kuchen und schauten mich mit großen, braunen Augen an. Bis auf den Altersunterschied glichen sie sich wie Zwillinge mit ihren langen Wimpern, den dünnen Beinen und den runden Bäuchen unter ihren bunten Pullovern. Adrienne sprach liebevoll von den beiden, aber mir fiel auf, dass sie sich jedes Mal, wenn sich jemand um die Kinder kümmern musste – wenn klebrige Finger abgewaschen werden, laufende Nasen geputzt, benutzte Teller weggeräumt werden mussten –, an die Kinderfrau wandte.

»Ich habe mich schon so lange danach gesehnt, noch einmal nach Hause zu kommen«, seufzte sie und nippte an ihrem Kaffee. »Aber das Geschäft, Papa, und die Kinder – irgendwie haben wir nie die Zeit gefunden. Und in Tanger kann man einfach niemandem trauen, weißt du. Europäer werden schamlos ausgenutzt. Diebstahl, Vandalismus, Korruption – du machst dir ja keine Vorstellung. Man kann ihnen nicht eine Minute lang den Rücken kehren.«

GrosJean hörte aufmerksam zu. Er trank seinen Kaffee, die Tasse verschwand fast gänzlich in seiner großen Hand. Er bedeutete mir, ihm noch ein Stück Kuchen zu geben. Ich schnitt eins ab und reichte es ihm über den Tisch hinweg. Er bedankte sich nicht. Doch während Adrienne erzählte, nickte mein Vater hin und wieder, sagte dann und wann »Aha«. Für ihn grenzte das schon an Geschwätzigkeit. Dann berichtete Marin von seinem Geschäft in Tanger, von den antiken Keramikfliesen, die in Paris zurzeit der letzte Schrei waren, von den Exportmöglichkeiten, den Steuern, den unglaublich billigen Arbeitskräften, dem Kreis von französischen Auswanderern, dem sie angehörten, von der Rücksichtslosigkeit seiner Konkurrenten, den exklusiven Clubs, in denen sie verkehrten. Das Märchen ihres Lebens entfaltete sich vor uns wie ein Ballen bunter Seide. Basare, Swimmingpools, Bettler, Badehäuser, Bridge-Abende, Händler, billige Arbeiter. Diener für alles. Meine Mutter wäre beeindruckt gewesen.

»Die arbeiten richtig gern für uns, Papa. Das liegt am

Lebensstandard, der dort so lächerlich niedrig ist. Wir bezahlen ihnen mehr, als sie bei ihren Landsleuten verdienen würden. Die meisten sind wirklich dankbar.«

Ich schaute zu der kleinen Kinderfrau hinüber, die gerade Francks Gesicht mit einem feuchten Tuch abwischte. Dabei fragte ich mich, ob sie in Marokko eine eigene Familie hatte, ob sie ihr Zuhause vermisste. Franck wand sich und protestierte auf Arabisch.

»Natürlich haben wir auch schon Probleme gehabt«, fuhr Adrienne fort. Ein Feuer im Lagerhaus, das ein neidischer Konkurrent gelegt hatte. Ein Schaden von Millionen Francs. Diebstahl und Betrug durch skrupellose Angestellte. Antifranzösische Schmierereien auf den Wänden ihrer Villa. Die Fundamentalisten gewannen immer mehr Einfluss, erklärte sie, und sie versuchten, Fremden das Leben möglichst schwer zu machen. Schließlich mussten sie auch an die Kinder denken … Es war ihnen lange sehr gut gegangen, aber jetzt sei es an der Zeit, sich neu zu orientieren.

»Meine Jungs sollen die allerbeste Ausbildung bekommen, Papa«, verkündete sie. »Ich möchte, dass sie wissen, wer sie sind. Das ist mir das Opfer wert. Ich wünschte nur, Mama hätte erleben können …« Sie brach ab und sah mich an. »Du weißt ja, wie sie war«, fügte sie dann hinzu. »Sie ließ sich nichts sagen. Sie wollte noch nicht mal Geld annehmen. Sie war einfach zu stur.«

Ich schaute meine Schwester an, ohne zu lächeln. Ich musste daran denken, wie stolz meine Mutter auf ihre Putzstellen gewesen war, wie sie mir von den Hermès-Blusen erzählte, die sie gebügelt, von den Chanel-Kostümen, die sie aus der Reinigung geholt hatte, wie sie Kleingeld, das sie hinter den Sofakissen fand, in den Aschenbecher legte, weil sie es als Diebstahl betrachtet hätte, die Münzen einzustecken.

»Wir haben ihr so gut geholfen, wie wir konnten«, fuhr Adrienne fort, den Blick auf GrosJean gerichtet. »Das weißt du doch, oder? Wir haben uns solche Sorgen um dich gemacht, Papa, wo du doch hier allein zurechtkommen musst.«

Er machte eine gebieterische Geste: *mehr Kaffee*. Ich schenkte ihm ein.

»Wir werden vorerst in Nantes bleiben. Um alles zu regeln. Marin hat dort einen Onkel, Claudes Vetter Amand. Er ist auch im Antiquitätengeschäft. Er hat uns angeboten, bei ihm zu wohnen, bis wir eine feste Bleibe gefunden haben.«

Marin nickte. »Uns ist wichtig, dass die Jungs in eine gute Schule kommen. Jean-Franck spricht kaum Französisch, und sie müssen beide Lesen und Schreiben lernen.«

»Was ist mit dem Baby?«, fragte ich. Sie war schwanger gewesen, als meine Mutter starb. Andererseits sah sie nicht aus wie eine Frau, die vor kurzem ein Kind bekommen hatte. Adrienne war schon immer sehr schlank gewesen, jetzt war sie fast mager. Ihre Hände und Handgelenke wirkten knochig, und unter den Augen hatte sie dunkle Ränder.

Marin warf mir einen vorwurfsvollen Blick zu. »Adrienne hatte vor drei Monaten eine Fehlgeburt«, erklärte er mit seiner nasalen Stimme. »Wir sprechen nicht darüber.« Er sagte das so, als hätte ich etwas damit zu tun.

»Tut mir Leid«, murmelte ich.

Adrienne lächelte mich schmallippig an. »Ist schon gut«, sagte sie. »Nur eine Mutter kann das verstehen.« Sie streckte ihren dünnen Arm aus und tätschelte einem ihrer Kinder den Kopf. »Ich wüsste nicht, was ich ohne meine kleinen Engel täte«, seufzte sie.

Die Jungen kicherten und murmelten etwas auf Arabisch. GrosJean beobachtete sie, als könnte er sich gar nicht an ihnen satt sehen.

»Wir könnten in den Ferien zu Besuch kommen«, schlug Adrienne vor. »Wir könnten richtig schön lange bleiben.«

31

Sie blieben zwei Stunden. Adrienne nahm das Haus von oben bis unten unter die Lupe, Marin inspizierte die alte Bootswerkstatt, während GrosJean rauchte, Kaffee trank und die beiden Jungen mit leuchtenden Augen beobachtete.

Diese Jungs. Es hätte mich nicht wundern sollen. Er hatte immer davon geträumt, einen Sohn zu haben, und die Ankunft von Adrienne, einer Mutter von Söhnen, hatte unser friedliches Nebeneinander völlig durcheinander gebracht. GrosJean folgte den Jungen auf Schritt und Tritt, zerzauste ihnen hin und wieder die langen Haare, schob sie sanft vom offenen Feuer weg, wenn sie den Flammen zu nahe kamen, hob ihre Pullover vom Boden auf und legte sie ordentlich gefaltet auf einen Stuhl. Ich war unruhig, es war mir peinlich, neben der Kinderfrau zu sitzen und nichts zu tun zu haben. Die Hand voll Sand – inzwischen in meiner Hosentasche – machte mich nervös. Am liebsten wäre ich zurück nach La Goulue gegangen oder in die Dünen, wo ich hätte allein sein können, aber der Blick meines Vaters faszinierte mich. Dieser Blick, der mir hätte gelten sollen.

Schließlich konnte ich mich nicht länger zurückhalten. »Ich war heute Morgen in La Goulue.«

Keine Reaktion. Franck und Loïc rauften sich auf dem Boden wie Hundewelpen. Die Kinderfrau lächelte scheu, verstand aber offenbar kein Wort.

»Ich dachte, die Flut hätte vielleicht etwas angespült.«
GrosJean hob seine Tasse und trank sie schlürfend aus. Dann stellte er die leere Tasse ab und schob sie in meine Richtung, womit er mir sagen wollte, dass er noch mehr Kaffee wünschte.

Ich reagierte nicht. »Schau mal.« Ich zog die Hand aus der Hosentasche und hielt sie ihm hin. An meiner Handfläche klebten Sandkörner.

GrosJean schob seine Tasse noch ein Stückchen weiter auf mich zu.

»Weißt du, was das bedeutet?«, fragte ich gereizt. »Interessiert es dich überhaupt?«

Erneut schob er nur wortlos die Tasse näher. Franck und Loïc starrten mich mit offenen Mündern an, ihr Spiel hatten sie ganz vergessen. GrosJean blickte durch mich durch, ausdruckslos und unverrückbar wie eine Statue auf den Osterinseln.

Mir platzte der Kragen. Alles lief schief. Zuerst Flynn, dann Adrienne und jetzt auch noch GrosJean. Ich knallte die Kanne so heftig vor ihm auf den Tisch, dass Kaffee auf die Tischdecke schwappte. »Du willst Kaffee?«, fauchte ich. »Dann schenk dir selbst welchen ein! Oder, wenn du willst, dass ich es tue, dann sag's mir. Ich weiß, dass du es kannst. Los, *sag's mir!*«

Schweigen. GrosJean starrte einfach nur aus dem Fenster und kümmerte sich nicht um mich, kümmerte sich um gar nichts. Er schien wieder ganz der Alte zu sein, und alles, was sich zwischen uns entwickelt hatte, war zunichte gemacht. Nach einer Weile nahmen Franck und Loïc ihr Spiel wieder auf. Die schüchterne Kinderfrau schaute auf ihre Knie. Draußen hörte ich Adrienne schrill und albern lachen. Ich begann den Frühstückstisch abzuräumen, stellte die leeren Tassen unsanft in die Spüle. Den restlichen Kaffee schüttete ich in den Ausguss in der Hoffnung, dass GrosJean protestieren würde. Er sagte nichts. Schweigend spülte ich das Geschirr und trocknete es ab. Meine Augen brannten. Als ich den Tisch abwischte, war Sand zwischen den Krümeln.

32

Meine Schwester und ihre Familie quartierten sich zwei Wochen lang im Hotel Les Immortelles ein. An Weihnachten kamen sie zum Mittagessen, und von da an erschienen sie fast jeden Morgen zum Frühstück. Am Neujahrstag fuhren Franck und Loïc mit ihren neuen Fahrrädern nach La Houssinière zurück, die dreitausend Francs das Stück gekostet hatten und die mein Vater extra bei einem Fahrradhändler auf dem Festland bestellt hatte.

Auf der Landebrücke der *Brismand 1*, während GrosJean der Kinderfrau half, das Gepäck an Bord zu bringen, nahm Adrienne mich schließlich beiseite. Ich hatte damit gerechnet, mich immer wieder gefragt, wie lange es wohl dauern würde, bis sie ihr Anliegen zur Sprache brachte.

»Es geht um Papa«, vertraute sie mir an. »Ich wollte vor den Kindern nicht darüber reden, aber ich mache mir große Sorgen.«

»Ach ja?« Ich bemühte mich, nicht allzu sarkastisch zu klingen.

Adrienne sah mich bekümmert an. »Ich weiß, dass du mir nicht glaubst, aber ich hänge sehr an Papa«, sagte sie. »Es bedrückt mich, dass er ein so isoliertes Leben führt, in Abhängigkeit von einem einzigen Menschen. Ich glaube, das ist nicht gut für ihn.«

»Es ist schon viel besser geworden mit ihm«, erwiderte ich.

Meine Schwester lächelte. »Niemand behauptet, du hättest nicht dein Bestes getan«, gurrte sie. »Aber du bist keine Krankenschwester, du bist nicht ausgebildet, um mit seinen Problemen umzugehen. Ich bin schon lange der Meinung, dass er besondere Betreuung braucht.«

»Was denn für eine Betreuung?« Ich hörte, wie meine Stimme lauter wurde. »Die Art, die er in Les Immortelles bekommen würde? Hat Claude Brismand dir das vorgeschlagen?«

Meine Schwester wirkte gekränkt. »Mado, sei doch nicht so. Ich weiß, dass du immer noch sauer bist wegen Mamas Beerdigung. Es tut mir so Leid, dass ich nicht kommen konnte. Aber in meinem Zustand …«

Ich reagierte nicht darauf. »Hat Brismand dich hergeschickt?«, fragte ich. »Hat er dir gesagt, ich würde nicht spuren?«

»Ich wollte, dass Papa die Kinder sieht.«

»Die Kinder?«

»Ja. Um ihm zu zeigen, dass das Leben weitergeht. Es tut ihm nicht gut, allein hier zu leben, anstatt in der Nähe seiner Familie. Es ist egoistisch – und gefährlich – von dir, ihn dazu zu ermutigen.«

Ich starrte sie verblüfft und erschrocken an. War ich egoistisch gewesen? War ich so sehr mit meinen Plänen und meinen Vorstellungen beschäftigt gewesen, dass ich die Bedürfnisse meines Vaters übersehen hatte? Konnte es wirklich sein, dass GrosJean das Riff, den Strand und alles, was ich für ihn getan hatte, gar nicht brauchte? Dass er sich eigentlich nie etwas anderes gewünscht hatte als die Enkel, die Adrienne ihm geschenkt hatte?

»Das hier ist sein Zuhause«, sagte ich schließlich. »Und ich bin auch ein Teil seiner Familie.«

»Sei doch nicht so naiv«, erwiderte Adrienne. Einen Augenblick lang war sie wieder ganz die Alte, die arrogante große Schwester, die auf der Terrasse eines Cafés in La Houssinière saß und über meinen jungenhaften Haarschnitt und meine abgetragenen Kleider lachte. »Du magst das vielleicht romantisch finden, hier am Ende der Welt zu leben.

Aber es ist das Letzte, was unser armer, alter Papa braucht. Sieh dir doch das Haus an – alles irgendwie zusammengestoppelt. Er hat noch nicht mal ein anständiges Badezimmer. Und was ist, wenn er mal krank wird? Dann kann ihm niemand helfen, außer diesem alten Tierarzt, wie hieß er noch gleich? Was ist, wenn er mal ins Krankenhaus muss?«

»Ich zwinge ihn nicht zu bleiben«, entgegnete ich und ärgerte mich gleichzeitig über mich selbst, weil ich mich in die Defensive drängen ließ. »Ich kümmere mich nur um ihn, das ist alles.«

Adrienne zuckte die Achseln. Sie hätte es auch gleich laut aussprechen können: *Genauso, wie du dich um Mutter gekümmert hast.* Der Gedanke versetzte mir einen tiefen Stich. Mein Kopf schmerzte.

»Ich hab's zumindest versucht«, brachte ich schließlich heraus. »Was hast du denn je für die beiden getan? Du in deinem Elfenbeinturm. Woher willst du wissen, wie es uns all die Jahre über ergangen ist?«

Ich kann mir nicht erklären, warum meine Mutter immer behauptet hatte, *ich* sei GrosJean am ähnlichsten. Adrienne lächelte mich bloß auf ihre unergründliche Art an, so unnahbar wie ein Foto und ebenso stumm. Ihr selbstgefälliges Schweigen hatte mich schon immer rasend gemacht. Zorn kroch mir über die Haut wie eine Armee Ameisen. »Wie oft hast du uns besucht? Wie oft hast du versprochen anzurufen? Du und deine Scheinschwangerschaften – ich hab dich angerufen, Adrienne, und ich hab dir gesagt, dass Mutter im Sterben lag ...«

Aber meine Schwester starrte mich nur an. Alle Farbe war aus ihrem Gesicht gewichen. »*Schein*schwangerschaften?«

Ihr betroffener Blick brachte mich zum Schweigen. Ich spürte, wie ich errötete. »Hör zu, Adrienne, es tut mir Leid, aber ...«

»Es tut dir Leid?«, kreischte sie. »Woher willst du wissen, wie das für mich gewesen ist? Ich habe mein Kind verloren – das *Enkelkind* meines Vaters –, und du glaubst, es reicht, wenn du sagst, es tut dir Leid?«

Ich versuchte, ihren Arm zu berühren, doch sie riss sich mit einer nervösen, fast hysterischen Bewegung los, die mich irgendwie an meine Mutter erinnerte. Sie funkelte mich wütend an, als wollte sie mich mit ihrem Blick töten. »Soll ich dir verraten, warum wir euch nicht besucht haben, Mado? Soll ich dir sagen, warum wir ins Hotel gezogen sind, anstatt bei Papa zu wohnen, wo wir den ganzen Tag mit ihm hätten zusammen sein können?« Ihre Stimme schnappte beinahe über.

Ich schüttelte den Kopf. »Bitte, Adrienne ...«

»Es ist *deinet*wegen, Mado! Weil *du* da warst!« Inzwischen war sie den Tränen nahe, atemlos vor Wut, obwohl ich das Gefühl hatte, dass ihr das alles gleichzeitig eine gewisse Genugtuung bereitete. Ebenso wie meine Mutter hatte Adrienne schon immer einen Hang zum Dramatisieren gehabt. »Dauernd hast du was zu meckern. Überall versuchst du, deinen Willen durchzusetzen.« Sie schluchzte laut auf. »Bei Mama hast du es auch versucht, wolltest sie dazu überreden, aus Paris fortzuziehen, obwohl sie dort so glücklich war. Und jetzt versuchst du es mit Papa! Du bist besessen von dieser Insel, das ist das Problem, Mado, und du kannst es nicht vertragen, wenn andere nicht dasselbe wollen wie du!« Adrienne wischte sich das Gesicht mit dem Ärmel ab. »Und wenn wir nicht wieder herkommen, Mado, dann hat das nichts damit zu tun, dass ich Papa nicht sehen möchte, sondern damit, dass ich *dich* einfach nicht ertragen kann.«

Das Signalhorn der Fähre ertönte. In der Stille, die darauf folgte, hörte ich ein leises Schlurfen hinter mir und drehte mich um. Es war GrosJean, der schweigend auf der Landebrücke stand. Ich streckte meine Hände aus.

»Vater ...«

Aber er hatte sich bereits abgewandt.

33

Der Januar brachte noch mehr Sand nach La Goulue. Bis Mitte des Monats war bereits deutlich ein weißer Streifen vor den dunklen Felsbrocken zu sehen, noch lange kein Strand, aber dennoch war es Sand, Sand, durchsetzt mit Glimmer, der bei Ebbe zu Staub trocknete.

Flynn hielt Wort. Mit der Hilfe von Damien und Lolo holte er säckeweise Schutt von den Dünen und kippte die Steine auf die moosbewachsenen Kiesel unterhalb der Klippe. In diesen grauen Untergrund wurde Oyatgras gepflanzt, um zu verhindern, dass der Sand fortgespült wurde, und der Gesteinschutt wurde mit Seetang versetzt. Darüber wurden alte Fischernetze gespannt und mit in die Erde geschlagenen Pflöcken befestigt. Ich verfolgte die Arbeiten voller Neugier und Hoffnung. Mit diesem Gemenge aus Treibgut, Erde, Gräsern und Fischernetzen wirkte das Ufer von La Goulue noch weniger wie ein Strand als je zuvor.

»Das ist nur der Untergrund«, versicherte mir Flynn. »Sie wollen doch nicht, dass Ihr Sand fortgeweht wird, oder?«

Während Adriennes Besuch war er seltsam zurückhaltend gewesen, hatte nur ein- oder zweimal vorbeigeschaut, anstatt wie üblich jeden Tag. Er hatte mir gefehlt – vor allem wegen GrosJeans Verhalten –, und mir war allmählich klar geworden, wie sehr seine Anwesenheit in den vergangenen Wochen auf uns alle gewirkt hatte, wie sehr er uns beeinflusst hatte.

Ich hatte ihm von meinem Streit mit Adrienne erzählt. Er hatte mir ohne eine Spur seiner üblichen Sorglosigkeit zugehört, die Stirn nachdenklich in Falten gelegt. »Ich weiß, sie ist meine Schwester«, sagte ich, »und ich weiß, dass sie Schlimmes durchgemacht hat, aber ...«

»Verwandtschaft kann man sich nicht aussuchen«, entgegnete Flynn. Er war Adrienne nur einmal flüchtig begegnet, und ich erinnerte mich, dass er ungewöhnlich schweigsam gewesen war. »Es gibt keinen Grund, warum Sie sich gut mit ihr verstehen sollten, bloß weil Sie Schwestern sind.«

Ich lächelte. Wenn ich das nur meiner Mutter hätte begreiflich machen können. »GrosJean hat sich immer einen Sohn gewünscht«, sagte ich und pflückte einen Grashalm ab. »Mit zwei Töchtern hat er nicht gerechnet.« Jetzt, nahm ich an, hatte Adrienne diesen Mangel wettgemacht. Alle meine Anstrengungen – der kurze Haarschnitt, die Jungenkleider, die Stunden, die ich in der Werkstatt meines Vaters verbracht und ihm bei der Arbeit zugesehen hatte, das gemeinsame Angeln, die heimlichen Stunden –, all das war bedeutungslos geworden. Flynn muss mir etwas angemerkt haben, denn er unterbrach seine Arbeit und sah mich an.

»Sie sind nicht auf der Welt, um den Erwartungen von GrosJean oder sonst jemandem gerecht zu werden. Wenn er nicht erkennt, dass das, was er hat, tausendmal mehr wert ist als irgendeine fixe Idee ...« Er brach ab und zuckte die Achseln. »Sie brauchen nichts zu beweisen«, erklärte er dann auf seine übliche schnoddrige Art. »Er kann froh sein, dass er Sie hat.«

Das hatte Brismand auch gesagt. Aber meine Schwester hatte mir vorgeworfen, ich sei egoistisch, ich würde meinen Vater ausnutzen. Erneut fragte ich mich, ob sie Recht hatte, ob meine Anwesenheit ihm womöglich mehr schadete als nützte. Was war, wenn er sich in Wirklichkeit nichts sehnlicher wünschte, als jeden Tag mit Adrienne und ihren Söhnen zusammen zu sein?

»Sie haben doch einen Bruder, nicht wahr?«

»Einen Halbbruder. Der Goldjunge.« Er war gerade dabei,

ein Stück Netz zu befestigen, das sich von der Düne losgerissen hatte. Ich versuchte mir Flynn als jemandes Bruder vorzustellen. Er wirkte auf mich wie ein typisches Einzelkind.

»Sie scheinen ihn nicht besonders zu mögen.«

»Er wäre besser ein Einzelkind gewesen.«

Ich dachte an mich und Adrienne. Auch sie wäre besser ein Einzelkind gewesen. Alles, was ich zu tun versuchte, hatte sie schon vor mir getan, hatte es besser getan.

Flynn überprüfte gerade, wie gut das Oyatgras auf der Düne angewachsen war. Jedem anderen wäre sein Gesicht wahrscheinlich ausdruckslos erschienen, doch ich konnte einen verbissenen Zug um seine Mundwinkel erkennen. Ich unterdrückte den Wunsch, ihn nach seinem Bruder zu fragen, nach seiner Mutter. Was auch immer er erlebt haben mochte, er hatte darunter gelitten. Vielleicht ebenso sehr, wie ich unter Adrienne gelitten hatte. Ich fühlte, wie mich ein Zittern durchlief, eine Verzückung, die tiefer ging als Zärtlichkeit. Ich streckte eine Hand aus und berührte seine Haare.

»Wir haben also doch etwas gemeinsam«, sagte ich leichthin. »Eine tragische Familiengeschichte.«

»Nicht ganz«, erwiderte Flynn, blickte auf und lächelte mich strahlend an. »Sie sind zurückgekehrt. Ich dagegen bin entkommen.«

In Les Salants schien sich kaum jemand für die Entwicklung des Strands zu interessieren. Während der Winter zu Ende ging, waren die Leute viel zu sehr damit beschäftigt, andere Dinge zu bemerken: dass die veränderte Strömung die Meeräschen zurückbrachte, und das sogar in noch größerer Zahl als zuvor, dass die Fischernetze neuerdings wieder häufiger voll waren, dass die Hummer, die Seespinnen und die fetten Seekrebse die geschützte Bucht liebten und sich regelrecht darum prügelten, in die Körbe zu kriechen. Im Winter war das Dorf nicht ein einziges Mal überflutet worden, und selbst Omers Felder, die fast drei Jahre lang permanent unter Wasser gestanden hatten, begannen sich zu erholen. Die Familie Guénolé setzte endlich ihr Vorhaben, ein neues Boot zu kaufen, in die Tat um. Die *Eleanore 2* wurde auf dem Festland gebaut, in einer Werft in der Nähe von Pornic, und wochenlang redeten die Guénolés von nichts anderem. Sie sollte ein Inselboot werden, genau wie ihre Vorgängerin, schnell und mit hohem Kiel, mit zwei Masten und dem für die Inseln typischen rechteckigen Segel. Alain rückte nicht mit der Sprache heraus, wie viel das Boot kostete, doch seit die Strömung sich verändert hatte, war er zuversichtlich, dass es die Kosten schnell wieder hereinholen würde. Ghislain wirkte weniger enthusiastisch – anscheinend hatten sie ihn nur mit Mühe von den ausgestellten Schnellbooten und Zodiac-Booten wegzerren können –, aber die Aussicht, dass die Familie bald wieder Geld verdienen würde, munterte ihn auf. Ich hoffte, das neue Boot möge trotz seines Namens keine wehmütigen Erinnerungen in meinem Vater wecken. Insgeheim hatte ich mir gewünscht, dass die Guénolés sich für einen anderen Namen entscheiden würden. Aber GrosJean schien sich nicht für die Berichte über den Bau der *Eleanore 2* zu interessieren, so dass ich schließlich zu dem Schluss kam, dass ich mir deswegen zu viele Gedanken machte.

Das Riff hatte mittlerweile einen Namen bekommen, le Bouch'ou, dazu ein Leuchtfeuer an jedem Ende, um nachts seine Position zu markieren.

Die Bastonnets, die nach wie vor mit den Guénolés in Frieden lebten, wiewohl sie sie misstrauisch beäugten, fischten Rekordmengen. Aristide verkündete triumphierend, dass Xavier in einer Woche sechzehn Hummer gefangen und für fünfzig Francs das Stück an einen Houssin verkauft hatte – an den Vetter des Bürgermeisters und Besitzer des *La Marée*, eines Fischrestaurants.

»Die rechnen für den Juli mit einem großen Touristenandrang«, erzählte er mir mit grimmiger Genugtuung. »Dann geht es rund in dem Restaurant. Er meint, in der Hochsaison kann er an einem Abend ein halbes Dutzend Hummer loswerden – deswegen kauft er sie lieber jetzt schon. Er setzt sie in sein *vivier* und wartet darauf, dass die

Preise in die Höhe schnellen.« Aristide lachte in sich hinein. »Tja, was der kann, das können wir schon lange. Ich lasse Xavier gerade eins für uns bauen, oben am Bach. Das ist billiger als feste Tanks, und wenn man sie mit engmaschigem Draht sichert, kommen die Hummer nicht raus. Wir können sie dort lebend halten, sogar die Kleinen – so brauchen wir keine Tiere ins Wasser zurückzuwerfen –, und zu Höchstpreisen verkaufen, wenn die Zeit reif ist. Man muss ihnen nur die Scheren zusammenbinden, damit sie sich nicht bekämpfen. Um Futter für die Tiere brauchen wir uns nicht zu kümmern, das bringt die Flut von allein mit. Nicht schlecht, was?« Der alte Mann rieb sich die Hände. »Was das Geschäftemachen angeht, können wir Salannais den Houssins immer noch was vormachen.«

»Allerdings«, sagte ich verwundert. »Sie sind ja ein richtiger Unternehmer, Monsieur Bastonnet.«

»Ja, nicht wahr?«, erwiderte Aristide selbstzufrieden. »Ich hab mir gedacht, es wird allmählich Zeit, dass wir unser Leben wieder in die Hand nehmen. Ein bisschen Geld für den Jungen verdienen. Von einem jungen Mann kann man nicht erwarten, dass er von Luft und Liebe lebt, vor allem, wenn er irgendwann mal eine Familie gründen will.«

Ich dachte an Mercédès und musste lächeln.

»Das ist aber noch nicht alles«, fuhr Aristide fort. »Rate mal, wer in mein Geschäft einsteigen will, sobald sein Boot fertig ist.« Ich sah ihn erwartungsvoll an. »Matthias Guénolé.« Er grinste über meine Verblüffung, seine blauen Augen funkelten. »Hab ich mir doch gedacht, dass du dich darüber wundern würdest«, sagte er, nahm sich eine Zigarette und zündete sie an. »Ich wette, es gibt nicht viele auf der Insel, die geglaubt haben, sie würden jemals erleben, wie die Bastonnets und die Guénolés zusammenarbeiten. Aber schließlich geht es ums Geschäft. Mit zwei Booten und fünf Mann könnten wir mit Meeräschen, Austern und Hummern groß absahnen. Ein Vermögen verdienen. Wenn jeder auf eigene Faust arbeitet, nehmen wir uns nur gegenseitig den Wind aus den Segeln, und dann können die Houssins sich ins Fäustchen lachen.« Aristide zog an seiner Zigarette und lehnte sich genüsslich zurück. »Da staunst du, was?«, sagte er.

Das war weit untertrieben. Dass er die seit Generationen schwelende Familienfehde beenden und noch dazu sein Geschäftsgebaren radikal ändern würde – vor einem halben Jahr hätte ich weder das eine noch das andere für möglich gehalten.

Das war es, was mich endgültig davon überzeugte, dass die Bastonnets nichts mit dem Verschwinden der *Eleanore* zu tun hatten. Toinette hatte den Verdacht ausgesprochen, Flynn hatte meinen Argwohn geschürt, und seitdem hatte mich diese Geschichte verunsichert. Nun konnte ich die Sache endlich vergessen. Und das tat ich mit Vergnügen und großer Erleichterung. Was auch immer die Ursache für den Verlust der *Eleanore* gewesen war, Aristide war nicht dafür verantwortlich. Plötzlich war mir der mürrische Alte richtig sympathisch, und ich klopfte ihm freundschaftlich auf die Schulter. »Kommen Sie, ich gebe Ihnen einen aus«, sagte ich. »Das haben Sie verdient.«

Aristide drückte seine Zigarette aus. »Da sage ich nicht nein.«

Der Besuch meiner Schwester an Weihnachten hatte für einige Aufregung gesorgt. Nicht zuletzt wegen der Jungs, die von der Pointe Griznoz bis nach Les Immortelles von allen bewundert worden waren, sondern vor allem, weil es all jenen Hoffnung machte, die immer noch warteten. Während mein Erscheinen Misstrauen erweckt hatte, war ihr Besuch – Weihnachten war einfach der bessere Zeitpunkt, außerdem brachte sie die Kinder und die Aussicht auf bessere Zeiten mit – von allen einhellig begrüßt worden. Selbst dass sie mit einem Houssin verheiratet war, wurde im allgemeinen mit Wohlwollen betrachtet. Marin Brismand war reich – oder zumindest sein Onkel war es, und Marin als einziger Verwandter war auch der einzige Erbe. Man war sich einig, dass Adrienne eine gute Wahl getroffen hatte.

»Es würde nicht schaden, wenn du ihrem Beispiel folgtest«, meinte Capucine eines Nachmittags bei Kaffee und Kuchen in ihrem Wohnwagen. »Dir täte es auch gut, eine Familie zu gründen. Das hält die Insel am Leben, heiraten und Kinder kriegen, mal abgesehen vom Fischfang.«

Ich zuckte die Achseln. Obwohl ich seit dem Streit auf der Landebrücke der *Brismand 1* nichts mehr von meiner Schwester gehört hatte, lag mir die Sache noch auf dem Magen, denn seitdem stellte ich sowohl meine als auch ihre Motive infrage. Benutzte ich meinen Vater als Vorwand, um mich zu verstecken? Hatte Adrienne es besser gemacht?

»Du bist ein gutes Mädchen«, sagte Capucine und rekelte sich gemütlich in ihrem Sessel. »Du hast deinem Vater schon viel geholfen. Und auch Les Salants. Aber jetzt wird es Zeit, dass du mal an dich denkst.« Sie richtete sich auf und musterte mich kritisch. »Du bist sehr hübsch, Mado. Ich hab beobachtet, wie Ghislain Guénolé und einige andere dich ansehen ...« Ich versuchte, sie zu unterbrechen, doch sie wedelte ungeduldig mit den Händen. »Außerdem ist mir aufgefallen, dass du die Leute nicht mehr so anfauchst wie früher«, fuhr sie fort. »Du reckst dein Kinn nicht mehr so vor, als suchtest du Streit. Und die Leute nennen dich auch nicht mehr La Poule.«

Das stimmte allerdings, selbst mir war es nicht entgangen.

»Du hast wieder angefangen zu malen. Stimmt's?«

Ich betrachtete die dunkelgelben Farbreste unter meinen Fingernägeln und bekam absurderweise ein schlechtes Gewissen. Was ich malte, war eigentlich nicht der Rede wert, ein paar Skizzen und Entwürfe, ein halb vollendetes Ölgemälde in meinem Zimmer. Flynn ist ein erstaunlich gutes Motiv, aus irgendeinem Grund behielt ich seine Gesichtszüge besser im Gedächtnis als die von anderen Menschen. Andererseits war das normal, schließlich hatte ich reichlich Zeit in seiner Gesellschaft verbracht.

Capucine lächelte. »Na ja, jedenfalls tut es dir gut«, sagte sie. »Denk zur Abwechslung mal an dich selbst. Hör endlich auf, die ganze Welt auf den Schultern tragen zu wollen. Die Gezeiten wechseln auch ohne dein Zutun.«

34

Bis Februar waren die Veränderungen in La Goulue für alle sichtbar. Die Strömung brachte nun immer mehr Sand von La Jetée, ein ganz allmählicher Prozess, den nur die Kinder und ich mit Interesse verfolgten. Mittlerweile war der Kies, den Flynn aus den Dünen geholt hatte, mit einer dünnen Sandschicht bedeckt, der dank des Oyatgrases und des Hasenschwanzgrases tatsächlich liegen blieb. Als ich eines Morgens nach La Goulue kam, waren Lolo und Damien Guénolé dabei, eine Sandburg zu bauen. Das war allerdings gar nicht so einfach. Die Sandschicht war noch zu dünn, und darunter befand sich nichts als Schlamm, aber mit einigem Geschick bekamen sie es hin. Sie hatten aus Treibholz eine Art Damm gebaut und schoben von dort aus nassen Sand durch einen Kanal, den sie in den Schlamm gegraben hatten.

Lolo grinste mich an. »Wir kriegen hier einen richtigen Strand«, sagte er. »Mit Sand von den Dünen und allem, was dazugehört. Das hat Flynn uns gesagt.«

Ich lächelte. »Das würde euch gefallen, nicht wahr? Ein Strand?«

Die Jungs nickten. »Man kann ja außer hier nirgendwo spielen«, sagte Lolo. »An den Bach dürfen wir auch nicht mehr, jetzt, wo da dieses neue Hummerdings ist.«

Damien trat nach einem Stein. »Das war jedenfalls nicht

die Idee von meinem Vater. Das haben diese Bastonnets sich ausgedacht.« Er warf mir unter seinen dunklen Wimpern einen herausfordernden Blick zu. »Mein Vater hat vielleicht vergessen, was die uns angetan haben, aber ich nicht.«

Lolo verzog das Gesicht. »Tu doch nicht so, als ob dich das interessiert«, sagte er. »Du bist doch bloß eifersüchtig, weil Mercédès mit Xavier geht.«

»Tut sie nicht!«

Offiziell war es jedenfalls nicht. Mercédès verbrachte immer noch die meiste Zeit in La Houssinière, weil dort wenigstens etwas los war, wie sie sagte. Aber Xavier war mit ihr im Kino und im Chat Noir gesehen worden, und Aristide war neuerdings wesentlich besser gelaunt, redete freimütig von seinen Geschäften und von seinen Zukunftsplänen.

Auch die griesgrämigen Guénolés waren ungewöhnlich optimistisch. Am Ende des Monats war die lang erwartete *Eleanore 2* endlich fertig und zum Auslaufen bereit. Alain, Matthias und Ghislain machten sich mit der Fähre auf den Weg nach Pornic, um das Boot von dort nach Les Salants zu fahren. Ich begleitete die drei und holte bei der Gelegenheit in Paris eine der Kisten mit meinen Habseligkeiten ab. Ich redete mir ein, dass ich neugierig sei, das neue Boot zu sehen, aber in Wirklichkeit war ich in Les Salants ziemlich bedrückt gewesen. Seit Adriennes Abreise war GrosJean wieder so wortkarg wie eh und je, das Wetter war trüb, und selbst die Aussicht auf einen Sandstrand in La Goulue hatte ihren Reiz ein wenig verloren. Ich brauchte dringend einen Tapetenwechsel.

Alain hatte die Werft in Pornic gewählt, weil sie Le Devin am nächsten lag. Der Eigentümer, den Alain flüchtig kannte, war ein Verwandter von Jojo-le-Goëland, der als Festlandbewohner von der Fehde zwischen den Houssins und den Salannais verschont blieb. Seine Werft lag in der Nähe der Küste, neben dem kleinen Hafen, und als wir eintraten, schlug mir der typische nostalgische Duft einer Bootswerkstatt entgegen: die Farbe, das Sägemehl, dazu der Geruch nach verbranntem Plastik, nach Schweißarbeiten und nach den Chemikalien, in denen die Klinker getränkt wurden.

Es war ein Familienbetrieb, viel größer als GrosJeans Werkstatt je gewesen war, aber doch so klein, dass Alain sich keineswegs beeindruckt zeigte. Während er und Matthias sich mit dem Eigentümer zurückzogen, um über die Zahlungsmodalitäten zu reden, sahen Ghislain und ich uns das Trockendock an und die mehr oder weniger fertigen Boote. Die *Eleanore 2* war leicht auszumachen, sie war das einzige Holzboot zwischen lauter modernen, schneeweißen Kunststoffbooten, die Ghislain neidisch betrachtete. Sie war etwas größer als die alte *Eleanore*, aber Alain hatte sie in demselben Stil bauen lassen. Es war zwar nicht zu übersehen, dass dieser Bootsbauer nicht das handwerkliche Geschick meines Vaters besaß, doch er hatte solide Arbeit geleistet. Ich inspizierte die *Eleanore 2* von allen Seiten, während Ghislain zum Wasser hinunterging. Als ich gerade dabei war, den Kiel unter die Lupe zu nehmen, kam der junge Guénolé strahlend angelaufen.

»Da drüben!«, rief er atemlos und deutete hinter sich auf die Lagerhalle. In der Halle wurden sowohl Bootsteile gelagert als auch die Hebe- und Schweißgeräte. Ghislain zog mich am Arm. »Das müssen Sie sich ansehen!«

Als wir um die Ecke bogen, erkannte ich sofort, dass dort etwas Großes gebaut wurde. Es war noch nicht einmal halb fertig, aber es war bei weitem das größte Projekt in der Werft. Die Luft war erfüllt vom Geruch nach Öl und Metall.

»Was wird das?«, fragte ich. »Eine Fähre? Ein Fischkutter?«

Das Boot war etwa zwanzig Meter lang und hatte zwei Decks. Es war rundherum eingerüstet. Stumpfer Bug, breites Heck. Als ich noch ein Kind war, hatte GrosJean solche Boote verächtlich »Stahlschweine« genannt. Die kleine Fähre, mit der wir nach Pornic gefahren waren, war genau so ein Stahlschwein, breit und hässlich, dafür aber sehr funktional.

»Das wird eine Fähre«, erklärte Ghislain grinsend. »Soll

ich Ihnen sagen, woher ich das weiß? Sehen Sie sich mal die andere Seite an.«

Die andere Seite war noch nicht fertig. Von den großen Stahlplatten, aus denen der Schiffskörper zusammengeschweißt wurde, fehlten eine ganze Reihe, so dass das Ganze aussah wie ein unvollständiges Puzzle. Die Stahlplatten waren dunkelgrau, aber auf eine davon hatte jemand mit gelber Kreide geschrieben: *Brismand 2.*

Einen Moment lang starrte ich den Schriftzug wortlos an.

»Na?«, fragte Ghislain ungeduldig. »Was meinen Sie?«

»Ich meine, wenn Brismand sich das leisten kann, muss er noch reicher sein, als wir geahnt haben«, sagte ich. »Eine zweite Fähre in La Houssinière? Im Hafen ist doch kaum genug Platz für eine.«

Das stimmte. Der kleine Hafen vor Les Immortelles war bereits jetzt überfüllt, und die *Brismand 1* verkehrte zweimal täglich.

»Vielleicht lässt er die hier als Ersatz für die alte Fähre bauen«, überlegte Ghislain.

»Warum sollte er das tun? Die alte Fähre ist doch noch gut in Schuss.« Brismand, der auf keinen Fall reich geworden war, indem er sein Geld aus dem Fenster geworfen hatte, würde niemals ein Schiff aufgeben, das noch in Ordnung war. Nein, wenn er eine zweite Fähre bauen ließ, dann hatte er vor, beide zu betreiben.

Ghislain interessierte sich ausschließlich für die finanziellen Einzelheiten. »Möchte wissen, wie viel die kostet«, sagte er. »Jeder weiß, dass der alte Schlaufuchs nach Geld stinkt. Dem gehört ja jetzt schon die halbe Insel.« Das war nur geringfügig übertrieben.

Aber ich hörte ihm kaum zu. Während Ghislain sich unbekümmert über Brismands Millionen ausließ und darüber, was er selbst, mit dem Geld tun würde, wenn er es in die Finger bekäme (seine Pläne drehten sich hauptsächlich um Amerika und schnelle Autos), dachte ich über die *Brismand 2* nach. Wozu braucht Brismand eine zweite Fähre?, fragte ich mich. Und wo will er sie zum Einsatz bringen?

35

Nach einem Abstecher nach Nantes, wo ich meine Sachen abgeholt hatte, kehrte ich allein nach Le Devin zurück. Vielleicht lag es daran, dass ich La Houssinière schon lange keine Aufmerksamkeit geschenkt hatte, aber als ich mich umschaute, hatte ich den Eindruck, dass irgendetwas anders war. Ich konnte nicht genau sagen, was es war, aber etwas wirkte ungewohnt, irgendwie nicht stimmig. Die Straßen schienen in einem anderen Licht zu strahlen. Die Luft schien anders zu riechen, sehr salzig, so ähnlich wie vor La Goulue bei Ebbe. Die Leute starrten mich an, als ich vorbeiging, manche nickten mir kurz zu, andere wandten sich ab, als hätten sie keine Zeit für einen kleinen Plausch.

Im Winter ist auf den Inseln nichts los. Viele junge Leute suchen während der kalten Jahreszeit auf dem Festland Arbeit und kehren erst im Juli wieder zuück. Aber in diesem Jahr wirkte La Houssinière anders, als läge es in einem ungesunden Schlaf, dem Tod nahe. Die meisten Läden auf der Hauptstraße waren geschlossen. Die Rue des Immortelles war menschenleer. Es war Ebbe, und der Strand war weiß von Möwen. Normalerweise waren an einem solchen Tag dutzende von Fischern unterwegs, um nach Muscheln zu graben, aber diesmal stand nur eine einsame Gestalt mit einem langstieligen Fangnetz beim Wasser und stocherte lustlos in einem Klumpen Tang herum.

Es war Jojo-le-Goëland. Ich kletterte über die Strandmauer und ging über den Kiesstrand auf ihn zu. Die frische Brise blies mir die Haare ins Gesicht und ließ mich vor Kälte zittern. Die Kieselsteine schmerzten beim Gehen. Ich wünschte, ich hätte Stiefel an wie Jojo, anstatt meiner dünnen Leinenschuhe.

Am Horizont konnte ich das Hotel Les Immortelles sehen, einen weißen Klotz über der Strandmauer, ein paar hundert Meter weit entfernt. Darunter ein schmaler Sandstrand. Weiter draußen Felsen. Ich konnte mich gar nicht erinnern, dass dort so viele Felsbrocken lagen, und von dort aus, wo ich stand, erschien alles kleiner und weiter entfernt, durch den Blickwinkel wirkte der Strand kürzer, so dass er kaum den Namen verdiente, und der Wellenbrecher ragte schroff aus dem Sand auf. Unterhalb der Mauer stand ein Schild, dessen Aufschrift ich aus der Entfernung nicht entziffern konnte.

»Hallo, Jojo.«

Er drehte sich um, als er mich hörte, das Netz in der Hand. Der hölzerne Eimer zu seinen Füßen enthielt nur einen Klumpen Seetang und ein paar Angelwürmer. »Ach, du bist's.« Er grinste mich an, eine Zigarette im Mundwinkel.

»Schon was gefangen?«

»Bin zufrieden. Was machst du denn hier draußen? Nach Würmern graben?«

»Ich wollte mir nur ein bisschen die Beine vertreten. Schön hier, nicht wahr?«

»Na ja.«

Ich spürte, wie er mich beobachtete, als ich auf Les Immortelles zuging. Der Wind war mild, der Boden voller Kiesel. Als ich mich dem Strand näherte, fand ich ihn steiniger, als ich ihn in Erinnerung hatte, an einigen Stellen war der Sand weggespült worden, und die Überreste eines alten Damms waren zum Vorschein gekommen.

Les Immortelles hatte eine Menge Sand verloren.

Doch wie viel war genau verschwunden? Ich konnte es mir nicht vorstellen.

»Hallo!«, rief jemand hinter mir. Trotz seines massigen Körpers waren seine Schritte auf dem weichen Boden fast geräuschlos. Ich drehte mich um, hoffte, dass er nicht bemerkt hatte, wie ich zusammengezuckt war.

Brismand lächelte, offenbar erfreut, mich zu sehen. »Genießt du die Aussicht?«

Dieser Charme. Gegen meinen Willen erlag ich ihm aufs Neue. »Hallo, Claude. Sie ist wirklich beeindruckend. Deine Gäste müssen ihre Freude daran haben.«

Brismand seufzte. »Wenn sie sich überhaupt noch an etwas freuen, dann tun sie das sicherlich. Leider werden wir alle einmal alt. Georgette Loyon ist schon ziemlich gebrechlich. Aber man tut, was man kann. Schließlich ist sie schon über achtzig.« Er legte mir einen Arm um die Schultern. »Wie geht's GrosJean?«

Ich wusste, dass ich mir meine Antwort gut überlegen musste. »Es geht ihm gut. Du würdest staunen, wie sehr sein Zustand sich gebessert hat.«

»Deine Schwester behauptet aber was ganz anderes.«

Ich rang mir ein Lächeln ab. »Sie lebt nicht hier. Ich begreife nicht, wie sie das beurteilen kann.«

Brismand nickte. »Natürlich. Es ist so leicht, über andere zu urteilen, nicht wahr? Aber wenn einer nicht willens ist, für immer dort zu bleiben ...«

Ich ließ mich nicht ködern, sondern wandte mich ab und betrachtete die menschenleere Promenade.

»Im Moment ist hier ziemlich wenig los, findest du nicht?«

»Um diese Jahreszeit ist es halt ruhiger. Ich muss gestehen, dass ich die entspannten Zeiten immer mehr genieße. Ich werde allmählich zu alt für das Tourismusgeschäft. Vielleicht sollte ich mich in ein paar Jahren zur Ruhe setzen.« Er lächelte gutmütig. »Und wie geht es dir? Ich höre neuerdings alles Mögliche über Les Salants.«

Ich zuckte die Achseln. »Wir können nicht klagen.«

Seine Augen funkelten. »Nach allem, was mir zu Ohren gekommen ist, seid ihr ganz schön aktiv da drüben. In Les Salants scheinen sich einige zu richtigen Unternehmern zu

entwickeln. Ein Hummervivarium im Bach. Wenn das so weitergeht, macht ihr mir am Ende noch Konkurrenz.« Er lachte in sich hinein. »Deine Schwester sieht blendend aus«, bemerkte er. »Das Leben auf dem Festland scheint ihr gut zu bekommen.«
Schweigen. Am Strand flogen eine paar Möwen kreischend auf.
»Natürlich auch Marin und die Jungs! GrosJean muss sich sehr gefreut haben, seine Enkel nach all der Zeit endlich einmal zu sehen.«
Schweigen.
»Manchmal frage ich mich, wie ich mich als Großvater gemacht hätte.« Er stieß einen tiefen Seufzer aus. »Aber ich hatte ja noch nicht mal die Chance, ein Vater zu sein.«
Das Gerede von Adrienne und ihren Kindern machte mich nervös, und ich wusste, dass Brismand das spürte. »Ich hab gehört, du lässt eine neue Fähre bauen«, sagte ich unvermittelt.
Einen Augenblick lang wirkte er tatsächlich verblüfft. »Wirklich? Wer hat das behauptet?«
»Jemand im Dorf«, erwiderte ich, denn ich wollte meinen Besuch in der Werft nicht erwähnen. »Stimmt es denn?«
Brismand zündete sich eine Zigarette an. »Ich ziehe es in Erwägung«, sagte er. »Die Vorstellung gefällt mir. Aber sie scheint mir kaum praktikabel. Der Platz reicht ja jetzt schon kaum aus.« Er hatte seine Fassung wiedergewonnen, und seine grauen Augen leuchteten. »Ich würde solche Gerüchte nicht weiterverbreiten«, riet er mir. »Am Ende sind die Leute nur enttäuscht.«
Kurz darauf verabschiedete er sich lächelnd, nicht ohne mich noch einmal herzlich eingeladen zu haben, ihn bald wieder und überhaupt häufiger zu besuchen. Ich fragte mich, ob ich mir vielleicht nur eingebildet hatte, dass er einen Augenblick lang aus dem Konzept geraten war. Wenn er wirklich eine Fähre bauen ließ, warum machte er ein Geheimnis daraus? Und warum ließ er eine Fähre bauen, wenn es, wie er selbst erklärt hatte, gar keinen Platz dafür gab?

Auf halbem Weg zurück nach Les Salants fiel mir auf, dass weder Jojo noch Brismand eine Bemerkung über den ausgewaschenen Strand gemacht hatten. Vielleicht ist das ja normal, sagte ich mir. Vielleicht passiert das jeden Winter.

Vielleicht aber auch nicht. Vielleicht hatten wir das verursacht.

Der Gedanke beunruhigte mich. Jedenfalls gab es keine Beweise. Meine stundenlangen Überlegungen, meine Versuche mit den Schwimmbojen, meine Beobachtungen in Les Immortelles bedeuteten gar nichts. Selbst der Bouch'ou, sagte ich mir, hat wahrscheinlich nichts damit zu tun. Um eine Küste zu verändern, braucht es mehr als ein bisschen diletantisches Werkeln. Um einen Strand zu stehlen, braucht es mehr als ein bisschen Neid.

36

Flynn wischte meinen Verdacht beiseite. »Es kann nur an den Gezeiten liegen«, sagte er, als wir von der Pointe Griznoz aus die Küste entlanggingen. Der Wind kam von Westen, fegte über hundert Kilometer offene See heran. Als wir den Küstenpfad hinunterstiegen, konnte ich von der kleinen Klippe aus den schmalen Streifen Sand sehen, dreißig Meter lang und vielleicht fünf Meter breit.

»Es ist wieder jede Menge neuer Sand dazugekommen!«, schrie ich gegen den Wind.

Flynn bückte sich, um ein Stück Treibholz in Augenschein zu nehmen, das zwischen zwei Felsbrocken hervorragte. »Das ist doch gut, nicht wahr?«

Als ich den Strand erreichte, war ich überrascht zu spüren, wie meine Füße in den trockenen Sand sanken. Ich grub mit den Händen nach und stellte fest, dass die Schicht schon drei, vier Zentimeter dick war – was für einen normalen Sandstrand vielleicht nicht bemerkenswert, für unsere Verhältnisse jedoch ein kleines Wunder war. Außerdem fiel mir auf, dass er vom Wasser bis an die Dünen sauber geharkt war, wie ein Blumenbeet. Jemand hatte sich eine Menge Arbeit gemacht.

»Wo liegt das Problem?«, fragte Flynn, als er mein überraschtes Gesicht sah. »Es geht nur schneller, als wir erwartet hatten. Aber das haben Sie sich doch gewünscht, oder?«

Natürlich hatte ich das. Aber ich wollte wissen, *wie* es geschah.

»Sie sind einfach zu misstrauisch«, meinte Flynn. »Entspannen Sie sich. Freuen Sie sich des Lebens. Genießen Sie den Duft nach Seetang.« Lachend gestikulierte er mit dem Stück Treibholz, das er aufgehoben hatte. Mit seinen roten Haaren und dem schwarzen, im Wind flatternden Mantel wirkte er wie ein Zauberer. Erneut spürte ich, wie sehr ich ihn mochte, und musste auch lachen.

»Sehen Sie sich das an!«, rief er gegen den Wind und zog mich am Ärmel, bis ich in Richtung Bucht und den bleichen Horizont schaute. »Tausend Meilen offenes Meer. Nichts als Wasser zwischen hier und Amerika. Und wir haben gewonnen, Mado. Ist das nicht wunderbar? Ist das nicht eine kleine Feier wert?«

Seine Begeisterung war ansteckend. Ich nickte, atemlos vom Lachen und vom Wind. Er hatte mir den Arm um die Schultern gelegt, und sein Mantel schlug gegen meinen Schenkel. Der Geruch der See, diese Mischung aus Ozon und Salz in der Luft, war überwältigend. Der Wind füllte meine Lunge, und ich hätte am liebsten geschrien. Stattdessen umschlang ich Flynn mit meinem freien Arm und küsste ihn. Es war ein langer, atemloser Kuss, der nach Salz schmeckte, mein Mund klebte an seinen Lippen wie ein Egel. Ich musste immer noch lachen, obwohl ich gar nicht wusste, warum. Einen Augenblick lang war ich völlig verwirrt, als wäre ich jemand anders. Meine Lippen brannten, meine Haut prickelte. Meine Haare waren statisch geladen. So fühlt es sich an, dachte ich, kurz bevor man von einem Blitz getroffen wird.

Eine Welle rollte heran, so dass ich bis zu den Knien nass wurde. Ich sprang zurück, vor Verblüffung und Kälte nach Luft schnappend. Flynn sah mich neugierig an, anscheinend merkte er gar nicht, dass er mit den Stiefeln im Wasser stand. Zum ersten Mal seit Monaten war ich ihm gegenüber verlegen, als hätte sich der Boden unter uns aufgetan und etwas freigelegt, von dessen Existenz wir keine Ahnung gehabt hatten.

Dann, plötzlich, wandte er sich ab.

Es war, als hätte er mich geschlagen. Vor Scham wurde mir ganz heiß. Wie hatte ich nur so dumm sein können? Wie hatte ich ihn so falsch einschätzen können?

»Tut mir Leid«, sagte ich und versuchte zu lachen, obwohl mein Gesicht brannte. »Ich weiß auch nicht, was über mich gekommen ist.«

Flynn schaute mich an. Das Leuchten aus seinen Augen war verschwunden. »Schon gut«, sagte er ruhig. »Kein Problem. Wir vergessen es einfach, in Ordnung?«

Ich nickte stumm. Am liebsten hätte ich mich in Luft aufgelöst.

Flynn schien sich ein wenig zu entspannen. Er legte wieder den Arm um mich und drückte mich kurz an sich, so wie mein Vater es manchmal tat, wenn ich ihm eine Freude gemacht hatte. »In Ordnung«, sagte er noch einmal. Dann unterhielten wir uns weiter über unverfänglichere Themen.

Als der Frühling nahte, nahm ich meine tägliche Inspektion des Strands wieder auf, um nach Anzeichen für Schäden oder Veränderungen Ausschau zu halten. Anfang März war ich besonders besorgt. Der Wind hatte wieder nach Süden gedreht und würde heftigeren Seegang mit sich bringen. Aber die Flut verursachte kaum Schäden in Les Salants. Die Bachbefestigungen hielten stand, die meisten Boote waren in Sicherheit gebracht worden, und selbst La Goulue schien nicht gelitten zu haben, abgesehen von den hässlichen schwarzen Klumpen Seetang, die angespült wurden und die Omer jeden Morgen einsammelte, um seine Felder damit zu düngen. Der Bouch'ou war stabil. Während einer Windstille, als die Flut nicht so stark war, fuhr Flynn mit seinem Boot nach La Jetée hinaus und erklärte bei seiner Rückkehr, das Riff habe keinen ernsten Schaden genommen. Das Glück hatte uns nicht verlassen.

Nach und nach kehrte ein neuer Optimismus in Les Salants ein. Was nicht allein daran lag, dass die Geschäfte besser liefen, und auch nicht an den Gerüchten über La

Houssinière. Es war mehr als das. Man merkte es daran, dass die Kinder nicht mehr lustlos und mit schweren Schritten zur Schule trödelten, ebenso wie an Toinettes neuem Hut, an Charlottes rosafarbenem Lippenstift und ihrem Haar, das sie neuerdings offen trug. Mercédès verbrachte mit einem Mal weniger Zeit in La Houssinière. Aristides Beinstumpf schmerzte nicht mehr so sehr in regnerischen Nächten.

Ich arbeitete weiterhin daran, GrosJeans Bootswerkstatt wieder in Ordnung zu bringen. Ich mistete den Schuppen aus, sammelte das noch brauchbare Material, befreite halb fertige Bootsrümpfe von dem Sand. Überall in den Häusern von Les Salants wurden Betten gelüftet, Gärten umgegraben, nicht benutzte Zimmer wurden in der Hoffnung auf lange ersehnten Besuch renoviert. Niemand redete über sie – über Abtrünnige wird im Dorf noch weniger gesprochen als über die Toten –, aber alte Fotos wurden aus Schubladen hervorgekramt, alte Briefe wieder gelesen, Telefonnummern auswendig gelernt. Capucines Tochter Clo kündigte für Ostern einen Besuch an. Désirée und Aristide erhielten eine Postkarte von ihrem jüngsten Sohn. Diese Veränderungen hatten nicht nur mit dem Bouch'ou zu tun. Es war, als würde der Frühling vorzeitig Einzug halten und aus staubigen Ecken und salzigen Rissen frische Triebe sprießen lassen.

Auch an meinem Vater ging das alles nicht vorbei. Das merkte ich zum ersten Mal, als ich von La Goulue nach Hause kam und vor der Veranda einen Stapel Ziegelsteine entdeckte. Daneben lagen Ytongblöcke und Zementsäcke.

»Ihr Vater hat einen Anbau geplant«, sagte Alain, als ich ihn im Dorf traf. »Ein Duschhaus, glaube ich, oder so was Ähnliches.«

Das überraschte mich nicht. Mein Vater hatte auch früher schon immer irgendwelche Bauprojekte in Arbeit gehabt. Erst als Flynn mit einem Kleinlaster vorfuhr und einen Zementmischer und noch mehr Ytongblöcke ablud, wurde ich hellhörig. »Was hat das zu bedeuten?«, fragte ich ihn.

»Ein Job«, erwiderte Flynn. »Ihr Vater hat mich gebeten, ein paar Dinge für ihn zu erledigen.«

Seltsamerweise schien er wenig geneigt, darüber zu reden. Ein neues Duschhaus, sagte er, als Ersatz für das hinter dem Schuppen. Vielleicht noch ein paar andere Kleinigkeiten. GrosJean hatte ihn beauftragt, die Arbeiten nach seinen Plänen auszuführen.

»Ist doch gut, oder?«, sagte Flynn, als er meinen Gesichtsausdruck bemerkte. »Das bedeutet, dass er wieder anfängt, sich für das zu interessieren, was um ihn herum geschieht.«

Währenddessen machte ich mir meine eigenen Gedanken. Bald war Ostern, und es war die Rede davon gewesen, dass Adrienne mit ihren Kindern über die Ferien vorbeikommen wolle. Vielleicht diente das alles dazu, ihr den Besuch schmackhaft zu machen. Außerdem kostete das alles Geld – das Material, die Miete für die Maschinen, der Arbeitslohn. GrosJean hatte nie erwähnt, dass er irgendwo Geld versteckt hatte.

»Und was kostet der Spaß?«, fragte ich.

Flynn sagte es mir. Es war ein fairer Preis, aber sicherlich mehr, als mein Vater sich leisten konnte. »Ich übernehme das«, sagte ich.

Er schüttelte den Kopf. »Kommt nicht infrage. Es ist bereits alles geregelt. Außerdem«, fügte er hinzu, »sind Sie doch sowieso pleite.« Ich zuckte mit den Schultern. Das stimmte nicht. Ich hatte immer noch ein paar Ersparnisse übrig. Doch Flynn ließ sich nicht beirren. Das Material sei bereits bezahlt, erklärte er, und seine Arbeit sei kostenlos.

Das Arbeitsmaterial nahm fast den ganzen Raum in der Bootswerkstatt ein. Flynn entschuldigte sich dafür, aber es gebe einfach keinen anderen Platz, meinte er, und es sei ja nur für eine oder zwei Wochen. Ich unterbrach also vorerst meine Arbeit in der Werkstatt, schnappte mir meinen Skizzenblock und ging nach La Houssinière. Als ich dort eintraf, sah ich, dass das Hotel Les Immortelles vollständig eingerüstet war. Vielleicht haben sie Probleme mit der Feuchtigkeit, die durch die starken Fluten verursacht wurde, sagte ich mir.

Die Flut hatte gerade eingesetzt. Ich ging hinunter an den

menschenleeren Strand, setzte mich mit dem Rücken an die Strandmauer und schaute zu, wie das Wasser stieg. Nachdem ich wenige Minuten dort gesessen und meinen Bleistift über das Papier hatte wandern lassen, fiel mir ein Schild auf, das über mir an die Mauer genagelt war, ein weißes Brett mit der Aufschrift:

LES IMMORTELLES. *Privatstrand*
Von diesem Strand Sand zu entfernen, ist strengstens untersagt.
Zuwiderhandlungen werden strafrechtlich verfolgt.
P. *Lacroix (Gendarmerie Nationale)*
G. *Pinoz (Bürgermeister)*
C. *Brismand (Eigentümer)*

Ich stand auf und starrte verblüfft auf das Schild. Natürlich hatte es schon immer gelegentlich Sanddiebstähle gegeben, ein paar Säcke hier und da, meistens entwendet für eine private Baustelle oder um Gartenwege zu befestigen. Aber selbst Brismand hatte immer ein Auge zugedrückt. Warum stellte er jetzt Verbotsschilder auf? Immerhin, dachte ich und rief mir meinen letzten Besuch in Erinnerung, hat der Strand tatsächlich eine Menge Sand verloren. Wesentlich mehr, als durch ein bisschen Diebstahl zu erklären wäre. Die Strandhütten, die den Winter überlebt hatten, standen windschief auf ihren hölzernen Stelzen, einen Meter oder mehr über dem Boden. Im vergangenen August hatte ihre Unterseite fast den Sand berührt. Ich begann, hastig zu zeichnen: die Strandhütten, den Bogen der Flutgrenze, die Steinbrocken hinter dem Wellenbrecher, die steigende Flut und die Wolken, die sie begleiteten.

Ich war so sehr in meine Arbeit vertieft, dass es eine Weile dauerte, bis ich Sœur Extase und Sœur Thérèse bemerkte, die etwas oberhalb hinter mir auf der Mauer saßen. Diesmal schleckten sie kein Eis, aber Sœur Extase hatte eine Tüte Süßigkeiten dabei, die sie Sœur Thérèse hin und wieder reichte. Beide Nonnen freuten sich, mich zu sehen.

»Ach, das ist ja Mado GrosJean, *ma sœur* ...«

»Die kleine Mado mit ihrem Zeichenblock. Bist du hergekommen, um die Aussicht auf das Meer zu genießen? Um den Duft des Südwinds zu riechen?«, wollte Sœur Thérèse wissen.

»Der hat uns zum ersten Mal den Strand ruiniert, der Südwind«, erklärte Sœur Extase. »Das hat Claude Brismand jedenfalls gesagt.«

»Schlauer Bursche, dieser Claude Brismand.« Es hatte mich schon immer amüsiert, den beiden zuzuhören, wie sie jeweils die Sätze der anderen aufnahmen und beendeten wie zwei zwitschernde Vögel. »Sehr, sehr schlau.«

»Ein bisschen zu schlau, würde ich sagen«, bemerkte ich lächelnd.

Die Nonnen lachten. »Oder nicht schlau genug«, sagte Sœur Thérèse. Sie verließen ihren Platz auf der Mauer und kamen zu mir herunter, die bodenlangen Gewänder gerafft, damit sie nicht den Sand berührten.

»Wartest du auf jemanden?«

»Da draußen ist niemand, Mado GrosJean, überhaupt niemand.«

»Wer würde schon bei diesem Wetter da rausfahren? Das haben wir früher immer zu deinem Vater gesagt ...«

»Er hat auch immer unentwegt aufs Meer hinausgeschaut, weißt du ...«

»Aber sie ist nie zurückgekommen.«

Die alten Nonnen setzten sich auf einen flachen Stein in meiner Nähe und musterten mich mit ihren Vogelaugen. Ich sah sie verblüfft an. Ich wusste, dass mein Vater eine romantische Ader hatte – die Namen, die er seinen Booten gegeben hatte, bewiesen es –, doch die Vorstellung, er könnte hier gestanden und den Horizont abgesucht haben in der Hoffnung, meine Mutter würde zurückkehren, überraschte und rührte mich zugleich.

»Die kleine Mado schon, *ma sœur*«, wandte Sœur Extase ein, und nahm sich ein Bonbon aus der Tüte, »sie ist jedenfalls zurückgekommen.«

»Und jetzt sieht alles wieder viel besser aus für Les Salants.

Aber das haben wir natürlich der Heiligen zu verdanken.«
»Ach ja. Die Heilige.« Die Nonnen kicherten.

»Hier bei uns lässt das Glück eher zu wünschen übrig«, sagte Sœur Extase und betrachtete das Gerüst am Hotel. »Wir haben gerade nicht so viel davon.«

Die Flut stieg jetzt schneller, rollte, wie immer in Le Devin, mit tückischer Geschwindigkeit herein. Mehr als ein Fischer war schon gezwungen gewesen, seinen Fang aufzugeben und um sein Leben zu schwimmen, wenn er von diesen lautlosen Wassermassen überrascht wurde. Ich entdeckte eine Strömung, eine ziemlich starke, wie es aussah, die sich auf den Strand zubewegte. Das ist nichts Ungewöhnliches an einer Insel, die auf Sandbänken gründet. Die kleinste Veränderung kann eine Strömung umlenken und eine geschützte kleine Bucht im Lauf eines Winters in eine felsige Landspitze verwandeln, in wenigen Jahren seichte Stellen mit Schlemmsand ausfüllen, dann zu Strand und schließlich zu Dünen häufen.

»Warum hängt das da?«, fragte ich die Nonnen und deutete auf das Schild.

»Ach, das war Monsieur Brismands Idee. Er glaubt ...«
»Jemand würde ihm Sand stehlen.«

»Stehlen?« Ich dachte an die frische Sandschicht in La Goulue.

»Vielleicht mit einem Boot oder einem Traktor.« Sœur Thérèse lächelte verschmitzt. »Er hat sogar eine Belohnung ausgeschrieben.«

»Aber das ist doch lächerlich«, entgegnete ich schmunzelnd. »Er muss doch wissen, dass niemand solche Mengen Sand fortgeschleppt haben könnte. Das liegt an den Gezeiten. An den Gezeiten und der Strömung. Das ist alles.«

Sœur Extase kramte in ihrer Tüte mit Süßigkeiten herum. Als sie bemerkte, dass ich sie beobachtete, hielt sie sie mir hin. »Also, Brismand findet das gar nicht lächerlich«, sagte sie ruhig. »Er ist davon überzeugt, dass jemand ihm den Sand stiehlt.«

Sœur Thérèse nickte. »Warum auch nicht?«, flötete sie. »Es wäre schließlich nicht das erste Mal, dass so etwas passiert.«

37

Der März bescherte uns raue Gezeiten, aber schönes Wetter. Die Geschäfte gingen gut. Omer hatte mit seinem Wintergemüse einen ordentlichen Umsatz erzielt und beabsichtigte, im kommenden Jahr noch mehr anzupflanzen. Angélo hatte seine Bar nach gründlichen Renovierungsarbeiten wieder eröffnet und erfreute sich einer großen Gästeschar – selbst aus La Houssinière. Das Unternehmen Guénolé-Bastonnet belieferte ihn mit frischen Austern. Xavier hatte angefangen, eine verlassene Hütte in der Nähe von La Bouche wieder herzurichten und war schon mehrmals Hand in Hand mit Mercédès Prossage gesehen worden. Selbst Toinette profitierte von den Besuchern der Kapelle der Heiligen an der Pointe Griznoz, die inzwischen sogar bei etlichen älteren Houssins beliebt geworden war.

Allerdings veränderte sich nicht alles zum Guten. Das Unternehmen Guénolé-Bastonnet erlitt für einige Zeit einen Rückschlag, als Xavier auf dem Rückweg von La Houssinière, wo er eine Bestellung Hummer abgeliefert hatte, überfallen und ausgeraubt wurde. Drei Männer auf Motorrädern hielten ihn kurz vor dem Dorf an, brachen ihm die Nase, zertraten seine Brille und entkamen mit den Einnahmen der letzten vierzehn Tage. Xavier hatte keinen der Angreifer erkannt, da sie Motorradhelme getragen hatten.

»Dreißig Hummer zu fünfzig Franc das Stück«, stöhnte

Matthias. »Und dein Enkel hat diese Verbrecher davonkommen lassen!«

Aristide fixierte ihn mit wütend funkelnden Augen. »Glaubst du vielleicht, *dein* Enkel hätte sich klüger angestellt?«

»Mein Enkel hätte sich zumindest zur Wehr gesetzt«, entgegnete Matthias.

»Die waren zu dritt«, murmelte Xavier niedergeschlagen. Ohne seine Brille sah er ganz ungewohnt aus, irgendwie hasenartig.

»Na und?«, raunzte Matthias. »Du hättest doch weglaufen können, oder?«

»Vor einem Motorrad?«

»Das waren garantiert Houssins«, mischte Omer sich beschwichtigend ein. »Xavier, haben sie was zu dir gesagt? Irgendwas, woran man sie vielleicht erkennen könnte?«

Der junge Mann schüttelte den Kopf.

»Und die Motorräder? *Die* würdest du doch sicherlich wiedererkennen, oder?«

Xavier hob die Schultern. »Vielleicht.«

»*Vielleicht?*«

Schließlich fuhren Xavier, Ghislain, Aristide und Matthias gemeinsam nach La Houssinière, um mit Pierre Lacroix zu reden, denn keiner traute dem anderen zu, die Geschichte korrekt wiederzugeben. Der Polizist zeigte sich mitfühlend, machte ihnen jedoch wenig Hoffnung.

»Auf der Insel gibt es nicht viele Motorradfahrer«, sagte er zu Xavier und legte ihm väterlich einen Arm um die Schultern. »Das können ohne weiteres auch Burschen vom Festland gewesen sein, die für einen Tag auf der *Brismand 1* rübergekommen sind.«

Aristide schüttelte den Kopf. »Das waren Houssins«, erklärte er hartnäckig. »Die wussten genau, dass der Junge viel Geld bei sich hatte.«

»Jeder in Les Salants wusste das auch«, erwiderte Lacroix.

»Ja, aber wenn es Salannais gewesen wären, hätte Xavier die Motorräder erkannt.«

»Tut mir Leid.« Lacroix' Ton ließ erkennen, dass er das Gespräch als abgeschlossen betrachtete.

Aristide sah ihn an. »Eine der Maschinen war eine rote Honda«, sagte er.

»Davon gibt's reichlich«, entgegnete der Polizist, ohne Aristides Blick zu erwidern.

»Hat Ihr Sohn Joël nicht eine rote Honda?«

Mit einem Mal trat unheilvolles Schweigen ein. »Wollen Sie damit andeuten, Bastonnet, dass mein Sohn – *mein* Sohn ...« Lacroix' Gesicht glühte unter seinem mächtigen Schnurrbart. »Das ist eine böswillige Unterstellung«, knurrte er. »Wenn Sie nicht so ein alter Mann wären, Bastonnet, und wenn Sie nicht Ihren eigenen Sohn verloren hätten ...«

Aristide sprang auf und umklammerte seinen Stock. »Mein Junge hat nichts damit zu tun!«

»Meiner auch nicht!«

Die beiden starrten einander an, Aristide bleich, Lacroix rot vor Zorn. Xavier stützte den Arm seines Großvaters, um zu verhindern, dass er stürzte. »Pépé, das hat doch keinen Zweck ...«

»Lass mich los!«

Vorsichtig fasste Ghislain Aristide an seinem anderen Arm. »Bitte, Monsieur Bastonnet, es ist besser, wenn wir jetzt gehen.«

Der Alte funkelte ihn wütend an. Ghislain hielt seinem Blick stand. Lange sagte niemand etwas.

»Tja«, brummte Aristide schließlich. »Es ist schon eine Weile her, seit ein Guénolé mich *Monsieur* genannt hat. Die jüngere Generation ist also vielleicht doch noch nicht so schlecht erzogen, wie ich dachte.«

Sie verließen La Houssinière so würdevoll, wie sie es vermochten. Joël Lacroix stand in der Tür des Chat Noir, eine Zigarette lässig im Mundwinkel, und schaute ihnen spöttisch lächelnd nach. Vor dem Café stand die rote Honda. Aristide, Matthias, Ghislain und Xavier gingen vorbei, ohne Joël eines Blickes zu würdigen, doch sie hörten, wie er dem Mädchen, das sich an ihn schmiegte, zuraunte: »Typisch Salannais. Versuchen mal wieder, irgendeine krumme Sache zu drehen. Dabei sollte man meinen, sie hätten's mittlerweile kapiert.«

Xavier schaute unverwandt zum Eingang des Cafés hinüber, doch Matthias packte ihn unwirsch am Arm und zischte: »Wag es nicht, mein Junge! Wir werden es ihm schon noch heimzahlen – wir werden es ihnen allen heimzahlen –, eines Tages.«

Xavier blickte Matthias verdattert an. Vielleicht, weil der Rivale seines Großvaters ihn »mein Junge« genannt hatte, vielleicht war es aber auch der Gesichtsausdruck des alten Mannes. Auf jeden Fall reichte es, um ihn zur Besinnung zu bringen. Keiner zweifelte mehr daran, dass Joël hinter dem Überfall und dem Raub steckte, aber dies war auf keinen Fall der richtige Zeitpunkt, das laut auszusprechen. Schweigend kehrten sie nach Les Salants zurück, und als sie dort ankamen, war das Undenkbare geschehen: Zum ersten Mal seit Generationen waren sich die Bastonnets und die Guénolés in einer Sache absolut einig.

Diesmal, so befanden sie, bedeutete es Krieg.

Bis zum Ende der Woche kursierten die wildesten Gerüchte im Dorf. Selbst die Kinder hatten die Geschichte zu hören bekommen, sie war von einem zum anderen weitergereicht worden, mit allen möglichen Widersprüchen und Ausschmückungen, bis sie nahezu epische Ausmaße angenommen hatte. In einem Punkt jedoch waren sie sich alle einig: Genug ist genug.

»Wir hätten die Vergangenheit ruhen lassen«, sagte Matthias während einer Partie *belote* in Angélos Bar. »Wir waren es zufrieden, mit ihnen Geschäfte zu machen. Aber dann haben sie angefangen, falsch zu spielen – und darauf läuft es letztlich immer hinaus, wenn man sich auf die Houssins einlässt.«

Omer nickte. »Es wird allmählich Zeit, dass wir uns zur Wehr setzen«, stimmte er zu. »Zeit, dass wir ihnen einen Denkzettel verpassen.«

»Das ist leicht gesagt«, bemerkte Toinette, die gerade eine Glückssträhne hatte. »Am Ende ist es doch immer das Gleiche«, sagte sie über ihre Stapel von Geldscheinen und Münzen hinweg, »am Ende werden nur wieder große Worte gespuckt. Da können wir genauso gut in den Wind spucken wie …«

»Pff!«, knurrte Matthias. »Diesmal nicht. Diesmal sind sie entschieden zu weit gegangen.«

38

Von nun an wurde mächtig Stimmung gemacht gegen die Houssins. Unser neu gewonnener Gemeinschaftsgeist verlangte es geradezu. Die Preise für Hummer und Krabben stiegen beträchtlich, Angélo verkaufte seine Getränke doppelt so teuer, sobald sich ein Houssin in seine Bar verirrte. Der Supermarkt in La Houssinière erhielt eine Ladung vergammeltes Gemüse vom Hof der Familie Prossage (Omer machte das schlechte Wetter dafür verantwortlich), und eines Nachts brach jemand in die Garage ein, in der Joël Lacroix seine geliebte Honda unterstellte, und schüttete Sand in den Tank. Alle in Les Salants warteten darauf, dass der Polizist im Dorf auftauchte, um der Sache nachzugehen, doch er ließ sich nie blicken.

»Die Houssins haben viel zu lange die Nase vorn gehabt«, erklärte Omer. »Die glauben, bloß weil sie eine Zeit lang Glück gehabt haben, wird das immer so weitergehen.«

Niemand widersprach ihm, und auch daran konnte man ablesen, was für große Fortschritte wir gemacht hatten. Selbst Matthias, der sich nur schwer vorstellen konnte, dass sich etwas änderte, nickte energisch. »Man ist nie zu alt, um etwas zu ändern«, sagte er.

»Genau, und manchmal muss man dem Lauf der Gezeiten eben ein bisschen nachhelfen.«

»Wir sollten Werbung betreiben«, schlug Capucine vor.

»An der Strandmauer in La Houssinière, wo die Touristen ankommen, eine Reklametafel aufstellen. Das würde das Geschäft ankurbeln. Und die Houssins würden eins auf den Deckel kriegen.«

Noch vor einem halben Jahr hätte so ein Vorschlag – zumal von einer Frau – nur Spott und Gelächter hervorgerufen. Aber jetzt zeigten Aristide und Matthias sich durchaus interessiert. Auch die anderen horchten auf.

»Warum eigentlich nicht?«

»Klingt gut.«

»Damit könnte man diese Houssins ein bisschen provozieren.«

»Stellt euch mal vor, was Brismand für ein Gesicht machen würde!«

Es wurden Köpfe geschüttelt. Es wurde reichlich Schnaps getrunken. La Houssinière so offen herauszufordern war ein Riesenschritt für Les Salants. Eine solche Aktion würde – zu Recht – als Kriegserklärung aufgefasst werden.

»Sollen sie das ruhig so sehen«, erklärte Aristide, der den Überfall auf seinen Enkel nicht vergessen hatte. »Es ist ja auch ein Krieg. Wir haben uns schon immer im Krieg befunden. Nur dass die Houssins bisher jedes Mal gewonnen haben.«

Die anderen dachten einen Augenblick lang über seine Worte nach. Es war nicht das erste Mal, dass jemand diese Meinung vertrat, aber den Houssins als ebenbürtige Konkurrenten entgegenzutreten, war allen bisher völlig absurd erschienen. Doch jetzt schien ein Sieg in greifbare Nähe zu rücken.

Matthias sprach für uns alle. »Den Fisch teurer an sie zu verkaufen ist eine Sache«, sagte er langsam. »Aber was du vorschlägst, würde bedeuten ...«

Aristide schnaubte verächtlich. »La Houssinière ist nicht irgendjemandes Austernbank, Guénolé«, schimpfte er. »Die Touristen sind Freiwild. Die gehören nicht den Houssins. Die könnten genauso gut zu uns kommen.«

»Das hätten wir sogar verdient«, fügte Toinette hinzu.

»Wir sind es uns schuldig, es wenigstens zu versuchen. Fürchtest du dich etwa vor den Houssins, Matthias, ist es das? Glaubst du, die wären was Besseres?«

»Natürlich nicht. Ich frage mich nur, ob wir schon so weit sind, es mit ihnen aufnehmen zu können.«

Die alte Frau zuckte die Achseln. »Warum sollten wir nicht so weit sein? In vier Monaten fängt die Saison an. Wir könnten pro Tag ein halbes Dutzend Tagesausflügler an Land ziehen, vielleicht sogar noch mehr. Überleg dir das mal!«

»Wir bräuchten Zimmer, wo die Leute übernachten könnten«, sagte Matthias. »Wir haben kein Hotel. Und auch keinen Zeltplatz, der den Namen verdient.«

»Ihr Guénolés seid doch alle Hasenfüße«, entgegnete Aristide. »Da muss erst ein Bastonnet kommen, um euch zu zeigen, wie man das macht. Ihr habt doch noch ein Extrazimmer, oder?«

Toinette nickte. »Jeder hier hat ein oder zwei Zimmer, die er nicht braucht. Die meisten haben auch ein Stückchen Land, das sich zum Zelten eignet. Frühstück und Mittagessen anzubieten ist auch keine Kunst. Damit hätten wir genauso viel in petto wie jeder andere Ort an der Küste. Mehr sogar. Diese Städter bezahlen bestimmt eine Menge Geld dafür, um in einem typischen Inselhaus wohnen zu dürfen. Dann braucht man nur noch ein paar Kupfertöpfe an die Wand zu hängen und ab und zu für ein ordentliches Kaminfeuer zu sorgen.«

»Man könnte in einem Lehmofen *devinoiseries* backen.«

»Und die Inseltrachten aus der Mottenkiste holen.«

»Wie wär's mit traditioneller Musik – ich hab meinen alten *biniou* noch irgendwo auf dem Speicher.«

»Man könnte Kunsthandwerk und Stickereien verkaufen, Angelausflüge anbieten.«

Nachdem sie einmal Feuer gefangen hatten, waren die Leute nicht mehr zu bremsen. Ich musste an mich halten, um über die allgemeine Aufregung nicht laut zu lachen, doch gleichzeitig war ich auch gerührt. Selbst die skeptischen Guénolés ließen sich anstecken. Alle riefen durcheinander, schlugen mit den Fäusten auf die Tische, stießen mit ihren Gläsern an. Man ging davon aus, dass die Touristen alles kaufen würden, was auch nur entfernt mit Kunsthandwerk zu tun hatte oder typisch für die Insel war. Jahrelang hatten wir darüber gejammert, dass Les Salants keine zeitgemäßen Einrichtungen besaß, hatten La Houssinière um sein Hotel, seinen Spielsalon und sein Kino beneidet. Zum ersten Mal erkannten wir, dass unsere vermeintliche Schwäche uns Profit bringen konnte. Wir mussten nur die Initiative ergreifen und ein bisschen investieren.

Während Ostern immer näher rückte, stürzte mein Vater sich mit frischem Elan in sein Bauprojekt. Und er war nicht der Einzige. Überall im Dorf sah man Anzeichen geschäftiger Aktivität. Omer begann, seine alte Scheune auszubauen, andere pflanzten Blumen in ihre Vorgärten oder hängten neue Gardinen an die Fenster. Les Salants war wie eine unscheinbare Frau, die verliebt ist und zum ersten Mal entdeckt, dass sie schön sein kann.

Seit ihrer Abreise nach Weihnachten hatten wir von Adrienne nichts mehr gehört. Das war mir nur recht. Ihr Besuch hatte eine Menge unangenehme Erinnerungen aufgewühlt, und unser Streit am letzten Tag lag mir immer noch auf dem Magen. Falls GrosJean enttäuscht war, so ließ er es sich jedenfalls nicht anmerken. Er ging offensichtlich vollkommen in seiner Arbeit auf, und dafür war ich dankbar, auch wenn er weiterhin unnahbar blieb. Für Letzteres machte ich meine Schwester verantwortlich.

Auch Flynn wirkte seit Wochen abwesend. Das lag zum Teil daran, dass er so hart arbeitete. Er schuftete nicht nur auf GrosJeans Baustelle, sondern packte überall im Dorf mit an. Bei Toinette im Garten hatte er sanitäre Anlagen gebaut für Feriengäste, die dort zelten wollten, er half Omer dabei, seine Scheune in eine Ferienwohnung umzuwandeln. Ansonsten war er ganz der Alte, machte seine üblichen spöttischen Bemerkungen, spielte leidenschaftlich Schach und

Karten, schmeichelte Capucine, neckte Mercédès, beeindruckte die Kinder mit Berichten von seinen Reisen rund um die Welt und wuchs den Salannais immer mehr ans Herz. Für langfristige Pläne aber war er nach wie vor nicht zu haben.

Es kamen auch keine weiteren Vorschläge oder Anregungen von ihm. Das war auch vielleicht nicht mehr nötig, jetzt, wo die Salannais angefangen hatten, ihr Schicksal selbst in die Hand zu nehmen.

Mir ging immer noch nicht aus dem Kopf, was in La Goulue zwischen uns vorgefallen war. Flynn dagegen schien es völlig vergessen zu haben, und nachdem ich mir zahllose Male den Kopf darüber zerbrochen hatte, beschloss ich, das ebenfalls zu tun. Ich fand ihn attraktiv, ja. Die Erkenntnis war ganz plötzlich über mich gekommen, und ich hatte mich zum Narren gemacht. Aber seine Freundschaft war mir wichtiger, vor allem jetzt. Zwar hätte ich es anderen gegenüber niemals zugegeben, doch seit der wundersamen Verwandlung von Les Salants und dem Beginn von Gros-Jeans Bauprojekt fühlte ich mich irgendwie ausgeschlossen.

Es war nichts, das ich konkret hätte benennen können. Die Leute waren nett und freundlich. Es gab kein Haus im Dorf – nicht einmal das von Aristide –, in dem ich nicht willkommen gewesen wäre. Und dennoch blieb ich irgendwie eine Außenseiterin. In der Art und Weise, wie die Leute mit mir umgingen, lag eine Förmlichkeit, die mich bedrückte. Wenn ich jemanden zum Tee besuchte, servierte man ihn mir im besten Geschirr. Wenn ich bei Omer Gemüse kaufte, steckte er mir jedes Mal ein bisschen mehr zu, als ich bezahlt hatte. Bei alldem fühlte ich mich unwohl. Es hob mich von den anderen ab. Als ich Capucine darauf ansprach, lachte sie nur. Flynn, sagte ich mir, ist der Einzige, der mich versteht.

So kam es, dass ich mehr Zeit denn je mit ihm verbrachte. Er war nicht nur ein guter Zuhörer, sondern er besaß die Fähigkeit, meine Probleme mit einem Grinsen oder einer spöttischen Bemerkung zu relativieren. Vor allem hatte er

Verständnis für das Leben, das ich fern der Insel verbracht hatte, meine Jahre in Paris, und wenn ich mit ihm redete, brauchte ich nie nach einfacheren Worten zu suchen oder mich anzustrengen, einen komplizierten Gedanken zu erklären, wie es häufig der Fall war, wenn ich mich mit einem Salannais unterhielt. Ich hätte es nie laut ausgesprochen, aber manchmal fühlte ich mich den Dörflern gegenüber wie eine Lehrerin vor einer nicht zu bändigenden Schulklasse. Mal empfand ich Zuneigung für sie, mal strapazierten sie meine Nerven. Mal benahmen sie sich wie Kinder, mal bewiesen sie eine erstaunliche Lebensweisheit. Wenn sie doch nur lernen würden, über den Tellerrand zu blicken.

»Wir haben jetzt einen richtigen Strand«, sagte ich eines Tages zu Flynn in La Goulue. »Vielleicht kriegen wir ja auch ein paar echte Touristen.«

Er lag auf dem Rücken im Sand und schaute in den Himmel.

»Wer weiß«, beharrte ich, »am Ende wird Les Salants noch zu einem beliebten Urlaubsort.« Es war eine scherzhafte Bemerkung, aber er lächelte nicht einmal. »Zumindest kriegt Brismand endlich mal sein Fett weg. Nachdem er all die Jahre abgesahnt hat, wird es Zeit, dass Les Salants auch mal zum Zug kommt.«

»So sehen Sie das also?«, sagte er. »Dass Sie jetzt zum Zug kommen?«

Ich setzte mich auf. »Was ist los? Was verschweigen Sie mir?«

Flynn starrte unverwandt in den Himmel. In seinen Augen spiegelten sich die Wolken.

»Nun?«

»Ihr seid alle so selbstzufrieden. Ein kleiner Sieg, ein kleiner Triumph, und ihr glaubt, es wäre alles möglich. Als Nächstes werdet ihr noch übers Wasser wandeln.«

»Und?« Sein Ton gefiel mir micht. »Was ist denn dagegen einzuwenden, wenn die Leute ein bisschen Unternehmergeist entwickeln?«

»Es ist zum Beispiel dagegen einzuwenden, Mado, dass alles zu glatt läuft. Zu viel, zu schnell. Was glauben Sie, wie lange es dauern wird, bis sich das rumspricht? Bis jeder ein Stück vom Kuchen abhaben will?«

Ich zuckte die Achseln. Einen neuen Strand kann man nicht ewig für sich allein behalten. Auf einer Insel kommt die Wahrheit ziemlich schnell ans Licht. Kein Geheimnis kann auf Dauer gewahrt werden. Außerdem, was sollte denn schon passieren?

Flynn schloss die Augen. »Warten Sie ab«, sagte er betont kühl. »Sie werden's schon sehen.«

Aber ich hatte zu viel zu tun, um meine Zeit mit dieser Art Pessimismus zu vergeuden. In drei Monaten würden die Sommerferien anfangen, und alle im Dorf legten sich noch mehr ins Zeug als beim Bau des Bouch'ou. Der Erfolg hatte uns übermütig gemacht. Hinzu kam, dass wir alle die Aufbruchstimmung genossen.

Flynn, der seinen Triumph ein ganzes Jahr lang hätte auskosten können, wenn er gewollt hätte, dem sich jeder in Les Salants entgegenkommend gezeigt hätte und der in Angélos Bar kein Getränk hätte bezahlen müssen, wahrte nach wie vor Distanz. So bedachten die Leute eben die Heilige mit ihrer Dankbarkeit und überhäuften den ihr errichteten Altar mit Opfergaben. Am ersten April lösten Damien und Lolo einen kleinen Skandal aus, als sie der Statue einen toten Fisch zu Füßen legten, aber im Großen und Ganzen erfreute sich die zurückgekehrte Heilige großer Verehrung, und Toinette profitierte davon.

Noch vor einem Jahr hätte kein Salannais auch nur in Erwägung gezogen, irgendwo Geld zu investieren, ganz zu schweigen davon, sich welches zu leihen. Schließlich könnte niemand Sicherheit für Kredite bieten, selbst wenn es auf Le Devin eine Bank gäbe. Aber jetzt war alles anders. Aus Kisten und aus Kleiderschränken wurden Ersparnisse hervorgeholt. Wir begannen, ungeahnte Möglichkeiten vor uns zu sehen. Omer brachte den Ausdruck »kurzfristiger Kredit« als Erster zur Sprache, und alle zeigten sich interessiert.

Alain gestand, dass auch er bereits etwas Ähnliches in Erwägung gezogen habe. Jemand hatte von einer Organisation auf dem Festland gehört – vielleicht einer Stiftung, die mit dem Landwirtschaftsministerium zu tun hatte –, die für Projekte wie das unsere Zuschüsse vergab.

Mit der Zeit nahmen die Vorbereitungen immer konkretere Formen an. Ich wurde beauftragt, aus Klinkern und kunstvoll geschnitzten Stücken Treibholz Schilder herzustellen:

Meersalz aus heimischer Produktion (5 kg à 50 F)
Seilerei Bastonnet
Angélos Café-Restaurant (Tagesmenü 30 F)
Fremdenzimmer – freundliche Atmosphäre
Galerie Prasteau – Künstlerin
Kapelle der Sainte-Marine-de-la-Mer (Führung 10 F)

Wochenlang wurde im ganzen Dorf wie besessen gehämmert, gejätet, gerecht, gemalt, gekalkt, getrunken (Arbeit macht durstig) und gestritten.

»Wir sollten jemanden nach Fromentine schicken, um Werbung zu machen«, meinte Xavier. »Flugblätter verteilen, Mundpropaganda nutzen.«

Aristide stimmte ihm zu. »Wir beide übernehmen das. Ich bleibe am Kai und kümmere mich um die Fähre. In der Zwischenzeit kannst du in der Stadt herumlaufen. Mado, kannst du eine Reklametafel für uns bauen? Und vielleicht ein paar Flugblätter? Wir könnten uns für ein paar Tage in einer Pension einquartieren. Das wird ein Kinderspiel!« Er lachte selbstzufrieden in sich hinein.

Xavier war weniger begeistert. Vielleicht, weil er ein paar Tage ohne Mercédès würde auskommen müssen. Aber Aristide war in seinem Tatendrang nicht zu bremsen. Er packte ein paar Sachen, die Reklametafeln und die Flugblätter ein und ließ verlauten, er müsse in einer Familienangelegenheit aufs Festland fahren.

»Die Houssins werden noch früh genug von ihrem Glück erfahren«, meinte er.

Ich hatte, da es keine Möglichkeit zum Kopieren gab, hundert Flugblätter von Hand geschrieben. Xavier erhielt den Auftrag, sie in sämtlichen Geschäften und Cafés in Fromentine zu verteilen.

BESUCHEN SIE LES SALANTS
– *Ein Dorf, das seit hundert Jahren unverändert geblieben ist*
Genießen Sie die typische Küche der Insel
Unseren sauberen, goldenen Badestrand
Unsere herzliche Gastfreundschaft
ENTDECKEN SIE LES SALANTS!

Den Text hatten die Bastonnets, die Guénolés und die Prossages diskutiert und immer wieder geändert, bis wir alle zufrieden waren. Zum Schluss korrigierte ich die Rechtschreibung. Wir verbreiteten das Gerücht, die Bastonnets müssten sich nach Pornic begeben, um einem Verwandten in Schwierigkeiten beizustehen, und sorgten dafür, dass die Information an den richtigen Orten kursierte. Man brauchte es nur Jojo-le-Goëland zu erzählen, dann konnte man sich darauf verlassen, dass schon bald jeder in La Houssinière auf dem Laufenden war. In Les Salants war man sich einig, dass die Houssins erst Wind von der Sache bekommen sollten, wenn es zu spät war.

Unser Angriff würde sie vollkommen überrumpeln. Bis zum Sommer, verkündete Aristide triumphierend, würde der Krieg vorbei sein, noch bevor er richtig angefangen hatte.

39

Ab Ostern fuhr die *Brismand 1* wieder zweimal wöchentlich. Das war ein großes Glück für Les Salants, denn bei all den Renovierungsarbeiten und Vorbereitungsaktionen wurde im Dorf allmählich das Material knapp, und niemand wollte sich verraten, indem er in La Houssinière Nachschub bestellte. Aristide und Xavier waren in Fromentine auf großes Interesse gestoßen, sie hatten alle Flugblätter verteilt und im örtlichen Tourismusbüro ausführliche Informationen hinterlassen. Einige Wochen später fuhren sie noch einmal aufs Festland, diesmal bis nach Nantes und mit doppelt so vielen Flugblättern im Gepäck. Wir anderen warteten gespannt auf die Neuigkeiten, die sie mitbringen würden. Derweil gaben wir unseren Arbeiten den letzten Schliff und hielten Ausschau nach Spionen aus La Houssinière. Das war nämlich durchaus nötig. Jojo-le-Goëland war mehrmals in der Nähe von La Goulue mit einem Fernglas gesehen worden, man hatte Motorräder durch das Dorf fahren hören, und Joël Lacroix hatte es sich zur Angewohnheit gemacht, abends in den Dünen spazieren zu gehen – bis jemand ihn mit einer doppelten Ladung Steinsalz beschoss. Zwar wurde, wenn auch eher halbherzig, in dem Fall ermittelt, aber es gebe so viele Männer auf der Insel, die eine Schrotflinte besaßen, wie Alain Pierre Lacroix treuherzig erklärte, dass es schier unmöglich sei, den Schuldigen ausfindig zu machen, selbst wenn man davon ausgehe, dass es jemand aus Les Salants gewesen sein könnte.

»Es könnte genauso gut jemand vom Festland gewesen sein«, pflichtete Aristide bei. »Oder auch aus La Houssinière.«

Lacroix verzog ärgerlich die Mundwinkel. »Passen Sie auf, was Sie sagen, Bastonnet«, drohte er.

»Wer, ich?«, entgegnete Aristide empört. »Sie glauben doch nicht etwa, *ich* hätte etwas mit dem Anschlag auf Ihren Sohn zu tun?«

Es folgten keine Vergeltungsmaßnahmen. Vielleicht hatte Lacroix seinen Sohn ins Gebet genommen, vielleicht waren die Houssins aber auch viel zu sehr mit ihren eigenen Vorbereitungen auf die Saison beschäftigt, doch in La Houssinière herrschte eine unheimliche Stille für die Jahreszeit. Selbst die Motorradbande verschwand zeitweilig von der Bildfläche.

»Umso besser!«, erklärte Toinette, die ihre Schrotflinte hinter der Haustür neben ihrem Brennholzstapel griffbereit stehen hatte. »Wenn einer von diesen Flegeln es wagt, hier herumzuschnüffeln, dann brenne ich ihm höchstpersönlich eine doppelte Ladung auf den Pelz.«

Inzwischen fehlte Aristide zu seinem Glück nur noch eins: die offizielle Bekanntgabe der Verlobung zwischen seinem Enkel und Mercédès. Allerdings gab es Grund genug, damit zu rechnen: Die beiden waren seit einiger Zeit unzertrennlich, Xavier stumm und starr vor Bewunderung, während das Objekt seiner Verehrung sich kokettierend in auffallender und aufreizender Kleidung zeigte. Das allein genügte, um im Dorf Spekulationen zu schüren. Hinzu kam, dass Omer Gefallen an dieser Verbindung fand. Als fürsorglicher Vater machte er daraus kein Geheimnis. Der Junge habe eine viel versprechende Zukunft, erklärte er selbstgefällig. Xavier sei ein Salannais mit dem Herzen auf dem rechten Fleck. Er habe Respekt vor der älteren Generation und genug Geld, um eine Familie zu gründen. Aristide hatte seinem Enkel bereits eine unbekannte Summe vererbt – im Dorf kursierten die wildesten Gerüchte darüber, aber alle waren sich einig, dass der Alte große Ersparnisse in einem Versteck gehortet hatte –, um sich auf die eigenen Beine zu stellen, und Xavier hatte enorme Fortschritte gemacht beim Umbau der halb verfallenen Hütte, in die er demnächst einziehen wollte.

»Es wird allmählich Zeit, dass er heiratet«, meinte Aristide. »Wir werden alle nicht jünger, und ich wünsche mir ein paar Urenkel, bevor ich sterbe. Xavier ist alles, was mir von meinem armen Olivier geblieben ist. Ich verlasse mich darauf, dass er den Namen der Familie weiterführt.«

Mercédès war ein hübsches Mädchen und noch dazu eine Salannaise. Omer und die Bastonnets waren seit Jahren befreundet. Außerdem sei Xavier bis über beide Ohren verliebt in sie, erklärte Aristide mit einem lüsternen Funkeln in den Augen. Es konnte einfach nicht mehr lange dauern, bis er seine Urenkel bekam.

»Mindestens ein Dutzend«, sagte er träumerisch, während er mit beiden Händen Mercédès' körperliche Vorzüge beschrieb. Schmale Taille, breite Hüften. Aristide wusste, worauf es ankam. Ein Devinnois, verkündete er gern, solle sich eine Frau wählen, als würde er eine Zuchtstute aussuchen. Wenn sie dann auch noch hübsch war, umso besser.

»Ein Dutzend«, wiederholte er strahlend und rieb sich die Hände, »vielleicht auch noch mehr.«

Trotz allem jedoch haftete unserer Zuversicht eine Art Verzweiflung an. Mit Worten kann man keinen Krieg gewinnen, und unsere Gegner in La Houssinière wirkten allzu kühl und desinteressiert, als dass wir uns hätten siegessicher fühlen können. Claude Brismand war mehrmals mit Jojo-le-Goëland und Pinoz, dem Bürgermeister, in la Goulue gesehen worden. Falls das, was er dort zu Gesicht bekam, ihn beunruhigte, so ließ er es sich nicht anmerken. Er wirkte völlig unbesorgt, grüßte jeden, der ihm begegnete, mit dem üblichen väterlich wohlwollenden Lächeln. Dennoch kamen uns diverse Gerüchte zu Ohren. Die Geschäfte, so hieß es, liefen nicht besonders gut in La Houssinière. »Ich hab gehört, Brismand musste einige Hotelbuchungen absagen«, berichtete Omer. »Feuchtigkeit in den Wänden.«

Am Ende der Woche übermannte mich die Neugier zu

erfahren, was in Les Immortelles vor sich ging. Unter einem Vorwand – Farben, die ich vom Festland bestellen musste – ging ich nach La Houssinière, um mich mit eigenen Augen von den angeblichen Schäden im Hotel zu überzeugen.

Natürlich waren die Beschreibungen völlig übertrieben gewesen. Dennoch war nicht zu übersehen, dass der Zustand des Hotels sich seit meinem letzten Besuch verschlechtert hatte. Das Gebäude selbst wirkte unverändert, bis auf ein Gerüst an einer Seite, aber die Sandschicht am davor gelegenen Strand war noch dünner geworden, und an einigen Stellen war nur eine kahle, steile Felsküste übrig geblieben.

Es war leicht zu erkennen, wie es dazu gekommen war. Die Ereignisse der vergangenen Monate, all die Arbeit, die wir in Les Salants geleistet hatten, die Mischung aus Trägheit und Arroganz der Houssins, die die Wahrheit nicht sehen wollten, obwohl sie direkt vor ihren Füßen lag. Das Ausmaß und die Kühnheit unseres Täuschungsmanövers sorgten dafür, dass niemand es sich vorstellen konnte. Selbst Brismand mit all seinem Argwohn begriff nicht, was sich vor seiner Nase abspielte.

Einmal in Gang gesetzt, würde der Verfall sich beschleunigen und schließlich unaufhaltsam sein. Die Wellen, die gegen die Strandmauer schlugen, würden den restlichen Sand fortspülen und Felsen und Steine bloßlegen, bis nichts mehr übrig war als der alte Damm. In ein paar Jahren würde vielleicht gar nichts mehr übrig sein. Nur noch wenige Sommer, wenn der Wind mitspielte.

Ich schaute mich um nach Jojo, Brismand oder sonst jemandem, der mir Auskunft geben könnte, aber es war niemand zu sehen. Die Rue des Immortelles war mal wieder fast menschenleer. Ein paar Touristen warteten an einem Stand, wo eine gelangweilt wirkende, Kaugummi kauende junge Frau unter einem *Choky*-Sonnenschirm Eis verkaufte.

Als ich mich der Strandmauer näherte, entdeckte ich vereinzelt Touristen auf dem kläglichen Strand. Es handelte sich wohl um eine Familie: Vater, Mutter, ein Baby und ein Hund, die alle frierend unter einem im Wind flatternden Sonnenschirm hockten. Im April ist das Wetter auf den Inseln sehr wechselhaft, und an jenem Tag fegte eine heftige Brise vom Meer her, die die Luft stark abkühlte. Ein vielleicht achtjähriges Mädchen mit einem Lockenkopf und großen, runden Augen kletterte weiter hinten am Strand auf den Felsbrocken herum. Als die Kleine bemerkte, dass ich sie beobachtete, winkte sie mir zu. »Machst du hier Ferien?«, rief sie.

Ich schüttelte den Kopf. »Nein, ich wohne hier.«

»Warst du denn schon mal in Ferien? Fahrt ihr in die Stadt, wenn wir hierher kommen? Schwimmt ihr am Wochenende im Meer?«

»Laetitia«, schalt ihr Vater, der sich umgedreht hatte, um nachzusehen, was da vor sich ging. »Stell nicht so unhöfliche Fragen.«

Laetitia sah mich neugierig an. Ich zwinkerte ihr zu. Das reichte, um ihr die Scheu zu nehmen. In Windeseile war sie den Pfad zur Promenade heraufgelaufen und saß neben mir auf der Strandmauer, einen Fuß untergeschlagen.

»Gibt es einen Strand, da wo du wohnst? Ist er größer als der hier? Kannst du immer, wenn du willst, an den Strand gehen? Kann man dort an Weihnachten Sandburgen bauen?«

Ich lächelte. »Wenn man will.«

»Cool!«

Ich erfuhr, dass ihre Mutter Gabi hieß, ihr Vater Philippe und ihr Hund Pétrole. Der Hund wurde auf Schiffen immer seekrank. Laetitia hatte einen großen Bruder, Tim, der in Rennes an der Universität studierte. Sie hatte auch noch einen zweiten Bruder, Stéphane, aber der war noch ein Baby. Als sie ihn erwähnte, verzog sie das Gesicht.

»Der macht überhaupt nichts. Manchmal schläft er. Er ist soo langweilig. Ich geh jeden Tag an den Strand, solange wir hier sind«, verkündete sie strahlend. »Dann grab ich so lange, bis ich Ton finde, daraus kann man nämlich Figuren kneten. Das haben wir letztes Jahr in Nizza gemacht«, erklärte sie. »Das war cool. Supercool.«

»Laetitia!«, rief ihre Mutter vom Strand aus. »Was hab ich dir gesagt?«

Laetitia seufzte theatralisch. »Haach. Meine Mutter will nicht, dass ich hier raufklettere. Ich muss gehen.«

Sie rutschte von der Strandmauer, ohne sich um die Scherben zu scheren, die sich am Fuß der Mauer angesammelt hatten.

»Tschüss!« Einen Augenblick später war sie am Wasser und warf mit Tang nach den Möwen.

Ich winkte zurück und fuhr fort, die Promenade näher in Augenschein zu nehmen. Seit meinem letzten Besuch hier hatten einige der Läden an der Rue des Immortelles wieder eröffnet, aber abgesehen von Laetitia und ihrer Familie waren keine potenziellen Kunden in Sicht. Sœur Thérèse und Sœur Extase dösten in ihren schwarzen Habits auf einer Bank mit Blick auf das Meer. Joël Lacroix' Motorrad stand ihnen gegenüber, doch sein Besitzer war nirgendwo zu sehen. Ich winkte den beiden Nonnen zu, ging zu ihnen hinüber und setzte mich neben sie.

»Ach, da ist ja wieder die kleine Mado«, sagte eine der Nonnen – sie trugen beide ihre weißen Hauben, so dass ich sie kaum auseinander halten konnte. »Heute ohne Zeichenblock?«

Ich nickte. »Zu windig.«

»Schlechter Wind für Les Immortelles«, sagte Sœur Thérèse und wippte mit den Füßen.

»Nicht so schlecht für Les Salants«, meinte Sœur Extase. »Hier kursieren ...«

»Alle möglichen Gerüchte. Du würdest dich wundern, was ...«

»Was wir alles zu hören bekommen.«

»Die Leute glauben, wir wären so alt und tattrig wie die armen Leute im Seniorenheim, zu senil, um mitzubekommen, was vor sich geht. Natürlich sind wir so alt wie die Hügel, das heißt ...«

»Wenn es hier irgendwelche Hügel gäbe, aber hier gibt es keine, nur Dünen ...«

»Allerdings nicht mehr so viel Sand wie früher, *ma sœur*, nein, längst nicht mehr so viel.«

Die beiden Nonnen blickten mich unter den Hauben hervor mit ihren vogelartigen Augen an. »Ich habe gehört, Brismand musste in diesem Jahr zum ersten Mal Buchungen stornieren«, sagte ich vorsichtig. »Stimmt das?«

Die Nonnen nickten. »Nicht alle Buchungen, aber ein paar ...«

»Ja, ein paar. Er hat sich fürchterlich aufgeregt. Wir hatten eine Überschwemmung, stimmt's, *ma sœur*, das war kurz nach den ...«

»Frühjahrsstürmen. Der ganze Keller stand unter Wasser und sogar das Erdgeschoss. Der Architekt sagt, die Wände sind feucht wegen ...«

»Des Winds. Das muss er im Winter alles in Ordnung bringen lassen. Bis dahin ...«

»Stehen für die Touristen nur Zimmer nach hinten heraus zur Verfügung. Kein Blick aufs Meer, kein Strand. Es ist wirklich ...«

»Sehr bedauerlich.«

Ziemlich verlegen gab ich ihnen Recht.

»Aber wenn die Heilige es will ...«

»Oh, ja. Wenn die Heilige es will ...«

Ich verabschiedete mich, und sie winkten mir nach. Aus der Entfernung wirkten sie mehr denn je wie Vögel, mit ihren weißen Hauben sahen sie aus wie Möwen, die auf einer Welle schaukelten.

Als ich die Straße überquerte, bemerkte ich, dass Joël Lacroix im Eingang des Chat Noir stand und mich beobachtete. Er rauchte eine Gitane, die er wie die Fischer in der hohlen Hand hielt. Unsere Blicke begegneten sich, und er nickte mir kurz zu, sagte jedoch nichts. Hinter ihm im Eingang des Cafés konnte ich die von Qualm umhüllte Gestalt einer jungen Frau ausmachen – langes, schwarzes Haar, rotes Kleid, lange Beine, hochhackige Sandaletten –, die mir irgendwie bekannt vorkam. Doch im nächsten Augenblick verschwand Joël im Dunkel des Cafés und die junge Frau mit ihm. Ich hatte das Gefühl, als versuchte er, sie vor meinem Blick zu verbergen.

Erst später, auf dem Weg zurück nach Les Salants, fiel mir ein, warum die junge Frau mir bekannt vorgekommen war. Es war – da war ich mir beinahe sicher – Mercédès Prossage.

40

Natürlich erwähnte ich niemandem gegenüber etwas von meiner Entdeckung. Mercédès war achtzehn und hatte das Recht, sich aufzuhalten, wo sie wollte. Aber die Sache lag mir auf der Seele. Joël Lacroix war den Salannais weiß Gott nicht wohl gesinnt, und ich wagte kaum, mir vorzustellen, was das Mädchen alles unbeabsichtigt über unsere Pläne verraten konnte.

Doch schon bald hatte ich ganz andere Sorgen. Als ich aus La Houssinière zurückkehrte, saß mein Vater zusammen mit Flynn am Küchentisch und studierte mit ihm auf Pauspapier gezeichnete Pläne. Einen Augenblick lang fühlten sie sich unbeobachtet. Das Gesicht meines Vaters glühte vor Aufregung, und Flynn wirkte völlig fasziniert, wie ein kleiner Junge, der seinen Ameisenstaat betrachtet. Dann bemerkten sie mich und blickten auf.

»Ein neuer Auftrag«, erklärte Flynn. »Ihr Vater möchte, dass ich seinen Bootsschuppen umbaue.«

»Wirklich?«

GrosJean musste meinen Unwillen gespürt haben, denn er machte eine ungehaltene Geste. Offenbar wünschte er nicht, dass ich mich einmischte. Ich schaute Flynn an, der die Achseln zuckte.

»Was soll ich machen?«, fragte er. »Es ist schließlich sein Haus. Ich hab ihm den Floh nicht ins Ohr gesetzt.«

Das stimmte natürlich. GrosJean konnte mit seinem Haus tun, was er wollte. Aber ich fragte mich, woher er das Geld nehmen wollte. Außerdem war die Bootswerkstatt, so heruntergekommen sie auch sein mochte, für mich immer noch ein Bindeglied zur Vergangenheit, und ich wollte sie nicht verlieren.

Ich betrachtete die Zeichnungen etwas genauer. Sie waren gar nicht schlecht. Mein Vater hatte ein gutes Auge für Details, und ich konnte leicht erkennen, was er vorhatte – ein Sommerhaus oder vielleicht ein Atelier mit einem Wohnraum, einer kleinen Küche und einem Badezimmer. Der Schuppen war groß. Man brauchte nur eine Decke einzuziehen, eine Falltür einzubauen, eine Leiter daranzustellen, und schon hätte man ein Schlafzimmer unter dem Dach.

»Das ist für Adrienne, nicht wahr?«, sagte ich in der Gewissheit, dass ich Recht hatte. Dieses Schlafzimmer mit der Falltür, die Küche, das Wohnzimmer mit der breiten Fensterfront. »Für Adrienne und die Jungs.«

GrosJean sah mich wortlos an, seine Augen so leer wie blaues Porzellan, dann beugte er sich wieder über die Pläne. Ich wandte mich um und ging nach draußen. Mir war übel. Einen Augenblick später spürte ich, dass Flynn hinter mir stand.

»Wer bezahlt das alles?«, fragte ich, ohne ihn anzusehen. »GrosJean hat kein Geld.«

»Vielleicht hat er Ersparnisse, von denen Sie nichts wissen.«

»Sie haben schon besser gelogen, Flynn.«

Schweigen. Ich spürte ihn immer noch hinter mir, spürte, dass er mich beobachtete. Einige Möwen flogen mit lautem Flügelschlag von der Düne auf.

»Vielleicht hat er sich das Geld geliehen«, meinte Flynn schließlich. »Mado, er ist ein erwachsener Mann. Er kann sein Leben allein regeln.«

»Ich weiß.«

»Sie haben getan, was Sie konnten. Sie haben ihm geholfen ...«

»Und wozu?« Ich fuhr wütend herum. »Was hab ich

davon? Ihn interessiert doch nur, mit Adrienne und ihren Kindern heilige Familie zu spielen.«

»Willkommen in der Wirklichkeit, Mado«, sagte Flynn. »Sie haben doch nicht etwa Dankbarkeit von ihm erwartet, oder?«

Schweigen. Mit dem Fuß zog ich eine Linie in den harten Sand. »Wer hat ihm das Geld geliehen, Flynn? Brismand?«

Flynn wirkte genervt. »Woher soll ich das wissen?«

»War es Brismand?«

Er seufzte. »Kann sein. Spielt das eine Rolle?«

Ich ließ ihn wortlos stehen.

Ich nahm von den Arbeiten am Bootsschuppen keinerlei Notiz. Flynn kam mit einer Lastwagenladung Material aus La Houssinière und verbrachte eine Woche damit, den Schuppen zu entkernen. GrosJean hielt sich die ganze Zeit in seiner Nähe auf, beobachtete ihn, studierte die Pläne. Unwillkürlich wurde ich eifersüchtig, weil er so viel Zeit mit Flynn verbrachte. Es war, als hätte mein Vater, weil er meine Missbilligung spürte, angefangen, mir aus dem Weg zu gehen.

Ich erfuhr, dass Adrienne vorhatte, die Sommerferien mit ihren Kindern in Les Salants zu verbringen. Die Nachricht sorgte für einige Aufregung im Dorf, denn noch immer warteten auch andere Familien sehnsüchtig auf die Rückkehr eines Sohns oder einer Tochter.

»Ich glaube, diesmal wird sie Wort halten«, sagte Capucine. »Meine Clo ist keine schlechte Tochter. Nicht viel Grips, aber ein gutes Herz.«

Auch Désirée Bastonnet machte einen hoffnungsvollen Eindruck. Auf dem Weg nach La Houssinière traf ich sie in einem neuen, grünen Mantel und mit einem blumengeschmückten Hut auf dem Kopf. Sie wirkte jünger in ihren neuen Sachen, ihre Wangen leuchteten rosig, und sie lächelte, als ich an ihr vorbeiging. Ich war so überrascht, dass ich mich umdrehte und auf sie wartete, um mich zu versichern, dass ich sie richtig erkannt hatte.

»Ich treffe mich mit meinem Sohn Philippe«, sagte sie zu mir. »Er kommt jetzt jeden Sommer mit seiner Familie nach La Houssinière. Im Juni wird er sechsunddreißig.«

Einen Moment lang musste ich an Flynn denken. Ich fragte mich, ob auch er eine Mutter wie Désirée hatte, die auf seine Rückkehr wartete. »Es freut mich, dass Sie sich mit ihm treffen«, sagte ich. »Und ich hoffe, dass er sich mit seinem Vater versöhnen wird.«

Désirée schüttelte den Kopf. »Du weißt doch, wie stur mein Mann ist«, erwiderte sie. »Er tut so, als wüsste er nicht, dass ich mit Philippe in Kontakt stehe. Er glaubt, der Junge würde nach all den Jahren nur zurückkommen, weil er hinter dem Geld seines Vaters her ist.« Sie seufzte. Dann fuhr sie entschlossen fort: »Wenn Aristide seine Chance verpassen will, dann ist das seine Entscheidung. An dem Abend an der Pointe Griznoz hat die Heilige zu mir gesprochen. Von jetzt an, hat sie gesagt, müssen wir unser Schicksal selbst in die Hand nehmen. Und genau das habe ich vor.«

Ich lächelte. Ob das Wunder vorgetäuscht war oder nicht, Désirée hatte es jedenfalls verändert. Selbst wenn der Bouch'ou ein Fehlschlag gewesen wäre, hatte Flynns Trick wenigstens das bewirkt, und plötzlich empfand ich große Sympathie für ihn. Trotz seines zur Schau gestellten Zynismus, sagte ich mir, ist er nicht völlig desinteressiert.

Ich wünschte, ich könnte mich auf die Ankunft meiner Schwester freuen. Während die Arbeiten an dem Bootsschuppen voranschritten, wurde GrosJean immer lebhafter. Es war bei allem zu spüren, was er tat – er war plötzlich voller Energie, saß nicht länger stundenlang in der Küche herum und starrte stumm aufs Meer hinaus. Er redete jetzt auch häufiger mit mir, allerdings sprach er meistens von nichts anderem als Adriennes Ankunft, und ich genoss es nicht so sehr, wie ich es unter anderen Umständen getan hätte. Es war, als hätte ihn jemand angeschaltet und zum Leben erweckt. Ich hätte mich so gern für ihn gefreut, doch es gelang mir nicht.

Stattdessen stürzte ich mich wild entschlossen in meine Malerei. Ich malte den Strand von La Goulue, die weiß gekalkten Häuser mit ihren roten Dachziegeln, das *Blockhaus* an der Pointe Griznoz mit den rosafarbenen Tamarisken, die sich sanft im Wind wiegten, die Dünen mit den blassgrünen Büscheln Hasenschwanzgras, die Boote bei Ebbe, Möwen, die auf den Wellen schaukelten, langhaarige Fischer in ihren verblichenen Joppen, Toinette Prossage mit ihrer weißen Haube und ihrem schwarzen Witwenkleid, wie sie den Holzstapel hinter ihrem Haus nach Schnecken absuchte. Ich sagte mir, dass sich, sobald die Touristen einträfen, Käufer für meine Bilder finden würden, und betrachtete meine Ausgaben – für Leinwände, Farben und andere Materialien – als Investition. Ich konnte nur hoffen, dass meine Rechnung aufging, denn meine Ersparnisse waren fast aufgebraucht. GrosJean und ich gaben zwar nur sehr wenig für den Haushalt aus, aber die Kosten für den Umbau des Schuppens machten mich nervös. Ich verhandelte mit dem Eigentümer einer kleinen Galerie in Fromantine, der sich bereit erklärte, einige meiner Bilder gegen eine Gewinnbeteiligung zum Verkauf anzubieten. Es wäre mir lieber gewesen, wenn ich auf der Insel eine Möglichkeit gefunden hätte, meine Bilder zu verkaufen. Aber es war zumindest ein Anfang. Ungeduldig wartete ich auf den Beginn der Saison.

Einige Tage später begegnete ich wieder einmal der Touristenfamilie. Ich war draußen in La Goulue mit meinem Zeichenblock und versuchte, den Blick auf das Wasser bei Ebbe einzufangen, als sie plötzlich wie aus dem Nichts auftauchten. Laetitia lief mit dem Hund voraus, während ihre Eltern, Gabi und Philippe, mit dem Kinderwagen hinterherschlenderten. Philippe trug einen Picknickkorb und einen Beutel voller Spielzeug.
    Laetitia winkte mir ausgelassen zu. »Hallo! Wir haben einen Strand gefunden!« Atemlos und strahlend blieb sie vor mir stehen. »Hier ist ein ganzer Strand, und es sind überhaupt keine Leute da. Wie auf einer einsamen Insel. Das ist der supercoolste Wüsteninselstrand aller Zeiten!«
    Lächelnd stimmte ich ihr zu.

Gabi winkte mir freundlich zu. Sie war klein, mollig und braun gebrannt und trug einen gelben *paréo* über ihrem Badeanzug. »Ist es hier ungefährlich?«, fragte sie. »Zum Schwimmen, meine ich. Es ist gar keine grüne Fahne zu sehen.«

Ich lachte. »Ja, es ist völlig ungefährlich«, versicherte ich ihr. »Es ist nur so, dass sich kaum jemand auf unsere Seite der Insel verirrt.«

»Auf dieser Seite gefällt es uns am besten«, verkündete Laetitia. »Hier kann man toll schwimmen. Ich kann nämlich schon schwimmen«, fügte sie stolz hinzu. »Aber nur im flachen Wasser.«

»Les Immortelles ist für Kinder zu gefährlich«, erklärte Gabi. »Der Strand fällt zu steil ab. Die Strömung ist tückisch.«

»Aber hier ist es super!«, rief Laetitia und lief über den Pfad in Richtung Klippe. »Hier gibt es Felsen und alles. Los, komm Pétrole!«

Der Hund folgte ihr aufgeregt bellend. La Goulue hallte wider von dem ungewohnten, ausgelassenen Kinderlachen.

»Das Wasser ist ein bisschen kalt«, sagte ich, während ich Laetitia beobachtete, die inzwischen an der Flutgrenze angekommen war und mit einem Stock im Sand herumstocherte.

»Sie wird schon aufpassen«, sagte Philippe. »Ich kenne diese Bucht.«

»Wirklich?« Jetzt, wo ich ihn aus der Nähe betrachten konnte, sah er fast aus wie ein Insulaner, er hatte die gleichen schwarzen Haare und blauen Augen der Einheimischen. »Sagen Sie mal, kann es sein, dass ich Sie kenne? Sie kommen mir irgendwie bekannt vor.«

Philippe schüttelte den Kopf. »Nein, Sie kennen mich nicht«, sagte er. »Aber vielleicht kennen Sie meine Mutter.« Sein Blick wanderte zu einem Punkt hinter mir, und er lächelte. Automatisch drehte ich mich um.

»Oma!«, rief Laetitia vom Strand aus und rannte durch das seichte Wasser auf die Frau zu. Wasser spritzte in alle Richtungen. Pétrole begann wieder zu bellen.

»Hallo Mado«, sagte Désirée Bastonnet lächelnd. »Wie ich sehe, hast du meinen Sohn schon kennen gelernt.«

Er war für die Osterferien hergekommen. Er, Gabi und die Kinder wohnten in dem Ferienhaus hinter dem Clos du Phare, und seit ich Désirée auf dem Weg nach La Houssinière begegnet war, hatte sie ihren Sohn und seine Familie mehrmals besucht.

»Das ist super«, sagte Laetitia und biss in ein *pain au chocolat* aus dem Picknickkorb. »Die ganze Zeit hatte ich eine Oma und wusste gar nichts davon. Ich hab auch einen Opa, aber den hab ich noch nicht kennen gelernt. Bald gehen wir ihn besuchen.«

Désirée schaute mich an und schüttelte kaum merklich den Kopf. »Dieser sture alte Bock«, sagte sie liebevoll. »Er hat diese alte Geschichte immer noch nicht vergessen. Aber wir geben nicht auf.«

Der Umbau von GrosJeans Bootsschuppen war fast abgeschlossen. Flynn hatte ein paar Männer aus La Houssinière angeheuert, die ihm zur Hand gingen, und die Arbeiten waren sehr schnell vorangegangen. Wie das Ganze finanziert werden sollte, war mir immer noch nicht klar.

Als ich mit Aristide über das Thema sprach, wurde er philosophisch. »Die Zeiten ändern sich«, sinnierte er. »Wenn dein Vater Arbeiter aus La Houssinière einstellt, kann das nur bedeuten, dass es sich für ihn lohnt. Sonst würde er das doch nicht tun.«

Ich konnte nur hoffen, dass er Recht hatte. Die Vorstellung, dass mein Vater bei Brismand Schulden machte, gefiel mir überhaupt nicht. »Einen kleinen Kredit aufzunehmen ist gar nicht dumm«, meinte Aristide gut gelaunt. »Man muss in die Zukunft investieren. So wie es in letzter Zeit aussieht, werden wir keine Probleme haben, das Geld zurückzuzahlen.«

Ich schloss daraus, dass auch er sich Geld geliehen hatte. Eine Hochzeit auf der Insel ist eine teure Angelegenheit, und ich wusste, er würde ein großes Fest für Xavier und Mercédès ausrichten, sobald das Datum feststand. Dennoch war mir nicht wohl bei dem Gedanken.

41

In der ersten Juniwoche fingen die Schulferien an. Damit begann die Sommersaison, und wir erwarteten die Ankunft der *Brismand 1* mit großem Interesse. Lolo und Damien schlenderten abwechselnd die Promenade entlang. Falls es jemandem auffiel, wie genau sie die Leute beobachteten, so machte jedenfalls niemand eine Bemerkung darüber. La Houssinière schmorte still in der heißen Sonne. Am früher vom Wasser überfluteten Clos du Phare hatten sich Risse im Boden gebildet, die das Gehen unangenehm und das Fahrradfahren gefährlich machten. Die *Brismand 1* brachte täglich nicht mehr als eine Hand voll Touristen mit, und Les Salants wurde ungeduldig und reizbar wie eine Braut, die man zu lange in der Kirche warten lässt. Wir waren bereit, mehr als bereit. Nun hatten wir Zeit, darüber nachzudenken, wie viel Energie und wie viel Geld wir in den Wiederaufbau von Les Salants gesteckt hatten und was alles auf dem Spiel stand. Alle wurden zunehmend nervös.

»Wahrscheinlich hast du nicht genug Flugblätter verteilt«, fuhr Matthias Aristide an. »Ich hab ja gleich gesagt, wir hätten jemand anders schicken sollen!«

Aristide schnaubte. »Wir haben alle verteilt, die wir hatten. Wir sind sogar bis nach Nantes gefahren!«

»Genau, um euch dort zu amüsieren, anstatt euch ums Geschäft zu kümmern.«

»Du alter Streithammel, ich zeig dir gleich, wo du dir deine Flugblätter hinstecken kannst!« Aristide stand angriffslustig auf, den Stock in der Hand. Matthias griff nach einem Stuhl. Das hätte zu einem Ringkampf in der höchsten Altersklasse der Welt führen können, wenn Flynn nicht eingegriffen und vorgeschlagen hätte, noch einmal nach Fromentine zu fahren.

»Vielleicht finden Sie raus, was da los ist«, meinte er. »Oder vielleicht muss man den Touristen die Insel einfach nochmal ein bisschen schmackhaft machen.«

Matthias wirkte skeptisch. »Ich lasse doch nicht zu, dass die Bastonnets sich auf meine Kosten in Fromentine vergnügen«, fauchte er. Anscheinend hielt er die kleine Küstenstadt für einen gefährlichen Sündenpfuhl.

»Fahren Sie doch zusammen«, schlug Flynn vor. »Dann können Sie sich gegenseitig im Auge behalten.«

»Keine schlechte Idee.«

Das wackelige Bündnis zwischen den beiden Familien war gerettet. Es wurde beschlossen, dass Matthias, Xavier, Ghislain und Aristide gemeinsam am Freitagmorgen mit der Fähre nach Fromentine fahren sollten. Freitag sei der richtige Tag, erklärte Aristide, da fing das Wochenende an, und die Touristen kamen in Strömen. Reklametafeln seien gut und schön, meinte er, aber nichts sei wirksamer als ein Ausrufer auf der Landebrücke. Bis Freitagabend, so versprachen sie, würden alle unsere Probleme gelöst sein.

Aber es blieb noch fast eine Woche zu überbrücken. Also warteten wir weiter ungeduldig, die Älteren vertrieben sich die Zeit mit Schach und Bier in Angélos Bar, die Jüngeren mit Fischen in La Goulue, wo die Ausbeute immer besser war als draußen an der Pointe Griznoz.

Mercédès begab sich an heißen Tagen zum Sonnenbaden an den Strand, ihre üppigen Kurven in einen mit Leopardenmuster bedruckten Badeanzug gehüllt. Ich erwischte Damien mehrmals dabei, wie er sie mit einem Fernglas beobachtete. Wahrscheinlich war er nicht der Einzige.

Am Freitagnachmittag stand das halbe Dorf am Kai in La

Houssinière und wartete auf die *Brismand 1*. Désirée, Omer, Capucine, Toinette, Hilaire, Lolo und Damien. Auch Flynn war da, wie immer ein bisschen abseits. Sogar Mercédès war gekommen, um Xavier zu begrüßen. Sie trug ein kurzes, orangefarbenes Kleid und dazu hochhackige Sandaletten. Omer beobachtete sie mit einer Mischung aus Besorgnis und Stolz im Blick. Mercédès tat so, als merkte sie nichts davon.

Claude Brismand saß auf der Terrasse seines Hotels und wartete ebenfalls. Ich konnte ihn vom Landesteg aus sehen, seine massige Gestalt in einem weißen Hemd und einer Fischermütze, in einer Hand ein Getränk. Er wirkte entspannt, erwartungsvoll. Aus der Entfernung konnte ich sein Gesicht nicht erkennen. Capucine merkte, dass ich ihn anschaute, und grinste.

»Der wird sich wundern, wenn die Fähre einläuft.«

Da war ich mir nicht so sicher. Brismand wusste über fast alles Bescheid, was auf der Insel passierte, und auch wenn er vielleicht nichts daran ändern konnte, wundern würde er sich sicherlich nicht. Der Gedanke machte mich nervös, ich fühlte mich plötzlich beobachtet. Je mehr ich darüber nachdachte, mit welcher Gelassenheit er dasaß, umso mehr kam ich zu der Überzeugung, dass er mich tatsächlich beobachtete. Als wüsste er etwas, von dem ich nichts ahnte.

Das gefiel mir ganz und gar nicht.

Alain schaute auf seine Armbanduhr. »Die Fähre hat Verspätung.«

Eine Viertelstunde, mehr nicht. Aber während wir warteten, in der Sonne schwitzend und blinzelnd, kam es uns vor wie Stunden. Capucine zog einen Schokoladenriegel aus ihrer Hosentasche und verschlang ihn mit drei kurzen, nervösen Bissen. Alain schaute erneut auf seine Uhr.

»Ich hätte selbst fahren sollen«, knurrte er. »Die vermasseln doch alles, wenn man sie allein lässt.«

Omer schaute ihn mit zusammengezogenen Brauen an. »Ich kann mich nicht erinnern, dass du dich freiwillig gemeldet hättest.«

»Ich sehe was!«, schrie Lolo, der unten am Wasser stand.

Alle schauten in die Richtung, in die er deutete. Am milchigen Horizont tauchte etwas Weißes auf.

»Die Fähre!«

»He, schubs mich nicht!«

»Da ist sie! Gleich hinter der *balise*!«

Es dauerte noch eine halbe Stunde, bis wir Einzelheiten erkennen konnten. Lolo hatte sein Fernglas dabei, das wir uns abwechselnd vor die Augen hielten. Der Steg wankte unter unseren Füßen. Die kleine Fähre fuhr in einem großen Bogen auf Les Immortelles zu und zog einen weißen Streifen Kielwasser hinter sich her. Als sie sich näherte, sahen wir, dass sich an Deck jede Menge Leute drängelten.

»Touristen!«

»Und so viele.«

»Da sind unsere Leute.«

Xavier lehnte sich so weit über die Reling, dass es aussah, als würde er gleich ins Wasser fallen. Er winkte uns aufgeregt zu, und seine dünne Stimme erreichte uns über das Wasser hinweg.

»Wir haben es geschafft! Wir haben es geschafft! Mercédès, wir haben es geschafft.«

Claude Brismand saß noch immer auf der Terrasse des Hotels und verfolgte das Treiben ungerührt. Ab und zu hob er sein Glas an den Mund. Endlich legte die *Brismand 1* an, und die Touristen strömten über die Landebrücke. Aristide, schwer auf seinen Enkel gestützt, aber mit siegessicherer Miene, humpelte auf den Steg. Omer und Alain nahmen ihn in Empfang und hievten ihn auf ihre Schultern. Capucine hob ein Schild hoch mit der Aufschrift: »Nach Les Salants«. Lolo, der keine Gelegenheit ausließ, sich ein bisschen Taschengeld zu verdienen, stand mit einem hölzernen Fahrradanhänger parat und rief: »Gepäck! Die preiswerteste Art, Ihr Gepäck nach Les Salants transportieren zu lassen!«

Es waren etwa dreißig Leute an Bord, vielleicht sogar mehr. Studenten, Familien, ein altes Paar mit Hund, Kinder. Ich hörte Lachen, aufgeregte Stimmen, die teilweise in

Fremdsprachen redeten. Nachdem wir sie herzlich umarmt und ihnen auf die Schultern geklopft hatten, erklärten unsere Helden, warum unser erster Versuch, Werbung für Les Salants zu machen, gescheitert war: Unsere Reklametafeln waren auf geheimnisvolle Weise verschwunden. Der Angestellte des Touristenzentrums von Fromentine (der jetzt als Collaborateur der Houssins entlarvt worden war) hatte, nachdem er so getan hatte, als sei er auf unserer Seite, alle Einzelheiten unserer Pläne an Brismand weitergegeben und sein Bestes getan, um Touristen von einem Besuch in Les Salants abzuhalten.

Ich sah Jojo-le-Goëland mit offenem Mund auf der Promenade stehen, einen Zigarettenstummel zwischen den Fingern. Auch einige Ladenbesitzer waren auf die Straße getreten, um nachzusehen, was am Hafen vor sich ging. Im Eingang des Chat Noir stand der Bürgermeister Pinoz, vor ihm Joël Lacroix auf seinem Motorrad. Beide schauten verwundert zu uns herüber.

»Fahrräder zu vermieten!«, verkündete Omer Prossage. »Gleich am Ende der Straße. Fahrräder, um nach Les Salants zu radeln!«

Xavier, stolz und glücklich, lief zu Mercédès, nahm sie in die Arme und wirbelte sie herum. Xavier schien nicht zu bemerken, dass seine Freundin seine Begeisterung nicht wirklich teilte. Aristide und sein Enkel winkten mit stapelweise Papieren.

»*Buchungen!*«, rief Aristide, der noch immer auf Omers Schultern saß. »Für dich, Prossage, und für dich, Guénolé, und fünf Leute, die bei Toinette zelten wollen ...«

»Insgesamt elf Buchungen! Und es werden noch mehr!«

»Es hat tatsächlich funktioniert«, murmelte Capucine beeindruckt.

»Sie haben es geschafft!«, rief Toinette, fiel Matthias Guénolé um den Hals und gab ihm einen schmatzenden Kuss.

»*Wir* haben es geschafft«, korrigierte Alain, der mich plötzlich überschwänglich in die Arme schloss. »Les Salants!«

»Ein Hoch auf Les Salants!«

»Hoch, Les Salants!«

Ich weiß nicht, warum ich mich in dem Augenblick umdrehte. Aus Neugier vielleicht oder aber, um den Augenblick auszukosten. Es war unser Sieg, unser großer Tag. Vielleicht wollte ich auch einfach nur sein Gesicht sehen.

Ich war die Einzige. Während meine Freunde sich singend und schwatzend auf den Heimweg machten, wandte ich mich um, nur einen Augenblick lang, und schaute zu der Hotelterrasse hinüber, wo Brismand saß. Das Licht fiel so, dass ich sein Gesicht gut erkennen konnte. Er war aufgestanden, hatte sein Glas gehoben und prostete uns spöttisch zu.

»Auf Les Salants!«

Er schaute mich direkt an.

TEIL DREI

Der Ritt auf den Wellen

42

Drei Tage später traf meine Schwester mit ihrer Familie ein. Der Schuppen (der jetzt das »Studio« genannt wurde) war fast fertig, und GrosJean saß auf der Gartenbank, um zuzusehen, wie das Ganze seinen letzten Schliff bekam. Flynn war drinnen und überprüfte die Stromleitungen. Die beiden Houssins, die beim Umbau geholfen hatten, waren schon wieder fort.

Den Hof, jetzt durch einen Jägerzaun vom Gartenhaus abgetrennt, hatten sie in zwei Hälften aufgeteilt. Die eine Hälfte diente als Garten, in dem GrosJean ein paar Bänke, einen Tisch und ein paar Blumenkübel aufgestellt hatte. In der anderen stapelten sich immer noch Reste des Baumaterials. Ich fragte mich, wie lange es wohl dauern würde, bis GrosJean seinen alten Arbeitsplatz vollkommen aufgab.

Die Sache hätte mich nicht so sehr beschäftigen sollen. Aber ich kam nicht dagegen an. Der Bootsschuppen und die Werkstatt waren unser Ort gewesen, der einzige Ort, von dem Adrienne und meine Mutter ausgeschlossen waren. Er war immer noch voller Geister. Ich als kleines Mädchen, wie ich im Schneidersitz unter der Werkbank hockte. GrosJean, der an der Drehbank ein Stück Holz bearbeitete. GrosJean, wie er beim Arbeiten eine Melodie aus dem Radio mitsummte, und ich, ein Butterbrot essend, während er mir eine von seinen Geschichten erzählte. GrosJean, wie er mich, einen Riesenpinsel in der Hand, fragte: »Wie sollen wir sie nennen, *Odile* oder *Odette*?« GrosJean, wie er über meine Versuche lachte, ein Segel zu nähen, GrosJean, wie er einen Schritt zurücktrat, um sein Werk zu bewundern ... Niemand anders hatte ihn so erlebt. Adrienne nicht und auch nicht meine Mutter. Sie hatten es nicht verstanden. Meine Mutter hatte immer nur herumgemeckert, weil er irgendwelche Dinge nicht erledigte – all seine angefangenen Arbeiten, die er sich vorgenommen hatte, die Regale, die gebaut werden mussten, der Zaun, der repariert werden musste. Am Ende hatte sie ihn überhaupt nicht mehr ernst genommen. Für sie war er ein Bastler, der nichts zu Ende brachte, ein kleiner Handwerker, der pro Jahr nicht mehr als ein Boot baute, ein Nichtstuer, der sich den ganzen Tag hinter seinem Durcheinander aus Werkzeug und Arbeitsmaterial versteckte, bis er dann irgendwann auftauchte und erwartete, dass sein Essen auf dem Tisch stand. Adrienne schämte sich für ihn, weil seine Kleider immer mit Farbe beschmiert waren, weil er keine Umgangsformen besaß, und sie vermied es, sich mit ihm in La Houssinière blicken zu lassen. Ich war die Einzige in der Familie, die ihn bei der Arbeit erlebte. Ich war die Einzige, die stolz auf ihn war. Mein eigener Geist spukte in den Überresten der Bootswerkstatt herum, in der festen Überzeugung, dass wir beide hier so sein konnten, wie wir nirgendwo anders zu sein wagten.

An dem Morgen, als meine Schwester ankam, saß ich im Garten und malte ein Porträt von meinem Vater. Es war ein typischer wolkenloser Sommermorgen, wenn alles noch grün und feucht ist, und GrosJean war heiter gestimmt, saß rauchend und Kaffee trinkend in der Sonne, den Schirm seiner Fischermütze in die Stirn gezogen.

Plötzlich hörten wir, wie ein Auto hinter dem Haus hielt, und ich wusste sofort, wer es war.

Meine Schwester trug eine weiße Bluse und einen langen, wallenden Seidenrock. Als ich sie sah, fühlte ich mich auf der Stelle schlampig und schlecht angezogen. Sie küsste mich auf die Wange, während die Kinder, die wie Zwillinge die gleichen kurzen Hosen und T-Shirts anhatten, miteinander flüsternd am Zaun stehen blieben und mit großen Augen zu uns herüberschauten. Marin und die Kinderfrau trugen das Gepäck herein. Mein Vater blieb, wo er war, doch seine Augen leuchteten.

Flynn stand in der Tür des Schuppens, immer noch in seiner Arbeitshose. Ich hoffte, er würde bleiben – aus irgendeinem Grund dachte ich, es könnte mich aufmuntern, wenn er in der Nähe seine Arbeit verrichtete –, aber der Anblick von Adrienne und ihrer Familie ließ ihn innehalten, und er blieb beinahe instinktiv im Schatten der Tür stehen. Ich machte eine kaum merkliche Geste mit der Hand, wie um ihn zu bitten, nicht fortzugehen, doch da war er schon in den Hof getreten und sprang über die Mauer auf die Straße. Er winkte mir kurz zu, ohne sich umzudrehen, stieg auf die Düne und ging in Richtung La Goulue.

Marin schaute ihm nach. »Was macht der denn hier?«, fragte er. Ich sah ihn an, verblüfft über den scharfen Unterton in seiner Stimme.

»Er arbeitet für uns. Kennst du ihn?«

»Ich hab ihn in La Houssinière gesehen. Mein Onkel ...« Er hielt inne und rang sich ein dünnes Lächeln ab. »Nein, ich kenne ihn nicht«, sagte er und wandte sich ab.

Sie aßen mit uns zu Mittag. Ich hatte einen Lammeintopf gekocht, und GrosJean verspeiste ihn mit seinem üblichen Appetit, biss nach jedem Löffel Eintopf herzhaft ein Stück Brot ab. Adrienne stocherte vornehm in ihrem Teller herum und aß kaum etwas.

»Wie schön, wieder zu Hause zu sein«, sagte sie und lächelte GrosJean strahlend an. »Die Jungs haben sich so gefreut herzukommen. Seit Ostern haben sie uns vor lauter Aufregung keine Ruhe gelassen.«

Ich schaute die Kinder an. Sie wirkten beide nicht besonders begeistert. Loïc spielte mit einem Stück Brot herum und zerkrümelte es auf seinem Teller. Franck starrte aus dem Fenster.

»Und du hast so eine schöne Ferienwohnung für sie gebaut, Papa«, fuhr Adrienne fort. »Sie werden die Zeit hier sehr genießen.«

Adrienne und Marin, so erfuhren wir, würden in Les Immortelles wohnen. Die Jungen konnten mit ihrer Kinderfrau bei uns bleiben, aber Marin hatte geschäftliche Dinge mit seinem Onkel zu regeln, und er konnte noch nicht abschätzen, wie viel Zeit das in Anspruch nehmen würde. GrosJean schien diese Neuigkeit nicht weiter zu beeindrucken. Er löffelte stumm seinen Eintopf, den Blick auf die Kinder gerichtet. Franck flüsterte seinem Bruder etwas auf Arabisch zu, und die Jungen kicherten.

»Ich hab mich gewundert, als ich diesen rothaarigen Engländer hier gesehen habe«, sagte Marin zu GrosJean und schenkte sich ein Glas Wein ein. »Ist er ein Freund von dir?«

»Wieso, was hat er denn getan?«, brauste ich gereizt auf.

Marin zuckte die Achseln, sagte jedoch nichts. GrosJean schien überhaupt nicht hinzuhören.

»Auf jeden Fall hat er das Ferienhaus ganz toll gemacht«, sagte Adrienne gut gelaunt. »Wir werden alle viel Spaß darin haben!«

Schweigend beendeten wir die Mahlzeit.

43

Seit der Ankunft der Jungs war GrosJean in seinem Element. Er saß im Garten und schaute ihnen schweigend beim Spielen zu, brachte ihnen bei, aus Holz- und Segeltuchresten kleine Boote zu bauen, oder ging mit ihnen in die Dünen und spielte im hohen Gras mit ihnen Verstecken. Adrienne und Marin kamen ab und an zu Besuch, blieben jedoch meistens nicht lange. Marins geschäftliche Angelegenheiten, erklärten sie, seien komplizierter als erwartet und würden wahrscheinlich noch einige Zeit in Anspruch nehmen.

Mittlerweile war in Les Salants der Sommer eingekehrt. Die Arbeiten im Dorf waren fast beendet – die Gärten waren in Ordnung gebracht, überall sprossen Malven, Lavendel und Rosmarin aus dem sandigen Boden, die Fensterläden und Türen waren frisch gestrichen, die Straßen sauber gefegt, die Beete geharkt, und die Häuser mit ihren frisch gekalkten Wänden und ockerfarbenen Dachziegeln leuchteten in der Sonne. Die neu eingerichteten Gästezimmer und die umgebauten Geräteschuppen füllten sich bereits mit Sommergästen. Eine Gruppe Touristen hatte sich auf dem Zeltplatz bei La Houssinière einquartiert, doch die Leute kamen immer wieder nach Les Salants, um in den Dünen spazieren zu gehen und das malerische Dorf zu bewundern. Philippe Bastonnet verbrachte mit seiner Familie die Sommerferien auf Le Devin, und sie verbrachten fast jeden Tag in La Goulue. Aristide hielt sich stur von ihnen fern, aber Désirée traf sich mit ihnen am Strand und saß mit unter ihrem großen Sonnenschirm, während Laetitia in den Pfützen zwischen den Felsen herumplanschte.

Toinette hatte kurzerhand das Feld hinter ihrem Haus zum Zeltplatz erklärt. Der Preis, den sie für die Benutzung verlangte, lag um die Hälfte unter dem des Campingplatzes von La Houssinière, und ein junges Pärchen aus Paris hatte dort bereits sein Zelt aufgeschlagen. Die sanitären Anlagen waren primitiv – Toinettes Plumpsklo und Duschhaus, dazu ein Gartenschlauch für Trinkwasser – aber es gab täglich frisches Gemüse von Omers Hof, gleich daneben war Angélos Bar, und natürlich lag der Strand in der Nähe, dessen Sandschicht zwar noch etwas dünn war, aber mit jeder Flut an Dicke zunahm. Seitdem der Sand die Steine bedeckte, war der Boden weich und eben. Mehrere Felsbrocken jenseits der Flutlinie schützten vor hohen Wellen. Am Fuß der Klippe gab es Pfützen und Priele, in denen die Kinder nach Herzenslust planschen konnten. Laetitia freundete sich schnell mit den Kindern aus Les Salants an. Anfangs waren sie ihr eher skeptisch begegnet – sie waren es nicht gewohnt, mit Touristen in Kontakt zu kommen –, aber mit ihrer offenen und freundlichen Art hatte Laetitia sie bald für sich gewonnen. Nach einer Woche sah man sie nur noch zusammen. Sie liefen barfuß durch Les Salants, stocherten mit Stöcken im Bach, tollten mit Pétrole in den Dünen herum. Der pausbäckige, ernste Lolo hatte Laetitia besonders in sein Herz geschlossen, und ich musste insgeheim darüber grinsen, wie er ihre Großstadtsprache und ihren Akzent nachahmte.

Meine Neffen hielten sich von den anderen Kindern fern. Trotz der Bemühungen meines Vaters, sie in seiner Nähe zu halten, verbrachten sie die meiste Zeit in La Houssinière. Am liebsten hielten sie sich in dem Spielsalon neben dem Kino auf. Sie langweilten sich schnell, erklärte Adrienne entschuldigend. In Tanger sei es so viel interessanter für sie gewesen.

Der Einzige, der sich außer Adriennes Kindern nicht für den Strand interessierte, war Damien. Er war nicht nur der Älteste unter den Kindern in Les Salants, sondern auch der verschlossenste. Mehr als einmal hatte ich ihn allein auf der Klippe hocken und Zigaretten rauchen sehen. Als ich ihn fragte, ob er sich mit Lolo zerstritten hätte, hob er nur die Schultern und schüttelte den Kopf. Kinderkram, sagte er wegwerfend. Manchmal müsse er einfach allein sein.

Ich glaubte ihm fast. Er hatte die verdrießliche und mürrische Art seines Vaters geerbt. Einzelgänger, der er war, musste es ihn tief getroffen haben, dass Lolo, früher sein treuester Freund, sich so schnell einer neuen Spielkameradin zugewandt hatte, noch dazu Laetitia, einem Mädchen vom Festland, das gerade mal acht Jahre alt war. Schmunzelnd beobachtete ich, dass Damien mehr und mehr versuchte, sich einen erwachsenen Anstrich zu geben und die coole Lässigkeit von Joël Lacroix und dessen Kumpels nachahmte. Charlotte bemerkte, Damien habe für sein Alter viel zu viel Geld zur Verfügung. Im Dorf kursierte das Gerücht, die Motorradbande habe kürzlich ein neues Mitglied bekommen. Nach allem, was man so hörte, handelte es sich um einen ziemlich jungen Burschen.

Mein Verdacht wurde bestätigt, als ich Damien wenig später vor dem Chat Noir entdeckte. Ich war nach La Houssinière gegangen, um die Ankunft der *Brismand 1* zu erwarten, denn ich wollte ein paar neue Bilder an die Galerie in Fromentine schicken. Ich entdeckte Damien zusammen mit Joël und noch ein paar Jugendlichen auf der Promenade. Auch einige Mädchen waren dabei. Langbeinige junge Dinger in Miniröcken. Unter ihnen erkannte ich Mercédès.

Unsere Blicke begegneten sich, als ich vorbeiging, und sie zuckte leicht zusammen. Sie rauchte – das tat sie zu Hause nie –, und trotz ihres roten Lippenstifts kam sie mir ziemlich blass vor, ihre dunklen Augen wirkten müde und trüb. Sie lachte ein bisschen zu schrill und zog trotzig an ihrer Zigarette. Damien wandte sich verlegen ab. Ich sprach mit keinem von beiden.

In La Houssinière war es still. Die Stadt war keinesfalls ausgestorben, wie einige Salannais schadenfroh behauptet hatten, die Stimmung war eher schläfrig. Die Cafés und Bars waren geöffnet, aber halb leer, am Strand waren vielleicht ein Dutzend Leute. Sœur Extase und Sœur Thérèse saßen auf den Stufen des Hotels in der Sonne und winkten mir zu.

»Hallo, Mado!«

»Was hast du denn da?«

Ich setzte mich neben sie und zeigte ihnen meine Mappe mit den Bildern. Die Nonnen nickten beeindruckt. »Du solltest versuchen, ein paar davon an Monsieur Brismand zu verkaufen.«

»Wir hätten nichts dagegen, wenn wir etwas Hübsches zum Anschauen hätten, stimmt's, *ma sœur*? Diese Kreuzwegszenen haben wir uns lange genug angesehen ...«

»Ja, viel zu lange.« Sœur Thérèse fuhr mit dem Finger über eins meiner Bilder. Es war eine Ansicht der Pointe Griznoz, auf der sich die alte Kirchenruine gegen den Abendhimmel abhob.

»Das Auge der Künstlerin«, sagte sie lächelnd. »Du hast das Talent deines Vaters geerbt.«

»Grüß ihn von uns, Mado.«

»Und rede mal mit Monsieur Brismand. Er ist gerade in einer Besprechung, aber ...«

»Aber er hat schon immer etwas für dich übrig gehabt.«

Ich dachte über den Vorschlag nach. Vielleicht hatten sie Recht. Aber die Vorstellung, mit Claude Brismand Geschäfte zu machen, gefiel mir nicht. Seit unserer letzten Begegnung hatte ich ihn gemieden. Ich wusste, dass er sich Gedanken über die Dauer meines Aufenthalts machte, und ich hatte keine Lust, mich von ihm ausfragen zu lassen. Irgendwie hatte ich das Gefühl, dass er besser Bescheid wusste über das, was in Les Salants vor sich ging, als uns lieb war, und obwohl er nie jemanden dabei erwischt hatte, der am Strand von Les Immortelles Sand entwendete, war er nach wie vor davon überzeugt, dass er es mit Diebstahl zu tun hatte. Der Strand in La Goulue konnte den Houssins nicht verborgen bleiben, und es war nur eine Frage der Zeit, bis das Geheimnis unseres schwimmenden Riffs ans Licht kam. Wenn das passiert, sagte ich mir, will ich so weit wie möglich von Brismand entfernt sein.

Ich wollte gerade gehen, als ich einen kleinen Gegenstand vor meinen Füßen auf dem Boden entdeckte. Es war eine rote Korallenperle wie die, mit denen mein Vater seine Boote schmückte. Viele Insulaner tragen sie immer noch. Jemand musste seine verloren haben.

»Du hast aber scharfe Augen«, bemerkte Sœur Extase, als sie sah, wie ich die Perle aufhob.

»Behalte sie, kleine Mado«, sagte Sœur Thérèse. »Trage sie – sie wird dir Glück bringen.«

Ich verabschiedete mich von den Nonnen und war gerade aufgestanden (die *Brismand 1* hatte ihr Warnsignal ertönen lassen, und ich wollte die Fähre nicht verpassen), als ich hörte, wie im Hotel eine Tür zuschlug und in der Eingangshalle eine lautstarke Diskussion entbrannte. Zwar konnte ich nicht verstehen, was gesagt wurde, aber es klang eindeutig verärgert, dann wurde es laut, als würde jemand im Zorn aufbrechen. Brismands tiefer Bass war aus den Stimmen herauszuhören. Plötzlich stürmten ein Mann und eine Frau fast direkt über uns aus dem Hotel, beide mit wutverzerrtem Gesicht. Die Nonnen rückten zur Seite, um sie vorbeizulassen, dann rückten sie grinsend wieder zusammen.

»Laufen die Geschäfte gut?«, fragte ich Adrienne.

Weder sie noch Marin ließen sich zu einer Antwort herab.

44

Der Sommer kam. Wie immer um diese Jahreszeit blieb das Wetter gut auf den Inseln, warm und sonnig und mit einer leichten Meeresbrise, die dafür sorgte, dass es nicht zu heiß wurde. Sieben von uns hatten mittlerweile Sommergäste, darunter vier komplette Familien, die in den renovierten Zimmern und umgebauten Geräteschuppen untergebracht waren. Toinettes Zeltplatz war voll belegt. Das machte insgesamt achtunddreißig zahlende Gäste, und jedes Mal, wenn die *Brismand 1* anlegte, wurden es mehr.

Charlotte Prossage hatte es sich zur Aufgabe gemacht, einmal pro Woche mit Krabben und Langusten aus dem neuen Vivarium eine Paella zuzubereiten. Sie kochte sie in einer riesigen Pfanne und brachte sie zu Angélo, der sie in Alubehältern zum Mitnehmen verkaufte. Das kam bei den Touristen so gut an, dass Charlotte schließlich Capucine um Hilfe bat. Sie schlug vor, die beiden sollten jeweils pro Woche ein Gericht anbieten. Schon bald gab es sonntags Paella, dienstags *gratin devinnois* (in Weißwein gebackene rote Meeräsche und Bratkartoffeln mit Ziegenkäse) und donnerstags Bouillabaisse. Manche Leute in Les Salants hörten praktisch auf, selbst zu kochen.

Am Tag der Sommersonnenwende gab Aristide endlich die Verlobung zwischen seinem Enkel und Mercédès Prossage bekannt und drehte zur Feier des Tages mit der *Céci-*

lia eine Ehrenrunde um den Bouch'ou. Charlotte sang ein Lied, während Mercédès in einem weißen Kleid im Bug saß und sich mit zusammengebissen Zähnen über den Gestank von Seetang beschwerte und darüber, dass ihr jedes Mal, wenn die *Cecilia* von einer Welle erfasst wurde, das Wasser ins Gesicht spritzte.

Die *Eleanore 2* überstieg alle Erwartungen. Alain und Matthias waren hellauf begeistert, und selbst Ghislain nahm Mercédès' Verlobung mit erstaunlicher Gelassenheit hin. Er hatte selbst verschiedene, hochfliegende Pläne, zum Beispiel wollte er mit der *Eleanore 2* an allen möglichen internationalen Regatten teilnehmen und hoffte, mit den Preisgeldern reich zu werden.

Toinette erfüllte sich einen Traum und verkaufte dutzende von kleinen Kräutersäckchen (die nach wildem Lavendel oder Rosmarin dufteten). »Es ist so simpel«, sagte sie mit leuchtenden Augen. »Diese Touristen kaufen einfach alles. Wilde Kräuter, mit einem Schleifchen zusammengebunden. Die würden sogar Schlick in Dosen kaufen.« Sie kicherte, konnte es selbst kaum glauben. »Man braucht das Zeug nur in kleine Gläser zu stopfen und irgendwas von ›Meerwasser – Hautpflege‹ draufzuschreiben. Meine Mutter hat sich jahrelang den Sud von den Kräutern ins Gesicht geschmiert. Es ist ein altes Schönheitsrezept von den Inseln.«

Omer La Patate fand auf dem Festland einen Abnehmer für sein Gemüse, der ihm seine Ware zu einem erheblich höheren Preis abkaufte, als man ihm in La Houssinière dafür bezahlt hatte. Und nachdem er jahrelang verkündet hatte, sich mit solch unwichtigen Dingen zu beschäftigen, sei die reine Zeitverschwendung, reservierte er jetzt einen Teil seines nutzbaren Ackerbodens für den Anbau von Herbstblumen.

Mercédès verschwand immer wieder für Stunden nach La Houssinière, angeblich, um sich von einer Kosmetikerin behandeln zu lassen. »So viel Zeit, wie du da verbringst«, spottete Toinette, »musst du ja inzwischen Parfüm furzen. Chanel Nummer fünf.« Sie kicherte.

Mercédès warf kokett ihr Haar in den Nacken. »Gott, bist du ordinär, Mémée.«

Aristide weigerte sich weiterhin stur, die Anwesenheit seines Sohnes in La Houssinière zur Kenntnis zu nehmen und stürzte sich stattdessen – fast schon mit Verzweiflung – in die Vorbereitungen für die Verlobung von Xavier und Mercédès.

Désirée war traurig darüber, wunderte sich jedoch nicht. »Das ist mir egal«, sagte sie, als sie mit Gabi und dem Baby unter dem Sonnenschirm saß. »Wir haben zu lange im Schatten von Oliviers Grab gelebt. Jetzt ziehe ich die Gesellschaft der Lebenden vor.«

Ihr Blick wanderte zur Klippe hinauf, wo Aristide häufig saß und beobachtete, wie die Fischerboote zurückkehrten. Mir fiel auf, dass sein Fernglas nicht auf das Meer gerichtet war, sondern auf den Strand, wo Laetitia und Lolo gerade eine Sandburg bauten.

»Jeden Tag hockt er da oben herum«, sagte Désirée. »Neuerdings spricht er kaum noch ein Wort mit mir.« Sie nahm das Baby auf den Arm und richtete sein Sonnenmützchen. »Ich glaube, ich mache einen kleinen Spaziergang zum Wasser«, verkündete sie heiter. »Ich kann ein bisschen frische Luft gebrauchen.«

Es kamen immer noch mehr Touristen. Eine englische Familie mit drei Kindern, ein älteres Ehepaar mit Hund, eine elegante alte Dame, die immer in Pink und Weiß gekleidet war, ein paar Familien, die mit ihren Kindern bei Toinette zelteten.

Wir hatten noch nie so viele Kinder in Les Salants gehabt. Das ganze Dorf war erfüllt von ihrem Lachen und Rufen, überall sah man sie in ihren knallbunten Shorts und T-Shirts herumtollen. Sie dufteten nach Sonnenmilch und Kokosöl und Zuckerwatte und Leben.

Nicht alle Besucher waren Touristen. Mir fiel auf, dass das Ansehen unserer eigenen Jugendlichen – unter ihnen Lolo und Damien – beträchtlich gestiegen war. Ich musste innerlich grinsen, als ich mitbekam, dass sie hin und wieder jungen Houssins gegen Bestechungsgeld Zutritt zu unserem Strand gewährten.

»Geschäftstüchtige Jungs«, bemerkte Capucine, als ich ihr davon erzählte. »Warum sollen sie sich nicht ein bisschen Taschengeld verdienen? Vor allem, wenn sie damit die Geldbeutel der Houssins erleichtern.« Sie lachte zufrieden in sich hinein. »Es ist doch schön, dass wir zur Abwechslung mal was haben, was die interessiert. Sollen sie ruhig dafür bezahlen.«

Eine Zeit lang florierte der Schwarzmarkt. Damien Guénolé akzeptierte als Zahlungsmittel Filterzigaretten, die er, so nahm ich an, heimlich und mit Todesverachtung rauchte, Lolo hingegen bestand auf Bargeld. Er vertraute mir an, dass er für ein Moped sparte.

»Mit einem Moped kann man jede Menge Geld verdienen«, erklärte er ernst. »Man kann für die Leute Besorgungen machen, Botendienste, alles Mögliche. Wenn man eine Transportmöglichkeit hat, ist man nie knapp bei Kasse.«

Erstaunlich, wie sehr ein Dutzend Kinder ein Dorf verändern können. Plötzlich war Les Salants von Leben erfüllt. Die Alten waren nicht mehr in der Überzahl.

»Mir gefällt's«, sagte Toinette, als ich sie darauf ansprach. »Da fühle ich mich auch wieder jünger.«

Sie war nicht die Einzige. Als ich einmal auf die Klippe kam, war der sonst so griesgrämige Aristide gerade dabei, einigen Jungs beizubringen, wie man Seemannsknoten knüpft. Alain, seiner eigenen Familie gegenüber immer so streng und spartanisch, nahm Laetitia auf seinem Boot mit zum Fischen. Désirée drückte kleinen Kindern heimlich Süßigkeiten in die schmuddeligen Hände. Natürlich waren alle froh, dass die Urlauber gekommen waren. Aber die Kinder rührten an unsere Urinstinkte. Wir bestachen und verwöhnten sie ohne Unterlass. Verbiesterte alte Frauen wurden plötzlich weich. Verbitterte alte Männer entdeckten ihre Kindheitsträume wieder.

Flynn war der Liebling der Kinder. Natürlich hatte er auch

schon längst die Sympathie unserer Kinder gewonnen, vielleicht weil er sich nicht ausdrücklich darum bemühte. Aber für die Urlauber war er wie der Rattenfänger von Hameln. Ständig wuselte eine ganze Schar Kinder um ihn herum, sie löcherten ihn mit Fragen, sahen ihm zu, wie er aus Treibholz Skulpturen baute oder Müll vom Strand einsammelte. Sie klebten an ihm wie die Kletten, doch er schien sich nichts daraus zu machen. Stolz zeigten sie ihm die Schätze, die sie am Strand von La Goulue gefunden hatten, und erzählten ihm ihre Geschichten. Schamlos buhlten sie um seine Aufmerksamkeit. Flynn akzeptierte ihre Bewunderung mit derselben charmanten Distanziertheit, die er jedem gegenüber an den Tag legte.

Seit der Ankunft der Touristen hatte ich allerdings den Eindruck, dass Flynn sich noch mehr in sich zurückgezogen hatte. Trotzdem nahm er sich stets Zeit für mich, und immer wieder saßen wir stundenlang zusammen auf dem Dach seines Bunkers oder unten am Strand und redeten. Für diese Stunden war ich dankbar, denn seit Les Salants zu neuem Leben erwacht war, fühlte ich mich seltsam überflüssig, wie eine Mutter, deren Kinder allmählich erwachsen werden. Das war natürlich absurd – niemand konnte über die Veränderungen in Les Salants glücklicher sein als ich –, und dennoch wünschte ich mir manchmal beinahe, irgendetwas möge diese neue Ruhe im Dorf stören.

Flynn lachte, als ich ihm davon erzählte. »Sie sind einfach nicht dafür geschaffen, auf einer Insel zu leben«, sagte er. »Offenbar sind Sie nicht glücklich, wenn Sie keine Probleme haben.«

Es war eine leichthin gemachte Bemerkung, und damals musste ich darüber lachen. »Das stimmt nicht! Ich wünsche mir nichts sehnlicher als ein ruhiges Leben!«

Er grinste. »Wenn Sie in der Nähe sind, hat niemand ein ruhiges Leben.«

Später dachte ich über Flynns Worte nach. Konnte es sein, dass er Recht hatte? Dass ich ein Gefühl von Gefahr, von Unsicherheit für mein Glück brauchte? War es das, was mich nach Le Devin zurückgezogen hatte? Und was war mit Flynn? In jener Nacht bei Ebbe fühlte ich mich rastlos, und ich ging nach La Goulue hinunter, um einen klaren Kopf zu bekommen. Der Mond war halb voll. Ich konnte das leise Plätschern der Wellen hören, und es ging ein leichter Wind. Als ich mich umdrehte, fiel mein Blick auf das *Blockhaus*, das sich wie ein dunkler Klotz gegen den Sternenhimmel abhob, und einen Moment lang war ich mir sicher, dass ich eine Gestalt gesehen hatte, die sich von dem Klotz löste und in den Dünen verschwand. So wie die Gestalt sich bewegte, konnte es nur Flynn sein.

Vielleicht ist er fischen gegangen, sagte ich mir. Andererseits hatte er eine Laterne bei sich getragen. Ich wusste, dass er immer noch hin und wieder Hummer aus den Fanggründen der Guénolés stahl, um nicht aus der Übung zu kommen. So etwas machte man besser im Dunkeln.

Danach tauchte er nicht wieder auf, und da ich zu frösteln begann, machte ich mich schließlich auf den Heimweg. Selbst von weitem konnte ich im Dorf Gesang und Gelächter hören, und Angélos Bar war hell erleuchtet. Weiter unten, auf dem Küstenpfad, standen zwei Gestalten, die im Schatten der Düne kaum zu erkennen waren. Die eine Gestalt war massig, mit runden Schultern, die Hände in den Jackentaschen vergraben, die andere größer und schmaler. Ein Lichtstrahl aus dem Café ließ die Haare des Mannes kurz wie Flammen aufleuchten.

Ich sah die beiden nur einen Augenblick lang. Gedämpfte Stimmen, eine erhobene Hand, eine kurze Umarmung. Dann waren sie verschwunden, Brismand in Richtung Dorf, einen langen Schatten hinter sich herziehend, und Flynn in Richtung des Pfads, der zu mir führte. Ich hatte keine Zeit, um ihm aus dem Weg zu gehen. Eh ich mich versah, stand er vor mir, sein Gesicht vom Mond schwach erleuchtet. Ich war froh, dass meins im Schatten lag.

»Sie sind ja noch spät auf den Beinen«, bemerkte er heiter. Offenbar ahnte er nicht, dass ich ihn mit Brismand gesehen hatte.

»Sie auch«, erwiderte ich. Meine Gedanken verhedderten sich heillos. Ich wusste nicht, was ich von dem halten sollte, was ich gesehen hatte – oder glaubte, gesehen zu haben. Ich musste darüber nachdenken.

Er grinste. »Ich hab eine Partie *belote* gespielt«, sagte er. »Heute hatte ich ausnahmsweise eine Glückssträhne. Omer hat ein Dutzend Flaschen Wein an mich verloren. Charlotte wird ihn erschlagen, sobald er wieder nüchtern ist und ihm das klar wird.« Er zauste mein Haar. »Träumen Sie was Schönes, Mado.« Dann war er auch schon wieder unterwegs und ging pfeifend den Weg zurück, den ich gekommen war.

Es fiel mir unglaublich schwer, Flynn auf sein heimliches Treffen mit Brismand anzusprechen. Die beiden können sich genauso gut zufällig über den Weg gelaufen sein, redete ich mir ein. Les Salants war schießlich kein verbotenes Terrain für Houssins, und Omer, Matthias, Aristide und Alain bestätigten einhellig, dass Flynn tatsächlich an jenem Abend bei Angélo *belote* gespielt hatte. Außerdem, wie Capucine betonte, war Flynn kein Salannais. Er war nicht verpflichtet, Partei zu ergreifen. Vielleicht hatte Brismand ihn einfach beauftragt, irgendwelche Arbeiten für ihn zu erledigen. Dennoch blieb mein Misstrauen. Es war wie ein Sandkörnchen in einer Auster, ein Fremdkörper, der mir ein ungutes Gefühl verursachte.

Immer wieder musste ich an den Vorfall in der Eingangshalle des Hotels Les Immortelles denken, an Brismands lautstarken Streit mit Marin und Adrienne, an die Korallenperle, die ich auf den Stufen des Hotels gefunden hatte. Viele Insulaner haben sie heute noch als Glücksbringer immer bei sich.

Ich fragte mich, ob Flynn seine immer noch um den Hals trug.

45

Gegen Ende Juli machte ich mir immer größere Sorgen um meinen Vater. Wenn meine Schwester und ihre Familie nicht in der Nähe waren, schien er noch abwesender, noch weniger gesprächig zu sein als sonst. Daran war ich ja gewöhnt. Aber sein Schweigen hatte eine neue Qualität. Es kam mir vor, als wäre er gar nicht da.

Das Studio war fertig. Der Schutt und die Materialreste waren längst weggeräumt. GrosJean hatte keinen Grund mehr, sich draußen aufzuhalten, um die Arbeiten zu überwachen, und zu meinem großen Kummer verfiel er wieder in seine alte Apathie. Jetzt saß er wieder stundenlang in der Küche, trank seinen Kaffee, starrte aus dem Fenster und wartete darauf, dass die Jungs nach Hause kamen.

Diese Jungs. Sie waren die Einzigen, die ihn aus seinem schlafwandlerischen, lethargischen Zustand reißen konnten. Nur wenn sie da waren, lebte er vorübergehend auf, was mich zusehends mit Zorn und Selbstmitleid erfüllte. Zu sehen, wie sie heimlich Grimassen zogen, wie sie miteinander flüsterten und Witze über ihn machten. Pépère Gros Bide nannten sie ihn hinter seinem Rücken, Opa Schmerbauch. Sie äfften ihn heimlich nach, imitierten seinen schleppenden Gang, staksten breitbeinig und mit vorgerecktem Bauch herum und lachten schadenfroh. Vor seinen Augen waren sie brav und zu Späßen aufgelegt, schlugen die Augen nieder und hielten stets die Hände auf in Erwartung kleiner Geschenke und Süßigkeiten. Es gab auch teurere Geschenke. Neue Trainingsanzüge – einen roten für Franck, einen blauen für Loïc –, einmal getragen und dann achtlos im Garten zwischen den Disteln liegen gelassen. Dazu alle möglichen Spielsachen – Bälle, Eimer und Spaten, elektronische Spiele, die er vom Festland bestellt haben musste, denn bei uns im Dorf konnte sich niemand so etwas leisten. Dann war die Rede davon, Loïc im August ein Boot zum Geburtstag zu schenken. Erneut fragte ich mich mit zunehmendem Unbehagen, woher all das Geld kam.

Teilweise, um mich von diesen Sorgen abzulenken, stürzte ich mich wie besessen in meine Malerei. Nie hatte ich mich meinem Thema näher gefühlt. Ich malte Les Salants und die Salannais. Die hübsche Mercédès in ihren kurzen Röcken, Charlotte Prossage, wie sie vor einem von Sturmwolken verdüsterten Himmel die Wäsche von der Leine nahm, junge Männer, die mit nacktem Oberkörper in den Salzfeldern arbeiteten, um sie herum eine Mondlandschaft aus schneeweißen Salzhügeln. Ich malte Alain Guénolé, der wie ein keltischer Häuptling am Bug der *Eleanore 2* saß, Omer mit seinem ernsten und zugleich komischen Gesicht, Flynn mit seinem Sammelbeutel am Strand, in seiner kleinen Jolle oder wie er Hummerkörbe aus dem Wasser zog, die Haare wie immer mit einem Stück Segeltuch zusammengebunden, eine Hand über den Augen zum Schutz gegen die Sonne ...

Ich hatte ein gutes Auge fürs Detail. Das hatte schon meine Mutter immer gesagt. Meistens malte ich aus dem Gedächtnis – es hatte sowieso niemand Zeit, für mich Modell zu sitzen –, und ich lehnte die aufgespannten Leinwände in meinem Zimmer gegen die Wand, um sie vor dem Rahmen trocknen zu lassen. Wenn Adrienne aus La Houssinière zu Besuch kam, beobachtete sie mich mit wachsendem Interesse, das mir jedoch nicht gänzlich von Wohlwollen diktiert zu sein schien.

»Du benutzt neuerdings viel mehr Farben als früher«,

bemerkte sie einmal. »Manche von deinen Bildern sind ziemlich knallbunt.«

Das stimmte. Die Bilder, die ich früher gemalt hatte, waren vergleichsweise blass, meistens in den weichen Grau- und Brauntönen des Winters auf den Inseln gehalten. Aber der Sommer war nicht nur ins Dorf, sondern auch in meine Malerei eingekehrt und hatte das staubige Rosa der Tamarisken mitgebracht, das leuchtende Gelb von Ginster, Stechginster und Mimosen, das strahlende Weiß von Salz und Sand, das Orange der Bojen, das tiefe Blau des Himmels und das Rot der Segel an den Booten der Insel. Diese Farbenpracht war auf ihre Weise ebenfalls fahl, aber die Blässe gefiel mir. Ich fand, dass ich noch nie bessere Bilder gemalt hatte.

Flynn betrachtete meine Werke mit einem bewundernden Nicken, das mich vor Stolz erröten ließ. »Schön«, sagte er. »Wenn Sie so weitermachen, werden Sie noch berühmt.«

Wie er so dasaß, konnte ich sein Profil betrachten. Er lehnte mit dem Rücken gegen die Wand seines Bunkers, das Gesicht halb verborgen unter seinem breitkrempigen Hut. Über seinem Kopf flitzte eine kleine Eidechse über die von der Sonne aufgewärmte Betonwand. Ich versuchte, seinen Gesichtsausdruck einzufangen, den Schwung seiner Lippen, den Schatten unter seinem Wangenknochen. Hinter uns zirpten die Grillen in den Dünen. Flynn merkte, dass ich ihn malte, und richtete sich auf.

»He, Sie haben sich bewegt!«, rief ich.

»Ich bin abergläubisch. Die Iren sind nämlich der Ansicht, dass sie einen Teil ihrer Seele verlieren, wenn man sie porträtiert.«

Ich lächelte. »Es schmeichelt mir, dass Sie mich für so gut halten.«

»Ich halte Sie zumindest für gut genug, um eine eigene Galerie zu eröffnen. In Nantes vielleicht oder in Paris. Hier vergeuden Sie nur Ihr Talent.«

Von Le Devin fortgehen? »Das glaube ich nicht.«

Flynn zuckte die Achseln. »Die Dinge ändern sich. Wer

weiß, was noch alles passiert. Sie können sich nicht ewig hier verkriechen.«

»Ich verstehe nicht, was Sie meinen.« Ich trug das rote Kleid, das Brismand mir geschenkt hatte. Die Seide war so zart, dass ich sie kaum auf der Haut spürte. Nachdem ich so viele Monate lang in Hosen und Segeltuchhemden herumgelaufen war, fühlte es sich ungewohnt an, fast, als wäre ich wieder in Paris. Meine nackten Füße waren vom Laufen über die Düne ganz staubig.

»Oh, doch, das wissen Sie. Sie sind talentiert, intelligent, schön ...« Er brach ab, und einen Augenblick lang wirkte er beinahe ebenso verblüfft wie ich. »Na ja, stimmt doch«, fügte er schließlich mit einem Anflug von Trotz hinzu.

Unter uns in der Bucht von La Goulue kreuzten Segelboote auf dem Wasser. Ich erkannte sie alle an ihren Segeln: die *Cécilia*, die *Papa Chico*, die *Eleanore 2*, Jojos *Marie-Joseph*. Dahinter lag das weite, blaue Meer.

»Sie tragen ja gar nicht ihre Glücksperle«, fiel mir plötzlich auf.

Automatisch griff Flynn sich an den Hals. »Nein«, erwiderte er gleichgültig. »Ich brauche keinen Glücksbringer.« Er schaute auf die Bucht hinaus. »Von hier oben sieht alles so klein aus, nicht wahr?«

Ich antwortete ihm nicht. In meinem Innern krampfte sich etwas zusammen und raubte mir den Atem. Ich steckte eine Hand in die Tasche meines Kleides. Die Perle, die ich in Les Immortelles gefunden hatte, war noch da. Nicht größer als ein Kirschkern. Flynn hielt sich eine Hand über die Augen.

»Diese kleinen Dörfer«, sagte er leise. »Dreißig Häuser und ein Strand. Man glaubt, sie können einem nichts anhaben. Man ist vorsichtig, hält sich für schlau. Aber es ist wie bei diesen *chinesischen Röhren*, sobald man mit einem Finger hineingerät, klemmen sie einen nur noch fester ein, wenn man versucht, ihn wieder rauszuziehen. Bevor man weiß, wie einem geschieht, hängt man mittendrin. Anfangs sind es Kleinigkeiten. Man glaubt, sie spielen keine Rolle. Und dann, eines Tages, stellt man fest, dass es nur Kleinigkeiten gibt.«

»Das verstehe ich nicht«, erwiderte ich und rückte ein bisschen näher. Der Duft von der Düne war jetzt stärker geworden. Strandnelken, Fenchel und der nach Aprikosen duftende Besenginster. Flynns Gesicht war immer noch halb unter seinem lächerlichen Schlapphut verborgen. Am liebsten hätte ich den Hut weggeschoben, ich wollte seine Augen sehen, die Sommersprossen auf seiner Nase berühren. In der Tasche meines Rocks umklammerten meine Finger erneut die Korallenperle, dann entspannten sie sich wieder. Flynn fand mich schön. Bei dem Gedanken schlug mir das Herz bis zum Hals.

Flynn schüttelte den Kopf. »Ich bin schon zu lange hier«, sagte er. »Mado, haben Sie etwa geglaubt, ich würde für immer bleiben?«

Vielleicht hatte ich das. Trotz seiner Rastlosigkeit hatte ich mir nie vorstellen können, dass er eines Tages gehen würde. Außerdem war Hochsaison. In Les Salants war noch nie so viel Trubel gewesen.

»Das nennen Sie viel Trubel?«, fragte Flynn. »Ich kenne diese kleinen Küstenorte – ich habe lange genug dort gelebt. Im Winter sind sie tot, im Sommer kommt eine Hand voll Touristen.« Er seufzte. »Kleine Orte. Kleine Leute. Es ist deprimierend.«

Sein Mund war das Einzige, was ich von seinem Gesicht sehen konnte. Seine Form faszinierte mich, die volle Oberlippe, die kleinen Lachfältchen um die Mundwinkel. Flynn fand mich schön. Im Vergleich dazu war das, was er sagte, bedeutungslos, leere Worte, die mich von der Wahrheit ablenken sollten. Langsam, zärtlich, nahm ich sein Gesicht in beide Hände.

Einen Augenblick lang spürte ich, wie er zögerte. Aber seine Haut war so warm wie der Sand unter meinen Füßen, seine Augen waren so klar wie Meerwasser, und ich fühlte mich irgendwie verwandelt, als hätte Brismands Kleid etwas von seinem Charme auf mich übertragen und mich zu einer anderen gemacht.

Ich erstickte Flynns Proteste mit meinen Lippen. Er

schmeckte nach Pfirsich und Wolle, Metall und Wein. Alle meine Sinne schienen plötzlich geschärft. Der Geruch des Meers und der Düne, das Kreischen der Möwen, das Rauschen der Wellen, die fernen Stimmen am Strand und das leise Knistern im Gras, das Licht. All das überwältigte mich zutiefst. Ich drehte mich um mich selbst, zu schnell, als dass mein Zentrum mich hätte halten können. Mir war, als könnte ich jeden Augenblick wie eine Rakete explodieren und meinen Namen in einem Funkenschweif an den tiefblauen Himmel schreiben.

Vielleicht benahm ich mich unbeholfen. Aber mir kam es vollkommen leicht und mühelos vor. Das rote Kleid rutschte mir fast von allein vom Leib. Flynns Hemd glitt ebenfalls zu Boden. Seine Haut war blass, kaum dunkler als der Sand, und er erwiderte meine Küsse wie ein Verdurstender, der tagelang durch die Wüste geirrt ist: gierig, ohne Luft zu holen. Keiner von uns sagte etwas, bis wir unseren Durst gestillt hatten. Als wir wieder zu uns kamen, waren wir von Sand und Schweiß bedeckt, über unseren Köpfen wiegte sich das Dünengras im Wind, und die weiße Wand des Bunkers und das schillernde Meer hinter uns erschienen uns wie eine Fata Morgana.

Immer noch eng umschlungen nahmen wir das alles schweigend in uns auf. Von jetzt an würde alles anders sein. Ich wusste es. Und dennoch wollte ich den Augenblick so lange wie möglich auskosten, mit meinem Kopf auf Flynns Bauch liegen, einen Arm um seine Schultern gelegt. Mir gingen tausend Fragen durch den Kopf, die ich ihm gern gestellt hätte, doch ich wusste, wenn ich das tat, würde ich zugeben, dass jetzt alles anders sein würde. Ich wagte noch nicht, mich mit dem Gedanken auseinander zu setzen, dass wir nicht länger gute Freunde waren, sondern etwas unendlich viel Gefährlicheres. Ich spürte, wie er darauf wartete, dass ich die Spannung löste. Vielleicht hoffte er, dass ich die richtigen Worte finden würde. Über uns zogen ein paar Möwen kreischend ihre Kreise.

Keiner von uns sagte etwas.

46

Um die Mitte des Monats kamen einige Hitzegewitter über uns, aber da sie sich weitgehend in spektakulären Blitzkaskaden und kurzen, heftigen Schauern erschöpften, taten sie dem Tourismusgeschäft keinen Abbruch. Wir feierten unseren Erfolg mit einem großen Feuerwerk, das von Flynn arrangiert, von Aristide bezahlt und vom Bürgermeister Pinoz unterstützt wurde. Es war nicht so ein Riesenspektakel, wie man es manchmal an der Küste erlebt, aber es war das erste Feuerwerk in Les Salants, und alle kamen, um es sich anzusehen. Drei große Feuerräder drehten sich auf dem nur per Boot erreichbaren Bouch'ou und beleuchteten das Wasser. Auf der großen Düne wurden Bengalische Feuer gezündet. Raketen zerstoben am Himmel in großen, bunten Blüten. Das Ganze dauerte nur wenige Minuten, aber die Kinder waren hellauf begeistert. Lolo hatte noch nie in seinem Leben ein Feuerwerk gesehen. Laetitia und die anderen Urlauberkinder waren zwar nicht so leicht zu beeindrucken, doch alle waren sich einig, dass es das beste Feuerwerk war, das es je auf der Insel gegeben hatte. Capucine und Charlotte verteilten selbst gebackene kleine Kuchen, *devinnoiseries* und Hörnchen, in Fett gebackene Honigkrapfen und mit gesalzener Butter getränkte Waffeln.

Flynn, der das Schauspiel fast im Alleingang geplant und ausgeführt hatte, ging früh nach Hause. Ich hielt ihn nicht auf. Seit unserer Begegnung am *Blockhaus* hatte ich kaum mit ihm gesprochen. Das lag teilweise daran, dass ich ihm misstraute, teilweise daran, dass ich unglaublich wütend auf ihn war. Dennoch hielt ich jeden Tag, wenn ich an seinem Bunker vorbeiging, nach Lebenszeichen Ausschau – Rauch, der aus dem Kamin stieg, Wäsche, die zum Trocknen auf dem Dach lag – und fühlte mich erleichtert, wenn ich feststellte, dass er noch da war. Wenn ich ihm jedoch in Angélos Bar begegnete, wenn er im Bach angelte oder wenn er auf seinem Dach saß und aufs Meer hinausschaute, brachte ich es kaum fertig, seinen Gruß zu erwidern. Falls ihn das wunderte oder verletzte, ließ er sich jedenfalls nichts anmerken. Das Leben nahm weiterhin seinen normalen Lauf – zumindest für ihn.

Mein Vater wohnte den Feierlichkeiten nicht bei. Adrienne kam mit ihren Kindern, allerdings schienen sich die Jungs im Gegensatz zu den anderen Kindern nur zu langweilen. Später sah ich sie bei einem von den großen Feuern, die entlang der Küste entfacht worden waren. Damien, der in ihrer Nähe stand, wirkte ziemlich sauer. Von Lolo erfuhr ich, dass es zwischen ihnen einen heftigen Streit gegeben hatte.

»Es geht um Mercédès«, vertraute Lolo mir an. »Damien würde alles tun, um sie zu beeindrucken. Das ist das Einzige, was ihn interessiert.«

Damien hatte sich sehr verändert. Sein mürrisches Naturell schien vollkommen von ihm Besitz ergriffen zu haben, und er ging seinen alten Freunden aus dem Weg. Auch Alain hatte Probleme mit ihm, wie er mir gegenüber mit einer Mischung aus Ärger und unterschwelligem Stolz einräumte.

»Wir sind immer so gewesen«, sagte er. »Wir Guénolés. Sture Böcke.« Trotzdem war nicht zu überhören, dass er sich Sorgen machte. »Ich kann mit dem Jungen nichts anfangen«, fuhr er fort. »Er redet nicht mit mir. Sein Bruder und er waren immer ein Herz und eine Seele, aber selbst Ghislain kommt nicht an ihn ran. Andererseits war ich in seinem Alter ganz genauso. Das wird sich schon geben.«

Alain meinte, ein neues Moped könne Damien womöglich aufheitern. »Das würde ihn vielleicht auch von diesen Houssins fern halten, ihn wieder mit dem Dorf versöhnen, ihm etwas zum Nachdenken geben.«

Das konnte ich nur hoffen. Trotz seiner Verschlossenheit hatte ich Damien immer gemocht. Er erinnerte mich daran, wie ich selbst in seinem Alter gewesen war – argwöhnisch, zornig, launisch. Und mit fünfzehn ist die erste Liebe wie ein Sommergewitter – heiß, heftig und schnell vorbei.

Auch Mercédès gab Anlass zur Sorge. Seit der Bekanntgabe ihrer Verlobung war sie launischer denn je, verbrachte Stunden in ihrem Zimmer, weigerte sich zu essen. Auf Xavier reagierte sie mal anlehnungsbedürftig, dann wieder extrem gereizt, so dass der Arme gar nicht mehr wusste, wie er es ihr recht machen sollte.

Aristide meinte, sie sei einfach fürchterlich nervös. Aber es war mehr als das. Ich fand, sie wirkte völlig überdreht, rauchte zu viel und fuhr wegen jeder Kleinigkeit aus der Haut oder brach in Tränen aus. Toinette erzählte mir, dass Mercédès und Charlotte sich wegen des Hochzeitskleids gestritten hatten und seitdem kein Wort mehr miteinander redeten.

»Es gehört Désirée Bastonnet«, erklärte Toinette. »Ein altes Spitzenkleid mit geschnürter Taille, sehr elegant. Xavier möchte, dass sie es zur Hochzeit trägt.« Désirée hatte das Kleid, liebevoll in nach Lavendel duftenden Tüchern verpackt, seit ihrer Hochzeit aufbewahrt. Auch Xaviers Mutter hatte es bei ihrer Hochzeit mit Olivier getragen. Aber Mercédès weigerte sich, das Kleid anzuziehen, und als Charlotte sie zu drängen versuchte, hatte sie einen Tobsuchtsanfall bekommen.

Böse Gerüchte, nach denen Mercédès das Kleid nur ablehnte, weil sie zu dick sei und nicht hineinpasse, trugen nicht gerade dazu bei, den Frieden im Hause Prossage wiederherzustellen.

Inzwischen hatten Flynn und ich es geschafft, wieder wie gewohnt miteinander umzugehen. Wir sprachen nicht über die Veränderung, die unser Verhältnis erfahren hatte, als würde ein Eingeständnis dieser Veränderung uns beide mehr verunsichern, als uns lieb war. So kam es, dass unserer Vertrautheit etwas trügerisch Leichtes anhaftete, als handelte es sich um nichts weiter als eine Urlaubsromanze. Wir bewegten uns in einem Netzwerk von Linien, die keiner von uns zu überschreiten wagte. Wir redeten, wir liebten uns, wir schwammen zusammen im Meer, wir gingen angeln, wir brieten unseren Fang auf dem Grill, den Flynn in einer Mulde hinter der Düne gebaut hatte. Wir respektierten die Grenzen, die wir uns selbst gesetzt hatten. Manchmal fragte ich mich, ob sie aus meiner Feigheit entstanden waren oder aus seiner. Immerhin sprach Flynn nicht mehr davon, die Insel zu verlassen.

Niemand hatte irgendetwas über Claude Brismand gehört. Er war mehrmals gesehen worden, mal mit Pinoz, mal mit Jojo-le-Goëland, mal in La Goulue, mal im Dorf. Capucine hatte ihn in der Nähe ihres Wohnwagens beobachtet, Alain beim *Blockhaus*. Aber alle waren der Meinung, dass Brismand immer noch viel zu viel damit zu tun hatte, die Feuchtigkeit in seinem Hotel zu bekämpfen, um irgendwelche Pläne zu schmieden. Jedenfalls hatte niemand etwas von einer neuen Fähre gehört, und die meisten kamen zu dem Schluss, dass das Gerede von einer *Brismand 2* eine Schnapsidee gewesen war.

»Brismand weiß, dass er das Spiel verloren hat«, sagte Aristide schadenfroh. »Höchste Zeit, dass die Houssins mal am eigenen Leib zu spüren bekommen, was es heißt, die Unterlegenen zu sein. Deren Glückssträhne ist zu Ende, und das haben sie kapiert.«

Toinette nickte. »Jetzt kann uns niemand mehr aufhalten. Wir haben die Heilige auf unserer Seite.«

Aber wir hatten uns zu früh gefreut. Nur wenige Tage später, als ich mit ein paar Makrelen für das Mittagessen aus dem Dorf kam, saß Brismand im Garten unter dem Sonnenschirm und wartete auf mich. Er trug seine Fischermütze auf dem Kopf, hatte sich jedoch zur Feier des Tages ein Leinenjackett angezogen und eine Krawatte umgebunden. Seine nackten Füße steckten wie üblich in Leinenschuhen. Zwischen seinen gekrümmten Fingern hielt er eine Gitane.

Mein Vater saß ihm gegenüber, eine Flasche Muscadet vor sich. Auf dem Tisch standen drei Gläser.

»Hallo, Mado.« Brismand erhob sich mühsam von seinem Stuhl. »Ich hatte gehofft, dass du bald kommen würdest.«

»Was machst du denn hier?« Die Verblüffung ließ mich schroff klingen, und er wirkte gekränkt.

»Ich bin gekommen, um dich zu besuchen.« Hinter seinem wehmütigen Blick lag so etwas wie Belustigung. »Ich halte mich eben gern auf dem Laufenden.«

»Das ist mir nicht neu.«

Er schenkte sich noch ein Glas Wein ein und füllte eins für mich. »Ihr Salannais habt in letzter Zeit das Glück auf eurer Seite, was? Ihr müsst ja ziemlich stolz auf euch sein.«

»Wir kommen zurecht«, erwiderte ich ruhig.

Brismand grinste, sein Gangsterschnurrbart sträubte sich. »So eine wie dich könnte ich in meinem Hotel gebrauchen. Jemand, der jung ist und vor Energie sprüht. Du solltest mal darüber nachdenken.«

»Eine wie mich? Was gäbe es denn schon in einem Hotel für mich zu tun?«

»Du würdest dich wundern«, sagte er ermunternd. »Eine Künstlerin – eine Malerin – wäre mir im Moment sehr nützlich. Wir würden uns schon einig. Ich glaube, es könnte sich für dich lohnen.«

»Ich bin zufrieden mit dem, was ich habe.«

»Möglich. Aber die Zeiten ändern sich, nicht wahr? Vielleicht möchtest du dich gern ein bisschen unabhängig machen. Etwas für die Zukunft zurücklegen.« Er lächelte breit und schob das Weinglas zu mir herüber. »Hier, trink einen Schluck.«

»Nein, danke.« Ich deutete auf meine in Zeitungspapier eingewickelten Fische. »Die müssen in den Ofen. Es ist schon spät.«

»Makrelen, wie?«, sagte Brismand und stand auf. »Ich kenne ein sehr gutes Rezept für Makrelen, mit Rosmarin und Salz. Ich helfe dir, dann können wir in der Küche weiterreden.«

Er folgte mir ins Haus. Er war geschickter, als seine massige Gestalt vermuten ließ. Mit einem einzigen Handgriff schnitt er die Fische auf und nahm sie aus.

»Wie läuft das Geschäft?«, fragte ich, während ich den Ofen einschaltete.

»Nicht schlecht«, antwortete Brismand lächelnd. »Dein Vater und ich waren gerade dabei zu feiern.«

»Was habt ihr denn zu feiern?«

Brismand grinste mich an. »Einen Verkauf.«

Natürlich hatten sie die Kinder vorgeschoben. Ich wusste, dass mein Vater alles tun würde, um die Jungs in seiner Nähe zu behalten. Marin und Adrienne hatten GrosJeans Liebe zu seinen Enkeln ausgenutzt, hatten über Investitionen gesprochen, ihn dazu überredet, sich über seine Verhältnisse zu verschulden. Ich fragte mich, wie viel von seinem Land er mit Hypotheken belastet hatte.

Geduldig wartete Brismand darauf, dass ich etwas sagte. Ich spürte seine freudige Erregung, seinen lauernden Blick. Dann, ohne mich zu fragen, begann er, die Marinade für den Fisch zuzubreiten, mischte Öl, Balsamessig und Salz mit Rosmarinnadeln, die er von den Büschen neben der Haustür gepflückt hatte.

»Madeleine. Wir sollten Freunde sein.« Er schaute mich traurig an – hängende Wangen, hängender Schnurrbart –, aber in seiner Stimme lag ein hämischer Unterton. »Wir sind uns doch eigentlich ähnlich. Beide Kämpfernaturen, beide mit Sinn fürs Geschäft. Du solltest dich nicht so sehr dagegen sträuben, mit mir zusammenzuarbeiten. Ich bin mir sicher, dass du Erfolg haben würdest. Und ich möchte dir wirklich helfen, das weißt du. Das habe ich doch immer getan.«

Ich schaute ihn nicht an, während ich den Fisch salzte, in Alufolie wickelte und in den heißen Ofen schob.

»Du hast die Marinade vergessen.«

»Ich bereite die Fische auf meine Weise zu, Monsieur Brismand.«

Er seufzte. »Schade. Es hätte dir bestimmt gut geschmeckt.«

»Wie viel?«, fragte ich schließlich. »Für wie viel hat er es dir gegeben?«

Brismand schnalzte mit der Zunge. »*Gegeben?*«, sagte er vorwurfsvoll. »Niemand hat mir etwas gegeben. Das wäre ja noch schöner.«

Die Verträge waren auf dem Festland aufgesetzt worden. Papiere mit Unterschrift und Siegel flößten meinem Vater gehörigen Respekt ein. Die schwer verständliche Juristensprache verwirrte ihn. Brismand ließ sich zwar nicht über Einzelheiten aus, doch seinen Äußerungen entnahm ich, dass er Vaters Land als Sicherheit für einen Kredit akzeptiert hatte. Wie immer. Das war bloß eine Variante seiner üblichen Taktik: kurzfristige Kredite, die man später in Form von Immobilien zurückzahlen musste.

Schließlich war das Land sowieso wertlos für meinen Vater, wie Adrienne sich ausgedrückt hätte. Ein paar Kilometer Dünen zwischen La Bouche und La Goulue, eine heruntergekommene Bootswerkstatt – wertlos. Zumindest bis jetzt.

Wie ich schon immer geargwöhnt hatte, war das Studio nicht aus Ersparnissen finanziert worden. Die Reparaturen am Haus, die Geschenke für die Jungs, die neuen Fahrräder, die Computerspiele, die Segelboote …

»Du hast das alles bezahlt. Du hast ihm das ganze Geld geliehen.«

Brismand zuckte die Achseln. »Klar. Wer denn sonst?« Er würzte einen grünen Salat mit einer Vinaigrette und *salicorne*, dem fleischigen Inselkraut, das häufig für eingelegte Gurken verwendet wird, und tat alles in eine hölzerne Schüssel, während ich die Tomaten in Scheiben schnitt. »Wir sollten ein paar Schalotten dazugeben«, sagte er in väterlich mildem Ton. »Die bringen den Geschmack von reifen Tomaten am besten zur Geltung. Sag mir doch, wo ich welche finde.«

Ich gab ihm keine Antwort.

»Ah, da sind sie ja, im Gemüsekorb. Und sogar schöne dicke. Man sieht gleich, dass Omers Geschäft floriert. Für Les Salants ist dieses Jahr ein Glücksjahr, nicht wahr? Fisch, Gemüse, Touristen.«

»Wir kommen zurecht.«

»Wie bescheiden du bist. Ich würde sagen, es ist fast ein Wunder.« Mit geübten Händen schnitt er die Schalotten. Der beißende Geruch stieg mir in die Nase. »Und alles wegen dem schönen Strand, den ihr mit dem gestohlenen Sand angelegt habt. Du und dein schlauer Freund Rouget.«

Ich legte das Messer vorsichtig auf den Tisch. Meine Hand zitterte leicht.

»Vorsicht, sonst schneidest du dich noch.«

»Ich weiß nicht, wovon du redest.«

»Ich meine, du solltest mit dem Messer aufpassen, Mado.« Er lachte in sich hinein. »Oder willst du etwa behaupten, du wüsstest nichts von dem Strand?«

»Strände wandern. Sand auch.«

»Ja, das ist richtig, und manchmal sogar ganz von allein. Aber diesmal nicht, stimmt's?« Er breitete die Hände aus. »Keine Angst, ich habe keinen Groll auf dich. Ich bewundere, was du geschafft hast. Du hast Les Salants vor dem Versinken im Meer gerettet. Du hast es zu einem erfolgreichen Dorf gemacht. Ich wahre nur meine eigenen Interessen, ich möchte dafür sorgen, dass ich meinen Teil vom Kuchen abbekomme. Nenn es Entschädigung, wenn du willst. Das seid ihr mir schuldig.«

»Du bist dafür verantwortlich, dass die Überflutungen überhaupt angefangen haben«, erwiderte ich. »Niemand schuldet dir irgendwas.«

»Oh, das sehe ich aber ganz anders.« Brismand schüttelte den Kopf. »Was glaubst du denn wohl, wo das ganze Geld hergekommen ist? Das Geld für Angélos Café, für Omers Windmühle, für Xaviers Haus? Was glaubst du, wer das Kapital zur Verfügung gestellt hat? Wer hat denn den Grundstein für all das gelegt?« Er machte eine ausladende Geste in Richtung Fenster, die La Goulue, das Dorf, den Himmel und das glitzernde Meer einschloss.

»Vielleicht hast du das Grundkapital zur Verfügung gestellt«, sagte ich. »Aber das ist jetzt vorbei. Wir stehen jetzt auf eigenen Füßen. Les Salants braucht dein Geld nicht mehr.«

»Schsch.« Mit übertriebener Konzentration goss Brismand die Marinade über die Tomaten. Sie roch verführerisch aromatisch. Ich stellte mir vor, wie sie auf dem heißen Fisch duften, wie der Rosmarinessig sein Aroma entfalten, wie das Öl zischen würde. »Du würdest dich wundern, wie schnell Dinge sich ändern, sobald Geld im Spiel ist«, sagte er. »Warum soll man sich damit zufrieden geben, ein paar Urlauber in einem Hinterzimmer unterzubringen, wenn man mit ein bisschen Kapital eine Garage in eine Ferienwohnung umbauen oder irgendwo auf einem brachliegenden Stück Land ein paar Ferienhütten errichten kann? Du hast einen Geschmack vom Erfolg bekommen, Mado. Glaubst du wirklich, die Leute werden sich so leicht zufrieden geben?«

Darüber dachte ich einen Augenblick lang nach. »Vielleicht hast du Recht«, sagte ich schließlich. »Aber ich sehe immer noch nicht, was du damit anfangen willst. Auf dem bisschen Land von meinem Vater kannst du nichts Großartiges bauen.«

»Madeleine.« Brismand ließ demonstrativ die Schultern hängen, er wirkte wie der lebende Vorwurf. »Warum vermutest du überall Hintergedanken? Warum kannst du nicht akzeptieren, dass ich euch nur helfen will?« Wie beschwörend breitete er die Hände aus. »Es gibt überhaupt kein Vertrauen zwischen Les Salants und La Houssinière. Nur Feindschaft. Selbst du hast dich da reinziehen lassen. Was habe ich denn getan, dass du mir gegenüber so misstrauisch bist? Ich stelle deinem Vater Geld zur Verfügung gegen Land, das er nicht braucht – und ernte dein Misstrauen. Ich biete dir einen Job in meinem Hotel an – und ernte weiteres Misstrauen. Ich versuche, um meiner Familie willen die Gräben zwischen unseren Gemeinden zu überbrücken – und du traust mir überhaupt nicht mehr über den Weg!« Er warf theatralisch die Arme in die Luft. »Sag mir doch mal: Was glaubst du, dass ich im Schilde führe?«

Ich gab ihm keine Antwort. Sein Charme war mal wieder überwältigend. Dennoch wusste ich, dass ich ihm zu Recht misstraute. Er hatte irgendetwas vor – ich dachte an die *Brismand 2*, die vor einem halben Jahr im Bau und jetzt sicherlich zum Stapellauf bereit war, und fragte mich erneut, was genau er plante. Brismand stieß einen tiefen Seufzer aus und lockerte seinen Hemdkragen.

»Ich bin ein alter Mann, Mado. Und ich bin einsam. Ich hatte mal eine Frau und einen kleinen Sohn. Beide habe ich meinem Ehrgeiz geopfert. Ich gebe zu, dass Geld mir früher einmal wichtiger war als alles andere. Aber Geld altert. Es verliert seinen Glanz. Jetzt wünsche ich mir die Dinge, die man mit Geld nicht kaufen kann. Eine Familie. Freunde. Frieden.«

»Frieden!«

»Ich bin vierundsechzig Jahre alt, Mado. Ich schlafe schlecht. Ich trinke zu viel. Der Motor fängt an zu stottern. Ich frage mich allmählich, ob es das alles wert war, ob das Geld, das ich in meinem Leben verdient habe, mich glücklich gemacht hat. Das frage ich mich immer häufiger.« Er schaute zum Ofen hinüber. »Madeleine, ich glaube, dein Fisch ist gar.«

Er nahm zwei Topflappen und holte die Makrelen aus dem Ofen. Dann wickelte er sie aus der Alufolie und übergoß sie mit der Marinade. Es duftete, wie ich es mir vorgestellt hatte, süß und heiß und köstlich. »Ich gehe jetzt, damit ihr in Frieden zu Abend essen könnt.« Er seufzte. »Gewöhnlich esse ich im Hotel, weißt du. Ich kann mich an irgendeinen Tisch setzen und irgendetwas von der Speisekarte bestellen. Aber mein Appetit«, er klopfte sich auf den Bauch, »mein Appetit ist nicht mehr wie früher. Vielleicht ist es der Anblick von all den leeren Tischen ...«

Ich weiß nicht, warum ich ihn einlud. Vielleicht, weil wir Devinnois von Natur aus gastfreundlich sind. Vielleicht, weil seine Worte mich berührt hatten. »Bleib doch zum Essen«, schlug ich vor. »Es reicht für alle.«

Aber plötzlich musste Brismand so laut lachen, dass sein enormer Bauch wackelte. Ich spürte, wie ich errötete, und wusste sofort, dass ich mich hatte manipulieren lassen und Mitgefühl gezeigt hatte, wo es unangebracht war. Meine Geste amüsierte ihn nur.

»Danke, Mado«, sagte er schließlich und wischte sich mit dem Zipfel seines Taschentuchs die Tränen weg. »Was für eine freundliche Einladung. Aber ich muss mich auf den Weg machen. Ich habe noch etwas zu erledigen.«

47

Als ich am folgenden Morgen am *Blockhaus* vorbeiging, war Flynn nirgendwo zu sehen. Die Fensterläden waren geschlossen, der Generator war ausgeschaltet, und von den üblichen Anzeichen für seine Anwesenheit war nichts zu entdecken. Ich lugte durch das Fenster. Auf dem Tisch stand kein Frühstücksgeschirr, auf dem Bett war keine Decke, und es lagen auch keine Kleider herum. Als ich die Tür einen Spalt breit öffnete – wenige Leute in Les Salants verriegeln ihre Türen –, schlug mir der Geruch eines leeren Hauses entgegen. Schlimmer noch: Sein kleines Boot, das er normalerweise am Ufer des Bachs vertäute, war verschwunden.

»Wahrscheinlich ist er zum Fischen rausgefahren«, sagte Capucine, als ich sie in ihrem Wohnwagen aufsuchte.

Alain war der gleichen Meinung. Er meinte gesehen zu haben, wie Flynn am frühen Morgen mit dem Boot ablegte. Auch Angélo schien sich keine Gedanken zu machen. Nur Aristide wirkte besorgt. »Unfälle passieren immer wieder«, knurrte er. »Denkt nur an Olivier.«

»Ach«, entgegnete Alain. »Olivier war immer ein Pechvogel.«

Angélo nickte. »Rouget ist ein Typ, der eher Ärger macht, anstatt ihn sich einzuhandeln. Der landet immer auf den Füßen.«

Doch auch im Laufe des Tages tauchte Flynn nicht wieder auf. Ich wurde allmählich nervös. Er hätte mir doch sicher davon erzählt, wenn er vorgehabt hätte, länger fortzubleiben. Als er am späten Nachmittag immer noch nicht zurückgekehrt war, machte ich mich auf den Weg nach La Houssinière, um ihn dort zu suchen. Unter der Markise des Chat Noir standen einige Touristen und warteten darauf, an Bord der *Brismand 1* gehen zu können, die bald ablegen sollte. Vor dem Landesteg stapelten sich Koffer und Rucksäcke. Unwillkürlich suchte ich die Warteschlange nach einem rothaarigen Mann ab.

Natürlich befand Flynn sich nicht unter den Touristen. Aber als ich gerade wieder gehen wollte, entdeckte ich eine vertraute Gestalt in der Menge. Ihr Gesicht war teilweise von den langen Haaren verdeckt, aber die engen Jeans und das orangerote, rückenfreie Oberteil waren unverkennbar. Ein großer Rucksack lag wie ein Hund zu ihren Füßen.

»Mercédès?«

Sie drehte sich um, als sie meine Stimme hörte. Ihr Gesicht war blass und ungeschminkt. Sie sah aus, als hätte sie geweint. »Lass mich in Ruhe«, sagte sie und wandte sich wieder ab.

Ich war verblüfft. »Mercédès, alles in Ordnung?«

Ohne mich anzusehen schüttelte sie den Kopf. »Das hat nichts mit dir zu tun, La Poule. Misch dich nicht ein.« Ich blieb schweigend neben ihr stehen und wartete ab. Mercédès warf ihr Haar in den Nacken. »Du hast doch schon immer was gegen mich gehabt. Also freu dich, ab sofort bist du mich los. Und jetzt lass mich gefälligst in Frieden.« Ihr Gesicht war ein Abbild des Unglücks.

Ich legte ihr eine Hand auf die Schulter. »Ich habe nichts gegen dich. Komm mit, ich geb dir einen Kaffee aus, dann können wir miteinander reden. Und wenn du danach immer noch wegwillst ...«

Mercédès schluchzte wütend auf. »Ich *will* ja gar nicht weg.«

Ich nahm ihren Rucksack. »Dann komm mit.«

»Nicht ins Chat Noir«, sagte das Mädchen hastig, als ich

auf das Café zusteuerte. »Lass uns lieber irgendwo anders hingehen.«

Wir gingen zu einer kleinen Imbissbude hinter dem Clos du Phare und bestellten Kaffee und Donuts. Mercédès wirkte immer noch angespannt und den Tränen nahe, doch ihre Feindseligkeit war verschwunden.

»Warum wolltest du davonlaufen?«, fragte ich sie schließlich. »Deine Eltern machen sich bestimmt Sorgen um dich.«

»Ich gehe nicht wieder zurück nach Hause«, erwiderte sie trotzig.

»Aber warum nicht? Wegen des albernen Streits um das Hochzeitskleid?«

Sie sah mich verblüfft an. Dann lächelte sie zögernd. »Damit hat es jedenfalls angefangen.«

»Aber du kannst doch nicht davonlaufen, bloß weil das Kleid dir nicht passt«, sagte ich, bemüht, nicht laut zu lachen.

Mercédès schüttelte den Kopf. »Das ist es ja gar nicht«, sagte sie.

»Was dann?«

»Weil ich schwanger bin.«

Mit einiger Überredungskunst und nach mehreren Tassen Kaffee gelang es mir, ihr die Geschichte zu entlocken. Mercédès gab sich abwechselnd großspurig und naiv, mal wirkte sie älter, mal jünger, als sie in Wirklichkeit war. Wahrscheinlich war es diese Mischung aus Koketterie und gespielter Selbstsicherheit gewesen, die Joël Lacroix zu ihr hingezogen hatte. Aber trotz ihrer Miniröcke und ihres Sexappeals war Mercédès im Grunde ihres Herzens ein Mädchen vom Dorf und auf rührende und zugleich alarmierende Weise ahnungslos.

Offenbar hatte sie sich darauf verlassen, dass die Heilige sie vor einer Schwangerschaft bewahren würde. »Außerdem«, sagte sie, »hab ich gedacht, beim ersten Mal kann es gar nicht passieren.«

Dann hat sie also nur einmal mit Joël geschlafen, schlussfolgerte ich. Anscheinend hatte er ihr noch dazu eingeredet, sie sei selbst schuld, dass sie schwanger geworden war. Vorher hatten sie sich nur geküsst, waren heimlich zusammen mit dem Motorrad herumgefahren und hatten sich wie Rebellen gefühlt.

»Am Anfang war er so nett«, erzählte sie wehmütig. »Alle anderen dachten, ich würde Xavier heiraten, als einfache Fischersfrau enden, irgendwann fett werden und ein Kopftuch tragen wie meine Mutter.« Sie wischte sich die Augen mit ihrer Serviette. »Jetzt ist alles vorbei. Ich hab ihm gesagt, wir könnten zusammen durchbrennen, nach Paris abhauen. Wir könnten uns eine kleine Wohnung nehmen, und ich könnte mir einen Job suchen. Aber er …« Sie warf ihr Haar in den Nacken. »Er hat bloß gelacht.«

Auf Anraten von Père Alban hatte sie ihren Eltern sofort alles gebeichtet. Überraschenderweise hatte die stille Charlotte am heftigsten reagiert. Omer La Patate war einfach wie vom Donner gerührt am Tisch sitzen geblieben. Man müsse Xavier informieren, hatte Charlotte erklärt, unter diesen Umständen könne das Eheversprechen nicht eingehalten werden. All das erzählte Mercédès mir unter Tränen. »Ich will ja gar nicht aufs Festland«, schluchzte sie. »Aber jetzt bleibt mir nichts anderes übrig. Nach allem, was passiert ist, will mich doch hier keiner mehr haben.«

»Omer könnte mit Joëls Vater sprechen«, schlug ich vor.

Sie schüttelte den Kopf. »Ich will Joël nicht. Ich wollte ihn nie.« Sie wischte sich die Augen mit dem Handrücken. »Und nach Hause geh ich auch nicht zurück«, schluchzte sie. »Wenn ich das mache, zwingen sie mich, mit Xavier zu reden. Eher *sterbe* ich.«

In der Ferne ertönte die Sirene der *Brismand 1*, die gerade ablegte.

»Also, bis morgen bist du ja jetzt auf jeden Fall noch hier«, sagte ich. »Dann lass uns erst mal überlegen, wo du heute Nacht bleiben kannst.«

48

Ich traf Toinette Prossage in ihrem Garten an, wo sie gerade dabei war, wilde Knoblauchzwiebeln aus dem sandigen Boden zu rupfen. Sie nickte mir freundlich zu, als sie sich aufrichtete. Diesmal trug sie nicht ihre weiße *quichenotte*, sondern einen breitkrempigen Strohhut. Ein rotes Band, das sie an der Seite zu einer Schleife gebunden hatte, hielt ihn auf ihrem Kopf fest.

»Was führt dich denn heute Morgen zu mir?«

»Brauche ich einen bestimmten Grund?« Ich hielt die große Tüte mit Gebäck hoch, das ich in La Houssinière gekauft hatte. »Ich dachte, Sie hätten vielleicht Lust auf ein paar frische *pains au chocolat*.«

Toinette nahm mir die Tüte ab und lugte hinein. »Du bist ein gutes Mädchen!«, rief sie. »Mir ist natürlich klar, dass das ein Bestechungsversuch ist. Also los, ich höre. Zumindest so lange, bis ich das hier aufgegessen habe.«

Ich grinste, als sie in das erste *pain au chocolat* biss, und während sie aß, erzählte ich ihr von Mercédès. »Ich dachte, Sie könnten sie vielleicht für eine Weile bei sich aufnehmen«, sagte ich. »Bis die Wogen sich ein bisschen gelegt haben.«

Toinette betrachtete eine Zimtschnecke. Ihre schwarzen Augen funkelten unter ihrer Hutkrempe. »Ach, meine Enkelin, sie ist wirklich ein schwieriges Mädchen«, sagte sie seufzend. »Schon am Tag ihrer Geburt wusste ich, dass sie uns Probleme machen würde. Jetzt bin ich zu alt für solche Sachen. Aber diese Zimtschnecken sind wirklich lecker«, fügte sie hinzu und nahm noch einen herzhaften Bissen.

»Die sind alle für Sie«, sagte ich.

»Hm.«

»Omer hat Ihnen nichts von dem Problem mit Mercédès erzählt?«, fragte ich vorsichtig.

»Er hat wohl Angst um sein Geld, was?«

»Vielleicht.« Toinette führte zwar ein sehr bescheidenes Leben, aber Gerüchten zufolge hatte sie im Laufe der vielen Jahre heimlich ein beträchtliches Vermögen gehortet. Sie äußerte sich grundsätzlich nicht zu diesen Vermutungen, und ihr Schweigen wurde im Allgemeinen als Bestätigung aufgefasst. Obwohl Omer seine Mutter von Herzen liebte, litt er insgeheim unter ihrer Langlebigkeit. Toinette, die das natürlich ganz genau wusste, verkündete gern, sie habe vor, ewig zu leben. Sie lachte schadenfroh in sich hinein. »Er fürchtet wohl, ich könnte ihn enterben, falls es einen Skandal gibt, was? Der arme Omer. Dieses Mädchen hat mehr von mir als von irgendjemand sonst, das kann ich dir sagen. An mir sind meine Eltern früher auch verzweifelt.«

»Dann haben Sie sich also nicht sehr verändert.«

»Hmm!« Sie lugte erneut in die Tüte. »Nussbrötchen. Die hab ich immer schon gemocht. Gut, dass ich noch alle meine Zähne habe, was? Noch besser schmecken die mit Honig. Oder mit ein bisschen Schafskäse.«

»Ich gehe welchen holen.«

Toinette schaute mich mit zynischem Augenaufschlag an. »Am besten bringst du das Mädel auch gleich mit. Wahrscheinlich wird sie mir mal wieder den letzten Nerv rauben. Dabei braucht man in meinem Alter viel Ruhe. Das verstehen die jungen Leute nicht. Die denken nur an sich selbst.«

Mit ihrer gespielten Gebrechlichkeit konnte sie mir nichts vormachen. Ich malte mir aus, wie sie Mercédès gleich nach ihrer Ankunft zum Putzen, Aufräumen und Kochen verdonnern würde. Aber das würde dem Mädchen wahrscheinlich gut bekommen.

Toinette ahnte, was in mir vorging. »Ich werde sie schon auf andere Gedanken bringen«, verkündete sie nachdrücklich. »Und wenn dieser Kerl sich hier blicken lässt, kann er was erleben! Dann zeig ich ihm mal, aus welchem Holz eine alte Salannaise geschnitzt ist.«

Also lieferte ich Mercédès bei ihrer Großmutter ab. Es war kurz nach eins, und die Sonne stand hoch am Himmel. Les Salants war wie leer gefegt und schmorte in der Hitze, alle Fensterläden waren geschlossen, und am Fuß der weiß gekalkten Häuserwände zeigte sich nur ein fingerbreiter Streifen Schatten. Am liebsten hätte ich mich unter einem Sonnenschirm ausgestreckt, vielleicht mit einem kühlen Cocktail, aber die Jungs waren noch im Haus – zumindest so lange, bis der Spielsalon in La Houssinière wieder aufmachte –, und nach Brismands Besuch würde ich meinem Vater gegenüber wahrscheinlich ziemlich gereizt reagieren. Also machte ich mich auf den Weg in die Dünen. In der Nähe von La Goulue würde es nicht ganz so heiß sein, und um diese Tageszeit war kaum mit Touristen zu rechnen. Die Flut hatte mittlerweile ihren Höchststand erreicht, und das Meer glitzerte in der Sonne. Der Wind würde mir helfen, einen klaren Kopf zu bekommen.

Ich kam nicht umhin, im Vorbeigehen einen Blick auf das *Blockhaus* zu werfen. Es wirkte so verlassen wie am Morgen. Aber der Strand von La Goulue war nicht ganz menschenleer. Eine einzelne Gestalt stand am Wasser, eine Zigarette im Mundwinkel.

Er reagierte nicht auf meinen Gruß, und als ich neben ihn trat, wandte er das Gesicht ab, jedoch nicht schnell genug, um zu verbergen, dass seine Augen gerötet waren. Die Nachricht über Mercédès hatte sich offenbar schnell verbreitet.

»Ich wünschte, sie wären tot«, sagte Damien leise. »Ich

wünschte, das Meer würde einfach die ganze Insel verschlucken. Alles fortspülen und keinen Menschen übrig lassen.« Er hob einen Stein auf und schleuderte ihn mit aller Kraft in die Wellen.

»Das sagst du vielleicht jetzt, weil du so wütend bist«, begann ich, doch er fiel mir ins Wort.

»Dieses Riff hätten sie nie bauen dürfen. Sie hätten alles der See überlassen sollen. Aber die haben gedacht, sie wären richtig schlau. Die haben das große Geld gerochen. Wollten sich über die Houssins lustig machen. Die waren so damit beschäftigt, Geld zu scheffeln, dass sie gar nicht gemerkt haben, was sich vor ihrer Nase abspielt.« Er trat mit der Fußspitze nach einem Stein. »Lacroix hätte sich nie für sie interessiert, wenn hier nicht plötzlich der Wohlstand ausgebrochen wäre, stimmt's? Dann wäre er längst aufs Festland abgehauen, dann hätte ihn hier nichts mehr gehalten. Aber er hat gedacht, er könnte an uns Geld verdienen.« Ich legte ihm eine Hand auf die Schulter, aber er schüttelte sie ab. »Er hat so getan, als wäre er mein Freund. Alle beide haben sie sich bei mir eingeschmeichelt. Die haben mich als Botenjungen ausgenutzt, um Informationen auszutauschen, sie haben mich benutzt, um das Dorf auszuspionieren. Ich dachte, wenn ich das alles für sie tue, dann würde sie vielleicht …«

»Damien, es ist nicht deine Schuld. Das konntest du schließlich nicht ahnen.«

»Doch.« Er bückte sich und hob noch einen Stein auf. »Was weißt du denn schon? Du bist ja noch nicht mal eine richtige Salannaise. Du bist auf jeden Fall fein raus, egal, was passiert. Deine Schwester ist doch eine Brismand, nicht wahr?«

»Ich weiß nicht, was das …«

»Lass mich einfach in Ruhe, okay? Das geht dich alles nichts an.«

»Doch, das tut es.« Ich fasste ihn am Arm. »Damien, ich dachte, wir wären Freunde.«

»Das hab ich auch von Joël gedacht«, erwiderte er verdrießlich. »Rouget hat versucht, mich zu warnen. Ich hätte auf ihn hören sollen.« Er warf den Stein in die heranrollende Brandung. »Ich hab mir eingeredet, mein Vater wäre schuld an dem ganzen Schlamassel. Ich meine, diese Sache mit den Hummern und der ganze Quatsch. Dass er sich mit den Bastonnets eingelassen hat. Nach allem, was die unserer Familie angetan haben. Und jetzt tun sie auf einmal alle so, als wäre alles wieder gut, bloß weil sie ein paar Mal einen guten Fang gemacht haben.«

»Und dann war da noch Mercédès«, sagte ich leise.

Damien nickte. »Kaum hatten die Prossages mitgekriegt, dass der alte Bastonnet Geld hat – die stecken doch immer noch bis zum Hals in Schulden –, haben sie die beiden miteinander *verkuppelt*. Vorher hat sie Xavier nicht mal eines Blickes gewürdigt. Dabei kennen die sich doch schon aus dem Sandkasten.«

»Die Motorradbande«, sagte ich. »Warst du das? Hast du denen von dem Geld erzählt? Um dich an den Bastonnets zu rächen?«

Damien nickte betrübt. »Es war nicht abgemacht, dass sie Xavier verletzen. Ich dachte, er würde die Kohle einfach rausrücken. Aber nach allem, was passiert ist, meinte Joël, ich sollte mich der Bande anschließen. Ich hatte ja nichts mehr zu verlieren.«

Kein Wunder, dass er in letzter Zeit so unglücklich gewirkt hatte. »Und das alles hast du die ganze Zeit stillschweigend mit dir herumgetragen? Du hast keinem Menschen was davon erzählt?«

»Doch, Rouget. Mit dem kann ich manchmal reden.«

»Was hat er dir denn vorgeschlagen?«

»Er hat mir gesagt, ich soll mit meinem Vater und mit den Bastonnets reden. Sonst würde alles nur noch schlimmer. Ich hab ihm gesagt, er wär verrückt. Mein Vater hätte mich grün und blau geprügelt, wenn ich ihm nur die Hälfte von dem erzählt hätte, was ich getan hab.«

Ich lächelte ihn an. »Weißt du, ich glaube, Rouget hatte Recht.«

Damien zuckte die Schultern. »Kann sein. Aber jetzt ist es zu spät.«

Ich ließ ihn am Strand zurück und ging nach Hause. Als ich mich noch einmal umdrehte, sah ich, wie Damien wütend nach dem Sand trat, als könnte er auf diese Weise den ganzen Strand zurück nach La Jetée befördern – dahin, wo er hergekommen war.

49

Als ich zu Hause ankam, saßen Adrienne, Marin und die Kinder mit GrosJean beim Mittagessen. Alle blickten auf, bis auf meinen Vater. Er saß über den Teller gebeugt und aß seinen Salat mit langsamen, gleichsam einstudierten Bewegungen.

Ich setzte Kaffee auf, doch ich fühlte mich wie ein Eindringling. Seit meinem Eintreffen schwiegen alle, als hätte ich ihr Gespräch gestört. Meine Schwester mit ihrer Familie, GrosJean mit seinen Enkeln und ich die Außenseiterin, der ungebetene Gast, den niemand hinauszuwerfen wagte? Während ich meinen Kaffee trank, spürte ich, wie meine Schwester mich beobachtete, die blauen Augen zu Schlitzen verengt. Hin und wieder flüsterte einer der Jungs etwas, jedoch so leise, dass ich nichts verstehen konnte.

»Onkel Claude sagt, er hätte mit dir gesprochen«, bemerkte Marin endlich.

»Ja, und das war auch gut so«, erwiderte ich. »Oder hättet ihr mich lieber noch ein bisschen länger im Dunkeln tappen lassen?«

Adrienne warf GrosJean einen Blick zu. »Es ist Papas Entscheidung, was er mit seinem Land macht.«

»Wir haben das vorher ausführlich mit ihm diskutiert«, sagte Marin. »GroßJean wusste, dass er nicht die Mittel hatte, um auf dem Land etwas zu bauen. Das wollte er lieber uns überlassen.«

»Uns?«

»Claude und mir. Wir planen ein Joint Venture.«

Ich schaute meinen Vater an, der mit einem Stück Brot die Soßenreste aus der Salatschüssel stippte. »Weißt du davon, Vater?«

Schweigen. GrosJean ließ nicht erkennen, ob er meine Frage gehört hatte.

»Du gehst ihm nur auf die Nerven, Mado«, murmelte Adrienne.

»Und was ist mit mir?«, brauste ich auf. »Wieso kommt niemand auf die Idee, mich in die Diskussion einzubeziehen? Oder war es das, was Brismand gemeint hat, als er sagte, er wolle mich auf seiner Seite haben? War das sein Hintergedanke? Damit ich beide Augen zudrücke, wenn ihr das Land verschenkt?«

Marin warf mir einen bedeutungsschwangeren Blick zu. »Darüber sollten wir lieber ein andermal ...«

»Soll es für die Jungs sein?« Meine Stimme zitterte vor Wut. »Habt ihr ihn damit bestochen? GrosJean und P'tit-Jean, von den Toten auferstanden?« Ich sah meinen Vater an, doch er hatte sich in sich zurückgezogen und starrte schweigend vor sich hin, als wären wir alle nicht anwesend.

Adrienne setzte einen vorwurfsvollen Blick auf. »Ach, Mado, du hast ihn doch mit den Kindern erlebt. Sie sind für ihn wie eine Therapie. Die beiden tun ihm so gut.«

»Und das Land war für ihn sowieso nutzlos«, sagte Marin. »Wir waren uns alle einig, dass es sinnvoller ist, uns auf das Haus zu konzentrieren, es zu einem richtig schönen Ferienhaus umzubauen, von dem wir alle etwas haben.«

»Überleg doch mal, wie schön das für Franck und Loïc wäre«, warf Adrienne ein. »Ein wundervolles Sommerhaus am Meer.«

»Außerdem ist es eine gute Investition«, fügte Marin hinzu, »für die Zeit, wenn – du weißt schon.«

»Ein Erbteil«, erklärte Adrienne. »Für die Kinder.«

»Aber das hier ist kein Ferienhaus«, entgegnete ich. Plötzlich war mir speiübel.

Meine Schwester beugte sich mit leuchtenden Augen vor. »Es wird aber eins sein, Mado«, sagte sie. »Wir haben Papa nämlich vorgeschlagen, ab September bei uns zu wohnen. Dann kann er immer mit den Kindern zusammen sein.«

50

Ich ging, wie ich gekommen war, mit meinem Koffer und meiner Bildermappe. Aber diesmal nahm ich nicht den Weg durchs Dorf, sondern den anderen, der zum *Blockhaus* oberhalb von La Goulue führte.

Flynn war immer noch nicht da. Ich betrat den Bunker und legte mich auf das alte Feldbett. Plötzlich fühlte ich mich schrecklich einsam und weit weg von zu Hause. In diesem Augenblick hätte ich fast alles dafür gegeben, wieder in meiner kleinen Wohnung in Paris sein zu können, mit dem Café gegenüber und dem Straßenlärm, der vom Boulevard Saint Michel durch die heiße, dunstige Luft hereindrang. Vielleicht hat Flynn Recht gehabt, dachte ich. Vielleicht ist es Zeit für mich, ein neues Leben anzufangen.

Mir war mittlerweile völlig klar, wie sie meinen Vater um den Finger gewickelt hatten. Aber er hatte seine Entscheidung getroffen. Ich konnte ihn nicht daran hindern. Wenn er bei Adrienne wohnen wollte, bitte sehr. Das Haus in Les Salants würde zu einem Ferienhaus umgestaltet werden. Natürlich würde man mir anbieten, mich dort aufzuhalten, wann immer ich wollte, und meine Schwester würde Überraschung vortäuschen, wenn ich nicht kam. Sie und Marin würden mit den Kindern alle Ferien dort verbringen. Vielleicht würden sie es außerhalb der Saison vermieten. Plötzlich hatte ich ein Bild von Adrienne und mir als Kinder vor

Augen, sah, wie wir uns um ein Stofftier stritten, ihm die Beine abrissen und das Füllmaterial über den Boden verstreuten, während jede von uns versuchte, es in ihren Besitz zu bringen. Nein, sagte ich mir, ich brauche das Haus nicht.

Ich stellte meine Bildermappe an die Wand, schob meinen Koffer unter das Bett und ging wieder auf die Düne hinaus. Inzwischen war es fast drei, die Sonne brannte nicht mehr so heiß, und die Ebbe hatte eingesetzt. Weit draußen in der Bucht, hinter dem schützenden Ring von La Jetée, glitt ein einzelnes Segelboot über das Wasser. Ich konnte das Boot nicht richtig erkennen oder mir vorstellen, wer zu dieser Tageszeit so weit draußen vor der Insel kreuzte. Auf meinem Weg zum Strand hinunter schaute ich immer wieder aufs Meer hinaus. Über mir kreischten ein paar Möwen. In dem gleißenden Licht war es schwierig, das Segel auszumachen. Auf jeden Fall war es niemand von der Insel. Kein Salannais würde so ungeschickt manövrieren, den Wind aus dem Segel verlieren, bis es schlaff am Mast flatterte und die Strömung das Boot davontrug.

Als ich näher kam, sah ich Aristide wie üblich auf der Klippe sitzen. Lolo hockte neben ihm mit einer Kühlbox voller Obst, das er zum Verkauf feilbot, und einem Fernglas um den Hals.

»Wer ist denn das da draußen? Wenn der so weitermacht, läuft der noch bei La Jetée auf Grund.«

Der Alte nickte. Sein Gesicht drückte Missbilligung aus. Nicht wegen des dilettantischen Seglers – auf den Inseln lernt man, dass man auf sich selbst gestellt ist und dass es eine Schande ist, um Hilfe zu bitten –, sondern wegen des guten Boots, das Schaden nehmen könnte. Menschen kommen und gehen. Besitz bleibt.

»Glauben Sie, das könnte vielleicht jemand aus La Houssinière sein?«

»Nein, nein. Selbst die Houssins wissen, dass man nicht so weit rausfährt. Vielleicht irgendein Tourist, der mehr Geld als Verstand hat. Oder ein leeres, treibendes Boot. Auf die Entfernung kann man das nicht sagen.«

Ich schaute hinunter zu dem belebten Strand. Gabi und Laetitia waren da. Das kleine Mädchen hockte auf einem Felsen unterhalb der Klippe.

»Willst du ein Stück Melone?«, fragte Lolo, der Laetitia neidisch beobachtete. »Wir haben nur noch zwei übrig.«

»Au ja«, entgegnete ich mit einem Lächeln, »ich nehme sie beide.«

»Super!«

Die Melone schmeckte süß und saftig. Jetzt, wo Adrienne nicht mehr in der Nähe war, hatte ich meinen Appetit wiedergewonnen, und ich setzte mich in den Schatten, um genüsslich meine Melone zu essen. Das Segelboot schien jetzt ein bisschen näher gekommen zu sein, aber so wie das Licht sich auf dem Wasser spiegelte, konnte es sich ebenso gut um eine Sinnestäuschung handeln.

»Ich glaube, ich kenne das Boot«, sagte Lolo, der durch sein Fernglas blinzelte. »Ich beobachte es schon die ganze Zeit.«

»Lass mich mal sehen«, sagte ich und trat auf ihn zu. Lolo reichte mir das Fernglas, und ich hielt Ausschau nach dem Segel in der Ferne.

Zwar hatte es die charakteristische rote Farbe und die rechteckige, für die Inseln typische Form, doch es wies keine sichtbaren Erkennungszeichen auf. Das Boot selbst – lang und schmal, kaum mehr als ein Einmannboot – lag tief im Wasser, als wäre es voll gelaufen. Plötzlich begann mein Herz wie wild zu pochen.

»Erkennst du es?«, fragte Lolo.

Ich nickte. »Ich glaube ja. Es sieht aus wie Flynns Boot.«

»Bist du sicher? Sollen wir Aristide fragen? Der kennt alle Boote hier. Vielleicht kann er uns helfen.«

Der alte Mann schaute eine Weile schweigend durch das Fernrohr. »Ja, das ist er«, sagte er schließlich. »Viel zu weit draußen, er treibt mit der Strömung, aber ich wette darauf, dass er es ist.«

»Was macht er denn da draußen?«, fragte Lolo. »Glauben Sie, er ist auf Grund gelaufen?«

»Nein«, schnaubte Aristide. »Wie denn? Aber trotzdem«, er stand auf, »würde ich sagen, es sieht so aus, als hätte er Probleme.«

Jetzt, wo wir wussten, um welches Boot es sich handelte, war alles anders. Rouget war nicht irgendein Tourist, der betrunken mit einem gemieteten Boot vor der Bucht herumkurvte, sondern einer von uns, ein Salannais. Innerhalb weniger Minuten hatten sich alle möglichen Leute auf der Klippe versammelt und beobachteten das Boot mit wachsender Sorge. Ein Salannais in Seenot? Da musste etwas unternommen werden.

Aristide wollte sofort mit der *Cécilia* auslaufen, aber Alain kam ihm mit der *Eleanore 2* zuvor. Er war nicht der Einzige. Die Nachricht von einem offensichtlich in Not geratenen Boot in der Bucht von La Goulue hatte sich bis zu Angélos Bar herumgesprochen, und zehn Minuten später waren ein halbes Dutzend Leute am Strand versammelt, bewaffnet mit Haken, Stangen und Tauen. Omer, Toinette, Capucine und sogar die Guénolés waren da. Angélo war ebenfalls zur Stelle und verkaufte Schnaps zu fünfzehn Francs das Glas. Weiter unten am Strand standen ein paar Touristen beisammen und verfolgten das Geschehen. Das Meer lag silbrig-grün schimmernd und beinahe reglos da.

Die Rettung nahm insgesamt fast zwei Stunden in Anspruch. Aber es kam uns wesentlich länger vor. Es dauert eine Weile, bis man La Jetée erreicht, selbst wenn man ein zusätzlich mit einem Motor angetriebenes Boot benutzt, und Rougets kleines Einmannboot war bereits sehr weit hinausgetrieben worden und befand sich im seichten Gewässer über den Sandbänken, so dass es für die größeren Boote schwer zu erreichen war. Alain musste die *Eleanore 2* zwischen den Sandbänken in Position bringen, während Ghislain Flynns Boot aus dem seichten Wasser zog und gleichzeitig mit Haken und Stangen dafür sorgte, dass es dem Rumpf der *Eleanore* nicht zu nahe kam. Anschließend wurde das gerettete Boot mit vereinten Kräften ins offene Meer hinausgeschleppt. Aristide, der darauf bestanden hatte mitzukommen, übernahm das Ruder und gab pessimistische Kommentare von sich.

Außerhalb der Bucht wehte ein heftiger Wind, es herrschte hoher Seegang, und ich musste mich neben Alain ans Heck der *Eleanore 2* stellen, um den schwankenden Baum des kleinen Bootes, das auf den Wellen tanzte und schlingerte, in Position zu halten. Bisher war noch keine Spur von Flynn zu sehen, weder im Boot noch im Wasser.

Ich war froh, dass niemand etwas gegen meine Anwesenheit einzuwenden hatte. Schließlich hatte ich das Segel als Erste erkannt. Das gab mir in den Augen der Männer das Recht, dabei zu sein. Alain, der inzwischen wieder am Bug stand, hatte den besten Überblick über das Manöver, mit dem Ghislain Flynns Boot in Reichweite brachte. Er hatte ein paar alte Autoreifen am Rumpf der *Eleanore 2* befestigt, um sie vor einem etwaigen Zusammenstoß zu schützen.

Aristide war so missmutig wie immer. »Ich wusste, dass wir Ärger bekommen würden«, verkündete er zum wiederholten Male. »Ich hatte einfach so ein Gefühl, genau wie in der Nacht, als der Sturm meine *Péoch ha Labour* fortgerissen hat. So eine böse Vorahnung.«

»Wahrscheinlich hattest du einen Furz quer sitzen«, knurrte Alain.

Aristide ignorierte ihn. »Wir haben in letzter Zeit zu viel Glück gehabt, so ist das«, sagte er. »Das musste ja irgendwann schief gehen. Warum sollte es sonst ausgerechnet Rouget treffen? Rouget, den Glückspilz?«

»Vielleicht hat es ja gar nichts zu bedeuten«, meinte Alain.

Aristide warf die Hände in die Luft. »Ich fahre seit sechzig Jahren zur See, und ich habe so was mindestens schon zwanzigmal erlebt. Ein Mann segelt alleine raus, wird leichtsinnig, kehrt dem Baum den Rücken zu – der Wind dreht sich – und gute Nacht!« Er fuhr sich mit dem Finger quer über die Kehle.

»Du weißt doch noch gar nicht, was passiert ist«, sagte Alain.

»Ich weiß, was ich weiß«, erwiderte Aristide. »Ernest Pinoz ist neunundvierzig genau dasselbe passiert. Es hat ihn einfach über Bord gehauen. Der war tot, bevor er im Wasser lag.«

Schließlich war das kleine Boot in Reichweite der *Eleanore 2*, und Xavier sprang an Bord. Flynn lag reglos auf dem Deck. Xavier meinte, er müsse schon seit Stunden dort liegen, denn sein Gesicht war von der Sonne verbrannt. Er packte Flynn unter den Armen und hievte ihn mühsam in die Nähe der auf den Wellen schaukelnden *Eleanore*, während Alain versuchte, das Boot zu sichern. Das nutzlose Segel des Einmannboots schlug im Wind, und die losen Leinen flatterten gefährlich in alle Richtungen. Obwohl Xavier nicht wusste, was es war, achtete er darauf, das Zeug, das um Flynns Arm gewickelt war, nicht zu berühren. Es sah aus wie die eingeweichten Reste einer Plastiktüte. Fetzen davon hingen herab und schleiften durch das Wasser.

Endlich, nach mehreren Versuchen, war das Boot an der *Eleanore* vertäut.

»Hab ich's nicht gleich gesagt?«, bemerkte Aristide mit grimmiger Genugtuung. »Wenn deine Stunde geschlagen hat, rettet dich auch keine rote Glücksperle.«

»Er ist nicht tot«, entgegnete ich mit mir selbst fremder Stimme.

»Nein«, keuchte Alain, während er Flynn, der kein Lebenszeichen von sich gab, aus dem kleinen Boot auf die *Eleanore 2* hob. »Jedenfalls noch nicht.«

Wir legten Flynn ins Heck, und Xavier hisste die Signalflagge. Mit unsicheren Händen bemühte ich mich um die Segel der *Eleanore*, bis ich mich so weit beruhigt hatte, dass ich Flynn ohne zu zittern ansehen konnte. Er glühte wie in Fieberhitze. Hin und wieder öffnete er die Augen, doch wenn ich ihn ansprach, reagierte er nicht. Durch das halb durchsichtige Zeug, das an seinem Arm klebte, schimmerten rote Linien auf seiner Haut. Ich bemühte mich, die Fassung zu wahren, doch meine Stimme klang fast hysterisch, als ich schrie: »Alain, wir müssen das da von seinem Arm entfernen!«

»Das soll Hilaire machen«, erwiderte er knapp. »Lass uns einfach zusehen, dass wir so schnell wie möglich an die Küste kommen. Wir müssen ihn vor der Sonne schützen. Glaub mir, mehr können wir jetzt nicht für ihn tun.«

Es war ein guter Rat, und wir befolgten ihn. Aristide hielt ein Stück Segeltuch über den bewusstlosen Flynn, während Alain und ich die *Eleanore 2* so schnell wir konnten zurück nach La Goulue brachten. Obwohl wir den Westwind im Rücken hatten, brauchten wir fast eine Stunde. Inzwischen hatten sich noch mehr Leute am Strand versammelt, ausgerüstet mit Schnapsflaschen, Seilen und Decken. Schon hatten sich alle möglichen Gerüchte verbreitet. Jemand lief los, um Hilaire zu holen.

Niemand konnte sich erklären, was das Ding an Flynns Arm sein mochte. Aristide meinte, es sei eine Würfelqualle, die der Golfstrom aus wärmeren Gewässern hierher gespült hatte. Matthias, der neben Angélo stand, tat die Vermutung verächtlich ab.

»Blödsinn«, schnaubte er. »Bist du blind? Das ist eine Portugiesische Galeere. Weißt du noch, wie die mal vor La Jetée aufgetaucht sind? Das muss einundfünfzig gewesen sein, Hunderte von diesen Biestern trieben damals vor dem Nid' Poule auf den Wellen. Ein paar sind sogar bis nach La Goulue gelangt, und wir mussten sie mit Haken vom Strand entfernen.«

»Das ist eine Nesselqualle«, sagte Aristide bestimmt und schüttelte den Kopf. »Darauf wette ich.«

Was auch immer es sein mochte, es ließ sich nicht leicht entfernen. Die Tentakeln – wenn es sich bei diesen zarten, farnwedelartigen Fäden tatsächlich um Tentakeln handelte – blieben an Flynns Haut kleben, wo immer sie damit in Berührung kamen. Sie widersetzten sich allen Versuchen, sie sauber zu entfernen.

»Wahrscheinlich hat er es für eine Plastiktüte gehalten, die im Wasser schwamm«, meinte Toinette. »Dann hat er sich über Bord gelehnt, um sie rauszufischen …«

»Zum Glück ist er nicht geschwommen. Dann hätte es

ihn am ganzen Körper erwischt. Diese Tentakeln sind ja mehrere Meter lang.«

»Würfelqualle«, wiederholte Aristide verdrossen. »Seht euch nur die roten Streifen auf seinem Arm an. Er hat eine Blutvergiftung.«

»Portugiesische Galeere«, widersprach Matthias. »Hast du vielleicht schon mal eine Würfelqualle so hoch im Norden gesehen, hä?«

»Zigaretten. Damit kriegt man Egel ab«, sagte Omer La Patate.

»Vielleicht hilft ein Schluck Schnaps«, schlug Angélo vor.

Capucine meinte, wir sollten es lieber mit Essig versuchen.

Aristide behauptete finster, wenn das Ding tatsächlich eine Würfelqualle sei, wäre Rouget sowieso nicht zu retten. Für das Gift dieser Qualle gebe es kein Gegenmittel. In diesem Fall gab er Flynn noch höchstens zwölf Stunden.

Schließlich kam Hilaire, gefolgt von Charlotte, die eine Flasche Essig mitbrachte.

»Essig«, sagte Capucine. »Ich hab ja gleich gesagt, das hilft.«

»Lasst mich mal durch«, murmelte Hilaire. Er gab sich schroffer als gewöhnlich, versuchte, seine Besorgnis hinter einer ärgerlichen Maske zu verbergen. »Die Leute glauben, ich hätte nichts Besseres zu tun. Ich muss mich um Toinettes Ziegen kümmern und um die Pferde in La Houssinière. Könnt ihr denn nicht besser auf euch aufpassen? Glaubt ihr vielleicht, so was hier macht mir Spaß?«

Alle sahen gespannt zu, wie er vorsichtig mit Hilfe des Essigs und einer Pinzette die Tentakeln von Flynns Arm entfernte.

»Würfelqualle«, murmelte Aristide.

»Blödsinn«, entgegnete Matthias.

Hilaire schlug vor, Flynn nach Les Immortelles zu bringen. Das sei das Vernünftigste, erklärte Hilaire, denn dort gab es immerhin eine voll ausgestattete Krankenstation. Der Tierarzt konnte nicht mehr tun, als ihm eine Adrenalinspritze verpassen, und er weigerte sich, irgendwelche Prognosen abzugeben. Von seiner Praxis aus rief er an der Küste an, um einen Arzt zu verständigen – in Fromentine stand für Notfälle ein Schnellboot zur Verfügung – und um bei der Küstenwache auf die Quallengefahr hinzuweisen. Bisher waren keine weiteren Quallen vor La Goulue gesichtet worden, aber am Strand war man bereits dabei, erste Maßnahmen zu ergreifen. Den Badebereich hatte man mit einem Seil und Schwimmbojen abgetrennt und mit Netzen zum Schutz gegen unwillkommene Eindringlinge versehen. Später wollten Alain und Ghislain noch einmal bis La Jetée hinausfahren, um das Gebiet dort zu überprüfen, eine Vorsichtsmaßnahme, die wir manchmal nach den Herbststürmen durchführen.

Ich hielt mich etwas abseits der Menge, denn ich kam mir jetzt, wo es nichts mehr für mich zu tun gab, ziemlich überflüssig vor. Toinette erbot sich, Rouget nach Les Immortelles zu begleiten. Jemand schlug vor, Père Alban zu benachrichtigen.

»Steht es denn so schlimm um ihn?«

Hilaire, der keine der beiden heiß diskutierten Quallenarten kannte, war sich nicht sicher. Lolo zuckte die Achseln. »Aristide sagt, morgen früh wissen wir Bescheid.«

51

Ich glaube nicht an Omen. In dieser Hinsicht bin ich keine typische Insulanerin. Und doch lagen sie an jenem Abend in der Luft, sie ritten auf den Wellen wie die Möwen. Etwas kam auf uns zu wie eine dunkle Flut. Ich spürte es regelrecht. Ich versuchte mir vorzustellen, dass Flynn starb. Dass er tot war. Es war undenkbar. Er gehörte zu uns, zur Insel, zu Les Salants. Wir hatten ihn ebenso geformt wie er uns.

Gegen Abend ging ich zum Heiligtum von Sainte-Marine, das mittlerweile vollkommen mit Kerzenwachs und Vogeldreck übersät war. Irgendjemand hatte einen Puppenkopf aus Plastik zu den Opfergaben gelegt. Das Gesicht war rosa, die Haare blond. Einige Kerzen brannten. Ich nahm die rote Korallenperle aus meiner Tasche. Einen Augenblick lang hielt ich sie in der Hand, dann legte ich sie zwischen die Kerzen. Sainte-Marine blickte auf die Gaben herab, ihr steinernes Gesicht wirkte undurchdringlicher denn je. Lächelte sie, oder schaute sie ins Leere? Hatte sie die Hand zum Segen erhoben?

Santa Marina. Nimm uns den Strand wieder weg, wenn das dein Wille ist. Nimm alles, was du willst. Aber das nicht. Bitte. Das nicht.

Etwas – vielleicht ein Vogel – schrie in den Dünen. Es klang wie Gelächter.

Als Toinette Prossage kam, saß ich immer noch zu Füßen der Heiligen. Toinette berührte meinen Arm, und ich blickte auf. Hinter ihr sah ich noch mehr Leute, die sich der Kapelle näherten. Einige trugen Laternen. Ich erkannte die Bastonnets, die Guénolés, Omer, Angélo, Capucine. Dann folgten Père Alban mit seinem Stab, Sœur Thérèse und Sœur Extase, deren weiße Hauben im Licht der untergehenden Sonne an Vögel erinnerten.

»Es ist mir egal, was Aristide sagt«, meinte Toinette. »Die Heilige ist länger hier als wir alle, und wer weiß, was für Wunder sie noch vollbringen kann. Immerhin hat sie uns den Strand gegeben, oder?«

Ich nickte, brachte jedoch kein Wort heraus. Einer nach dem anderen kamen die Dörfler näher, manche mit Blumen in der Hand. In einiger Entfernung erblickte ich Lolo, und auch ein paar Touristen schauten neugierig zu uns herüber.

»Ich habe nie gesagt, ich *wünsche*, dass er stirbt«, protestierte Aristide. »Aber wenn er stirbt, dann hat er einen Platz auf unserem Friedhof verdient. Dann werden wir ihn neben unserem Sohn beerdigen.«

»Das ist jetzt nicht der richtige Zeitpunkt, um übers Sterben und über Beerdigungen zu reden«, entgegnete Toinette. »Die Heilige duldet das nicht. Sie ist Marine-de-la-Mer, und sie ist unsere Schutzpatronin. Sie wird uns schon nicht im Stich lassen.«

»Aber Rouget ist kein Salannais«, stellte Matthias fest. »Sainte-Marine ist eine Insel-Heilige. Vielleicht fühlt sie sich für Leute vom Festland nicht zuständig.«

Omer schüttelte den Kopf. »Die Heilige hat uns vielleicht den Strand gegeben, aber Rouget hat den Bouch'ou gebaut.«

Aristide schnaubte. »Ihr werdet ja sehen«, sagte er. »In Les Salants lässt das Unglück nie lange auf sich warten. Heute haben wir den Beweis. Quallen in der Bucht, nach all den Jahren. Erzählt mir bloß nicht, dass das gut fürs Geschäft ist.«

»Fürs Geschäft?«, fragte Toinette empört. »Ist das alles, was dich interessiert? Glaubst du etwa, dafür fühlt die Heilige sich zuständig?«

»Vielleicht nicht«, meinte Matthias. »Aber es ist trotzdem ein schlechtes Zeichen. Das letzte Mal hatten wir Quallen damals in dem schwarzen Jahr.«

»Das schwarze Jahr«, wiederholte Aristide düster. »Das Glück wendet sich wie die Gezeiten.«

»Unser Glück hat sich nicht gewendet!«, rief Toinette. »Wir Salannais nehmen unser Schicksal selbst in die Hand. Die Quallen beweisen überhaupt nichts.«

Père Alban schüttelte tadelnd den Kopf. »Ich verstehe nicht, warum Sie mich überhaupt gerufen haben«, sagte er. »Wenn Sie beten wollen, dann gehen Sie doch in eine Kirche, die noch steht. All dieses abergläubische Geschwätz. Ich hätte das nie unterstützen dürfen.«

»Nur ein Gebet«, drängte Toinette. »Nur die Santa Marina.«

»Also gut. Aber dann gehe ich nach Hause, und Sie können sich meinetwegen hier draußen den Tod holen. Es sieht nach Regen aus.«

»Es ist mir egal, was ihr denkt«, knurrte Aristide. »Dass die Geschäfte gut gehen, ist wichtig. Und wenn sie unsere Schutzpatronin ist, dann müsste sie das verstehen. Davon hängt das Glück der Salannais ab.«

»*Monsieur Bastonnet!*«

»Ist ja gut, ist ja gut.«

Wir neigten die Köpfe wie Kinder. Insellatein ist Pidgin-Latein, selbst nach Kirchenmaßstäben, aber alle Versuche, die Liturgie zu modernisieren, waren fehlgeschlagen. Den alten Worten haftet ein gewisser Zauber an, der in der Übersetzung verloren gehen würde. Père Alban hatte es längst aufgegeben zu erklären, dass nicht die Worte selbst ausschlaggebend sind, sondern der Sinn, der dahinter steht. Diese Vorstellung ist für die meisten Salannais unbegreiflich, beinahe blasphemisch. Der Katholizismus ist hier auf den Inseln heimisch geworden und hat sich seinen prächristlichen Wurzeln wieder angenähert. Glücksbringer, Symbole, Zaubersprüche und Rituale gehören zum Leben in diesen kleinen Dörfern, wo kaum jemand Bücher liest, selbst die Bibel nicht. Die Tradition lebt von mündlicher Überlieferung, und Wunder sind uns lieber als Zahlen und Gebote. Père Alban wusste das natürlich und ließ sich darauf ein, denn er hatte längst begriffen, dass es ohne ihn bald schon gar keine Kirche mehr auf der Insel geben würde.

Kaum hatte er das Gebet gesprochen, machte er sich auf den Heimweg. Ich hörte seine Fischerstiefel im Sand knirschen, als er sich von dem kleinen Kreis der Laternenträger entfernte. Toinette sang ein Lied, ihre Stimme klang dünn und hoch. Ein paar Worte schnappte ich auf, aber sie sang in dem alten Inseldialekt, den ich ebenso wenig verstehe wie Latein.

Die beiden alten Nonnen waren noch geblieben und standen rechts und links neben der Statue. Schweigend warteten die Dörfler, bis sie an der Reihe waren. Mehrere – unter ihnen Aristide – lösten die Glücksperle von der Schnur um ihren Hals und legten sie der Heiligen zu Füßen.

Ich überließ die Leute ihren Gebeten und ging in Richtung La Goulue. Das Wasser in der Bucht schimmerte im letzten Abendrot. Unten am Strand und im Widerschein des seichten Wassers kaum zu erkennen, stand eine einzelne Gestalt. Ich genoss es, den kühlen, feuchten Sand unter den Füßen zu spüren und das leise Plätschern der Wellen zu hören, als ich auf die Gestalt zuging. Es war Damien.

Er schaute mich an, in seinen Augen spiegelte sich der rote Abendhimmel. Ein dichtes Wolkenband kündigte Regen an. »Siehst du?«, sagte Damien. »Alles bricht zusammen. Alles geht zum Teufel.«

Mir lief ein Schauer über den Rücken. Von Ferne her hörten wir Toinettes gespenstisch klingenden, trällernden Gesang.

»Ich glaube nicht, dass es so schlimm kommt«, entgegnete ich.

»Wirklich nicht?« Er zuckte die Achseln. »Mein Vater ist zur Jetée rausgefahren. Er sagt, er hat noch mehr von diesen Quallen da draußen gesichtet. Der Sturm muss sie hergetrieben haben. Mein Großvater behauptet, das ist ein böses Omen. Es bedeutet, dass schlechte Zeiten auf uns zukommen.«

»Ich hätte nie gedacht, dass du so abergläubisch bist.«

»Bin ich auch nicht. Aber die Leute hier klammern sich daran, wenn ihnen nichts anderes mehr bleibt. Wenn sie singen und beten und die Heilige mit Blumen überhäufen, können sie wenigstens so tun, als hätten sie keine Angst. Als könnten sie Rouget damit helfen.« Er wandte sich ab und starrte auf das Meer hinaus.

»Flynn wird schon durchkommen«, versicherte ich ihm. »Er ist zäh.«

»Mir ist egal, was mit ihm passiert«, erwiderte Damien unvermittelt. »Er hat mit alldem angefangen. Meinetwegen soll er abkratzen.«

»Das kannst du doch nicht ernst meinen!«

Damien schien mit jemandem weit draußen am Horizont zu sprechen. »Ich dachte, er wäre mein Freund. Ich dachte, er wäre anders als Joël und Brismand und all die anderen. Aber jetzt weiß ich, dass er nur besser lügen kann.«

»Was meinst du damit?«, fragte ich. »Was hat er denn getan?«

»Ich dachte, er könnte Brismand nicht ausstehen«, sagte Damien. »So hat er jedenfalls immer getan. Aber die beiden sind dicke *Freunde*, Mado. Rouget ist mit den Brismands befreundet. Die arbeiten alle zusammen. Gestern, als er diesen Unfall hatte, war er auch für sie unterwegs. Deswegen ist er auch so weit rausgefahren. Das hat Brismand selbst gesagt.«

»Rouget arbeitet für Brismand? Was macht er denn für ihn?«

»Irgendwelche Berechnungen drüben am Bouch'ou«, sagte Damien. »Das macht er schon die ganze Zeit. Brismand bezahlt ihn dafür, dass er uns hinters Licht führt. Ich hab gehört, wie er vor dem Chat Noir mit Marin darüber gesprochen hat.«

»Aber Damien«, entgegnete ich. »Überleg doch mal, was er alles für Les Salants getan hat …«

»Was *hat* er denn getan, hä?« Damiens Stimme schnappte beinahe über, und plötzlich klang er sehr jung. »Das Ding da draußen in der Bucht hat er gebaut, na und?« Er deutete auf den Bouch'ou, wo die beiden Signalfeuer wie Christbaumkerzen leuchteten. »Wozu? Und für wen wohl? Für mich jedenfalls nicht. Und auch nicht für meinen Vater, der bis über beide Ohren verschuldet ist und immer noch auf das große Geschäft hofft. Der glaubt tatsächlich, er könnte mit ein paar Fischen ein Vermögen verdienen – wie blöd kann ein Mann eigentlich noch werden? Nicht für die Grossels oder die Bastonnets oder für die Prossages hat er das getan. Und auch nicht für Mercédès!«

»Das ist nicht fair. Der Strand hat mit Mercédès' Unglück nichts zu tun. Und Flynn ebenso wenig.«

Mittlerweile war es dunkel geworden. »Und noch was«, sagte Damien und schaute mich an. »Er heißt gar nicht Flynn. Und auch nicht Rouget. Er heißt Jean-Claude wie sein Vater.«

TEIL VIER

Der Sandmann ist da

52

Atemlos rannte ich den Pfad hinauf. Meine Gedanken rasten. Es konnte einfach nicht sein. Flynn, Brismands Sohn? Unmöglich. Damien musste sich verhört haben. Doch gleichzeitig regte sich etwas Vertrautes in mir, ein Gefühl von Gefahr, dessen Warnsignale lauter dröhnten als La Marinette.

Ich sagte mir, dass es durchaus genug Hinweise gegeben hatte, wenn ich sie nur hätte wahrnehmen wollen: das heimliche Treffen, die Umarmung, Marins Feindseligkeit, Flynns unklare Haltung. Selbst sein Spitzname, Rouget, der Rotfuchs, erinnerte an Schlaufuchs Brismand. Nach Inseltradition trugen sie den gleichen Namen.

Andererseits war Damien ein hoffnungslos verliebter Teenager und kein besonders verlässlicher Informant. Nein, ich musste mehr erfahren, bevor ich Flynn aus meinem Herzen verbannte. Und ich wusste, wo ich mehr erfahren würde.

Die Eingangshalle des Hotels Les Immortelles war leer, nur Joël Lacroix saß an der Rezeption, die Cowboystiefel auf dem Schreibtisch, eine Gitane zwischen den Lippen. Mein Erscheinen schien ihn zu irritieren.

»Hallo, Mado.« Er grinste halbherzig und drückte seine Zigarette im Aschenbecher aus. »Suchst du ein Zimmer?«

»Ich hab gehört, dass mein Freund hier ist«, sagte ich.

»Der Engländer? Ja, der ist hier.« Übertrieben lässig zündete er sich noch eine Gitane an und blies den Rauch langsam aus, wie im Kino. »Der Arzt sagt, er ist nicht transportfähig. Willst du ihn besuchen?«

Ich nickte.

»Geht leider nicht. Monsieur Brismand hat gesagt, niemand darf zu ihm, und das gilt auch für dich, *ma belle*.« Er zwinkerte mir zu und rückte ein bisschen näher. »Der Arzt ist mit einem Spezialboot gekommen, vielleicht vor einer halben Stunde. Er meinte, es wäre irgendeine portugiesische Qualle gewesen. Böse Sache.«

Aristide hatte sich also mit seiner düsteren Prognose geirrt. Ich atmete erleichtert auf.

»Also keine Würfelqualle?«

Joël schüttelte den Kopf, dem Anschein nach mit Bedauern. »Nein. Aber trotzdem ziemlich schlimm.«

»Wie schlimm denn?«

»Hm. Was haben diese Ärzte schon für eine Ahnung?« Er zog an seiner Zigarette. »Dass er ein paar Stunden lang bewusstlos in der Sonne gelegen hat, macht die Sache auch nicht besser. So ein Sonnenstich kann übel ausgehen, wenn man nicht aufpasst. Das müsste sogar einer vom Festland wissen.« Sein Ton ließ darauf schließen, dass er, Joël, keinesfalls so ein Weichei war, das sich von einem Sonnenstich umhauen ließ.

»Und die Qualle?«

»Der dämliche Trottel hat tatsächlich versucht, sie mit der Hand aus dem Wasser zu fischen.« Joël schüttelte ungläubig den Kopf. »Ich meine, ist das zu fassen? Der Arzt sagt, das Gift wirkt vierundzwanzig Stunden lang.« Er grinste. »Wenn dein Freund also morgen Abend immer noch lebt ...« Erneut zwinkerte er mir zu und rückte mir noch näher auf die Pelle.

Ich trat einen Schritt zurück. »Wenn das so ist, möchte ich Marin Brismand sprechen. Ist er hier?«

»He, was hast du denn?« Er sah mich gekränkt an. »Magst du mich etwa nicht?«

»Vor allem mag ich es nicht, wenn du mir zu nahe kommst. Halt dich gefälligst aus meinen Hoheitsgewässern raus.«

Joël schnaubte. »Du hältst dich wohl für Santa Marina persönlich«, knurrte er. »Marin ist vor einer Stunde gegangen. Mit deiner Schwester.«

»Wohin?«

»Weiß der Teufel.«

Ich fand Marin und Adrienne schließlich im Chat Noir. Es war schon ziemlich spät, und das Café war erfüllt von Rauch und Lärm. Meine Schwester hockte am Tresen, und Marin saß mit ein paar Männern an einem Tisch beim Kartenspiel. Er schien überrascht, mich zu sehen.

»Hallo, Mado! Was machst du denn hier? Irgendwas nicht in Ordnung?« Er sah mich mit zusammengekniffenen Augen an. »Es geht doch nicht um GrosJean?«

»Nein, es geht um Flynn.«

»Flynn?« Er wirkte verblüfft. »Er ist doch nicht tot, oder?«

»Natürlich nicht.«

Marin zuckte die Achseln. »Das wäre ja auch zu schön gewesen.«

»Spar dir deine dämlichen Sprüche, Marin«, fauchte ich. »Ich weiß Bescheid über ihn und deinen Onkel. Und über eure gemeinsamen Geschäfte ebenfalls.«

»Oho.« Er grinste. Ich sah ihm an, dass ihm das nicht ganz ungelegen kam. »Also gut. Vielleicht sollten wir uns ein ungestörtes Plätzchen suchen. Damit die Sache in der Familie bleibt.« Er warf seine Karten auf den Tisch und stand auf. »Ich hatte sowieso gerade eine Pechsträhne«, sagte er. »Ich habe einfach nicht so gute Karten wie dein Freund.«

Wir gingen hinaus auf die Promenade, wo es ruhiger und kühler war. Adrienne folgte uns. Ich setzte mich auf die Strandmauer und schaute sie beide an. Mein Herz klopfte wie wild, doch meine Stimme klang ruhig. »Erzählt mir von Flynn«, sagte ich. »Oder besser: von Jean-Claude.«

53

Eigentlich hätte ich derjenige sein sollen, weißt du.« Marin lächelte bitter. »Ich war der einzige lebende Verwandte des Alten. Und ich bin für ihn mehr als ein Sohn gewesen. Jedenfalls mehr als sein *wirklicher Sohn* je für ihn war. Ich sollte alles erben. Les Immortelles. Das Geschäft. Alles.«

Jahrelang hatte Brismand ihn in dem Glauben gelassen. Ein Kredit hier, ein kleines Geschenk dort. Er hatte den Kontakt mit Marin gepflegt, genau wie er es mit mir getan hatte, hatte sich alle Optionen offen gehalten, Pläne für die Zukunft geschmiedet. Seine Exfrau und seinen verlorenen Sohn hatte er nie erwähnt. Er hatte Marin zu verstehen gegeben, dass er sich von den beiden losgesagt habe, dass die beiden nach England gezogen seien, dass der Junge kein Französisch spreche und ebenso wenig ein Brismand sei wie jeder andere Engländer auf dieser Insel, wo sie *rosbif* aßen und Melonen auf dem Kopf trugen.

Natürlich hatte er gelogen. In Wirklichkeit hatte Schlaufuchs Brismand die Hoffnung nie aufgegeben. Er hatte den Kontakt zu Jean-Claudes Mutter stets aufrechterhalten, hatte das Schulgeld für seinen Sohn gezahlt. Jahrelang hatte er dieses doppelte Spiel gespielt und geduldig abgewartet. Dabei hatte er immer die Absicht gehabt, sein Geschäft an Jean-Claude zu übergeben, sobald der richtige Zeitpunkt gekommen war. Aber sein Sohn hatte sich nicht kooperativ gezeigt. Zwar hatte er das Geld, das Brismand schickte, mehr als bereitwillig angenommen, doch wenn es um die Frage ging, ob er ins Geschäft seines Vaters einsteigen wolle, hatte er abgewinkt. Brismand hatte dem Jungen Zeit gelassen, sich die Hörner abzustoßen, und versucht, nicht daran zu denken, dass ihm die Zeit davonlaufen könnte. Aber mittlerweile war Jean-Claude über dreißig, und es war immer noch nicht klar, wie seine Zukunftspläne aussahen – falls er denn welche hatte. Brismand hatte angefangen zu befürchten, sein Sohn werde vielleicht nie zurückkehren.

»Dann wäre ich fein raus gewesen«, sagte Marin. »Claude mag Familienbande extrem wichtig nehmen, aber er hätte sein Geld niemals einem Sohn vermacht, der es nicht verdient hat. Er ließ keinen Zweifel daran, dass Jean-Claude, falls er je einen Sou vom Vermögen seines Vaters sehen wollte, erst nach Le Devin zurückkommen musste.«

Natürlich hatte Brismand Marin und Adrienne gegenüber nichts von seinen Überlegungen verlauten lassen. Solange er sich unsicher war, was seinen Sohn anging, legte er umso mehr Wert darauf, ein gutes Verhältnis zu Marin zu wahren. Mein Schwager war seine Lebensversicherung, seine Notreserve für den Fall, dass Jean-Claude nicht wieder auftauchte. Noch dazu war Marin als Schwiegersohn von GrosJean ein wertvoller Kontakt.

»Er wollte engere Verbindungen zu Les Salants. Vor allem war er scharf darauf, GrosJeans Haus und das dazugehörige Land zu kaufen. Aber GrosJean weigerte sich zu verkaufen. Sie haben sich über irgendwas gestritten – ich hab keine Ahnung, worüber. Vielleicht lag es aber auch nur an seiner Sturheit.«

Da aber Adrienne und Marin GrosJean sowieso eines Tages beerben würden, brauchte Brismand nur abzuwarten. Er hatte sich dem jungen Paar gegenüber mehr als großzügig erwiesen, ihnen das Startkapital für die Gründung eines Unternehmens zur Verfügung gestellt.

Ich spürte, wie Adrienne zunehmend nervös wurde, während Marin erzählte. »Moment mal. Willst du damit etwa andeuten, dass dein Onkel dich *bestochen* hat, damit du mich heiratest?«

»Red nicht so einen Unsinn.« Marin schien unangenehm berührt. »Er hat bloß die Gelegenheit ausgenutzt, das ist alles. Ich meine, ich hätte dich in jedem Fall geheiratet. Auch ohne das Geld.«

Die Grundstückspreise in La Houssinière waren fast unbezahlbar. In Les Salants hingegen war Land immer noch billig. Dort einen Fuß in der Tür zu haben, wäre für Brismand ein Vermögen wert. GrosJeans Haus mit dem dazugehörigen Land, das sich bis nach La Goulue hinunter erstreckte, wäre für einen Mann, der es verstand, daraus Profit zu schlagen, eine Goldgrube. Und so hatte Brismand Adrienne und Marin nach Kräften hofiert. Auch die Kinder hatte er stets mit großzügigen Geschenken bedacht. In der Erwartung, eines Tages an seinem Reichtum zu partizipieren, hatten sie jahrelang über ihre Verhältnisse gelebt.

Und dann war Flynn aufgetaucht.

»Der verlorene Sohn«, schnaubte Marin. »Dreißig Jahre zu spät, fast ein Fremder, aber er hat dem Alten völlig den Kopf verdreht. Claude hat sich aufgeführt, als könnte er plötzlich über Wasser wandeln.«

Auf einmal war Marin nur noch sein Neffe. Jetzt, wo sein Sohn wieder da war, interessierte Claude sich nicht mehr für das Geschäft in Tanger, und er widerrief die Kredite und Investitionen, mit denen Marin und Adrienne gerechnet hatten.

»Den Grund dafür hat er uns natürlich nicht gleich genannt. Er brauche das Geld, um sein Hotel instand zu setzen, behauptete er. Er müsse neue Küstenbefestigungen errichten, um den Strand zu schützen. Außerdem, meinte er, sei das ja auch alles in *unserem* Interesse, denn schließlich würden wir Les Immortelles irgendwann mal erben.«

In der Öffentlichkeit hatte er Jean-Claude immer noch mit keinem Wort erwähnt. Sein natürliches Misstrauen hatte schnell die Oberhand gewonnen, und er wollte sich von niemandem in die Karten schauen lassen, bis er sicher sein konnte, dass der verlorene Sohn tatsächlich sein eigen Fleisch und Blut war. Rasch eingezogene Erkundigungen schienen dies jedoch zu bestätigen. Jean-Claudes Mutter war, nachdem sie Le Devin den Rücken gekehrt hatte, in ihren Heimatort in Irland zurückgegangen. Dort hatte sie wieder geheiratet und eine neue Familie gegründet. Sie hatte Brismand erklärt, Jean-Claude sei vor einigen Jahren fortgegangen, und sie habe zwar Brismands Schecks gewissenhaft weitergeleitet, zu ihrem Sohn jedoch ansonsten seitdem kaum Kontakt. Das stimmte weitgehend mit der Geschichte überein, die Flynn ihm aufgetischt hatte. Darüber hinaus war Flynn im Besitz von Briefen, die Brismand geschrieben hatte, konnte Fotos von Jean-Claude und seiner Mutter sowie eine Geburtsurkunde vorweisen. Und er gab Anekdoten zum Besten, die nur er und seine Mutter kennen konnten. Marin hatte vorgeschlagen, einen Bluttest machen zu lassen. Aber im Grunde seines Herzens wusste Brismand, dass er einen solchen Test nicht brauchte. Flynn hatte die Augen seiner Mutter.

Brismand gab seinem Sohn den Auftrag, eine Lösung für das Problem mit der Erosion des Strands zu finden, und ließ durchblicken, dass er ihn, falls er Erfolg hatte, zum Geschäftspartner machen würde. Auf diese Weise konnte Brismand ihn einerseits im Auge behalten und ihm andererseits auf den Zahn fühlen.

»Mein Onkel lässt sich so leicht nichts vormachen«, sagte Marin mit grimmiger Genugtuung. »Selbst wenn Jean-Claude wirklich der war, für den er sich ausgab, stand außer Frage, warum er zurückgekommen war. Er wollte Geld. Warum sollte er sonst so lange gewartet haben, bis er sich endlich blicken ließ?«

Diese Situation kannte Brismand, wie alle Devinnois, nur zu gut. Deserteure werden zwar mit offenen Armen, aber mit verschlossenen Geldbörsen empfangen, da man weiß, dass nicht alles, was zurückkehrt, auch bleibt. »Als Erstes hat er ihm einen Job besorgt. Er hat ihm erklärt, wenn er das Geschäft erben wolle, solle er erst mal ganz unten anfangen.« Marin lachte. »Das Einzige, was mir an dieser Geschichte Genugtuung bereitet, ist die Vorstellung, wie der Scheißkerl aus der Wäsche geguckt haben muss, als mein Onkel ihm gesagt hat, er soll sich seinen Namen erst mal verdienen.«

Es hatte Streit gegeben. Beim Gedanken daran hellte sich Marins Miene auf. »Der Alte hat mir alles erzählt. Er war stinkwütend. Jean-Claude hatte inzwischen gemerkt, dass er zu weit gegangen war, und versuchte, sich mit dem Alten zu versöhnen, aber es war zu spät. Mein Onkel beschied ihn, entweder verdiente er sich seine Stellung, oder er würde nie einen Sou zu Gesicht bekommen, und schickte ihn nach Les Salants.«

Doch der Wutausbruch war auf beiden Seiten im Rahmen geblieben. Jean-Claude hatte seinem Vater Zeit gelassen, sich zu beruhigen, und gleichzeitig alles daran gesetzt, seine Gunst zurückzugewinnen. Nach und nach war Brismand klar geworden, welchen Vorteil es für ihn bedeutete, einen Spion in Les Salants zu haben.

»Jean-Claude bekam alles mit. Wer knapp bei Kasse war, wessen Geschäfte schlecht liefen, wer mit wem fremdging, wer Schulden hatte. Er hat ein Händchen dafür, sich bei den Leuten einzuschmeicheln. Sie vertrauen ihm.«

Innerhalb weniger Monate kannte Brismand jedes Geheimnis im Dorf. Wegen des Damms und des Wellenbrechers vor Les Immortelles waren die Geschäfte in Les Salants praktisch zum Erliegen gekommen. Der Fischfang war am Ende. Mehrere Leute hatten sich bereits bei ihm Geld geliehen. Er hatte sie jederzeit in der Hand.

Zu den Schuldnern gehörte auch GrosJean. Flynn hatte sich von Anfang an mit ihm angefreundet und dafür gesorgt, dass er bereit war, sich Geld zu leihen, sobald seine Ersparnisse aufgebraucht waren. Brismand war von dem Plan begeistert. Wenn er GrosJean erst an der Angel hatte, dann würde Les Salants – oder was davon übrig war – in ein, zwei Jahren ihm gehören.

»Und dann kamst du«, sagte Adrienne.

Das hatte alles verändert. GrosJean, bis dahin so fügsam, hatte plötzlich aufgehört mitzuspielen. Ich hatte mich allzu aktiv eingemischt. Flynns sorgfältige Vorarbeit war mit einem Mal für die Katz.

»Also hat Jean-Claude seine Taktik geändert«, sagte Adrienne mit einem boshaften Lächeln. »Anstatt Papa zu bearbeiten, hat er sich auf dich konzentriert und versucht, deine Schwächen zu entdecken. Er hat dir sehr geschmeichelt ...«

»Das stimmt nicht«, entgegnete ich. »Er hat mir geholfen. Besser gesagt uns.«

»Er hat sich selbst geholfen«, sagte Marin. »Kaum zeigte sich der erste Sand in La Goulue, hat er Brismand von dem Riff erzählt. Denk doch mal drüber nach, Mado. Du hast doch nicht etwa geglaubt, er hätte das alles für dich getan, oder?«

Ich schaute ihn an. »Aber was ist mit Les Immortelles?«, stammelte ich. »Er hat doch von Anfang an gewusst, was mit Claudes Strand passieren würde.«

Marin zuckte die Achseln. »Das lässt sich jederzeit wieder rückgängig machen«, meinte er. »Und ein bisschen Stress in Les Immortelles war genau das, was Jean-Claude brauchte, um meinen Onkel weich zu klopfen.« Marin sah mich mit unverhohlener Schadenfreude an. »Glückwunsch, Mado«, sagt er. »Dein Freund hat sich endlich seinen Namen verdient. Jetzt ist er ein Brismand mit einem Scheckbuch und fünfzig Prozent Anteil an der Firma Brismand und Sohn. Und das alles hat er dir zu verdanken.«

54

Im Hotel war alles dunkel. Nur in der Eingangshalle brannte eine kleine Lampe, aber die Tür war abgeschlossen, und erst nachdem ich fünf Minuten lang immer wieder geklingelt hatte, kam Brismand, die Hemdsärmel hochgekrempelt, eine Gitane im Mundwinkel, und lugte durch das Fenster. Er stutzte kaum merklich, als er mich sah, dann nahm er einen Schlüsselbund aus der Hosentasche und schloss auf.

»Mado.« Er klang müde und erschöpft, und seine Lider waren so schwer, dass er die Augen kaum offen halten konnte. Seine Schultern waren gebeugt, und in seiner formlosen Fischerjacke wirkte er urtümlicher und unverrückbarer denn je. »Es ist schon reichlich spät, meinst du nicht?«

»Ich weiß.« Wut stieg in mir auf, doch ich schob sie beiseite. »Du musst ziemlich fertig sein.«

Ich meinte, etwas in seinen Augen aufflackern zu sehen. »Wegen der Quallen, meinst du? Tja, das ist schlecht fürs Geschäft. Als könnte es überhaupt noch schlechter werden.«

»Sicher, die Quallen sind ein Problem«, sagte ich. »Aber ich meinte den Unfall, den dein Sohn hatte.«

Einen Moment lang betrachtete Brismand mich betrübt, dann stieß er einen tiefen Seufzer aus. »Er ist sehr unvorsichtig gewesen«, sagte er schließlich. »Es war ein dummer Fehler. Kein echter Insulaner hätte sich so verhalten.« Er lächelte. »Ich hab dir ja immer gesagt, er würde eines Tages zurückkehren, stimmt's? Es hat zwar lange gedauert, aber am Ende ist er gekommen. Und ich habe es immer gewusst. In meinem Alter braucht ein Mann seinen Sohn an seiner Seite. Jemanden, auf den ich mich verlassen kann. Der das Geschäft weiterführen kann, wenn ich nicht mehr da bin.«

Ich hatte das Gefühl, eine gewisse Ähnlichkeit zu erkennen, etwas in seinem Lächeln, die Haltung, die Gesten, die Augen.

»Du musst sehr stolz auf ihn sein«, bemerkte ich. Mir drehte sich der Magen um.

Brismand hob eine Braue. »Es freut mich zu sehen, dass er mir ähnlich ist, ja.«

»Aber warum die Heimlichtuerei? Warum hast du es vor uns geheim gehalten? Warum hat er uns geholfen – warum hast *du* uns geholfen – wenn er in Wirklichkeit die ganze Zeit auf deiner Seite gewesen ist?«

»Mado, Mado.« Brismand schüttelte bekümmert den Kopf. »Warum geht es immer darum, auf wessen Seite man ist? Befinden wir uns im Krieg? Warum vermutest du bei allem einen Hintergedanken?«

»Durch List Gutes tun?«, höhnte ich.

»Das tut weh, Mado.« Seine Körperhaltung unterstrich seine Worte; er hatte die Schultern eingezogen, das Gesicht halb von mir abgewandt, die Hände in den Hosentaschen vergraben. »Glaub mir, ich will für Les Salants nur das Beste. Ich habe nie etwas anderes gewollt. Sieh dir doch an, was ich bisher mit ›List‹ erreicht habe – das Dorf floriert, die Geschäfte gehen gut. Misstrauen, Mado. Misstrauen und Stolz machen Les Salants kaputt. Die Leute klammern sich an die Felsen, werden alt und fürchten sich dabei so sehr vor Veränderungen, dass sie lieber warten, bis das Meer sie fortspült, anstatt vernünftige Entscheidungen zu treffen und ein bisschen Geschäftssinn zu zeigen.« Er breitete die Arme aus. »Was für eine Verschwendung! Sie wussten, dass es zwecklos war, aber keiner wollte verkaufen. Lieber untergehen, als Vernunft annehmen.«

»Jetzt redest du schon wie er«, sagte ich.

»Ich bin müde, Madeleine. Zu müde, um mich von dir verhören zu lassen.« Plötzlich wirkte er alt, all seine Energie war von ihm gewichen. »Ich mag dich. Mein Sohn mag dich auch. Wir hätten immer für dich gesorgt. Und jetzt geh nach Hause und ruh dich aus«, riet er mir sanft. »Morgen wird ein langer Tag.«

55

Danach hatte ich also die ganze Zeit gesucht, ohne es zu wissen. Brismand und sein verlorener Sohn. Sie hatten auf der anderen Seite der Insel heimlich zusammengearbeitet und Pläne ausgeheckt – aber was für Pläne? Ich erinnerte mich an Brismands sentimentales Gerede vom Altwerden. Sollte Flynn ihn tatsächlich irgendwie dazu gebracht haben, dass er bereit war, einiges wieder gutzumachen? Konnte es sein, dass die beiden tatsächlich für uns arbeiteten? Nein. Ich wusste es. Tief in meinem Innern, wo nichts verborgen bleibt, begriff ich, dass ich es immer gewusst hatte.

Ich rannte den ganzen Weg bis zum *Blockhaus*. Plötzlich schien alles ganz weit weg zu sein, es war ein Gefühl, das mir irgendwie vertraut war, ich hatte es schon einmal empfunden, an dem Tag, als meine Mutter gestorben war. Es war, als würde in besonderen Krisensituationen ein spezielles Programm in mir greifen, das alles um mich herum ausblendete, damit ich mich auf die gerade anstehende Aufgabe konzentrieren konnte. Später würde ich dafür bezahlen. Mit Trauer, vielleicht mit Tränen. Aber vorerst hatte ich alles unter Kontrolle. Flynns Verrat hatte sich sozusagen im Albtraum eines anderen Menschen ereignet. Eine gespenstische Ruhe erfasste mein Herz und löschte alles aus wie eine Welle, die in den Sand geschriebene Worte fortspült.

Ich dachte an GrosJean und das neu errichtete Studio. Ich

dachte an all die Salannais, die Kredite aufgenommen hatten, um ihre Häuser zu renovieren, Ferienwohnungen einzurichten, an alles, was wir in die Zukunft investiert hatten. Hinter dem frischen Anstrich, den neu angelegten Gärten, den Getränkeständen, den kleinen Ladentheken, den überholten Fischerbooten, den gefüllten Vorratskammern, den neuen Sommerkleidern, den bunt angemalten Fensterläden, den Blumenkästen, den Cocktailgläsern, den Hummerbecken, hinter allem schimmerte der heimliche Glanz von Brismands Geld, Brismands Einfluss.

Und dann war da noch die *Brismand 2*, die ich vor einem halben Jahr in der Werft gesehen hatte. Inzwischen musste sie fertig sein, bereit, in den Plan einbezogen zu werden – Jean-Claudes Anteil am Unternehmen Brismand. Mir war plötzlich klar, dass Flynn eine wichtige Rolle im Brismand-Triumvirat spielte. Claude, Marin, Rouget. La Houssinière, Les Salants, das Festland. Das Ganze besaß eine bestechend symmetrische Logik – die Kredite, das Riff, Brismands Interesse an dem überfluteten Land. Einen Teil seiner Pläne hatte ich schon ganz zu Anfang durchschaut. Um die Gleichung zu lösen, brauchte ich nur das Wissen um Flynns Verrat hinzuzufügen.

Wenn meine Mutter an meiner Stelle gewesen wäre, hätte sie die Neuigkeit sofort verbreitet. Aber dazu hatte ich zu viel von GrosJeans Charakter geerbt. Wir sind uns ähnlicher, als ich gedacht hatte, er und ich, wir pflegen unseren Groll im Stillen. Wir betrachten uns selbst von innen heraus. Unsere Herzen sind so stachelig und so vielschichtig wie Artischocken. Ich werde nicht aufschreien, schwor ich mir. Zuerst musste ich die volle Wahrheit erfahren. Ich würde sie in aller Ruhe analysieren. Ich würde eine Diagnose erstellen.

Doch ich musste mit jemandem reden. Nicht mit Capucine, die ich normalerweise als Erste aufgesucht hätte. Sie war zu vertrauensselig, zu bequem. Misstrauen lag ihr nicht. Außerdem bewunderte sie Rouget, und ich wollte sie nicht grundlos in Aufregung versetzen – jedenfalls nicht, solange ich das Ausmaß seines Verrats nicht genau einschätzen konnte. Er hatte uns angelogen, ja. Aber seine Motive waren nach wie vor unklar. Es war immer noch möglich, dass sich auf wundersame Weise seine Unschuld erwies. Das wünschte ich mir natürlich. Aber der wahrheitsliebende Teil in mir – der Teil, den ich von GrosJean geerbt hatte – arbeitete unerbittlich dagegen an. Später, sagte ich mir. Das hat Zeit bis später.

Toinette? Durch ihr hohes Alter war sie auf seltsame Weise abgeklärt. Sie beobachtete die Rivalitäten in Les Salants mit einer unbeteiligten Gelassenheit und wunderte sich über nichts mehr. Möglicherweise hatte sie Rouget sogar längst erkannt und den Mund gehalten, weil sie das ganze Spektakel insgeheim amüsierte.

Aristide? Matthias? Wenn ich einer der Familien gegenüber auch nur ein einziges Wort über Flynns wahre Identität fallen ließ, würde am nächsten Tag die ganze Insel Bescheid wissen. Ich versuchte, mir die Reaktionen der Leute vorzustellen.

Omer? Angélo? Die beiden kamen auch nicht infrage. Aber irgendjemandem musste ich mich anvertrauen. Und wenn es nur dazu diente, mich selbst davon zu überzeugen, dass ich nicht verrückt geworden war.

Durch das offene Fenster hörte ich die Nachtgeräusche von den Dünen. Von La Goulue her duftete es nach Salz, nach kühler Erde, nach zahllosen kleinen Kreaturen, die unter den Sternen zum Leben erwachten. GrosJean saß wahrscheinlich in der Küche, eine Tasse Kaffee zwischen den Händen, und starrte wie immer schweigend aus dem Fenster ...

Das war es. Ich würde mit meinem Vater reden. Wenn er ein Geheimnis nicht für sich behalten konnte, wer dann?

Er blickte auf, als ich eintrat. Sein Gesicht wirkte aufgedunsen und angestrengt, und er hockte schwer auf dem kleinen Küchenstuhl wie eine aus Teig geformte Figur. Plötzlich empfand ich zugleich Liebe und Mitleid für ihn, für den armen GrosJean mit seinen traurigen Augen und seiner Sprachlosigkeit. Diesmal ist es in Ordnung, dachte ich. Diesmal wollte ich nur, dass er mir zuhörte.

Ich küsste ihn auf die Wange, bevor ich mich ihm gegenüber an den Tisch setzte. Das hatte ich schon lange nicht mehr getan, und ich meinte, einen Anflug von Überraschung in seinem Gesicht zu sehen. Seit dem Eintreffen meiner Schwester hatte ich fast kein Wort zu GrosJean gesagt, fiel mir auf. Schließlich redete er ja auch kaum mit mir.

»Tut mir Leid, Papa«, sagte ich. »Das ist alles nicht deine Schuld.«

Ich schenkte uns beiden Kaffee ein – zuckerte seinen automatisch, so wie er es gern mochte – und lehnte mich in meinem Stuhl zurück. Er musste ein Fenster offen gelassen haben, denn unter dem Lampenschirm flatterten Motten. Von weitem drang der Duft des Meers herein, und ich wusste, dass die Flut einsetzte.

Ich bin mir nicht sicher, wie viel ich laut sagte. In früheren Zeiten, an den Tagen, die wir zusammen in der Bootswerkstatt verbrachten, kommunizierten wir manchmal ohne Worte, in einer Art von stillem Einverständnis; zumindest meinte ich, es so in Erinnerung zu haben. Eine Kopfbewegung, ein Lächeln, ein ernster Blick. All das konnte jemandem, der diese Zeichen verstand, unendlich viel sagen. Als Kind hatte ich sein Schweigen als etwas Mystisches erlebt. Aus seinen Bewegungen vermochte ich Schlüsse zu ziehen auf seine seelische Verfassung. Wie er eine Kaffeetasse abstellte oder eine Serviette ablegte, konnte Gefallen oder Missfallen bedeuten, eine weggeworfene Brotkruste konnte den Verlauf eines ganzen Tages ändern.

Das war vorbei. Ich hatte ihn geliebt, und ich hatte ihn gehasst. Aber ich hatte ihn nie richtig gesehen. Jetzt sah ich ihn, einen traurigen alten Mann, der am Küchentisch saß. Welche Narren die Liebe aus uns macht. Welche grausamen Individuen.

Mein Fehler war, dass ich geglaubt hatte, Liebe müsse man sich erarbeiten. Man müsse sie sich verdienen. Das war natürlich die Insulanernatur in mir, die sich zu Wort meldete, die davon ausgeht, dass alles seinen Preis hat, dass man für alles bezahlen muss. Aber Verdienst hat damit nichts zu tun. Sonst könnten wir nur Heilige lieben. Und diesen Fehler habe ich schon so oft begangen. Bei GrosJean. Bei meiner Mutter. Bei Flynn. Vielleicht sogar bei Adrienne. Aber vor allem bei mir selbst. Ich habe mich immer so sehr angestrengt, um geliebt zu werden, um meinen Platz auf der Welt zu verdienen, dass ich das Wichtigste übersehen habe.

Ich legte meine Hand auf seine. Seine Haut fühlte sich glatt und verwittert an wie altes Treibholz.

Die Liebe meiner Mutter war überschwänglich. Meine ist immer trotzig gewesen, heimlich. Auch das ist meine Insulanernatur, GrosJean in mir. Wir graben uns ein wie Muscheln. Offenheit ängstigt uns. Ich dachte daran, wie viele Stunden mein Vater auf der Klippe verbracht und auf das Meer hinausgeschaut hatte. Wie er immer darauf gewartet hatte, dass Sainte-Marine ihr Versprechen einlöste. GrosJean hatte nie wirklich geglaubt, dass P'titJean für immer fortbleiben würde. Die Leiche, die man in der Bucht von La Goulue zusammen mit der *Eleanore* gefunden hatte, glatt und entstellt wie ein gehäuteter Seehund, hätte irgendjemand sein können. Sein Schweigegelöbnis – war es ein Pakt mit dem Meer, eine Art Opfer? Seine Stimme als Tausch gegen die Rückkehr seines Bruders? Oder war es einfach nur eine Angewohnheit, eine Schrulle, die er so lange gepflegt hatte, bis ihm das Sprechen so schwer fiel, dass es ihm in schwierigen Augenblicken gänzlich unmöglich war?

Er fixierte mich mit seinem Blick. Seine Lippen bewegten sich stumm.

»Was? Was war das?«

Dann meinte ich es zu hören, ein kaum vernehmliches Krächzen. P'titJean. Seine Hände verkrampften sich, weil seine Zunge sich nicht lösen wollte.

»P'titJean?«

Vor Anstrengung stieg ihm das Blut in den Kopf bei dem Versuch, mit mir zu sprechen, doch kein Wort entrang sich seiner Kehle. Nur seine Lippen bewegten sich. Er deutete auf die Wände, auf das Fenster. Seine Hände beschrieben die steigende Flut. Er ließ die Schultern hängen, vergrub die Hände in den Hosentaschen. *Brismand.* Dann streckte er die Hand aus, einmal hoch, dann etwas tiefer. *Der große Brismand, der kleine Brismand.* Und schließlich machte er eine ausladende Geste in Richtung La Goulue.

Ich nahm ihn in die Arme. »Es ist gut. Du brauchst nichts zu sagen. Es ist alles gut.« In meinen Armen fühlte er sich an wie eine hölzerne Puppe, wie die große Karikatur seiner selbst, geschnitzt von einem gedankenlosen Künstler. An meiner Schulter spürte ich, wie sein Mund krampfhaft arbeitete, sein Atem roch nach Zigaretten und Kaffee. Während ich ihn hielt, versuchte er immer noch, mir mit den Händen etwas zu verstehen zu geben.

»Es ist gut«, wiederholte ich. »Du brauchst nichts zu sagen. Es ist nicht wichtig.«

Erneut bedeutete er mir: *Brismand. P'titJean.* Erneut die Geste in Richtung La Goulue. Ein Boot? *Eleanore?* Er schaute mich flehend an. Dann zupfte er an meinem Ärmel und wiederholte seine Geste noch eindringlicher. Ich hatte ihn noch nie so außer sich erlebt. *Brismand. P'titJean. La Goulue. Eleanore.*

»Schreib es auf, wenn es so wichtig ist«, schlug ich schließlich vor. »Ich hole einen Bleistift.« Rasch durchsuchte ich die Schublade im Küchenschrank, bis ich einen Bleistiftstummel und ein Blatt Papier fand. Mein Vater sah mich an, nahm den Stift und das Papier jedoch nicht entgegen. Ich legte beides vor ihn auf den Tisch.

GrosJean schüttelte den Kopf.

»Schreib es auf. Bitte.«

Er starrte auf das Papier. Der Bleistiftstummel wirkte lächerlich klein zwischen seinen Fingern. Er führte den Stift mit Mühe, unbeholfen, nichts war mehr übrig von der Geschicklichkeit, mit der er einst Segel genäht und Spielsachen geschnitzt hatte. Noch bevor ich richtig hinschaute, wusste ich, was da stand. Es war das Einzige, was ich ihn je hatte schreiben sehen. Sein Name, Jean-François Prasteau, in großen, ungelenken Buchstaben. Ich hatte fast vergessen, dass sein voller Name Jean-François lautete. Für mich war er immer GrosJean gewesen, so wie er von allen genannt wurde. Er hatte nie gelesen, sondern lieber in Fischereizeitschriften mit bunten Bildern geblättert, er hatte nie geschrieben – ich musste an meine unbeantworteten Briefe aus Paris denken –, und so hatte ich immer angenommen, mein Vater hätte kein Interesse am Schreiben. Jetzt wurde mir plötzlich klar, dass er es nicht konnte.

Ich fragte mich, wie viele Geheimnisse er noch vor mir hatte. Ich fragte mich auch, ob meine Mutter überhaupt von diesem hier gewusst hatte. Er saß reglos da, seine Hände hingen kraftlos herunter, so als hätte die Anstrengung ihm alle Energie geraubt. Ich begriff, dass sein Versuch, sich mir mitzuteilen, beendet war. Die Niederlage – oder vielleicht war es Gleichgültigkeit – glättete seine Züge und verlieh ihnen eine buddhahafte Gelassenheit. Noch einmal richtete er seinen Blick in Richtung La Goulue. »Es ist alles gut«, wiederholte ich und küsste ihn auf die kühle Stirn. »Es ist nicht deine Schuld.«

Draußen setzte der lang erwartete Regen ein. Innerhalb von Sekunden war die Luft erfüllt von zahllosen fauchenden und knisternden Geräuschen, als in der Düne hinter uns das Wasser durch kleine Risse im Sand in Richtung La Goulue zischte und gurgelte. Die Disteln glänzten im Regen. Am Horizont blähte die Nacht ihr dunkles Segel.

56

Sommernächte sind nie ganz dunkel, und am Himmel zeigten sich schon die ersten Zeichen der Dämmerung, als ich mich auf den Weg zurück nach La Goulue machte. Ich stieg über die Düne, durch das hohe Hasenschwanzgras, dessen flauschige Spitzen meine nackten Unterschenkel streiften, und kletterte auf das Dach des Bunkers, um zuzuschauen, wie die Flut hereinkam. Auf dem Bouch'ou blinkten zwei Lichter – ein grünes und ein rotes –, um die Position des Riffs zu markieren.

Es wirkte so sicher. So fest verankert und ganz Les Salants mit ihm. Und doch hatte sich alles geändert. Es gehörte nicht mehr uns. Es hatte nie wirklich uns gehört. Unsere Träume waren auf Brismandgeld gebaut. Auf Brismandgeld, auf Brismandingenieurskunst – auf Brismandlügen.

Aber warum hatten sie es getan?

Um sich Les Salants anzueignen. Brismand hatte es selbst angedeutet. In Les Salants war Land immer noch billig. Wenn man es klug anstellte, konnte man enorme Profite damit erzielen. Nur die Bewohner waren lästig, Leute, die sich trotzig an ihr Fleckchen Erde klammerten, das ihnen keinen Nutzen brachte; Leute, die einfach festsaßen und nicht mehr Ehrgeiz an den Tag legten als die Muscheln, die sie ernteten.

Aber die von Feinschmeckern geschätzte Scheidenmuschel, die sich bis zu drei Meter tief in den nassen Sand gräbt, kann bei Ebbe leicht gefangen werden, wenn sie den Kopf aus dem Sand streckt, um an Meerwasser zu gelangen. Die Brismands hatten nichts anderes getan, als die Flut in andere Bahnen zu lenken und zu warten, bis wir aus unserem Versteck kamen. Wie die Hummer im Vivarium der Firma Guénolé-Bastonnet waren wir fett und zufrieden geworden, ohne zu ahnen, zu welchem Zweck man uns gemästet hatte.

Schulden sind eine ernste Angelegenheit auf Le Devin. Sie zurückzuzahlen ist Ehrensache. Sie nicht zu begleichen undenkbar. Der Strand hatte alle unsere Ersparnisse geschluckt, die Münzrollen, die unter Bodendielen versteckt gewesen waren, ebenso wie die in Keksdosen für schlechte Zeiten zurückgelegten Geldscheine. Durch den Erfolg ermutigt, hatten wir Kredite aufgenommen. Wir hatten angefangen, an unser Glück zu glauben. Schließlich war es wirklich ein gutes Jahr gewesen.

Einmal mehr dachte ich an das »Stahlschwein« in der Werft von Fromentine und daran, wie Capucine mich gefragt hatte, warum Brismand daran interessiert sein sollte, überflutetes Land zu kaufen. Vielleicht ist er gar nicht an *Bauland* interessiert, schoss es mir plötzlich durch den Kopf, vielleicht ist überflutetes Land genau das, was er braucht.

Überflutetes Land. Aber was hatte er damit vor? Welchen Nutzen konnte es für ihn haben?

Und dann wusste ich es. »Ein Fährhafen.«

Wenn Les Salants überflutet war – oder noch besser, wenn es von La Houssinière und La Bouche abgeschnitten würde – dann ließe sich der Bach erweitern, so dass die Fähre einlaufen und anlegen konnte. Man brauchte nur die Häuser abzureißen und das ganze Gebiet zu fluten. Es wäre Platz genug für zwei Fähren, vielleicht sogar mehr. Brismand könnte sämtliche Inseln an der Küste entlang bedienen, wenn er wollte, und so dafür sorgen, dass der Urlauberstrom nach Le Devin nicht abriss. Ein Shuttle-Service von und zum Fährhafen würde sicherstellen, dass in La Houssinière kein wertvolles Land vergeudet werden musste.

Ich schaute noch einmal zum Bouch'ou hinüber, dessen Lichter über dem Wasser blinkten. Das Riff gehört Brismand, sagte ich mir. Zwölf Elemente aus alten Autoreifen, mit Stahlseilen an Betonklötzen auf dem Meeresboden verankert. Es war mir einmal so sicher erschienen, doch jetzt erschrak ich über seine Zerbrechlichkeit. Wie hatten wir nur derart viel Vertrauen in so etwas setzen können? Da hatten wir natürlich noch geglaubt, Flynn wäre auf unserer Seite. Wir hatten uns ja für so klug gehalten. Wir hatten unseren Teil von Les Immortelles unter Brismands Augen gestohlen. Und während der ganzen Zeit hatte der Hotelier seine Position ausgebaut, hatte uns beobachtet, uns aus der Reserve gelockt, unser Vertrauen gewonnen, hatte den Einsatz erhöht, so dass er, als der Zeitpunkt gekommen war, um zuzuschlagen ...

Plötzlich war ich hundemüde. Mein Kopf schmerzte. Irgendwo unten in La Goulue hörte ich ein Geräusch – ein leises Heulen des Winds zwischen den Felsen –, einen einzelnen, lang anhaltenden Ton, wie von der versunkenen Glocke. Dann, zwischen zwei Wellen, eine gespenstische Stille.

Wie alle großen Ideen war Brismands Plan im Grunde sehr einfach, nachdem ich ihn einmal begriffen hatte. Ich verstand jetzt, wie unser Erfolg dazu dienen würde, uns das Genick zu brechen. Wie wir manipuliert worden waren, wie wir uns allmählich dazu hatten verleiten lassen, an unsere Unabhängigkeit zu glauben, während wir in Wirklichkeit immer tiefer in die Falle gerieten. Was hatte GrosJean mir sagen wollen? War dies das Geheimnis, das sich hinter seinen traurigen Augen verbarg?

Ein warmer Wind wehte von Westen, und es duftete nach Salz und Blumen. Tief unten sah ich den Strand in der ersten Dämmerung schimmern, dahinter das Meer, ein dunkelgrauer Streifen, etwas heller als der Himmel. Die *Eleanore 2* war bereits weit draußen, die *Cécilia* hatte gerade abgelegt. Vor der riesigen Wolkenbank über ihnen wirkten die Boote winzig klein.

Ich dachte an eine andere, lange zurückliegende Nacht,

die Nacht, in der wir das Riff in Position gebracht hatten. Damals war uns der Plan grandios erschienen, geradezu Ehrfurcht gebietend angesichts seiner Ungeheuerlichkeit. Einen Strand zu stehlen, wie Götter den Küstenverlauf zu verändern. Aber Brismands Plan – die Idee, die hinter alldem stand – überstieg meine bescheidenen Ambitionen bei weitem.

Les Salants zu stehlen.

Jetzt brauchte er nur noch seinen letzten Zug zu machen, dann würde das Dorf ihm gehören.

57

Ich kann mir schon denken, warum du so früh hier auftauchst«, sagte Toinette.

Ich kam auf meinem Weg ins Dorf an ihrem Haus vorbei. Mit der Flut war Nebel aufgezogen, und die Sonne lag hinter einem Dunstschleier verborgen, der sich im Lauf des Tages wahrscheinlich in Regen verwandeln würde. In ihrem dicken, schwarzen Umhang und mit Handschuhen an den Händen war Toinette gerade dabei, ihre Ziege zu füttern. Das Tier knabberte frech an meinem Ärmel, und ich stieß es ärgerlich weg.

Toinette lachte in sich hinein. »Einen Sonnenstich hat er abbekommen, mehr nicht. Das kann zwar sehr unangenehm sein bei seinem dünnen englischen Blut, aber nicht tödlich.« Sie grinste. »Gib ihm noch einen Tag oder zwei, dann wird er wieder auf den Beinen sein. Beruhigt dich das, meine Kleine? Ist es das, was du wissen wolltest?«

Es dauerte einen Augenblick, bis ich verstand, was sie meinte. Ich war so in Gedanken versunken gewesen, dass ich Flynn – nachdem ich wusste, dass er nicht in Lebensgefahr schwebte – ganz vergessen hatte. So unerwartet an ihn erinnert zu werden traf mich unverhofft, und ich spürte, wie ich errötete.

»Eigentlich wollte ich mich erkundigen, wie es Mercédès geht.«

»Ich sorge dafür, dass sie beschäftigt ist«, raunte die Alte mir zu und warf einen kurzen Blick auf das Haus. »Das hält mich ganz schön auf Trab. Außerdem muss ich mich um ihre Gäste kümmern – den kleinen Damien Guénolé, der dauernd ums Haus schleicht, Xavier Bastonnet, der sich kaum abwimmeln lässt, und ihre Mutter, die ständig hier aufkreuzt und zetert wie eine Furie. Ich schwöre dir, wenn diese Frau sich noch einmal hier blicken lässt ... Aber was ist mit dir?« Sie sah mich neugierig an. »Du siehst gar nicht gut aus. Du bist doch nicht etwa krank?«

Ich schüttelte den Kopf. »Ich hab letzte Nacht nicht viel geschlafen.«

»Das kann ich von mir auch nicht gerade behaupten. Aber es heißt, rothaarige Männer haben besonders viel Glück. Mach dir mal keine Sorgen. Es würde mich nicht wundern, wenn er heute Abend hier aufkreuzt.«

»He! Mado!«, rief jemand hinter mir.

Ich drehte mich um, froh über die Unterbrechung. Es waren Gabi und Laetitia mit einem Picknickkorb. Das Mädchen winkte mir von der Düne aus zu. »Hast du das große Schiff gesehen?«, fragte es.

Ich schüttelte den Kopf. Laetitia deutete in Richtung La Jetée. »Es ist super! Das musst du dir ansehen!« Dann stürmte sie los in Richtung Strand und zerrte ihre Mutter hinter sich her.

»Grüßen Sie Mercédès von mir«, bat ich Toinette. »Sagen Sie ihr, ich denke an sie.«

»Mach ich.« Toinette beäugte mich argwöhnisch. »Ich glaube, ich begleite dich ein Stück. Wollen wir uns das große Schiff doch mal betrachten.«

»In Ordnung.«

Vom Dorf aus konnten wir es deutlich sehen. Ein langes, weißes Schiff, nur undeutlich erkennbar im weißen Nebel vor der Pointe Griznoz. Es war zu klein, um ein Tanker zu sein, und für ein Passagierschiff hatte es die falsche Form. Es hätte ein Frachtschiff sein können, aber wir kannten jeden Frachter, der an den Inseln vorbeifuhr, und von denen war es keiner.

»Ob die ein Problem haben?«, überlegte Toinette und schaute mich an. »Oder warten die vielleicht nur auf die Flut?«

Aristide und Xavier waren am Bach und säuberten ihre Netze. Ich fragte sie nach ihrer Meinung.

»Wahrscheinlich hat es was mit den Quallen zu tun«, meinte Aristide und klaubte eine Krabbe aus einer Reuse. »Der Kahn liegt schon da, seit wir ausgelaufen sind, kurz vor dem Nid'Poule. Ein Riesenpott, ausgerüstet mit modernen Maschinen. Jojo-le-Goëland behauptet, die sind hier im Auftrag der Regierung.«

Xavier zuckte die Achseln. »Kommt mir ein bisschen übertrieben vor, bloß wegen ein paar Quallen. Deswegen geht die Welt ja nicht gleich unter.«

Aristide warf ihm einen düsteren Blick zu. »Ein paar Quallen? Du hast ja keine Ahnung. Das letzte Mal, als das passiert ist ...« Er brach ab und wandte sich wieder seinem Netz zu.

Xavier lachte nervös. »Auf jeden Fall ist Rouget über den Berg«, sagte er. »Jojo hat's mir heute Morgen erzählt. Ich hab ihm eine Flasche *devinnoise* geschickt.«

»Ich hab dir doch gesagt, du sollst nicht mit Jojo-le-Goëland tratschen«, fuhr Aristide ihn an.

»Ich hab nicht *getratscht*.«

»Du solltest dich lieber um deine eigenen Angelegenheiten kümmern. Wenn du dich an meinen Rat gehalten hättest, dann hättest du vielleicht jetzt noch Chancen bei der kleinen Prossage.«

Xavier wandte sich errötend ab.

Toinette verdrehte die Augen. »Lass den Jungen doch in Frieden, Aristide«, sagte sie.

»Ich dachte, mein Enkel hätte ein bisschen mehr Verstand«, knurrte Aristide.

Xavier beachtete die beiden nicht. »Du hast mit ihr gesprochen, nicht wahr?«, sagte er leise zu mir, als ich mich zum Gehen wandte. Ich nickte. »Wie hat sie denn ausgesehen?«

»Was spielt es für eine Rolle, wie sie ausgesehen hat?«, wollte Aristide wissen. »Dich hat sie jedenfalls wie einen Vollidioten aussehen lassen. Und was ihre Großmutter angeht ...« Plötzlich streckte Toinette Aristide so trotzig die Zunge heraus, dass ich lächeln musste.

Xavier ignorierte die beiden Alten. Vor lauter Sorge war seine Schüchternheit verflogen. »Ging es ihr gut? Will sie mich sehen? Toinette sagt mir überhaupt nichts.«

»Sie ist verwirrt«, erklärte ich. »Sie weiß nicht, was sie will. Gib ihr ein bisschen Zeit.«

Aristide schnaubte verächtlich. »Du gibst ihr überhaupt nichts mehr!«, fauchte er. »Sie hat ihre Chance gehabt. Es gibt auch noch andere Mädchen. Anständige Mädchen.«

Xavier sagte nichts, doch sein Gesichtsausdruck entging mir nicht.

»Nicht anständig, hast du gesagt?«, brauste Toinette auf. »Meine Mercédès?«

Schnell legte ich ihr einen Arm um die Schultern. »Kommen Sie. Das hat doch keinen Zweck.«

»Erst, wenn er das zurücknimmt.«

»Bitte, Toinette, kommen Sie.« Ich schaute noch einmal zu dem Schiff hinüber, das seltsam bedrohlich am bleichen Horizont lag. »Wer ist das bloß?«, sagte ich eher zu mir selbst. »Was machen die da?«

Alle im Dorf wirkten an jenem Morgen nervös. Als ich in Omer Prossages Laden ging, um Brot zu kaufen, war niemand an der Theke, und aus dem Hinterzimmer drangen erregte Stimmen. Ich nahm mir, was ich brauchte, und legte das Geld neben die Kasse. Als ich auf die Straße trat, hörte ich Omer und Charlotte immer noch miteinander streiten. Die Mutter von Ghislain und Damien hockte, ein Tuch um den Kopf gebunden, beim Vivarium und schrubbte Hummerkörbe. Angélos Bar war leer bis auf Matthias, der allein an einem Tisch saß und einen *café-devinnoise* trank. Es waren nur wenige Urlauber unterwegs, vielleicht wegen des Nebels. Die Luft war drückend und roch nach Rauch und aufkommendem Regen. Niemand schien in Plauderlaune zu sein.

Nachdem ich meine Einkäufe erledigt hatte und mich auf den Heimweg machte, traf ich Alain. Er wirkte ebenso blass und sorgenvoll wie seine Frau. Ich grüßte ihn mit einem Nicken. »Fahren Sie heute nicht zum Fischen raus?«

Alain schüttelte den Kopf. »Ich suche meinen Sohn«, sagte er. »Und wenn ich ihn finde, dann gnade ihm Gott.« Damien war offenbar die ganze Nacht nicht zu Hause gewesen. Wut und Sorge hatten tiefe Furchen in Alains Stirn und um seine Mundwinkel gegraben.

»Er kann ja nicht verschwunden sein«, erwiderte ich. »Wie weit kann er schon kommen auf einer Insel?«

»Weit genug«, knurrte Alain. »Er ist mit der *Eleanore 2* unterwegs.«

Die *Eleanore 2* habe in La Goulue vor Anker gelegen, erklärte er. Alain hatte vorgehabt, am Morgen mit Ghislain nach La Jetée hinauszufahren, um nach Quallen Ausschau zu halten.

»Ich dachte, der Junge hätte vielleicht Lust, uns zu begleiten«, fuhr er grimmig fort. »Dachte, es würde ihn auf andere Gedanken bringen.«

Aber als sie am Strand ankamen, war die *Eleanore 2* verschwunden, und das kleine Boot, das sie benutzten, um die *Eleanore 2* bei Flut zu erreichen, war an einer Boje vertäut.

»Was bildet der sich eigentlich ein?«, schnaubte Alain. »Dieses Boot ist viel zu groß, das kann er nicht allein manövrieren. Er wird es noch zu Bruch fahren. Und wo zum Teufel will er an einem solchen Tag überhaupt hin?«

Mir wurde klar, dass es die *Eleanore 2* gewesen sein musste, die ich am Morgen vom *Blockhaus* aus gesehen hatte. Wie viel Uhr war es gewesen? Drei? Vier? Die *Cécilia* war auch auf dem Wasser gewesen, allerdings nur, um die Hummerkörbe in der Bucht zu überprüfen. Schon um diese Zeit war der Nebel ziemlich dicht gewesen, und die Bastonnets würden sich hüten, unter solchen Bedingungen bis zu den Sandbänken hinauszufahren.

Alain erbleichte, als ich ihm von meiner Beobachtung berichtete. »Was hat der Junge bloß vor?«, stöhnte er. »Wenn ich den erwische – du glaubst doch nicht, dass er irgendwelche Dummheiten im Schilde führt, oder? Dass er womöglich versucht, ans Festland zu gelangen?«

Das konnte ich mir beim besten Willen nicht vorstellen. Die *Brismand 1* braucht drei Stunden von Fromentine bis nach Le Devin, und zwischen dem Festland und der Insel gibt es einige sehr gefährliche Stellen. »Ich weiß nicht. Warum sollte er das tun?«

Alain wirkte beunruhigt. »Ich habe ihm ordentlich den Kopf gewaschen. Jungs. Du weißt ja, wie sie sind.« Einen Augenblick lang betrachtete er seine Hand. »Vielleicht bin ich ein bisschen zu weit gegangen. Er hat ein paar von seinen Sachen mitgenommen.«

»Oh.« Das klang ziemlich ernst.

»Woher sollte ich wissen, dass er solche Dummheiten machen würde?«, brauste er auf. »Ich sage dir, wenn ich den erwische ...« Er brach ab. Plötzlich wirkte er alt und müde. »Wenn ihm etwas passiert ist, Mado, wenn Damien was zugestoßen ist ... Du sagst mir doch Bescheid, wenn du ihn siehst, nicht wahr?« Er schaute mich mit vor Angst zusammengekniffenen Augen an. »Dir vertraut er. Sag ihm, ich werde ihn nicht zur Schnecke machen, sag ihm, ich will nur, dass er wohlbehalten zurückkommt.«

»Mach ich«, versprach ich. »Ich bin sicher, dass er nicht weit weggefahren ist.«

58

Bis zum Mittag hatte der Nebel sich ein wenig gelichtet. Der Himmel war dunkelgrau, ein heftiger Wind war aufgekommen, und die Ebbe hatte wieder eingesetzt. Langsam ging ich nach La Goulue hinunter. Ich machte mir größere Sorgen, als ich mir bei meinem optimistischen Abschied von Alain hatte anmerken lassen. Seit dem Tag, an dem die Quallen aufgetaucht waren, ging einfach alles schief. Selbst das Wetter und die Gezeiten schienen sich gegen uns verschworen zu haben. Als wäre Flynn der Rattenfänger von Hameln, der das Dorf verlassen und das Glück mit sich genommen hatte.

Als ich in La Goulue ankam, war der Strand fast menschenleer. Einen Augenblick lang war ich verwundert, dann erinnerte ich mich an die Quallenwarnungen. Am Wasser entlang zog sich ein weißer Streifen, der zu dick war, als dass es sich um Schaum handeln konnte. Die Flut hatte Dutzende Quallen an den Strand gespült, wo sie eingingen und allmählich ihre Farbe verloren. Später würden wir eine Aufräumaktion starten und sie mit Rechen und Netzen einsammeln müssen. Derart gefährlich, wie die Viecher waren, sollten wir das so bald wie möglich tun.

In einiger Entfernung, fast an derselben Stelle, wo Damien gestern gestanden hatte, sah ich jemanden auf das Meer hinausschauen. Es konnte irgendjemand sein: Er trug eine alte

Fischerjoppe, das Gesicht war unter einem breitkrempigen Strohhut halb verborgen. Auf jeden Fall ein Insulaner. Dennoch wusste ich sofort, wer es war.

»Hallo, Jean-Claude. Oder möchtest du lieber *Brismand 2* genannt werden?«

Er musste mich kommen gehört haben, denn er zeigte keinerlei Verwunderung. »Hallo, Mado. Marin hat mir erzählt, dass du Bescheid weißt.« Er hob ein Stück Treibholz auf und stieß eine der sterbenden Quallen damit an. Ich bemerkte, dass er unter seiner Joppe einen Verband am Arm trug. »Es ist nicht so schlimm, wie du denkst«, sagte er. »Niemand wird zu Schaden kommen. Glaub mir, Les Salants wird besser dastehen als jemals zuvor. Denkst du wirklich, ich würde es zulassen, dass dir etwas Schlimmes passiert?«

»Ich weiß überhaupt nicht mehr, was ich dir zutrauen soll«, erwiderte ich tonlos. »Ich weiß ja nicht mal mehr, wie ich dich nennen soll.«

Er wirkte gekränkt. »Du kannst mich Flynn nennen«, sagte er. »Es ist der Name meiner Mutter. Es hat sich nichts geändert, Mado.«

In seiner Stimme lag so viel Zärtlichkeit, dass ich den Tränen nahe war. Ich schloss die Augen und unterdrückte meine Gefühle, froh, dass er nicht versucht hatte, mich anzufassen.

»Alles hat sich geändert!«, schrie ich, unfähig, ruhig mit ihm zu sprechen. »Du hast uns belogen! Du hast *mich* belogen!«

Seine Züge verhärteten sich. Ich fand, dass er krank wirkte, sein Gesicht war blass und angespannt. Über seinen linken Wangenknochen zog sich ein roter Streifen: Sonnenbrand. Seine Mundwinkel hingen herunter. »Ich hab dir erzählt, was du hören wolltest«, sagte er. »Ich hab getan, was du wolltest. Damals warst du mit dem Ergebnis zufrieden.«

»Aber du hast es nicht für uns getan, stimmt's?« Ich konnte es nicht fassen, dass er versuchte, seinen Verrat zu rechtfertigen. »Du hast es nur für deinen Vater getan. Und es hat sich gelohnt, nicht wahr? Es hat dir die Partnerschaft in Brismands Unternehmen eingebracht und dazu das passende Bankkonto.«

Flynn trat wütend nach einer der bleichen Quallen zu seinen Füßen. »Du hast keine Ahnung, wie es gewesen ist«, sagte er. »Woher auch? Du hast dich nie für etwas anderes interessiert als für dieses Dorf. Es hat dich nicht gestört, dass du in einem Haus wohntest, das nicht dir gehörte, wo sich niemand um dich kümmerte, dass du kein eigenes Geld hattest, keinen anständigen Job und keine Zukunft. Ich wollte mehr. Wenn mir das genügt hätte, wäre ich in Kerry geblieben.« Er schaute auf die Qualle hinunter und trat erneut danach. »Ekelhafte Biester.« Dann sah er mich herausfordernd an. »Sag mir die Wahrheit, Mado. Hast du dich nie gefragt, was du tun würdest, wenn alles anders wäre? Bist du denn nie in Versuchung gekommen? Nicht mal ein kleines bisschen?«

Ich überging seine Frage. »Warum Les Salants? Warum bist du nicht einfach in La Houssinière geblieben und hast dich um deine eigenen Angelegenheiten gekümmert?«

Seine Mundwinkel zuckten. »Brismand ist ein harter Brocken. Er will alles unter Kontrolle haben. Er hat mich nicht gerade mit offenen Armen empfangen, weißt du. Das hat gedauert. Das musste ich mir erst erarbeiten. Er hätte mich noch jahrelang hängen lassen können. Ihm hätte das nichts ausgemacht.«

»Also hast du dich bei uns eingeschmeichelt und uns gleichzeitig benutzt, um ihn dir gewogen zu machen.«

»Ich habe für alles bezahlt!« Allmählich wurde er wütend. »Ich habe hart gearbeitet. Und ich bin niemandem etwas schuldig.« Er machte eine abrupte Geste mit seinem verletzten Arm und scheuchte ein paar Möwen auf, die sich kreischend in die Luft erhoben. »Du weißt nicht, was das heißt«, fuhr er etwas ruhiger fort. »Ich bin mein Leben lang arm gewesen. Meine Mutter ...«

»Aber Brismand hat dir doch immer Geld geschickt«, protestierte ich.

»Geld für …« Er sprach den Satz nicht zu Ende. »Nicht genug«, sagte er leise. »Längst nicht genug.« Er wich meinem verächtlichen Blick nicht aus.
Schweigen.
»Also«, sagte ich tonlos. »Wann ist es soweit? Wann werden deine Leute anfangen, den Bouch'ou abzubauen?«
Er wirkte überrascht. »Wer hat dir denn erzählt, dass das geplant ist?«
Ich zuckte die Achseln. »Es ist einfach nahe liegend. Jeder hier schuldet Brismand Geld. Alle rechnen mit einem ordentlichen Profit in dieser Saison. Es würde reichen, um die Kredite zurückzuzahlen. Aber ohne das Riff werden die Leute gezwungen sein, zu Tiefstpreisen zu verkaufen, um ihre Schulden zu begleichen. Im nächsten Jahr übernimmt Brismand. Er braucht nichts anderes zu tun, als darauf zu warten, dass die Gezeiten sich wieder einpendeln, dann kann er seinen neuen Fährhafen bauen. Bin ich nah dran?«
»Ziemlich nah«, gab er zu.
»Du Mistkerl!«, fauchte ich. »War das seine Idee oder deine?«
»Meine. Na ja, eigentlich deine.« Er zuckte die Achseln. »Wenn man einen Strand stehlen kann, warum nicht gleich ein ganzes Dorf? Warum nicht eine ganze Insel? Die Hälfte von Le Devin gehört Brismand ja bereits. Und den Rest hat er auch mehr oder weniger in der Hand. Er macht mich zu seinem Partner. Und jetzt …« Er bemerkte meinen Blick und runzelte die Stirn. »Schau mich nicht so an, Mado«, sagte er. »Es ist nicht so schlimm, wie du denkst. Jeder hat eine Chance, jeder, der bereit ist, sie wahrzunehmen.«
»Welche Chance denn?«
Flynn sah mich mit funkelnden Augen an. »Gott, Mado, hältst du uns für Monster?«, fragte er. »Er braucht Arbeitskräfte. Überleg doch mal, was ein Fährhafen für die Insel bedeuten würde. Arbeit. Geld. Leben. Es wird genug Jobs für alle geben. Allen in Les Salants wird es besser gehen als jetzt.«
»Und das hat seinen Preis, nehme ich an.« Wir beide kannten Brismands Bedingungen.

»Na und?« Allmählich meinte ich an seinem Ton zu erkennen, dass er in die Defensive ging. »Wo ist das Problem? Alle hätten Arbeit – sie würden gutes Geld verdienen, die Geschäfte würden laufen. Bisher herrscht doch bei euch nur Chaos, jeder zieht in eine andere Richtung. Das meiste Land liegt brach, weil niemand genug Unternehmergeist oder ausreichend finanzielle Mittel besitzt, um es zu nutzen. Brismand könnte das alles ändern. Und ihr wisst es alle ganz genau. Aber vor lauter Stolz und Sturheit wollt ihr es nicht zugeben.«

Ich starrte ihn an. Anscheinend war er tatsächlich von dem überzeugt, was er da sagte. Einen Augenblick lang hätte er mich beinahe überzeugt. Die Vorstellung war verlockend. Ordnung statt Chaos. Es ist ein billiger Trick, dieser lässige Charme. Wie das Glitzern des Sonnenlichts auf den Wellen, das die Augen irritiert, nur für einen Moment, aber lange genug, um von den gefährlichen Felsen abzulenken, die vor einem liegen.

»Was ist mit den alten Leuten?« Ich hatte den Fehler in seiner Logik entdeckt. »Was ist mit denen, die nicht mitmachen können oder wollen?«

Er zuckte die Achseln. »Es gibt immer noch Les Immortelles.«

»Das werden sie nicht akzeptieren. Sie sind Salannais. Ich weiß, dass sie das nicht akzeptieren werden.«

»Glaubst du im Ernst, sie hätten eine Wahl? Aber das werden wir sowieso bald erfahren«, fügte er etwas freundlicher hinzu. »Heute Abend findet bei Angélo eine Versammlung statt.«

»Am besten regelst du das möglichst bald. Solange die Küstenwache da ist.«

Er warf mir einen anerkennenden Blick zu. »Aha, du hast das Schiff also bemerkt.«

»Die brauchst du doch, um den Bouch'ou zu entfernen«, sagte ich verächtlich. »Du hast ja selbst gesagt, dass es sich um eine illegale Konstruktion handelt. Wir haben nie eine Genehmigung dafür beantragt. Das Riff hat Schaden angerichtet. Du brauchst nichts weiter zu tun, als am richtigen Ort ein entscheidendes Wort fallen zu lassen. Dann kannst du dich ruhig zurücklehnen und die Bürokraten die Arbeit für dich erledigen lassen.« Ich musste zugeben, dass es raffiniert ausgedacht war. Die Salannais haben gehörigen Respekt vor Bürokraten, sie sind fürchterlich autoritätshörig. Ein Klemmbrett tut seine Wirkung selbst da, wo Dynamit versagt.

»Wir hatten nicht vor, so bald zu handeln, aber irgendwann hätten wir einen Grund finden müssen, um die Behörden einzuschalten«, erklärte Flynn. »Die Quallenwarnung war ein willkommener Anlass. Ich wünschte nur, ich wäre nicht das Opfer gewesen.« Er verzog das Gesicht und griff sich an seinen bandagierten Arm.

»Kommst du heute Abend zu der Versammlung?«, fragte ich, ohne auf seine Bemerkung einzugehen.

Flynn lächelte. »Ich glaube nicht. Wahrscheinlich gehe ich zurück aufs Festland, leite meinen Teil des Geschäfts von dort aus. Ich schätze mal, dass ich in Les Salants nicht sehr beliebt sein werde, wenn die Leute erst hören, was mein Vater ihnen zu sagen hat.«

Einen Augenblick lang glaubte ich, er würde mich bitten, mit ihm zu gehen. Mein Herz hüpfte wie ein sterbender Fisch. Aber Flynn hatte sich bereits abgewandt. Irgendwie war ich erleichtert, dass er mich nicht gefragt hatte. Zumindest hatte er unser Verhältnis sauber beendet, ohne falsche Versprechungen zu machen.

Das Schweigen breitete sich zwischen uns aus wie ein Ozean. Weit draußen konnte ich das Rauschen der Wellen hören. Ich wunderte mich, dass ich so wenig empfand. Ich fühlte mich so hohl wie ein Stück Treibholz, so leicht wie Schaum. Die Sonne schien durch die dunstigen Wolken. Als ich mit zusammengekniffenen Augen auf das Meer hinausschaute, meinte ich weit draußen bei La Jetée ein Boot zu erkennen. Ich dachte an die *Eleanore 2* und sah genauer hin, aber da war es schon wieder verschwunden.

»Es wird alles gut werden«, sagte Flynn. Seine Stimme riss

mich aus meinen Gedanken. »Du wirst immer Arbeit haben. Brismand will dir in La Houssinière eine Galerie einrichten, oder auch auf dem Festland. Ich werde dafür sorgen, dass er ein schönes Haus für dich findet. Es wird dir besser gehen, als es dir je in Les Salants gegangen ist.«

»Was interessiert dich das?«, fauchte ich. »*Dir* geht es schließlich gut, nicht wahr?«

Er sah mich an, seine Miene war plötzlich abweisend. »Ja«, sagte er schließlich in einem harten Ton. »Mir geht es gut.«

59

Ich ging ziemlich spät zu der Versammlung. Um neun Uhr herrschte in Angélos Bar lautes Geschrei. Bis zur Rue de l'Océan hörte ich die wütenden Stimmen, es wurde mit den Fäusten auf den Tisch geschlagen, mit den Füßen getrampelt. Als ich durch das Fenster lugte, sah ich Brismand, ein Glas *devinnoise* in der Hand, am Tresen stehen. Er wirkte wie ein geduldiger Lehrer vor einer außer Rand und Band geratenen Schulklasse.

Flynn war nicht da. Das hatte ich auch nicht erwartet. Wenn er sich hätte blicken lassen, wäre die chaotische Zusammenkunft zweifellos in einen gewalttätigen Aufstand umgeschlagen, dennoch versetzte es mir einen Stich, dass er nicht gekommen war. Verärgert über mich selbst, schüttelte ich das Gefühl ab.

Auch einige andere fehlten: die Guénolés und die Prossages – die wahrscheinlich immer noch nach Damien suchten –, ebenso Xavier und GrosJean. Ansonsten waren alle Salannais anwesend, selbst die Frauen und Kinder. Die Leute drängten sich in dem brechend vollen Café, die Tür stand offen, um mehr Platz zu schaffen. Kein Wunder, dass Angélo leicht benommen dreinschaute. Die Einnahmen des Abends würden sicherlich alle seine Rekorde brechen.

Draußen hatte die Flut fast ihren Höchststand erreicht, violette Wolken verdunkelten den Himmel. Auch der Wind hatte sich gedreht und wehte jetzt in südlicher Richtung, wie häufig vor einem Sturm. Die Luft hatte sich deutlich abgekühlt.

Trotzdem blieb ich noch am Fenster stehen, versuchte, einzelne Stimmen auszumachen, und konnte mich nicht recht entschließen hineinzugehen. Ich entdeckte Aristide und Désirée, die sich an der Hand hielten, neben ihnen stand Philippe Bastonnet mit seiner Familie – sogar Laetitia und der Hund waren da. Obwohl ich Aristide nicht mit Philippe sprechen sah, kam es mir so vor, als läge in seiner Haltung etwas weniger Aggressives, als hätte er einen Teil seiner Energie eingebüßt. Die Nachricht von Mercédès' Schwangerschaft hatte dem Selbstbewusstsein des Alten einen schweren Schlag versetzt, und er wirkte verwirrt und bedauernswert unter seiner rauen Schale.

Plötzlich hörte ich hinter mir am Bach ein Geräusch. Ich drehte mich um und erblickte Xavier Bastonnet und Ghislain Guénolé, die mit ernsten Gesichtern die Düne heruntergerannt kamen. Sie bemerkten mich nicht, sondern liefen direkt auf den Bach zu, der jetzt von der Flut angeschwollen war und an dessen Ufer die *Cecilia* vertäut lag.

»Wollt ihr etwa jetzt noch rausfahren?«, rief ich, als ich sah, wie Xavier die Leinen löste.

Ghislain machte ein grimmiges Gesicht. »Ein Boot ist draußen bei La Jetée gesichtet worden«, sagte er knapp. »Bei dem Nebel kann ich von hier aus nicht erkennen, welches es ist.«

»Sag meinem Großvater bloß nichts davon«, bat Xavier, während er den Motor der *Cécilia* anließ. »Der würde durchdrehen, wenn er wüsste, dass ich bei dem Wetter mit Ghislain rausfahre. Er behauptet immer, der Leichtsinn eines Guénolés hätte meinen Vater damals das Leben gekostet. Aber wenn Damien da draußen ist und es nicht allein schafft zurückzukommen ...«

»Was ist mit Alain?«, fragte ich. »Sollte nicht lieber noch jemand mit euch fahren?«

Ghislain zuckte die Achseln. »Der ist mit Matthias nach La Houssinière gegangen. Die Zeit ist knapp. Wir müssen los, bevor der Wind zu stark wird.«

Ich nickte. »Viel Glück. Aber seid vorsichtig.«

Xavier lächelte schüchtern. »Alain und Matthias sind bereits in La Houssinière. Jemand sollte ihnen Bescheid geben. Ihnen sagen, dass wir uns um das Problem kümmern.«

Der kleine Motor sprang an. Während Ghislain den Baum der *Cécilia* festhielt, steuerte Xavier das kleine Boot in Richtung La Goulue und das offene Meer.

60

Aristide war immer noch in Angélos Bar, und da ich keine Lust hatte, ihm das Verschwinden von Xavier und der *Cécilia* zu erklären, beschloss ich, die Nachricht persönlich zu überbringen.

Bis ich in La Houssinière eintraf, war es fast dunkel. Und es war kalt. Was im geschützten Les Salants ein böiger Wind gewesen war, ließ hier, am südlichsten Zipfel der Insel, Leinen heulen und Wimpel knattern. Der Himmel war aufgewühlt, und am Horizont türmten sich violette Gewitterwolken. Auf den Wellen tanzten weiße Schaumkronen, die Vögel blieben in Erwartung des Sturms am Boden hocken. Jojo-le-Goëland überquerte die Promenade mit einem Schild unter dem Arm, auf dem bekannt gegeben wurde, dass die Rückfahrt der *Brismand 1* nach Fromentine wegen einer Sturmwarnung ausfiel. Ein paar frustriert dreinblickende Touristen, die ihrem Unmut lautstark Ausdruck verliehen, liefen hinter ihm her.

Von Alain und Matthias war auf der Promenade keine Spur zu entdecken. Von der Strandmauer aus schaute ich blinzelnd nach Les Immortelles hinüber. Ich fror und ärgerte mich, dass ich keine Jacke mitgenommen hatte. Aus dem Café hinter mir waren plötzlich Stimmen zu hören, als wäre eine Tür geöffnet worden.

»Ach, da ist ja unsere Mado, *ma sœur*! He, komm doch mal rüber!«

»Du frierst ja, kleine Mado.«

Es waren die alten Nonnen, Sœur Extase und Sœur Thérèse, die mit Kaffeetassen in der Hand aus dem Café traten.

»Willst du dich nicht lieber zu uns setzen? Einen heißen Kaffee trinken?«

Ich schüttelte den Kopf. »Nein, danke, es geht schon.«

»Wir haben wieder Südwind«, sagte Sœur Thérèse. »Der hat auch die Quallen mitgebracht, meint Brismand. Die Biester kommen alle –«

»Alle dreißig Jahre, *ma sœur*, wenn die Flut vom Golf hereinströmt. Eine scheußliche Plage.«

»Ich erinnere mich noch gut an das letzte Mal«, sagte Sœur Thérèse. »Da hat er in Les Immortelles am Strand gestanden und gewartet und gewartet und die Gezeiten beobachtet ...«

»Aber sie ist nie zurückgekommen, stimmt's, *ma sœur*?« Die Nonnen schüttelten den Kopf. »Nein, nie wieder. Niemals wieder.«

»Wen meinen Sie denn?«, fragte ich.

»Diese Frau natürlich.« Die Nonnen schauten mich an. »Er war in sie verliebt. Er und sein Bruder.«

Brüder? Ich starrte die Nonnen verblüfft an. »Meinen Sie meinen Vater und P'titJean?«

»Das war im Sommer in dem schwarzen Jahr.« Die Nonnen strahlten. »Wir erinnern uns noch sehr gut. Damals waren wir noch jung ...«

»Jedenfalls jünger als jetzt ...«

»Sie hat gesagt, sie würde die Insel verlassen. Sie hat uns einen Brief gegeben.«

»Wer?«, fragte ich verwirrt.

Die Nonnen fixierten mich mit ihren schwarzen Augen. »Die junge Frau natürlich«, sagte Sœur Extase ungeduldig. »Eleanore.«

Ich war so verdattert über den Namen, dass ich das Glockenläuten zuerst kaum wahrnahm. Es klang dumpf über den Hafen und wurde vom Wasser zurückgeworfen wie ein Stein. Einige Leute kamen aus dem Chat Noir, um zu sehen, was los war. Jemand stieß mit mir zusammen und verschüttete sein Getränk. Als ich nach der kurzen Verwirrung aufblickte, waren die beiden Nonnen verschwunden.

»Wieso lässt Père Alban denn auf einmal die Glocke läuten?«, fragte Joël träge, eine Zigarette im Mundwinkel. »Jetzt ist doch keine Messe, oder?«

»Ich glaub nicht«, sagte René Loyon.

»Vielleicht ist ein Feuer ausgebrochen«, überlegte Lucas Pinoz, der Vetter des Bürgermeisters.

Die Leute hielten ein Feuer für den wahrscheinlichsten Grund. Auf einer kleinen Insel wie Le Devin gibt es keine nennenswerten Notfalldienste, und mit der Kirchenglocke lässt sich am schnellsten Alarm läuten. Jemand rief »Feuer!«, und einen Moment lang schien Chaos auszubrechen, als noch mehr Leute aus dem Café strömten. Aber dann machte Lucas darauf aufmerksam, dass von einem Feuer weder etwas zu sehen noch zu riechen war.

»Das letzte Mal hat die Glocke fünfundfünfzig Alarm geläutet«, rief der alte Michel Dieudonné, »als die alte Kirche vom Blitz getroffen wurde!«

»Da draußen vor Les Immortelles, da ist irgendwas«, sagte René Loyon, der auf die Strandmauer geklettert war. »Dort, auf den Felsen.«

Es war ein Boot. Jetzt, wo wir wussten, in welche Richtung wir schauen mussten, war es leicht zu erkennen. Es lag ungefähr hundert Meter weit draußen und war auf dieselben Felsen aufgelaufen, die vor einem Jahr die *Eleanore* zerschmettert hatten. Ich hielt den Atem an. Es war kein Segel zu sehen, und auf die Entfernung konnte man nicht sagen, ob es eins der Boote aus Les Salants war.

»Das ist ein Wrack«, verkündete Joël bestimmt. »Es muss schon seit Stunden da liegen. Also kein Grund zur Panik.« Er trat seine Zigarette mit dem Stiefelabsatz aus.

Jojo-le-Goëland war nicht überzeugt. »Wir sollten versuchen, einen Scheinwerfer auf das Boot zu richten«, schlug er vor. »Vielleicht kann man noch irgendwas retten. Ich hole den Traktor.«

Die Leute versammelten sich an der Strandmauer. Inzwischen hatte die Kirchenglocke aufgehört zu läuten. Jojos Traktor rumpelte über den Strand bis ans Wasser, und die Lichtkegel der starken Scheinwerfer strichen über die Bucht.

»Jetzt kann ich es sehen«, rief René. »Es ist noch ganz, aber nicht mehr lange.«

Michel Dieudonné nickte. »Die Flut ist zu hoch, um da rauszufahren, selbst mit der *Marie Joseph* würden wir es nicht schaffen. Noch dazu der Wind ...« Er breitete die Arme aus. »Ich weiß nicht, wem das Boot gehört, aber es ist nicht zu retten.«

»O Gott!« Das war Paule Lacroix, Joëls Mutter, die über uns auf der Promenade stand. »Da ist jemand im Wasser!«

Alle drehten sich zu ihr um. Das Scheinwerferlicht war zu hell, nur der dunkle Rumpf des havarierten Boots war in den glitzernden Wellen auszumachen.

»Schaltet die Scheinwerfer aus!«, schrie Bürgermeister Pinoz, der gerade mit Père Alban eingetroffen war.

Es dauerte einen Augenblick, bis sich unsere Augen an die Dunkelheit gewöhnt hatten. Das Meer war jetzt schwarz, das Boot ein dunkelblauer Schatten. Angestrengt starrten wir auf das Wasser hinaus, wo ein heller Fleck in den Wellen zu erkennen war.

»Ich sehe einen Arm! Da ist ein Mann im Wasser!«

In einiger Entfernung zu meiner Linken schrie jemand auf, eine Stimme, die mir vertraut war. Als ich mich umdrehte, erblickte ich Damiens Mutter, ein dickes Kopftuch umgebunden, das Gesicht angstverzerrt. Alain stand auf der Strandmauer und schaute durch ein Fernglas. Doch so wie der Südwind ihm ins Gesicht blies und so hoch wie die Wellen inzwischen schlugen, bezweifelte ich, dass er mehr erkennen konnte als wir anderen. Matthias stand neben ihm und starrte hilflos auf das Wasser hinaus.

Damiens Mutter sah mich und kam mit wehendem Mantel auf mich zugelaufen. »Das ist die *Eleanore 2*!«, schrie sie atemlos und klammerte sich an meinen Arm. »Ich weiß es ganz genau. Damien!«

Ich versuchte sie zu beruhigen. »Das können Sie doch nicht wissen«, sagte ich so sanft ich konnte. Aber sie ließ sich nicht trösten und begann zu wehklagen. Mehrmals hörte ich, wie sie den Namen ihres Sohnes aussprach, mehr konnte ich nicht verstehen. Ich hatte nichts davon erwähnt, dass Xavier und Ghislain mit der *Cécilia* hinausgefahren waren, aber ihr das jetzt zu sagen, würde alles nur noch schlimmer machen.

»Wenn jemand da draußen im Wasser ist, müssen wir versuchen, ihn zu erreichen.« Das war Bürgermeister Pinoz. Er war halb betrunken, versuchte jedoch tapfer, die Situation in den Griff zu bekommen.

Jojo-le-Goëland schüttelte den Kopf. »Nicht mit der *Marie Joseph*«, erklärte er bestimmt.

Doch Alain rannte bereits auf den Hafen zu. »Du kannst ja versuchen, mich aufzuhalten!«, schrie er.

Die *Marie Joseph* war bestimmt das einzige Schiff, das stabil genug gebaut war, um in die Nähe des auf Grund gelaufenen Boots zu gelangen. Aber bei dem Wetter war so ein Manöver dennoch nahezu unmöglich.

»Da unten ist niemand!«, rief Jojo und lief hinter Alain her. »Du kannst nicht allein mit der *Marie Joseph* da rausfahren!«

»Dann fahren Sie mit ihm!«, rief ich. »Wenn der Junge da draußen ist …«

»Dann hat er es sowieso hinter sich«, knurrte Joël vor sich hin. »Es hat keinen Zweck, dass noch jemand sein Leben riskiert.«

»Ich fahre mit!« Ich rannte die Treppe zur Rue des Immortelles hinauf, nahm immer zwei Stufen auf einmal. Ein Boot war auf die Felsen aufgelaufen, ein Salannais war in Lebensgefahr. Trotz meiner Angst jubelte mein Herz. Eine unbändige Freude erfüllte mich – so fühlte es sich an, eine Insulanerin zu sein, so fühlte es sich an, wenn man wusste, wo man hingehörte. Kein anderer Ort auf der Welt verlangt solche Treue, solch eine unerschütterliche Hingabe.

Mehrere Leute rannten hinter mir her. Ich sah Père Alban

und Matthias Guénolé, von dem ich mir schon gedacht hatte, dass er nicht weit weg sein konnte. Omer folgte, so schnell er konnte. Marin und Adrienne standen an einem erleuchteten Fenster des Restaurants La Marée und beobachteten das Geschehen. Eine Reihe von Houssins hatten sich eingefunden und schauten teils verwirrt, teils fassungslos zu. Das war mir alles egal. Ich rannte in Richtung Hafen.

Alain war bereits im Boot. Die Leute starrten ihn vom Bootssteg aus an, doch nur wenige schienen geneigt, zu ihm in die *Marie Joseph* zu steigen. Matthias rief etwas von der Straße herüber, hinter ihm hörte ich laute Stimmen. Ein Mann in einer alten Fischerjoppe stand mit dem Rücken zu mir auf der *Marie Joseph* und hantierte mit den Segeln. Als Omer mich atemlos einholte, drehte der Mann sich um. Es war Flynn.

Mir blieb keine Zeit zu reagieren. Unsere Blicke begegneten sich, dann schaute er fast gleichgültig weg. Alain stand am Ruder bereit. Omer mühte sich mit dem unvertrauten Motor ab. Père Alban stand auf dem Bootssteg und versuchte, Damiens Mutter zu beruhigen, die wenige Minuten nach den anderen eingetroffen war. Alain warf mir einen kurzen Blick zu, wie um sich zu vergewissern, dass ich in der Lage war, mit anzupacken. Dann nickte er.

»Danke.«

Die Leute drängelten sich immer noch um uns herum, einige versuchten so gut sie konnten zu helfen. Alle möglichen Gegenstände wurden – fast willkürlich, so kam es mir vor – auf die *Marie Joseph* geworfen: ein Bootshaken, ein Seil, ein Eimer, eine Decke, eine Taschenlampe. Jemand reichte mir einen mit Brandy gefüllten Flachmann. Ein anderer gab Alain ein Paar Handschuhe. Als wir ablegten, warf Jojo-le-Goëland mir seine Jacke zu. »Pass auf, dass sie nicht nass wird, okay?«, knurrte er.

Aus dem Hafen auszulaufen war trügerisch einfach. Das Boot schaukelte zwar leicht, aber des Hafenbecken lag geschützt, und wir steuerten mühelos durch die schmale Fahrrinne auf das offene Meer zu. Um uns herum tanzten

Bojen und Schlauchboote auf den Wellen. Ich beugte mich über den Bug, um sie aus dem Weg zu schieben.

Dann schlug uns die aufgewühlte See mit voller Wucht entgegen. In der kurzen Zeit, die wir gebraucht hatten, um uns startklar zu machen, hatte der Wind an Stärke zugenommen, der Sturm wütete in den Segeln, und die Gischt prasselte uns ins Gesicht wie Straßenschotter. Die *Marie Joseph* war zwar ein stabiles kleines Boot, aber nicht gebaut für ein solches Unwetter. Sie lag tief im Wasser, wie ein Austernkahn. Wellen krachten gegen ihren Bug. Alain fluchte vor sich hin.

»Siehst du die *Eleanore*?«, rief er Omer zu.

»Ich sehe was«, schrie Omer gegen den Wind. »Aber ich kann immer noch nicht sagen, ob es die *Eleanore 2* ist.«

»Dreh sie rum!«, brüllte Alain. Ich konnte seine Stimme kaum hören. Die Wellen schlugen so hoch, dass ich nichts erkennen konnte. »Fahr in den Wind!«

Ich verstand, was er meinte. Direkt in den Wind zu steuern war gefährlich. Aber die Wellen waren so hoch, dass sie uns zum Kentern bringen konnten, wenn sie uns von der Seite erwischten. Wir kamen erschreckend langsam voran, nahmen eine Welle, nur um von der nächsten zurückgeworfen zu werden. Die *Eleanore 2* – falls sie es denn war – war in den tosenden, schäumenden Wellen kaum zu sehen. Von der Gestalt, die wir im Wasser gesehen zu haben glaubten, war keine Spur zu entdecken.

Zwanzig Minuten später war ich mir nicht sicher, ob wir überhaupt mehr als zwanzig, dreißig Meter zurückgelegt hatten. In der Dunkelheit sind Entfernungen schwer abzuschätzen, und das Meer forderte unsere gesamte Aufmerksamkeit. Irgendwie nahm ich wahr, wie Flynn damit beschäftig war, Wasser aus dem Boot zu schöpfen, aber ich hatte keine Zeit, darüber nachzudenken oder mich daran zu erinnern, wie wir das letzte Mal in einer vergleichbaren Situation gewesen waren.

In Les Immortelles waren immer noch Lichter zu sehen, und aus der Ferne meinte ich Stimmen zu hören. Alain leuchtete mit der Taschenlampe über die Wellen. In dem schwachen Licht wirkte das Wasser graubraun, und endlich hatten wir das verunglückte Boot vor uns. Wir waren jetzt nahe genug herangekommen, um es zu erkennen. Es saß auf einem Felsen fest und war fast in zwei Teile gebrochen.

»Das ist sie!« Im heftigen Wind klang Alains Stimme dünn und wie aus weiter Ferne, wie ein Pfeifen im Schilf. »Runter!«, rief er Flynn zu, der sich so weit vorgebeugt hatte, dass er fast am Bug der *Marie Joseph* hing. Einen Augenblick lang tauchte etwas im Wasser auf, etwas Bleiches, das kein Schaum sein konnte. Dann war es auch schon wieder verschwunden.

»Da ist jemand!«, schrie Flynn.

Alain stürzte zum Bug und überließ Omer das Steuer. Ich warf ihm ein Seil zu, aber ein heftiger Windstoß schleuderte es mir ins Gesicht. Das klatschnasse Seil traf mich in die Augen, so dass ich rückwärts taumelte. Meine Augen brannten. Als es mir gelang, sie wieder zu öffnen, nahm ich alles um mich herum nur noch verschwommen wahr. Ich konnte nur undeutlich Alain und Flynn ausmachen, die sich an der Reling verzweifelt aneinander klammerten, während unter ihnen die See tobte. Beide waren bis auf die Haut durchnässt. Alain hatte sich ein Seil um einen Knöchel geschlungen, um zu verhindern, dass er über Bord ging. Flynn, der ein aufgerolltes Seil in der Hand hielt, lehnte sich erneut weit hinaus, einen Fuß in Alains Bauch, den anderen am Rumpf der *Marie Joseph* abgestützt, beide Arme weit ausgestreckt. Etwas Weißes tauchte kurz auf. Flynn versuchte vergeblich, es zu fassen zu bekommen. Hinter uns mühte Omer sich ab, das Boot mit der Nase im Wind zu halten. Die *Marie Joseph* schlingerte, Alain verlor fast den Halt, eine Welle schwappte über die beiden Männer und drückte das Boot zur Seite. Kaltes Wasser schlug über unseren Köpfen zusammen. Einen Augenblick lang befürchtete ich, Alain und Flynn wären über Bord gegangen. Der Bug der *Marie Joseph* sackte tief ab, bis knapp über den Meeresspiegel. Ich tat mein Bestes, um das Wasser aus dem Boot zu schöpfen, während wir den Felsen gefährlich nahe kamen. Dann ertönte ein lautes Geräusch vom Rumpf, ein furchteinflößendes Knirschen und ein Krachen wie von einem Blitzschlag. Wir zuckten zusammen, aber es war die *Eleanore 2*, die schließlich ganz auseinander gebrochen war und in zwei Teilen in den Fluten versank. Doch wir waren keinesfalls in Sicherheit, sondern trieben scheinbar unaufhaltsam auf die schwimmenden Wrackteile zu. Ich spürte, wie etwas seitlich gegen das Boot stieß. Etwas hatte sich am Kiel verhakt – doch dann wurde die *Marie Joseph* von einer Welle hochgehoben und in letzter Minute von dem Felsen weggerissen, während Omer die Wrackteile mit einem Bootshaken fortstieß. Ich blickte auf. Alain stand immer noch am Bug, Flynn hingegen war verschwunden. Doch nur einen Augenblick lang. Mit einem heiseren Aufschrei der Erleichterung sah ich ihn aus den Wellen auftauchen, ein Seil in den Händen. Neben ihm schwamm etwas, das er und Alain gemeinsam ins Boot hievten. Etwas Weißes.

Ich hätte gern gewusst, was da vor sich ging, aber ich musste Wasser schöpfen, wenn wir verhindern wollten, dass die *Marie Joseph* sank, denn das Boot war mittlerweile voll gelaufen. Ich hörte lautes Rufen und schaute kurz auf, doch Alains Rücken versperrte mir die Sicht. Mit verzweifelter Anstrengung schöpfte ich Wasser, bis wir uns in sicherer Entfernung von den Felsen befanden. Von Les Immortelles meinte ich Jubelgeschrei zu hören.

»Wer ist es?«, schrie ich. Aber der Wind blies mir die Worte aus dem Mund. Alain drehte sich nicht um. Flynn mühte sich auf dem Boden des Boots mit einer Segeltuchplane ab, so dass ich überhaupt nichts sehen konnte.

»Flynn!« Ich wusste, dass er mich gehört hatte. Er schaute mich kurz an, dann wandte er sich wieder ab. Sein Gesichtsausdruck sagte mir, dass etwas Schlimmes geschehen war. »Ist es Damien?«, schrie ich. »Lebt er?«

Mit seinem immer noch verbundenen Arm schob Flynn mich zurück. »Es hat keinen Zweck!«, rief er gegen den heulenden Wind. »Es ist vorbei.«

Mit der Flut im Rücken brauchten wir nicht lange für die Fahrt zurück in den Hafen. Ich hatte das Gefühl, dass der Wind bereits nachließ. Omer schaute Alain fragend an. Alain reagierte mit einem kummervollen, fassungslosen Blick. Flynn beachtete weder den einen noch den anderen, sondern schnappte sich einen Eimer und begann, Wasser zu schöpfen, obwohl das mittlerweile gar nicht mehr nötig war.

Ich packte ihn am Arm und zwang ihn, mich anzusehen. »Herrgott noch mal, Flynn, sag mir, wer es ist! Ist es Damien?«

Alle drei Männer schauten erst die Plane, dann mich an. Flynns Gesichtsausdruck war undurchdringlich. Er blickte auf seine Hände, die von den nassen Seilen blutig waren. »Mado«, sagte er schließlich. »Es ist dein Vater.«

61

Ich habe jenen Abend wie ein Gemälde in Erinnerung, einen wilden Van Gogh mit violettem, aufgewühltem Himmel und unscharfen Gesichtern. Lautlos. Ich erinnere mich, wie das Boot wie ein Herz schlingerte. Ich erinnere mich auch, wie ich mir die Hände vors Gesicht hielt, wie ich meine Haut sah, bleich und verschrumpelt vom Meerwasser. Vielleicht bin ich gestürzt.

GrosJean lag da, halb bedeckt von der Plane. Zum ersten Mal wurde mir bewusst, wie massig und schwer er war. Er hatte irgendwo seine Schuhe verloren, und seine Füße wirkten klein im Verhältnis zu seinem Körper, beinahe zierlich. Wenn von Toten die Rede ist, hört man oft, sie sähen aus, als schliefen sie friedlich. GrosJean sah aus wie ein Tier, das in einer Falle verendet war. Seine Haut fühlte sich so gummiartig an wie ein Stück Schweinebauch beim Metzger. Sein Mund stand offen, die wie zum Knurren hochgezogenen Lippen entblößten seine gelben Zähne, als hätte er in diesem letzten Augenblick, im Angesicht des Todes endlich seine Stimme wieder gefunden. Ich spürte auch nicht diese Benommenheit, von der viele erzählen, die einen geliebten Menschen verloren haben, diesen barmherzigen Realitätsverlust. Stattdessen überkam mich unbändige Wut.

Wie hatte er es wagen können, das zu tun? Nach allem, was wir zusammen durchgemacht hatten, wie hatte er es *wagen* können? Ich hatte ihm vertraut, ich hatte mich ihm anvertraut, ich hatte versucht, einen neuen Anfang zu machen. Hatte ich ihm denn so wenig bedeutet? Hatte er sich selbst so wenig bedeutet?

Jemand fasste mich am Arm. Erst da wurde mir bewusst, dass ich mit den Fäusten auf meinen toten Vater einhämmerte. Er fühlte sich an wie ein Stück Fleisch. »Mado, bitte.« Es war Flynn. Erneut packte mich die Wut. Ohne nachzudenken fuhr ich herum und schlug ihn ins Gesicht. Er wich zurück. Ich stolperte rückwärts und stürzte auf das Deck. Einen Moment lang sah ich den Sirius hinter einer Wolke aufleuchten. Dann war plötzlich der ganze Himmel mit Sternen bedeckt.

Später erfuhr ich, dass sie Damien in einem der Kühlräume der *Brismand 1* gefunden hatten. Er war völlig durchgefroren und hungrig, aber unverletzt. Offenbar hatte er versucht, als blinder Passagier aufs Festland zu flüchten, und sich auf der Fähre versteckt, bevor die Fahrt abgesagt wurde.

Ghislain und Xavier waren nie in Les Immortelles angekommen. Sie hatten es stundenlang versucht, aber schließlich waren sie gezwungen gewesen, mit der *Cécilia* in La Goulue anzulegen, und ins Dorf zurückgekehrt, gerade als die freiwilligen Helfer aus La Houssinière nach Hause kamen.

Mercédès erwartete sie bereits. Sie war Aristide im Dorf über den Weg gelaufen, und die beiden hatten sich hemmungslos angeschrien. Ihre Begegnung mit Ghislain und Xavier lief ruhiger ab. Die beiden jungen Männer waren zwar erschöpft, aber seltsamerweise in Hochstimmung. Ihre Anstrengungen auf See waren erfolglos gewesen, doch offenbar hatten sie sich miteinander ausgesprochen. Nachdem sie sich gegenseitig monatelang als ärgste Rivalen betrachtet hatten, waren sie beinahe wieder zu Freunden geworden. Aristide machte seinem Enkel bittere Vorwürfe, weil er ohne seine Erlaubnis mit der *Cécilia* hinausgefahren war, aber zum ersten Mal ließ Xavier sich nicht von ihm beeindrucken. Mit einem Lächeln, das in keiner Weise an seine übliche Schüchternheit erinnerte, nahm er Mercédès beiseite. Auch wenn es noch zu früh war, um von einer Versöhnung zwischen den beiden zu sprechen, fühlte Toinette sich in der Hoffnung bestärkt, dass die beiden wieder zueinander finden würden.

Ich hatte mir auf der *Marie Joseph* eine Erkältung zugezogen, die sich über Nacht zu einer Lungenentzündung verschlimmerte. Vielleicht liegt es daran, dass ich mich praktisch an nichts erinnere. Ein paar Stillleben, mehr nicht, in blassen Sepiatönen. Das Bild von der in der Plane eingewickelten Leiche meines Vaters, die auf den Bootssteg gehievt wird. Die sonst eher wenig Gefühle zeigenden Guénolés, wie sie sich mit grimmiger Miene umarmen. Père Alban, der geduldig am Strand wartet, die Soutane über die Stiefel gehoben. Flynn.

Es dauerte fast eine Woche, bis ich bewusst registrierte, was um mich herum geschah. Bis dahin war alles verschwommen gewesen, die Farben intensiver, der Ton ausgeblendet. Meine Lunge war mit Beton gefüllt, mein Fieber stieg und stieg.

Ich wurde sofort nach Les Immortelles gebracht, wo der Notarzt noch immer Dienst tat. Ganz allmählich, während das Fieber nachließ, nahm ich das Zimmer wahr, in dem ich mich befand, die weißen Wände, die Blumen, die Geschenke, die von einem nicht nachlassenden Besucherstrom wie Opfergaben neben der Tür abgelegt wurden. Anfangs schenkte ich alldem kaum Beachtung. Ich fühlte mich so schwach und elend, dass ich Mühe hatte, die Augen offen zu halten. Das Atmen erforderte eine bewusste Anstrengung. Selbst die Erinnerung an den Tod meines Vaters trat angesichts meines körperlichen Leidens in den Hintergrund.

Bei dem Gedanken, mich womöglich pflegen zu müssen, war Adrienne in Panik geraten und mit Marin aufs Festland geflüchtet. Der Arzt verkündete, ich sei auf dem Weg der Besserung, und trug Capucine auf, sich um mich zu kümmern. Hilaire erklärte sich widerstrebend bereit, mir meine Antibiotika zu spritzen. Toinette braute Kräutertees und zwang mich, sie zu trinken. Père Alban wachte, wie Capucine mir später berichtete, Nacht für Nacht an meinem Bett. Brismand hielt sich von mir fern. Flynn wurde von niemandem gesehen.

Möglicherweise war es besser für ihn, dass ihn niemand zu Gesicht bekam. Bis zum Ende der Woche hatten die Salannais begriffen, welche Rolle er bei den Ereignissen der vergangenen Monate gespielt hatte, und alle im Dorf waren ihm extrem feindselig gesinnt. Überraschenderweise richtete sich der Zorn der Leute nicht so sehr gegen Brismand. Er war eben ein Houssin. Was konnte man von so einem schon erwarten? Aber Rouget war einer von uns gewesen. Nur die Guénolés wagten, ihn zu verteidigen – immerhin hatte er als Einziger versucht, die *Eleanore 2* zu retten –, und Toinette hielt sich aus allem heraus. Doch viele Salannais schworen Rache. Capucine, die davon überzeugt war, dass Flynn zurück aufs Festland gegangen war, schüttelte traurig den Kopf über die leidige Angelegenheit.

Die Quallenplage war inzwischen unter Kontrolle. Vor den Sandbänken waren Netze ausgelegt worden, um zu verhindern, dass weitere Quallen in die Bucht gelangten, und ein Boot der Küstenwache hatte die noch Verbliebenen eingesammelt. Die offizielle Erklärung für das Phänomen lautete, ungewöhnliche Stürme hätten sie mit dem Golfstrom hergetrieben, möglicherweise sogar von Australien. Im Dorf dagegen betrachtete man die Quallen als Warnung der Heiligen.

»Ich hab ja immer schon gesagt, dass das wieder ein schwarzes Jahr wird«, sagte Aristide mit grimmiger Genugtuung. »Das kommt davon, wenn niemand auf mich hört.«

Trotz seiner Wut auf Brismand wirkte der Alte resigniert. Eine Hochzeit sei teuer, knurrte er, falls sein junger Enkel sich weiterhin darauf versteife, dieses Mädchen zu heiraten … Er schüttelte den Kopf. »Andererseits werde ich nicht ewig leben. Es wäre schön zu wissen, dass der Junge noch was anderes erbt außer Treibsand und Schrott. Vielleicht hat uns das Glück ja noch nicht ganz verlassen.«

Nicht alle dachten wie er. Die Guénolés waren entschieden gegen Brismands Projekt – und das mit gutem Grund. Bei fünf Personen, die sie ernähren mussten, darunter ein Schuljunge und ein fünfundachtzigjähriger Greis, waren sie immer knapp bei Kasse. Und jetzt befanden sie sich in einer Krisensituation. Niemand wusste genau, wie viel Geld sie sich geliehen hatten, aber es wurde allgemein angenommen, dass es mindestens hunderttausend gewesen sein mussten. Der Verlust der *Eleanore 2* bedeutete den Todesstoß. Alain hatte sich nach der Versammlung fürchterlich aufgeregt, er hatte erklärt, es sei nicht fair, die Gemeinde trage eine gewisse Verantwortung, und wegen Damiens Verschwinden habe er an der Diskussion nicht teilnehmen können. Doch seine Einwände fanden keine Beachtung. Unser gerade erst entdeckter Gemeinschaftsgeist hatte sich in Wohlgefallen aufgelöst. Von jetzt an musste wieder jeder Salannais zusehen, wie er allein zurechtkam.

Matthias Guénolé weigerte sich natürlich, nach Les Immortelles zu ziehen. Alain bestärkte ihn in seiner Entscheidung. Es wurde gemunkelt, die Familie habe vor, die Insel zu verlassen. Die alte Feindschaft zwischen den Guénolés und den Bastonnets flammte wieder auf. Aristide, der die Schwäche seines Gegners witterte und sich Chancen ausrechnete, seinen Erzrivalen von der Insel vertreiben zu können, hatte offenbar alles darangesetzt, ganz Les Salants gegen die Guénolés aufzubringen.

»Die werden uns noch alles vermasseln mit ihrer Sturheit. Sie rauben uns unsere einzige Chance. Das ist egoistisch, sage ich, und ich werde nicht zulassen, dass der Egoismus der Guénolés die Zukunft meines Enkels ruiniert. Irgendwas müssen wir aus diesem ganzen Schlamassel retten, sonst sind wir alle erledigt!«

Viele räumten ein, dass seine Argumente nicht von der Hand zu weisen waren. Aber als Alain erfuhr, was Aristide gesagt hatte, platzte ihm der Kragen. »So ist das also?«, schäumte er. »Das ist also die Art der Salannais, für ihre Familie zu sorgen. Und was ist mit *meinen* Söhnen? Was ist mit meinem Vater, der als Soldat im Krieg gekämpft hat? Wollt ihr uns jetzt einfach so hängen lassen? Und wofür? Für Geld? Für Profite, die diese verdammten Houssins euch versprechen?«

Noch vor einem Jahr wäre das ein schlagendes Argument gewesen. Aber mittlerweile hatten wir an dem Geld Geschmack gefunden. Jetzt wussten wir es besser. Alle schwiegen, und einige bekamen rote Köpfe. Aber kaum jemand sagte etwas. Was bedeutete eine einzelne Familie, wenn es um das Schicksal eines ganzen Dorfes ging? Brismands Fährhafen war immerhin besser als nichts.

Mein Vater wurde begraben, während ich in Les Immortelles auf der Krankenstation lag. Im Sommer kann man eine Leiche nicht lange aufbewahren, und die Insulaner haben mit den Festlandritualen wie Totenwache und Einbalsamierung nichts am Hut. Schließlich hatten wir einen eigenen Priester. Père Alban waltete seines Amtes draußen in La Bouche, wie üblich in Soutane und Anglerstiefeln.

Als Grabstein dient ein großer, grau-rosa Granitblock von der Pointe Griznoz. Sie benutzten meinen Traktoranhänger, um ihn auf den Friedhof zu schaffen. Irgendwann, wenn der Sand sich gefestigt hat, werde ich eine Inschrift eingravieren lassen – vielleicht macht Aristide das für mich, wenn ich ihn darum bitte.

»Warum hat er das getan?« Mein Zorn hatte sich seit der Nacht auf der *Marie Joseph* nicht gelegt. »Warum ist er an dem Abend mit der *Eleanore 2* rausgefahren?«

»Keine Ahnung«, sagte Matthias und zündete sich eine Gitane an. »Ich weiß nur, dass wir ein paar verdammt seltsame Sachen in dem Boot gefunden haben, als wir es schließlich an Land geschleppt haben ...«

»Fang nicht davon an, solange sie krank ist, du Idiot!«, zischte Capucine und drückte seine Zigarette mit zwei Fingern aus.

»Wovon?«, fragte ich und setzte mich auf.

»Seile. Krampen. Eine halbe Kiste Dynamit.«

»Was?«

Der alte Mann zuckte die Achseln und stieß einen tiefen Seufzer aus. »Wahrscheinlich werden wir nie erfahren, was er damit vorhatte. Ich wünschte nur, er hätte sich nicht ausgerechnet die *Eleanore* ausgesucht.«

Die *Eleanore*. Ich versuchte mich zu erinnern, was die Nonnen mir an dem Abend erzählt hatten. »Sie war eine Frau, die sie kannten«, sagte ich. »Eine Frau, in die er und P'titJean beide verliebt waren. Diese Eleanore.«

Matthias schüttelte ungehalten den Kopf. »Glaub doch nicht alles, was diese Elstern von sich geben. Die reden viel, wenn der Tag lang ist.« Er schaute mich an, und ich hatte das Gefühl, dass ich leicht errötete. »Nonnen! Die schlimmsten Klatschmäuler, die es gibt. Außerdem ist das, was es mit dieser Frau auf sich hatte, alles verdammt lange her. Wie sollte das etwas damit zu tun haben, wie GrosJean gestorben ist?«

Vielleicht nicht damit, *wie*, sondern *warum* er gestorben war. Diese Frage ging mir nicht aus dem Kopf, und ich kam nicht umhin, einen Zusammenhang herzustellen zu P'tit Jeans Selbstmord vor dreißig Jahren, seinem Selbstmord auf der *Eleanore*. Hatte mein Vater dasselbe getan? Und warum hatte er Dynamit bei sich gehabt?

Ich ereiferte mich so sehr über die ganze Geschichte, dass Capucine schließlich befürchtete, es könnte meine Genesung gefährden. Sie musste mit Père Alban gesprochen haben, denn zwei Tage später suchte der verknöcherte alte Priester mich auf und schaute mich tieftraurig wie eh und je an.

»Es ist vorbei, Mado«, sagte er. »Dein Vater hat seinen Frieden gefunden. Und den solltest du ihm lassen.«

Ich fühlte mich inzwischen schon wesentlich besser, obwohl ich immer noch sehr müde war. Gegen meine Kissen gestützt, konnte ich den klaren Augusthimmel hinter ihm sehen. Es war ein guter Tag zum Fischen. »Père Alban, wer war Eleanore? Haben Sie die Frau gekannt?«

Er zögerte. »Ich habe sie gekannt. Aber ich darf mit dir nicht über sie sprechen.«

»War sie aus Les Immortelles? War sie eine Nonne?«
»Glaub mir, Mado, es ist besser, wenn sie vergessen bleibt.«
»Aber wenn er ein Boot nach ihr benannt hat ...« Ich versuchte ihm zu erklären, wie wichtig das für meinen Vater gewesen war, dass er das nie wieder getan hatte, nicht einmal für meine Mutter. Es war sicherlich kein Zufall, dass er ausgerechnet dieses Boot gewählt hatte. Und was hatten die Dinge zu bedeuten, die Matthias in dem Boot gefunden hatte?

Aber Père Alban war noch weniger gesprächsbereit als gewöhnlich. »Es hat gar nichts zu bedeuten«, wiederholte er zum dritten Mal. »Lass GrosJean in Frieden ruhen.«

62

Ich war bereits seit über einer Woche in Les Immortelles. Hilaire wollte mir noch sieben Tage Ruhe verordnen, aber ich wurde allmählich ungeduldig. Der Himmel vor dem hohen Fenster war allzu verlockend. Golden schimmernde Staubkörnchen tanzten über meinem Bett. Der August näherte sich seinem Ende, in wenigen Tagen war Vollmond, und dann sollte an der Pointe Griznoz wieder das Fest der Sainte-Marine begangen werden. Ich hatte das Gefühl, dass all diese vertrauten Ereignisse zum allerletzten Mal stattfinden würden, dass so viele endgültige Abschiede bevorstanden, die ich nicht verpassen wollte. Ich bereitete mich darauf vor, nach Hause zurückzukehren.

Capucine protestierte, doch ich ließ ihre Argumente nicht gelten. Ich war zu lange fort gewesen. Irgendwann musste ich mich den Ereignissen in Les Salants stellen. Bisher hatte ich noch nicht einmal das Grab meines Vaters gesehen.

Angesichts meiner Entschlossenheit gab La Puce schließlich nach. »Bleib für eine Weile bei mir im Wohnwagen«, schlug sie vor. »Ich kann nicht mit ansehen, dass du allein in diesem leeren Haus wohnst.«

»Keine Sorge«, versprach ich ihr. »Ich habe nicht vor, in dem Haus zu wohnen. Aber ich muss eine Zeit lang für mich allein sein.«

An jenem Tag ging ich nicht in GrosJeans Haus. Zu meiner eigenen Überraschung empfand ich keinerlei Neugier, ich hatte nicht einmal den Wunsch, einen Blick hineinzuwerfen. Stattdessen begab ich mich in die Dünen oberhalb von La Goulue und betrachtete das, was von meiner Welt übrig geblieben war.

Die meisten Sommerurlauber waren abgereist. Das Meer schimmerte wie Seide, der Himmel war so klar und tiefblau wie auf einem Kinderbild. Wie all die Jahre zuvor verblasste Les Salants lautlos unter der Spätsommersonne. Die Blumen in den Gärten und in den Blumenkästen, die man seit einiger Zeit vernachlässigt hatte, waren verwelkt und verdorrt, an verkrüppelten Feigenbäumen hingen kleine, ungenießbare Früchte, Hunde dösten vor Häusern, deren Fensterläden geschlossen waren, das Hasenschwanzgras war weiß und vertrocknet. Auch die Leute waren wieder wie früher. Omer verbrachte Stunden beim Kartenspielen in Angélos Bar und trank ein Glas Schnaps nach dem anderen. Charlotte Prossage, die nach der Ankunft der Urlauberkinder so aufgetaut war, versteckte ihr Gesicht wieder unter bunt gemusterten Tüchern. Damien war verdrießlich und reizbar. Innerhalb von vierundzwanzig Stunden nach meiner Rückkehr war mir klar, dass die Brismands Les Salants nicht nur in die Knie gezwungen hatten. Sie hatten es mit Haut und Haar verschlungen.

Kaum jemand redete mit mir. Es musste reichen, dass sie ihrem Mitgefühl mit Geschenken und Grußkarten Ausdruck verliehen hatten. Jetzt, wo ich wieder gesund war, spürte ich, dass sie in eine Art von Starre verfallen, dass sie wieder ganz die Alten waren. Ein Gruß erschöpfte sich in einem Kopfnicken. Gespräche erlahmten. Anfangs dachte ich, sie hätten etwas gegen mich, schließlich war meine Schwester mit einem Brismand verheiratet. Doch nach einer Weile begann ich zu begreifen. Ich erkannte es daran, wie sie auf das Meer hinausstarrten, den Blick unablässig auf das Ding gerichtet, das da draußen schwamm, den Bouch'ou, unser eigenes Damoklesschwert. Sie waren sich dessen nicht einmal bewusst. Aber sie beobachteten es, selbst die Kinder, die mir blasser und schüchterner vorkamen, als sie den Sommer über gewesen waren. Das Riff ist so kostbar, sagten wir uns, weil wir so viele Opfer gebracht haben. Je größer das Opfer, umso kostbarer erschien es uns. Wir hatten es geliebt. Jetzt verabscheuten wir es, aber es zu verlieren, war undenkbar. Omer hatte für seinen Kredit Toinettes Land belastet, obwohl er nicht dazu berechtigt war. Aristide hatte eine größere Hypothek auf sein Haus aufgenommen, als es tatsächlich wert war. Alain war dabei, seinen Sohn zu verlieren – womöglich beide Söhne, jetzt, wo das Geschäft nicht mehr lief. Die Prossages hatten ihre Tochter verloren. Xavier und Mercédès sprachen davon, Le Devin zu verlassen und sich in Pornic oder Fromentine eine Wohnung zu suchen, wo die Geburt des Babys keinen Skandal auslösen würde.

Der Gedanke daran brachte Aristide schier zur Verzweiflung, auch wenn er viel zu stolz war, um es zuzugeben. Pornic sei ja nicht weit weg, sagte er jedem, der es hören wollte. Eine dreistündige Fahrt mit der Fähre, die zweimal pro Woche verkehrte. Das ist schließlich nicht aus der Welt, oder?

Über GrosJeans Tod kursierten immer noch die wildesten Gerüchte. Einige wurden mir von Capucine zugetragen – die Dorfregeln verlangten, dass man mich diesmal nicht mit den Geschichten behelligte –, aber die Spekulationen grassierten. Viele Salannais waren davon überzeugt, dass er Selbstmord begangen hatte.

Für diese Annahme gab es gute Gründe. GrosJean war schon immer labil gewesen, und Brismands Verrat hatte ihn womöglich in die Verzweiflung getrieben. Noch dazu so kurz vor dem Fest der Sainte-Marine, dem Tag, an dem sich P'titJeans Tod jährte ... Die Geschichte wiederholt sich, raunten sie einander zu. Alles kehrt zurück.

Andere waren nicht so leicht zu überzeugen. Niemandem war entgangen, dass man auf der *Eleanore 2* Dynamit gefunden hatte. Alain war davon überzeugt, dass GrosJean vorgehabt hatte, den Wellenbrecher vor Les Immortelles in die Luft zu jagen, jedoch in dem heftigen Sturm die Kontrolle über das Boot verloren hatte und auf die Felsen geschleudert worden war.

»Er hat sich für uns geopfert«, erzählte Alain jedem, der ihm zuhörte. »Er hat als Einziger erkannt, dass dies die letzte Möglichkeit gewesen wäre, um Brismand aufzuhalten.«

Das war nicht weiter hergeholt als andere Erklärungsversuche. Ein Unfall, ein Selbstmord, eine heroische Geste ... In Wahrheit wusste keiner im Dorf eine Antwort. GrosJean hatte mit niemandem über seine Pläne gesprochen, und uns blieb nichts anderes übrig, als zu spekulieren. Wie im Leben hatte mein Vater auch im Tod seine Geheimnisse gewahrt.

Am Morgen nach meiner Rückkehr ging ich nach La Goulue hinunter. Lolo und Damien saßen am Strand, beide so schweigsam und reglos wie zwei Steinbrocken. Sie schienen auf etwas zu warten. Die Ebbe hatte eingesetzt. Damien hatte einen frischen blauen Fleck an der Wange. Er zuckte die Achseln, als ich ihn darauf ansprach. »Ich bin gestolpert«, sagte er, ohne sich große Mühe zu geben, überzeugend zu klingen.

Lolo schaute mich an. »Damien hatte Recht«, knurrte er. »Diesen Strand hätte es nie geben dürfen. Er hat alles kaputtgemacht. Als wir ihn noch nicht hatten, ist es uns besser gegangen.« Er sagte das ohne Groll, aber die Resignation, die in seinen Worten mitklang, ließ mich innerlich zusammenzucken. »Nur haben wir das damals nicht gewusst.«

Damien nickte. »Wir hätten schon irgendwie überlebt. Wenn das Meer uns zu nahe gekommen wäre, hätten wir das Dorf einfach weiter oben wieder aufgebaut.«

»Oder wir wären fortgezogen.«

Ich nickte. Plötzlich schien ein Umzug gar keine so schreckliche Alternative mehr zu sein.

»Schließlich ist Les Salants nur ein Dorf, oder?«

»Genau. Und Dörfer gibt es überall.«

Ich fragte mich, ob Capucine wusste, was ihr Sohn dachte. Damien, Xavier, Mercédès, Lolo ... Wenn das so weiterging, würde es in einem Jahr kein junges Gesicht mehr in Les Salants geben.

Die Jungen schauten zum Bouch'ou hinüber. Zurzeit war das Riff nicht zu sehen, erst in etwa fünf Stunden würde es sich wieder zeigen, wenn die Ebbe die Austernbänke bloßgelegt hatte.

»Und wenn man den Bouch'ou einfach wegschaffen würde?«, fragte Lolo gereizt.

Damien nickte. »Meinetwegen können sie ihren Sand wiederhaben. Wir brauchen ihn nicht.«

»Genau. Und Sand aus La Houssinière brauchen wir erst recht nicht.«

Es erschreckte mich selbst, dass ich ihnen halbwegs zustimmte.

Trotz allem stellte ich fest, dass die Salannais mehr Zeit am Strand verbrachten als je zuvor. Sie gingen nicht schwimmen, sie aalten sich nicht in der Sonne – das machen nur Touristen – und sie gingen auch nicht an den Strand, um zu plaudern, wie wir es so oft während des Sommers getan hatten. Diesmal wurden in La Goulue keine Würstchen gegrillt, keine Freudenfeuer angezündet und auch keine Partys gefeiert. Nein, diesmal gingen wir heimlich an den Strand, früh am Morgen oder wenn die Flut einsetzte, ließen Sand zwischen unseren Fingern hindurchrieseln und wichen den Blicken der anderen aus.

Der Sand faszinierte uns. Wir sahen ihn plötzlich mit anderen Augen, wir sahen in ihm keinen Goldstaub mehr, sondern den im Laufe der Jahrhunderte abgelagerten Schutt: Knochen, Muscheln, mikroskopisch kleine Reste von Fossilien, pulverisiertes Glas, zu winzigen Körnern geschliffene Steine, Fragmente aus undenklich lange vergangenen Zeiten. Menschen waren im Sand verewigt: Liebende, Kinder, Verräter, Helden. Man fand darin Dachziegel von längst zerfallenen Häusern, Spuren von Kriegern und Fischern, Bruchteile von Kriegsflugzeugen und zerbrochenes Geschirr, entdeckte Zeugnisse von Aufständen und Niederlagen. Im Sand war alles enthalten, und alles war gleich.

Das erkannten wir jetzt. Wie zwecklos alles gewesen war. Unser Krieg gegen die Gezeiten, gegen die Houssins. Wir sahen, wie es sein würde.

63

Zwei Tage vor dem Fest der Sainte-Marine beschloss ich endlich, das Grab meines Vaters zu besuchen. Dass ich an der Beerdigung nicht hatte teilnehmen können, war nicht zu ändern gewesen, aber jetzt war ich wieder da, und man erwartete von mir, dass ich auf den Friedhof ging.

Die Houssins haben einen liebevoll angelegten, ordentlichen Friedhof und einen Gärtner, der die Gräber pflegt. In La Bouche machen wir die Arbeit selbst. Uns bleibt nichts anderes übrig. Unsere Grabsteine wirken heidnisch im Vergleich, monolithisch. Und wir halten sie sorgfälig in Schuss. Ein sehr alter Stein markiert die letzte Ruhestätte eines jungen Paars, er trägt die Inschrift: »Guénolé-Bastonnet, 1861–1887«. Jemand legt immer noch Blumen auf das Grab, obwohl sicherlich niemand im Dorf alt genug ist, um sich an die beiden zu erinnern, die dort ruhen.

Sie hatten meinen Vater neben P'titJean beerdigt. Die beiden Steine, von gleicher Größe und Farbe, sehen aus wie Zwillinge, nur dass der von P'titJean bereits Spuren der Verwitterung aufweist und teilweise von Moos bewachsen ist. Als ich näher kam, merkte ich, dass der Kies um die beiden Gräber herum frisch geharkt war und dass jemand die Erde zum Pflanzen vorbereitet hatte.

Ich hatte eine kleine Schaufel mitgebracht und ein paar Lavendelbüsche, die ich um den Stein setzen wollte. Père

Alban hatte wohl ebenfalls beschlossen, die Gräber zu schmücken. Seine Hände waren verdreckt, und vor den beiden Grabsteinen standen frisch eingepflanzte rote Geranien.

Der alte Priester wirkte überrascht, als er mich erblickte, beinahe, als fühlte er sich ertappt. Er rieb sich die beschmutzten Hände. »Freut mich, dass es dir wieder besser geht«, sagte er. »Dann will ich dich mal deinen Gebeten überlassen.«

»Gehen Sie nicht.« Ich trat auf ihn zu. »Père Alban, ich bin froh, dass Sie da sind. Ich wollte …«

»Tut mir Leid.« Er schüttelte den Kopf. »Ich weiß, was du von mir willst. Du glaubst, ich wüsste etwas über den Tod deines Vaters. Aber ich kann dir nichts sagen. Lass es auf sich beruhen.«

»Warum?«, fragte ich. »Ich muss es verstehen! Mein Vater ist aus einem bestimmten Grund gestorben, und ich glaube, dass Sie diesen Grund kennen!«

Er schaute mich ernst an. »Dein Vater ist auf See ertrunken, Mado. Er ist mit der *Eleanore 2* hinausgefahren und wurde über Bord gespült. Genau wie sein Bruder.«

»Aber Sie wissen etwas«, erwiderte ich leise. »Nicht wahr?«

»Ich habe – einen Verdacht. Genau wie du.«

»Was für einen Verdacht?«

Père Alban seufzte. »Lass es gut sein, Madeleine. Ich kann dir nichts sagen. Ich bin an das Beichtgeheimnis gebunden, und ich darf nicht mit dir darüber sprechen.«

Dennoch meinte ich etwas in seiner Stimme zu hören, einen seltsamen Unterton, als drückten seine Worte etwas anderes aus als das, was er mir eigentlich sagen wollte.

»Aber jemand anders kann mir etwas sagen, ja?«, fragte ich und nahm seine Hand. »Ist es das, was Sie mir zu verstehen geben wollen?«

»Ich kann dir nicht helfen, Madeleine.« Bildete ich mir das ein, oder hatte er das Wort *ich* eigenartig betont? »Ich gehe jetzt«, sagte der alte Priester und löste seine Hand sanft aus meinem Griff. »Ich muss ein paar alte Urkunden über-

arbeiten. Geburts- und Todesregister, du weißt schon. Ich schiebe es schon viel zu lange vor mir her. Aber ich habe eine Verantwortung. Die Sache liegt mir auf dem Magen.«
Da war es wieder. Diese seltsame Betonung.
»Urkunden?«
»Register. Früher hatte ich einen Angestellten, der sich darum kümmerte. Dann machten es die Nonnen. Jetzt habe ich niemanden mehr.«
»Ich könnte Ihnen helfen.« Ich bildete es mir nicht ein. Er versuchte tatsächlich, mir etwas zu sagen. »Père Alban, lassen Sie mich Ihnen helfen.«
Er lächelte mich eigenartig beglückt an. »Wie nett von dir, mir das anzubieten, Madeleine. Das wäre eine große Erleichterung.«

64

Insulaner wollen mit Dokumenten und Archiven für gewöhnlich nichts zu tun haben. Deswegen übertragen wir einem Priester die Aufgabe, über unsere Geheimnisse zu wachen, unsere merkwürdigen Geburten und gewaltsamen Tode zu beurkunden, unsere Stammbäume aufzuzeichnen. Natürlich sind diese Informationen der Öffentlichkeit zugänglich, zumindest theoretisch. Aber alles ist bedeckt von Staub und vom Schatten des Beichtstuhls. In diesen Räumen hat es noch nie einen Computer gegeben, und daran wird sich auch nichts ändern. Hier gibt es nichts als dicke Bücher, deren Seiten eng mit rotbrauner Tinte beschrieben sind, und pilzfarbene Ordner, prall gefüllt mit vom Alter brüchig gewordenen Dokumenten.

Die handschriftlichen Eintragungen auf diesen Seiten erzählen ganze Geschichten: Hier hat eine Mutter, die nicht schreiben konnte, ein Rosenblütenblatt auf die Geburtsurkunde ihres Kindes geklebt, dort hat die Hand eines Mannes gezittert beim Unterschreiben der Todesurkunde seiner Frau. Eheschließungen, Totgeburten, Sterbefälle. Hier zwei Brüder, die von den Deutschen erschossen wurden, weil sie Schwarzmarktgüter vom Festland auf die Insel geschmuggelt hatten, dort eine ganze Familie, die von einer Grippewelle dahingerafft wurde. Auf einer Seite eine junge Frau – auch eine Prossage –, die ein Kind zur Welt gebracht hat,

»Vater unbekannt«. Auf der gegenüberliegenden Seite ein junges Mädchen, gerade vierzehn Jahre alt, das bei der Geburt eines missgebildeten Kindes gestorben ist, das auch nicht überlebt hat.

All die verschiedenen Eintragungen durchzuarbeiten wurde mir nie langweilig. Im Gegenteil, ich fühlte mich auf seltsame Weise aufgemuntert. Dass wir angesichts all dessen weitermachen, obwohl wir wissen, dass alles schließlich so endet, erschien mir heldenhaft. Die Inselnamen – Prossage, Bastonnet, Guénolé, Prasteau, Brismand – marschierten über die Seiten wie Soldaten. Ich vergaß beinahe, wo ich mich befand.

Père Alban hatte mich allein gelassen. Vielleicht aus Angst, er könnte am Ende doch zu viel preisgeben. Eine Zeit lang vertiefte ich mich völlig in die Geschichten von Le Devin, bis es anfing, dunkel zu werden, und ich mich daran erinnerte, warum ich hergekommen war. Ich brauchte eine weitere Stunde, bis ich den Hinweis fand, nach dem ich suchte.

Ich war mir immer noch nicht ganz sicher, was ich zu entdecken hoffte, und ich vergeudete wertvolle Zeit mit dem Studium unseres eigenen Stammbaums. Als ich zufällig auf die Unterschrift meiner Mutter stieß, daneben die ungelenke Handschrift meines Vaters, brach ich in Tränen aus. Dann entdeckte ich die Eintragung von GrosJeans Geburt und auf derselben Seite die seines Bruders, einige Jahre später. GrosJeans Tod und der seines Bruders – »Auf hoher See ertrunken«. Die Seiten waren so dicht beschrieben und die Schrift so schwer zu entziffern, dass ich lange brauchte, um den Inhalt zu erfassen. Ich begann mich zu fragen, ob ich Père Alban vielleicht doch missverstanden hatte, ob hier am Ende gar nichts für mich zu finden war.

Und dann, plötzlich, entdeckte ich es. Die Eintragung der Eheschließung von Claude Saint-Joseph Brismand mit Eleanore Margaret Flynn, zwei Unterschriften in violetter Tinte – ein knappes »Brismand« gefolgt von einem schwungvollen »Eleanore«, dessen ausladendes »l« den Namen darüber zu umschlingen schien wie eine Efeuranke.

Eleanore. Mit zitternder Stimme sprach ich den Namen laut aus.

Ich hatte sie gefunden.

»Sie hat sie gefunden, *ma sœur.*«

»Ich wusste, dass die Kleine sie finden würde, wenn sie nur beharrlich suchte.«

Die beiden Nonnen standen in der Tür und strahlten mich an. Im fahlen Licht wirkten sie beinahe wieder jung. »Du erinnerst uns ein bisschen an sie, nicht wahr, *ma sœur?* Sie erinnert uns an …«

»An Eleanore.«

Von da an war alles ganz einfach. Mit Eleanore fing es an, und mit *Eleanore* endete es. Wir entwirrten die Geschichte, die Nonnen und ich; in dem dunklen Archivraum der Kirche zündeten wir Kerzen an, um die alten Unterlagen im schwindenden Tageslicht lesen zu können.

Einen Teil der Geschichte hatte ich bereits erraten. Die Nonnen kannten den Rest. Vielleicht hatte Père Alban sich verplappert, als sie ihm damals beim Bearbeiten der Urkunden halfen.

Es ist eine Inselgeschichte, trostloser als die meisten, aber andererseits sind wir so daran gewöhnt, uns an diese Felsen zu klammern, dass wir eine unglaubliche Zähigkeit entwickelt haben – zumindest einige von uns. Die Geschichte beginnt mit zwei Brüdern, die sich sehr nahe standen, Jean-Marin und Jean-François Prasteau. Und natürlich mit einer temperamentvollen jungen Frau voller Leidenschaft. Man konnte es an ihrer schwungvollen und raumgreifenden Unterschrift ablesen, die ihre Sehnsucht nach Romantik ausdrückte.

»Sie war nicht von hier«, erklärte Sœur Thérèse. »Monsieur Brismand hat sie vom Festland mitgebracht. Sie hatte keine Eltern, keine Freunde, kein eigenes Geld. Und sie war zehn Jahre jünger als er, fast noch ein junges Mädchen …«

»Aber eine echte Schönheit«, sagte Sœur Extase. »Wunderschön und rastlos, eine gefährliche Mischung …«

»Und Monsieur Brismand war nach der Hochzeit so sehr

damit beschäftigt, Geld zu verdienen, dass er sie kaum noch beachtete.«

Er hatte sich Kinder gewünscht, wie alle Insulaner. Aber sie hatte mehr gewollt. Unter den Ehefrauen von La Houssinière fand sie keine Freundinnen – in deren Augen war sie zu jung und zu fremd –, und so gewöhnte sie sich an, Tag für Tag allein in Les Immortelles am Strand zu sitzen und zu lesen.

»Sie liebte Geschichten«, sagte Sœur Extase. »Sie las sie gern, und sie erzählte sie gern ...«

»Von Rittern und Hofdamen ...«

»Von Prinzen und Drachen.«

Dort, am Strand, waren die beiden Brüder ihr zum ersten Mal begegnet. Sie waren nach La Houssinière gekommen, um das Material für die Bootswerkstatt abzuholen, die sie zusammen mit ihrem Vater betrieben, und sie hatte dort gewartet. Sie war seit knapp drei Monaten auf Le Devin.

Der impulsive P'titJean hatte sich Hals über Kopf in sie verliebt. Er begann, sie jeden Tag in La Houssinière zu besuchen, saß stundenlang am Strand neben ihr und unterhielt sich mit ihr. GrosJean hatte das Getändel beharrlich beobachtet. Anfangs hatte ihn die Geschichte nur amüsiert, bald war er jedoch neugierig geworden, dann eifersüchtig und schließlich war er in leidenschaftlicher Liebe zu Eleanore entflammt.

»Sie wusste, was sie tat«, sagte Sœur Thérèse. »Anfangs war es ein Spiel – sie spielte gern. P'titJean war noch ein Junge, er wäre mit der Zeit drüber weggekommen. Aber GrosJean ...«

Mein Vater, ein schweigsamer Mann mit tiefen Gefühlen, mein Vater war anders. Sie spürte das, und es zog sie an. Sie trafen sich heimlich, in den Dünen oder bei La Goulue. GrosJean brachte ihr das Segeln bei, sie erzählte ihm Geschichten. An den Booten, die er baute, zeigte sich ihr Einfluss, diese fantasievollen Namen aus Büchern und Gedichten, die er nie lesen würde.

Aber mittlerweile hatte Brismand Verdacht geschöpft.

Schuld daran war eigentlich P'titJean. Seine Verliebtheit war in La Houssinière nicht unbemerkt geblieben, und auch wenn er noch sehr jung war, passte er vom Alter her besser zu Eleanore als ihr Ehemann. Brismand ließ seine Frau nicht mehr allein nach Les Salants, und er sorgte dafür, dass immer eine der Nonnen draußen in Les Immortelles war, die sie im Auge behalten konnte. Außerdem war Eleanore inzwischen schwanger, und Claude war überglücklich.

Der Junge wurde ein bisschen zu früh geboren. Sie nannte ihn Claude, nach seinem Vater – wie die Inseltradition es verlangt –, aber eigensinnig wie sie war, trug sie heimlich auf der Geburtsurkunde, wo jeder es sehen konnte, noch einen zweiten Namen ein.

Niemand erkannte, was das bedeutete. Nicht einmal mein Vater – diese komplexe, schnörkelige Schrift konnte er unmöglich entziffern – und ein paar Monate lang nahm das Baby Eleanores ganze Aufmerksamkeit in Anspruch.

Seit er einen Sohn hatte, wachte Brismand noch eifersüchtiger über seine junge Frau. Ein Sohn ist sehr wichtig auf den Inseln, viel wichtiger als auf dem Festland, wo es so selbstverständlich ist, dass gesunde Kinder geboren werden. Ich stellte mir vor, wie stolz er auf den Kleinen gewesen war. Ich stellte mir vor, wie die Brüder ihn beobachtet hatten, voller Verachtung und Schuldgefühle, voller Eifersucht und Verlangen. Ich hatte immer angenommen, mein Vater hasste Brismand, weil dieser ihm irgendetwas angetan hatte. Erst jetzt begriff ich, dass wir diejenigen am meisten hassen, denen wir selbst Unrecht getan haben.

Und was war mit Eleanore? Eine Zeit lang versuchte sie wirklich, sich ganz dem Baby zu widmen. Doch sie war unglücklich. Ebenso wie meine Mutter fand sie das Leben auf der Insel unerträglich. Die anderen Frauen beäugten sie voller Argwohn und Neid, die Männer wagten nicht, sie anzusprechen.

»Sie las und las ihre Bücher«, sagte Sœur Thérèse. »Aber nichts half. Sie magerte ab, sie verlor ihre Ausstrahlung. Sie war wie eine wilde Blume, die man nie pflücken soll, weil sie sofort verwelkt, wenn man sie in eine Vase stellt. Manchmal sprach sie mit uns ...«

»Aber selbst damals waren wir schon zu alt für sie. Sie brauchte Leben um sich herum.«

Die beiden Nonnen nickten, ihre scharfen Augen leuchteten. »Eines Tages gab sie uns einen Brief, den wir in Les Salants abliefern sollten. Sie war furchtbar nervös ...«

»Trotzdem musste sie die ganze Zeit lachen.«

»Und am nächsten Tag – *ssst* – war sie mit dem Baby verschwunden.«

»Keiner wusste, wohin sie gefahren war oder warum ...«

»Wir können es uns natürlich denken, stimmt's, *ma sœur*, wir nehmen zwar keine Beichte ab, aber ...«

»Die Leute erzählen uns trotzdem eine ganze Menge.«

Wann hatte P'titJean die Wahrheit erraten? Hatte er es zufällig herausgefunden, hatte sie es ihm erzählt, oder hatte er es auf der Geburtsurkunde gesehen, so wie ich, dreißig Jahre später?

Die Nonnen sahen mich erwartungsvoll an und lächelten. Ich starrte auf die Geburtsurkunde, die vor mir auf dem Tisch lag, auf die violette Tinte, auf den Namen, den sie mit ihrer schwungvollen Handschrift eingetragen hatte ...

Jean-Claude Désiré St-Jean François Brismand.

Der Junge war GrosJeans Sohn.

65

Ich kenne Schuldgefühle. Ich kenne sie sehr gut. Das ist mein Vater in mir, der bittere Kern, den ich von ihm geerbt habe. Sie lähmen, sie machen handlungsunfähig. So musste er sich gefühlt haben, als P'titJean und sein Boot in La Goulue angespült wurden. Gelähmt. Handlungsunfähig. Er war schon immer der Schweigsamere gewesen. Jetzt kam es ihm so vor, als könnte er gar nicht genug schweigen. Der lebende P'titJean muss ihm wie ein wandelnder Vorwurf erschienen sein, der tote P'titJean war eine Last, von der er sich nie würde befreien können.

Bis mein Vater auf die Idee kam, mit Eleanore zu reden, war sie längst verschwunden. Sie hatte einen Brief hinterlassen, den er, geöffnet und an ihn adressiert, in einer Jackentasche seines Bruders fand.

Auch ich fand ihn, als ich das Haus meines Vaters ein letztes Mal durchsuchte. Mit Hilfe dieses Briefs konnte ich die Geschichte im Einzelnen rekonstruieren: den Tod meines Vaters, P'titJeans Selbstmord, Flynn.

Ich behaupte nicht, ich könnte alles verstehen. Mein Vater hat keine weiteren Erläuterungen hinterlassen. Ich weiß nicht, warum ich es überhaupt erwartet hatte, denn auch zu Lebzeiten hat er nie Erklärungen abgegeben. Wir diskutierten lange darüber, die Nonnen und ich, und ich glaube, wir sind der Wahrheit ziemlich nahe gekommen.

Flynn war natürlich der Katalysator. Ohne es zu wissen, hatte er alles in Gang gesetzt. Der Sohn meines Vaters, der lang ersehnte Sohn, für den GrosJean die Vaterschaft nie anerkennen konnte, weil er damit seine Schuld am Selbstmord seines Bruders eingestanden hätte. Jetzt begriff ich, warum mein Vater so reagiert hatte, als er erfuhr, wer Flynn wirklich war. Alles kehrt zurück, alles wiederholt sich, von einem schwarzen Jahr zum nächsten, von Eleanore zu *Eleanore*, der Kreis hatte sich geschlossen. Und die bittere Poesie des Endes dieser Geschichte musste dem Romantiker in ihm gefallen haben.

Vielleicht hatte Alain Recht gehabt, und er hatte gar nicht vorgehabt zu sterben, sagte ich mir. Vielleicht war es nur eine verzweifelte Geste gewesen, ein Versuch, Vergebung zu finden, alles wieder gutzumachen. Schließlich war der Mann, der für den ganzen Schlamassel verantwortlich war, sein Sohn.

Die Nonnen und ich legten die Papiere an Ort und Stelle zurück. Ich war insgeheim dankbar, dass sie da waren, froh über ihr unablässiges Geplapper, das mich davon abhielt, zu genau darüber nachzudenken, welche Rolle ich in der Geschichte spielte.

Es war Nacht, und ich ging langsam zurück nach Les Salants, lauschte dem Zirpen der Grillen in den Tamarisken und betrachtete die Sterne am Himmel. Hin und wieder tanzte ein einzelnes Glühwürmchen vor mir in der Dunkelheit. Ich fühlte mich wie nach einer Blutspende. Mein Zorn war verflogen. Auch meine Trauer. Selbst der Schrecken über das, was ich erfahren hatte, kam mir irgendwie unwirklich vor, so weit weg wie die Märchen, die ich als Kind gelesen hatte. Etwas in mir war befreit worden, und zum ersten Mal in meinem Leben glaubte ich, von Le Devin fortgehen zu können, ohne mich entwurzelt zu fühlen, ohne mich zu fühlen wie ein Stück Treibholz in fremden Gewässern. Endlich wusste ich, wo meine Bestimmung lag.

Im Haus meines Vaters war es still. Dennoch hatte ich den Eindruck, dass ich nicht allein war. Irgendetwas lag in der Luft, ein Geruch nach Kerzenrauch, eine ungewohnte Resonanz. Doch ich hatte keine Angst. Ich fühlte mich irgendwie zu Hause, als wäre mein Vater nur zum Fischen gegangen, als wäre meine Mutter noch da, vielleicht lag sie im Schlafzimmer auf dem Bett und las einen Liebesroman.

Vor der Tür zum Zimmer meines Vaters zögerte ich kurz, bevor ich sie öffnete. Das Zimmer befand sich in demselben Zustand, in dem er es hinterlassen hatte, vielleicht ein bisschen aufgeräumter. Seine Kleider waren ordentlich gefaltet, das Bett gemacht. Der Anblick von GrosJeans alter Fischerjoppe, die hinter der Tür am Haken hing, versetzte mir einen Stich, aber ansonsten war ich ganz ruhig. Diesmal wusste ich, wonach ich suchte.

GrosJean hatte seine geheimen Papiere in einem für Männer wie ihn typischen Versteck aufbewahrt: in einem mit Angelschnur zugebundenen Schuhkarton in der hintersten Ecke seines Kleiderschranks. Der Karton enthielt nicht viel. Als ich ihn schüttelte, merkte ich, dass er höchstens halb voll war. Ein paar Fotos – die Hochzeit meiner Eltern, sie in Weiß, er in Inseltracht. Unter dem flachen, schwarzen, breitkrempigen Hut wirkte sein Gesicht unglaublich jung. Ein paar Schnappschüsse von Adrienne und mir, einige von P'titJean aus verschiedenen Jahren. Bei der Mehrzahl der übrigen Papiere handelte es sich um Zeichnungen.

Er zeichnete auf Pergamentpapier, hauptsächlich mit Kohle oder dickem Bleistift; die Zeit und die Reibung zwischen den einzelnen Blättern hatten die Linien verwischt, dennoch konnte ich erkennen, dass GrosJean einst ein außerordentliches Talent besessen hatte. In der Darstellung von Gesichtern war er ebenso sparsam gewesen wie er in Gesprächen mit Worten gegeizt hatte, und doch waren jede Linie und jede Schraffur ungeheuer ausdrucksstark. Hier ein Schatten, den er mit dem Daumen um die Konturen eines Unterkiefers gezogen hatte, dort ein Paar mit schwarzer Kohle gezeichnete Augen.

Es waren lauter Porträts, alle von derselben Frau. Ich kannte ihren Namen, ich hatte ihre elegante Unterschrift im Kirchenregister vor mir gehabt. Jetzt sah ich auch ihre Schönheit, ihre hohen Wangenknochen, ihren hochmütig erhobenen Kopf, den Schwung ihrer Lippen.

Das waren seine Liebesbriefe an sie, diese Zeichnungen. Mein schweigsamer, des Schreibens unkundiger Vater hatte einst eine wunderschöne Ausdrucksweise gefunden. Zwischen zwei Blättern Pergamentpapier fiel eine getrocknete Blume heraus: eine ehemals rosafarbene Strandnelke, die über die Jahre verblasst und gelb geworden war. Außerdem eine Schleife, die vielleicht früher einmal blau oder grün gewesen war. Und ein Brief.

Es war das einzige schriftliche Dokument in dem ganzen Karton. Eine einzelne Seite, am Rand eingerissen vom vielen Auseinander- und wieder Zusammenfalten. Ich erkannte ihre Handschrift sofort, die großen Schleifen und die violette Tinte.

Mein lieber Jean-François,
vielleicht hast du gut daran getan, dich so lange von mir fern zu halten. Anfangs war ich enttäuscht und verärgert, aber jetzt verstehe ich, dass du mir Zeit zum Nachdenken geben wolltest.
Ich weiß, dass ich hier nicht hergehöre. Ich bin aus anderem Holz geschnitzt.
Eine Zeit lang glaubte ich, wir könnten einander ändern, aber es war zu schwer für uns beide.
Ich habe mich entschlossen, morgen mit der Fähre von hier fortzufahren. Claude kann mich nicht daran hindern, er hat geschäftlich für ein paar Tage in Fromentine zu tun. Ich werde bis zwölf Uhr auf dem Steg auf dich warten.
Ich werde es dir nicht übel nehmen, wenn du nicht mit mir kommen willst. Du gehörst hierher, und es wäre ein Fehler, wenn ich dich zwingen würde, die Insel zu verlassen. Aber versuche trotz allem, mich nicht zu vergessen. Vielleicht wird unser Sohn eines Tages nach Le Devin zurückkehren, auch wenn ich das sicherlich niemals tun werde.
Alles kehrt zurück.
Eleanore

Vorsichtig faltete ich den Brief wieder zusammen und legte ihn in den Schuhkarton zurück. Das ist sie, sagte ich mir, das ist die endgültige Bestätigung, falls ich sie überhaupt noch gebraucht habe. Wie der Brief in P'titJeans Hände geraten war, wusste ich nicht, aber für einen sensiblen jungen Mann wie ihn musste der Verrat seines Bruders einen fürchterlichen Schock bedeutet haben. War es Selbstmord gewesen oder eine dramatische Geste, die schief gegangen war? Niemand, außer vielleicht Père Alban, konnte darauf eine Antwort geben.

GrosJean hatte sich an ihn gewandt, da war ich mir ganz sicher. Er war zwar ein Houssin, noch dazu ein Priester, doch er hatte die nötige Distanz zu dem Geschehen und war für GrosJean vertrauenswürdig genug, um sich Eleanores Brief von ihm vorlesen zu lassen. Das kam einer Beichte ziemlich nahe, und der alte Priester hatte das Geheimnis stets gehütet.

Niemandem sonst hatte GrosJean von alldem erzählt. Nach Eleanores Verschwinden hatte er sich immer mehr in sich zurückgezogen, hatte stundenlang in Les Immortelles am Strand gestanden und auf das Meer hinausgestarrt. Eine Zeit lang hatte es so ausgesehen, als könnte seine Ehe mit meiner Mutter ihn wieder aus der Reserve locken, doch das hielt nicht lange an. Sie waren aus unterschiedlichem Holz geschnitzt, wie Eleanore geschrieben hatte. Sie stammten aus unterschiedlichen Welten.

Ich legte den Deckel wieder auf den Schuhkarton und nahm ihn mit in den Garten. Als die Tür sich hinter mir schloss, war ich mir plötzlich ganz sicher: Ich würde nie wieder einen Fuß in GrosJeans Haus setzen.

»Mado.« Er wartete am Tor zum Bootsschuppen, fast unsichtbar in seinen schwarzen Jeans und dem schwarzen Pullover. »Ich dachte mir, dass du irgendwann kommen würdest, wenn ich nur lange genug wartete.«

Meine Hände umklammerten den Schuhkarton. »Was willst du von mir?«

»Das mit deinem Vater tut mir Leid.« Sein Gesicht lag im Schatten, ich konnte seinen Blick nicht erkennen. Ich spürte, wie sich etwas in mir verkrampfte.

»Mein Vater?«, fragte ich schroff.

Ich sah, wie er zusammenzuckte. »Mado, bitte.«

»Rühr mich nicht an!« Flynn hatte seine Hand nach mir ausgestreckt. Obwohl ich eine Jacke trug, meinte ich ein Brennen am Arm zu spüren, wo er meinen Ärmel gestreift hatte, und Entsetzen packte mich, als das Verlangen mein Herz höher schlagen ließ. »Rühr mich nicht an!«, schrie ich noch einmal und schlug nach ihm. »Was willst du von mir? Warum bist du zurückgekommen?«

Mein Schlag hatte ihn ins Gesicht getroffen. Er fasste sich an den Mund und sah mich ruhig an. »Ich weiß, dass du wütend bist«, sagte er.

»Wütend?«

Normalerweise rede ich nicht viel. Aber diesmal löste der Zorn mir die Zunge. Ich warf ihm alles an den Kopf: Les Salants, Les Immortelles, Brismand, Eleanore, mein Vater, er selbst. Am Ende starrte ich ihn atemlos an und drückte ihm den Schuhkarton in die Hände. Er machte keinerlei Anstalten, ihn entgegenzunehmen, so dass er zu Boden fiel und die traurigen Trivialitäten aus dem Leben meines Vaters herausrutschten. Ich bückte mich und sammelte alles mit zitternden Händen ein.

»GrosJeans Sohn?«, fragte er tonlos. »Sein *Sohn*?«

»Hat Eleanore dir das nie erzählt? War das nicht der Grund, warum du unbedingt dafür sorgen wolltest, dass alles in der Familie bleibt?«

»Ich hatte keine Ahnung.« Seine Augen verengten sich zu Schlitzen. Ich spürte, dass er angestrengt nachdachte. »Es spielt keine Rolle«, sagte er schließlich. »Es ändert nichts.« Er schien mehr mit sich selbst zu sprechen als mit mir. Dann trat er auf mich zu. »Mado«, sagte er. »Es hat sich nichts geändert.«

»Wie meinst du das?« Ich war nahe daran, ihn erneut zu schlagen. »Natürlich hat sich alles geändert. Alles. Du bist mein *Bruder*!« Meine Augen brannten, meine Kehle war trocken und schmerzte. »Mein Bruder«, sagte ich noch einmal, GrosJeans Papiere immer noch mit den Fäusten umklammernd, und brach schließlich in hysterisches Gelächter aus, das in einem Hustenanfall endete.

Stille. Dann begann Flynn, der immer noch im Schatten stand, leise zu lachen.

»Und jetzt?«

Er lachte immer noch. Ich weiß nicht, warum, aber es klang hässlich. »Ach, Mado«, sagte er schließlich. »Es hätte alles so einfach sein können. So schön. Der größte Streich, der je gespielt wurde. Es war alles da: der Alte, sein Geld, sein Strand, seine Sehnsucht nach einem Erben.« Er schüttelte den Kopf. »Es passte alles so wunderbar zusammen. Ich hätte nur ein bisschen Zeit gebraucht. Mehr Zeit als erwartet, aber letztlich hätte ich nur warten müssen, bis die Ereignisse von alleine ihren Lauf nahmen. Ein Jahr lang in einem Kaff wie Les Salants zu verbringen, war kein zu hoher Preis.« Er schenkte mir wie immer sein gefährliches, sonniges Lächeln. »Und dann«, sagte er, »bist du aufgetaucht.«

»Ich?«

»Du mit deinen großartigen Ideen. Deinen Inselnamen. Deinen unmöglichen Plänen. Stur, naiv und vollkommen unbestechlich.« Er berührte meinen Nacken mit den Fingerspitzen. Es fühlte sich an, als wären sie elektrisch geladen.

Ich schob ihn von mir weg. »Als Nächstes erzählst du mir noch, du hättest das alles für mich getan.«

Er grinste. »Was *glaubst* du denn wohl, für wen ich es getan habe?« Ich spürte immer noch seinen Atem auf meiner Stirn. Ich schloss die Augen, doch seine Züge waren auf meiner Netzhaut eingebrannt. »Ach, Mado. Wenn du wüsstest, wie sehr ich mich angestrengt habe, dich von mir fern zu halten. Aber du bist wie diese Insel. Langsam, heimtückisch, kriegt sie dich. Und eh du dich versiehst, hängst du mitten drin.«

Ich öffnete die Augen. »Das geht nicht«, sagte ich.

»Zu spät.« Er seufzte. »Es wäre wirklich nicht schlecht gewesen, Jean-Claude Brismand zu sein«, sagte er wehmütig. »Ich hätte Geld gehabt, Land, hätte alles tun können, was ich wollte.«

»Das kannst du immer noch«, erwiderte ich. »Brismand braucht nichts davon zu erfahren.«

»Aber ich bin nicht Jean-Claude.«

»Was soll das heißen? Es steht doch auf deiner Geburtsurkunde.«

Flynn schüttelte den Kopf. Sein Blick war undurchdringlich. Glühwürmchen tanzten in seinen Augen. »Mado«, sagte er dann. »Das ist gar nicht meine Geburtsurkunde.«

66

Die Geschichte, die er mir erzählte, kam mir auf gespenstische Weise vertraut vor, eine klassische Inselgeschichte, und gegen meinen Willen hörte ich ihm mit wachsender Faszination zu. Das war schließlich sein Geheimnis, der Ort, an den ich nie hatte vordringen können und zu dem er mir endlich die Tür weit öffnete. Es war die Geschichte zweier Brüder.

Sie waren tausend Meilen voneinander entfernt auf die Welt gekommen, und zwischen ihnen lag weniger als ein Jahr. Obwohl sie nur Halbbrüder waren, glichen sie beide ihrer Mutter und sahen sich überraschend ähnlich. Sonst hatten sie keinerlei Gemeinsamkeiten. Ihre Mutter hatte, was Männer anging, einen schlechten Geschmack, und wechselte sie häufig. Die Folge war, dass John und Richard viele Väter hatten.

Aber Johns Vater war ein wohlhabender Mann. Obwohl er auf dem Kontinent lebte, hatte er den Jungen und dessen Mutter stets finanziell unterstützt und den Kontakt mit ihnen aufrechterhalten, wenn er auch nie persönlich auftauchte. So kam es, dass die beiden Brüder ihn als eine wohlwollende, wenn auch nebulöse Vaterfigur betrachteten, als jemanden, an den man sich in der Not getrost wenden konnte.

»Das war natürlich ein Witz«, sagte Flynn. »Und das wurde mir an dem Tag klar, als ich in die Schule kam.« John war zwei Jahre zuvor auf ein vornehmes Internat geschickt worden, wo er Latein lernte und in der Cricketmannschaft spielte. Richard hingegen ging in die örtliche Grundschule, eine fürchterliche städtische Einrichtung, wo jeder, der von der Norm abwich – vor allem, wer durch Intelligenz auffiel –, gnadenlos bloßgestellt und grausam bestraft wurde.

»Unsere Mutter hatte ihm nie von mir erzählt. Sie fürchtete, wenn sie ihm von ihren anderen Männern berichtete, würde er ihr kein Geld mehr schicken.« Deswegen wurde der Name Richard nie erwähnt, und Eleanore ließ Brismand in dem Glauben, sie lebte mit John allein.

»Wenn Geld kam«, fuhr Flynn fort, »war es immer für den Goldjungen. Schulreisen, Schuluniform, Sportsachen. Niemand erklärte uns, warum das so war. John hatte ein Sparbuch bei der Post. John hatte ein Fahrrad. Ich hatte immer nur die Sachen, die John nicht mehr interessierten oder die er kaputtgemacht hatte, oder Dinge, mit denen er nicht umgehen konnte, weil er zu blöd dafür war. Niemand ist je auf die Idee gekommen, dass ich auch gern etwas Eigenes gehabt hätte.« Ich musste kurz an Adrienne und mich denken. Unwillkürlich nickte ich.

Nachdem John die Schule abgeschlossen hatte, ging er auf die Universität. Unter der Bedingung, dass er etwas studierte, was für das Geschäft nützlich war, hatte Brismand sich bereit erklärt, sein Studium zu finanzieren. Aber John besaß weder Talent für ein Ingenieurstudium, noch war er fürs Management geeignet, und es widerstrebte ihm, sich vorschreiben zu lassen, was er tun sollte. Im Prinzip hatte John überhaupt keine Lust zu arbeiten, nachdem er über so viele Jahre hinweg gehätschelt worden war, und verließ die Uni nach dem ersten Jahr. Seitdem lebte er von seinen Ersparnissen und trieb sich mit einer Gruppe von zwielichtigen – und permanent mittellosen – Freunden herum.

Eleanore nahm ihn in Schutz, solange sie konnte, aber mittlerweile hatte sie keinen Einfluss mehr auf Johns Leben. Er verdiente sein Geld auf die leichte Art, verkaufte gestohlene Autoradios und geschmuggelte Zigaretten und prahlte ständig, besonders wenn er getrunken hatte, mit seinem reichen Vater.

»Es war immer das Gleiche. Irgendwann würde er schon einen Job finden, der Alte würde ihn sowieso unterstützen, er brauche sich keine Sorgen zu machen, er habe alle Zeit der Welt. Insgeheim hoffte er wohl, Brismand würde sterben, bevor er eine Entscheidung treffen musste. John hat noch nie Durchhaltevermögen besessen, und die Vorstellung, nach Frankreich zu ziehen, die Sprache zu lernen, seine Freunde und seinen bequemen Lebensstil aufzugeben ...« Flynn lachte kurz auf. »Was mich angeht, ich hatte lange genug im Hafen und auf Baustellen gearbeitet, und die Rolle von Jean-Claude Brismand war vakant. Der Goldjunge schien es nicht eilig zu haben.«

Es war die perfekte Gelegenheit gewesen. Flynn besaß ausreichend Papiere und konnte genug Anekdoten erzählen, um als sein Bruder durchzugehen, außerdem sah er ihm verblüffend ähnlich. Er warf seinen Job bei einer Baufirma hin und kaufte sich von seinen geringen Ersparnissen eine Fahrkarte nach Le Devin.

Anfangs hatte er nur vorgehabt, möglichst viel Geld aus Brismand herauszuholen und sich dann aus dem Staub zu machen. »Eine Gold Card wäre für den Anfang nett gewesen, oder vielleicht ein Treuhandfonds. Das ist kein ungewöhnliches Arrangement zwischen Vater und Sohn. Insulaner sind da wohl anders.«

Da hatte er Recht. Insulaner haben kein Vertrauen in Fonds. Brismand wollte Engagement sehen. Er wollte Unterstützung. Erst in Les Immortelles. Dann in la Goulue. Schließlich in Les Salants. »Les Salants war der große Coup«, sagte Flynn mit einem Anflug von Bedauern. »Ich wäre ein gemachter Mann gewesen. Erst der Strand, dann das Dorf und dann die ganze Insel. Ich hätte es alles haben können. Brismand wollte sich zur Ruhe setzen. Er hätte mich mit der Geschäftsführung betraut. Ich hätte zu allem freien Zugang gehabt.«

»Aber jetzt nicht mehr.«
Er grinste und berührte meine Wange. »Nein, Mado. Jetzt nicht mehr.«

Aus der Ferne hörte ich, wie die Flut vor La Goulue hereinkam. Noch weiter weg kreischten Möwen, wie wenn jemand ihr Nest bedrohte. Doch die Geräusche waren zu weit weg und wurden übertönt von meinem eigenen Pulsschlag. Ich bemühte mich, Flynns Geschichte zu begreifen, allerdings war sie bereits dabei, mir zu entgleiten. Meine Schläfen pochten. Etwas in meinem Hals erschwerte mir das Atmen. Es war, als würde alles von einer einzigen, umwerfenden Erkenntnis überlagert.
Flynn war nicht mein Bruder.
»Was war das?« Ich wich zurück, fast ohne zu wissen, dass ich es gehört hatte. Ein Warnsignal, ein tiefer, dumpfer Ton, kaum hörbar im Rauschen der Wellen.
Flynn sah mich an. »Was ist denn jetzt los?«
»Schsch!« Ich legte einen Finger auf meine Lippen. »Hör mal.«
Da war es wieder. Ein leises Dröhnen in der Abendluft, das Pulsieren einer versunkenen Glocke.
»Ich höre überhaupt nichts.« Ungeduldig wollte er einen Arm um mich legen. Ich stand auf und schob ihn von mir weg. »Hörst du denn nicht, was das ist? Erkennst du es nicht?«
»Es ist mir egal.«
»Flynn, das ist La Marinette.«

67

Es endete, wie es begann. Die Glocke – nicht die sagenhafte Marinette, sondern die Kirchenglocke in La Houssinière läutete zum zweiten Mal in jenem Monat Alarm. Das Läuten hatte etwas düster Drängendes, und ich reagierte mit instinktiver Hast. Flynn versuchte mich aufzuhalten, aber ich war nicht in der Stimmung, mich auf ihn einzulassen. Ich ahnte eine Katastrophe, die womöglich noch schlimmer war als das Desaster mit der *Eleanore 2*, also rannte ich die Düne hinunter und war unterwegs nach Les Salants, bevor er begriffen hatte, wohin ich lief.

Das Dorf war der einzige Ort, wohin er mir nicht folgen konnte. Er blieb oben auf der Düne stehen und ließ mich laufen. Angélos Bar hatte geöffnet, und einige der Gäste waren vor die Tür getreten, als sie die Glocke gehört hatten. Ich sah Omer und Capucine und die Bastonnets. »Dassis Alarmläuten«, sagte Omer mit schwerer Zunge. Er hatte bereits reichlich *devinnoise* getrunken. »Dassis die Alarmglocke von La Houssinière.«

Aristide schüttelte den Kopf. »Dann geht uns das also nichts an, oder? Sollen die Houssins ruhig auch mal ein Problem haben. Es besteht schließlich keine Gefahr, dass die Insel im Meer versinkt.«

»Trotzdem sollte jemand in Erfahrung bringen, was los ist«, meinte Angélo nervös.

»Soll halt jemand mitm Fahrrad rüberfahren«, schlug Omer vor.

Die meisten waren seiner Meinung, doch niemand meldete sich freiwillig. Bei den Spekulationen über die Art des Notfalls war eher der Wunsch der Vater des Gedankens. Jemand meinte, vielleicht handelte es sich um einen erneuten Quallenalarm, ein anderer überlegte, ob das Hotel Les Immortelles womöglich von einem Wirbelsturm davongeweht worden war. Letztere Möglichkeit wurde von der Menge mit großem Hallo bejubelt, und Angélo erklärte, er wolle eine Runde spendieren.

In diesem Augenblick kam Hilaire rufend und mit den Armen fuchtelnd von der Rue de l'Océan herübergelaufen. Das war schon ziemlich ungewöhnlich für den normalerweise so wortkargen Tierarzt, aber noch auffälliger war seine seltsame Aufmachung. In der Eile hatte er anscheinend seine Fischerjoppe über den Schlafanzug gezogen, und seine nackten Füße steckten in einem Paar offener Leinenschuhe. Für Hilaire, der selbst bei größter Hitze auf korrekte Kleidung achtete, war das mehr als ungewöhnlich.

Er brüllte irgendetwas von einem Radio.

Angélo hatte ihm bereits einen Schnaps bereitgestellt, als er im Café eintraf, den Hilaire sofort mit unverhohlener Gier kippte. »Wir werden alle einen Schnaps brauchen«, sagte er ernst, »wenn das wirklich stimmt, was ich eben gehört habe.«

Er hatte das Radio angehabt, denn im Gegensatz zu den meisten Insulanern, die kaum jemals die Nachrichten verfolgen, hörte er sich gern vor dem Schlafengehen die internationalen Tagesmeldungen an. Zeitungen, in denen etwas über Le Devin steht, treffen meistens mit Verspätung ein, und Bürgermeister Pinoz interessierte sich als Einziger für Politik – was man von einem Mann in seiner Position allerdings auch erwartet.

»Also, was die im Radio berichtet haben, ist ein Riesenschlamassel«, sagte Hilaire.

Aristide nickte. »Das wundert mich überhaupt nicht«,

knurrte er. »Ich hab euch ja die ganze Zeit gesagt, das wird ein schwarzes Jahr. Es war einfach fällig.«

»Ein schwarzes Jahr?« Hilaire kippte seinen zweiten Schnaps. »So wie es aussieht, wird es noch schwärzer, als wir uns vorstellen können.«

Wahrscheinlich haben Sie darüber gelesen. Vor der Küste der Bretagne war ein Tanker havariert und hatte in kürzester Zeit mehrere Millionen Liter Öl verloren. So etwas macht ein paar Tage, vielleicht ein paar Wochen lang Schlagzeilen. Im Fernsehen werden Bilder von toten Seevögeln gezeigt, empörte Studenten demonstrieren gegen die Umweltverschmutzung, ein paar freiwillige Städter beruhigen ihr Gewissen, indem sie einen oder zwei Strände säubern. Das Tourismusgeschäft leidet eine Zeit lang, aber die Behörden sorgen für gewöhnlich ziemlich schnell dafür, dass die Gewinn bringenden Strandabschnitte gesäubert werden. Die Fischerei ist natürlich nachhaltiger betroffen.

Austern sind empfindlich. Schon bei der geringsten Umweltverschmutzung gehen sie ein. Für Krabben, Hummer und Meeräschen gilt dasselbe.

Aristide erinnerte sich, wie 1945 Meeräschen angeschwemmt wurden, deren Bäuche von Öl aufgedunsen waren. Wir alle erinnerten uns an ein Tankerunglück in den siebziger Jahren – das sich wesentlich weiter von uns entfernt ereignet hatte –, in dessen Folge wir dicke Schichten schwarzen Teers von den Felsen an der Pointe Griznoz kratzen mussten.

Bis Hilaire seinen Bericht beendet hatte, waren noch mehr Leute in Angélos Bar eingetroffen, die teils widersprüchliche, teils übereinstimmende Informationen mitbrachten, und wir waren drauf und dran, in Panik zu geraten. Der leckgeschlagene Tanker lag weniger als siebzig Kilometer von unserer Küste entfernt, und er transportierte Rohdiesel, das schlimmste Zeug, was man sich vorstellen kann. Der Ölteppich war bereits mehrere Kilometer lang und völlig außer Kontrolle geraten. Einige von uns gingen nach La

Houssinière, um mit Pinoz zu reden, der vielleicht Genaueres wusste. Die anderen blieben im Café und suchten die verschiedenen Fernsehkanäle nach Nachrichtensendungen ab, andere kramten alte Seekarten heraus und spekulierten darüber, wohin der Ölteppich sich bewegen mochte.

»Wenn das Unglück hier passiert ist«, sagte Hilaire düster und deutete auf eine Stelle auf Aristides Karte, »dann kommt das Öl auch zu uns. Das ist schließlich der Golfstrom.«

»Wir wissen doch gar nicht, ob das Öl den Golfstrom schon erreicht hat«, meinte Angélo. »Vielleicht können sie es absaugen, bevor es dort ankommt. Oder der Ölteppich bewegt sich hier entlang, an Noirmoutier vorbei, dann bleiben wir verschont.«

Aristide war skeptisch. »Wenn es den Nid'Poule erreicht«, tönte er, »dann setzt sich das Öl womöglich auf dem Grund ab und vergiftet unsere Gewässer für ein halbes Jahrhundert.«

»Also, das machst *du* ja schon doppelt so lange«, spottete Matthias Guénolé, »und wir leben immer noch.«

Nervöses Gelächter ertönte auf diese Bemerkung hin. Angélo spendierte noch eine Runde *devinnoise*. Dann schrie jemand »Ruhe!«, und wir gesellten uns zu den anderen, die sich vor dem Fernseher versammelt hatten. »Ruhe! Jetzt kommt's!«

Es gibt Nachrichten, die kann man nur schweigend aufnehmen. Wir lauschten wie kleine Kinder und starrten mit großen Augen auf den Bildschirm, während über das Unglück berichtet wurde. Selbst Aristide hielt den Mund. Wir waren wie gelähmt, den Blick fixiert auf das kleine rote Kreuz, das die Unglücksstelle markierte. »Wie nah ist es denn?«, fragte Charlotte ängstlich.

»Ziemlich nah«, sagte Omer leise. Sein Gesicht war kreidebleich.

»Verdammte Festlandnachrichten«, schimpfte Aristide. »Können die denn keine vernünftige Karte benutzen? Auf dieser blödsinnigen sieht es so aus, als wäre der Tanker zwanzig Kilometer weit weg! Und warum bringen die keine Einzelheiten?«

»Was passiert, wenn das Öl bis zu uns kommt?«, wollte Charlotte wissen.

Matthias bemühte sich, unbeeindruckt zu wirken. »Dann lassen wir uns was einfallen. Dann müssen wir alle zusammenhalten, das haben wir ja schließlich schon mal geschafft.«

»Aber nicht unter solchen Umständen!«, entgegnete Aristide.

Omer murmelte etwas vor sich hin.

»Was hast du gesagt?«, fragte Matthias.

»Ich hab gesagt, ich wünschte, Rouget wäre noch da.«

Wir alle schauten einander an. Niemand wiedersprach ihm.

68

In jener Nacht, gestärkt durch den *devinnoise*, taten wir, was wir konnten. Mehrere Leute wurden abgestellt und in Schichten eingeteilt, um vor dem Fernseher und dem Radio zu sitzen und so viele Informationen wie möglich zu sammeln. Hilaire, der ein Telefon besaß, wurde zu unserem offiziellen Kontaktmann mit dem Festland ernannt. Seine Aufgabe bestand darin, sich mit der Küstenwache und mit den Schifffahrtsgesellschaften in Verbindung zu setzen, damit wir rechtzeitig vorgewarnt waren. In La Goulue wurden Beobachter postiert, die sich alle drei Stunden ablösten. Falls irgendetwas zu sehen war, erklärte Aristide grimmig, dann zuerst von dort. Mit Hilfe von Felsbrocken von der Pointe Griznoz und Zementresten vom Bouch'ou wurde eine Art Damm errichtet, um den Bach vom offenen Meer abzutrennen. »Wenn wir wenigstens den *étier* sauber halten können, ist das schon was«, sagte Matthias. Aristide stimmte ihm ausnahmsweise ohne Murren zu.

Gegen Mitternacht kam Xavier Bastonnet – offenbar waren er und Ghislain zweimal mit der *Cécilia* hinausgefahren – und berichtete, das Schiff der Küstenwache liege immer noch vor La Jetée. Anscheinend war der havarierte Tanker schon seit einiger Zeit in Gefahr gewesen leckzuschlagen, aber die Behörden hatten die Nachricht erst vor ein paar Tagen freigegeben. Die Prognosen, sagte Xavier, seien schlecht. Es wurde mit Südwind gerechnet, der, falls er länger anhielt, das Öl direkt auf uns zutreiben würde. Falls das passierte, konnte uns nur ein Wunder retten.

Am Morgen des Fests der Sainte-Marine herrschte gedrückte Stimmung. Die Arbeiten am Bach waren fortgeschritten, aber es reichte noch nicht. Selbst wenn wir das richtige Material hätten, sagte Matthias, würde es mindestens eine Woche dauern, um den *étier* wirksam zu schützen. Um zehn Uhr erreichten Berichte das Dorf, nach denen in zehn Kilometern Entfernung vor unserer Küste schwarze Öllachen gesichtet worden waren, und wir waren nervös und ängstlich. Die Sandbänke waren bereits von einer schwarzen Ölschicht bedeckt, und in spätestens vierundzwanzig Stunden würde das Öl die Küste erreichen.

Trotz allem, erklärte Toinette, komme es nicht infrage, dass wir die Heilige an ihrem Festtag vergaßen, und im ganzen Dorf wurden bereits die üblichen Vorbereitungen getroffen: die kleine Kapelle wurde frisch gestrichen, Blumen wurden an die Pointe gebracht, die Kohlenfeuer neben der Kirchenruine wurden angezündet.

Selbst mit einem Fernglas konnte man immer noch nicht genau erkennen, wie groß der Ölteppich war, doch Aristide erklärte, er sei verdammt riesig, und bei dem Südwind würde das Öl spätestens mit der Flut in der kommenden Nacht La Goulue erreichen. Die Flut würde um zehn Uhr abends einsetzen, und schon am Nachmittag hatten sich einige Dörfler an der Pointe versammelt, um Ausschau zu halten und der Heiligen Blumen und Opfergaben zu bringen. Toinette, Désirée und die älteren Leute waren davon überzeugt, dass nur Gebete uns noch retten konnten.

»Sie hat schon mehr als ein Wunder gewirkt«, sagte Toinette. »Es besteht immer noch Hoffnung.«

Seit dem späten Nachmittag waren die ersten Anzeichen der gefürchteten Flut mit bloßem Augen zu erkennen. Höher schlagende Wellen, eine Bewegung über den Sandbänken, ein Wirbel im Schatten eines Felsens. Von dem Öl auf dem Wasser war jedoch noch nichts zu sehen, nicht einmal ein dünner Film, aber es könne sich ja auch um eine besondere Art von Öl handeln, wie Omer meinte, eine besonders schlimme Art, noch tückischer als bei den Katastrophen, die wir in der Vergangenheit erlebt hatten. Anstatt auf der Wasseroberfläche zu treiben, konnte es verklumpen, auf den Meeresboden sinken und alles vergiften. Die moderne Technik verursachte nicht selten schreckliche Dinge, nicht wahr? Alle schüttelten die Köpfe, aber niemand kannte sich wirklich aus. Das war nicht unser Fachgebiet, und bis zum frühen Abend kursierten die verrücktesten Gerüchte über die schwarze Flut. Es werde zweiköpfige Fische geben, verkündete Aristide düster, und giftige Krabben. Schon durch bloße Berührung mit dem Öl könne man sich gefährliche Infektionen zuziehen. Die Vögel würden verrückt spielen, Boote würden durch das Gewicht der klebrigen Ölschmiere in die Tiefe gerissen werden. Womöglich hatte die schwarze Flut sogar die Quallenplage über uns gebracht. Aber trotz – oder vielleicht auch wegen – all dieser Schreckensvisionen hielten die Salannais zusammen.

Zumindest eins hatte die schwarze Flut uns beschert. Wir hatten wieder ein Ziel, ein gemeinsames Anliegen. Der Geist von Les Salants – der harte Kern in unserem Innern, den ich in Père Albans Büchern entdeckt hatte – war wieder lebendig. Ich spürte es. Alte Feindschaften waren vergessen. Xavier und Mercédès hatten sich – zumindest vorerst – entschlossen, doch auf der Insel zu bleiben, und waren bereit, zu helfen, wo sie konnten. Philippe Bastonnet, der seinen Urlaub beendet und in La Houssinière auf die nächste Fähre gewartet hatte, kehrte mit Gabi, Laetitia, dem Baby und dem Hund nach Les Salants zurück und erklärte gegen Aristides halbherzigen Protest, er wolle bleiben und mit anpacken. Désirée hatte in ihrem Haus für Philippe und seine Familie ein Zimmer hergerichtet, und diesmal hatte Aristide sich nicht quer gestellt.

Als es dunkel wurde und die Flut stieg, fanden sich immer mehr Leute an der Pointe Griznoz ein. Père Alban blieb in

La Houssinière und hielt in der Kirche einen Sondergottesdienst ab, aber die beiden Nonnen waren da, gut gelaunt und aufgeregt wie immer. Die Kohlenfeuer brannten, rote, orangefarbene und gelbe Laternen leuchteten am Fuß der Kirchenruine, und die Salannais, auf seltsame Weise rührend anzusehen in ihrer Inseltracht, traten vor die Sainte-Marine-de-la-Mer, um mit lauter Stimme zu beten und das Meer um Güte anzuflehen.

Die Bastonnets waren da, mit François und Laetitia, die Guénolés, die Prossages. Capucine war mit Lolo gekommen, Mercédès stand neben Xavier und hielt ein bisschen schüchtern seine Hand, die andere Hand auf ihren Bauch gelegt. Toinette sang mit ihrer zittrigen Stimme die Hymne der Santa Marina, und Désirée, die zwischen Philippe und Gabi direkt vor der Statue der Heiligen stand, wirkte so rosig und glücklich, als wäre sie auf einer Hochzeit. »Selbst wenn die Heilige die Katastrophe nicht von uns abwendet«, erklärte sie stolz, »allein meine Kinder hier zu haben, ist mir Trost genug.«

Ich stand etwas abseits oben auf der Düne, hörte den anderen zu und dachte an das Fest vom vergangenen Jahr. Es war eine windstille Nacht, und die Grillen zirpten laut im Dünengras. Der harte Sand fühlte sich kühl an unter meinen Füßen. Von La Goulue her war das Rauschen der steigenden Flut zu hören. Die Heilige schaute aus ihrer Nische herab, ihr steinernes Gesicht wurde von den Flammen zum Leben erweckt. Ich beobachtete, wie die Salannais einer nach dem anderen näher ans Wasser traten.

Mercédès war die Erste. Sie warf eine Hand voll Blütenblätter in die Wellen. »Sainte Marine, segne mein Baby. Segne meine Eltern und beschütze sie.«

»Santa Marina, segne meine Tochter. Gib, dass sie glücklich wird mit ihrem jungen Mann, und dass sie nicht zu weit fortzieht, um uns manchmal zu besuchen.«

»Marine-de-la-Mer, segne Les Salants, segne unsere Küste.«

»Segne meinen Mann und meine Söhne.«

»Segne meinen Vater.«
»Segne meine Frau.«
Auf einmal bemerkte ich, dass da etwas ganz Außergewöhnliches vor sich ging. Die Salannais fassten sich beim Schein des Feuers an den Händen: Omer hatte seinen Arm um Charlotte gelegt, Ghislain und Xavier standen da Arm in Arm, daneben Capucine und Lolo, Aristide und François, Damien und Alain. Die Leute lächelten trotz ihrer Ängste. Statt der missmutigen, gesenkten Köpfe wie im letzten Jahr waren nur leuchtende Augen und stolze Gesichter zu sehen. Die Frauen hatten ihre Kopftücher abgenommen und ihre Haare gelöst. Ich sah Gesichter, die nicht nur im Licht des Feuers strahlten. Tanzende Gestalten warfen Blütenblätter, Schleifen und Kräutersäckchen in die Wellen. Toinette begann wieder zu singen, und diesmal fielen die Leute ein, nach und nach vereinigten die Stimmen sich zu einer einzigen, der Stimme von Les Salants.

Ich stellte fest, dass ich, wenn ich genau hinhörte, fast auch GrosJeans Stimme unter den anderen vernehmen konnte, und auch die meiner Mutter und die von P'titJean. Plötzlich wollte ich bei den anderen sein, in den Feuerschein treten und zu der Heiligen beten. Stattdessen flüsterte ich mein Gebet auf der Düne, ganz leise, für mich ganz allein ...

»Mado?« Er kann sich vollkommen lautlos bewegen, wenn er will. Das ist der Insulaner in ihm – wenn es denn einen Insulaner in ihm gibt. Ich fuhr herum, mein Herz klopfte wie wild.

»Himmel Herrgott, Flynn, was machst du denn hier?« Er stand hinter mir auf dem Weg, für die Leute unten am Wasser nicht zu erkennen. Er trug eine dunkle Fischerjoppe, und er wäre fast unsichtbar gewesen, wenn sein Haar nicht im Mondlicht geschimmert hätte.

»Wo warst du?«, zischte ich und drehte mich nervös nach den Dörflern um, doch bevor er antworten konnte, ertönte vom Ausguck auf der Pointe Griznoz ein Schrei, und eine oder zwei Sekunden später ein zweiter von La Goulue.

»Die Flut! Die Flut!«

Bei der Kapelle verstummte der Gesang. Einen Moment lang herrschte Verwirrung. Einige Salannais liefen auf die Landspitze, aber im schwachen Licht der Laternen war nicht viel auszumachen. *Irgendetwas* schwamm auf den Wellen, eine dunkle, schwerfällige Masse, doch niemand konnte sagen, was es war. Alain schnappte sich eine Laterne und rannte los, Ghislain folgte ihm mit einer zweiten. Kurz darauf bewegte sich ein Zug aus Laternen und Fackeln über die Düne auf La Goulue zu.

Flynn und ich gerieten mitten in die allgemeine Verwirrung. Die Leute liefen rufend und diskutierend und Laternen schwingend an uns vorbei, keiner schien Notiz von uns zu nehmen. Jeder wollte als Erster in La Goulue sein. Ein paar Männer eilten ins Dorf, um Rechen und Netze zu holen, als wollten sie auf der Stelle mit der Säuberungsaktion beginnen.

»Was ist los?«, fragte ich Flynn, als wir uns der Menge anschlossen.

Doch er schüttelte den Kopf. »Komm mit und sieh's dir an.«

Wir hatten das *Blockhaus* erreicht, das immer einen guten Aussichtspunkt bot. Unter uns am Strand von La Goulue tanzten überall Lichter. Ich sah mehrere Leute mit Laternen im seichten Wasser stehen wie eine Kette von Lichtanglern. Um sie herum entdeckte ich Dutzende von schwarzen Gegenständen, die halb in den Wellen schaukelten. Ich hörte laute Stimmen – konnte das Gelächter sein? Im Licht der Laternen konnte ich nicht genau erkennen, was das für schwarze Dinger waren, die da im Wasser schwammen, aber sie sahen alle irgendwie gleich aus, ihre Form war zu geometrisch, als dass es sich um etwas Natürliches handeln konnte.

»Sieh dir das an«, raunte Flynn.

Die Stimmen am Strand waren lauter geworden. Noch mehr Leute waren ins Meer gewatet, einige standen bis zu den Achseln im Wasser. Das Licht der Laternen tanzte auf den Wellen, und von oben betrachtet hatte das Wasser eine gespenstisch grüne Farbe.

»Schau einfach hin«, sagte Flynn.

Die Leute lachten, daran bestand kein Zweifel. Ich sah, wie sie im seichten Wasser planschten. »Was ist da los?«, fragte ich. »Ist das die schwarze Flut?«

»In gewisser Weise.«

Jetzt sah ich, wie Omer und Alain schwarze, runde Gegenstände an den Strand rollten. Andere taten es ihnen nach. Die Dinger hatten einen Durchmesser von etwa einem Meter und waren vollkommen rund. Irgendwie erinnerten sie an Autoreifen.

»Genau, das sind Autoreifen«, sagte Flynn. »Das ist der Bouch'ou.«

»*Was?*« Mir war, als hätte sich etwas in mir gelöst. »Der Bouch'ou?«

Er nickte. Sein Gesicht leuchtete seltsam im Licht, das vom Strand herüberkam.

»Mado, es war die einzige Möglichkeit.«

»Aber warum? All die Arbeit …«

»Im Moment kommt es vor allem darauf an, dass wir das Öl von La Goulue fern halten. Wenn das Riff nicht mehr da ist, zieht die Strömung an uns vorbei. Sollte der Ölteppich Le Devin erreichen, treibt er vielleicht an les Salants vorbei. So habt ihr wenigstens eine Chance.«

Flynn war bei Ebbe hinausgefahren und hatte die Drahtseile, welche die Elemente zusammenhielten, mit einem Seitenschneider durchtrennt. Eine halbe Stunde Arbeit. Den Rest hatte die Flut besorgt.

»Bist du denn sicher, dass das funktioniert?«, fragte ich schließlich. »Sind wir jetzt in Sicherheit?«

Er zuckte die Achseln. »Ich weiß es nicht.«

»Du weißt es nicht?«

»Gott, Mado, was erwartest du eigentlich?«, fragte er entnervt. »Ich kann nicht alles für dich regeln.« Er schüttelte den Kopf. »Jetzt könnt ihr euch wenigstens wehren. Les Salants muss nicht sterben.«

»Und was ist mit Brismand?«, fragte ich tonlos.

»Ach, der ist zu sehr mit seinem Ende der Insel beschäftigt, um sich darum zu kümmern, was sich hier abspielt. Als ich das letzte Mal von ihm gehört hab, zerbrach er sich gerade den Kopf darüber, wie er innerhalb von vierundzwanzig Stunden einen Wellenbrecher von hundert Tonnen Gewicht beseitigen könnte.« Er lächelte. »Vielleicht war das, was GrosJean vorhatte, am Ende doch gar keine so schlechte Idee.«

Anfangs begriff ich nicht, was er meinte. Ich war so sehr mit meinen Sorgen und Ängsten wegen der schwarzen Flut beschäftigt gewesen, dass ich Brismands Pläne völlig vergessen hatte. Plötzlich überkam mich eine unbändige Freude. »Wenn Brismand seinen Wellenbrecher und den Damm abreißt, dann hört vielleicht alles auf!«, rief ich aus. »Dann wird die Flut vielleicht wieder so verlaufen wie früher.«

Flynn lachte. »Kleine Grillfeuer am Strand, drei Urlauber in einem Hinterzimmer, Führungen zur Heiligenstatue zu drei Francs pro Kopf. Kleinkram. Kein Geld, kein Wachstum, keine Zukunft, kein Wohlstand, nichts.«

Ich schüttelte den Kopf. »Du irrst dich«, sagte ich. »Es gäbe immer noch Les Salants.«

Darüber musste er laut lachen. »Ja, da hast du allerdings Recht. Les Salants.«

69

Ich weiß, dass er nicht in Les Salants bleiben kann. Es wäre einfältig von mir, das zu erwarten. Hier gibt es zu viele Lügen und zu viele Fallstricke, über die er stolpern könnte. Zu viele Leute haben etwas gegen ihn. Außerdem gehört er im Grunde seines Herzens aufs Festland. Er träumt von Städten und Lichtern. Wie sehr er sich auch wünschen mag, ein Insulaner zu werden, ich kann mir nicht vorstellen, wie das gehen soll. Ebenso wenig werde ich die Insel verlassen. Das ist GrosJean in mir, die Insulanerin in mir. Mein Vater hat Eleanore geliebt, aber am Ende ist er doch nicht mit ihr gegangen. Die Insel hält einen fest. Diesmal ist es die schwarze Flut. Der Ölteppich ist jetzt zehn Kilometer von uns entfernt, auf der nach Noirmoutier gelegenen Seite. Niemand vermag zu sagen, ob er uns erreichen oder uns verschonen wird, nicht einmal die Leute von der Küstenwache. An der Vendée-Küste hat das Öl bereits schlimmen Schaden angerichtet, und das Fernsehen malt uns unsere mögliche Zukunft in abschreckenden, grobkörnigen Bildern aus. Niemand kann voraussagen, was uns bevorsteht. Im Prinzip müsste der Ölteppich dem Golfstrom folgen, aber es ist nur eine Frage von wenigen Kilometern, und schon treibt er in die andere Richtung.

Noirmoutier wird aller Wahrscheinlichkeit nicht verschont bleiben. Was mit der Île d'Yeu wird, ist noch unsicher. Die starken Strömungen, die zwischen den Inseln verlaufen, entziehen sich jeder Kontrolle. Bei einer von unseren Inseln – womöglich nur bei einer – wird das Öl landen. Aber Les Salants hat die Hoffnung noch nicht aufgegeben. Nein, wir arbeiten härter als je zuvor. Der Bach ist mittlerweile gesichert, das Vivarium gut bestückt. Aristide, der wegen seines Holzbeins keine schweren Arbeiten verrichten kann, verfolgt die Fernsehnachrichten, während Philippe Xavier zur Hand geht. Charlotte und Mercédès haben vorübergehend Angélos Bar übernommen und versorgen die freiwilligen Helfer mit Essen. Omer, die Guénolés und die Bastonnets sind fast die ganze Zeit in Les Immortelles. Brismand hat jeden angeheuert, egal ob Houssin oder Salannais, der bereit ist, beim Abriss des Wellenbrechers zu helfen. Außerdem hat er sein Testament zugunsten von Marin geändert. Damien, Lolo, Hilaire, Angélo und Capucine sind mit den Aufräumarbeiten in La Goulue beschäftigt, und es ist geplant, die alten Autoreifen zu benutzen, um einen Schutzwall gegen das Öl zu errichten, falls es sich doch in unsere Richtung bewegen sollte. Für den Fall sind wir bereits dabei, das nötige Gerät für die Säuberung der Küste zusammenzustellen. Für diese Aufgabe ist Flynn zuständig.

Ja, vorerst bleibt er noch. Einige der Männer geben sich ihm gegenüber immer noch reserviert, aber die Guénolés und die Prossages haben ihn trotz allem wieder in ihre Gemeinschaft aufgenommen. Gestern hat Aristide mit ihm Schach gespielt, vielleicht hat er also doch noch eine Chance. Auf jeden Fall ist dies der falsche Zeitpunkt für sinnlose Schuldzuweisungen. Flynn arbeitet ebenso hart wie alle anderen – ja, sogar noch härter –, und auf Le Devin ist das zurzeit das Einzige, was zählt. Ich weiß nicht, warum er bleibt. Doch es hat etwas Beruhigendes, ihn jeden Tag an derselben Stelle am Strand von La Goulue zu verfolgen, wo er mit einem Stock im Treibgut herumstochert, zu sehen, wie er einen Autoreifen nach dem anderen in die Dünen hinaufrollt. Seine zynische Art hat er noch nicht abgelegt – das wird er vielleicht nie –, aber er ist weicher geworden, zugänglicher, fast wieder einer von uns. Ich habe sogar angefangen ihn zu mögen – ein wenig.

Manchmal wache ich nachts auf und betrachte den Himmel durch das Fenster. Um diese Jahreszeit ist es nie ganz dunkel. Manchmal gehen Flynn und ich nachts in die Dünen und schauen in die Bucht von La Goulue hinunter, wo das Meer diesen weißlich-phosphoreszierenden, für die Jadeküste typischen Schimmer hat. In den Dünen wachsen Tamarisken, Strandnelken und Hasenschwanzgras, das sich sanft im Mondlicht wiegt. Am Horizont sind manchmal die Lichter des Festlands zu erkennen. Im Westen blinkt ein Leuchtfeuer, und im Süden die *balise*. Flynn schläft gern am Strand. Er liebt es, die Geräusche der Insekten zu hören, die in der Klippe über ihm zirpen, und das Flüstern im Oyatgras. Manchmal verbringen wir die ganze Nacht dort draußen.

Epilog

Es ist Winter, und die schwarze Flut hat uns immer noch nicht erreicht. Die Île d'Yeu ist nur zum Teil betroffen, die Strände von Fromentine und von Noirmoutier hingegen sind vom Öl verseucht. Und das Öl wird weiterhin angeschwemmt, bewegt sich an der Küste entlang nach Norden, sucht sich seinen Weg in die Buchten und um die Klippen herum. Man kann immer noch nicht sagen, was uns noch bevorsteht. Doch Aristide ist optimistisch. Toinette hat die Heilige um Rat gebeten und behauptet, sie sei ihr erschienen. Mercédès und Xavier sind in das kleine Haus in den Dünen gezogen, sehr zur Freude des alten Bastonnet, auch wenn er es nicht zugibt. Omer hat eine unerwartete Glückssträhne beim Kartenspiel gehabt. Und ich bin mir ganz sicher, dass ich Charlotte neulich habe lächeln sehen. Nein, ich würde nicht sagen, dass uns das Glück wieder hold ist. Aber etwas anderes ist nach Le Devin zurückgekehrt. Ein gewisser Gemeinschaftsgeist. Niemand kann das Glück zwingen, jedenfalls nicht auf Dauer. Alles kehrt zurück. Doch Le Devin behauptet sich tapfer. Ob die Insel überflutet wird, ob es eine Trockenperiode gibt, ob schwarzes Jahr oder schwarze Flut, die Insel behauptet sich. Sie behauptet sich, weil wir zusammenhalten: die Bastonnets, die Guénolés, die Prasteaus, die Prossages und die Brismands. Sogar, neuerdings, die Flynns. Wir lassen uns nicht unterkriegen. Wer das versucht, kann gleich gegen den Wind spucken.

Danksagung

Kein Buch ist eine Insel, und ich möchte mich bei folgenden Leuten bedanken, ohne die das alles unmöglich gewesen wäre. Herzlichen Dank an meine Agentin Serafina, die tapfere Kriegerin, an Jennifer Luithlen, Laura Grandi, Howard Morhaim und alle, die mit Verhandlungsgeschick, Überredungskunst und anderen Mitteln dazu beigetragen haben, dass dieses Buch gedruckt wurde. Weiterhin gilt mein Dank meiner großartigen Verlegerin Francesca Liversidge, meiner engagierten Publizistin Louise Page und allen Mitarbeitern bei Transworld, ebenso meinen Eltern, meinem Bruder Lawrence, meinem Mann Kevin und meiner Tochter Anouchka, die mir (meistens) ein sicherer Hafen waren, meinen E-Mail-Partnern Curt, Emma, Simon, Jules, Charles und Mary für ihre Bemühungen, mich über das Geschehen in der Welt auf dem Laufenden zu halten, meinem Freund Christopher für seine Geduld, meinen Freunden Stevie, Paul und David für ihren Pfefferminztee, ihre Pfannkuchen und ihre konstruktive Kritik. Tausend Dank an all die Verkäufer und Buchhändler, die dafür sorgen, dass meine Bücher immer in den Verkaufsregalen stehen, und schließlich herzlichen Dank an die Leute aus Les Salants, die mir hoffentlich eines Tages vergeben werden ...